スキタイの騎士

Skythský Jezdec a jiné novely

František Kubka
フランティシェク・クプカ
［著］

山口 巖
［訳・解説］

風濤社

スキタイの騎士◎目次

スキタイの騎士

オイール王の物語

デンマークの王オイール[*1]について、彼の勲《いさお》と悲しみについて、そして我がヴァーツラフ公[*2]がプラハ城でどのようにして彼から永遠の若さを奪ったかを物語ろう。

一

カール大帝[*3]が剣と言葉によって諸々の民をキリスト教に帰依させ、ランゴバルド人[*4]、ザクセン人、セルビア人、アボトリト人[*5]、チェコ人がその玉座の階《きざはし》の前に跪《ひざまず》くようになったとき、そしてエルベ川からパリの町まで司教区が置かれ、教会や学校が建てられてこの世の春が始まったとき、デンマークの王イソレがカールの甥タオンを捕えた。そこでカールはタオンの身の安全を計るためにデンマークの若いオイールを堅固な城に幽閉した。サムソンの娘フローレンスという祖母の血筋によれば、オイールはイソレ王の甥の子でカールの近い親戚だった。フローレンスがカール大帝の母ペルフタの姉妹だったからである。

　オイールの心は雄々しく大胆だった。彼にとって幽閉は耐え難いものだったので、今か今かと自由になる日を待ちこがれていた。牢獄の窓からライン川が見え、そこに帆を一杯に張った船が浮かんでいた。葡萄畑には人々の歌声、空には雲雀《ひばり》の囀《さえず》りが聞こえた。彼は雲雀とともに雲まで揚がり、葡萄畑でできたてのワインを飲み、娘に口づけをしたいと思った。オイールが享楽的な若者で地上の楽しみを好んでいたからである。訪ねてくる助祭と話すのは主の受難や使徒の事跡でなく、不思議なことが起こり、女たちが目の眩むように美しい遠い国のことだった。若いオイールは幽閉されているあいだにリュートを奏でるようになり、窓の下に人々が集まって海や英雄の生涯に憧れる歌を聴こうとするほどだった。

　オイールが十九歳になったとき、デンマーク王イソレはタオン伯の幽閉を解いてカールに服従を誓った。そこでカールは若いオイールをアーヘン[*6]の自分のもとに呼び寄せ、彼に自由と剣を与えた。その柄には血のしたたるような大きなルビーが耀いていた。若いオイールは王に礼を述べて王座の前に跪いた。十一人の親衛騎士《パラディン》[*7]がカールの王座を囲んで立っていた。きらきら光る甲冑をつけた十一人の伯爵と男爵である。彼らは重々しい態度で若いオイールを眺め、彼が話し出すのを待った。

　オイールが立ち上がって目を上げると、それは王座のある広間の、金色の天井を支えている柱の上で止まった。彼は宝石でできた十字架、カールの高い椅子、若くて厳しい顔つき、がっしりした肩に落ちかかり長く波打つ金髪を眺め、そうして言った。

「大王よ、自由と剣をくださったあなたの愛に感謝します。この剣を私の手から奪うのは死のみでありましょう。私は幽閉されているあいだ自由に憧れていましたが、今や自由は重荷になりました。私は故郷を想うことはしません。私があなたを、あなたの力、偉大さと栄光を知ったからです。あなたの帝国の天井を支える十一人の勇ましい方々、十一人の親衛騎士《パラディン》を見ました。大王よ、私はあなたの王座のそばの十二人目の騎士になりたいと願っています。そうなれば私の幸せは満たされることでしょう。私はあなたにお仕えしたいのです。十二人の伯爵と男爵があなたとともに異教徒と戦い、十二人の伯爵と男爵が遠征の喜びと戦いの勇敢な熱情を分かち合うでしょう。あなたの剣がそれに相応しくないものに与えられたのではないと誓います」

若者の言葉を聞いてカールと彼の親衛騎士《パラディン》たちは驚き、カールはその燃えるような眼を見て喜んだ。勇敢さと忠誠、名誉への憧れと優しさをそこに見たからである。それはデンマークの海の入江の水のように青く、剣の閃《ひらめ》きのように耀いていた。

そこでカール大帝は言った。

「若者よ、おまえにも私と同じ血が流れているとみえる。おまえの志を祝福しよう。今日からおまえは私と食卓をともにし、十二人の親衛騎士《パラディン》が私とともに戦うことになろう。世界をわれわれのものにしようではないか」

こうしてデンマークのオイールは親衛騎士《パラディン》[*8]の中に迎えられた。世界中の詩人が親衛騎士《パラディン》たちの名を称えていた。ボルドーのユーゴ、ブラバントのベルナール、オランジュのウィリアム、ルシヨン[*9]のゲルハルト、モントーバン[*10]のリナルド、マインツのドーリン、ヴィアナのゲルハルト、ナイスメ、エメリフ、オリヴィエおよびローラン。オイールは彼らに伍して十二人目の騎士になったのである。

彼らは主君と食卓をともにして一番星が昇るまで食べ、かつ飲むのを常としたのであった。

二

デンマークのオイールはカールに随いロンスヴァル[*11]で戦った。騎士の筆頭ローランがその雄々しい命を終えたところである。彼はパンプローナ[*12]、サラゴッサ[*13]、バルセロナ、フリアウルの国[*14]、カリンティアの国[*15]を占領し、ドナウのほとりで二十人の騎士と共に数千のアヴァール人を打ち負かして、血にまみれたヴォルトゥルノ[*16]の川で身を濯《そそ》いだ。

教皇がカールの高く上げた頭に皇帝の冠を置こうとするとき、オイールは彼とともにいた。エルサレムの主の墓で彼とともに祈り、かつて人の子が使徒たちと最後の晩餐を祝った広間で彼と宴をともにした。その後、オイールはコンスタンチノポリスまで足を延ばした。そこではフーゴ王が三百人の笛吹きに音楽を奏でさせながら、海に臨む黄金の宮殿で皇帝を歓迎した[*17]。

彼はギリシア人、アラブ人、イスパニア人、ワラキア人と語り合い、馬にのって山野を駆け、容赦なく敵を討ち、戦いの後には楽しい休養をとるのだった。あらゆる民族の女を愛し、金髪と青い眼の優しさ、たくましい筋肉の力によって女たちから愛された。

彼の忠実な仕えぶりに対して皇帝カールがピレネー山麓のロサス湾[*18]にあるロサス城を与えたので、彼は戦利品と想い出に満たされて遠征からそこに帰還するのだった。広間には高価なムーア製の絨毯とブラバントの絹が敷きつめられていた。宴会には金属の器が用いられ、ワラキアの葡萄、オレンジ、林檎が食卓を飾った。

しかし彼が自分の城に長く留まっていることはなかった。皇帝が戦いを呼びかけると騎士は喜んでその呼びかけに応じ、馬に鞍を置き、ルビーが血のように耀《かがや》くまで剣を振り、再び世の中に出ていった。クリスマスには皇帝とともにガリアあるいはチェコに行き、復活祭にはワラキアを訪ね、夏のあいだはブリタニアの岸壁のそばで水浴びをした。

こうして彼が三十五歳になったときカール大帝が死ぬと、彼はラヴェンナの寺院を模して建てられたアーヘンの教会の墓まで、高官たちと共に降りていった。皇帝はここで棺に納められたのである。死者の手には剣が持たされ、膝には聖書が置かれ、人々は跪いて泣いた。デンマークのオイールは紫衣の端に口づけをすると、人より先に墓を去った。アーヘンでもガリアでも、八一四年のこの暗い一月以降、彼を見かけたものは誰もいなかった。

彼は海辺のロサスの城に退いて妻をめとった。モントーバンのリナルドの妹ジュヌヴィエーヴである。彼女とのあいだに息子が生まれ、洗礼の際にカールという名が与えられた。

デンマークのオイールは二年間をこの城で過ごした。妻は美しくもの静かで、息子はよく笑い、すこやかだった。ガリア、アクイタニア、イスパニアやフランク王国の客が王の許を訪れ、城はにぎやかだった。窓から大きな海や近づいてくる船が見えた。城下には職人たちの集落が生まれ、勤勉な農夫によって山の森が次第に退いてゆき、山の頂きにはかつてオイールがローマで墓を訪れたことのある、ペテロに捧げられた礼拝堂が次々と建てられていった。

冗談好きな僧たちがオイールの許にやってきては、魂が不死であること、聖地が異教徒の手に落ちていること、エルサレムの東に大きい国々があること、その土地には夥しい富があること、炎の中から不死鳥が生まれること、荒野にある瑪瑙《めのう》の洞窟のこと、夜になると身体が青く光る魚の棲む湖のことなどを、よく彼に話したものだった。助祭たちはため息をついて、モハメッドの子孫を倒してみずから支配を打ち立てる騎士がいなければ、これらの国は信仰にとって失われたままになると言い、カール大帝はすでに異教徒に対する遠征の手掛かりを作っていて、オイールの城のあるここでもかつてカリフ[*19]が支配していたが、カールの力がこの魅惑的な土地をオイールのために奪い取ったのだ、と付け加えるのだった。

「モハメッドの帝国は崩壊しつつあります。アフリカのヘラクレスの柱[*20]のそばに一人のカリフが、その東にはもう一人のカリフが、エジプトのナイル川には第三のカリフがいて、第四のカリフは紅海と聖地を支配しています。大胆な騎士に率いられたわずかな勇敢な男たちが――こう言うと、彼らの視線は焦れったそうにオイールの顔に注がれるのだった――、キリストが人々のあいだを回り、使徒たちが教えを説いたことのあるこの世界の失われた秩序を、剣の一振りで変えることができますのに。――取り残されたキリスト教徒の泣き声があなたの耳に届いているはずです。あなたには聞こえないのでしょうか?」と彼らはオイールに言うのだった。

助祭たちは、商人がブルグンドから運んできた三種類の七面鳥の肉を食べ、ワインを飲みながらこう言うのだったが、オイールはこのような会話をした後では、城の塔に登って長いあいだ海を眺めるのだった。妻の許に降りて来るのは彼女がとっくに寝てしまった夜更けで、息子が眠っている揺り籠を見ることもなかった。抑えきれない渇望が彼の心を捕えていたのである。彼が妻と子どものもとにいるのもそう長いことではない。皆はそう予感していた。

カール大帝が死んで二年経った八一六年に、オイールは若い友人たちを城に呼び集めた。そこにいたのは年老いたカールの騎士たちではなく、彼らの息子や甥たちだった。やって来たのはマインツのドーリンの子アーノルド、勇敢なゲルハルトの親戚であるルシヨンのロベール、ベルナールの子ブラバントのベルナール、およびユーゴの子ボルドーのギヨームであった。また他の多くの騎士や僧職の人々も彼らと共に集まってきた。そこにはヨハンもいた。彼は言葉においても戦いに際しても同じように燃える性質《たち》で、ムーア人のように黒く、松の木のようにほっそりしていた。ヨハンはそもそものはじめからオイールのお気に入りだった。

武器の音、甲冑をつけたものたちの足音、酒宴やミサの歌声、男たちの話し声、また遠征に行こうとしている気配を感じて不安げな女たちの声も、ロサス城と城下の小さな建物から聞こえていた。しかし二つの鍵が交叉したオイールの旗印のもとで会議が行われている広間からは、何の知らせも聞こえてこなかった。若い伯爵たちは一週間後にそれぞれ故郷に散っていき、オイールは小姓に剣を研いでおくように命じた。

八一六年のある秋の日、オイールは妻のジュヌヴィエーヴに最後のキスをすると、息子のカールを抱き寄せ、その額と唇と顎に十字を切って彼を祝福した。彼は窓辺で泣いている妻に向かって馬上から楽しげに頷きかけた。堀に架かる橋がゴトゴトと音を立て、蹄の音が谷間に消えていった。こうしてデンマークのオイールは再び、栄光が招き、死が脅かす外の世界に出て行ったのである。

三

二年ほどしてオイールの遠征の噂が聞こえてきた。噂によれば、彼はある朝、嵐の中を船でナイル川に入ったということだった。彼とともにいたのはマインツのアーノルドとブラバントのベルナール、僧ヨハンとユーゴの子ボルドーのギヨームで、ルシヨンのロベール、オリヴィエの甥のゲルハルトもいたという。またその他の多くの名高く勇敢な騎士たちが、フランク、ロートリンゲン、ザクセンの城のある帝国を離れたこと、アルルの伯爵たちやビザンツ帝国の騎士たちが皆きら星のように、一群の配下、船や荷物や軍馬と輜重馬《しちょうば》を率いて彼の許に加わったこと、この軍勢がエジプト王の墓近くの戦いにおいてエジプトの軍司令官《エミール》を打ち負かしたこと、などが聞こえてきた。このエミールがオイールの軍門に降り、オイールはアレキサンドリアの町で王冠を戴いた。

噂によればオイール王はエジプトからさらに朝日の昇る方角に進み、途中すべての王国を降したという。その数は、はじめは十五、のちに二十だったといわれる。ルシヨンのロベールがエジプトで熱病で死んだが、残りのものは海や戦いの障害を無事に乗り越えた。

オイール王が占領した国々に留まることはなかった。港や山中の城を後にすると、彼は到る所に教会を建て、彼の力の前に跪く群衆を洗礼し、伯爵たちを引き連れ武器を携えて、次の国へと進むのだった。こうして彼に随った者たちはこれまで見たこともない不思議なものを見ることになったのである。

彼らはエジプトの国とアラビアの砂漠で、駱駝の皮の天幕で暮らし太陽の下で裸ですごして生肉しか食べない人々に出会った。これら裸の遊牧民は剣も楯も持たず、槍と弓だけで武装してオイール軍の前に立ちはだかったのである。オイールは彼らを打ち負かし、洗礼を受けないものを殺した。

紅海に足を浸した後、オイール王はカルデア[*21]の国に足をのばした。そこには棕櫚《しゅろ》の生えたオアシスの中に白いカサフの町があった。カシパル、メルキオール、バルタザールという三人の王[*22]が、飼葉桶の藁の上に寝ていたイエスを拝もうと、出立する前にここに集まったのである。そのとき彼らをベツレヘムに導いた星がカサフの町の上に昇った。

オイール王はこの町とカルデアおよびバビロニアの全土を征服し、祖先たちの楽園を流れていた川に臨んで再び戴冠式を行い、ここでバビロニアの若者の多くを軍に徴用した。——この土地にはかつてアブラハムの父が住んでいたウルの町があった。ウルの町もまたオイールの足下にひれ伏し、そこで多くの男女が洗礼を受けた。

オイール王はカルデアからアマゾンの国に足を踏み入れた。そこに住んでいるのは女だけで、彼女らは弓を上手に射ることができるように、子どもの時に右の乳房を切り取るのである。アマゾンの国に男はいない。この国は二つの川で四方を囲まれた島にあり、この国の女は川の向こう岸に渡って男と結ばれる。そして男の子は殺され、女の子だけが残されるのである。

オイール王は西から島に侵入してアマゾン《アマゾネス》の女たちを打ち負かした。千年のあいだ男がそこに足を踏み入れたことはなかったのである。アマゾンの女王メンレクは彼の前に跪いて、正々堂々と戦ったのだから兵とともに立ち去るように、打ち負かした女たちに暴力を振るわないようにと頼んだ。オイール王は配下に、誰であろうとアマゾン《アマゾネス》の女たちに触れることはならぬと命じ、兵とともに東の川を渡っていった。彼は女王メンレクから莫大な贈物を得て、女王みずからが彼の掟を守ると誓ったのである。

オイール王は南に向かい、そこから再び西に進んだ。彼の背後でモール（ムーア）人の国が反乱を起こしたからである。この国はユーフラテスの南から紅海まで広がっていた。そしてオイールはモール人の国王を破った。この国王はバルタザールの子孫でタルシスあるいはサベともいう町に住んでいたが、エルサレムにソロモン王を訪ねた女王もこの町の出身だった。

　マウレタニアともいうモール人の国で、オイール王は昼は冷たく夜は暖かい泉の水を飲み、そこの小川や黒みがかった灰色の川で水浴びをした。この国に生まれた子どもたちは黒みがかった灰色の膚をしていて、青年や娘の年頃になって初めて黒くなるのである。オイール王はモール人の国を平定して、その屈服しようとしない王を幽閉すると、服従を誓った貴族を王座につけて兵を再び東方に向け、カリフが服従を誓ったバグダッドを通り過ぎた。オイールの大勢の配下が砂漠で死んだが、その他のものは楽園《パラダイス》のような川の岸辺にとどまり、身体が美しく快活な心を持った種族の女をめとって妻にした。

　オイールはカルデア人やモール人の国にも教会を建て、すべての人が洗礼を受けるように命じた。彼はペルシアでは抵抗に遭わなかった。この薔薇《ばら》と鶯《うぐいす》の土地を支配していたアラブ人は、目的はインドだと約束したオイール軍を通した。オイール軍は何ヶ月もベルジスタン[*23]の山々をさまよい、天嶮を通り、やっとのことでインドの関頭に立った。オイールは国境の山上に木の十字架を立て、僧のヨハンが発する力強い言葉に続いて祈りを捧げた。

　ブラバントのベルナールが、モール人の国における戦いで毒を塗った槍で刺され、死んだ。オイール王はモール人の貴族の息子三百人の首を、彼の墓前において剣で刎ねさせた。そうしたのは僧ヨハンの助言によってである。ヨハンは敬虔であるのと同じくらい復讐の念に燃え、彼の言葉が極めてしばしばオイールの行動を左右したので、もし王が死んだら彼がオイールの後継者に選ばれるだろうと言われていた。

　かつてアレキサンダーがインドへと進む途中で彼の名を持つ町々ばかりを作ったのと同じように、

オイール王も使徒ペテロに捧げた教会だけを建てていった。

オイール王は大インドに入る際に、幾人かの忠実な家臣と別れた。彼は二つのマウレタニアの王にボルドーのギヨームを、カルデアとバビロニアにマインツのアーノルドを据えて、自分の名代にした。多くの僧にはモール人の国やカルデアの国、バビロニアに残ってそこでミサを行い、人々に洗礼を施すように命じた。

軍勢は大インドの関頭で、立ったままオイール王が馬から下りるのを待っていた。それから王は皆と共に跪いた。彼らは十五とその後二十の国にみずからの足で立つことになった。彼らの身体は傷跡だらけで、額には深い皺が刻まれていた。僧ヨハンが主の祈りを誦《ず》し、軍隊は王や、伯爵たちや、男爵たちとともに軍歌を歌った。頂上に氷河を戴く巨大な山脈が谺《こだま》を返し、鷲たちがオイール軍の歌に驚いて大空に舞い上がった。

そうしてその日からすべては夢となり、お伽噺となり、黄金、真珠、ダイアモンドを求める遍歴となった。これよりも美しく豊かで神秘的な国はなかったからである。

オイールの軍はキルタル連峰[*24]の峡谷を通り抜け、三つの流れをなして大インドに殺到した。ここで泥と粘土の小屋に住んでいた人々は、四つの車輪のついた荷車や軽装備の人の乗っている馬を見ると、びっくりして走り出てきて、恐ろしさのあまり叫び声を挙げた。このような不思議なものを今まで見たことがなかったからである。僧たちは彼らに福音を説き、キリスト教徒の仲間として受け入れて、その頭上に聖水を注いだ。

遠征の六日目に、軍はエメラルドのような緑なす広い平野を目の前に見た。沼地から枝を張った木々が生え、その枝に嘴《くちばし》が長く、首の短い鳥が住んでいた。その鳥には羽毛の代わりに髪の毛が生えていて、人の泣き声に似た声を上げた。この鳥は沼で魚や蛇を捕まえていたのである。

この草原の遙か向こうに多くの支流をもつ川が流れ、そこに葦が茂り多くの浮き島があった。それはこの土地の聖なる流れインダスであり、この国はこれによってその名を得たのである。

この川は氷の山脈に住む極北の民のもとで生まれ、岸に沿って歩けば、水源から河口まで行くのに一生かかるほど長く、この国の中を流れている。しかし誰も水源を知らないし、この川の全体を知るものも誰もいない。更にこのインダスという川は黒い泥の多い二十二の河口によってアラビア海に注ぐ。純金がその泥に含まれたまま山から海へ流れ込むのである。

オイールの兵たちは歓声を上げげ、水浴びしようと大喜びで水中に飛び込んだのだった。

四

オイールのインド遠征について数知れぬ詩人たちが歌い、アレキサンダーの後継者と呼んで彼を讃えたが、彼はアレキサンダーよりも幸福で尊かった。彼が異教徒ではなかったからである。最初の詩人はパリのラインハルトであり、オランダ、ドイツ、デンマークの多くの詩人がそれに続いた。多くのものは異なった土地で異なった時代に同じような運命を生きた赤髭王フリードリヒ*[25]と彼とを混同し、あるものは彼をデンマークのオイェルと呼び、また別のものはハラルドと呼んだ。

ある人々は、カール大帝に随ったのは彼ではなく、カールに楯突いたカルロマン*[26]の伯爵アウタリ*[27]以外にはないといって、この英雄の存在を否定した。――しかし商人マルコ・ポーロが遠いインドと中国で僧ヨハンを覚えている人と会い、医師のマンデヴィル[28]がインドの町々で親しくオイールの足跡を見ているのである。

それはともかく、オイール王は更に二十の国を占領し、足かけ五年目に入る彼の遠征は、今やまさに目的地に近づきつつあった。船の舳先が海の波を切り進むと海が両側に分かれるように、オイール軍がインドの国を真っ二つに切り裂いたので、彼がどこに向かおうと人々は退いて道を譲ったのである。

すべての町はオイール王に服従し、黄金の鉢に入れた白いパンと果物を彼に捧げないような町はなかった。インドの王の軍隊でオイールの攻撃を持ちこたえられるものはなく、彼の角笛の音を聞くだけで、恐ろしさのあまり逃げ出さないものはなかった。

沼地の島カティアーワル[29]の国王は、戦闘用に訓練された象と禿鷲をオイールとの戦いに差し向けた。しかしオイールの騎士たちは象の眼を突いてこの怪物に脳に達する傷を負わせた。禿鷲は矢で心臓をねらって撃ち落とした。オイール軍が再び戦闘用の象と衝突したとき——それは天にも届くような樹木が生え、雪が褐色であるコンカン山脈にあったプーナ国[30]でのことだったが——、オイール軍が牛の角笛を吹き鳴らしはじめると、敵の象の列に恐怖が走った。これまでそんな音を聞いたことがなかったからである。プーナ王国は転覆し、炎上する国境いで王が殺され、五百人の女たちも王とともに死んだ。オイールは彼女らの子どもたちに水で洗礼を施した。

人は時に醜くかったり美しかったり、時には黒檀のように黒かったり、青かったり、時には褐色だったり、赤かったりしたが、オイール軍は人とだけ戦ったわけではなかった。インドは暑い土地だった。そこでは灰色の空の下の酷暑は極めて激しいもので、眼が霞み、舌は乾き、心臓の動悸は喉もとまで突上げるようだった。この国では日中は大きな太陽が頭上にかかり、夜には大きな星が空に見えた。敵がいなければ虎やその他の猛獣がいて、樹の上には毒蝿が、草むらには悪意に満ちた爬虫類や二メートルから一〇メートルもある蛇がいた。蛇は身体に巻き付いて人を窒息させ、毒で体中の血を汚して殺す。土地の人々はこれらの爬虫類や化けものを自由に操り、笛を吹くとそれらが人々に踊ってみせるのである。またそこには磁石の山があり、祈りによって神が剣や槍や楯を魔法にかけられた崖から引き離してくださるまで、数日間オイール軍が貼り付いたままでいることもあった。

オイール軍はプーナ王国からエラの国に入った。それはプーナ王国と同じように海辺にあり、胡椒や生姜などさまざまな薬根草があった。既にモハメッドの時代からここにやって来ているアラブの商人が、これらの薬根草を河口から運び出そうと海を渡ってきていた。この国の王は一日でオイールに降参し、飼い慣らした一群のライオンと白鷲の戦いを崖をくりぬいて作った城で彼に見せた。王はまた彼を自分の神殿に連れて行って自分たちの神を見せた。それは顔をしかめた怪物のようで、無数のあらわな肩をもち、足を組んでいた。そこには美の像もあった。それは少し垂れた胸と肉付きの良い足をしていた。これらの像は頭に先の尖った道化師の帽子を被っていた。オイール王は偶像崇拝者たちの神殿を引き倒させ、王を牢獄に引き立てた。彼が世辞たらたらの言葉と偽りの饗応でオイールの熱意を惑わそうとしたからである。

オイール軍は朝早く空腹のときに、この国のムゲルあるいは「若者の泉」といわれる泉で、あらゆる病を治す水を飲んだ。そうするとどんな戦場においても気分がとても爽快になるのだった。病人は立ち上がり、身体に傷を負ったものは傷が治り、十年間病気になることもなく、死ぬこともなかったのである。多くのものに行き渡るほど水が十分ではなかったので、兵士たちは王に不平を言い、水が新たに湧かないうちは泉から立ち去ろうとしなかった。

オイール王はマイスロ王国[*31]で、この土地のラージャといわれる強力な支配者に大勝利を収めた。ラージャは遠くから見るとアスパラガスの畑に似ている、護りの堅い都市バンガロール[*32]に住んでいた。インドの宮殿や偶像崇拝者の神殿の塔は極めてグロテスクなものである。マイスロの支配者は服従して家来になるように呼びかけたオイールの使者たちを尊大にあしらった。

そこでオイール王はヨハンの騎士たちを戦いに投入した。ヨハンが最初に城に入り、ラージャの住まいの屋根にはしごを掛けた。町は凄まじい火事を起こして炎上し、オイール軍が恐ろしさに耳を塞ぐほどの叫び声が夜の通りに響いた。ラージャの庭園から放たれたライオンが通りを走り回り、ハイタカや怪物のようなミミズクが火事場の上を飛び回って、三日三晩、女や子どもの泣き声が続いた。流された血が高慢な支配者の頭上に流れ落ち、仏陀《ママ》という名を持つ神と好色と瀆神という名をもつその妻の像が倒された。ラージャは三日目に慈悲を乞うた。王は二日の猶予を与え、ラージャみずからが信仰していた偶像たちを見て、正しい信仰に従いたいと思うかどうかを考えさせた。次の日の朝、ラージャはすべての民衆とともに洗礼を受けた。

オイール王は、この国の男女が以後裸で歩き回らないように命じ、男が皆、好きなときほしいままに女の愛を貪ることを禁じた。その時からこの王国には一夫一婦の制が布かれ、子どもたちは皆自分の父が誰であるかを知るようになった。王はまた山岳民のあいだの食人の習慣を根絶した。

マイスロの国から遠く東の方にあるシンバル[*33]の国でオイールは褐色の肌をした親切な人々に出会った。この国全体が生姜や丁字《ちょうじ》、ナツメグの庭園になっていて、金と紫の孔雀が棕櫚の木のあいだを飛び交っていた。森の中にはおびただしい数の七面鳥がいて、毎年十一月には王が法律によってそれを殺すように命じるほどだった。この国は大気が楽園のような芳香に満たされていた。オイールの軍勢は酔ったようにさまよい歩き、一日中眠った。そのため軍を指揮する伯爵たちは、兵士が睡魔に襲われないよう、三時間おきに冷たい流れで水浴するように命じたのである。

小鳥のように大きな蝶が大きな青い眼をして頭上を舞っていた。虹色の小鳥が人々の肩に止まった。象は村々に入って穀物倉の小麦を食べ、虎は人々を襲うこともなく、沼沢で静かに暮らしていた。人々は穏やかな暮らしぶりをしていて、疑う者という名で知られる使徒トマス[*34]の時代からここに残っていたキリスト教徒も彼らの中にはいた。

この使徒は近くの国で伝導して死んだ。シンバルの王国はよろこんでオイール王に服属した。王の名声が以前から支配者の耳に達していたのである。この強力なラージャがオイール王のために宴を催したが、そこでは金と象牙の杯でワインが振る舞われた。

オイール王は宴の時に自分の生涯の出来事を物語った。ラージャは十人の書記に命じてオイールの勲功を絹布に書き留めさせ、目もあやな色彩の絵でその書き物を飾るように命じた。絵の描かれたこの書き物は長年シンバルの町の王城の大きな広間に掛けられていて、実際にアラブの商人たちがそれを見ているのである。

オイール軍は沼や森を通り抜け、三十の深い川を渡ってマーバル[*35]の国に入った。そこは、自分の眼で復活を見るまでこれを信じようとしなかった使徒トマスの遺骸が葬られたところである。使徒トマスはセイロンの真向かいのインド側にあるマーバルの国で、双子の聖人[*36]と呼ばれていたが、孔雀狩に行った人の矢によって死んだ。誇り高い鳥にではなく、敬虔な聖人に矢が当たったのである。

この町の人々は、胡麻油の入った高価な容れ物をオイール王に贈った。太陽の光から顔を護るためである。この油を黒くなるまで顔にすり込むようにと、多くの人々がオイール王に頼んだ。悪魔が白くて神と神の聖人たちは黒いのだから、神の御姿《みすがた》に似せて作られた人間は黒いものだと、ここの人々が信じていたからである。オイール王は人々の望むようにしたが、彼の顔は黒くはならずに褐色になった。マーバルの国の人々はこれを喜び、彼に贈り物や食べ物、飲み物を持ってきた。

また聖壇で焚く沢山の香料も贈られた。この香料は芳しい草で作られ、草と同じように燃えた。[*37]オイール王は彼の軍勢とともにマーバルの町で九週間休息し、ベンガル海の岸辺にあるムトフリの国へと、新たな遠征に出発した。

二ヶ月間、オイール軍はこの地方の鋸のような山を旅した。そこでは氷の頂きから谷間に激流が流れ落ちていた。またそこには崖があって、小さい石の間にダイアモンドが見つかる。ダイアモンドはまた、道の裂け目や野原の土塊の中にも見つかる。鷲がこの石を飲み込む。雲の下を飛ぶ彼らのところまで耀きが届いて彼らの眼を惹きつけるからである。ムトフリの国の住民はこの鷲をつかまえ、その内臓から宝石を取り出すのである。

オイール王は言葉だけでムトフリの国を服従させた。彼の軍隊は皆、兜にはいるだけのダイアモンドをそこから持ち去ったのである。

この時オイール王は自分の軍隊の隊長たちを男爵に、多くの従軍司祭を僧正に昇進させた。すくなからぬ者が妻をめとり、彼女らに洗礼を受けさせて「主の祈り」を教えた。一方、オイール王はクマリ王国[*38]へ立ち去り、海岸の白い城に居を構えた。

五

オイール王は大遠征の後、休息をとっていた。

彼の城はインドの歌姫《バヤデール》のように風にそよぐ海岸の棕櫚《しゅろ》の木の下に建っていた。海から寄せる暗い色をした波が水平線の彼方の深みから押し寄せ、表面が緑に変わって白い奔流となり、岸辺で膨れあがって巨大な羊毛の梳き歯をくぐる黄色い泡のようになる。波は次々と押し寄せては砕け、その故郷の深淵と同じように、神秘的な貝殻やヒトデ、海の生き物などを洗っては、音を立てて砂に消える。塩を含んだ快い風が棕櫚の梢を渡る。時折り地面の香りのよい草むらの上に毛むくじゃらな褐色の木の実が落ちる。オイールには、それが彼の進む道に棕櫚の枝を投げようと押し寄せて来る群衆のように思われた。しかしそれはただ、浜風が緑の枝を落すだけだったのである。

オイール王は微睡《まどろ》んで夢を見た。寄せる波の音を何も考えず聞いていると、彼には永遠を聞いているように思われた。その永遠には意味がなく、心が痛むようなものでも、すばらしいものでもなかった。だが同時にそれは真実であり、夢であり、沈黙であり、果てしない音楽であった。彼はただ一人、棕櫚の茂みを散歩しながら、空の青さを眺めてそれを愛でた。

夜にはしばしば薔薇色の身体をした生き物が海原の下にいるのが見えた。はためいて耀く衣を着た妖精《ニンフ》たちである。配下の戦士たちはこの娘たちを捕まえようとして、次々と波の中に飛び込んだ。しかしそれは白っぽい肉をした海の怪物で、空気に触れると萎れて乾上がってしまった。すべてこの世のことはこのように美しく儚いものだった。

夕方、オイール王は海岸に出た。城を出て日中の暑さの後の涼しい大気を吸いに行ったのである。彼は黄色い花の咲く、草むらに横になった。この花は手に触れるとすぐに散ってしまうのだった。眠りにつく前の猿が棕櫚の木の上で小さな子どものようにそわそわして枝から枝へ飛び移り、人を挑発しながら叫び声を挙げた。オイール王は、遠いデンマークの故郷の松の木の上の栗鼠《りす》を思い出して悲しくなった。大気は塩を含んで酸っぱかった。

森の茂みから沼の匂い、ココナツやアーモンド、木賊《とくさ》やバナナ、蘭の匂いが溢れ出てきた。虫が鳴き始め、大きな黄金虫が夕方の飛行をはじめた。森はゆっくりと眠りにつき、鳥だけが寝惚けて鳴き声を上げた。海は昼間も夕方も、太古と変わらず同じように大きな波を寄せては返していたが、それは黒と白からなっていた。その海から幻のように断崖が聳え立っていた。星々は手を伸せば届くほどに近く見えた。

オイール王は長衣《ローブ》を脱いで金の帯を砂の上に置き、はだしで水に入った。波が一つ、恋人のように彼の胸に身を投げかけ、塩辛い涙で彼の顔を濡らした。彼は腰まで水につかった。彼の身体は青く耀き、金髪は銅に変わった。長くなびく髪は風に身を任せ、水中の男は幸せで一杯だった。

彼は水平線上の崖を目指して泳いでいったが、泳ぎ着くことはなかった。

彼は目隠しをされ、両の手首を強い手で抑えられて小舟に坐っていた。誰かの年老いて硬くざらざらした手が、声を出さないようにと口を押さえていた。王は自分が海でかどわかされたことに気づいた。彼は水浴していたときのように裸のまま船底に坐っていたので、小舟が波の頂きから波の底に落ちるとき、身体に水しぶきがかかった。漕ぎ手たちは異国の分からない言葉を交わし、けたたましく笑った。船旅は一時間、もしや五時間、あるいは一昼夜を通して続いた。オイール王は時間の観念を失ってしまったのである。

そうこうしているうちに、彼はココナツの実を渡されて果汁を飲むようにいわれ、貪るようにそれを飲んだ。飢えてのどが渇いていたのである。彼は果物を与えられたが、味は分からなかった。「私をどこへ連れて行くのか？」と彼は訊ねた。

二人の男の声が答えた。言葉は分からなかったが、親切そうな口ぶりだった。その答のあと再び笑いが起こった。

海が静かになり船旅はずっと楽になった。小舟はもう揺れることがなく、王の頭もくらくらすることがなくなった。彼は体が温かくなって寝入った。長いあいだぐっすりと眠り、夢を見ることもなかった。

彼は優しい手に触れられて目を覚ました。目を開けると女が立ってベッドの側にかがみ込んでいた。彼女があまりにも美しいので、オイールの眼は夢でも見ているように丸くなった。女は林檎を手に持っていて、微笑みながらそれを男に渡そうとしていた。

「楽園のイブだ」とオイールは思い、喜びと怖れに打ち震えた。

「お食べなさい、王よ」と女が遠い祖国のツグミが歌うような声で言った。しかもその声は深く、甘く、苺の匂いがした。

オイール王は林檎を取って身を起こし、恥ずかしいと思った。海に入ったときと同じように裸だったからである。

女を見ると彼女も裸だった。女の身体は熟《う》れた小麦の穂のように褐色で、口はざくろの実の割れ目のようだった。狭い額には赤い色で点が描かれ、胸の先は赤く塗られていた。黒髪はこめかみのところで房のように高く結い上げられ、指と足の爪は赤く、踵は錆色《さびいろ》の朱で彩られていた。

王は林檎を食べながら、あどけなく微笑みかけている女を黙って眺めた。

「おまえは誰だ、そして私はどこにいるのだ」と王は訊ねた。

「私はアサリ、この国の女王です。そしてあなたはセイロン島の私の洞窟にいます。この島は棕櫚《しゅろ》の幹から樹脂が流れ落ちるように、涙の形をして海に流れ落ちたのです。あなたは私の客人です」

「女王よ、おまえは私をかどわかしたのだ。私を放し、私の王国と私の軍隊の許に帰しなさい」

「帰しません」と女王は言った。

「私は逃げる」と王は言ってベッドから立ち上がり、女王の顔を睨んだ。

「ここから逃げることはできません。私の庭から世界のあらゆる方向へ通じる道は、すべて魔法で閉ざされています。見えない境いを越えることはできません。それどころかあなたは足を折って私の許に返って来ることになります。あなたは私の客人なのです」と女王アサリは言い、口を差し出して口づけをさせた。

オイール王が彼女の口に口づけをすると、少し離れたところから竪琴《たてごと》の音や鳥の唄、海の潮騒が響きはじめた。それは騒ぐ血の声であった。彼の心は憧れと愛に満たされ、アサリに、かつていかなる女ともしたことがないような、貪るように長い口づけをした。アサリが彼の頭を抱き、指で彼の長い髪をまさぐったので、とうとう指輪に髪が絡まってしまった。

「私は水夫たちからあなたの力、勇気と美しさについて聞いていました。あなたの金色の髪についても。湾の中の海水にも譬えられ、剣の耀きのように燦《きら》めいているあなたの青い眼についても。私はあなたを呼ぼうと決めました。もしあなたが私、このアサリがこの世に生きていることを知れば、二十の王国があなたにとって何でしょう。あなたにとって軍隊が何でしょう。私を見て下さい」

そう言って彼女は彼の頭を抱擁から解いて彼の前に立った。それは乙女であり、女であり、人間であり、女神であった。

「アサリ、言ってくれ、おまえは人間なのか」

アサリは笑って言った。

「人間であるオイールが不死の女を愛しているのです。私は、人間が楽園から追放され、病に弱く、死に支配されるものとしてやって来たとき、この悲しい土地から去っていったものたちの一人です。最後の人間が火事や地震によって、痙攣と怖れのうちに死んでしまったときに帰ってこようと、神々は遠い北の薄明の中に去っていきました。私、このアサリはこの島に留まりました。不死の神々が帰ってくるのを待ち、彼らが陽の光を浴びて帰ってきたとき、最初の饗宴の支度をするために。王よ、あなたは女神を愛したのです。あなたが愛したのは女神なのですよ、王よ」

オイールは彼女の美しさの前に跪き、頭を垂れた。アサリは再びオイールの手を取って彼に自分の王国を案内した。それは大きな洞窟で、子どもの拳ほどの大きさの青い宝石が嵌め込まれていた。太陽の光はなかったが、明るくて暖かだった。オイールが坐っていたベッドは背が高く、虎の毛皮で柔らかく覆われていた。長椅子やテーブルは象牙でできていて、テーブルの上には黄金の杯と容器が置かれ、床には柔らかい絨毯《じゅうたん》が敷かれていた。

アサリが耀く回廊を通って客を案内した。洞窟の端に着くと彼らは庭に入った。それは天国の楽園だった。すべてが花と香りに包まれていて、鳥たちは棕櫚の木の上で囀《さえず》り、獣たちは女王の許にやって来ては甘えるのだった。手に武器を持たずには人が近づけないような猛獣や鳥の列が、女王とその客人に付き随った。彼らは棕櫚やミモザ、芭蕉《ばしょう》の木や薫り高い草の生えている庭を通り、蓮の花の咲いている湖畔で止まった。それから赤い砂を敷きつめた道をとって返すと、象の群れに出会った。象は女王の許にやってきて跪き、牙《きば》で地面を掘り、おもねるように鼻を鳴らして彼女を讃えた。そのあと彼らは海を見た。

海辺でオイールは再び女神に口づけをして、彼女を愛している、と初めて言った。

彼らは洞窟に戻った。テーブルには食べ物が並べられ、杯にはワインが注がれていた。その時オイール王は自分の剣のことを思い出して言った。

「女王よ、私は自分の剣なしでは生きていけない」

「それはこの広間にしまわれているので、私が決めたときにあなたにお返しします。あなたが眠っているときにあなたと一緒に城から持ってきたのです、二十の国の王よ」

「約束するか」

「約束します」

「いつ決めるのだ」

「私がそうしたいと思った時です、王よ」

アサリがオイールにワインの杯を渡して二人で一緒に歓びの飲み物を飲むと、それは温かい露のように体中を流れた。洞窟に薄闇が忍び込み、二人は夜が始まるまで微笑《ほほえ》ましいことや明るいことについて語り合った。それから彼らはベッドに横になった。闇は青く、オイールには暗闇から星が現われるのが見えた。彼には本当の空の下に寝ているように思われた。

オイール王は、このようにして女神アサリと最初の夜を過ごした。

日が戻ってくると、アサリはオイールがまだ寝ているうちにベッドから起きて、眠っている男を見た。彼女の眼は花嫁の眼のように潤んで幸せそうだった。

彼女は長いあいだ戻ってこなかった。それから魔法のクリームの入った容れ物を手にとり、寝ている男の許に忍び足で近づくと、その額に塗った。オイールが目を覚まして何をしたのかと訊ねた。彼女は言った。

「あなたの額を撫でて皺をとったのですよ」

「それは人間の苦しみの跡なのだ、女神よ」とオイールは言って微笑んだ。

アサリはオイールの額と口に口づけして鏡を持ってきた。

「見てご覧なさい、どこにありますか」

オイール王は鏡を見た。皺は消えていた。

「よくお休みでした」おもねるようにアサリが言った。

「生まれて初めてだ。聖書のアダムとイブのように暮らしているのだから」オイールはため息をついて言った。

「あなたは楽園にいるのです。幸せですか?」女神のアサリは訊ねた。

オイールは答えず、朝の女の、花のように生き生きとした美しさをじっと見つめた。彼の答がその眼の中にあった。

アサリは訊ねた。

「何も不足はありませんか」

「何も、ただおまえが欲しいだけだ」とオイールは言った。

こうして、オイールが女王アサリの許で過ごす二日目がはじまった。三日目も四日目も、五日目も十日目も、百日目も二百日目も、そして一年目も二年目も、三年目も、そしてその後のすべての年月も、同じように過ぎていった。

それはアサリが彼のこめかみに塗った魔法のクリームが、彼に時の経つのを忘れさせたからである。彼にとっては昼もなく夜もなく、あるのはすべてただ歓びと楽しみと忘却だけだった。彼は何年も過ぎていることに気付かなかった。彼の身体が全く変わらなかったからである。

眠っているあいだに青い洞窟に運び込まれたときと変わらず、彼は若々しかった。髪の毛は金色のままで、口髭も白くはならず、歯は白く耀き、身体つきはしっかりしていて、顔つきは若者のように赤みを帯び、額にも口や目の周りにも一本の皺もなく、バネのようにさっそうとして歩き、愛への思いは消えることがなく、人生の贈り物から受ける歓びは永遠のものだった。

アサリはオイール王を愛し、オイールも彼女を愛していた。彼らの愛は楽しみに満ちていた。王も女神もただそれだけを考えて暮らしていたからである。夜には彼らの愛のためにだけ星が耀き、彼らのためにだけ棕櫚と芭蕉の園が香り、彼らにだけ虎やライオンが身をすり寄せ、彼らの肩にだけ虹の鳥がとまり、彼らのためにだけ、真珠やサファイア、トパーズやアメジストが耀いていた。はるかな海は彼らのためにだけざわめき、見えない竪琴《たてごと》の弦が彼らの愛のためにだけ音を奏でたのである。

六

オイール王はベッドから起きあがった。彼は青い洞窟の中で一人だった。朝の柔らかい光が金色《こんじき》のリボンのように彼の身体を包んでいた。彼は気分が良かった。アサリはライオンや虎と庭を散歩していた。

オイール王は果物を食べ、女神を探しに外に出ようとした。その時、彼はいつも寝ているベッドの敷き皮がはがれているのに気付いた。屈むとベッドの下に光った長いものが見えた。手に取ってみるとそれは彼の剣だった。

彼は剣を鞘から抜いた。刃全体が疎《まば》らな錆で覆われ、切先も錆びていた。オイールは訝《いぶ》かった、この短いあいだにどうして彼の剣が錆びついたのだろうかと。彼は柄を見た。純金の耀きがあった。カールのルビーは血のように赤く耀いていた。

突然、オイールの心に痛みが走った。

彼には、インドにいる自分の軍隊、彼らとともに得た王国と土地、生死にかかわらず、戦いで彼と血を流した友人たちが見えた——ブラバントのベルナール、彼は話好きで歌がうまく、美しい着物を好み、戦いにおいては英雄的だが、行軍ではのろのろとしていた。日焼けして痩せたボルドーのギヨーム、彼は進んで飢え、裏切りの矢がどこから飛んで来て倒されるか分からない、山の隘路で戦うのが好きだった。子どものような心を持った大男のマインツのアーノルド、彼は女とビールが大好きで、戦いの準備に長《た》けていた。ルシヨンのロベール、いつも不満で不平がましかったが、アキレスのように勇敢だった。頭をそって瘦せた顔つきをしていたが、瞳には炎を秘めた若い司祭。十字架を手に持ち馬を駆って突撃した僧や説教師たち。

そしてすべての伯爵や男爵、公たちの前にいる僧にしてかつ戦士である、彼の愛するヨハンが見えた。彼は手から剣を放さず、決して食事をとらず、眠らず、いつも主人であり王であるオイールに随い、新しい遠征と戦いと勝利に加わっていた。僧ヨハンは生まれながらの王であり皇帝であって、彼、オイール自身よりも勇敢で思慮深く、情熱的で強い心をもっていた。

オイールのこの想い出は苦しく痛ましいものだった。彼は王国と軍隊を失い、軍隊と王国は王を失った。女の美しい身体と引き替えに。彼は自分が女神だという異教の女と寝ている。しかし神はエジプト、カルデア、二つのマウレタニア、バグダッド、ペルシア、大インドの岸から岸までその名によって洗礼を受けた、あの神しかいない。

オイールは再びベッドに坐り、突然、裸の身体を覆わねば、と思った。彼は絹の掛布団をとって身体に巻き付け、剣を膝の上に載せた。彼の栄光の証人であるその剣は、悲しげに錆びついてそこに横たわっていた。わずかのあいだにそれは錆びてしまった。だが軍隊はどこにいるのか。飢えに苦しんではいないだろうか、悪疫が彼らのあいだで猛威を振るってはいないだろうか。悪賢い王やラージャたちが征服された人々のものをかすめとってはいないだろうか、偶像崇拝の僧たちが人々を扇動し、夜蔭、人気《ひとけ》のない場所で彼の軍隊を打ち殺してはいないだろうか。何年か前に送った使者たちは国から帰ってきただろうか。故郷《ふるさと》は平和だろうか。モール人の国を平定したときにカールがくれた城、薔薇の入江のロサス城はどうなったろう。客たちがやってきて、狩りに誘う森の角笛が吹き鳴らされているだろうか。

彼の心は痛んだ……妻のジュヌヴィエーヴは生きているだろうか。息子は大きくなったろうか。きっともうしっかりした少年になって、城の助任司祭に読み書きを習っているだろう。美しいジュヌヴィエーヴはいくつになったろう。二十五歳だろうか、三十歳だろうか。年をとったものだ。以前のように物静かだろうか、それとも人と話したり議論をしたりするのが好きになったろうか。目尻に皺が寄ったろうか。

彼には皺はなかった。魔女のアサリが彼の皺をとったのだ。女の中で最も美しいアサリが。ここでは幸せだった。だっただと？　ここに、女の中で最も美しいアサリの側《そば》にいれば幸せだ。

彼はルビーを撫でた。ルビーは怪我をした指から迸《ほとばし》る血のようだった。それは乾くことのない血だった。このルビーは彼がアーヘンからセイロン島まで持ってきたものだった。この剣は彼が城を離れて海に行くときに置いてきた。そしてその時奪われたのだ。彼も、剣も。彼自身は消えて魔女の洞窟にいた。剣は見つかった。そのあいだ中それは彼のベッドの下にあったのだ。昼も夜も。夜も昼も。そしてその上に錆がついてしまった……

彼は何度も海の向こうにある世界、インドの夢を見た。インドについて。夢の中ではいつもこの剣を携えていた。おそらくそれは剣が夢の中で話しかけていたのだろう、こんなに近くにあったのだから。けれども彼はそのことを知らなかった。

剣は自分から呼びかけていたのだ。彼の許に帰りたかったのだ。カールの剣は魂を持っている。声も、目も、耳も持っている。身体はほっそりとして軽くしなやかだ。もう離すことはしない。

洞窟の入口にアサリが立ち、ローブを巻いて剣を撫でている夫を見ていた。

「剣を見つけたの?」とアサリが訊ねた。

「ここにある。もう決して手放さない」

「どうして大きな声を出すの？　誰かが傷つけたの?」

「おまえだよ」

「どうして?」

「私を誘拐して離さないじゃないか。その美しさで私を誘惑したじゃないか。私の目の前から私の剣を隠し、友人たちや、おまえが知らず何の関心もない私の国々を私から奪ったじゃないか。おまえはもうほとんど一年ここに私をひきとめているじゃないか……私はさほど遠くないこの海の向こうにいる家来たちから丸一年離れている。彼らは悪疫に倒れたかも知れない、もしかすると新しい戦争に巻き込まれたかも知れない、あるいは死んでしまったかも知れない。僧のヨハンももういないかも知れない。彼は松明《たいまつ》のように燃えていた。ああいう人たちはすぐに死ぬのだ。アサリ、私を行かせてくれ。私がおまえを愛していることは分かっているだろう……」

「あなたはもう私を愛してはいないの?」

「愛しているよ、アサリ。私の愛に免じて私を行かせておくれ」

「着物を着たようね。あなたの着物を私が持ってこさせたの。死すべき者と同じような着物を着るといい。何でもあなたのしたいようにしてあげます。でもあなたは離さない。あなたは女神を愛したのですよ。私が愛した男にはどんな女も触れさせはしません」

「おまえを愛したからには、この世の誰を愛することもしない。けれどもおまえの許に留まることはできない。私は死すべき者だ。死ぬまでにしておきたいことがある。私は東方の王だ。私は三十の王国と数え切れない人々を支配していた」

「王よ、あなたは永遠に若いままだということを忘れたのですか。それは私がしたことです。あなたを捕らえたこと、あなたが愛してくれたことへの私のお礼です。神の贈り物なのです」

「アサリ、私に皺を返してくれ。アサリ、おまえのことは一生忘れない。行かせてくれ、私がおまえを愛したのだから」

アサリは不思議な微笑みで笑いかけてその場を去ると、ムトフリの国のダイアモンドの縫い込まれたオイール王の裲襠《うちかけ》を持ってきた。

「好きなようになさい。あなたは三十の王国を得たのです。私の許を去ってみたらいい。剣はもっていきなさい」

オイールはよろこんで女王の口に口づけをした。彼女の口づけには苦い涙の味がした。

七

オイール王は立ち去らなかった。女神アサリの優しい愛が哀れだったからである。アサリの彼に対する態度は変わらなかったし、彼女の心もこれまでと同じように熱いものだった。

しかしオイールは一日中自分の裲襠を着ていた。それは彼が海に入る前に脱ぎ捨てた時のように美しくはなかった。絹が古び、金の刺繍は黒ずんでいた。王の着物がこんなに早くだめになってしまったことを、彼は不思議に思った。

彼は庭に通って別れを告げた。棕櫚に、草花に、蓮に、獣たちに。彼は毎日遠くへ、より遠くへと歩き回った。女王の国の果てを見たいと思ったが、それは目には見えなかった。境いに近づくと足が止まり、何か目に見えない力が彼の身体を後ろに向けさせるので、彼がこの楽園から外に出ることはできなかった。

オイールは庭の中をふらふらと歩いては、絶望して戻ってくるのだった。彼は楽園の囚人だった。彼はせめて数日のあいだ外に出してくれるようにとアサリに頼んだ。自分の軍隊を見て、新しい遠征への指示を与えたかったのである。何千の人の血で作り上げたものが、女の微笑みのために駄目になってしまうなどということがあるだろうか。

オイールは、逃げるか、さもなければ死ぬかだ、と心を決めた。死すべき人々の世界への憧れはそれほど強く、打ち克ち難いものだった。夜のあいだ彼は眠りながら子どものように泣いた。

八

アサリはベッドでオイール王に言った。

「今日は私と眠る最後の夜です。私は人間の泣くのを聞いていることができません。これから夜のあいだに私の耳が裂けそうにならないように。神々が皆、泣いている人間から逃げ出すように、私も行かなくてはなりません。オイール王が眠っているあいだに泣くことを知りませんでした。私がこんなに愛しているのに泣くことを。あなたを許しましょう。私の強い愛に較べてあなたの心は弱いのです。

あなたはこれまで幸せでした。これからは悲しむでしょう、王よ。私もまたあなたを恋しく思うでしょう。あなたは恋について神々と肩を並べました。あなたは再び人間になりたいと思っているのですね。最後の最後まで人間でいなさい。永遠の若さという贈り物をあなたに残しておきましょう。若いままでいて、忘れてしまいなさい。私は優しいのです」

　翌朝、アサリは言った。

「あなたと海辺に行きましょう。私と一緒に私の王国の境いを越えますが、それがどこかは分からないでしょう。海辺を千歩行きなさい。そこにアラブの小舟がつないであります。その船頭たちは勇敢ですが陰気です。彼らに真珠を支払いなさい。真珠はもてるだけ持って行きなさい。旅にそれが必要になりますから」

「有難う、女王よ」

「剣も持って行きなさい、あまりあなたの役には立たないでしょうが。幸せになって下さい、もしできることなら」

　オイール王は女神の手を握った。

「一年のあいだ私はあなたといました。言い表わせないほどすばらしい一年でした。一年というのは長い時間ですね、女王よ。でも私にとっては一日のように過ぎてしまいました」

「あなたが私のところに丸一年いたんですって？」アサリは笑った。

「女の中で最もすばらしいアサリよ。それはたった一日、たった一晩でした」

「それでは行きなさい。そしてできることなら忘れてしまいなさい」

　岸辺の海が森に入り込み、棕櫚の木が水中深く立っているところで、オイール王は女王アサリと別れた。そして王も女神も泣いた……

彼は海岸に沿ってしっかりした足取りで進んだ。三度彼は振り向いた。一度目は燦々《さんさん》とした昼の光の中に立つ、女王の褐色の身体が見えた。二度目は手で顔を覆っているのが見えた。三回目にはもう彼女の姿は見えなかった。

九

出航するばかりになっている舟が岸辺に繋がれていた。アラブの着物を着た二人の男が黙ったまま深いお辞儀をしてオイールをむかえ、彼は舟に乗った。漕ぎ手が櫂を取り、舟がゆっくりと渚から動き出した。オイールはもう一度彼が至福を味わった国を振り返って見た。

「クマリの町までいくのか?」とオイールは訊ねた。

「いいえ、アラビアに行きます」一人の男が言った。

「どうしてクマリの町に行かないのだ。あそこに私の城があって私はそこに行くのだ」

オイールは腹を立てて大きな声を出した。

「クマリの町など知りません」とアラブ人は言って黙り込んだ。

「インドに行くようにお前たちに命令する」

「インドには悪疫が流行っています」とアラブ人たちは答えた。

「北へ行け」王は命令した。

しかし年長のアラブ人は言った。

「あなたは難破した気の毒な人で、故郷に帰りたがっていると聞いています。しかし命令しようとするなら海の中に放り込みますぞ」

「ここで誰が私を放り込むというのか」オイールは叫んだ。

「アラビアに行くのに真珠を二十個払いなさい。私たちと一緒に私たちの食べるものを食べ、私たちと一緒に飲んで眠りなさい。あなたにはそれ以上の権利はありません。坐って黙っていなさい。私たちはお祈りをしようとしているのだから」

オイール王は剣を抜いた。

「すぐにインドに向かわなければお前と漕ぎ手たちを殺すぞ」

「私と漕ぎ手たちを突き殺したら、広い海の上でたった一人になりますぞ。西から嵐が近づいてきている。好きなようにしなさい。だけどあんたには殺せない。海で死にたくはないですからな。だから剣を鞘に収め、私たちでなく自分に文句を言うのですな。私たちはモハメッドの信徒で、モハメッドのカリフたちは、インド、アフリカおよびアラビアを支配しているのですぞ」

「私がインドとアフリカ、アジア、およびアラビアを支配しているのだ」オイールは昂然と言った。

「もう二度と病人を舟には乗せないようにしよう。この男には悪魔が憑《つ》いている。鎮まるか見てみよう」

オイール王は坐って黙っていた。彼の言うことが彼らにわからなかったのと同じように、彼にもこれらの人々の話が理解できなかったからである。

夕方近くに嵐が来て舟が遙か南に追いやられ、王は気分が悪くなった。こんな小さな舟で海を渡るのが初めてだったからである。明け方に海が静まり、オイールはたくさんの食べ物や飲み物を摂って寝入った。卑屈な異教徒と争う気がしなかったからである。

目を覚ますと彼は手足を縛られていた。

彼は再び腹を立てて、どうして寝ているあいだに縛ったのか、だまし討ちではないかと訊ねた。

「私たちの言うことを聞きなさい。あんたを波止場に連れて行く。広い海の上を武器を持って脅迫したり罵ったりする男と一緒に航海するのは危険だ。二十個の真珠を払い、好きなところに行きなさい。そうするのが海の掟だ。知らないかもしれないが、これはこの世のあらゆる掟の中で一番厳しい掟なのだ」

「掟は知っている、私の法律がその元になっているからだ。私の名前はオイールだ、わかったかね」とオイールは言った。

「そういう名前は私たちにはただの音に過ぎない。安心しなさい、あんた。あんたに何もしやしないよ。髪の毛一本にも触れやしないよ。故郷が恋しくておかしくなったんだ、よくあることさ」

彼らは互いに言い合って黙り込んだ。

オイール王は、悪党か、またはならず者の中に入り込んでしまったと思い、黙っていて彼らの怒りをかき立てない方が賢明だと考えた。こうして彼らは二十日のあいだ航海し、大海の真中にある二つの巨岩のところに差しかかった。二つの巨岩の上に空高く二つの白雲がかかり、鷗《かもめ》の群れが巨岩の上にとまっていた。断崖は糞で雪のように白く覆われていた。アラブの商人たちは「双子岩だ。もうすぐソコトラ[*39]だ。ここで琥珀《こはく》を集めよう」と互いに言い合っていた。

彼らは一日航海してソコトラに近づいた。港には塩漬けの魚や米を積んだ多くの船が停泊していた。

オイール王は舟を下りようとしたが、許してはもらえなかった。気が違っているので報復をされやしないかと怖れ、町に害をもたらすことを望まなかったからである。住人はキリスト教徒だったが、彼らと仲良く暮らしていたのである。

オイールは波止場に教会があるのを見かけた。

アラブ人たちは新しい積み荷を積んで出航したが、捕らわれ人は動こうとしなかった。彼は縛られていたが、縄は手首に食い込んでいなかった。彼の剣は少し離れたところに置いてあった。それは敬意を表して乾いた絨毯に包まれていた。

三日目にアデンの町に着いた。その町は青ざめて悲しげな海から聳え立つ、褐色の絶壁の上にあった。ここらあたりの蒸し暑さは恐ろしいもので、燃えている竈《かまど》の中にでもいるようだった。商人たちはオイール王の手錠をはずすと、二十個の真珠を払えと要求し、オイール王はそのようにした。彼らは王に剣を返し、病気になるほど帰りたかった郷里にアラーが無事に連れて行って下さるように、と挨拶した。

オイールは、彼を助けてくれそうなものが誰か港に立っていないかと、あたりを見回した。しかし古びた絹の衣を着て腰に大昔の剣を帯びた男に、注意を払うものは誰もいなかった。町に入ると町はアラブの習慣のとおり、庭と窓のある建物から成っていたが、誰にも会わなかった。町はずれの丘に登っていく所で胸に十字架をつけた黒い肌の男を見つけた。

オイールはラテン語で言った。

「師よ、私はオイール王です。この町で、砂漠を越えてアレキサンドリアの町まで私を連れて行ってくれる駱駝を雇うことができるでしょうか」

黒い僧は言った。

「勿論ですとも、あなた。しかし値段は大変なもので、野蛮なサラセン人が巡礼者を略奪します。あなたがキリスト教徒なら話すときに用心しなければなりません。ここの教王《スルタン》は、私たちも、私たちの礼拝も大目に見てはいますが、戦争の危険が迫っていて外国人を信じません」

「どんな教王《スルタン》ですか」

「アデンの教王《スルタン》です。彼はここから四マイルのところにある、サヘル*40の町々の教王《スルタン》でもあります。彼はアバシ王国の国境まで砂漠と海の大部分を支配しています。砂漠では教主《シェイク》として支配しています」

オイール王は言った。

「ここの支配者は私です。私の軍隊はアラビア南部の端のメッカまで占領しました」

モール人は言った。

「なんのことでしょう？　ここから出て行かれた方がいいでしょう。カリフは厳格な人です。しかしあなたはどうやらキリストを信じているようですから、質のよい金《きん》で支払うなら、あなたに駱駝を売って、砂漠へ案内してくれる人を呼びましょう」

オイールは言った。

「真珠で払います。インドの真珠は全部私のものです。インドに行きたかったのですが、嵐が私をこの国に連れてきたのです。故郷に帰るところです。その後でもう一度モール人の国、カルデアの国、バビロニアの国、および大インドの国で私が支配していた民の許に行きます」

僧は言った。

「私はそんな国を知りません。ちょっと待っていて下さい」

僧は立ち去って一人の男を呼んできた。その男はたびたび大きな声を上げて、もし前金で駱駝一頭に大きな真珠二十個を払うなら、オイール王に五頭の駱駝と武装した供の者をつけようと約束した。アレキサンドリアに入るまで四十日間砂漠を行かなくてはならないというのである。

オイールは言った。

「私が戴冠した町だ。アレキサンドリアに命令をやって、紅海かナイルの岸で式部官が自分たちの王を出迎えるようにはできないだろうか」

「安心しなさい。人が良くて賢い私たちのスルタンはあんたを牢屋にいれたりはしないさ。砂漠では馬に乗ったカリフの見張りを避けていくからね。あの馬は稲妻みたいに足が速いからな」

オイール王は誰も彼の力を知らないこと、また彼の騎士たちや軍勢がどこにも現われないことを不思議に思ったが、黙っていた。卑しい身分の者たちと言い争うのは思慮深いことではないと思ったからである。

次の日、彼は旅に出発した。

王に付き随っていた人々は、王に分かるような言葉を全く話さなかった。王が通訳として呼んだ僧は、キリスト教の僧服を好まない遊牧民を怖がって、旅に出るのを断った。オイールは三十日のあいだ砂漠とオアシスを旅した。彼がいつメッカが見られるかと訊ねると、随っていた人々は頭を横に振った。予言者の町に入りたくなかったのである。

オイールは野蛮人の国に近づきつつあった。彼らは駝駝の皮のテントに住み、魚しか食べず、戦いには槍と弓を使っていた。彼はそこがルシヨンのロベールの死後に戦い取ったことのある土地だと分かった。実際に裸の人々が駱駝の皮のテントにいるのを見かけた。しかし彼らはかつて剣と楯で武装して飾りのついた鞍に乗っていた。だがオアシスでは教会を見かけなかった。彼は人々と話そうと思ったが、案内人たちは駱駝をもっと速い跑《だく》で走らせ、話をするのを避けた。オイール王は案内人に百個の真珠を支払い、十四日目に国境のナイル川を渡った。部下には報せないと決めた。王が旅に出ているときも自分の掟が守られているかを見たいと思ったのである。町の通りを歩いて行ったが、その町は見覚えがないか、あるいは遠征の時には見た覚えのないものだった。キリスト教の教会はどこにもなく、代わりに沢山のモスクがあった。オイール王は、道端の乞食にエジプトの国を治めているのは誰かと聞いてみた。

老人は言った。

「偉大なエミールのユッスフ様で、王様の中で一番賢い方でございますだ」

「長く治めていなさるのかね？」

「五年でさあ」

オイールは勘定してみた。一年は女神アサリの許にいた。五年はインド遠征にかかった。するとここでの支配は一年しかもたなかったのか？　だが僧たちや教会、それに信者たちはどこにいるのだろう？

十日目に彼はアレキサンドリアに足を踏み入れた。彼はかつてそこの広場にある金襴の天蓋の下の、聖ペテロの遺物が納められた祭壇の前で、黄金の輪の形をした王冠を頭に戴いたのだった。祭壇の正面には交叉した二つの鍵の飾りがあった。彼の周りにはきらきら光る甲冑をつけた軍隊が旗手と楽隊を連れて立っていた。

アレキサンドリアの町でオイールは、これも記憶になかった高い宮殿の前でパンを売っている女に近づいた。

「私はこの町の王だ。ここにある大きなインドの真珠をお前にあげよう。教えてくれ。誰がこの町の王座に入り込んだか」

「有り難うございます」と言って女は真珠に手を伸ばし、それを懐にしまい込んだ。「あなた様が異教徒に会わなかったことをお喜びなさいまし。あなた様はギリシア人のキリスト教徒に話しかけられました。私が申し上げられるたった一つのことは、逃げなされ、逃げなされ早く、ということだけでござります。舟を雇ってできるだけ早く。明日になるとあなた様は殺されるかも知れません。大変なことが起こりかけてます。けれどここではあなた様を知る者は誰もおりません。調べにおいでになったのならあなた様は愚か者です。誰とでもお話しになり、誰にでも真珠をお恵みになるなんて。王座にいるのは大エミールのユッスフ正義公です。神様があなた様に長い命をお与え下さいますように。この辺りをうろついて、ちょっとの間でも私らの安らぎや正直な商いを妨げるような商売人やよそ者は、くたばるがいい。けれどあなた様が酔っぱらって王様だと思いこんでいるのなら、行ってよく寝て、明日出て行きなされ。モハメッドは酔いどれが嫌い。あたしもあなたが好きにはなれませんだ。かわいそうに、どうか主が……」

オイール王はそこから離れた。もう誰にも訊ねず誰にも身分を明かさないで、できるだけ早い舟で故郷に帰ろうと決めた。おそらくは自分の跡継ぎが支配権も名誉も信仰も失ってしまったこの土地に、彼が軍隊もなしにひとりぼっちでいるのが見つかれば、彼の帝国にとって危険だろうからである。

彼は港に行ってエジプトの商人と船旅の交渉をした。

十

オイール王は、彼の城のそばまでまっすぐ彼を連れて行ってくれる船代として、百粒の真珠を支払った。

彼は、旅の途中やアレキサンドリアの町で見聞きしたことについてあれこれと考えていた。町は確かに急速に大きくなり、城も家々も新しい様式で建てられていた。人々の着物も以前とは異なっていた。彼らの武器も違う形をしていた。商人たちの乗っていた舟も、いま彼が故郷に向かって海を渡っている舟も、ずっと大型で新しい形のものだった。それはもう舳先が曲がってはいなかった。帆も彼が東方を攻めに行った時に船団の上で風を孕《はら》んでいたものとは違っていた。

アラビアの砂漠でも、エジプトでも、遊牧民のあいだでも、彼の代官が支配してはいなかったし、少し前に彼、すなわち王であり皇帝の騎士であるオイールがアレキサンドリアで戴冠したことを誰も知らなかった。

彼が通り過ぎた国々は、彼自身が異教の民から権力を奪ったにもかかわらず、今は彼らの手中にあった。キリスト教徒は彼らのあいだで暮らしてはいるが、散らばっておどおどしている。何年か前にはすべての者が彼に深いお辞儀をしたが、これらの国にいる外国人に危険はなかった。こんなに突然、自分たちの軍隊が占領した国々に対する権力を彼の配下の将たちが失ってしまったなどということが、ありうることだろうか。

彼が女王アサリにかどわかされた時には、支配するすべての国はまだしっかりと彼の掌中にあった。今は名をユッスフとかいうどこかの公正なサラセン人が、丸五年アレキサンドリアを支配していると人々は言う。

そこでやっぱり彼は、いくらか彼の言葉を知っている舟の長に聞くことにした。

オイールは言った。

「教えて下され。あなたはガリアを支配している王の名前を知っているかね」

「ガリア？　ガリアねえ。それはどこですかな？」

「とぼけないでくれないか。私が言っているのはカール大帝が支配している国のことなのだよ」

「知ってはいますが……カール……あそこを支配してるのもカールだったな。だけど彼は愚鈍公[41]と呼ばれていますよ……」

「愚鈍公？　それはどういう意味だね」

「食べて飲んでくだらんことを言うということです。彼の言うことを聞くものは誰もいません。それ以上のことは知りません」

「変な王だ」オイールは言った。

「けれどもう一人もっと有名な王がいますよ。それはザクセンのハインリヒ[42]です。とても賢い。スルタンその人も彼の名声をうらやんでいます」

「バグダッドのスルタンのことかね？」

「スルタン……誰がスルタンか知らない？　あの国から来たのではないのですかな。もしかしてあなたはモハメッドの子孫を馬鹿にするつもりですかな？」

オイールは更に訊ねた。

「じゃあビザンツで支配してるのはフーゴ王かね、カール皇帝の友人で家来の？」

「いったいどうして支配しているなんていうのですかな。みんな好きにやってますよ。コンスタンチノポリスでは何とかいうローマ人が王です。なんていったか。ロマノスだと思いますな。あそこではコンスタンチノスやらアレキサンドロスやらレオやら、なんだかんだがいました。あそこはしょっちゅう変わるんです。気に入らないと殺し、それで万歳ですじゃ」

「それじゃイスパニアではどこでもキリスト教徒が支配しているのかね」

エジプト人は笑った。

「どうやらあんたは長いこと眠っていたようですな。これから勉強せねばなりませんぞ」

「だがペルピニャン[*43]はブルグンドの国ではないのかね」

「そうでしょうな。その山に向かって航海してるんですからな。よいですかな、カリフの国はイスパニアからインドまで広がっています。ナイルも、ユーフラテスも、インダスも含まれます。舟でどこに行っても、皆カリフが支配しています。もしあんたがカリフの友でないのなら、静かにして私に罪を犯させないで下され。カリフの敵を自分の舟で運んでるなんてことが噂になったらこの首が飛びますからな。――あんたが誰かは聞きますまい。しかし私が罪にならないように隠れていて下され」

オイールは黙って考えた。考えたが結論は出なかった。

エジプト人の舟は順風を受けていた。シチリアを廻り、アフリカの沿岸に沿ってヘラクレスの柱に近づいた。そこから北に転じ、イスパニアに沿ってこの国とフランクやブルグンドの国を分ける山脈を目指した。オイール王は岸を見て国の様子が変わっていくかどうか知りたいと思った。

小さな町々に沢山のモスクの塔《ミナレット》が聳え、白く耀くのが見えた。オイールには、遠く北に向かう航路にある島々にこれまでなかった町々のあるのが見えた。尖塔と半円形の門のある石造の建物が町々の上に聳えていた。

オイールは土地の姿の変わるのが早すぎると思ったが、エジプト人とはもう話をしなかった。旅の終わりで露見して敵に引き渡されるかも知れなかった。そこで彼は機嫌のいい顔をして独りで歌を歌っていた。歌を歌っていたのはまもなく帰れると喜んでいたためでもあった。

エジプト人の舟はロサス湾に近づきつつあった。時は春で、山の頂きにはシトロンの花が咲いていた。漁船が海に出てきて漁師たちが舟に向かって大きな声で楽しげに挨拶をした。

オイールは離れた場所で舟から降ろしてくれるように頼んだ。誰にも見られずに自分の城に入りたかったからである。エジプト人はオイールが頼んだところに舟を止めた。漕ぎ手たちは岸に上がって疲れた四肢を伸ばし、横になって砂の中で眠り込んだ。幾人かの子どもがかけ寄ってきた。子どもたちは指を口にくわえて舟と外国人を眺めていた。

オイールは彼らに訊ねた。

「ここのどこかにロサスの城があるかね」

子どもたちははじめは恥ずかしがっていたが、笑い出して叫んだ。

「この人はなんて言った？　坊さんみたい。ロサス城、ロサス城って、ほらあそこの崖の上にあるよ」

オイールは子どもたちの話す言葉が自分の言葉と違うことを知った。また子どもたちが誰も彼を知らないことを不思議に思った。しかし再び、子どもたちはせいぜい六歳で、彼が出て行くとき生まれていたかいなかったかだということに思い当たった。

彼はエジプト人と別れた。乗せてきたのがオイール王で、お忍びで祖国への旅をしていたのだと彼に告げたかったが、言わなかった。人を信じないことを学んだからである。自分の家の敷居の上でまだ何が起こるか誰にわかろう。

体中を走る期待に震えながら、軽やかな弾んだ足どりで彼は丘を登っていった。子どもたちの群れが彼の前を走っていた。

彼は自分の城を見上げた。彼が出発したときと変わっていなかった。ただ屋根が修理され、塔の上にまだ白い石がいくつかあるのが見えた。しかし城の下にあったいくつかの漁師の小屋と職人の小屋はもうなく、真ん中に教会のある石造りの小さな町があった。朝の鐘が鳴り、何人かの人々が教会に行くところだった。

窪地の道で肩に斧を担いだ農夫に出会った。彼らは道を譲り、皆しゃちほこばったお辞儀で挨拶をした。

「私だと分かったのだ」と彼は独り言を言った。

髪が灰色になった老人が門の所に坐っていた。彼はこの門番を知らなかったが、老人が立ち上がって深いお辞儀をしたのに驚いた。

「お早いですね、ご主人様」老人は言った。

「そうだよ、お前……」とオイールは言って吊り橋に跳び乗った。

彼は大門に入った。門番の部屋では何人かの男がさいころ遊びをしていた。

「この遊びは、私の遠征の後で流行るようになったのだ」とオイールは思った。

二人の男が部屋から走り出てきた。一人は両足を広げて気を付けをし、細身の剣を抜いて脇から正面にまっすぐ剣を立てて敬礼をした。オイールは嬉しく思った。それは彼が出征する前のやり方ではなかったが、彼の城で厳格な秩序が保たれているのが明らかだったからである。

オイールは階段を登った。一階の階段は出発する時は木でできていたのに、白い大理石になっていることに気がついた。二階から上だけはかつて彼が造らせた古い踏み慣らされた階段が続いていた。廊下で何人かの女官に出会った。皆若く、胸を少し開けて髪を高く結い上げていた。

「流行というものは早く変わる」とオイールは言って高い広間に入った。遠征に行く前には彼は友人たちとよくそこに坐っていたものであった。

彼は扉を開けた。窓を通して、床に落ちるさんさんとした日差しがまぶしかった。遠くに湾曲した海面が見えて、銀色に耀いていた。ビロードの着物を着た長い金髪の男が窓際に立っていた。男はむこうを向いていた。オイールが入ると男はこちらを向いた。

オイールは自分がいるのを見た。彼の前に立っているのは彼自身だった。その男は恐ろしさのあまりぞっとするほど彼に似ていた。オイールは叫んだ。

「おまえは誰だ」

男は目を慣らそうと細めて自分の顔をしたよそ者が現われた広間を覗《のぞ》いた。彼は目をこすって鋭く言った。

「お前こそ誰だ、誰がここに通したのだ」

「私はオイール、この城の主人だ」

「この城の主人のオイールとは私のことだ。出て行け」

「私は数年前にこの城から出ていったオイール王だ。おまえは誰だ。ここで何をしている」

男は笑った。

「おまえに教えてやろう。私はロサスのオイール伯爵、この城の主人だ。いま窓から眺めていたところだ。さあ直ぐ出て行け、もう二度と顔をださないように。夢なら夜に来い。朝の幻など信じないぞ」

オイール王は声を高めた。

「偽物が私の城に居坐っている。盗人が私の部屋にいる。きっと私のベッドでごろごろして私の妻を盗んでいるにちがいない。私の妻はどこにいるのだ」

「幻よ、直ぐ出て行け、立ち去れ。さもなくば助任司祭を呼んで悪魔を追い出すぞ。私の顔をした仮面がやってきて、どこかで盗んだ剣を腰に下げ、古いぼろを着て叫び立てる。気違いめ、朝のうちだというのに何をお前はたくらんでいるのだ。パンが一切れ欲しいのか。厨房で頼むがよい」

オイールはうめき声を上げた。

「泥棒を追い出すのに手を貸してくれ」

その時弱々しい泣き声が聞こえた。彼は見回して壁の窪みから聞こえてきたことに気づいた。彼は数歩で揺り籠の側に立った。その中には赤ん坊が寝ていた。

オイールは揺り籠に近づいた。

「……私の息子が泣いている」

彼は子どもを見た。その子は彼の眼、彼の顔をしていた。

「この子はいくつか?」と彼は男に訊ねた。

男は跳び上がって、よそ者のすることを恐ろしそうに見ていた。
「十ヶ月だ。それは私の息子カールだ」
「これは私の息子のカールではない。私の息子はもっと大きいはずだ。私が出て行ったとき息子は二歳だった。今はもう少なくとも足かけ九歳の子どものはずだ。おまえは息子をどこにやった。私の子どもをどこにやったのだ。これは私の息子ではない。それでも私の顔をしているが……ペテン師め、私に子どもと妻を返せ」

オイールは剣を抜いた。その男は武器を持っていなかったので、跳んで逃げて何人かの名前を呼んだ。

何人かの小姓が武器を持って走ってきた。オイールの顔と彼の眼、口、髪の毛、手と身体を持ったその男はよそ者を指して命令した。
「この気違いを城から追い出せ。私に迷惑を掛けた。後で行ってしまったかどうか報告しろ」

小姓たちはオイール王を捕まえて彼を広間から押し出し、両手をつかんで廊下を通って階段までオイールを押していき、中庭へ、更に橋を渡って門へと彼を連れて行った。そこは先ほど、見知らぬ老人がとても人なつっこく挨拶をしてくれたところだったのだが。

老人は門にはいなかった。小姓たちはオイールを放し、深い溜息をついて両手を揉み合わせた。
「やれやれ、もうあんたはここに来てはいけない。二度目は引っ張ってこないぞ。蹴っ飛ばして追い出してやるぞ」

オイール王は地面にくずおれた。小姓たちはまだしばらく立ったままだった。彼らのうちの一人が言った。

「広間から自分の主人を放り出したと言われるかも知れないな。それほどこの男はうちの騎士どのにそっくりだからな」

もう一人が答えた。

「だまっていろ。お前も幻を信じるのか。だがほら、この男はぼろぼろの着物を着ているじゃないか、見てみろ」

最初の男が言った。

「確かにそうだ。行こう。まだ俺は朝飯を食っていないんだ」

一方、オイール王は花の咲いている桑の木の下に坐り、両手で顔を掩《おお》っていた。

彼はそのまま一刻、また一刻と坐っていた。それから彼は眠り込んだ。長く深い眠りだった。

彼は角笛の音で目を覚ました。オイールに化けた男が窪みの道を馬に乗って行くのが、そしてその男に随って小姓の群れの行くのが見えた。オイールは楽しげな従者たちの後姿を見やっていた。それから立ち上がって町の方に歩いていったが、通りには足を踏み入れないで森に向かった。彼は木の下で薄暗くなるのを待った。今日のうちに本当のことが分かるだろう。そうしたら侵入者との戦いが起こって、権利を取り返せるだろう。

黄昏《たそがれ》は短かった。オイールは空腹だった。彼は用心深くロサスの町へ降りていったが、人々は家に帰ってしまっていた。小さい広場に交叉した二つの鍵の飾りのある家が見えた。その家は新しい教会の隣にあった。教会の入口にもペテロの二つの鍵印が耀いていた。彼は意を決してその家の入口に入った。

彼を迎えたのは手に蠟燭を持った女だった。軽い叫び声を挙げてお辞儀をした。

「私たちの領主様は慈悲深い司祭様とお話しになるのですか」

「そうだよ、あなた」とオイールは言い、暗い廊下を通った。

十一

「師よ、今、あなたが私の城に坐っている泥棒と話をしているとお思いなら、それは間違いですぞ。私はオイール王、この城と町の主人なのです」

僧の銀色の髪の毛がぞっとしたように震えた。司祭は坐って眼を皿のようにした。

「安心しなさい、私にすべてを話して下さい。お坐りください。空腹ですか、ワインをお飲みになりたいですか」

司祭は食べ物と飲み物を持ってきた。彼は食べて飲んだ。蠟燭が明るく燃え、広間は心地よい暖かさで香と蠟の匂いがしていた。

僧は再び話し始めた。

「私の見るところではあなたは心が不安になっておられる。あなたの名前はオイールだと言われました。どうしてそうおっしゃるのですか。私はあなたを知っています。あなたは私のご主人様でこの教会の庇護者です。何かお望みがあるのですか。告解をされたいのですか？」

「いいえ、師よ。あなたは間違っておられる。私はあなたが取り違えておられるあの者ではないのです。私は本当のオイール、デンマークのオイールといわれたカール大帝の騎士で、東方の王、インドの征服者です。私は私の城に居坐って私のベッドで子どもを産ませているあの詐欺師ではないのです」

「まあお聞きください、あなた。あなたは悪い夢を見ておられるのかも知れません。今あなたは充分食べて飲まれました。もっと気分が良くなられるでしょう。このドミニカン派[*44]の私の側にお坐りください。私はロサスの町のロサス城の下にある聖ペテロ教会の教区司祭です。この教会は百二十年前、カール大帝の騎士、デンマークのオイールが建てたものです」

「なんと言われた、師よ。百二十年前ですと？」

「百二十年前です。私がそれを知っているのは、入口の上にDCCCII、すなわち八〇二と彫られているからです。間違いでなければこれは百二十二年前です。ちょうど百二十二年前にカールの騎士、デンマークのオイールがロサス城を建て、そこを居城にしたのです。その後彼はモントーバンのジュヌヴィエーヴを妻としてこの城に連れてきて、彼女とのあいだに息子カールを儲けました」

「本当だ、すべて本当のことだ。しかしあなたは百二十二年前と言われたがそれは嘘だ。なぜならそのことがあったのは、えーと、二十二年前だったのだから」

「いいえ、あなた。すべては年代記に書かれています。それに間違った数字を石に刻むはずはありません。城はカール大帝の治世八〇二年に建てられたのです。それにデンマークのオイールと呼ばれた人は、ロンスヴァルで倒れたローランや、オリヴィエや、マインツのドーリンと同じく、カール大帝の騎士でした。騎士は十二人で、人々はまことも嘘も交え、実に様々な物語で彼らのことを言い伝えています」

「師よ、私がデンマークのオイールなのだ。カール大帝の騎士、この城の創立者、東方とバビロニアの王、エジプト、マウレタニア、カルデアおよびペルシアの国々の支配者、大インドの征服者なのです」

「オイール王については本に書かれています。それは知っています。それらの書物はおよそ読んでいます。だがあなたはご自分がこれらの書物の主人公だと思われるのですね。あなたは読書をされたことがないのです。慣れないための間違った考えです」

「師よ、誓っていいますが、カール大帝の想い出にかけて、彼からもらったこの剣にかけて、私はオイール、王の騎士でロサス城を創建した者です」

「あなた、心が病んでいるのならあなたの誓いは意味がありません」

「師よ、あなたと同じくらい私は健康です。私の城に入り込んだあの男の名は何というのですか」

「誰もロサス城に入り込んだりしていません。あなた自身があそこにおられるではありませんか。あなたはカールの騎士、デンマークのオイールの孫のオイールですよ」

「言っておきますが、私は今日、舟に乗ってエジプトとインドから着いたのです。今日は何年の何日ですか」

「今日は九二四年四月十二日です」

「九二四年ですって？　きっと八二四年でしょう」

「キュウヒャクニジュウヨン年です」

「嘘です、師よ」

「あなた、行って誰にでも聞いてみなされ。私たちの主の生誕から九二四年目です」

「私を城から追いだした男は私の孫なのですか」

「あなたに何が起こったのか私には分かりません。話してごらんなさい……」

オイールは広間の隅にある櫃《ひつ》の上に坐ったが、それを見ているわけではなかった。だんだん分かりはじめたのである。

　僧は黙って祈禱書を手に取った。しかし祈るわけではなく、男が考えに耽っているのを注意深く見守っていた。

「師よ、お願いですから教えて下さい。デンマークのオイールの妻ジュヌヴィエーヴは生きていますか」

「デンマークのオイールの妻ジュヌヴィエーヴは八三六年に聖ペトロの教会に葬られています。私がその司祭です。聖壇の後ろの彼女の墓を見ることができますよ」

「ではデンマークのオイールの息子のカールは生きていますか」

「オイールの息子のカールは八七二年に母の側に葬られています」

「子どもがいましたか」

「男の子と女の子八人がいました。一番上はやはり名前がカールでしたが、八九四年に亡くなりました。快活な戦士でオド王[*45]に仕えました。彼はここには葬られておりません。よその国で戦いに倒れたのです。オイールの一族は皆よく似ています。デンマークの血は争えないものです。青い眼、金髪、高い背丈、薔薇色の肌。あなたがオイール伯爵でないとしても、あなたは一族の出に違いありません。またあなたが自分はカールの騎士オイールだと誓われるのなら、たとえ理屈としておかしいとしても私は信じます」

「師よ、あなたが信じて下さったことに感謝します。では私の側に坐って下さい、これからあなたにお話ししましょう……しかしその前に教えて下さい、オイールの帝国のうち何が残りましたか」

「知りません」と司祭は言った。

それを聞くと、オイール王は苦い涙を流して泣いた。泣き疲れると心が安らかになったのを感じた。そこで彼は僧に自分の運命を物語りはじめた。僧はオイール王が魔法使いのアサリに魔法をかけられたことを理解した。彼が永遠の若さを得ただけでなく、時間の感覚も失ってしまっていることも。洞窟に一年いたと思っているあいだに彼はそこで百年を過ごしていたのである。

十二

「師よ、私はどうすればいいでしょう」

「天の慈悲を信じなさい」と司祭は言った。

「私の運命は、人間の運命の中で最も恐ろしいものです」とオイールは言った。「私は百五十歳です。私が作り上げたものは地上から消えてしまいました。私の愛した者たちは死んでしまいました。私が百五十歳だと言っても人は誰も信じないでしょう。私の身体が若いままなのですから。私の心も若いままです。皆は私が嘘つきだと言うでしょう。しかし私は自分を憎みます。私は何者なのでしょう。死せる栄光の生きた記憶です。誰にも必要とされず、どこに行っても余計者で、自分自身の故郷でもよそ者であり、年寄にはねたまれ、若者には嘲笑され、誰にも愛されず、誰からも期待されず、すべての人に忘れられる。それでも私は生きていて健康で若いのです。若さという恐ろしい贈り物から逃れるために、私は何をしたらよいのでしょう。それは意味のないものです。私が生きているのに死んでいるからです。死んでいるのに満ち足りた力を持ち、人生の盛りにいるからです。教えて下さい、私は何をしたらよいのでしょう」

「人に明かさないようにしなさい。反省しなさい。そして人が皆、年をとると出てきたところに帰るのを喜ぶように、ふるさとにお帰りなさい。ふるさとに帰って死ぬことを心がけなさい」

十三

ロサスの町ではもう誰もオイール王を見たものはなかった。彼は自分の子孫の城にもう足を踏み入れなかった。もう一度その夜のうちに聖ペテロ教会に立ち寄った。ドミニカン派の僧は彼を聖壇の後ろに連れて行った。そこには彼の妻ジュヌヴィエーヴと彼の息子や孫たちが葬られていた。もう一人の曾孫もここに安置されていた。彼は妻と息子の墓の側に跪いた。僧が燃える蠟燭を手に持ち、黒い影に満ちた堂は、この夜のひととき、大きな墓のようであった。

それから彼は立ち上がって教会から出て行った。空には明け方の星が慎ましく光っていた。

オイール王は馬に乗って出発した。腰には剣と、真珠と交換した黄金で一杯の袋を下げ、ブルグンドの大地を海に沿って進んでいった。彼は人々の生活を眺めた。それは彼の時代とは異なっており、おそらくもっと楽しいものだった。彼にはそう思えたのである。木造の町の代わりに石造りの家や教会、丘の上の城、きらきらしているが軽い武器を携えた騎士が見えた。彼はひとりぼっちで誰にも悟られず、今日はある名前で、明日はまた別の名前で進んで行った。以前に彼を慰めたものは彼を惹きつけないようになった。おそらく彼の望んだことが満たされたのであろう、彼の心は老いはじめた。以前は小鳥のような軽やかな気持ちで朝の光を迎えたものだった。今は彼にとってどうでも良かった。かつては星々を愛し、そこに飛んでいきたいと思うほどだったが、彼にとって今はただの夜の光に過ぎなかった。かつては美味な料理と酔いしれるワインを愛したが、今はこれらの地上の幸も彼の心を惹きつけはしなかった。喜ぶこともなく、床に伏せて寝るのが好きでもなくなった。彼はこのような青春の楽しみもゆっくりと失っていったのである。

かつては誇り高く快活で冒険と遠い国々を愛したオイール王は、温和《おとな》しい馬に乗って海のほとりを行き、その銀色の果てしない広がりにも、喜びを感じることはなかった。知らない騎士に出会っても彼らと話をしなかったし、傷つけられれば譲り、身を守るときも決して剣を抜かなかった。争いを避ける方を好んだのである。

彼の着るものは古くなり、裸身が穴の空いた絹によって光って見えるほどだった。放浪の騎士と思われても、彼は気にとめなかった。ある時マッシリア[*46]の郊外で、馬に乗った美しい貴婦人が彼に向かって地面に金貨を投げ与えたときにも、腹を立てることさえなく、馬から下りて金貨を拾った。その貴婦人が振り向くと彼は帽子を脱いで礼を言った。居酒屋では漁師や浮浪者とともに坐り、彼らに自分たちの運命を物語らせた。彼らは時に公《おおや》けの事柄について考えを述べ、ブルグンドの王やアレラート[*47]の国の伯爵たちに悪態をついた。その時にはカールもカールの騎士たちの名前も引き合いに出された。ある時年老いた乞食が叫んだ。

「なあ兄弟、俺はあのデンマークのオイールのように、世の中のあらゆる泥沼を流れてきた。ただ悪魔が俺を連れて行かなかっただけさ……」

そう言うと乞食はワインのコップの中をのぞき込んで笑った。

オイール王は聞いていて、自分の名前が人々のあいだで生きていることを嬉しいとは思わなかった。彼はランゴバルド[*48]の町々を通り過ぎた。町は公が支配していて、町々がそれぞれ戦っていた。彼は人のあくせくした営みを眺め、夜を過ごし、人の話を聞き、更に道を進めていった。

オイール王はかつてカール大帝が占領したカリンティアに足を踏み入れた。そこには未開の種族はおらず、森は斧と鋸によって滅びてしまっていた。青い湖のそばに木造の町々ができつつあった。オイール王は長い間山の中を放浪した。小高い森にある羊飼いの小屋で冬を越し、チーズとパンを食べ、羊の乳を飲んだ。人々はこの山々の中にある薔薇の城について物語った。罰を受けないでは人間は誰も足を踏み入れることができないというのである。彼はこの話を聞く時はいつも微笑んでいた。もっと大きく、もっと美しい庭園を知っていたからである。

彼はアルヌルフ[*49]の王国に行った。さまざまな城で純朴な騎士たちによってもてなされ、彼らの妻や子どもたちと話をした。彼はエルサレムからもどる旅の途中であるかのように装い、よその国の様子を、感嘆した聞き手たちに素っ気なく物語るのだった。彼は蜜酒をのみ、騎士の息子たちに剣を貸してその重さを量ってみさせたりした。

大地は雪を頂く山脈によって起伏にとみ、小径は人の気配がなくて危険だった。オイールは広い空の下で眠り、竜胆草《りんどう》の匂いを嗅いだ。彼は大きな鈴の音を鳴らす牛の群れのそばでぐっすりと眠り、牛飼いに金貨を与え、彼の感謝に満ちた驚きを後にして去った。

彼は馬に蹄鉄をつける鍛冶屋や、町から町へと旅する僧と話をした。この国の信仰をキリスト教に変えた戦いについて、また公たちの議論について聞いた。多くの人々は王に仕えるように彼に勧めた。王は勇敢で正しく国を治めている。公たちが小さく毛むくじゃらな馬に乗って東方から押し寄せ、ドナウ川の平原を満たした人々[*50]を迎え撃った戦いについて聞いた。こんなに立派な騎士が戦うことを望まないのか、と皆が尋ねた。そのたびに彼は神に約束して修道院に行くところだと答えた。多くのものは笑ったが、中には彼の望みを祝福するものもいた。

　山から平野まで彼に同行した僧が、クリュニーの修道院[*51]から広まった新しい教えについて彼に物語った。そこでは学識深く徳の高い教父たちが、謙譲や最も貧しい者たちへの愛を宣《の》べ伝え、救いとなるただ一つの道は節制と清らかさという茨の小径だという。このような徳とともに生きているただ一人の人が公たちの中にいる。チェコの国の、若いが正しいヴァーツラフ公がその人である。

　そこでオイールはその公の許までどれほどの遠さがあるかと訊ねた。

「パッサウ[*52]に行き司教を訪ねなさい。司教があなたに道を教え、ヴァーツラフ公に手紙を書いてくれるでしょう。それから商人が草原と山々の連なる森の国を通ってその国に塩を運ぶ小径を、北に行きなさい。山脈を越えたら川を伝って公の許に行きなさい。彼はプラハという名の町にいます」

　オイールは僧に礼を言った。道々更に多くの巡礼に出会った。彼らは「常により大きな栄光[*53]」という意味の名を持つ公について噂していた。彼らの言うところによれば、おびただしい人々が公に会おうとしてバヴァリアから、東と西のフランクから、プファルツから、ザクセンから、プラハの城にやって来る。公は石造りの聖堂を造った。賢くて三つの言葉を話す。彼の居所の一つに優れた若者たちの学校がある。国そのものは未開で粗野な気風を持っているが、公は掟によって人々のこころを安らかにし、その血気を鎮めている。

僧たちの話によれば、ザクセンのハインリヒ王は彼の友人で、メルセブルグ[54]とクヴェドリンブルグ[55]から使節団が来て、友好と交易を申し入れている。ヴァーツラフの国は毛皮、麻、蜜が豊かです。あなた、もしあなたの馬が疲れたら公は別のすばらしいチェコ産の馬をくれるでしょう……人々はそう言い、山の向こうの国の見知らぬ若い君主を皆が褒めそやした。

オイールはパッサウの司教の許に滞在したが、司教には自分を聖地から来たデンマークの巡礼だと紹介をした。ドナウの沿岸にあるローマ軍の砦は賑やかだった。オイールは新しい信仰をもつ夥しい信者の群れ、司祭や僧侶を見た。一日中鐘が鳴るのを聞き、見たこともない、栄光に満ちた新しい聖堂に入った。

彼は夏の初めに司教と別れ、北へ出発した。山々のあいだを一筋の小径が急流に沿って続いていた。急流はやがて小川になった。道では巡礼や騎士や荷馬車に出会った。皆谷間の奥を目指していた。バヴァリアの国から塩の荷を載せて来た多くの荷駄と、チェコの国からパッサウへ行く商人たちに出会った。皆が若い公のことを話していた。

十五日目にオイールは山脈の最後の峠の上に立った。そこからはもう平野を見わたすことができた。目の前にすばらしく魅力的で穏やかな国が横たわり、森が平原の黄金の海の中に島のような暗い色を見せていた。空に雲雀《ひばり》がさえずり、木々は緑に繁って川や小川を縁取っていた。その樹冠には蜜蜂のいるのが感じられた。家畜や馬の群れが草原を遊牧していた。波打ってしかも静かな土地の全体に水がせせらぎ、蜜の香りとやわらぎがただよっていた。

オイールには息を引き取る最後の場所をここで見付けたように思われた。野原や沼、森、麻やライ麦の畑から、彼の許に甘い空気が押し寄せてきた。彼は鐙《あぶみ》の上に立ち上がり、手を振ってこの国に挨拶をした。

彼には思われた。この土地が、いまにも抱きしめようと大きな薫り高い手を広げ、母が息子を呼ぶように彼を呼んでいるのだと。

十四

オイール王は、森や沼や収穫を待つ畑、木造の丸い形をした真ん中に菩提樹のある村を通っていった。ヴルタヴァ（モルダウ）川の岸辺で立ち止まり、静かな浅緑の水の帯が川を横切り、荒々しくさざ波を立てている浅瀬に足を踏み入れようとした。そのとき彼は、石の土台に支えられた木造りの城を目の前に見た。それは、急な道が続いている、こんもりとはしているが広くはない険しい頂きにあった。それがヴァーツラフの城だった。城から二つの教会の木造の塔が聳えていた。二つのうちのより高くより力強い方が、新しく建てられて丸い屋根を持つ、教会の丸い建物だった。それはこの巡礼にアーヘンのカールの聖堂を想い起こさせた。

彼は青春の最も幸福な時代が心の中に帰ってきたように感じた。

彼は剣を手にしっかりと握りしめ、人の手によって作り上げられ美しさを加えられたこの土地の明るい空間を前にして、驚嘆のあまりしばらく立ちつくしていた。目の前に立ちはだかる水と森の姿を太陽がさんさんと照らしていた。城の上には白い雲の塊が西から漂ってきて、静かに巡礼の頭の上を通り過ぎ、東へ、森へ、畑の方へ、村々の方へと流れて行きつつあった。そこでは垣根に布が干され、あぜ道では大鎌が研がれていた。夏は彼がこの土地で見たすべてのものと同じように豊かであった。彼は馬に拍車をくれて川に飛び込んだ。水は高くしぶきを上げ、馬は喜びいなないた。石が行く手を指し示していた。向こう岸で彼は商人と漁師の村落に入った。沼では蛙が鳴き、コウノトリが柳の木の上で輪を描いていた。

オイールは愛すべき豊かな川を振り返ってみた。水が咆え、泡がたっていた。

頂きにあるいくつもの教会が正午の鐘を鳴らしていた。

乗り手は馬を急がせ、石の障壁の中の門の前に来た。門を通って巧みに作られた町に入ると、聖ゲオルギウス教会[*56]を過ぎてまた新たな門に入った。その向こうには公の戦士たちの家が建っていたが、彼は頂きの一番端にあって城下とヴルタヴァを直下に見下ろす、ヴァーツラフの城の前に立った。右手には聖ヴィート[*57]の新しい建物が天に聳えていた。

僧のイムラムがパッサウから司教の指示を携えてきた客を歓迎した。僧の友人でもあり僕《しもべ》でもある若いポヂヴェン[*58]が食事の席に坐っていた。オイールはそこで自分の旅のことやヴァーツラフの居城の美しさについて語った。

ヴァーツラフは優しく微笑んで客の言葉を楽しんでいた。彼は自分の作品を喜んでいた。聖イムラム[*59]に奉献が行われるはずだったのである。だが友人で勢力のある隣国ザクセンのハインリヒ[*60]が聖ヴィートの遺物を公に贈ったので、聖ヴィートの聖堂になるだろう。

オイールはローマ市民である聖ヴィートについて、その印が雄鶏で太陽の先触れであること、それに対して自分の印は聖ペテロの交叉した二本の鍵であることを物語った。ローマにいたことを言ってしまったのである。

公はデンマークのことやエルサレムへの旅のことを訊ねた。オイールは長いあいだ故郷にいなかったことを白状した。ヴァーツラフは暗い顔をした。

「外国を見られたというのはなんという幸せなことでしょう。私も広い世界に憧れています。レーゲンスブルグ[*61]、パッサウ、強力なディートリヒ[*62]の住んでいるヴェローナの町、そしてローマを見たいものです。しかし長いあいだ留守にしていたくはありません。私は大きな仕事をせねばならない運命にあるのです」

公は考え込んだ。公の広間は静まりかえっていた。オイールは、少し前、若い公の顔から太陽の光がほとばしり出ているこの広間で殺人が企てられたことを思い出した。公の乳母が殺されて屍が聖ゲオルギウス教会に葬られたことを聞いていたのである。

「公よ、聖ゲオルギウス教会はあなたの父上が建立されたのですね」

「私の父のヴラチスラフです。カッパドキアの騎士のゲオルギウス[*63]が父を助けていました。だが人々はまだ頑固な風習を守っていました。聖ゲオルギウスはまだ私と未来のための助けにならなければならないのです」

川、柵で囲った庭園と村の屋根、城の麓にある商人と漁師の小さな集落、南と西、遠く東にある森と半円形の高台が城の窓から見えた。向かい側にはヴィシェハラド[*64]の砦の壁が聳えていた。

ヴァーツラフは客とラテン語で話した。

「巡礼の方よ、ローマのことを、ローマの建物のことを話してください。私は教会の周りに堅固な城を、そして神が力強く美しくあれと造られたこの崖の上に、堅固な壁を巡らした町を作りたいのです」

夕方までオイールはローマの町について物語った。

夜が更けると、彼は二人きりにして欲しいと公に頼んだ。

ポヂヴェンは立ち去った。

公は客と窓辺に坐り、オイールが物語り始めた。突然彼は淡々と自分の生涯について話し出した。星の多い夜だった。月は高く晴れた空から魅惑するような光で辺りを照らして心を開かせ、ひとりでに口を開かせた。公は注意深く静かにオイールの話に聞き入っていた。何を聞いても驚かず、何事にも口を挟まず、すべてを理解し、愛想よく語り手を見つめている眼はすべてを許していた。

ヴァーツラフは窓にもたれて坐っていたが、彼の頭の回りに月の光が炎のように燃え上がっていた。公の髭のない顔には銀色の光がふり注ぎ、それが星の糸で紡がれているように思われた。彼は客の手を取り、子どもに対するようにその手を撫でた。

客は言った。

「公よ、私は十戒に書かれているあらゆる罪を犯しました。私は罰を受けたのです。名もなくさまよい、人がそこから生まれ、その中で生き、その中で死んでいく時間からも見放されました。人が慰めを得るすべてのものが私から奪われました。子もなく友人もありません。すべての人々よりも長く生きてしまいました。あなた方のあいだを歩き回っていますが、私の身体はまやかしです。私があなた方の曾祖父だということも、あなた方は知りません。私は望みもしないのに嘘つきになってしまいました。故郷も家もない浮浪者です。アハスヴェル[*65]のように放浪し、死ぬことはないのです。公よ、あなたは戦いの栄光が何であるかをご存じですが、それを軽んじておられます。あなたは人の愛というものがどんなに魅力的なものであるかをご存じですが、それを乗り越えておられます。あなたはワインがどんなにすばらしいものかご存じですが、それに酔いしれることはありません。あなたは黄金や宝石、すばらしい馬をお持ちですが、その黄金や宝石や馬を、心を安らかにする仕事に役立つようにされています。太陽の伝道者、かつてあなたが建立した聖堂の頂きにとまっていた金色の雄鶏、それがあなたです。光と喜びであり人々に愛される貧しい者の希望なのです。私が老いて死ねるように私のために祈ってください」

「オイール王よ、私は恥ずかしくてあなたの賞讃の言葉を聞いていることができません。この城でよくお休み下さい、巡礼の方よ」

十五

ヴァーツラフ公は客をベッドをしつらえた広間に通した。オイールは戦いの後の勇士のように熊の毛皮の上で眠った。月が沈み、東の空が白んできた。

しかし一日が薔薇色の霧のヴェールをまとって帰ってきたとき、公が彼の寝ている広間に入ってきた。彼はベッドの上の男を長いこと眺めていた。

公は寝ている男の額の上に両手を置いた。彼の指の下でこのすべすべした額に深い皺が寄ってくるのを、眠っている男の顔つきが変わっていくのを彼は感じた。こめかみが落ちくぼみ、口髭と顎鬚が白くなっていくのを、金髪が白くなり、疎《まば》らになっていくのを感じていた。

彼の指の下で身体も変わっていった。眠っている男の両手が衰え、青い静脈が走るようになった。

筋肉が消え、胸の鼓動は短く、老人の息づかいになった。熊の毛皮の下で眠っていたのは老人だった。老人のように安らかに眠っていたのである――

オイールは目を覚まし、公が彼の側で何をしていたのかと訊ねた。

彼は言った。

「あなたの額を撫でていたのです、額に皺が戻ってくるように」

女神アサリの魔法が解けたのである。

オイールはベッドから起きあがろうとしたが、身を支えなければならなかった。曲がった背中にはそれほどわずかな力しかなかったのである。

「公よ、お許し下さい。わざわざご自身で起こしに来て下さったのに、直ぐに起きあがれなくて」

ヴァーツラフは微笑んだ。

「もう決して直ぐには起きあがれませんよ、オイール王。あなたの祈りが聞き届けられたのです」

年老いたオイールはベッドから身を起こし、老いさらばえた全身を震わせてヴァーツラフの手を取った。だが彼の顔は幸福に輝いていた。彼は自分の両手を眺め、額と顔に触れたが、至福の微笑みが消えることはなかった。

彼は身をかがめてヴァーツラフの手に口づけをしようとした。

「私にではありませんよ、年とったお方」

そこでオイールは跪いて礼を言った。

彼は立ち上がってしっかりした声で言った。

「それでは行きます。北へ行きます。百五十歳のカールの騎士、デンマークのオイールは、重くはあってもしっかりと、自分の剣を祖国の墓まで持って行きます」

年老いたオイールは、若い公の額に口づけをした。

公の友人で僕《しもべ》であるポヂヴェンがアンジェラスの朝の鐘の音の響く中、オイールを北の門まで送った。老人は馬に乗っていくことができなかったので、自分の馬をポヂヴェンに贈り、死ぬまで世話をしてくれるように頼むと、歩いていった。太陽が優しく老人の身体を温めていた。彼はしばらく行くと坐り、少し坐るとまた少し遠くまで歩いていった。北へ、家郷へと……

行き会う人々は彼の年齢を敬ってお辞儀をした。彼はパンとミルクに対して充分な金貨を支払った。優しい言葉には優しい言葉で報いた。山の麓では公たちの、山の中では羊飼いの客となった。川に沿って彼は城から城へと歩いていった。重いカールの剣を腰に帯びて、休んでは歩いていった。北へ、家郷へと……

十六

こうして彼の足跡は消えた……。彼がデンマークの地に辿り着いたか、それとも途中で死んだか誰も知らない。人に殺されたか、あるいは野獣の餌食になったか。彼が埋葬されたか、それとも森の奥の広い空の下で彼の身体が土と草に変わってしまったのか、誰も知るよしがない。

雪はこのように跡かたもなく消えゆき、叫ぶものが黙《もだ》すとき、声はこのように消え、栄光はこのようにして滅ぶものである……

ノルマンの公女

ロプコヴィツェのヤン・ハシシュテインスキー氏[*1]の想い出に捧げる。彼は彼の『主の墓への巡礼』によってノルマンの公女の話をチェコに伝えた。


駝鳥の羽で造ったヴェールのような白い波がヴェネチアの船の舵の後ろに広がっていた。狂ったようなカモメの群れが疲れを知らぬかのように船の航跡の上を飛び交い、波に乗り、船べりに降り、索具に止まるかと思えば素早く止まったところを離れ、痛みに耐えかねるかのような奇妙な鳴き声を上げては、水の上に飛び降りる。このヴェネチアの船はキプロスの島に近づきつつあった。

この船を支配しているのはヴェネチアの総督《ドージェ》であるが、船はその狭い懐のうちに漕ぎ手と舵手、それにスラヴの血を引く帆の係の他に、テンプル騎士団の十人の騎士と二人のイギリスの騎士、僧のゴットフリート、五人のイギリスの宮廷女官と公女キャサリンを運んでいた。彼女はノルマンディー公ヘンリー[*2]の娘であり、イギリスおよびノルマンディーの王として名高いヘンリー二世[*3]の孫娘である。

キャサリンは、聖地の主の墓に詣でる旅の途中にキプロス島に寄ろうと考えていた。彼女の守護聖人カタリーナ[*4]がその島のコンスタンツァの町で生まれたからである。

公女の生まれたオックスフォードからの巡礼の旅は楽しく穏やかだった。ロンドンからノルマンディーへの船旅とロアール川までの陸路の行列。色も彩《あや》な舟に乗って冬のブルボネ地方を過ぎ、流れを海まで下ってローダン[*5]へ、そしてリグリア[*6]の白っぽく青い岸辺に沿ってジェノヴァに至る。そこではプロヴァンスの言葉の一つ一つの意味が分かり、糸杉やローマの廃墟の間に魅惑的な鶯の唄が響いていた。ブリタニアの空の灰色のもやの下で育った十八歳のプランタジネット家の金髪の娘にとって、この旅全体が唯一の冒険だった。

ジェノヴァにはすでにヴェネチア総督《ドージェ》の使節たちが、公女とその一行を迎えに来ていた。彼らは海岸のアペニン山脈や、背の高いオリーヴの木の間から石の城壁をめぐらせた太古の砦が聳え、砦のそばに建物のある平野を通り、海に囲まれた幻想的な町に公女を案内していった。富めるヴェネチアである。町の商人たちは、名の知られた巡礼者に有料で聖地詣での世話をしていた。ノルマンの公女は教会や宮殿や運河のあるこの魔法の町で短い遊山をしたあと、その膨れあがった一行とともに、いくつかの暑くて香り豊かな港に立ち寄りながら、ギリシアの島々をめぐる航海を経て、嵐の中、守護聖人の島に近づきつつあった。

ノルマン人の公女の瞳は、海と空の色が映って倍も青く見えた。彼女は狭い甲板を快活に走り回り、海が凪《な》いでいるときには、子どものように船首で水と空をひとっ跳びすることができた。

一一八八年二月十日、このヴェネチアの船は聖マルコ[*7]の旗を靡《なび》かせて、キプロス島の町ミッソの小さな港についた。それはこの神秘な島の西岸にあった[*8]。この島には裕福なギリシア人の他に、色の黒いエジプト人の子孫、サラセン人、その他ギリシア人とシリア人の血の混じったものや土着の不思議な種族が暮らしていたが、彼らは日光浴をしてオリエントのあらゆる言葉を話し、あらゆる種族に属し、あらゆる信仰を持っていた。港の荷揚げ人夫の中にはやぶにらみのアッシリア人の子孫や小さな頭のペルシア人がいたし、商人たちの中にはアラブ人もインド人もいた。

彼女はミッソからカタリーナの生地で廃墟となっている聖地コンスタンツァに直接詣でたいと思ったが、公女やお供の騎士や女官を押しとどめたのは、ビザンツのコムネノスの一族でキプロス島の王である、イサキオス[*9]の使節だった。ノルマンの公女が魅力的で比類なく美しいという噂が非常に高かったので、まだ若いイサキオス王がたとえ力ずくでも居城の町ニコシアに連れてくるようにと、使者たちに命じたのである。

公女はちょっと考えただけだった。騎士や女官たちは、自分たちテンプル騎士団一行の武器と力に自信を持っていたので、見知らぬ国の見知らぬ異端の公の許に行くことに不賛成だった僧のゴットフリートを説き伏せた。

ノルマンの公女は、馬と騾馬を買い集めてニコシアへ出発するように命じた。

道中は大変美しく、皆は楽園を旅しているような気がした。港町ミッソを後にすると直ぐにピディオ川の渓谷に入った[*10]。右手には火山の頂きが真珠色の雲に隠れ、白い白亜の山腹が一瞬川の谷間に沿って聳え立つ。その谷間を異国の娘と騎士、ギリシア人の使節、王の使節を先導する大男の宦官、さらには仔山羊のようなメロディーを吹き鳴らして、しまいには僧のゴットフリートさえも愉快にさせた笛吹たちが通っていった。ゴットフリートの顔は、少し苦いキプロスワインの夥しい杯のせいで赤光りしていた。それはミッソの町を出る前に使節団から贈られたものだった。

僧のゴットフリートは使節団の指揮官バシレイオスから、主キリストの受難のあとこの山上で自ら首をつって宙づりになった善良な盗賊の十字架について、また盗賊の十字架を再び南の海の彼方に運び去った激しい風について、話をきいていた。またキプロス生まれの栄光に満ちた女、思慮深い娘カタリーナの話を聞き、カタリーナのゆりかごのあった場所の辺りで起こり、今も起こっているさまざまな奇跡についても聞いた。

　行列が糸杉の林、葡萄畑、サトウキビの畑を過ぎると、泡立つ川の流れる斜面に山羊やアルプス羚羊の群れと、多数の家禽のいる村の小屋が見えてきた。中でも太ってさまざまな色をした雌鶏の中の、赤くて大きなとさかをもつ巨大な雄鶏が目を惹いた。また行列は、啼きながら水中に入ると海豚《いるか》のように見える野豚の群れを避けて通った。

　ノルマンの公女は、こうした野生的で美しい景色のすべてを興味しんしんとして眺めていたが、異邦人の前では心に溢れる想いを見せないように用心していた。同じように彼女は、彼らの若い王がどんな顔つきか、背丈はどうか、どんな様子か、使節の誰にも訊ねることはなかった。

　イサキオス王がわずかな騎士を供にして出迎えたのは、まだ道中の半ばにもならないパフィルの村のはずれだった。公女キャサリンがキプロス王と出会ったのはピディオ川のそばの、縁取りをするように豆の花が咲いている野原だったが、これには僧のゴットフリートだけでなく、公女の一行が皆、慌てふためいた。

　ほっそりした栗毛の雄馬に乗ったイサキオス王は、ギャロップで近づき、公女の行列、騎士と楽隊、女官と僧のまわりをひとまわりすると、後足で立たせた馬を公女の真ん前でとめた。彼は鞍から降りて胸の上で両手を交差させ、地面に着くほど深く、三度お辞儀をした。白いマントの下には胸に二重十字架[*11]のついた金色の甲冑をつけていたが、兜も帽子も被らず無帽だった。カールした髪が二筋の黒い流れとなってうなじに垂れ、跪《ひざまず》くと目にかかった。アーモンドのような眼をした彼の青白い顔は、ほとんど唇にまで届くような黒くて光る口髭に隈取られていた。

キャサリン公女は馬に乗ったまま、この異邦人の荒々しい慇懃さを恐ろしげに眺めていた。彼女の顔は蒼ざめ、細い鼻の穴はそれと分かるほど震えはじめた。彼女の目には涙のようなものが浮かんだようだったが、それは浮かんだと思うと乾いてしまった。公女は鞍の上で身をかがめ、刺繍のある手袋をぴったりはめた手をキプロス王に与えて、大きなしっかりとした声で言った。

「こんにちは、王様《サルヴェ・レクス》」

ニコシアまでの道のりは王と公女との語らいのうちに過ぎ、二人は間に一歩も入れないくらい互いにぴったりと馬を寄せ合って進んでいった。彼らの前後を公女の供が不機嫌そうに押し黙って進んだ。

プランタジネット家の娘はニコシアのイサキオスの館のような風変わりな宮殿は見たことがなく、こんなに贅沢な料理を目にしたこともなかった。

石造りの館は珍しい絨毯と金色の肖像に充ち溢れ、その肖像画の前に赤いランプが灯っていた。公女の歓迎のために調えられた宴会の食卓には、ふんだんにスパイスを使った料理やワイン、沢山の魚や蟹やシャコで溢れていた。

巨大な黒人の召使いがサラセン風の服装で客に給仕し、飲み物や食べ物が朝早くから夜が更けるまで饗応された。皆は満腹するまで食べ、酔いしれてよろめき、黒人の召使いに支えられながら離れた部屋に引き取るのだった。

笛や太鼓の音楽が宴会の間中、宮殿の前の庭で奏でられた。ここで公女は割れるような金属製のラッパの音を初めて聞いた。それは耳を裂き、心臓の鼓動を高鳴らせた。

この長い饗宴のあいだ王が親しく公女をもてなしていたが、公女はお付きの女官たちがワインに酔っていると思ったので、まだテーブルの周りに残っていた客も引き取るよう合図してほしいと王に頼んだ。

宴会の客たちはけたたましい女たちの笑い声や熊のような男たちの唸り声の中を、召使いに支えられながらテーブルからぞろぞろと離れていった。だがこの奇妙な光景が繰り広げられている間にも、公女と王は立ち去る人々の先頭に立って歩こうとはせずに最後まで残っていて、気が付くと二人きりで広間に立っていた。広間の真っ暗な闇を破るのは、出口の隅の金色の聖者像の下にある、ランプに灯った赤い光だけだった。ランプの光の反射で金色の薄闇に変わった暗がりに目が慣れるのには、時間がかかった。壁と折りたたみの寝台のそばのアラビア風の小さなテーブルの上には、沢山の黄金の調度品や十字架や像やグラスが立っていた。

イサキオス王は公女の手を取ると無理矢理に彼女を抱きしめた。公女は眼を見開いて王の顔を見た。その顔は巨大な影のように彼女の口もとに近づいてきた。そしていまや王は発作でも起こしたかのように、公女の閉じた唇に貪るような口づけをした。公女は叫び声も挙げず王の腕をふりほどくと、金色の光で闇から浮き出てみえるガラスの杯をつかみ、それを強く一振りして王の頭で打ち砕いた。

こうしてその夜、最初の血が流れた。

プランタジネット家のキャサリンは昂然と頭を上げて暗い広間から出て行こうとした。

王は額に血を流しながら彼女の後を追った。出口で公女に追いつくと、彼はやっとのことで両膝をついた。娘が振り返ると血を流している男は温和《おとな》しくすすり上げた。

「公女さま、私の妻になって下さい」

公女は大きな声で命令した。

「王様、わたしを寝室に案内して下さい。あなたのお申し出については、国に帰ってから父と相談いたしましょう」

王は立ち上がって言った。

「有り難うございます」

王は、暗闇の中から武装した番兵が浮かび上がってくる曲がりくねった廊下を通り、ほの暗い光が灯る城の教会のそばを通って、寝室のドアの前まで公女を案内した。別れ際に王は、白く頼りなげに震えている彼女の手に口づけをした。

一番鶏の鳴くまで起きていようと思っていたこの娘を、南国の夜の静けさが眠りにつかせた。鶏が鳴き出すよりも早くイサキオス王が寝室に入ってきて、明け方のほの暗い光の中で眠っている娘を長いあいだ眺めていた。

その夜、二度目の血が流れた。

朝は甘い香りがただよい、日の光と小鳥たちの歌声に溢れていた。公女が従僕を起こし、従僕は女官、騎士、そして僧ゴットフリートの戸を叩いた。屋敷中に警報が鳴った。公女はこれまで見たこともないような権高な皺を眉間によせ、鞍を置くように命じた。

「お別れはしません。私とあなた方に代わって私が王に別れを言いました。聖カタリーナの墓には行きません。帰ります」

行列は笛も太鼓もなく、主人とその家来に見送られることもなしに、眠っている白いニコシアの町を通って港に急いだ。公女は長旅に備えて食物と飲み物の蓄えをミッソで買い求めさせた。彼女はヴェネチアの舵手に命じた。「西に引き返しなさい。聖地には後で行きます。ヴェネチアに帰るのです」と。

テンプル騎士団の騎士や随行の騎士たちは驚いて命に従った。特に僧のゴットフリートはそうだったが、公女は質問には答えず、ただ出発を急がせるばかりだった。しかし王者の気まぐれは命令である。

ヴェネチアの船は港の断崖にうねる波を矢のように通り過ぎ、またたく間にその帆影は空の青と海の青の中に溶け込んでいった。

一一八八年の十二月には、公女はもう父ヘンリー公のオックスフォードの蔦の絡まる屋敷に帰っていた。十八年前に彼女はここで生まれたのである。

その夜、彼女は一滴の涙も流さず、誇り高く、キプロス王から受けた侮辱を父ヘンリー公に打ち明けた。ヘンリー公は、当時しばらくロンドンに住まっていた弟のリチャード[*12]のもとに立ち寄ったが、ロンドンからオックスフォードに帰る途中で突然亡くなった。出血で終わる熱病の季節であった。ヘンリー公は、同じ熱病に冒《おか》されていた誉れ高く思慮深い父、ヘンリー二世が亡くなる数日前に先立ったのである。

王座に昇ったのは王の子で公女の叔父、後に獅子心王と呼ばれるようになったリチャードだった。戴冠式のあくる日、公女キャサリンは彼の前に立ち、少し前に亡くなった父ヘンリー公に語った話に触れながら、傷つけられた名誉に対する復讐を求めた。

まだ公であったときからサラセン人に対する十字軍遠征の準備をしていたこともあって、獅子心王リチャードは復讐を約束した。廷臣たちは若い王を「イエスでノーのリチャード」と呼び、決断力のなさを笑っていたが、彼らは彼の大胆な騎士としての意志と約束を守る律儀さを信じていなかったに違いない。

リチャードは一一八九年の丸一年を、聖地遠征の準備に費やした。これは彼の若いときからの友人であるフランス王フィリップ二世尊厳王《オーギュスト》*[13]との約束だった。フィリップの姉アリスはリチャードの許嫁だったのである。

キャサリンは旗を靡かせた王のガレー船に乗り、再び聖地へ旅立った。彼女は悔悟者の着物を着ていた。王の軍はシチリアのメッシーナの町の前で剣の切れ味を試し、一一九〇年十月にメッシーナを占領した。

リチャードは荒々しい楽しみに興じながらシチリアの空の下で冬を過ごし、援軍を待っていた。ヘースティングス、ドーヴァー、サンドウィッチ、ハイズ、ロムニー*[14]の五港から騎士団を送る手はずになっていたのである。

一一九一年の春、二百艘の武装したガレー船が、四千の騎士とその従者を乗せてメッシーナに集結した。しかしこのときリチャードとフィリップとの友情はすでに終りを告げ、リチャードの婚約も解消されていた。フィリップ二世尊厳王《オーギュスト》はフランスの男爵と、アッコ*[15]の軍の前に布陣していた。一方リチャード獅子心王はシチリアでナヴァラ王サンチョの娘ベレンガリア*[16]と盛大に婚約式を挙げた。

待機、戦い、戦闘、お祭り騒ぎと宴会の間中、誰も公女キャサリンを見たものはいなかった。彼女は一人で過ごし、女官を一人供に連れて朝早く寺院に行くのが見かけられるだけだった。キプロスへの旅から三年の月日は、ノルマンの公女の美しさを奪うどころか、かえって彼女はノルマンの宮廷の名うての夫人たちの中でも見られぬほどの雅《みやび》やかさに輝いていた。

リチャードの宮廷については、吟遊詩人《トルバドール》の中でも特に有名なベルトラン・ド・ボルン[17]が歌っているが、キャサリンの魅力と貞淑さについて触れたものは見当たらない。自分も詩人であったリチャードが公女の願いによって、愛の詩や讃歌の中でこの乙女の名に触れることを禁じたのである。皆には理解できないことであったが、キャサリンは世俗を離れ、男の眼から半ば隠れて、僧房にいるかのように無限に続く日々を過ごしていたのである。

王の諍《いさか》いの噂もアッコでのフランスの敗北の噂も、彼女のもとに届くことはなかった。シチリア王タンクレーディ[18]の好意にもその後のメッシーナの反乱とその血みどろの最後にも、彼女は無関心だった。ほんの行きずりに時々ちらっと新しい王の許嫁ナヴァラのベレンガリアに手を与え、列を組み旗を掲げて集まった絵のように美しい五港のガレー船を見るだけだった。

温かなシチリアの冬は嵐の春と入れ替わった。その時期になると夜の間に足もとの地面が震え、海が岸辺にある漁師の家を一瞬にして打ち砕くのである。

リチャードの船はようやく四月の初めに出航した。王の船の甲板には、王の許嫁ベレンガリアとキャサリンがいた。

軍隊にはキプロス島が最初の停泊地だと言ってあった。そこでブリタニアの商人が土地の支配者によって捕らえられたり殺されたりしているというのである。

五月にリチャードの艦隊は古くからキプロスの港だったキティオン[19]に錨を降ろした。町は十字軍に従っていた。そこは焼き払われず、テンプル騎士団に支配が引き渡されていた。艦隊が南岸を迂回し、十字軍はニコシア目指して内陸の広い平原を進んだ。途中にあるものは灰になり、武器を執って刃向かうものは殺され、生き残ったものはキティオンの港に追いやられた。キプロスの騎士が進軍する後方には巨大な赤い空やけがあった。軍の先頭に立って王の獅子の旗と共に馬で進んでいたのは、灰色の着物を着た悔悟者キャサリンだった。

ニコシアへの行軍は七日間続いた。それは、野原にうち捨てられた驢馬が鳴き、空高く軍団の上に禿鷲が輪を描き、カラスの群れが死体の饗宴にあずかろうと集まって来る、恐怖と復讐の七日間であった。軍隊に加わった吟遊詩人[*20]は病んだ頭と四肢を抱えてオリーヴの茂みで眠った。

キャサリンは七日七晩眠らなかった。ニコシアに近づくほどにその声は喜ばしげになり、その顔は一層魅力を増した。彼女は叔父の傍らにいて野原や燃えている村を通りながら、急ぐように頼んだ。ニコシアに着く前に、十字架の力がイサキオス王のギリシア人とアラブ人の衛兵を打ち負かした。逃げていくイサキオスの軍隊を追って十字軍はニコシアに進入した。

泣き声、流血、炎上の三日間が始まり、ニコシアは灰燼に帰した。三日目にイサキオス王がみずからの宮殿で殺されて、残った軍隊はリチャードに降った。

獅子心王リチャードはニコシアの廃墟で盛大な結婚式を執り行うように命じた。リチャードとベレンガリアの結婚式が聖ヨアンネス・クリュソストモス[*21]の神殿でノルマンの僧によって挙げられた。式の行列がイサキオスの宮殿に着いたとき、そこには王の屍がまだ埋葬されないまま横たわっていた。

婚礼の宴は、二年前にイサキオス王がノルマンの公女をもてなしたものに似ていた。焼かれて人気のない町での宴はお祭り騒ぎでもあり、追悼式でもあった。リチャード獅子心王はリュートに合わせてみずからの運命とニコシアの運命を定め、数週間にわたるサラセン人の血にまみれた運命を定められた神の御意志について、フランス語の歌をうたった。ベレンガリアは驚きをこめ、貪るように王の歌に聞き入った。テーブルでは王の左にキャサリンが坐り、騎士たちは初めて悔悟者の服装をしていない彼女の姿を見た。薔薇色のその顔は花嫁にも劣らないばかりか、むしろ花嫁その人のようであった。彼女は夜が明けるにつれてますます美しくなっていった。

長くはない宴会がまだ星の光りの褪せないうちに終った。

リチャード獅子心王は、花嫁を丁重に占領した宮殿に調えられた部屋に案内した。大変な一日の後だったので、王の付き人や従僕は早く眠りについた。キャサリンも自分の寝室に閉じこもった。それはあの夜彼女の寝た部屋だった。

もうアラブ人の番兵はいなかったが、あの時と同じように曲がりくねった廊下を影がひとつ歩いて通っていった。キャサリンは宮殿の教会を探して、無数の聖人の肖像のある金色の広間に入った。その肖像の前には、あの時と同じように赤い灯りが輝いていた。イサキオスの死体が十字軍の剣の下に倒れたままの姿で、教会の真ん中の担架の上に横たわっていた。死をもたらした傷が胸の貫かれた金色の衣装の下に黒く口を開けていた。

ノルマンの公女は死者に近づき、黄ばんだ額から光沢を失った黒い髪の毛を払いのけた。傍に身をかがめて癒えた小さな傷跡を見つけるまでじっと眺め、身体をかたむけて額に口づけをした。もう一度口づけをすると、死んでしまった唇と死んでしまった両手、胸の傷に口づけをして、冷たく動かない身体を長い間抱いていた。そうしてよろめき、ばったりと教会の石畳の上に倒れた。

破壊され、死の支配するニコシアの上に天の扉が開き、雨と嵐が起こった。

マルコ・ポーロ[*1]の死

私こと、神の僕《しもべ》、聖マルコに仕えた最後の僧たちの中の最後のヴェネチア人であるパオロ・ヴェッキオ[*2]は、名高く気高いマルコ・ポーロの死にまつわる悲しい出来事を、将来への警告と教訓のためにここに誌す。彼はヴェネチアの商人であり教皇の使者であったが、大汗に仕えて親しく見聞した、世に優れて名高い国々の事情についての書物を著した。彼は注意深い目と勇気に満ちた心を持つ人生の盛りに、カンバルクの町から安南王国、キンサイの町、ヤンチューの町へ、ミエン、カンバル、ケマストル[*3]、セイロン島およびその他多くの町へ旅をしたのである。

誇り高いピエトロ・グラデニーゴ[*4]が総督《ドージェ》だった一二九五年までに四十一歳のマルコ・ポーロが祖国に帰って来たこと、自分の裕福な家に帰り着いたとき、真珠、サファイア、ダイアモンド、黄金とルビーという新しい富を携え、異国の絹で身を飾り、曲がった細身の剣を帯びて頭には貂《てん》の白い帽子を被っていたこと、その帽子には青い光と澄んだ水のように透明なダイアモンドが耀いていたことを、知らぬものとてない。

彼は到るところで大きな羨望に取り巻かれた。とりわけ適当な言葉をヴェネチア語で思い出すことができずに、しばしばタタールの言葉を話の中に交じえるときがそうだった。ヴェネチアの商人たちはこのような行動を無礼な驕《おご》りと見なし、どこか遙かなところを見ているようで、近くにいる人の眼を見るときは茫漠として無関心そうなマルコの不思議な眼差しも、驕りのゆえだと思われた。

　マルコが父ニコロの言葉に従って異国の言葉を交じえて話す癖を直ぐに直し、生活をふるさとの習慣に合わせるようにしても、何の甲斐もなかった。

　ヴェネチア人がガレー船でギリシアの海、イベリアの海、ポントスを離れ、人跡稀なアフリカを回ってインドや太陽の昇る美しい国々まで航海すれば、それらの国々の富が彼らの貿易を広げて、聖マルコの旗に新しい栄光をもたらすだろう、と彼が到る所に書き、熱心に説いてまわっても、何の甲斐もなかった。誰もマルコのことを信じなかったのである。

　異国の国々についての彼の話は途方もないもので、三年の間にヴェネチア商人が中国の二十七の町の領主になることができたとか、フビライ*5の使節に選ばれ、氷の海から極楽の島々、さらにはノアの方舟《はこぶね》が止まった山*6に至るまで広がる帝国の支配者たちに、彼が二十年間もの長い間厚遇されて過ごしたなどということは、信じられるものではなかった。

　私はマルコを信じた。その他すべてを書きつくすことができないほどの多くのことがらについても。彼が私に告解で告げたからである。それらは罪の果実であって、市民たちの嘲笑を引き起こしたあの体験という木にしか生えなかったし、また生えようもないものだった。私は僧としてまた人間としての同情をもって、マルコが嘲笑や無理解と戦うのを見守っていた。

　富豪の中の富豪であり、すでに四十四歳にもなった驚くほど健康なマルコが、どうして誇り高いジェノヴァと戦うために総督の兵役に就いて船出することになったのか、私も知っていた。自分の町に対する息子としての献身と愛を示し、彼がタタールの国で行った行為が真実であることを証明するあかしを、自分の血で刻印したかったのである。総督は喜んで武装した彼のガレー船を自分の船団に加えはしたが、重い甲冑をつけたマルコの華奢な身体とタタールの武器を疑いの目で見ていた。

だがマルコは船出した。船出して勇敢に戦い、負傷し、捕えられてジェノヴァの獄に繋がれた。後に私に語ったところによれば、彼は苦しみを受けて幸福だったという。ヴェネチアのために苦しみを受けたのだから、帰還すればあれほど望んだ尊敬が受けられるだろうと期待できたからである。

私たちは皆、囚人仲間であるピサのルスチアーノ[7]に牢獄で口述筆記させた本の原稿を彼がジェノヴァから持ってきたことを知っている。この本が半島全体にたちまち広まったこと、またたくまにフランス語になって広い世界に広がり、長い冬の夜の楽しみとして人々の想像力を楽しませるものとなったことを、私たち皆が知っている。作者の流麗な語り口と、さまざまな事件や、異国の町や土地の豊かな描写が、読者たちに気に入られた。それは騎士の物語や冒険を思い起こさせ、人々の心に雄弁に語りかけ、若者や美しい夫人たちを魅了して、ひとときの騒ぐ心が抱く、放浪への憧れを掻き立てたのである。

アルメニアの国、ゲオルギス王[8]、有名なタウリスの町[9]、タングートとカムルの国[10]、チンギス・ハーン[11]の記事を読んで楽しまない者があろうか。

チンギス・ハーンについて。チンギス・ハーンは僧ジョン[12]の娘を妻に望んで彼にむかって兵を起こし、テンドゥク平原で激しい戦いを行った。それは人がかつて見たことのない大きな戦いだった。

また、大汗が建てたすべてのタタールの町と同じように、四角形の高い壁に囲まれ、燃えるように赤い屋根を持った宮殿のあるカンバルクの町について。

カンバルクの町の計り知れない富について、戦闘用の象、魅惑的な鳥たち、数千人、数十万人の規模で戦いに投入される英雄的な兵士たちについて。

計り知れない広さで対岸を見通すこともできず、個々の徳は大きくとも個々の罪には限りがなく、砂漠にも戦争にも、悪疫にも、また怒りにも果てしがなく、支配者の意志にも、友人としての正義にも、誠実さにも果てしのない国々について。

水を浴びた太陽が岸辺の彼方から天の道を歩み始めるアジアやロシア、使徒トマスが亡くなり、[13]人々が神を黒く彩《いろど》って悪魔を雪のように白く塗る孔雀の国、インドについて。

インドの目から紺青の海にこぼれ落ちたひとしずくの涙のような島にある、アダムの墓[14]について。

人々はマルコの本を読んで楽しんだが、それが本当だとは信じなかった。数限りない空想を途方もなく軽率に弄《もてあそ》んでいると考えて、この本を「嘘八百《ミリオン》」[15]と呼ぶ人々もいた。これに倣ってある人々は気の毒にもマルコを「ミリオン氏《メッサー・ミリオーネ》」というあだ名で呼んだ。

マルコは苦しんだ。彼の肉体的苦しみの原因が何なのか、私が言わずにいるからといってとがめないで欲しい。アジアでの生活が素晴らしいものだったから、すばらしく快適すぎる喜びに神が罰を与えたとでもいうのだろうか。

マルコの告白は謎のままにしておこう。彼の心も萎えてしまった。世の尊敬を意に介さなくなり、屋敷の回廊で時に立ち止まるだけだった。屋敷では、書記たちや彼の富の管理人たちが、机に坐って本の上にかがみ込んでいた。

多くの手を経て海を渡るうちに椀の中の酵母のように増えていく金の力だけで、彼の富は独りでに増えて行った。マルコはヴェネチア人の娘ドナータを妻とし、父の死後莫大な財産を受け継いだにもかかわらず、彼は自分の家でよそ者のように暮らしていた。子どもは娘が三人いたが、父の世話を受けることなく育った。

私が真夜中に彼のもとに呼ばれる日もあった。その時には彼はワインを沢山飲みながら話し込んだものだった。私には彼の話を聞くのが喜びだった。彼の物語が本にあるよりももっと大胆で、ずっと本当らしかったからである。

私は、この人が世間によって傷つけられ、理性によっても、信仰によっても、祈りによっても、否定によっても克服できない遠い世界の甘い毒によって滅びかけ、憧れで死にそうになっているのを知って、彼を愛するようになった。

彼はもう六十歳だったが、心は若者と変わらなかった。彼はもはや過去の輝かしい場面を忘れてしまって、我々普通の人間と同じように、黄昏《たそがれ》の中に入ろうという意志も捨てていた。私は夜明けの海岸を朝のミサにむかう時、年老いたマルコがしばしば鐘楼の直ぐそばに立って、昇る太陽をじっと眺めているのを見かけた。太陽と話をして世界の向こう側でどんな新しいことが起こっているかと訊ねていたのだと、あとで彼は私に言うのだった。

異国の地への彼の憧れが、歳とともに弱まるようなことはなかった。それはミリオン氏の気が狂ったという噂が強まるにつれて大きくなっていったのである。

ある時彼は自分の本を私に読んで聞かせた。

彼は新しいラテン語訳[*16]が気に入っていた。異国の名前の多くが歪められてはいたが、それはそれらの名前に荘重な輝きを与えていた。彼は黙り込み、ワインを一口飲んで言った。

「ただ一つ残念なことがある。この本がフビライの息子や孫たちの手に入らないことだ。きっと彼らの感謝の言葉を聞けただろうに。東方の国々の人々は誠実で、彼らの誠実さは海のように広く荒々しいものだ……」

彼は私の眼を見た。彼の眼差しは人を射るようでもあり、また放心しているようでもあった。

「大汗の孫たちが私のことをこれまで思い出さないというのは不思議なことだ」

突然彼は目に涙を浮かべて泣きだした。私はこの夜、この男が憧れのために病気になるだろうという確信を抱いて立ち去ったのだった。

ミリオン氏は昼と夜の大部分を自宅にある地下蔵で過ごしていた。そこはもうミリオン家の宮廷《コルテ・ディ・ミリオーニ》としか呼ばれていなかった。彼はそこでトルコ石や玉随《ぎょくずい》、碧玉《へきぎょく》や真珠の中に両手を入れて、静かにまさぐっていた。それはかつて大汗のもとから持ってきたものだった。彼はこの秘密の儀式に際してタタールの着物を身にまとい、既に古びてしまった青いダイアモンドのついた帽子が頭に誇らしげに載せられていた。誓って言うが、彼は貪欲さゆえに宝石や装身具を好んだわけではない。それを見ることによって、それらが語りかける遠い国々や自分の青春、土地や人々を愛惜していたのである。

年老いたマルコの奇行についての噂が蔭口や冗談の種となって、ミリオン氏の屋敷からヴェネチア中にたちまち広まった。彼が日の出前に、しかも黙って税関の向こうの海岸のどこかにいるか、あるいはゴンドラに乗って金色の曙の光を背にしているのが見かけられでもすると、マルコは気が狂ったという噂が家から家へ広まり、総督の宮殿や、偏狭で嫉み深い書記たちのいる役所にまで聞こえるのだった。

気の狂った金満家で人気の高い冒険談の作家でもある頭の禿げ上がった六十代の男が、子どものように異国に憧れることを止めもしないというのは、諷刺詩の何と格好な材料、日の差し込まない役所の午後の退屈な会話にとって、何と格好なテーマだったことか。

一三二四年一月のある日、マルコ・ポーロは突然自分の遺産目録を書き上げさせた。彼の遺産についての噂が直ぐ町中に広がった。マルコの富の全容が明らかになり、それがまた妬みをかき立てた。死の準備をしている人間を妬むとは！

マルコ・ポーロは妻のドナータと三人の娘たちに最も大きな不動産を分け与え、教会と召使いたちにも財産を贈って皆の前から消えた。彼は自分の屋敷の一番遠い部屋に住まい、ろくろく眠らず、食べ物にも頓着せずに、ワインを沢山飲むようになった。それから朝の薄明かりの中、家を出てゴンドラに乗ると、東の潟に入って広い海岸を目指し、陽が昇ると修道院のような自分の住まいに戻ってくるのだった。

私だけが天井の低い部屋に入ることを許されていた。部屋で机に坐っていたのは頭の禿げた、骨と皮ばかりの老人であり、歯はすべて抜け落ちていた。彼は歯のない歯茎でひとりもぐもぐと訳の分からない言葉を発し、不思議な蒙古文字をサラセンの短剣の切っ先で机の上に彫りつけるのだった。

私は知っていた、この老人の家の周りにどれほどの嫉みと嘲笑が渦巻いていたか、引き籠もった彼の孤独がどれほど耐え難いものであるかを。この世捨て人とその僧房をみていると、私がミリオン氏の屋敷にいて、同じ屋根の下にマルコの妻と三人の可愛らしい娘が住み、僧房には宝石の山や金銀の袋があって、この金満家のガレー船が小アジアの岸から世界の果てにある西の港まで航海しているなどとは、ほとんど理解しがたいことだった。

更にまたヴェネチアには、マルコを非常に嫉んでいたアントーニオ・ルビオがいた。彼は総督の役所の法務官であり、まだ若く経験のない人間で、魅力的な娘が好きだった。

どうしてマルコがアントーニオの感情を害したのかいまだに分からない。彼がアントーニオを知っていたとすれば、それは単なる噂からか、あるいはたまたま二隻のゴンドラが出会ったことによるのだったろう。なぜかと言えば、残念なことにマルコは何年もミサに行ったことがなく、また町の公けの祝日に姿を見せるのも、娘たちをつれた彼の妻だけだったからである。

私が知っているのは、アントーニオが若い人たちの嫉みや嘲笑を糧《かて》としていて、彼の口から出るのがマルコの名を汚す中傷や冗談だったということである。アントーニオは自分の敵意を楽しんでいて、彼の悪意ある頭脳が思いつく新しい中傷を考えただけで、彼の黄色い顔に紅が差すような気がした。マルコ・ポーロの品位を批判してこれをおとしめ恥を掻かせること、これがアントーニオの汚らわしい生涯の隠された目的だった。

マルコは自分の敵について何も知らなかった。若者の叫び声や通りすがりの娘たちの笑いが背中に浴びせられるのを聞いても、その仮面の下にアントーニオの顔が隠れていることを彼は知らなかった。アントーニオが町の最も身分の高い層に対してもマルコについてよからぬ考えを広めていること、総督自身も、尊敬すべき立派な同僚である市民の名誉にかかわる卑しい冗談を聞いて笑い興じるのが好きだったことを、私は知っている。

ある時、マルコが自分の身辺を整理したのは、ヴェネチアを密かに去ってタタールの国に逃げようとしているからだという噂が、町中に広まった。広場に新しい笑い声が響き、家に帰る商人の書記たちが、ゴンドラの小さな停泊地に通じるはしごの上で、ミリオン家の宮廷で年老いたマルコが準備している滑稽な冒険について話し合っていた。

マルコが遺産目録を書き出させた年の九月にこんなことが起こった。アントーニオ氏は何人かの若い仲間と、愉快な気分でラテン語の文書を作っていた。それは「誰よりも大切な友人であるニコロの子、心が広く勇敢なマルコ・ポーロに」というもので、そこには「ナヤン[*17]の孫にしてバラクの子、総督ナヤンは、タタールの大汗の名においてマルコ・ポーロがカンバルクの宮廷を訪問するように招待する」と書かれてあった。

この偽の書簡は言う。

「大汗はニコロ、マテオ、マルコが、祖父、大汗フビライに尽くしたことをお忘れになってはいない。それ故、ニコロの子マルコが大汗の面前に伺候するよう呼びかけるものである。それ故、大汗はこの書簡を渡すためにマルコのもとに使者を送るよう定められた。それはヴェネチアの鐘楼近くの岸に秋分の夜に着く船から降り立つであろう。マルコ・ポーロは一三二四年の九月二十四日の日の出とともにこの船に乗られたい。その際自分の旅について誰にも、たとえ奥方にであろうとも、最も親しい友人たちにであろうとも、告げてはならない。タタールの国の主《あるじ》は、アバガ[*18]の一族が死に絶えた東方の支配者の国における、大いなる役目をマルコに委ねられた。大汗の船はキリキア[*19]の町ギアッザまで赴くであろう。汗の客人である友人を栄光と誠実さをもって汗の面前まで送り届けるために、そこで汗の使節団が象と駱駝と共に待つことになっている」

マルコ・ポーロは偽の封印の押されたこの手紙を部屋の机の上に見つけた。マルコの心中に何が起こったかは知らない。ただ限りない喜びが彼の燃え尽きた魂を浸したであろうことだけは想像できる。

その年の秋はすばらしい日々が続いた。野生の葡萄が宮殿の壁で赤く熟し、果物を積んだ艀《はしけ》が運河を往来し、葡萄の房の匂いが人を酔わせるかのように、マルコと私の町を覆っていた。九月の二十三日の夜半から二十四日まで、広場の細い鐘楼の下で期待に震えているマルコが見られた。彼の憧れていたことがこの夜実現したのだ。大汗は忘れておられなかった。そして大汗の感謝は彼の子と孫によって引き継がれたのだ。マルコは数時間後には船に乗り、教皇の書簡やエルサレムの主の墓に灯る灯りの聖油を運ぶ使者として、再び迎えられるであろう。再び若々しくなるだろう。

マルコには憧れと栄光に開かれた海やキリキアのギアッザ、青いアジアの国々、川や荒野、島や町が見えていた。

東の空に朝がやってきた。銀色の海は色褪せて白くなった。細い光の帯が水平線に現われ、きらきらした光の絨毯となって、岸と太陽が現われる彼方との間に道を作った。マルコは熱のこもった眼で船を探した。漁船が北側に停泊していて、その白い帆が薔薇色になっていった。まだ見えない太陽がその帆に触れたのである。

一日の目覚めの前がいつもそうであるように、町も海も静かだった。マルコはたたずんでいた。絹の赤い上衣を着て細身の曲がった剣を帯びて、頭にはかつてヴェネチアの人々が大いに羨んだ、青いダイアモンドのついたあの白貂の帽子を被っていた。

彼はそこに立っていた。カーニヴァルの忘れられた役、痩せて細い足で全身を震わせながら、かつての栄光の主人公が、三十年来の憧れの実現を待ちながら。それが彼の生涯の意味だったのだ……

太陽が昇った。

マルコは背を伸ばして身体を硬くした。彼はもう震えてはいなかった。今に薔薇色の水平線から汗の船が現われる。一分が過ぎた。水平線には何もみえなかった。北側の漁船は消えた。鐘楼の上を鳩たちが輪を描いていた。鷗《かもめ》の群れが静かな海の水面の太陽の金色の足跡の中に跳び込んでいった。

マルコは待っていた。太陽の歩みは早かった。何艘かのゴンドラが島々に向けて出て行った。朝の挨拶が鐘楼から響いた。驚いた鳩たちがちりぢりに飛び立ち、地上に降りたった。マルコは直立不動だった。港に人の足音と声が響いた。造船所からなにかの槌音がしはじめた。塩を含んだ気持ちのよい、微笑むような朝が始まった。

船はやってこなかったがマルコは待っていた。頭を下げて帽子を脱いだ。大きな汗の滴が彼の禿げた額を流れ落ちていた。

ざわっと人の声が聞こえた。

「ミリオンさん、ミリオンさん、タタールの汗があなたに御挨拶をします……」

彼は振り向いた。彼の後ろで群衆が円を描いて立って大笑いしていた。それはグロテスクで悲しい見世物だった。

マルコは心臓に手をやった。彼の手から偽の手紙、巻かれた羊皮紙が落ち、そして彼は地面に倒れて死んだ。

ヴェネチア人で、この美しく罪深い町の守護者聖マルコ教会の助祭である私、パオロ・ヴェッキオは、憧れのために死んだ義《ただ》しい人の記憶を伝えるために、この書をしるした。神よ、彼の心に憐れみを垂れ、彼の不死なる生命の地上の終わりを、愚かな無慈悲さで早めた者どもを憐れみ給え。[*20]

王妃

プラハは城壁の外でうずくまり、冬の星の下で眠っていた。この年は一月の雪が少なく、雪が層になっているのは傾斜のゆるい屋根の上だけだった。

王妃エリシカ[*1]はベッドから起きあがり、窓に近づいて長いあいだ灰色の静かな夜空に見入っていた。ゾクッとして暖かいマントを肩に巻きつけると、彼女は戸口に行って召使いの女を呼んだ。

「ベアルン伯爵夫人[*2]を呼んできなさい」

娘の足音が長い廊下に消えていった。廊下の壁には最近の火事の跡[*3]が黒い影となって垂れ下がっていた。かつて楽しかったプラハ城はもの悲しく息苦しかった。ここの生活は長引く死に変わってしまった。炎によって廃墟と化した城は、石が一つ、また一つと崩れていった。庭には背の高い草が生え、厩の隅には雑草がはびこっていた。四角い塔と高い壁に小さな窓のある城の教会は、老いと悲しみのために身をかがめていた。

彼女がほんの六年足らず前に、人々の王となる大きな子ども、ルクセンブルグのジャンと並んでシュパイヤー[*4]からプラハに帰ってきたとき、ここで高位の聖職者と宮廷人に迎えられたのだった。当時十四歳の美しい子どもだった若い騎士は、好奇心丸出しの上に言いようもなく高慢な様子で、宴会にやってきた貴族の集団を見歩いていた。彼は左手で銀製の剣の柄を握り、右手で男らしく彼女の手をとっていた。

時折り喉で押し潰されることもあったが、彼は当時はまだきれいな子どもの声をしていた。この声で彼はドイツ語を小声で妻に囁いた。突然気が昂ぶると——それはしばしばあったのだが——金の拍車を踏み鳴らしながら彼女に愛や戦いの歌を歌って聞かせるのだった。

ルクセンブルグ伯は騎士として冒険に出かける癖があった。それは二人がコルマール*5にいてイタリアに行くジャンの両親と別れたときからすでに見られたことだった。

ドイツ王ハインリヒ七世とブラバントのマルガリータ*6は、昔からもっていた強欲な夢のためにワラキアに攻め込んだ。ジャンとプシェミスル家のエリシカはチェコの国を目指していた。エリシカは希望と不安を胸に秘め、ジャンは人生の甘い贈り物についてのいかがわしい歌とともに……

それから六年経った今でも、二人の間にはいまだに年齢の差があった。彼は二十歳で彼女は二十四歳だったのだ*7。それでももう彼に対する母親めいた感情は失せてしまい、むしろ幻滅した愛の大きな痛みがあった。

召使いがベアルン伯爵夫人の到着を告げた。エリシカは立ち上がってドアまで行き、来訪者を迎えた。広間の灯火のいやな臭いがした。暗がりの中で壁にかかる銀の十字架が、したたる涙のようにみえた。

ジャンヌ・ド・ベアルン伯爵夫人は王妃の前で地につくほど身をかがめ、身を起こすように言われるまで恭しくそのままでいた。立ち上がると直ぐに彼女が王妃よりも背が高く、美しいことが見てとれた。夫人の衣装は異国風の仕立てだった。背の高い髪飾りの下の髪型も異国風なら、白く滑らかな額の下の眼も異国のもので、異国の唇は南国の果実のようだった。異国の快活さが身体中に溢れて、子どもっぽい微笑みが、彼女のガスコーニュ風の顔つきの、きかん気そうな美しさを和らげていた。

ジャンヌ・ド・ベアルンは王妃の言葉を待った。

「私のそばにおかけなさい。私は気が重いのです、坐りましょう」と王妃は言った。

錦で裏打ちした熊の毛皮に被われたベッドの上にエリシカ・プシェミスロヴナが坐った。

「私のそばにおかけなさい」と王妃はジャンヌ伯爵夫人に勧めた。

女たちが目を合わせることはなかった。広間は寒く、二人とも少し震えていた。

王妃は言った。

「ジャンヌ伯爵夫人、今晩のご訪問に感謝します。プラハの城は鬱陶しくて、女には心の通い合うような会話が時には必要だと感じます。そうは思いませんか」

「おっしゃる通りです、王妃さま」ジャンヌ伯爵夫人は大きな声で温和しく答えた。

「ここで一人ぼっちではありませんか？　遠いピレネーの故郷が恋しくはありませんか？」と王妃は優しく訊ねた。

「私はベアルンには十八年もいませんでしたし、二歳の時にパリへ連れて行かれました。幸せでなければ、どこも故郷という感じがしません。でもここでは幸せです」

エリシカが小声で言った。

「分かっています。あなたはジャン王がいらっしゃるところなら幸せなんですものね」と彼女は微笑んだ。「ジャンのいるところにジャンヌがいる」そう言うと彼女は声を高めた。「でもあなたに言っておきます。あなたの幸せは終らせなければなりませんし、終わることになるでしょう。あなたの幸せはどこか広い世間で探さねばなりません。この国からあなたの幸せをなくすのです」

「そんなことなさらないで下さい、王妃さま」

ジャンヌは魅惑的な微笑みを浮かべてそう答えるとベッドから立ち上がり、ほっそりとした背を伸ばして、黒い大きな異国風の眼で坐っている王妃を見つめた。赤茶色の髪をしたプシェミスロヴナは突然の昂ぶりが過ぎ去ると、見捨てられた子どものように坐っていた。この王位にあるみなしごは、心労による皺を口の端に刻み、権高な美女を悲しげに眺めた。

掟には書かれていない権利をこの女は主張しているのである。二十四歳のエリシカ・プシェミスロヴナは今更のように、若い夫と結婚するよう運命づけられたみずからの老いを感じた。

「そんなことはなさらないで下さいまし、王妃さま」とガスコーニュの女はもう一度もう少し丁寧に言った。

エリシカは黙ってジャンヌ・ド・ベアルンを眺めた。この女は夫が二年前に、数え切れない遠征の一つで連れて来たのだった。パリにいる夫に呼び出され、ルクセンブルグから連れて来られたのである。彼女は昔の子どもの頃からの遊び友だちであり、彼とは同い年で、南国生まれらしく成熟してはいたが、それでも彼と同じように若々しかった。

エリシカは六年前の頃を思い出した。あのとき彼女は、プシェミスル家の血筋を護り、この栄光ある王国に新しい君主と新しい一族を与えなければならないと言われたのだった。リペのハインリヒ[*8]がそう言ったのである。

「公女さま、あなたの膝の下からもう一度プシェミスル家という樹が育つのです。ルクセンブルグの枝、健康な王の枝がプシェミスル家というハシバミに入り込むのです」と。

リペのハインリヒは次のようにも言った。

「あなたはジャン伯爵がまだ子どもだとおっしゃるでしょう。その方があなたの目的のためには良いではありませんか。彼の異国の心と身体を変えておしまいなさい。あなたの愛で彼の心をあなたとチェコ民族に惹きつけて、ルクセンブルグ家からプシェミスル家を作るのです」

彼女はこれを受け入れ、自分の手で婚礼の衣装を調えた。それは布地の豪華さや絢爛たる宝石だけでなく、彼女が紡ぎ、そこに縫い込めた愛と希望によって、シュパイヤーに集まった貴顕の人々の目を眩《くら》ませたのであった。

若者が成熟した年頃の娘を好きになるように、ジャンは彼女が気に入ったが、まだ結婚前だった最初のキスはもう子どものものとはいえなかった。金色の衣服を着た少年のこの荒々しさはどこから来たのだろう。それに心の、眼差しのひとつひとつの、そして身のこなしの落ち着きのなさはどうだろう。プシェミスル家の石のテーブルに坐って人々を裁けるだろうか。どんな人間を陰鬱なプラハ城に連れて行こうとしているのだろう。

彼女は配偶者について相談するためにハインリヒ王が引見した折りに、フランクフルト・アン・マインから帰ってきた使節が互いに言いあっていた冗談を、思い出した。ハインリヒ王が自分の弟ですでに成人してしっかりしたヴァルラムを推挙したこと、ズブラスラフ[*9]の僧正が王に答えて、父王と最も近い血縁[*10]にあり、したがってチェコの支配者としても彼に最も近い者として、彼の息子のジャンを薦めたことを。

それにしてもハインリヒ王はこれほど大切な機会をどうして逃そうとするのだろう? 二年のあいだに婿と新妻の肉体上の不釣り合いは解消した。ハインリヒ王はこんなに美しい国を誰か第三者に譲るくらいなら、十四歳の息子をたとえ五十歳の婦人にであろうと結婚させたに違いない。僧正はそう言い、王は心配を押し隠して笑ったということだった。プシェミスロヴナの心はこのようにして弄ばれたのだった。こういうわけで運命は成就してしまった。だが王国は？

「もちろん、そんなことはさせません」王妃は再び静かに、むしろ悲しげに言った。「私がそうしないのは私が王妃であなたが王の妾だからです。ジャンヌ伯爵夫人、死に絶えた一族の相続者であるということがどういうものか、あなたにはお分かりにならないでしょう。あなたに意地悪はしません。けれど自分から出てお行きなさい。ジャンを愛しているのなら罪を犯さないように」

「難しいことを要求なさいますのね、王妃さま。あなたと私を支配しているご主人さまにお願いもなさらずに。私はあの方のご意志のままにお仕えしています。愛については女の意志などはちっぽけなものですわ」

エリシカが熊の毛皮の上に身をかがめたので黒い巻き毛が眼の下深く垂れ懸かった。組んだ両手は萎れた花のように膝の上に乗っていた。どうやって身を守ろうとするのだろう。

ハインリヒ七世はエリシカが気に入っていた。少なくとも息子の嫁の到来を待ち受けて彼女がハインバッハの修道院の階段を登って来るのを見るときまでは。彼は彼女をわが娘と呼び、額にキスしてもうみなし子ではないと彼女に約束したのだったが。

彼女はジャンの眼に似た王の眼に、讃美と尊敬を見てとった。王は彼女を王の子である王太子妃と呼び、今からは彼女は彼女を通じて不滅となった誉れある家の貴婦人であって、これからはもう二度と孤児にはさせないと言った。しかしハインリヒ王はすでに三年前に亡くなり、ピサに眠っている。

王の継母のマルガリータも、当時は同じように優しく彼女を受け入れて、その魅力を愛でて止まなかったが、やはり亡くなってしまった。そしてここではよそ者の女が王の意志にだけ従い、出ては行かないというのだ。

エリシカは突然、君主らしい高い声で言った。

「ではあなたは私とあなたが王の前で同等だと言うのですね。それは間違っています。確かに私たち二人は身体によって同じ公を知ってはいます。しかし同等ではありません。王の目から見てもそうです。王が私とこの王国から逃げようとしても、私とあなたとが夜を分かち合っても、人民を支配するという私の退屈な義務が恐ろしくなっても、彼は私のものです。

彼は私に捕らえられ、私によって栄光を受け、私によってこの世界でただ一つの美しい国の王の一族として育ったのです。私によって我が一族のあらゆる徳、あらゆる罪と一体になっているのです。それはオラーチ[*11]の時代から私の血肉になっているのです。

王の前でガスコーニュの踊りを踊りなさい。天使のような声で彼を酔わせなさい。私の愛の言葉がこぼれる土くれのように硬くても、それは王妃の言葉なのです。姦婦ジャンヌ、私は息子の生まれるのを待っているところです。あなたの細い腰の呪われた裂け目の誇りなど空しいものなのです」

二人の女は頭を上げて互いに向き合った。

「それが王のご意志なら残るがよい。私が私であることを邪魔させたりはしません。心に恥を知らなければ未来の王の乳母になることもできます。しかしそれ以上ではありません。あなたに言っておきます、よその客としてこの城で好きなだけお暮らしなさい。醜いわがままを通しなさい。この国を滅ぼさせない跡継ぎを生むという役目が私にはあります。

あなたはあなたの王様と一緒に国中で思う存分馬上槍試合《トゥルノワ》や意味もない貴族の遊びを楽しみ、この王国の正義を台無しにすればよいのです。それもほんの束の間です。待ち望んでいる者が私から生まれるでしょう。それは私の国を楽園と城塞に変え、この城を正義の館に変え、知恵と安らぎによってこの町を冠たるものにするでしょう。これまで生涯私が試み考えてきたことはすべてその者によって現実のものに、掟に、礎《いしずえ》になるでしょう」

「では、王妃さま、お許し下さい。遅くなりますから」とベアルンのジャンヌは頼んだ。

「お行きなさい」と王妃は命じた。

ジャンヌ伯爵夫人は王妃の前で地につくほど身をかがめ、身を起こすように命じられるまで恭しくそのままでかがんでいて、それから出ていった。

王妃エリシカ・プシェミスロヴナはもう一度窓辺に行った。広間の灯火は消えたが、そのかわりプラハの上には月が耀いていた。地上全体の眺めはとても美しく、銀色の壮麗さに満ちていたので、彼女は嬉しさに声もなく泣いた。

彼女は一人ぼっちのベッドに戻った。衣装を着替えているとき、突然ひそかな怖れによろめいた。彼女は手を止めて体内の声に耳を澄ました。しかしそれは呼び声ではなく、心臓の下の静かな優しい動きだった。彼女の胎内でプシェミスル家の子孫が目覚めたのだった。[*12]

鶯の小径

一

ジャン王[*1]をおのが兄弟のように愛していた雄弁で情熱的なギヨーム・ド・マショー氏[*2]も、彼のいうところの「愛の牢獄」にいるフロアサール師[*3]も、カペー家とルクセンブルグ伯爵家の歴史を驚くほど丹念に見守っていた緻密な年代記者ギヨーム・ド・ナンジス[*4]とジェフロア・ド・パリ[*5]さえも、また当時のその他の詩人や歴史家の誰一人として、王子カレルとその妻ヴァロアのブランシュ[*6]との、若く優しい恋の物語を誌したものはいなかった。

それにもかかわらず、この物語には子どもらしい臆病さと、男としての決断、夏の夜の魔力と薔薇の香り、鶯《うぐいす》の歌声、トリスタンの恋にも比すべき勇士の歌があった。

世間は支配階級に属する人々の心についての物語ることをしない。カレルはキリスト教国最大の支配者の一人であって、信仰の楯であり、帝国を広げ、貧しいものを庇護し、城と教会堂を建てた。神と人とに愛された王であり、精神的にも肉体的にもカール大帝の正当な子孫であって、敬虔な王ヴァーツラフ二世の孫で、ダンテ・アリギエーリが自ら栄光の冠を編んだ[*7]、ハインリヒ七世の孫でもあった。

カレル四世の幼年時代はつまらないものだった。ある閉ざされた扉の前までは行けるが、それ以上進むことは禁じられているという思いから、彼はずっと逃れることができなかった。気質の軽薄な騎士だった彼の父ルクセンブルグのジャンと、老け込んだ母エリシカ・プシェミスロヴナとの諍《いさか》いは、王妃の自由の束縛と苦い嘆きで終わることになった[*8]。幼い王子はクシヴォクラートとムニェルニーク[*9]でそのことを聞いた。そういう日々に彼の心を離れなくなったのは、日常の生活が大きな牢獄に等しく、そこから力ずくで喜びと自由の世界に逃れ出ようとしても、すぐにみずから温和しくそこに帰って神に罪深い魂の許しを乞い、跪《ひざまず》いて祈りを捧げることになるという想いだった。彼の豊かで美しい想いは、この世の情熱への抑えがたい憧れから自己否定の悔悟へと日毎に揺れ続けた。彼の肉体には鳩のような穏やかさと獅子の猛々しさが、心にはサラセンの短剣のように鋭い理性が、そして魂には信仰に対するのと同じほどのためらいが、宿っていた。

カレルはワインや美しいものや女を愛しながらも、それらを地獄の果実であるかのように遠ざけていた。

彼がプラハ城に王となって栄光のうちに国を治め、父方の軽薄な血の遺伝と、トスカナの夜の糸杉の薫りが彼のために用意した多くの誘惑とを克服したのは、ずっと後になってからのことだった。神御みずから彼を誘惑から解き放たれたのである。王子をイタリアの地で悪魔の道に誘ったグイゴという名の淫蕩なヴィエンヌのドーファン[*10]が悲惨な死を遂げたまぼろしを、神が彼に見せたもうたのである。グイゴの祖母と王子の祖母は姉妹だった。

プラハで生まれたヴァーツラフ[*11]が父の命令でパリの宮廷に連れて行かれたのは、七歳の時だった。トゥールーズでチェコ王がフランス王シャルル[*12]と取り決めて、ヴァーツラフとヴァロア伯の娘マルケータとを結婚させることになった。マルケータは髪の毛がブロンドなので、ブランシュという名をもらっていた。

パリにやってきたおどおどしたこの子どもを、騒々しい噂がとり巻いた。彼は痩せて背が高く、いつも頭をちょっとかしげていた。ルクセンブルグの家系の黒い瞳が大きく見開かれて浅い眼窩から飛び出ているように見えたが、彼は寺院の中に立ってフランス王を教父とし、フランス王の名前で[*13]堅身礼を受けた。こうして彼はチェコの名前を失い、カレル王子として宮廷と人々に知られるようになった。

パリでの戴冠式の祝典の日々。重々しい馬車の響き、轟き渡る太鼓の音、喨々《りょうりょう》たるラッパの響きの中を、彼は灯りのついた聖壇の前に案内された。彼の傍らにいたのは、頭一つ小さくはあったが金襴の衣服をまとい、確かな心と気品に満ちた眼をした少女だった。これがヴァロアのブランシュだった。同じく七歳でこの瞬間から彼の妻となり王太子妃となったのである。

彼は妻の額に口づけするよう促された。言われたようにすると彼女は唇に口づけをした。それから彼は父の力強い手に抱き上げられてジャン王が坐していた玉座に運ばれた。そこでジャンは小声で彼に注意を囁いた。周りの人々は豪奢な袍衣《ほうい》をまとい、腰に黄金の剣を燦やかせていた。夫人たちは鎖と高いフードの重みに押しつぶされそうだった。

ブランシュが導かれて退出した後に正餐が催され、そこで彼は芳醇なワインを味わった。それは後に彼が愛することはなはだしく、チェコのプラハにまで取り寄せるようになったものだった。

こうして今やカレルとなったヴァーツラフは、シャルル王と、その後継者でカレルの義兄弟にあたるフィリップ[14]に気に入られて成長し、身体も知恵もしっかりしたものとなっていった。彼の師となったのはフェカン[15]の修道院長ピエール・ロジェ[16]だった。彼は雄弁で学識の深い人で、アヴィニョンの教皇座に赴く途中に王子の魅力的な心に触れ、とどまって自分の知恵の一部分を彼に伝えようとしたのである。

ヴァーツラフの妻ヴァロアのブランシュは、まだ子どもだった夫の目の前から巨大なパリ城の女部屋に消えてしまった。王子の叔母である王妃マリア[17]が、彼女の敬虔さと淑徳のための、厳格で思慮深い保護者になったのである。

王子は母のことを忘れてはいなかったが、母が話すチェコ語や故郷も、その服装や風習も忘れてしまった。

修道院長ピエールは王子を宗教に目覚めさせた。カレルは騎士の技に習熟しながら[18]ラテン語もフランス語もドイツ語もわがものとした。アレキサンダーについて、ディートリヒについて、アーサー王とその王国について、薔薇物語[19]、詩人で音楽家のギヨーム・ド・マショーの言葉と審決[20]、王の年代記、聖者伝などをみずからも読み、人にも読ませたりした。フランスの君主たちは読み書きの才能を持ち合わせてはいなかったので、子どもながらあらゆる学問や技を身につけたチェコの王子を尊敬の眼差しで眺めた。

カレルは彼らの侍僮だったが、小姓になり騎士に挙げられる時が近づきつつあった。

その間にも、彼の父は名誉を求め、ルクセンブルグの領地を拡大しようとして世の中を彷徨《さまよ》っていた。今日は友人の騎士たちに何百万リブラという金額をばらまくかと思えば、明日は無一文になって世の中を彷徨っていたのである。馬上槍試合《トゥルノワ》の栄誉や遠征が彼の糧だった。王の居候となっていた詩人ド・マショーは、何年経ってもこの愉快な騎士に対する賞嘆を惜しまなかった。彼にとって世界は冒険への一つの道程に過ぎず、尊敬と栄誉に憧れるばかりで、今日のことも明日はどうなるかも気にかけることがなかったのである。[*21]

カレルも父と同じように騎馬に情熱を燃やし、馬を駆ってパリの近郊へ出掛けるのを好んだが、同じくらい情熱的に祭壇の前に跪いて神と言葉を交わしていた。フェカンの修道院長は、王の使命というものの意味をそれとなく彼に伝えようとしていた。ルクセンブルグ伯の一族がカール大帝の血を受け継いでいるということ、ミュールドルフの戦いで神聖な皇帝を護ることによって彼の父の命が救われたこと、[*22]王子がフランスに来た年に、アルゾン川の峡谷にあるロカマドゥール[*23]の聖母マリア教会に立ち寄ったのには、理由があったのだということなどを。

この教会はローラン[*24]の剣が掛かっていて、カール大帝が、みずから恭しく聖母マリアの前に跪いたところだった。――王子の頭は不思議な思いで一杯になった。そこには目もあやな仮面を被った騎士たちの輝かしい姿が渦を巻き、さんさんとした真昼の陽光を浴びてモンサルヴァージュの城が燃え立って、天の御座《みくら》から公正に罰を与え給う主の周りに、翼を持つ天使たちの合唱が響き渡る。アレキサンダー大王が象や黄金の車両を仕立ててインドに進軍する。ラヴェンナから運んで来たアーヘンの丸屋根の下でカール大帝が眠り、聖なる受難者たちが神の義のために血を流し、小さな驢馬に乗った最も清らかな騎士である神の婿イエスのために聖女たちが死んでゆく。群衆は彼の足下に自分たちの敬いの棕櫚《しゅろ》を投げるのである。十字軍の進軍ラッパが耳に響き、戦いの喧噪の中の太鼓の響きのように聖書の言葉が落ちかかる。暗い音色をもった聖書の言葉が響きわたる。「あの方のうちになされたものは命であり、命は人々の光である！」と。一方悪魔はその周りを歩き回り、甘い偽りと誘惑の言葉を囁く。

カレルは丸一月妻を見かけなかった。大きな祭りの正餐がある時、王子たちのための食堂で彼女のそばに坐るだけだった。王が食事をとる広間から笛や太鼓が響いてきて、王が自分の健康を祝して乾杯することを告げると、カレルも彼の右手に坐っている妻のために黙って杯を上げ、青い顔をしたまま乾杯するのだった。彼は命じられるままに彼女を「私の妻」と呼び、子どもたちの列の先頭に立って彼女とともに食堂を出て行くとき、彼女の左手を取るのだった。彼には彼女の威厳と美しさが怖ろしかった。たとえ美しさは罪だと言われても彼女が美しいことに間違いはなかった。

いつだったか夏の朝のことだった。そのとき彼は十三歳だったが、乗馬の供で教師でもあったランスロー・ド・ネヴェール伯とともに近くの森から帰るところだった。二人は枝の茂った長い並木道を通った。朝の仕事をしている蜂たちが辺りをぶんぶん飛び回り、太陽が道に金貨をまき散らしていた。朝は青く金色で、馬は楽しげに規則正しい歩調をとり、黄色い砂塵の中を歩んでいた。カレルは幸せで叫びたくなるような気分だったが、自分を抑えた。心の動きを他人に見せたくなかったからである。

ちょうどそのとき、遠くに別の乗り手が二人見え、並木道の向こう側から近づいてきた。それは騎士と娘だった。娘は貴族の娘のような乗り方をして、灰色の長いスカートが背の低い仔馬の脇に垂れていた。陽差しが娘の髪の毛を照らし、髪の毛が光の輪のように耀いていた。男は軽い甲冑をつけた騎士で、娘から五歩下がって恭しく随っていた。カレルは目をみはった。この朝、これほどの喜びを期待してはいなかったからである。馬が歩みを緩めたので、ランスロー伯がそばに寄ってきた。

王子は近づいてくる二人に目を凝らして言った。

「見なさい伯爵、やって来るのは金髪のイズーだ[*25]。挨拶ができそうだよ」

彼はそう言うと帽子をとり、馬をだく足にした。二人連れが近づいて来ると、ランスロー・ド・ネヴェールもフランドル風の幅広のつばのついた帽子を脱いだ。乗り手の女性はもうはっきり分かり、彼女も直ぐに彼らのそばに近づいてきた。それはまぎれもなく護衛の騎士を連れたヴァロアのブランシュだった。ブランシュはカレルに赤い手袋をはめた手を振って、快活に微笑んだ。

「こんにちは、カレル」

彼女がそう叫び、馬の蹄がかつぜんと鳴って幻は陽光の中に消えてしまった。

カレルは馬を止めた。

「ランスロー伯、あれは私の妻だった！」

ランスロー・ド・ネヴェールは、フランドル風の口髭の中で微笑んだだけだった。

「帰ろう」と王子は命じ、鞍に前屈みになって馬を全速力で走らせた。ランスローは砂埃の中を早駆けしながら悪態をついた。

カレルは城のすぐ前の並木道の端で止まり、そばに来るように騎士にうなずきかけると、嬉しい秘密を打ち明けるかのように彼に囁いた。

「今思い出した。この樹、この美しい樹は私の故郷で菩提樹《リーパ》というんだ……。伯爵、これはすてきな言葉じゃないか？　リーパというのは」

ランスロー伯にはなんのことか理解できなかったが、王子はもう馬を進めていた。背を伸ばし、明るく、いつもと違う誇らしげな様子だった。

その夜、カレルはヴァロアのブランシュの夢を見た。彼女が馬から下りるのを助け、捕まえた小鳩のように小さいその手袋を手のひらに包んでいたのだ。

彼は朝のミサのあとで、チャペル助任司祭ウダルリヒに訊ねた。助任司祭はルクセンブルグの生まれで、王子にドイツ語の読み書きを教えるためにこのパリに来ていた。

「師父さま、自分の妻を愛するのは本当に罪ではないのですね？」

司祭は答えた。

「その反対です、我が子よ。妻を愛するのは神の教えです」

午後の哲学の時間にカレルは驚くような早さで三十三の三段論法を解いた。

一三三〇年の冬、イタリア遠征の準備をしていたジャン王の命令で、彼は妻ヴァロアのブランシュともどもルクセンブルグの町に遣わされた。

ルクセンブルグ伯の城の生活は、パリの生活とは違っていた。厳格なレッスンもなく、貴重な本も、華やかな騎士のパレードもなかった。二人を迎えたのはトリーアの大司教ボードゥアンで、祝福を与えて騎士と貴婦人のつとめに励むように命じ、暗く厳めしい城の城壁と堀の間の部屋を彼らにあてがうと、二人の子どもに対する父としての権限のすべてを助任司祭のウダルリヒに委ねて立ち去った。

チェコのクシヴォクラートカ城から小姓のルリークがカレルの後を追ってやって来たが、王子とはドイツ語で話さなければならなかった。カレルはこの小姓にくっついて離れなかった。ルリークは二十歳の若者で乗馬に長け、愉快な仲間であり、歌が上手で自然のあらゆる秘密に通じていた。彼は捕鳥網が巧みで、地面の下の隠れ家にいる地栗鼠《じりす》を追いかけたり、栗鼠をつかまえたり、猛禽を羽ばたいて獲物に襲いかかる瞬間に射落としたり、燕《つばめ》を追いかけたり、狩りで鷹を放ったりした。

ルクセンブルグの貴族やトリーアのドイツ人、フランドル人やフランス人たちは嫉んでいたが、カレルはいつも夕方は小姓のルリークとだけで過ごし、馬で森や南ルクセンブルグの城に行くときにも、このクシヴォクラートの若者だけを供として連れて行くことを望んだ。

この頃には彼もこれまでよりもしばしば妻に会うようになった。食事の時に並んで坐り、彼女と共に城壁の間の庭を歩き、日曜の礼拝の時に城のチャペルで会い、行列をしたがえて狩りにでかけたりした。

その際、森の中の空き地で行われる打ち上げの宴会を差配するのは貴婦人たちだった。宴会では焚火の直ぐ近くの雪が溶け、ワインと焼けた肉が凍えた身体を温めた。

狩人の行列が森の角笛の音と共に城に帰るとき、カレルは妻の側に馬を寄せ、自分が彼女に会っているときと同じように彼女も自分と一緒だったら楽しいかと訊ねるのだった。遠出と寒さで上気したブランシュは髪の毛の端まで赤くなると、もう子どもではない微笑みを彼に投げかけるのだった。彼女はもうまもなく十五歳で、大人の体つきになっていた。

カレルは小姓のルリークに言った。

「アダムとイブが楽園を追われたときいくつだったと思う?」

「ご主人さま、あなたは難しいことをおっしゃいます」とルリークは考え深そうに言った。「あなたさまは私より聖書をずっとよく知っておいでです。私は僕《しもべ》にすぎませんから。けれど思いますのに主はアダムとイブを子どもの形でお造りになった訳ではありません。神が二人をお造りになったとき、二人はもう大人だったと思います。あなたにそれを説明しなければならないのはウダルリヒではありませんか」

だが王子はウダルリヒには訊ねなかった。

この一三三〇年のルクセンブルグの春は古老にも覚えがないほど美しく、豊かだった。やがて木々は熟した果実でたわわになり、野原は花の下草をなす緑が見えないほどだった。ルリークにクトナー・ホラの峡谷[*26]を思い出させるペトルス川は溢れるような猛々しさで流れ、波は灰色がかって好ましく見えた。五月にはもう菩提樹が咲き誇り、鶯《うぐいす》が城壁の下の茂みや砦の周りの庭園で一晩中啼いていた。

カレルとルリークは、しばしば郊外に偵察にでかけた。

森の小高い丘の小さなチャペルや、まだ知らない町に通じる間道、虹鱒《にじます》の群れる小川のそばの小径。色とりどりの着物に白い帽子姿の女たちが、水差しのワインと白いチーズを載せたパンを一切れくれた木造りの村。午後のしじまの中で心地よく眠っている林檎園。夜に騎士やその家族と連れ立って来て、話したり食事をしたりした城。

ルクセンブルグには誰も彼らのことを詮索するものはいなかった。供を沢山連れて馬に乗った大司教ボードゥアンがときたまの祭日のときにだけやってきて、カレルが元気でいるかと訊ね、ブランシュのブロンドの髪を撫でるだけだった。

「マルケ王[*27]は眠っておられる」とカレルは近眼の王のことを言うのだった。

王はルクセンブルグ家の家系に伝わる眼病に冒《おか》されていたのである[*28]。この病はカレルの祖父ハインリヒ皇帝に現われ、カレルの父を若いときから時々突然目が見えなくなる発作で苦しめていたものである。「マルケ王は眠っておられる」とカレルが言うのは、豪華な食事のあとで長い午睡をとるのが好きな王の、眠そうな目をからかってのことだった。

トリスタンとイズーの運命が委ねられた「マルケ王」は専ら眠っていて、トリスタンに楽しい青年時代を謳歌させていたのである。

ある朝、カレルと小姓のルリークは馬を乗り歩いているうちにデュルビュイ[*29]の城にやってきた。それはジャンが新たに作らせたもので、イギリスのガレー船が東方のあらゆる豪奢なものをもたらしたこの豊かな土地においてさえ、見たこともないほど壮麗だった。ジャン王はこの城で友人のギヨーム・ド・マショーとの対話を楽しみ、ここで人形芝居を観劇し、ここでミルクのように白い肌をしたフラマン人の美女たちと宴を催し、ここで近隣の田舎娘をダンスに呼んでは、彼女らの硬い肉体《ししむら》が与える楽しみのために、黄金を惜しまなかったのである。

カレルは城の番人とその家族を起こし、自分と随行の者のための食事を急いで用意するようにと命じると、城の壮麗な部屋をいくつも通っていった。そこには騎士の間や、武具の間の他に、音楽のための広間や世俗的な書物が沢山ある書庫もあった。

カレルとルリークは王の寝室にも入った。それはサラセン風にしつらえられ、絨毯や毛皮、色の付いたランプがあって白っぽい枕の縁には、アントワープ製のレースがあしらわれていた。この人気のない父の寝室は、鎧戸を閉じた窓の薄明かりの中に沈んでいた。

カレルはさんさんとした午後の陽差しを招き入れて、外の景色を眺めた。豊かな収穫を待つ黄色く実った畑が、年経《としふ》りた木々の間に耀いていた。畑の上に空高く、雲雀《ひばり》がさえずっていた。

「ここはまるで私たちのところみたいだね、ヤン。そうは思わないかね。この土地はいつか見たことがあるように思える。あれはムニェルニークだったようなのだが」

「そうです、ムニェルニークでした。覚えておいでででしたか」

塔の鐘が昼を告げた。二人の若者は楽しく食事をしてブルグンドワインを何杯か飲み、昼下がりの暑さの中をゆっくりとルクセンブルグへの帰路についた。

カレルは歌を歌った。

キリスト受難碑[*30]のある分かれ道で彼は立ち止まって言った。

「ヤン、妻は私を愛していると思うか？」

「それがあの方の義務です」とヤン・ルリークは言うと、悪戯っぽく主人に笑いかけた。

「義務のことなんかウダルリヒに言え」とカレルは不機嫌に言うと馬を走らせ、ルリークも頷くと自分の栗毛に拍車をくれた。カレルが馬を小姓に引き渡したルクセンブルグの宮殿の扉の前まで、二人は言葉を交わそうとはしなかった。

一晩中鶯がさえずっていた。木犀《もくせい》の茂みにはおそらく百、いやおそらく千羽はいたのではなかろうか。

その晩は賑やかではあるが神秘的だった。眠れるものを月が目覚めさせ、宴をおえた若者たちの頭をワインが熱くした。朝、カレルは教会で恭しくまた切々と祈ったが、心を占めていた一つの思いから自由になることはできなかった。

彼はヤン・ルリークを呼びにやらせた。

「おまえは死ぬまで私に従わねばならない、私はおまえの王子でやがておまえの王になるのだから。この書付けを持っていって私の妻に届けよ。誰にも邪魔されないように。この書付けを誰にも渡してはならない、彼女だけに渡して答えを待つな。行け」

ヴァロアのブランシュが読むと、こんな詩が書かれていた。

緑の森をトリスタンが行くと
ツグミが声をそろえて歌いかけた。
緑の森をトリスタンが行くと
マルケ王が城で眠っていた。

マルケ王が城で眠っていた。
森は暗くなり、歌声が聞こえてきた。
マルケ王が城で眠っていたが、
声が震え、笑って消えた。

声が震え、笑って消えた。
それは夕べの挨拶ではない。
その呼び声は叫び、燃えて消えた。
呼ぶのは小さな淵だった。

小さな淵よ。
トリスタンは行って、水に落ちた。
小さな淵よ。
ああ、めまいよ、おまえの唇を吸うとき。

ああ、めまいよ、おまえの唇を吸うとき。
イゾルデ《イズー》よ、星が一つ、闇の中で泣いている。
ああ、めまいよ、おまえの唇を吸うとき。
沼よ、おそれがおまえの中で燃えつきるとき。

夕方、カレルは妻の寝室の窓の下に立って待っていた。彼女は窓に近寄って彼に青いリボンを投げてよこした。リボンが彼の頭上でひらひらと舞った。彼は手を伸ばしたが、リボンは背の高い灌木の枝に引っかかってしまった。彼が木を揺すっても、リボンは枝から枝へ、葉から葉へと移るばかりだった。やっとつかんで礼を言おうとしたとき、ブロンドの頭は窓のところになかった。

一番星が出て、かぼそいコオロギの声が草むらから聞こえていた。

「夫が妻に命令しないのは、人と神のあらゆる掟に反している」と彼はルリークに言った。「どうして運命はこの私に過酷なのだろう。望むものは何だって禁じられる。まだ覚えているが、私には勉強の場所から次の勉強の場所に母と行くことだけが許されていて、身内でもない見張りが、どこにいなければならないかを指図していたのだ。

私は故郷から外国に連れてこられ、そこで名前を失った。[*31]私はヴァーツラフだが、これからもずっとカレルでいるだろう。この上なく神聖な父の許しを得て親戚にあたる妻を与えられたのに、私はこの妻から十重の壁で隔てられている。私はよその王の妃に対する騎士のように、この妻とつきあっている。けれどこれは私自身の妻なのだ。私自身の妻なのに触れることさえできない。私は教師のいるパリから連れ出されて、ここに連れて来られ、好きにできるようになった。それなのに私の妻は私のいるこの同じ城に閉じこめられていて、私は妻の窓の下に立って泣いているのだ」

　ヤン・ルリークは言った。

「あなたの先祖のブジェチスラフは自分の妻を奪い取りました。[*32] 王子様、あなたは御自分で気づかれる前から王になるべき方です。私たちの国があなたを、故郷の血を分けた自分たちの王をお待ちしています。あなたのお父上でよそ者の王様は、あなたの国のものには好かれませんでした。あなたのお父上はどこにおられるのです？　あなたはどこにおられるのですか？　あなたの母上はどこにおられるのですか？　王の一家はあちこちに散りぢりになっています。あなたの兄弟たちはどこにおられますか？　私たちの国はあなたを待っています。それなのにあなたはすぐそば、あなたのそばから数歩のところであなたを待っている女性のことで、途方に暮れていらっしゃる。

　あなたを愛しておられますよ。あなたの紙切れを私から受け取られたとき、そのことが分かりました。どうして夫と妻が手紙を交わしたりするのですか？　行ってあなたがどうしたいのかをあの方にお言いなさい。あなたは夫なのです。髭に触ってごらんなさい、あなたには口髭が生えています。ご自分をよく見てご覧なさい、あなたは支配する意志をお持ちです。王におなりなさい」

　カレルは深く頭を垂れた。

「鶯の囀《さえず》りが夜に満ちている。快い音色だ。鶯がきっと娘の喉から出る叫びを、誰にも聞かれないように覆い隠すだろう」と彼は低い声で言った。

「あの方があなたを怖がるとお思いですか？」

「私はブランシュを奪う、あれは私の妻だ。あれを牢獄から解き放つ、自分自身もあれもだ。手助けしてくれ」

「もちろんです。あなたの祖先のブジェチスラフは、未来の妻を奪い取りました。年代記者たちはあの人をアキレスと呼んでいます。あの方を解き放ちなさい。あの方はあなたの本当の妻のはずなのに、まだ本当の妻ではないのですから」

その通りになった。カレルは鶯の啼いている中を妻であるヴァロアのブランシュの寝室に入った。突然目を覚まして彼の顔があるのを見た彼女は、嬉しさのあまり声を挙げた。そのあと彼女が感じていたのはただ誰かに運ばれたこと、彼女の夜着の上にマントがかぶせられたこと、カレルに抱きしめられていたこと、星の夜を馬で運ばれていったことだけだった。渓谷を流れるペトルス川の浅い流れに馬が跳び込むと、あたりに水しぶきが上がった。その後は蹄の音にあやされながら、まどろむばかりだった。鶯の声はその夜、朝まで止むことがなかった。

人が朝のミサのために起こしに来たとき、娘は寝室にはいなかった。

娘はいなかった。そしてラッパが吹き鳴らされ、ルクセンブルグの城は大騒ぎになった。ウダルリヒ師は大声でお祈りをしたが、恐ろしさのあまり、禿げたうなじから肩に汗が滴っていた。急使がトリーアの大司教ボードゥアンの許へ出発した。城や城下の捜索が行われ、川に向かい、川を越えて南を目指した二頭の馬の足跡が見つかった。

足跡をたどるとデュルビュイの城についた。途方に暮れた眼差しで城の番人が門の脇に立ち、彼の妻は恐ろしさのあまり祈禱台で祈っていた。城中が調べられた。ジャン王の寝室の前に小姓のルリークが剣を抜いて立ち、助任司祭のウダルリヒに言った。

「お止まり下さい、師よ。お供の方も。一歩も近づかないで下さい、誰あろうチェコの王子がこの扉の向こうに妃と眠っておられます。私はこの剣であの方の眠りを護っているのです」

そして起こるべきことが起こった。

マルケ王と近眼の大司教ボードゥアンが到着した。彼はカレルやその妻と話し合い、二人とも彼の指示に従ってルクセンブルグに帰った。ブランシュはもうカレルが来ても叫び声をあげることはなかった。そして二人はともに鶯の囀りに聞き入るのだった。

二

カレルとその妻ブランシュの幸福は束の間だった。一年、ただ一度の秋だけだったのである。冬になるとカレルは父のジャンに呼ばれ、彼の未来の領地を剣で護るためにイタリアに行った。彼はルクセンブルグからメッツ、[*33]ブルグンド、ローザンヌを越え、ローヌ川の渓谷に入った。そして三月二十九日、ルクセンブルグ家の土地であるノヴァーラ[*34]にとどまった。

ブランシュは、一三三一年の二月から一三三四年六月十二日の栄光の日曜日[*35]までを、夫が不在のままに過ごした。プラハの人々はその日の晩禱の時、王妃を迎えるに相応しく盛大に彼女を迎えた。王子カレルは、戦いと祈り、罪と悔悟の年月によって引き離されていた妻の到着を、盛大な祭りで祝ったのである。

神は王子とその妻に人としての素朴な幸福を許されなかった。この英雄的な騎士、王国の思慮深い支配者は、再び父によって都から離れるように命じられた。それは再びクシヴォクラートの城であり、王子とフランス王の妹が願っていた住処《すみか》ではなかった。

三

その頃ブランシュは城下に通じる道を、重い足取りで歩き回っていた。十九歳の彼女の身体は子どもを宿していた。

彼女は暗い森の真ん中にある陰鬱な城ではじまることになる、その時を怖れていた。夥しい雨が降り注ぎ、灰色の雲が重く心にのしかかる早春の幾月かの間、彼女は陽光の降り注ぐふるさとの地を恋しく思っていた。彼女は、プラハ城やクシヴォクラート城の周りに住んでいる人々の言葉が話せなかった。それに既にカレルが前の年、彼女自身の付き人たちをルクセンブルグとパリに送り返してしまっていた。豪華な衣装や訳の分からない言葉で故郷の人々の感情を刺激しないようにという配慮からだった。

ブランシュは夫の胸にすがって泣き、花が咲き乱れ、短かったルクセンブルグの幸福なひとときや、デュルビュイの城のことを思い出していた。

妃にその時が迫ったとき、カレルは小姓のヤン・ルリークを呼んで小鳥を捕らえる国中の猟師を呼び集め、鶯を捕まえてクシヴォクラートの城に持ってくるように命じた。こうしてヤン・ルリークは城から谷間に通じる脇道を縁取っている藪に鶯の大群を放った。ブランシュの窓はその道を見下ろすところにあった。期待と不安の裡にあったブランシュ妃のために鶯は五月の夜を徹して囀り始めたのである。

五月二十四日にブランシュの出産がはじまり、母となる激痛のうちに子どもが生まれたとき、鶯は母の苦しみのために囀ったのだった。鶯たちの声は、彼女の寝室にカレルが入ってきたあのルクセンブルグの夜のように魅惑的だった。ブランシュは痛みの中で微笑んでいた。娘のマルケータ[*36]の出産は軽く喜ばしいものだった。

四

クシヴォクラートの下の小径はブランシュがかつて居た窓の下に通じているが、人々はそれを「鶯の小径」と呼んだ。――ルクセンブルグの一族を愛していた、雄弁で熱血漢のギヨーム・ド・マショーも、「愛の牢獄」を書いたフロアサール師も、また鋭い眼を持ってヴァロア一族の運命とカール大帝の子孫の事績を辿った、綿密な年代記者ギヨーム・ド・ナンジスも、ジェフロア・ド・パリも、またこの時代の詩人たちや歴史家たちも、誰一人として王子カレルと彼の妃ブランシュの優しい恋のいきさつを書き誌したものはいない。この物語を私に物語ったのは、クシヴォクラートの鶯の小径である。それは雨のしずくが、チェコの王妃の溢れる苦い涙のように木々から滴《したた》り落ちる、冷たい夕暮れのことだった。

二人のムーア人

この書を読む人に平安のあらんことを！　子どもたちとその子孫のために、また年老いた手によって書かれたこの書を読むすべての人の教訓のために、アーレンブルグの騎士[*1]、ゲオルグ《イジー》・アーリがこの二人のムーア人の紋章の物語を誌す。これはルクセンブルグの皇帝、故ジクムンド[*2]が、アーレンブルグの一族に与えたものである。

私の父ハインリヒ・アーリは私が二十歳になったとき、チェコのフス教徒[*3]との戦いに赴いた。ニュールンベルグの帝国議会は、神聖な信仰を情け容赦なく迫害する異端者に対して軍を差し向けるようにと、厳かに、かつたゆみなく、すべての公爵や伯爵、騎士やドイツ帝国の市民に呼びかけていた。

まさにその一四二六年の夏に、彼らはエルベ川のほとりにあるウースチー[*4]の町のキリスト教徒を包囲していた。遠征の主な指揮が暴動の起きたチェコ王国のすぐ隣りにあるマイセン公国とザクセン公国に委ねられた。彼らは武装した八万の兵と多くの資金を集めて、異端者に対する十字軍の遠征に備えた。

私の父ハインリヒ・アーリは、ドイツ人とフランス人の傭兵二十五人の武装を整えた。彼らはラインランドの山岳地帯とジュネーブの出身者だったが、このような不穏な時代には、バーゼルの港や父の船で生計をたてることができなかったのである。父は商家の生まれでバーゼルの裕福な市民だったが、子どもの頃から軍事に興味を持ち、高い身分に昇ろうとして、多くの財産を費やしていた。

父は騎士の習わしを身につけようと望み、バーゼルの広場に宮殿のような家を造って食堂に武具や古い旗を飾りつけたり、屋根の下に胸壁をつけ、金属の門扉をつけたりしたが、それだけでは満足せずに、酔いどれで零落したアーレンブルグの公爵から家名を買い取りさえした。この男は一族の最後の一人で、アーラ川[*5]のほとりのアーレンブルグにある父祖伝来の城で死にかかっていたが、世俗の名前に付け加える家名アーリを持っていたのである。この家名は神聖ローマ帝国の騎士のリストにこそ載ってはいなかったが、権威のあるものには違いなかった。

私はこの城で生まれた。母のフランソワーズはヌシャーテル湖のほとりのイーヴェルドン[*6]の商家の出だったが、この陰鬱な建物の冷たく暗い部屋で何年も空しく、わずかな陽の光りと幸せを求めていた。

それゆえ、父が商売でバーゼルの家へ行ったときなど、母はいつも私を南方の湖沼の畔の葡萄畑に連れて行くのだった。彼女はその青く霞のかかったしじまの中、さんさんと陽の降り注ぐ空の下で、少なくとも何週間かは若やいでいた。私がいくさと平和の中で子ども時代を過ごしたのは、時代の歴史がそうさせたということもあったが、熱しやすく戦の好きな父と穏やかな母の性質の違いのためでもあった。

一四二六年、父が二十五人の兵を連れてニュールンベルグとマイセンに出て行ったとき、母は死へと駆り立てる情熱を抑えることのできない男を送るような様子で、父に別れの挨拶をした。父は異端者フス教徒に対する恐ろしい呪いの言葉を吐いて、家来たちに遠いプラハから運んでくるであろう戦利品の分け前を約束し、騎士の服装を誇らしげにがちゃつかせながら、踏み慣れたアーレンブルグの階段を降りていった。

　小作人たちは商人の騎士に向かって万歳を叫び、アーレンブルグの教区司祭は父の剣を祝福して、遠いチェコのことではあるがそう昔ではないカレル四世の時代に多くみられた、何か神聖な遺物を持って来てくれるように頼んだ。

　父は約束し、笑ったり勇ましい叫び声を挙げたりしながら恐ろしく酒を飲み、配下の傭兵に厳しい命令を下した。彼らは甲冑をつけて剣を持つと、自分たちが謝肉祭の道化の行列の中にいるように感じていた。ずっと以前にはアーレンブルグにはこんないかがわしいことはなかった。この年老いて気の狂った騎士はかつての地主であり、売り払った土地の家に一生住めると彼らに保証していたが、ヴィーナスや戦いや酒についての卑猥な詩をわめきながら、庭先でグロテスクな踊りをはじめた。

　私はそっけない態度で父と別れた。内心ただ一つ残念に思ったのは、父と一緒に異端者の土地に押し出してライン川に浮かんだ船の上で剣を振るい、武装した若い連中に命令する勇気がなかったことである。

　この年の八月に父の手紙がチェコの戦場から届いた。父はウースチーの戦いについて書いていた。十字軍がそこで名をドミヌス・プロコピウス・ラーススス*7というフス側の僧の戦闘馬車が作った防壁*8を破り、激しい斬り合いのさなか、二人のフス教徒の兵の首を一太刀で刎ねたという。更に父は、ウースチーの敵軍にプラハのフス教徒からなる援軍が来たこと、ザクセン公を先頭にした十字軍が山中で攻撃してくるフス軍に遭遇したことなどを、書いてよこした。

　その手紙は人里離れた山村で書かれたものだったが、気の弱い十字軍の傭兵に対する腹立ちの言葉、異端者の隊長である僧プロコピウスに対する恐ろしい呪いの言葉で終わっていた。戦いを指揮し、戦士たちを叱咤しながら、みずからは血で手を汚そうとしない男だというのである。この男については、ラテン語もドイツ語も話すが、戦いの前に取引してキリスト教徒の軍隊をあらかじめ用意した罠に引き寄せるのだとも書いてあった。

父の手紙は家族への便りというよりは、むしろ戦況報告のようなものだった。妻と愛する子どもへの挨拶はふた言しかなかった。

その後間もなく、十字軍の敗北という恐ろしい報せが届いた。帰ってきたのは配下の兵のうち二人だけで、父は帰ってこなかった。心配げな問いに父の配下が答えたのは、最後にアーリ様と一緒だったのは、どこか分からないがアーラ川の辺りにそっくりな山の中だったということだけだった。しかしチェコ地方の川はエルベ川といって川幅がずっと広いはずだった。その後は道なき道を逃げ、自分のことだけで手一杯だったという。父は帰って来そうになく、そして結局帰っては来なかった。

母が私を連れて移り住み、父の商売を受け継いで切盛りすることになったバーゼルの家では、多くの涙が流されたものの、望みはほとんどなかった。幼い私の心は私の信仰する宗教の名において父が赴き、そして帰ることのなかった敵に対する憎しみで一杯になった。チェコの異端者どもに対する怒りが私の中で膨れあがり、体中が地獄の業火に焼かれる思いだった。永遠に父を失ったこのときほど、私が父を愛したことはなかった。

私は子どもとは思えないほどの情熱をもって、当時ドイツやキリスト教世界全体に流布していたあらゆる異端者についての書き物を読み、復讐の念に燃えながら教会や町の辻で説教師や伝道師の語る言葉に耳を傾けた。

こうしてチェコという国のイメージが私の中で恐ろしいものに変わり、異端者の姿が人でなしの悪魔の形に変わった。それはオーストリアのレッツ[*9]を廃墟にし、プレシプルク[*10]を焼いてドナウ川、ニサ川[*11]をキリスト教徒の血で赤く染めたあの野蛮人なのだ。彼らはバヴァリアやブランデンブルグを荒掠してザクセンの平穏をくつがえし、自分たちの進む前にも後にも混乱と呪いを振り撒いて、あまつさえその侵略を魅力的な騎馬行と呼び、ニュールンベルグまで兵を進めたのだ。

私は異端者に対して無力だという嘆きのうちに育った。もし息子として従順であらねばならぬということさえなければ、とっくに母の家を飛び出して十字軍に加わっていただろう。

そうこうしているうちに私は一四二九年、帰らぬ父の功績によって騎士に挙げられた。

母は帝国官房から神聖ローマ帝国皇帝でチェコ王であるジクムンドの署名入りの書簡を受けとった。そこにはバーゼル市民で行方不明になった私の父が、ハインリヒ・アーリ・アーレンブルグの称号を持つ世襲の騎士に挙げられること、チェコ王国のウースチー近傍の戦いにおいて当時市民ハインリヒ・アーリであったアーレンブルグの騎士が、勇敢な剣の一振りによって二人の敵の首を刎ねた記念として、緑色の地にムーア人の首二級をあしらったものを一族の紋章とする、と記されていた。

ムーア人の首二級！　野蛮人の首二級！　私もチェコの異端者をそのように想像していたし、戦場から帰ってきた者たちも人々を鼓舞する演説の中でそのように描いていた。私は騎士になり、けだもののような敵の刎ねられた二つの首が私の旗印になった。

私はラテン語学校で賞讃とやっかみの的になった。黒く恐怖に歪んだ顔が二つ描かれた印章のついた緑の指輪が、毎日机の間を回されていた。私はまだそれに相応しいものとはいえない名誉を授けてくれた皇帝に報いるために、戦いに赴く時を待っていた。若いアーレンブルグの騎士である私は、キリスト教徒の汚点であり、異端の黒い野蛮人である諸国民の間に生える雑草を根こそぎにするように運命づけられているのだ！　父の敵を討って私の若い紋章を名高いものにするのだ！

そうこうするうちに厭戦気分が帝国中のキリスト教徒の間に高まってきたので、皇帝と教皇は異端者と和平交渉をすることに決めた。故郷の町に背信者の使いがやってきて教会会議に出席し、信仰の問題について聖書に基づいた自分たちの意見を述べるという話を、私はぞっとする思いで聞いた。

町ではこれらの連中のために丁重な歓迎が準備され、教会の司教や枢機卿が異端の僧、禿のプロコピウスと対等に議論するということを知って、私は恐ろしいことだと思った。これは世界の終わり、教会の最期だった！　これは正義と神と世俗の秩序の崩壊だった！

バーゼルの人々やワイン業者や百姓も遠くから大挙して押し寄せ、元旦を過ぎた一四三三年の一月の凍えるような一日、バーゼルの城門の前、町の通りという通りに皆がひしめき合いながら長い列をつくり、会議のためにチェコの国からやって来るチェコの異端者の使節を見ようとした。

私は見物の輪には入らず、自分たちをターボル派とか、みなし児派とか、プラハ市民派とか名乗っている異端者の連中[*12]が近くを通るときには、広場に面している私たちの家の窓も閉められた。

この三位一体の使節団と聖プロコピウスは三つの旅籠に腰を据えた。プロコピウスは僧でありかつ戦士だったが、彼の泊まっていたのは、一番明るく一番美しい旅籠である、ライン河畔の「三王館」だった。

とても不思議なことに、バーゼルの人々は皆使節たちが人当たりがよいといい、老いも若きも安堵の気持ちを隠さずに彼らを取り巻いて歓迎した。

「あの人たちもやはり人間だった、おまけに格好良くて男らしいじゃないか！」

十六歳の私の理性はこのような言葉を受け入れることができなかった。

私は教会側の人々と異端者を共に会議に招集する大聖堂の鐘が嫌いだった。そして教皇の使節であり、かつてフス教徒に屈服したことのある枢機卿ジュリアーノ・チェザリーニ*13が、僧プロコピウスおよび異教の大司教ヤン・ロキツァナ*14と言葉を交わすという噂を耳にして腹を立てた。

一四三三年一月の末のある夜、私にある考えが浮かんだ。

「異端者との屈辱的な交渉をぶち壊し、正義のためにひと働きしろ！　お前の父を殺したものを刺し殺せ！　チェコの使節の統領、僧プロコピウスをやっつけろ！」

するとと私の心はたちまち軽く愉快になった。それは七年前に十字軍に加わった父と同じ気持ちだった。私は母のトランクの中からダマスカス鋼の短剣を取りだした。それは敬虔な商いの旅の記念として、母の祖父が聖地からイーヴェルドンに持ち帰ったものである。

アルプスから冷気と早春の息吹きが同時に吹きよせる心地よい朝、私は泡立つライン川に沿って木の橋に向かっていた。そこにしばしば停泊していた父の船のことを思い出し、重い荷物のために死にそうになっている馬に乗って川向こうからやってくる騎士に微笑みかけ、緑がかった水中に威勢よく唾を吐きかけた。冬の想い出として、またアルプスの峠からの挨拶として、岸辺に残っている黒ずんだ流氷にちょっかいをかけようとしたのである。それから私は旅籠の三王館に入った。私は召使いに、プロコピウス氏にアーレンブルグの騎士イジー・アーリが話をしたいと言っていると取り次ぐようにと言った。

直ぐに私は私の手によって死ぬべき男の前に立った。僧プロコピウスは立ち上がって私の手を握り、あなたとはラテン語で話しますかそれともドイツ語にしますかと訊ねた。私はその瞬間ラテン語をすっかり忘れてしまい、一息にドイツ語で「父を私に返して下さい」と言った。

プロコピウス僧は坐り、穏やかな身振りで前の肘掛椅子を指した。彼は黙って私の目を重々しくじっとのぞき込んだ。私の前にいるのは顔を綺麗に剃って黒いガウンを着た背の高い男で、驚くほど親しみ深い黒い眼をしていた。

黄色みを帯びた額には一筋の皺もなく、鼻すじは力強く、頭とこめかみの毛は白髪まじりだった。髪型は修道士あるいは巡礼のもので、頭の周りは王冠の形に剃られていた。白く細い指をした美しい両手は静かに膝の上に置かれていた。

彼はしばらく私を見ていて、ほとんど命令するようなはっきりとした口調で言った。

「騎士よ、あなたの願いをもう一度言ってください」

私は叫んだ。

「僧プロコピウスよ、私に父を返してください！」

プロコピウスはその時聴聞僧のように穏やかに訊ねた。

「あなたの父上は私たちとの戦いで亡くなられたのですか？」

「あなた方の山で消えたのです。異端者との戦いで。アーレンブルグの騎士です！　一四二六年です！　その前に一振りで異端者の首を二つ刎ねたのです！　見てください、これがそうです！」

プロコピウスは私の右手を取って興味ありげに指輪を眺めた。彼は微笑んで私の手を放した。見る間に彼の顔つきは疲労と悲しみに満たされ、そして彼は話し始めた。

「私を殺しに来られたのですね。あなたの得物を見せてください」

私は言われるままにした。

彼は興味深そうに言った。

「見事なサラセン製ですね。私も聖地に行きました。巡礼と商売のためです。あなたのお父上は聖地に行かれたのですか」

「いいえ。これは祖父の遺品です。あなたも商人だったのですか?」と私は訊ねた。

意志に反して私が発したこのひと言が私の運命を決めた。

「はい。若いとき、父や母方の祖父と同じようにね。ヤン師の説教を聞く前です。あなたも商家の出ですか?」

私は頷いた。

「あなたは永遠の救いを信じていますか?」と彼は突然論争する神学者の声で続けた。

「信じます」と私は若者らしく、いくらか誇らしげに言った。

プロコピウスは言った。

「私たちは自分の信仰のために戦っています。私たちがこのバーゼルにやって来たのは聖書に従って自分たちの信仰の正しさを主張するためです」

そして再び疲労がプロコピウスの目の下に現われ、その重い下瞼の青みがかった皺が一層深くなった。

「人の血が流れるのがとても残念だということは分かっています。私たちはキリスト教徒である私たちの正しさを説くために来ました。丁度ヤン師が説くためにコンスタンツ[*15]に来られたように。私たちが数少ない一握りの人間に過ぎないことは分かっています。私は世界の良心を揺り起こすために戦いに参加した者の一人です。私は真実のために死のうとする者です。しかしその前に真実のあかしを持ち帰るでしょう。我が子よ、私は多くのことを知っています。私の周りで多くの血が流され、多くの炎が私に神の真実を求める道を照らし出しました。私たちがあかしを立てて示そうとするのは、決して呪われた者としてではなく、苦しんでいる義《ただ》しい人々の真実の証人としてなのです」

そして彼は静かに付け加えた。

「人類を救うために、正義と平穏のために。あなたの平和のためにも、息子よ！」

私は立ち上がった。私はその瞬間まで固く手の中に握りしめていた短剣をしまい、プロコピウス師に頭を下げた。

プロコピウス師は立ち上がって「あなたに平安あれ《パクス・テー・クム》」と祝福をした。

失踪した父の誕生日の今日、私、バーゼルの教授、アーレンブルグのゲオルグ《イジー》・アーリは、若い日の忘れがたい出来事を思い起こしている。書物の間に坐って家の中の孫たちの声を聞き、壁に掛かる一族のムーア人の印章を眺め、心の中で世界がめぐるのを感じている。プロコピウス師は死に、宗教会議の枢機卿たちも神学者たちも死んだ。しかし地上に平和はなく、人々は虐げられた者と正しい者という昔からの正義を更に求めて、今も戦っているのである。

プラハの幼子《おさなご》イエス像の作者

一

　帆船サンタ・ヒメナ号の船長ドン・フェルナンド・ドルフォスは、食事の後、長いこと黙り込んでいた。重苦しい暑さが食卓を囲む人々の上にたれ込め、もう誰も杯に酒を注ぎ足すものはいなかった。そこでフェルナンドが言った。

「二週間経ったら海の向こうの新しい国に出発する。私は六十歳だ。いつ帰るか分からないが、ひそかにこれが最後の旅だと感じている。だから友人の君に頼みたいのだ、難しい仕事をして欲しいと」

　ドン・フェルナンドは十六歳の娘のマリアに広間から下がるように命じた。内気で物静かな彼女が出て行くと、その金髪の光も消えて、もっと重苦しい薄闇が二人の老人の上に立ちこめた。聖ヤコブ教会の塔の夕べの鐘が鳴り、暗いざわめきが寺院前の広場から聞こえてきた。聖ヤコブの墓と赤い棺にお参りに来た巡礼たちがそれぞれの旅籠に引き揚げるまで、世界のあらゆる言葉を使ってそこで話をしていたのである。

一五三五年七月は、サンチアゴ[*1]にとって最も重要な祝日の一つだった。この日は寺院の屋根の下に葬られた使徒の祭日がちょうど日曜日に当たっていたからである。騒がしい人声に車の音や泣いているかのような驢馬のいななきが混じっていた。丘の上から雨が迫ってきた。雨はアーモンドの花やイチジクの葉に当たって音を立て始めた。木の天井に覆われた蒸し暑い広間に楽しそうな蝿の羽音が聞こえ始めた。

ドン・フェルナンドが友の手を取り、ホセ・ヘルミーレスが白髪の頭を振った。彼は四十年以上もフェルナンドの友であったが、今まで一度も涙に濡れた彼の眼を見たことはなかった。

「友のちょっとした頼みでも聞いてあげられるのは素晴らしいことだ。まして難しい頼みとあればそれを叶えるのは無上の喜びだよ。どうかいってくれ給え、君の願いはもうすでに聞き届けられているよ」

ドン・フェルナンドは白くなった髭の間から微笑み、一瞬彼の眉の間の悲しげな皺がなくなった。

「聞いてくれ給え。君に娘のマリアをもらってもらいたい。彼女は一年と一日経つと孤児になるだろう。私は彼女と一緒にカディス[*2]にある私の家の倉の富をすべて任せる。私が一年と一日経って帰ってこなければ、商人のファン・アルバレスが私の残したものをすべて君のところに持ってくるだろう。あの娘を正妻として聖ヤコブの祭壇の前で結婚してくれ給え。そうすれば君は金持ちで幸福な者になれる」

ホセ・ヘルミーレスは答えなかった。彼は机の上に深くうつむいて両手を膝の上に置いた。それから立ち上がると二つの杯を一杯にした。一つは友に渡し一つは自分で取った。彼は再び坐って黙り込んだ。

ドン・フェルナンドが訊ねた。

「君はどうして黙っているのだね。私が死んでから、この世に残すすべての大切で美しいものを君にあげようというのだ。それなのに君は黙っているのか？　孤児と友の富を断るというのかね？　きみは若いときから友だち以上だった者を裏切るというのかね？」

ホセは悲しげに言った。

「一年と一日経てば私は六十歳になるが、マリアは十七歳だ。君はそのことを考えたのか？」

「考えたよ。彼女の夫というよりむしろ父親になって欲しいのだ。聖母マリアと聖ヤコブが君を祝福してくれるだろう」

船長が水夫に命じるような口調でフェルナンドが言った。反対はなかった。彼は右手を差し出して言った。

「約束してくれるね？」

「約束する」と厳かな口調でホセは言い、額の汗をぬぐった。

白髪になるまで王に仕えたこの老いた海賊は、微笑むとワインの杯を一気に飲み干した。彼は髭を拭うと、体中を震わせている友を荒々しく抱擁した。

それから彼は波の音をも打ち負かすような声で叫んだ。

「マリア、入ってもいいぞ」

内気で物静かなマリアが耀く髪とともに入ってきたとき、老人は二人とも再び机に坐っていた。ドアが開いたとき青白い光が暗い広間を照らし出し、雷鳴がとどろいた。

聖ヤコブの町の上を嵐が襲ったのだ。

二

ドン・フェルディナンドが海の向こうへ大航海に出発してからもう随分になる。マリアは内気で物静かにヘルミーレス師の家で暮らしていた。彼はガリシアとポルトガルの聖なる僧正、ディエゴ・ヘルミーレス[*3]の遙かな末裔であり、この有名な一族はその兄弟の血筋を引いているのである。

またホセ・ヘルミーレスは、ウラとタンブールの地域に洗礼を施したコンポステラのヤコブ[*4]の蠟の像を弟子とともに作った十人目の人であった。キリスト教徒にはよく知られているように使徒ヤコブはガリシアで多くの敵意に会い、そこから聖地に帰ったとき、ヘロデ王の命による拷問を受けて殉教した。彼の頭は鎌で切り落とされ、遺体はヤコブの弟子たちによってエル・パドローネの町のそばのリベドン山に運ばれ、そこからコンポステラに遷された。使徒がその刃に仆《たお》れた鎌が墓の上にかけられている。

レオ三世が教皇の書簡によってすべてのキリスト教徒にこの事件を報せたので、コンポステラの町は世界の西の部分で最も名高い巡礼地になった。それから二世紀が経った一一二〇年に、師の先祖にあたるホセ師が聖ヤコブの墓のある教会の僧正となった。ヘルミーレスの一族は背が高くて力があり、心が強く想像力に満ちていて、敬虔で雄々しく、しかも善良な心を持った言葉の優しい人々だった。

マリアはこのやもめの家に住むことになった。彼はこの由緒ある一族の筆頭だったが、子どもには恵まれなかった。日曜日のミサのために彼女が町に行くときや、エラドゥール通り[*5]の鈴懸《すずかけ》の木蔭に休むときには、召使いが供をした。しかしマリアが最も好きだったのはホセ師の仕事場にいるときだった。そこでは男たちが長い机に坐り、器から溶かした蠟を注いだ石膏の型から聖ヤコブの像を取り出し、その顔や手を整えていた。仕事場には神聖な匂いがしていてマリアに祭壇の前の蠟燭を思い起こさせた。

　机の上には小さな聖像や大きな聖像が積み上げられていて、黄色いだけだった聖ヤコブ像が鮮やかに色づけされ、悪戯っぽい端唄を歌いながら若い女たちが縫っていた豪華な衣服と、質素でゆったりとしたガウンが着せられた。

　マリアは仕事場をいくつも通って行き来した。そこにはカディスの海岸の中で彼女が最も好きだった陽の光りがさんさんと射し込んでいた。彼女は軽く歌を口ずさみはしたが、前と同じようにもの静かで控えめだった。

　日中はホセ師がこの神聖な仕事場の若い弟子たちを厳しく監督していた。しかし夜になると彼はもの思いに沈んで家の広間を歩き回り、辛い報せを待ち受けているようにみえた。彼はマリアにはいつも笑みを含んで優しく話しかけていたが、それは彼の心遣いと優しさを表わしていた。知らず知らずのうちにマリアは彼の家の日常に溶け込んで、到る所に彼女の手が感じられるようになっていった。このやもめの住まいは突然明るく居心地の良いものになり、ベッドは明るいローブとレースに飾られ、テーブルには汚れがなくて、ガラスがぴかぴかに耀いていた。この金髪の海賊の娘は従順な働き者だったのである。

　一五三六年の八月、金ぴかの服を着て肩のがっしりとした客がホセ師の家に入ってきた。彼はカディスのファン・アルバレスと名乗った。彼はワインを所望するとしわがれた声で、遠い海の向こうで亡くなったドン・フェルナンド・ドルフォスのメッセージを持ってきた、と告げた。彼は封印されたままの長い手紙をホセ師の前の机の上に置いた。帆船サンタ・ヒメナ号の船長の遺言がそこに書かれていたのである。

「マリア・ドルフォサへの遺産二十袋を波止場から持ってきましたじゃ」と彼は言った。「夕方にはここに着きますて。カディスからの航海は気持ちのいいもので、ずっと穏やかな南風が吹いていましたわい。どこに泊まればいいですかの？　言って下され」

ホセ師はこの商人に彼の家に泊まるようにと言い、召使いが客をベッドに案内した。一方ホセはマリアの許に行ってファン・アルバレスの痛ましい指図を彼女に伝えた。いつも冬の短い数ヶ月しか見ることのなかった、意志は固いが善良な船長の父。その船の帆は陽に当たると彼女の髪の毛と同じように黄色い色をしていたのだったが、その父が帰らぬ船出に出てしまったのだ……

彼女は父の勇敢な魂のために祈り、立ち上がると、船長の娘としてこの大切な客人であるカディスの人に何か必要なものがないかと訊ねた。それから彼女は召使いたちに指図をするために台所に行った。

この内気で物静かな娘が再び広間に入ってきた。そこは一年前の夏の嵐の折りに父がヘルミーレス師と坐っていた部屋である。彼女は客に挨拶をすると、お悔やみと慰めの言葉を黙って聞き、二人の男と食事をしてワインを飲んだ。

中庭では召使いたちが彼女の莫大な財物の荷物を解き、肩に載せて倉庫に運び込んでいた。商人のアルバレスは時折り男たちのところに出て行った。しかしマリアもホセも倉庫に何を運んでいるのか全く気にしてはいなかった。黄昏《たそがれ》になってアルバレスは仕事が終わったと言い、ドン・フェルナンドの命令を果たしたという書類に主人の署名が欲しいと頼んだ。それはドン・フェルナンドが西インド諸島に出発してから丁度一年と一日目のことだった。

三

それから更に一年が経ち、マリアは十八歳になった。ドン・フェルナンドの喪が明けると、ホセ師は二年前、彼がドン・フェルナンドと共に坐って今でも守っている約束をした、あの広間の机にマリアを呼び寄せた。

彼は黒い絹の着物を着て宝石を付けた金の鎖を胸にかけていた。マリアは厳かではあるがとまどったような彼の言葉をじっと聞いていた。

「マリア、お前は私の最も親しい友の娘だから、私がお前に彼の遺言を伝えて、私が彼とした約束を果たさなければならないのだよ。お前の父ドン・フェルナンドは私がお前を妻とすることを望んでいた。私がお前を妻にすれば財産を全部私とお前に譲るというのだ。お前の死んだ父親の願いを果たしたいと思うかね。マリア、私は年寄りだ。けれどお前を愛している」

ホセが立ち上がると、マリアも続いて立ち上がった。

そこでマリアは身体にぴったりする黒い着物を着たこの老人を見て、低い厳かな声で言った。

「あなたのお言葉の通りになりますように」

ホセはトルコ石の指輪を抜いてそれを透き通るようなマリアの指にはめた。それから彼は家中の人々を集め、今日この日から酒宴を開いた。彼がドナ・マリアと婚約をしたからだ。彼女は一年前に王の命令で西インド諸島に行って亡くなったフェルナンド・ドルフォス船長の娘なのだ、と告げた。婚礼は盛大なもので、コンポステラの大司教が親しくこの釣り合いのとれない二人を祝福した。人々はあきれて薄笑いをした。マリアは目を伏せ、ホセはうつむいて祭壇から退出した。大司教は食卓においても、祈りの時や戦いの叫喚の中におけると同じく動じることはなく、盛大な晩餐の時には親しく花嫁の傍らに坐った。そのあとマリアは寝室の入口でホセの手に口づけすると、この古い家の屋根裏にある娘時代の部屋に行ってしまった。

飛び立つ準備をしていた燕たちが一晩中窓の外で啼き騒ぎ、ホセ師は一睡もできなかった。

四

ヘルミーレス師は仕事場に行くのをやめてしまった。彼は一日中妻のそばに坐って彼女の手がやすらかに、また熱心に働いているのを眺めていた。夫人は絹の糸で聖ヨハネ寺院のための着物に刺繡をして家を飾った。食事の時には身の回りのことや下僕たちのこと、食べ物や飲み物のことなどを夫と話し合った。

彼女はホセ師に頼んで、大きくなっていく仕事場の収支を、師が行かなくても出納帳を見て監督できるようにしてもらった。

屋敷はマリアが改築させて弟子達の部屋のそばに厩を造り、母屋の仕事場を広げた。ホセはマリアの後をついて回り、彼女が物静かだが思慮深いことに感心していた。

　ホセは苦しんでいた。教会に行こうと妻と通りに姿を見せると、いつも彼と彼の妻を眺めて町全体が蔭で笑っていたのである。若者たちは熱っぽく貪るような目つきでマリア夫人を眺めた、コンポステラ中に金髪はただ一人しかいなかったからである。また巡礼が列になって進んでいくプラテリアス広場に年老いた召使いを連れたマリアが足を踏み入れるといつも行列や男たちの足取りが遅くなり、お祈りをそっちのけにして黒いレースに耀くマリア夫人の髪を眺めるのだった。マリア夫人が慎ましい目を上げて通りを見回すことは決してなかったが、ホセ師は言いようのない心の痛みに苦しんでいたのである。

　こういうわけで彼は町を離れて山の中の川の岸辺に住む決心をした。彼はそこでテムナー・フヴェズダ[*6]という村の傍の、打ち捨てられた葡萄園の真ん中にある古家を買った。彼は家を建て直して家に通じる道を造らせた。ホセとマリアは葡萄作りの老人二人と三人の下女とともに、この打ち捨てられた場所に住みついたのである。

　しかしマリアの足が何処に向かっても、到る所に実りと充足と富が生まれた。葡萄畑は豊かに実り、秋には大きな黒い房が実った。そして絞り器の傍では働き手の歌と叫び声が響き、ホセの沈んだ胸と、静かに熱心な仕事をしているマリア夫人のところにまで、荒れた海鳴りが聞こえて来た。この海の向こうにはもう陸地がなく、ガレー船や帆船に乗ってここから西に向かった者は皆死んでしまった。

　テムナー・フヴェズダの村の教会に祀られている聖母マリアの庇護の下に、この世の終わるまで誰も彼女を見るものがなく、彼女も誰にも見られることのないように願い、ホセはこの地にマリアを連れてきたのだった。ここで彼は臥所を共にするよう彼女に命じた。彼女は何も言わずにそれに従った。そしてホセは老人らしい安らかな眠りを得たのである。

しかし彼がこの海辺の葡萄畑の中の家で一晩中ぐっすりと眠ることはなかった。彼はしょっちゅう目を覚まし、星明かりでマリアが傍で眠っているかどうか確かめるのだった。時々彼女がよく分からないが短い甘い言葉を夢の中でつぶやくのを聞くことがあった。朝になってどんな夢を見たのか訊ねても、マリアは何事もなかったかのように夢を見なかったと答えるばかりだった。

冬のあるとき、鋭い北風がひゅーひゅーと崖に吹きつけて野生の栗の幹を撓《たわ》め、海の水平線が黄褐色の泡のレースのようにギザギザになるとき、彼は彼女が葡萄畑の真ん中にある石に坐って赤い砂地を眺めながら、子守歌に似た歌を歌っているのを見かけた。彼がどういう歌なのかと訊ねると、彼女は夫に捨てられ子どもを抱いて泣いているドナ・ペピータの唄だと答えた。この唄はカディスのふるさとの家で乳母が唄ってくれたものだという。

「ねえ、ホセ、どうして北のあなたの国ではみんな赤い顔をしているの。私の故郷のカディスでは熟れたオリーヴのように顔が黒くて、髪の毛は黒馬の毛のように硬いんですのに」

「あそこにはモール人の子孫が多いからだよ」とホセは答えた。

五

春になるとマリアは言った。

「この岬は寂しいわ、あなた。カディスの生まれた家を見たいの。あそこに他の人が住んでいるのは分かっているけれどあれは私たちの家なの。だから、あなた、父はきっと私たちが故郷を大切にして欲しいと思っていたと思うの。父があそこで母と結婚し、私が生まれ育ったところですから」

「カディスまで行くのは大変だし、ポルトガルの国ではペストが流行《はや》っているよ」とホセは言った。

「船で行きましょうよ。だって私は船長の娘なんですもの」とマリアは青い眼をきらきらと耀かせて言った。

ホセ師は遠い旅に出る決心をした。ホセはそれまで妻がこんなに幸せそうで若々しいのを見たことがなかった。顔に赤みが差し頭に被り物をした彼女は、甲板に立って水平線を眺め、船の後を鳴き声を立てながら群れをなして追ってくる鷗に笑いかけた。彼女のスカートが風にひるがえり、いつもは優しく物静かな両腕が波や帆、帆桁、鷗、断崖や太陽を迎え、遠い岸辺に向かって広げられたのである。

ある朝、彼女は跳び上がってホセを抱きしめ彼にキスをして、見習いの水夫たちを驚かせた。これは彼女の初めてのキスだった。彼女は海のように気まぐれだった。ポルトガルの南岸にある聖ヴィンセント岬[*7]の沖を廻った晩に彼女は泣きはじめたが、ホセには彼女の悲しみを慰めることができなかった。次の日には彼女はまた笑い、冗談を言ったり、帆綱を引っ張る手助けをしたりした。

彼女の仕草は子どものようで、その振る舞いは、世慣れてさまざまな人々を見てきた男たちにも、奇妙なものに思われた。

ホセとマリアはカディスに三週間滞在した。彼らは波止場にある適当な旅籠に泊まって町の寺院を見て回り、商人のアルバレスを訪ね、マリアの生まれた家に入った。ホセは片時もマリアの側を離れなかった。マリアがこの家の中で消えてしまうのではないかと考えると、彼は身体が震えた。穴蔵から屋根裏まで彼女が家中を走り回り、彼女が何処で寝ていたかとか、何処で遊んだかとか、何処で父と夕食をしたかなどという話を、それぞれのところに住んでいた人々と交わすとき、ホセは脇にいて彼女が何を話すか、どういう風に話すかと聞き耳を立てた。

洗礼と堅信礼を受け、懺悔や聖体拝領に通った教会に足を踏み入れたときも、はじめて主の祈りを教えた年老いた僧を訪れたときにも、彼女には老人が付いていた。彼はうんざりするほど彼女につきまとった。夜になると彼女が夢の中でどんな言葉を洩らすか知ろうとして、眠っている彼女を見守るのだった。

三週間が経ち、夫妻はサンチアゴへの帰途に就いた。道中は嵐でマリアは病気になった。彼女は船室から出てこずに青ざめ、髪の毛は熟したとうもろこしのような色の耀きを失ってしまった。彼女は眼が大きく開かれて、謎めいた、もの問いたげでとがめるような眼差しをしていた。マリア夫人はもうどうしても海岸の家に帰りたくはなかった。

「故郷を恋焦がれながら、この人気のない所で死んでしまいたい」とまるで夫のいる家が彼女の故郷ではないかのように彼女は言った。夫は黙ってこれに同意した。そして彼女は結婚式の時のように彼の手に口づけをした。

六

夫のいないときにはいつもマリア夫人のお供をする老婆が入ってきて十字を切り、話をしてもよいかと主人に尋ねた。彼女は恐ろしさのあまり顔をゆがめ顎をがくがくさせていた。ホセが話せというと老婆は言った。

「ご主人様、神様がひどい苦しみをお与えになりましただ。マリア様は身ごもっておられますじゃ」

ホセは青くなり、大声で叫んだ。

「行け、さもないと絞め殺すぞ」

老婆が這うように立ち去り、家中がひっそりとした。

ホセはベッドに横になって考え込んだ。彼は薄暗くなるまでそうして横になっていたが、やがて付添いの女を呼んで来させた。

彼は優しげな声で言った。

「おまえは私に何か報せを持ってきたのだな。もう一度言ってみなさい」

「ご主人様、私は怖ろしいのですじゃ。大変なお怒りなので」

「話せと言っているのだ」

「ご主人様、マリア奥様が身ごもっておられるのに気が付きましたのじゃ」

「知っているとも。じゃがおまえはどうして秘密の報せのように言いに来たのかな」

「ご主人様が気短かでおられるで怖ろしかったのですじゃ」

「おまえ、私は喜んでいるのだよ。私たちに子どもができる、嬉しいことじゃないか」

「ほんに嬉しいことですじゃ、ご主人様。本当に……」

「じゃがおまえは金棒引きじゃで、わしが妻のマリアを疑うように仕向けようとしたのじゃろう。お前はわしがもう何ヶ月もの間知らないでいるとでも思っていたのじゃろう。やがてすばらしい幸せが来て、新しい枝がヘルミーレスの幹から芽を吹くじゃろうことをな。それじゃ、おまえはこの家を出て行くがよい」

付添いの女は両手を重ねたまま泣き出し、四十年いたこの家を出ないでいられるようにと、何度も繰り返し哀願した。ホセ師は出て行って待つように命じた。彼は老婆の狡い好奇心にどんな罰を与えればよいものかと、まだ考えていたのである。

老婆が立ち去ると、ホセは夜、たった一人で外套をまとい、腰に武器を帯びて家を出た。彼は十日間家に帰らなかった。彼は帰ってからも、供も召使いも連れずずっと暗い星《テムナー・フヴェズダ》の葡萄園にある家にいたことを黙っていた。

彼は付添い女の言ったことをマリアに話さなかったが、マリアもまた自分からそのことについて話すことはなかった。それから二人はこれまでと同じように暮らした。マリアは仕事に励み、色々と心遣いをしていたが、これまでよりもっと顔色が悪く、ひっそりとしていた。彼女の身体つきはあまり変わりがなかった。ホセはマリアの足取りが重たそうになって、カディスの女たちが着ることを慣わしにしている、襞《ひだ》のあるレースの着物の下の腰回りが大きくなっているのに気づくだけだった。

ホセは何も言わず、マリアも何も言わなかった。

一五四〇年の四月、マリアが男の子を産み、ホセがフェルナンドと名付けた。ホセは彼に見せようと連れてこられた嬰児《みどりご》を抱き上げて顔を眺めた。この顔つきにはどこか見覚えのあるところがあったが、彼にはそれが何なのか分からなかった。赤ん坊は赤く皺だらけで弱々しい泣き声を上げていた。

明くる日になると沢山の人々がやってきて、跡取りが生まれたといってヘルミーレス師にお祝いを言った。男たちは親しげに彼の肩を叩いて、こんなに高齢なのに眼差しが若々しいといって祝福した。女たちは頭を振ってこの子が目も鼻も口もホセ師にそっくりだと断言した。ホセは来てくれた礼を述べると、直ぐに彼らを送り出した。

しかし彼は母親のベッドには近づかず、六週間のあいだ彼女と言葉を交わさなかった。

六週間たつと彼は彼女を呼んで命じた。

「セニョーラ、子どもを連れて付添いの女と二人の男たちと一緒に海辺の葡萄畑にある私の家に移りなさい。彼らがお前たちの世話をするだろう。私が命令をするまでそこにいなさい」

マリアは頭を下げて夫の手に口づけをすると、子どもを連れて家を出て行った。

七

ホセ師は花の咲き誇る野原を通って山に向かい、海辺に出た。コンポステラの城、黄色い菫の咲き誇る野原、蔦に蔽われた四角い町の塔が彼の背後に遠くなっていった。彼はたった一人で背の低い馬に乗り、手綱を緩めたままで進んだ。馬は立ち止まり、草を食べ、それから小さな歩幅の頼りないだく足で崖の間を進んでいった。ホセにはなぜマリアに会いに行くのか分からなかったが、とにかく彼は彼女に会いに行くところだった。西風は塩を含んでいたが、ホセはその風の力を体一杯に吸い込んだ。

彼が灰色の家に足を踏み入れて子どもの泣き声を聞いたのはもう夕方近くだった。付添い女が深いお辞儀をして主人を迎え、ホセは妻に会った。彼女は子どもを抱いて坐り、入ってくる老人に微笑みかけた。ホセは彼女に右手を差し出し、妻はそれに口づけをして黙っていた。ホセは、蓄えが充分にあるか、冬の間彼女と子どもは寒くないかと訊ねた。妻は充分だと答えた。この北風がひゅーひゅー鳴る長い冬の間寂しくはないか？

「あなたがいて下さらないと寂しいですわ」とマリアは言って目を伏せた。

マリアは子どもを揺り籠に入れて出て行った。老人は揺り籠に近づき蠟燭を手にとって子どもの顔を照らした。子どもは鼻が少し曲がっていて頬骨が高く、黒みがかった巻き毛の髪をしていて、肌は褐色がかっていた。マリアには似ていなかった。

老人は喉が塞がれ、永らく押さえつけられていた心臓が痛みに締め付けられるようだった。この子は誰なのだ。何でここにいるのだ。何をしたいのか。誰がここに連れてきたのだ。誰の子なのだ。

マリアが広間に入って来て夕食ができたと報せた。彼は薄闇の中で彼女の顔が赤くなっているのに気づいた。

「マリア、これは誰の子なのだ？」

マリアは何年か前、彼が自分の家ではじめて彼女に会ったときのように、黙って怖ろしそうに頭を垂れた。

「お前に聞いているのだ、これは誰の子なのだ？」

マリアは答えなかった。

ホセは妻の肩をつかんだ。妻は震えだしたが、黙っていた。

老人は彼女の手首をつかんでねじった。妻は腰が痛くて少し動き、小さなうめき声を上げた。

「言え！」

妻は黙っていた。

ホセは彼女の髪の毛をつかんだ。髪の毛は彼の手のひらの中でほどけた。彼は彼女を床に引き倒した。マリアはしばらく横になったままだった。それから頭に手をやって髪の毛を整えると両手で髪をもったまましゃがみ込んだ。

「私を刺して下さい。セニョール。でも子どもは助けて下さい！」とマリアは小声で言った。

彼女はそう言って彼の前に立ち上がった。その姿は美しく若々しかった。ホセは彼女を抱擁した。

「マリア、おまえを愛しているよ！」

「私もよ、ホセ！」

そして彼女は彼の手ではなく唇に口づけをした。

そしてその夜奇跡が起こった。マリアはホセの本当の妻になったのである。

八

かの五月の夜に生まれることになった娘は洗礼を受け、ドン・フェルナンドの帆船の守護聖人の名に因んでヒメナという名をもらった。

それからは息子がどこから彼の家系に入り込んだのか、ホセが問うことはもうなかった。娘が生まれて彼がコンポステラの使徒の墓で長い祈りを捧げているとき、二人の子どもの謎については一切神にお任せしようと考えるようになり、神の御技《みわざ》によって娘が生まれた奇跡に感謝したのである。

それから彼は仕事場に行き、木の底板の上に立てた軸の周りに、肘から手先くらいの高さの大きな蠟の柱を流し込むように命じた。それから彼は誰にも会わず、三日三晩部屋にこもって幼子《おさなご》イエスの像をつくった。その像は片手で祝福を与え、もう一つの手には地上の支配を示す林檎を持っていた。彼はこの幼子イエスにモール人の血の混じったイスパニア人の子どもの顔つきを与えた。てっぺんが愛らしく平たくて曲がった鼻、熟れた果物のように小さくて可愛い口もと、深く青い色をした眼、高く弓なりになった細い眉、波打って一見堅そうな髪。マリアの子フェルナンドが夏の暑い日、よちよちしながら家の中を走り回っていたときのような、裾の広い服を身体にまとわせた……。幼子イエスの塑像が立っている板は金色に塗られ、彼の作品は完璧だった。

できあがったとき、彼はマリアを呼んだ。

「見なさい、マリア、おまえの息子だよ」

マリアは老人に情熱的で嬉しげな口づけをして、彼の目に浮かんだ一粒の涙を吸いとった。

「この子に豪華で高価な着物を縫ってやりなさい。そしてそれを使徒ヤコブの神殿に納めよう」

マリアは言われた通りにした。

九

ペルンシュタインのヴラチスラフ公の許嫁で名門を出自とするマリア・マクシミリアナ・マンリケ・デ・ララが[*8]一五四七年に遠いチェコの国へ旅の支度をしていたとき、聖ヤコブの墓に詣でるチェコの巡礼たちに敬意を表するためにコンポステラに立ち寄った。このとき聖堂の聖壇の脇に立っていた幼子イエスの塑像が彼女の気に入り、厳めしい大司教に金の聖体拝領台を差し上げる代わりにこの塑像を下さるようにと頼んだ。大司教は故郷の地から遠い異国に可愛い子どもの似姿を連れて行きたいという、この身分の高い騎士の娘の願いを喜んで聞き入れた。

　プラハの幼子イエスはこうしてチェコの地にまで旅をしてきた。それはヨーロッパや遠い海外の、主にイスパニア語とポルトガル語を話す国々で敬われているものなのである。

ズザナ・ヴォイージョヴァーの物語

一

ズザナ・ヴォイージョヴァーが十四歳の時、こんな夢を見た。夕方の空を背にして菩提樹が地平線に立っていた。それは冬が近い頃らしかった。なぜといって木の枝が殆ど裸になっていたからである。裸になってはいたが葉はまた一枚、また一枚と散っていった。たくさんの枝をもった悲しそうなその木は、とうとうてっぺんに一枚の黄色い葉を残すだけになった。

しかしその秋、菩提樹そのものも葉を失い、瘦せてしまって持ちこたえることができなくなった。風が吹いて幹を吹き飛ばし、枝は消えて散らばってしまった。

まだ明るい空高くに残ったのは、一枚の葉をつけた一本の小枝だけだった。その葉は寒さに震えていた。ズザンカ〔ズザナの愛称〕がそれに向かって手を伸ばした。すると枝が消え、萎れて病んだ葉だけが空中に浮かび、それから地面に落ちてきた。ズザンカは葉っぱをつかもうとしたがつかまえられなかった。

その葉がやっと蝶のように手のひらに止まったとき、それは冷たくて氷のかけらのように溶けてしまった。目を覚ますと手が濡れていた。夢の中で手のひらを眼に当てて泣いていたのだ。

二

ズザンカ・ヴォイージョヴァーが十六歳になったとき、ソベスラフ[*1]の町の門の中にあるルジニツェ川畔の森に水車小屋を持っていたジクムンドの子で、彼女の兄の粉挽きのヴァーツラフが、ベヒニェで盛大な婚礼があると言った。ソベスラフの人々は、自分たちの村々から肥えた豚二百頭、仔羊五頭、鶏百八十羽、卵八十コパ[*2]、ワサビ大根十束、梨と林檎一ストリフ[*3]をベヒニェの町の料理人たちに提供していた。

インド産の薬根を商っていた商人のヤロリムは、サフラン一ポンドと胡椒一ポンドを持ってきた。

ソベスラフの許嫁《いいなずけ》については、いろいろと不思議な噂があった。ペトル・ヴォク卿[*4]が許嫁を迎えにモラヴィアまで行った。ルダニツェのカテジナ嬢《パンナ・カチェンカ》[*5]は背が高く、痩せて足が細く、誇り高く薄い唇の上の眼は鋭く、高い鼻が誇らしげに聳《そび》えていた。彼女に見られていても、自分が見られているのか、それとも自分を通してどこか遠くを見ているだけなのか、分からなかった。

満足していたのはカリクス派[*6]の学者たちだけだった。噂によればカテジナ嬢《パンナ・カチェンカ》は聖書を好み、さまざまな学問を修めていた。彼女はラテン語やギリシア語に明るくて、プラハの学識高い僧たちとも議論することができた。彼女が生まれた城には名の知られた多くの書物があり、その中にはホメーロスの詩やカトーの二行詩の他、学識や思慮の深い人々の書も含まれていた。『文人の敬虔さ』という著書によってチェコやモラヴィアの地に黄金の種子を植え付けた、セバスチャン・アエリカルクス師[*7]も、彼女の師の一人だった。

ロジンベルク卿ペトル・ヴォク[*8]がまだ四十代なのにどうして結婚するのかについては、さまざまな憶測がなされていた。またどうして彼が、外ならぬこんなに愛らしく教養のある相手を選んだのかについても、そうだった。ペトル・ヴォク卿がこれまでずっと、おいしい料理やワイン、女や猟を好んでいたことは誰もが知っていた。彼は美男子で、深い青色の眼、ほっそりとした騎士らしい体つき、恭しく杯を挙げ、女性の身体を撫でることの上手な彼の美しく小さな手を眺めるのは、快いものだった。

ペトル・ヴォク卿は馬上試合にかけては素晴らしい才能を持っていたが、猟ではもっと素晴らしい、また宴会では更に素晴らしい才能を持っていた。彼は恐れを知らぬ騎馬の名手であり、狙いをはずすことのない射手であった。彼はヴィンペルクからインドジフーフ・ハラデツ、クルムロフ[*9]からソベスラフまで、馬を駆って森や野原を越え、広い大空の下で夜を過ごし、一切れのベーコンをハンガリー・ワインで流し込むのを常としたが、最も好んだのは稲妻と雷鳴をとどろかす嵐だった。

ペトル・ヴォクがずぶぬれになって広い野原を駆けめぐると、外套は旋風に舞い上がって悪魔でさえも彼を避けるほどだった。クージー・フールでもヴラスチボジツェのはずれでも、ブラータ[*10]の中でも、沼の葦の茂みに隠れて待ち伏せる追いはぎや、鶏小屋で彼の匂いをかぎつける沼の番人でさえも、彼に手を出すことはできなかった。

ある夜、彼はならず者の群れの中を通り抜け、その一人の頭骸骨を蹄にかけて打ち割った。巨大な馬の蹄から飛び散る恐ろしい火花をみて、その男が怖ろしさのあまり転んだからである。

ペトル・ヴォク卿は学問や言葉に関心がなかった。彼は話の中に村言葉を使うのが好きで、村の娘たちには特に優しく、彼女たちと会話を楽しんだ。彼は笑みを浮かべて「まだ嫁さいがねえのか」とか、嫁取りのとき、彼女らの父に花婿がどれだけ「ひつじっこ」を持ってきたか、などと訊ねるのだった。

彼は妹の婿の勇敢な騎士、ミクラーシ・ズリンスキー[*11]が誰よりも気に入っていた。彼がインドジフーフ・ハラデツでの結婚式でしたたかに飲んだので、この強い火酒《クワス》を飲むのを見た人々が目を回わすほどだった。

彼は真夜中になる前に宴会の席を立ち、野原に馬を駆けさせた。村のあばら屋で一夜を過ごし、朝になって百姓娘に金の鎖を与えると、たった一人でヴィンペルクまで馬を走らせ、二週間森に隠れた。その時ロクランに通じる道を案内した炭売りは、ある朝突然、裸の大地から聳え立つ灰色の山並みを見て彼が涙を流したと語った。彼は朝の太陽の光がまぶしかったからだと言い訳をし、また這松《はいまつ》の香りが強すぎたのだとも言った。

彼は炭売りに言った。

「なあおまえ、おまえには十人の子どもがいるだろう。だが私はここではあの山のように一人ぼっちだ。しかしその代わり私が山なのだ、神に誓って。引き返せ、トシェボン[*12]に行って魚釣りをしよう」

彼はあるときウゴル[*13]で野宿していて熱病に罹《かか》ったが、ロマ（ジプシー）の老人に教えられた通りに、しこたまブランデーを飲んで病を治した。

彼はクルムロフの家に帰ると二年間酒を断ち、チェコ人とドイツ人の二人の書記を雇って夜遅くまで財産を勘定し、債務者の名を調べ、森や沼の人夫たちを解雇したり雇い入れたり、カトリックやルター派の司祭と話し込んだりした。日曜日には彼は明け方から城の教会で正餐をとるのを常としていた。

その後彼はシュヴァンベルクのインドジフ公からベヒニェ城を買い入れ、その城壁の中に、アウグスブルグへの旅の途中やライン川のほとりで見たような城を築きはじめた。イタリア様式だった。彼はその城を屋敷で取り巻かせ、執事、狩猟方、廷臣、厩の司《つかさ》、小姓、支配人、二人の厨房差配と十人の料理番、事務方と書記をそこに住まわせた。彼は書記を通じて挨拶の仕方、物事の処し方、話し方などのすべてを指図したのである。

彼はいつも「ロジンベルク家の者はその気になればいつでもチェコ王になれたのだ、今日にでも」と言い、プラハの方を見てニヤッと笑うのだった。

一五七一年の五月に、彼はプラハの議会からベヒニェに帰ると、誰とも話を交わさないで図書室に閉じこもり、ラテン語の詩人のもの、特にローマの天才ヴェルギリウスのアエネーアースの遍歴*14を読み始めた。

この年、たとえようもないほどの洪水がチェコの国を襲った。畑のライ麦や大麦、小麦が腐ってしまい、大飢饉が起こった。執事も財務係の書記もペトル・ヴォク卿の部屋に入ろうとしたが、無駄だった。この飢えと貧窮の丸一年をペトル・ヴォク卿は一人で過ごして城門から外には出ることはなかった。僧のヴァーツラフ・ブリクツィーと共にヴェルギリウスの詩を研究していたのである。彼はドイツ、ブルグンド、フランスへの旅の回想を書いていたが、後にそれを焼き捨ててしまった。

翌年、彼は実り豊かな収穫の後で領地を廻り、クルムロフ、ヴィシェブロド修道院[15]を訪れ、数週間ホウストニク城やジェレチやヴィンペルク[16]に滞在したが、そのあと彼の行いが再び荒んだ数年間が続いた。その後、人々は領主らしい彼を見かけるようになった。おそらく彼が青年期に別れを告げようとしていたのであろう。

最も身分の高いプラハの城伯だったペトルの兄ヴィレームが王冠を捧げる役を務めたルドルフ二世[17]の戴冠式における奇嬌な行動で、ペトルはプラハ市民の噂になった。彼は真っ昼間、銀鍍金《ぎんめっき》したラッパを取って王の先触れ隊に向かい、陽気な合図を吹き鳴らした。夜になるとチェコの使節には目もくれずにイスパニアやフランスやヴェネチアの使節たちと酒を飲み交わし、ペルンシュテインのヴラチスラフ卿[18]をあてこすった恋愛詩を作るかと思えば、ハプスブルグ家などではなく、いっそシュテパン・バートリ[19]を王にすればよいのにと、ヴァーツラフ大公の面前でポーランド使節の一人に忠告する始末だった。

彼は「大貴族は大貴族の首に嚙みついたりしない。だがハプスブルグの鷲は肝でさえほじくり出すぞ」と言って無邪気な顔で笑うのだった。

彼はマクシミリアン[20]が死んでも悲しまなかったが、ルドルフの治世の二年目にトルコの槌矛《つちほこ》のような形をして柄の付いた彗星[21]が現われたとき、彼はモスクワ公国への旅の途中ピルゼンに滞在していた教皇の使節アントーニオ・ポッセヴィーノに言った。役立たずで気の狂った皇帝たち[22]という怖ろしい時代が近づいている。その後にやって来るのは国中の破滅と死でしかなかろうと。

「我々二人、ルドルフと私は互いに分かりあっている。我々は役立たずで、二人ともこの世が厭わしいのだ。ルドルフは真珠や宝石を集め、私は美人を集めている。パリでは物事がうまく運んでいるが、我々は現実を避けている。だが聖なる父にはフランス人も我々もお気に召さないだろう」

アントーニオは後にロジンベルク卿のこの言葉を思い起こして、彼が異端ではないかという疑いを口にした。巧く運んでいるというのはバルテルミの夜[*23]のことではないか、あの教皇のちょっとした楽しみというのは、プロテスタントの陣営に許しを与えたアンリ王の答弁書[*24]のことではないか、というのである。

一五七九年のプラハ議会の折り、ルドルフ王陛下は目を伏せたままヴィルヘルムの悪賢い弟[*25]のそばを通り過ぎ、手を差し伸べようともせず、軽く頭を傾けただけだった。

ペトル・ヴォク卿は言った。

「驚くことはない。陛下は星を見るのがお上手なのさ。私が生まれたとき空に箒星《ほうきぼし》が現われ、イスパニアのイサベラが死ぬのを予告した。そう旱《ひでり》が起こって森が火事になった。十月になると雪が降り、十一月には吹雪になった。十二月に霜害が起こり、クリスマスには春の嵐がそこら中に吹き荒れた。陛下は誰に何をすべきか知っておられるのだよ」

王が緑の間[*26]を出て自分の部屋に引き取られる間中、集まった議員たちの頭上にペトルの笑い声が響いていた。ペトル・ヴォク卿は議会から帰ってくると、ジェレチ村の百姓たちと一緒に樽のワインを汲んでは飲んだ。同じテーブルの男がワインを汲んで彼の口に注ぎ込むという具合だった。ペトル・ヴォク卿は酒場のテーブルに置かれた樽を抱え込み、太鼓腹の小唄を唄った。

それからしばらくしてベヒニェで盛大な結婚式が行われた。

三

ペトル・ヴォク卿は婚礼の前に、ベヒニェにたくさんの女官や町の女房たちを集めた。それは音楽や歌やダンスといった女のたしなみを身につけた娘たちだった。彼女たちには、たとえ領主の夫人たちの前に出ても恥ずかしくないような衣装を着けさせた。
「プラハの城には女官もいなければ王妃もいない。私はここで妃をもつのだ。妃が私の王国の最高の美女たちに取り巻かれるように」と彼は言った。
ルダニツェのカテジナ夫人*[27]には音楽も、歌も、ダンスも興味がなかった。彼女と共に寒気がベヒニェにやって来た。到着するとまもなく雪女が現われたのである。それは百年も前からロジンベルクのすべての城に現われ、子どもを優しくあやしながら乳母たちの手から取り上げるあの女のことである。*[28]
ペトル・ヴォク卿はその話を聞いて笑っただけだった。彼はちょっと考えて、「だがそれがどうしたというのか」と言った。

四

色々話の種になった婚礼の後まもなく、ペトル・ヴォク卿がソベスラフに到着した。彼は数人の騎士を供に連れて大きな軍馬にまたがり、森を通ってベヒニェに通じる道をやってきた。

彼はジクムンドの水車小屋の傍で水車番の妹ズザンカを見かけた。ズザンカは両手で洗濯物をつかみ、赤いスカートをたくし上げて流れに身をかがめていて、はだしの両足が砂にくるぶしまで埋まっていた。

ペトル・ヴォク卿は浅瀬を渉《わた》って娘のそばで馬を止めた。彼女は自分の上に騎士の影がかかっても目を上げようとはしなかった。馬の脚を洗う急流の水音が高いので、彼は大声で話しかけた。

「名前は？」

「ズザナ」

「それから？」

「ジクムンド家《ジクムンドヴァー》の。ヴォイーシ家《ヴォイージョヴァー》のともフロン家《フロノヴァー》のとも呼ばれています」

「この水車小屋のものかな？」

「ひいおじいさんやおじいさんの跡を継いだ父がここに住むようになってからもう二百年、盲《めし》いの王様がよその国での戦いでなくなられたときから、*29 ヴォイーシ家はここにいるということです」

「どうして怖い顔をしているんだね？」

「どなたか存じませんから」

「私はベヒニェの領主だよ」

「じゃどうして奥方様のところからおいでになったので？」

「このソベスラフに用があるからさ。まあそう膨れっ面《つら》しないで、もうちょっと愛想良くしておくれな」

「おくれな」というブラート弁を聞いて娘は微笑んだ。このとき彼女はこの野原よりも、朝の太陽よりも、雲雀の囀りよりも美しくみえた。

ペトル・ヴォク卿は馬の下腹に拍車を入れた。しぶきが高く上がってズザンカの額まで飛んだ。彼女は吃驚《びっくり》して乗り手を見た。彼はまだ水に入ったままで向きを変えると、長い孔雀の羽が付いた黒い帽子をとって手をふった。彼女は急いで身をかがめ洗濯を続けた。

五

ソベスラフの役所は、一五八〇年四旬祭第二日曜日《レミニスケレ》[*30]の三日前に、ペトル・ヴォク卿の次のような手紙をベヒニェから受け取った。

「思慮深く誠実な諸君、かのジクムンドまたはヴォイーシまたはフロン家の所有ともいう水車小屋からこのベヒニェの私の許に夜、孤児の娘ズザンカを連れてくるように指示する。何事かよく分からないようにして連れてくるように。私が愛する妻を驚かせ、この娘を妻のお付きの女官の一人にしようと思っているからだ。別名フロン家ともいうジクムンドの水車小屋の借金をできるだけ親切に支払い、亡くなった父ジクムンドを継いで水車小屋を所有しているヴァーツラフが、その他の税金を払わなくて済むことを認める。これは水のほとりに二百年も住んでいる一族の息子に相応しいことである。これがズザンカを明日連れてくるための指示である。この娘の衣装については何も言わないように。ここで沢山持つことになるから」

そのようになった。ズザンカはベヒニェ城で着物を調え、貴族の子女からなるロジンベルク並びにルダニツェのカテジナの女官団の一員になった。ペトル・ヴォク卿は着物をリンツ[*31]であつらえさせていた。それは黄金道[*32]を通る特別仕立ての馬車で運ばれた。この道はロジンベルクの領地を通っていて、遠い昔に思慮深く美丈夫だった五弁の薔薇《ばら》の祖先、ヴィーテクの子ヴィーテク[*33]が、チェコ地方に入るために越えたところに通じていた。ビロードの布地、紫衣、イギリス製の羅紗、金襴、オランダのレース、ビーバーの外套、軽い履き物などがズザンカのために運んでこられた。彼女の幼い足がその履き物を履くと、言いようもなく優美に耀くのだった。

仕立屋たちは三種類のコートを縫った。一つは冬用、もう一つは春用で、三つ目は冷える夏の夕方に着るものだった。ズザンカの髪はイスパニア風に結われた。しかしズザンカの髪が褐色で縮れていたので、彼女は山羊っ子と呼ばれるようになった。

ズザンカが不平を言うことはなかった。ぽつんと立っている水車小屋の孤児だった彼女は、陽気で気楽な人々に交わって歌やダンス、リュートの演奏や読み書きを学んだ。教区の司祭がズザンカの才能に驚いて、文字や言葉の手ほどきを引き受けるようになった。彼女はたちまち基本的な知識と良い習慣を身につけて下級女官に任命された。数週間すると上級女官に移されたが、その中には下級貴族の娘も何人かいた。フロンとも呼ばれたズザンカの兄で水車小屋の主人であるジクムンド家のヴァーツラフは、卿に気に入られていた。更なる褒美もひそかに約束されていたのである。

ズザナは二年の間、いつもベヒニェ、クルムロフ、ジェレチ、ヴィンペルク[*34]で過ごした。ペトル・ヴォク卿とルダニツェのカテジナの夫妻が行くところには、いつもズザナの姿があった。その間中、誇り高いカテジナはズザンカに優しい言葉をかけなかった。他の貴婦人たちと同じように彼女もズザンカが好きではなかったのである。彼女には山羊っ子が疎ましかった。山羊っ子は日ごとに美しくなっていき、カテジナ夫人は日ごとに老いさらばえていった。彼女の高い鼻は萎み、口の周りには青い陰が現れた。彼女と共にいるとペトル・ヴォク卿も疲れて老い込んでしまった。

一五八二年に彼は山羊っ子を呼びにやらせた。それはヴィンペルクでのことだった。山々が遠くに見え、城の窓の外には林檎の花が咲いていた。カテジナ夫人はその時カルロヴィ・ヴァリ*35に行っていた。オホジェ（エーゲル）川やラベ（エルベ）川やヴルタヴァ（モルダウ）川が増水して、クシジョヴニツェ広場の病院の下にある髭男*36の石像の目に水が届くほどになったので、それが彼女の足を止めたのである。

「おまえは私のところにいるのが好きかね？」とペトル・ヴォク卿が囁いた。

ズザナ・ヴォイージョヴァーは頷いた。それはチェコの国でもとりわけ完璧な立居振舞いで有名だったフィレンツェの使節の夫人でさえも羨むと思われるほどに、いとも優雅なものだった。

「字が読めるかね？」

「読めます。書くこともできます」とズザナは怖れることなく、快活に答えた。

「おまえはあの日からずいぶんと変わったな」とペトル・ヴォク卿は言い、ズザンカにはその意味が分かった。それは彼女がジクムンドの水車小屋のほとりで洗濯をしていた、あのルジニツェの陽差しの明るい日のことだった。

「おまえの兄を貴族の身分にして欲しいとプラハの陛下にお願いした。『サビナの』という家名がおまえにもきっと気に入るだろう。サビンカや、私が連れて来させたのだ、わかるだろう？」

「そのことは家誌でよみました」

「私にもっと愛想良くしておくれな」とペトル・ヴォク卿はまたブラート弁で言って両手を合わせた。

ズザンカはお辞儀をした。

　その夕べ、ズザンカはペトル卿を手伝って書き物の整理をした。彼女が下がって来たのはもう明け方だった。

六

　ジクムンドの子でヴォイーシとも呼ばれる水車小屋のヴァーツラフ・フロンは、ロジンベルクのペトル・ヴォク卿の世話で、ジェゴル・スムルチカやバルトロメイ・リブラと共に、サビナ家という称号を持つ貴族に挙げられた。

　この年の秋、ズザナ・ヴォイージョヴァーはベヒニェで男の子を産んだ。しわがれ声で太っちょの下級女官と並んで母親のベッドの側に立っていたのは、ペトル・ヴォク卿一人だった。彼は生まれた子どもを母親の許に連れてきて、彼女の上気した額にキスをした。そのあと子どもを抱き上げると泣き出し、立っていることができなくなって坐り込んだ。子どもは彼の手から抱き取られた。

「名前はペトルにしよう。これは私の子だから」と彼は大声で太っちょに言った。

　彼女は恐れのあまり隅で主の祈りを口ずさんでいた。

「さあ、今週中に受洗式の準備をしろ。この不毛な女の巣に男の子が生まれたのだ。名前はペトルにする。つまり巌なのだ。[*37]岩と山だ。おまえたち気違いどもはヴィーテク一族が去勢されていると思っていただろう。教区司祭を呼べ。肉体の不滅について司祭と話したいのだ」

七

受洗式は行われなかった。五日目の朝、子どもが母の胸の中で死んでいるのが見つかったのだ。台所ではあの晩、ズザナの部屋に白い着物の女が入っていくのを見たという噂が広まった。祝福されない血を持つ子どもがロジンベルクの家紋を汚さないように絞め殺されたのだと、人々は声を潜めて囁くのだった。薔薇が散ってしまうのは主の御意志なのだ。薔薇の高貴な幹に百姓の接ぎ木をしてはならないのだと。

しかしペトル・ヴォク卿はその朝カテジナ夫人と話をした。だがその声は神の雷よりも怖ろしいものだった。

「殺した女は破滅してしまうがよい。だが殺しを唆したものは人殺しをしたものよりもっと悪い。汚い鼻と一緒にわたしのもとを去るがよい」と彼は叫んだ。

カチェンカ夫人はモラヴィアへ去った。ペトル・ヴォク卿は病人のベッドの側に坐って彼女の涙に口づけをすると、彼女の髪をまさぐりながら大きな声で誓うのだった。

「サビナのズザンカ、今日からはおまえはここの主人だ。私の目の黒いうちは、神かけて」

八

ズザナはこころゆくまで泣いたが、ペトル・ヴォク卿はそれから半病人のようになってしまった。立ち寄るものもなく誰とも言葉を交わすことはなかった。彼の血を分けた兄、ヴィレーム卿の執拗な願いに応えて妻の許に立ち寄ったが、彼にとって彼女はもはや妻ではなかった。ズザンカだけが彼の身辺にいることができたのだった。

卿は彼女と一緒に広大な領地のさまざまな場所から送られてくる勘定書に目を通し、同胞教団に寄進した聖ルドミラ教会の建立について話し合い、彼女の前でプラハでの出来事やルドルフの寵を失ったこと[*38]について話をした。ヴィレームの死後、彼がロジンベルク家の最も身分の高い支配者となり、トルコとの戦争[*39]においてチェコ軍の総指揮官になったときにも、皆の驚きを尻目に彼女をつれて出かけたのだった。

彼は攻撃用兜《シュトゥルムハウベン》、小銃、サーベルで武装した千五百の兵士をみずから編成し、栗色の毛をしたズザンカが一番好んだ青色のキルトをベヒニェの人々に縫わせた。ブルグンド兵がソベスラフに着き、フランク兵がターボルに着いたとき、ペトル・ヴォクは閲兵を行った。彼は元帥《フェルドマルシャル》が着る金色の兜と甲冑を身につけ、隊長たちを引き連れて、ブルグンドの金色の十字架やフランクの百合の旗の周りに馬を進め、ロジンベルクの旗印を飾っている赤い薔薇に冠《かぶ》りものをちょっと挙げて挨拶をした。それから再び既にズザンカが乗って待っていた馬車に身を沈めた。

戦いは直ぐに終わり、ペトル・ヴォク卿が勝利した。彼が来たので皇帝と農民のためにコマールノの町が守られたのである。*40 彼は八月のはじめに出発して十二月に帰還した。

皇帝ルドルフは優渥《ゆうあく》にも彼に手を差し伸べようとしたが、ペトル・ヴォク卿が右手が地に着くほど深く頭を下げたので、皇帝陛下は手袋をはめた手でにこやかにヴォクの肩を撫でる外はなかった。

その夜ペトル・ヴォク卿はズザンカと共にプラハ城のロブコヴィツ宮殿に泊まったが、そこは外国の最も位の高い高官、ウィーン大公やチェコの王妃などが泊まるところだった。

九

「なあズザンカ、私は誰のために地上の富を集めなければならないのだろう。カチェンカ夫人のものは彼女に譲った。息子はもういない。私にワインを注いでおくれ、そうして私と同じ杯で飲もう。私たちが何を持っていて何を持っていてはならないかを考えてみよう。ヴィシェハラド修道院の地下堂には二つの空いた場所がある。一つは私のためのものでもう一つはカチェンカのためのものだ。とにかくあれは死ねば私と一緒に眠ることになろう。奇妙な慰めだ。この問題をよく考えてみようではないか」

そう言って彼はヘルフェンブルクやソベスラフとターボルの農村、ストラーシュ、ジェレチを売り払いはじめた。彼にとって高いものについたトルコ戦争の二年後に彼はベヒニェを売り、その後ヴィンペルクを売る番になった。彼自身はクルムロフに住んだが、間もなくそこでカチェンカ夫人が亡くなった。生き方に相応しい死だった。彼女は酷薄で辛く、学問はあったが意地悪く、ひそかな怒りを心にして、ひそかな罪を魂に秘めていたのである。彼女はヴィシェハラド修道院の地下堂に葬られたが、そこにはもう、一つの場所しか残ってはいなかった。

十

ペトル・ヴォクはクルムロフも売り払い、皇帝ルドルフが城と町の所有者になった。売り払った夜、彼はズザナと共にひそかにトシェボンに去った。プラハティツェ、ネトリツェとコルナ修道院もルドルフに譲り渡された。彼は失ってしまった場所を左の隅に薔薇の印が付いた地図の上でズザンカに示しながら、小さく微笑むのだった。

「ヴィーテク家の薔薇が散っていく、散っていく。そのたった一つの蕾がちぎりとられた。私はこの偉大な一族の最後の一人だ。生者《しょうじゃ》の一世紀が私の後ろに、千年の夜が私の前にある。祈り、善行をなせ。他の者は食べて飲めという。私は今日はある者たちの忠告に従い、明日は別の者たちの忠告に従って行動する。私にはどれが正しいか分からない。司祭は明らかだと言うが、私が知っているのは、多くのことが見えてはいたが、大部分は私に隠されたままに進んだということだ。

　世間では地球が太陽の周りを回っていることが分かったという。そのことで気が狂ったものもいる。この私は人生の半ばを愛と罪の周りで回っていた。その後でおまえとあの子どもがやって来た。私はこのことをチコ・ブラーエ氏[*41]に説明して欲しいものだ。これは新しい真実だった、永遠と言われるものが既にこの地上にあるということが。星が無くても不死の薬《エリクシール》や賢者の石がなくてもだということが！　三日目に悪魔がやって来て、美食家の犬が黒苺の実を食らうように私のほんのささやかな幸福をむさぼり食ってしまった。

　私はほんの少し世の中を見た。これまでいくつかの葡萄畑で取れた酒を飲み、かなりの大きさの群れになるほどの子羊や豚や仔牛を食べた。私の歯の柵を鶏の大きな群れが通り過ぎていった。それにノロジカやヤマツグミや鶴も森の木の根の香りを付けて。チェコ王国の半分が私の前に身をかがめ、その他多くのものが私に与えられた。トルコの太守《ヴェジール》でさえ私を羨むほどに。

　私は老いてしまった、ズザナよ。私は真実を探さなければならない。せめて他人がそれを探し出すのを助けねば。私は悪徳が止むかどうか気にはしていなかった。けれど智慧と真実が光を浴びるように気を配ろうと思う。お前のいるソベスラフに学校を建てた。人々との和解のために私がそうしたのだとは、誰にも考えて欲しくない。私がそうしたのは自分の平安のためなのだ。私の亡きあと、何か分別のあるものがここに残ればと思ってな。

　私は雪女を信じない。会ったことは一度もない。きっと何か別のものがお前と私の息子を私から奪ったのだ。私はもう許している。罪は罪によって償われたので、最後の審判で裁くのは私ではない。最後のという言葉は聞きたくなかったが、今日はこの言葉が好きだ。私は最後のものであり、私がその中から生まれ、私と共に再び、かつ永遠に死んでしまうだろう数知れない男や女たちの徳や罪、智慧や愚かさが、私の中にあるのだ。豚が地面から掘り出した人間のされこうべに躓《つまず》いた。されこうべは粉々になった。鉾《ほこ》によって打ち砕かれたように。私はそれを金色の地の上に描かせよう。そしてその地には何か『汝死を忘れるな《メメントーモリー》』のようなものを彫らせよう。それからトシェボンではまだ見たこともないような饗宴を催そう。午後には去るための準備をするのだ。それは朝には朽ちて髪の毛が抜けてしまう。ズザナよ、おまえだけは屍臭を放つことはないだろう。それはむしろパンや飼い葉の匂いだろう。分かったかな」

その晩ズザンカははじめて自分の見た夢のことを彼に話した。

「それでおまえは私の許に来たのかね」

「ご主人様、私があなた様を愛していることはご存じでしょうに」

十一

その時トシェボンは狩りや宴会やお祭り騒ぎでまるで天国のようだった。多くの年が過ぎ、ズザンカの髪は白くなった。ペトル・ヴォク卿は逝こうとしていた。彼は高位の女官たちを去らせ、残ったのはドロトカ、ベルシカ、マリア、アレナとアニチカ、気むずかしくずるがしこい年寄りだけだった。彼女らはズザンカにお辞儀をして、彼女を高貴な奥方様と呼ぶようにさせられた。

ペトル・ヴォク卿はプラハの議会に出なくなった。[*42] 彼は言うのだった。

「カールの王座[*43]に気違い[*44]が坐って展示用のテーブルを蒐集し、ワラキア[*45]の使節団と議論している。トルコはあれの息子で、あれはスルタンたちの父なのだ。弟[*46]が彼の椅子の最後の一片まで拾い集めて、干からびたパンのように帝国全体を粉々にしてしまった。ハンガリー、セドミハラド、モラヴィアやシュレジアを切り離せばよい。皇帝の心臓を一切れ切り取ってもらうだけではないか。皇帝が通りを彷徨《さまよ》い、剣の切っ先で自分の影を突き刺すだろうよ。私はもう自分の影を恐がりはしない。星占いも気にはしないさ」

十二

ロジンベルクのペトル・ヴォクは一六一一年の十一月はじめに死んだ。それは遠い嵐の最初の雷鳴となった、あの怖ろしいパッサウ軍侵攻の年[*47]だった。彼の埋葬は一六一二年の一月末になって行われた。泣くものは誰もいなかった。埋葬を司ったのはシヴァンベルク家[*48]の後継者たちが葬儀の追悼演説のために呼んだ外国の僧だった。

僧はヴィシェハラド修道院の祭壇から棺に対する説教を終えると、木製の五弁の薔薇の印を五つの小片に割って一族が死に絶えたことを示した。この瞬間、ただ一人の啜り泣きだけが聞こえた。ズザナ・ヴォイージョヴァーが修道院の石の床に倒れ伏して、砕けた薔薇の花びらの一つをその身体で蔽った。シヴァンベルク家の夫人たちはこの不作法な光景から顔を背けた。

十三

ズザナ・ヴォイージョヴァーはペトル・ヴォクの遺言が開かれた後に城壁と夏の別荘のあるソベス

ラフのシュプィージョフスキー館とイェシコフスキー邸をもらい、亡くなったロジンベルク卿から贈られた宝石や黄金を携えてそこに移った。

ソベスラフでの生活は彼女にとって辛いものだった。権力のある主人の庇護を失い、彼女の富が数知れぬ嫉みを受けたからである。そしてズザナはオルリークの屠殺業者インドジフ・オフチチカが彼女に求婚したことに感謝した。ソベスラフの人々は「オフチチカがオヴェチカをめとった[*49]」と言って笑った。「オフチチカがオヴェチカの毛を剃る」と。

そのようになった。屠殺業者のオフチチカは仕事を辞め、妻をたたき、彼女の宝石を売り、彼女の黄金を飲んでしまい、彼女の真珠を賽子遊びですってしまったのである。ズザンカは三年の間この屈辱に耐えて四年目、主の年の一六一六年に死んだ。

彼女はソベスラフの墓地に埋葬され、彼女の最後の望みによって墓に野薔薇の木が植えられた。木は春ごとに沢山の花を付けた。野薔薇の藪は、飢えた狼たちが雪に閉ざされた町の城壁の真下までやって来たあのスウェーデン戦争の冬[*50]に凍え、次の夏にはもう花を咲かせなかった。戦争が終わるころには、彼女の墓のありかを知る人はもう誰もいなかった。

水の精の舟歌

国王にして皇帝であるルドルフ二世陛下の御代[*1]には、プラハはどこにもまして美しい町であり、ヨーロッパの町々の中の最も輝かしい星だった。天文学者でもあったうら若い王[*2]がここを居城として選んだのも、無理からぬことだった。世界のあらゆる地方から巨大な富がここに集まり、海の向こうのベネズエラからでさえ異国の獣が連れてこられて、イェレニー・プシーコプ[*3]のお伽話のような庭園を飾ったのである。

このプラハには多くの素晴らしい宗教音楽と世俗的な音楽があり、画家や彫刻家のギルドの親方《マイスター》たちが、最大の収集家と最大の蒐集のもとでここに住んでいた。プラハの使節はドイツ、イタリア、イスパニアを往来して外国の最高の画家たちの傑作を城の広間に飾るために集めてきた。記録によればニュルンベルグの巨匠アルブレヒト・デューラーの《茨の冠の祝祭[*4]》は、自由に揺れるようにひもに下げたままアルプスの峰々を越え、ヴェネチアの聖バルテルミ教会からプラハのヴルタヴァ川に臨む城まで運ばれてきた。

プラハは幻想と謎に満ちていた。王は星と対話し、黄金の秘密を求めていた。学者たちは空の彼方に目を凝らし、地上の炎や粘土を注視していた。不死の秘薬を発見し、善と悪の根源を見極める時が近づきつつあった。二つの学舎[*5]が学問の勝敗を争い、宮廷には十の民族が溢れて、王の意思を完全に果たすために誰がより大きな貢献をするかを競い合った。

ドイツ人、オランダ人、フランス人、イスパニア人、デンマーク人、イギリス人、ヴェネチア人、ポーランド人、ハンガリー人、チェコ人などが常夜燈をつけ、像を鋳造し、貴金属の格子を回し、机や箱に象眼を施し、プラハの町やチェコの城の絵を描き、彫り、絢爛とした仮面舞踏会や劇場で唄ったり踊ったりしていた。

信仰の異なるトルコの使節も含めて、世界のあらゆる国の使節たちが城の近くに住んでいた。彼らのうちで最も狡猾な教皇の使節たちは城近くに住んで、歴史の予兆を読み取ろうと、こっそりと城の窓を眺めていた。

またルドルフの治世のこの年月には、その外にもあらゆる不思議なことが起こった。彗星が空で交わり[*6]、極めて頻繁に火事が起こり、雷が落ち、聞いたこともないような突風が人家の屋根を吹き飛ばして木立を引き倒した。兄弟が互いにせめぎ合い、無遠慮な射撃で皇帝麾下の王を脅かし、トルコ軍はドナウの沿岸で苛烈な支配を敷いていた。パッサウの若者たちが突然メンシー・ムニェスト[*7]に侵入してきて、モルダヴィア軍の使節団がラインのワインの貯えをすっかり飲み干してしまった。

プラハにはまたありとあらゆる種類のペテン師や手品師、蝙蝠取りや薬売り、まだつかまっていない泥棒などがやって来ては住み着き、城の玄関に入ることを許されて、鳥の卵の足だとかベツレヘムの嬰児《みどりご》の手を切り取ったものとか、ミノタウルスの舌だとか、イブの乳房の乾したのだとか、プリアモス王の白髪だとか、それぞれの秘密の工房で拵えた不思議なものを従僕たちに売りつけていた。

これら秘術のマイスターたちの中でひときわ目を惹くのが、ギドー・カヴァリアーニと名乗るヴェネチア人で、体つきが巨大でトルコ風の長い頬鬚のある、赤ら顔の男だった。彼は、オスマン・トルコに対する同盟を結ぶために来たヴェネチア総督の使節団に随ってこの帝国の首都にやって来たのだが、ここに残ってメンシー・ムニェストの橋の塔の近くの金の薔薇の館に住み着いている。回教徒《ムスリム》風の絹の着物を着て曲がったサーベルを腰に帯びたこの不思議な男が、プラハ中を歩き回って何をしているのか知るものは誰もいなかった。この男がものを書いたり、教会に通ったり、市場で買い物をしたりするのを誰も見たことがなかった。それどころかこの男は見かけても手さえ動かしてはいなかったのである。それなのに彼は金持ちで、皇帝の蒐集品を管理するミセローニ氏*8に親しく迎えられていた。彼について知られているのは、彼が魔術師の団体の一員で、自分の家に不思議なものを所蔵していること、それは異国の人々が大きな箱に入れて夜のうちに屋敷の中庭に運び込み、そこから更に厳重に木の格子をはめた窓のある家の中に収めるということである。このような新しい包みが来るたびに、彼はいつもみずから自分の荷馬車で城に登り、白い布でしっかりと包まれた品物を運ぶのである。

すべてのことがこの男には許されていた。助手たちとプラハの町を歩き回り、夜の遅い時間でも警備兵に誰何《すいか》されることなく橋を渡ることができた。飲み屋に入っても、他の客たちがワインの杯を飲み終わってもいないのに席を空けさせた。ある夫人が彼の好色な注目の的になって行方不明になってしまった。夫人の名誉を守ることができたはずの父だか兄だかは不幸に襲われた。日の暮れかかる頃、襟付きのマントを着た見知らぬ人々の剣がこの不埒者を家の壁に突き刺したので、彼はお祈りをあげる暇もなくその無垢の魂を失ってしまったのである。

この不思議な男はプラハにもう九年以上住んでいて、どこか海の向こうの風習を持ち込み、好きなことをしていた。

しかしそれが彼の不幸だった。水の精[9]を敵に回したからである。その頃水の精は毒気を含んでとても深い池のそばにある、ソヴァの粉挽き小屋[10]の近くに住んでいた。この池については言い伝えがあって、ある時、近衛の騎士が女王リブシェ[11]の時代には既にあった古代の庭園の木と沼の間で道に迷い、オウエズド[12]の村に通じる道を探している間に、馬もろとも溺れてしまったというのである。

ソヴァの水車小屋の水の精は、年を経た厳しい奴だった。彼はもう普通の水の精のような緑色ではなく、灰色の苔を生やしていた。上着はまだイジーク王時代[13]のもので、ブルグンド風の橋の塔が作られた時代[14]の細身のズボンを穿いていた。彼の緑がかった髪の毛は、彼がフェルディナンド一世の時代[15]のある溺死者から取り上げた、汚れた広いカラーの上にかかっていたのだったが、それはすっかり白髪になっていて、目は老いと不機嫌さで涙ぐんでいた。それはとても重々しく尊敬すべき水の精で、水中の不作法を許さず自分の周りの秩序を重んじていた。

彼はオウエズドネー通り[16]の庭園から橋のアーチに至る水の国全体の支配者で、ソヴァの粉挽き小屋からヴルタヴァを越えて向こう岸の粉挽き小屋まで広がる堰[17]も、彼のものだった。

聖ヨハネ教会の近くから向こう岸へ荷物を渡し、速い流れにのって堰の浅瀬に近づいて来る筏を楽しげに見やる船頭に彼は親切で、一日中動かない釣竿を辛抱強く眺めている静かな釣り師も尊敬していたし、歌を歌いながら染めた布をたたき、流れに両足をつけて踏ん張っている洗濯女も大事にしていた。彼らのうちの男にも女にも決して悪さをしたことはなかった。彼らは品行正しく尊敬すべき働き手だった。誰もが知っている通り、この水の精は人々の品行を見張り、人々の仕事を護っていたのである。

彼が罰を与えたのは怠け者と放縦な者たちだけだった。特に我慢できなかったのは、男の子や女の子が、夜、月明かりの下で水浴びをすること、魚の王国の静かな夜を騒がすことや、水辺のひめやかな神聖さを破る大きな歌声や、その他の忌わしい行状だった。彼はソヴァの水車小屋からほとんど橋のたもとのブルンツヴィーク[*18]にまで続いている、大きな菩提樹の並木の葉擦れの音を愛し、満月が水あみをしてその長い裳裾を堰の白銀の波に浸すのを見るのが、喜びだった。六月の夜などにヴァヴジネツ（ラウレンチウス）教会の丘[*19]の茂みから聞こえてくる鶯の歌を愛し、冬には氷の下の水底から引き揚げて来る虫や、甲高い鳴き声をあげながら彼に向かって飛んでくる小鳥を食べるのだった。彼は何よりも秩序と安らぎ、そして彼に備わっていた尊厳を保ちたいと思っていた。彼は義《ただ》しい水の精だったから、たとえ最も長い冬の夜の間であっても、どのような不作法なことも彼について言うことは許されなかった。

ドン・ギドー・カヴァリアーニが一方的に諍《いさか》いをしかけたのはこの水の精だった。ドン・ギドー・カヴァリアーニ自身は、こうした行いのすべてがこの水中の隣人の怒りを招いたことを知らなかったが、水の精はどんなことがあっても彼の振る舞いを止めさせようと誓った。

つまりヴェネチア人がこの川をあざ笑ったことを水の精が知ったのである。この川は狭くて汚くて浅い、魚はいないし小海老も大きいのはいない。そのほか水鳥もいない。海とは全然比較にならないし、そもそもルドルフ王が皇帝になりにイスパニアからやって来たとき、どこかもっとましな水辺の、もっと美しい町を居場所に選ばなかったのは不幸なことだというのである。水の精はこのことに腹を立てて、ある昼下がり、船が岸に乗り上げ、堰の水路の木の柵が壊れて流れてしまうほどの怖ろしい波を川面に立てたのである。この怒りは確かにもっともなことだった。

しかしこの異邦人はその外にも水の精が怒り心頭に発するようなことをしでかした。どこから連れてきたのか知らないが娘たちの一団を呼んで来て、まだ見通しの利く黄昏《たそがれ》どきだというのに、堰の近くや堰そのもののところで恥ずかし気もなく水浴びを催したのである。それからこの女どもはハアハアあえいでいるヴェネチア人と岸辺を走り回り、ヒューヒュー言いながら水に跳び込むのであった。彼女らの幾人かは、はしたなくも堰の上を走りさえした。

　この水浴びは真夜中まで続けられたが、水の精は怒りのあまりどうしてよいか分からなくなり、娘の一人に近づいて足を引っ張った。女は足を滑らしてキャーと叫ぶと岸に逃れた。そうしてこの集団は暗い庭園に見えなくなり、当時はサーベルを佩用《はいよう》していなかったヴェネチアの軍司令官《バシャ》も見えなくなった。そしてそこからはしたない嬌声と、羊飼いの女と羊の愛についてヴェネチア人が唄う、疑いなく卑猥な恋歌《マドリガル》の洋弦《リュート》の音が長いあいだ聞こえてきた。

　しばらく経ってドン・ギドーは土地の男の子たちを数人水際に連れて来ると、水に向かって立って貨幣を水に投げこみ、男の子たちに跳び込んで取ってくるように命じた。これも誠に失礼な仕業だった。お金はお金、水は水なのだ。お金は一度水に落ちたらそこに留まらなければならない。水の中から戻ってくるのは水が返そうとするものだけで、太鼓腹の気違いが指図することではないのだから。

　子どもたちは悪魔にでも憑かれたように跳び込んでは水に潜った。水に入らず岸にいる者たちが囃し立てて、耳を聾するような大騒ぎになった。お金は次々に引き上げられ、ヴェネチア人は終始笑っていた。水の精が一人の子どもを水中で少し抑えつけて怖がらせなかったら、間違いなくこの騒ぎは数時間は続いたに違いない。彼には溺れさせるつもりはなかった。子どもの考えそのものが悪い訳ではないのだが、とにかく彼は騒ぎを止めたのだ。ヴェネチア人はどこか海の向こうではこういうことをするのだと言い訳していたのだったが。

また別の機会にこのヴェネチア人は岸辺で大きな焚き火をして、年齢を問わずあらゆる種類の酔いどれを周りに集め、騒音をまき散らした。それはヴルタヴァの両岸や陸地、水際の岸辺や水中に棲む、生きとし生けるもののすべてを、一晩中まんじりともさせなかった。彼が言うには、ヴェネチアと海との婚約を祝って海中に黄金の指輪を投げ入れたというのである。

水の精は朝のうちに水中でその指輪を見つけ、粉挽き小屋のすぐそばの石と木の根の間にある隙間に隠した。きっとあの指輪の持ち主はそこらをほっついて騒ぎたて探し回るだろう、と水の精は独り言を言ってヘッヘッといたずらっぽく笑った。

男は木の枝をもって水溜まりを散々歩き回り、橋のそばの小さい水溜まりにも行った。水の精が見ていると彼は腹と背中を水に浸し、白樺の枝で太ももを鞭打って苦いワインをあおっていた。これらの淵でこのヴェネチア人が不作法な振る舞いをしなかったかどうかは、私の知ったことではない。そのために水溜まりがあるのだから。

二月の氷が割れ、旧市街から逃げ出そうとして溺れた人々を扱う仕事で水の精は大忙しだった。パッサウ軍の侵攻[*20]からさほど経たない時に、ソヴァの粉挽き小屋の粉挽きの娘メフリチカの婚約者で比類のない美男子の若者が、どこかの悪者に後ろから刺され、水溜まりに投げこまれるという事件が起こった。メフリチカについては沢山の愉快な話が伝わっていたが、彼女を悪く言うものは誰もいなかった。恐らくそれは彼女が若くて快活だというだけではなく、踊りが上手で受け答えのてきぱきとした娘だったからだろう。

今や彼女の婚約者は殺されて水中に投げ込まれてしまった。メフリチカはたびたび水車のそばに坐ってては泣いていた。次の日、水の精が岸辺に打ち上げるようにさせた彼女の婚約者の葬式のあとも、それは一月ほど続いた。それから粉挽き小屋にヴェネチア人が現われるようになった。彼は唄ったり、鼻をクンクンいわせたり、外国の楽器をキイキイ鳴らしたり、粉挽き小屋のドアの中に入って父親にお辞儀をしたり、粉挽きの奥さんに贈り物だといって金杯を持ってくると、自分は実はマウレタニアの国の王子でメフリチカと結婚するつもりだ、などと宣伝したりした。

　しかしそれだけでは済まなかった。ドン・ギドー・カヴァリアーニが、ヴィシェハラド[*21]の崖下の船渠《ドック》のどこかで摩訶不思議な舟を建造しているという噂が流れたのである。それは黒く長くて舳先が曲がり、三つ叉のくちばしが飾りに付いているという。ちゃんとした舟というよりは、走っているのを見たこともない黒い柩《ひつぎ》のような舟で、ゴンドラというのだそうだ。彼はこの舟を自分の計画通りに建造し、大工たちがそれを組み立てていた。土地の者の誰かがそんな命令を下したら不平続出だろう。だができあがったのだ。ある黄昏《たそがれ》どきに水に浮かんだ奇妙な舟が出現した。それはヴィシェハラドのどこか近くで進水し、長い棹でそれを操っている男を乗せて、今、身体を両側に揺らしながら黒い白鳥のように誇らしげに進んできた。それがふしだらな尼僧のように見えたので、昼下がりに微睡《まどろ》むことにしていた水の精は、柳の下からそれを見ると目を剝き、歯の抜けた歯茎が見えるほどあんぐりと口を開けた。魚たちは水の中から親方をみて、彼が笑うことができることを知った。水の精が吃驚《びっくり》した口を締めようともせずに笑い転げたからである。それはこの異様な舟が粉挽き小屋に着くまで長く続いた。

　一方、不思議な職業の親方ドン・ギドー・カヴァリアーニは、舟でやって来て誇らしげに休息していた。夜が来て黒いヴェールが舟も水も覆った。星さえも見えなかった。

　水の精は見守っていた。最初の日には何も起こらなかった。二日目も同じだった。ゴンドラはオウエズドの向かいの浅瀬を渉《わた》って行ける島のどこかに錨を降ろしていたが、三日目になるとソヴァの水車小屋の側で停まった。ヴェネチア人はとても見事な回教徒《ムスリム》風の絹を着て、舟のボックス席に坐っていた。手に棹を持った船頭とでもいう男がその舳先に立っていて、馬鹿みたいに水に棹をさしていた。ヴェネチア人は舟を降りると粉挽き小屋の門の向こうに消えた。

彼が中にいる間に舟に明かりが灯った。何がどうなったのか分からないが、この女っぽい舟に吊された色紙の玉に明かりが入り、火のネックレスのように見えた。岸辺の人々が立ち止まり、漁船が軽く揺れた。漁師たちがちょっと振り返って見たからである。メフリチカがヴェネチア人と手を取り合って粉挽き小屋から出てきて、明かりに照らされた舟に乗った。男が棹を差すとヴェネチア人とメフリチカは寄り添って、舟底のどこかに落ち着いた。そして小舟は出て行った。けばけばしくて嫌みたらしく、水中に唾を吐きかけたくなるほどだった。

灯火に飾られ気取ったその舟は、ヴィシェハラドに向かって出て行った。そこにはソヴァの粉挽き小屋のメフリチカが乗り、その側にヴェネチア人が黒い座席から太いふくらはぎを突き出して坐っていた。

水の精は堤の下で待っていた。舟はどこか遠くで向きを変えて粉挽き小屋に帰るところだった。水の精は今が彼の出番だと見て取った。彼が両手両足を振り回して渦を作ると、水は彼の動きに引き寄せられるように流れを作りだし、速くなった。ヴェネチア人の舟は粉挽き小屋を目指していたが、突然川の真ん中に引き寄せられた。そこは波もなく音も聞こえず、見たところ穏やかなのでだまされやすい所だった。底の渦巻きが水を堤に押しやっていたのである。棹を持った男は途方に暮れて周りを見回した。彼はゴンドラを操るすべを速やかに身につけないまま、高いお金に釣られてこの手の汚い仕事に雇われただけなのだった。

　座席のヴェネチア人は何が起こっているのかつゆ知らなかった。彼は丁度メフリチカに愛を打ち明け、彼女の腰を抱こうとしているところだった。メフリチカは悲鳴を上げて跳び出した。ヴェネチア人は怒りで息を切らせながら椅子から立ち上がろうともがいた。まず足を出し次に腹を出したが、頭はもう出る間がなかった。

　棹を持った男は水に跳び込んで泳ぎながら大声で助けを求めた。誰かがメフリチカの髪をつかんで堤の上の乾いた場所に投げ上げた。しかしゴンドラは灯火と飾りもろとも堤のところまで飛ぶように流され、粉々に壊れた。破片は何度もとんぼ返りをうちながら石橋の方へ流されていった。しかしヴェネチア人はこの瞬間にかつて飲んだことのないほどの水を飲み始め、腹が彼を川底に引きずり込むまで倒れたまま飲み続けた。彼はもう一度水の精の国に入る前に神を呪ったのである。

　一方水の精は、堤に這い上がってそこで濡れたまま震えているメフリチカを足でつついて、「家に帰りなさい」と言った。

　彼が坐って髪を梳き始めると髪の毛から数千の銀色の火花が散った。そして彼は意地の悪い舟歌を歌い始めた。この歌声は柩から流れ出す水の音に似ていた。

　当時プラハの店で印刷していた『魔術師たちの話』がもしこの事件について書いて真実を報せようとしたならば、このヴェネチア人ギドー・カヴァリアーニがヴェネチア人などでは全くなかったことが明らかになっただろう。これはプラハの自由学芸学部《リベラル・アーツ》から逃亡した学士のマトゥーシ・カヴァネツ・ズ・ラコヴニーカで、若いときにトルコの捕虜となりイスラム教を信仰するようになったが、その後逃亡してギリシアへ、それからヴェネチアに行ったのである。彼は実際に総督《ドージェ》*22の使節と共にプラハに来たが、彼の富と悪徳は魔術の本や魔術的な薬、ならびに聖者の遺物の偽物の手広い商いに基づいていた。

しかしプラハには別の心配があった。丁度その時、王であり皇帝であるルドルフが、まだ六十歳でしかないのに城で重い病に罹《かか》り、間もなく亡くなるだろうということを、プラハ中が知っていたのである。国の内外の人々の心は悲しんでいた。この町がかつて経験したことのない、大変なことが起こるだろうと皆が予感していたのである。[*23]

五月の夜

一

絵描きのジェロニモ・ルイス・アルテガは、ペトシーン[*1]の南の斜面からスミホフに向かってなだらかに傾斜している葡萄畑を注意深く降りていった。つい先刻ヴルタヴァの向こう側に昇ったばかりの太陽が、突然赤茶けた粘土を照らし出した。それは青い木の葉から落ちた露の滴《しずく》を渇《かつ》えたように飲み干したところだった。葡萄の花が咲いていた。

ジェロニモは海に臨む村を思い出した。彼は二十二年前にそこを去ってヴェネチアにやって来たのだった。あの時も葡萄の花が咲き、海は太陽と希望に燃え立っていた。

ジェロニモは振り返った。彼が降りてきた道には金色の砂が撒かれ、恋に夢中になった蝶が二匹、その上を舞っていた。向こうの城壁の近くに葡萄圧搾所が立っていた。それはトゥルンのインドジフ・マティアーシ卿[*2]の所有する夏の城だった。この圧搾所はこの夜彼の予期せぬ幸運の隠れ家になった。ジェロニモは目で探したが、トルコ風の半月をつけた夏の城の頂きは、縮れた葉をつけた葡萄畑の上にはもう見えなかった。

ジェロニモはどこかの道に人がいないかと見回したが、皆はまだ家から出てきてはいなかった。オウエズド村[*3]から鶏の鳴き声が聞こえてきた。驢馬の仔が聖ヨハネ教会の中から小道に走り出てきて、一跳びすると後ろ足を蹴って向きを変え、太くて短い首をいく度か振って小刻みなだく足で木蔭に入っていった。それはまるでイスパニアの絵のようだった。ジェロニモは快活に微笑むと、門[*4]に通じる大通りを数歩歩き出した。カレル皇帝時代のギザギザの壁に作りつけられた衛哨の屋根の巣にコウノトリの雌がうずくまり、雄は空高く不規則な輪を描きながら、放心したような優雅さで飛び回っていた。

ジェロニモはゆっくりと歩いて行った。彼の許から幸福が逃げ去って欲しくはなかったのだ。

二

彼はレース売りのフラマン人に出会った。近くの門の外に暮らしている同郷の人びとと一緒に住んでいるのである。この明るいフラマン人が暗いイスパニア人に会うと、二人の目の中に、故郷を遠く離れて突然出会った外国人たちの交わす微笑みが浮かんだ。この微笑みには、互いを理解し、認め合ったという意味合いが込められていた。ほとんど川のそばまで雑然と並んでいる壁に隔てられた家々から、さまざまな音が聞こえてきた。車大工や桶屋が仕事を始めたのだ。馬に乗った男が、鍔広《つばひろ》の帽子を被り剣を帯びて門を過ぎ、大通りを進んで来た。幌布で覆った大きな荷馬車が一団の埃を巻き上げて、キイキイ音を立てながらやって来た。御者が門の前で馬車を止めた。

ジェロニモは門を通りすぎた。彼の名前や出身地を訊ねる者は誰もいなかった。皆知っていたのである。彼はルベンの屋敷の主人インドジフ・マティアーシ・トゥルンの客だと思われていた。右手の大聖堂主席司祭《プロボシト》の差配する家々は深い静寂の中に眠っていた。美味しそうな匂いが地下のパン屋の工房の窓から漂って来た。ジェロニモは空腹を感じた。白い上着を着た主人に声をかけて白パンを一つ買い、壁に寄り掛かって食べた。毛むくじゃらな子犬が彼の足下に走り寄って来てクンクンと鳴きながらねだったので、ジェロニモはパンの半分を投げ与えた。誰かと話し、誰かを慰め、誰かにものをやりたかったのだ。彼は小犬の頭を撫でると、感謝に送られながらゆっくりと遠ざかっていった。

彼はカテジナ・スクリプトロヴァーに初めて出会った家に近づいていった。彼女は旧市街の商人の未亡人で二十五歳だったが、結婚してたった一晩で夫が亡くなってしまったのである。この未亡人は葬式が済んだとき、自分がトランクに入れて持ってきたもの以外何も残されていないことを知った。彼女は今、遠い親戚のトゥルンの屋敷*5に半分は客、半分は居候として暮らしていた。

カテジナの住まいは庭の中にあった。五月になるとそこはプラハ中で一番鶯の鳴き声が美しく、ライラックの花がえも言えずうっとりと薫る場所だった。ジェロニモは、心の奥まで怖ろしくさせるような彼女の美しさを絵筆でとらえ、彼がかつてしばしば見たパルマのコレッジオの陰鬱な顔からほとばしりでるあの光彩で、彼女を満たしたいと思った。*6それは彼と同郷の若いホセ・リベラ*7も後にそうであったように、二十年前に彼が心を奪われた絵だったのだが。

マティアーシ・トゥルンはジェロニモの申し出を断った。彼はフーフナーゲル氏*8と共に王城で働いているこの画家を尊敬してはいたが、異教のイスパニア人、[9]特に画家を信用してはいなかった。聖書の中にこの職業を認める言葉が一言もなかったからである。しかしジェロニモは無理矢理その権利を獲得した。カテジナ・スクリプトロヴァーは内気な微笑みを浮かべ、仕事に取りかかるよう画家に向かってうなずきかけた。

ジェロニモはイスパニア語や、アリカンテ[10]からプラハまでの道中に彼が覚えたヨーロッパのありとあらゆる言葉の片言を使って、この未亡人に話しかけた。若かったときのこと、からからに干上がって波打つ畑に聳える風車小屋のこと、カテジナの顔のように白く泡立つ、大きくて素晴らしい海、彼女の目のように空気が耀いているヴェネチアの町について。

カテジナは耳を傾けて微笑んだり赤くなったりしたが、返事をすることはなかった。彼女には沈黙と深い悲しみがあった。それは最初の日に彼がいつもの習慣に反して彼女の金髪の頭の背景に描いた、あの北国の空のようだった。そこで彼は手近でよく知っている事柄で彼女の関心を惹こうとした。名高く謎に満ちた皇帝ルドルフの収蔵品や、彼自身と共にプラハにやって来た匠《たくみ》たちのこと、プラハ城の新しい広間に装飾を施したジャコモ・ダ・ポンテ[11]のこと、フレデマン・ド・フリース[12]と彼の息子パウロのこと、なめらかな女性の顔と硬い男性の顔の骨の隆起を針のような細い鋭い筆で描いた、ヨリス・フーフナーゲルのこと、商人で魔術師でもあり、皇帝の新しい買い物のために新たな金を絶えず寄進した、イタリア人ミセローニ[13]のこと、彼が兄弟のように仲良くしていたその息子のこと、などである。

カテジナ・スクリプトロヴァーは黙って耳を傾けていた。彼女は仕事が済むと細い手で画家に握手して、お休みなさいと言った。彼は幸福な気分で家を辞した。

ジェロニモは自分の絵が好きだった。そして少しずつその絵に執着するようになり、美食家が葡萄を食べるようにその絵を嘗《な》めんばかりになった。それは去年の五月のことだった。

絵は六月の半ばに完成し、ジェロニモはその絵をカテジナに贈った。彼女は礼を言って微笑んだが、その笑みが彼女のものだったのか、それとも彼自身が絵に描いた笑みだったのか、彼には分からなかった。彼女は小さいため息をつくと彼を送り出そうとした。ジェロニモは溜息に気付いて頼みはじめた。

「偉い親方なら大作品に黄金や宝石が支払われます。私は親方のつまらない徒弟ですから、せめて陽の光の下であなたを見てみたいと思います。頂きに聖ローレンス《ヴァヴジネッ》教会[*14]のある丘をあなたと歩きたいのですが」

カテジナは一人でペトシーンの頂きにある小さな白樺の林にやってきて、木々の間をこの画家と散歩した。彼女は彼の願いに吃驚《びっくり》していた。林の中に入って太陽や風に素顔を曝《さら》すというのが、普通なことでも思慮あることでもなかったからである。それでも彼女が来たのは、ジェロニモが慇懃に頼んだからだった。

太陽が直接に差し込むこの木々の間にいると、彼女はにわかに、まだ成熟していない娘のように見えた。ジェロニモは彼女と小径や岩の中を歩き、木の根に躓《つまず》いたり、背の高い草をちぎってそれを彼女に渡したり、大きな岩に隠れたり、優しいイスパニア風のほめ言葉を彼女に投げかけたりした。

彼女は彼の一風変わった遊びを受け入れた。二人は子どもに返ったように藪の中を歩き回り、孤独であることを忘れてふざけ合った。彼は彼女の手を取り、遊びというには長すぎるほど手の中に握りしめていたりした。無邪気に日焼けした女と、遊びだとは思っていない男は、林間の空き地で立ち止まって向かい合った。彼は彼女の目を見つめ、そのなかに自分の姿を見た。ヴェネチアの空のように耀くその目に映る自分の顔と、額の上のリボンのような白髪の筋が見えた。彼は急いで帽子を頭に被った。襟の白いレースの下の物憂い心臓が、喉を塞ぐほどに高鳴った。

彼女はどうして悲しんでいるのかと訊ねたが、彼は陽の影が長くなっていくのを黙ったまま見ていた。彼は彼女に話しかけた。偉い親方たちは決して現実をあるがままに描こうとはしない。自分の夢を描いているのだと。ヴェローナのパオロ[*15]には、カンバスを自然の神秘的な昼と夜に変えた時期があった。それは決してヴェネチアの自然でもトスカナの自然でもない、魅惑的な木々や茂みが生えている想像上の土地で、見えない太陽の下で影が青く、暗い緑色をしていて、西に真珠色の帯と銀色の雲が見える楽園なのだと。

またイスパニアの人々はこれらの巨匠に似ている。決してこの世のためでなく、いつも大きな夢のために生きてきたし、今も生きているのだと。

彼女は、彼の言っていることが分からないまま、もう帰りたいと頼んだ。そうして彼らは別れた。

三

ジェロニモは振り返ってそこからはもう見えない丘の白樺の林の方角を眺め、トゥルン家の庭の壁に沿って川辺に続く道を重い足取りで降りていった。その道はくっきりとして鮮やかな木蔭をなし、木々の葉の間から差し込む日の光が道の上に金貨をまき散らしていた。日はすでに高くなって、彼の後ろに見える町も前に見える町も、橋の手前の町も川向こうの町も、もう活動をはじめていた。ジェロニモはソヴァの水車小屋*16のところに繋がれていた小舟に乗って、波の揺れるに任せた。近くで堰がピチャピチャと波音を立て、船頭が次々と艀《はしけ》を島に着け、荷車が橋の上を往来し、川向かいの小さな教会から次々に鐘の音が聞こえてきた。

ジェロニモには彼女の大きなおどおどした目が浮かんだ。彼は瞼を閉じて考えるのを止めた。水が小舟を静かに動かしていた。子どもの押し殺したような叫び声が向こう岸から聞こえ、鐘の音が消え、町の暮らしの雑音がとけあって一つの大きな音になった。ジェロニモは小舟の中で寝入った。

彼が目を覚ましたとき、船頭が舟を岸に着け、舟の中から何人かが降りてきて、うろたえたように叫び合っていた。

「みんな宮殿へ行ったぞ、宮殿へ行ったぞ！」と一人の男が叫んだ。

暖かい外套を着た太った市民で、暖かそうなその身体は苦しそうに息を弾ませていた。

「昨日プラハから司教とストラホフ修道院*17長が逃げ出したんだ」と別の男が言い、ヘッヘッと笑った。

ジェロニモはうろたえている群衆に向かい、目を擦《こす》って微笑んだ。

彼は昨年八月の静かな月夜を思い出していた。彼はトゥルンの屋敷の庭園での祭りに招待されたのだった。そこには多くの人がいたが、ジェロニモが今思い出せるのは石壁の角毎に吊り下げられた松明《たいまつ》の束と、火の中に飛び込むかげろうの群れだけだった。銀色をした昆虫の身体が狂ったように踊るのをカテジナ・スクリプトロヴァー夫人と一緒に見ているとき、彼女がはじめて、個人的な想い出をみずから口にしたのを聞いたのだった。

「私もこのかげろうの花嫁でした、運命は一日しか私に与えてはくれませんでした」

「ご主人を愛していたのでしょう?」とジェロニモは訊ねた。

「私は自分の夫を知らないのです」とカテジナが答えた。

「若かったのですか?」

「分かりません」

「突然亡くなったのですか?」

「溺死です」

「財産は自分のものではなかったのですか?」

「そうではありませんでした。さいころで負けたのです。わずかに残されたものは、マティアーシ・トゥルン卿が私のために預かって下さっています」

ジェロニモはもう何も聞かなかった。かげろうの踊りからカテジナを連れ出して蔭に入ったとき、初めて彼は彼女の眼に涙が光っているのに気付いたのだった。

「トゥルンが率いているぞ」と誰かが市民の群れの中から叫んだ。

水車小屋では誰も働いていないらしかった。人々は門の前に立って話をしていた。

「休みなのかな?」と彼は独り言を言った。「今日は休みにしよう」

あの時、カテジナは最後の客たちが帰るより早く就寝したのだった。

ジェロニモは彼女を家まで送っていった。鶯は朝まで鳴かず、にわとこの香りもしなかった。霧の深い静かな朝だった。あの時に彼は菩提樹のある風景を描き始めたのだった。カールシュタイン城[*18]を背景にして黒雲の下を鳩の群れが飛ぶ風景を。鳩の群れは灯の周りを飛ぶかげろうの輪舞を彼に思い起こさせた……

「聞きましたか？　イエズス会の人たちが打ち負かされ、クレメンチン・コレイ[*19]が攻撃されているという話を」と船頭が岸から離れかけている小舟に乗ろうとしている男に言った。男は口の中で何か言うと黙り込んだ。

四

ジェロニモは立ちあがって、木立の下からトゥルンの屋敷の方を振り向いて見た。

「彼女はきっとずっと家にいるに違いない。会えたらいいのだが」

　彼は泣きたいくらい彼女に会いたいと思った。

　今夜彼の裡《うち》に住みついたものは、なにか全く新しくてこれまでとは全く違うものだった。彼はその女に恋をしたのだ。しかしその恋は二十年前とも、五年前とも違うものだった。彼は旅の途中で出会ったあらゆる民族の女を愛した。港町の女たち、酒場や海賊船の女たち、口数の少ないイスパニアの娘たち、深窓の女たちやそうでない女たち、杏《あんず》のような眼をして微笑むイタリアの女、薔薇色に染まってミルクのような肌をした、おしゃべりなチロルの女、人妻や熟《う》れた貴婦人。みんな運命に導かれて彼が抱いた女たちだった。彼は彼女たちを恋しいと思っていた。

　しかし今、彼は恋に落ちた。子どもが母に会いたいと思うように。

　彼女と別れてから数時間の今、彼はもう一度カテジナに会いたいと思った。貴族たちが王妃に向かってするように深く頭を垂れ、彼女に挨拶をして言うのだ。「四十歳の私が二十五歳のあなたに頭を垂れます。あなたに恋している私をお許し下さい」と。

トゥルンの屋敷は静まりかえっていた。

厩から馬のいななきが聞こえた。

屋敷の上の空高く、雲雀《ひばり》が歌をうたっていた。

五

ジェロニモは口笛で古い端唄、黒い帆を上げた船の唄を吹いた。

彼は右手に屋敷が並び、低い建物がペトシーンの斜面の上にぽつりぽつりとある通りを歩いていった。マラー・ストラナ門[*20]が近づいてきた。通りは賑やかだった。人々が小さい固まりになって、自分たちの話を誰かが聞いてはいないかと怖れているかのように、辺りに目を配っていた。彼らがなにをそんなに熱心に話しているのか、ジェロニモは訊ねなかった。

「今日の午後四時と五時の間に」

「旧市街で旧教徒が殺されている[*21]」と太ったパン職人が通行人に言い、「どう思う、店を閉めなくちゃならないかね？」と付け加えた。

ジェロニモは答えを聞いていなかった。彼の心には音楽が響いていて、聞こえるすべてのことをその音楽が優しく覆い隠していたのである。門のところで二人の男が話をしていた。その一人は黄色い覆いをつけた体格のいい軍馬に乗っていた。もう一人は馬の鼻先に立って意味もなく両手を激しく振り回し、泣くようなかん高い声で叫んでいた。

「ああ、災難じゃ、なんという災難じゃ。俺たちに何が降りかかってきたのじゃろう。ペストよりもひどい。聖イジー教会[*22]のそばはすごい騒ぎで、剣の打ち合うものすごい音、沢山の馬の蹄の音がオウヴォスまで聞こえるほどじゃ。ああ災難じゃ、災難じゃ」

乗り手は言った。

「口をつぐめ、その災難とやらと一緒に地獄に落ちろ。通せ。お前の大声につきあう暇はない」

彼は馬に拍車をくれると、砂埃りを後ろに巻き上げながらだく足で門を通っていった。ジェロニモも彼の後に続いた。塔の上で正午の鐘が鳴った。大きいマラー・ストラナ広場[*23]にも、ヴラシスケー広場と呼ばれる小さな広場にも、竜巻や群衆が通り過ぎたあとに起こるあの静けさと空虚さがあった。

聖トマーシ教会[*24]の鐘がいつもより長く鳴り、スミジツキー家の邸[*25]の前には武装した雇い人たちが集まって来ていた。数人の年寄りが身を曳きずるようにしてアーケードの下にやってくると、年寄りらしくブツブツ不平を言った。騎馬の一行が幌をつけた荷車を引いて、上の広場と下の広場を結ぶ急な坂の通りをやって来た。馭者が悪態を吐きながら馬に鞭をくれていた。年寄りたちは言い合った。

「悪態を吐くがいい、兄弟。代官のペトラーシェクの旦那がおびえて馬車も馬もほったらかし、どっかにとんで行ってしまってみんなに笑われたとき、あんときの馭者も悪態を吐いていたっけ」

そう言って年寄りたちはヒッヒッと笑った。

ジェロニモは日の当たる礎石に坐って、広場を眺めていた。突然彼はものを考えたり感じたりしなくなった。疲れ果てた後のように身体を休めていたのである。彼は全く身動きもしないで二時間、あるいは三時間とそのまま坐っていた。アリカンテ[*26]のモール人たちが海岸で膝に肘をついて、髭を手のひらに埋めたままよく坐っていたように。

その後彼は空腹を感じ、誰かと話したいと思った。

ジェロニモがアーケードの下の居酒屋に入ると、暗がりの中にぽつんと一つの机があって、一人の男がそこに坐っていた。ジェロニモはその男のそばに坐った。見ると乞食僧だった。

居酒屋の主人がジェロニモに何が欲しいかと訊ね、すぐに水差し一杯のワインと真っ黒になるまで乾した肉の一切れを持って来た。ジェロニモは肉とパンを切ってワインを飲んだ。がつがつとしてはいたが興味のなさそうな食べ方だった。乞食僧が言った。

「長い旅をしてこられたようですな」

「本当に、神父様。夜通しですからね。あなたは朝のうちからこちらにおいでですか」

「坐っているわけじゃない、待っているのじゃよ。僧たちが殺されるかどうか」

「どうして神父様たちを殺すのですか？　神父様は私の国のイスパニアに雲霞《うんか》のようにいますよ」

「私はイスパニアにも行きましたじゃ。世界中を旅しているのですじゃ。義《ただ》しい人たちを探して目を覚まさせ、罪人を捜して正しい道を教えるためにな」

「神父様、愛とは何でしょうか？」

「愛とは神が人の心の中に置いて下さるものじゃ」

「神父様。愛とは何でしょうかとあなたに聞いているのですよ」

「私が知っているのは神の人に対する愛だけですじゃ」

ジェロニモは酒を飲み干すと、リュックから金貨を出して僧に与えた。

「有り難うございます。私が殺されたらお金が懐の中で鳴ることでしょうて。じゃが私は神様の栄光のために殺されることになりますわい。代官の身は危ないかも知れんが、旧市街の人たちが皇帝に反対しているわけではありませんぞ。だが武器を持って登っていくなんて、聞いたこともありませんわい。フェルス[*27]のところ、ロプコヴィツェのヴィレーム[*28]のところ、トゥルンのマティアーシのところに朝早ようから集まって、まるで強盗みたいですじゃ」

「どこって言いました？　トゥルンのマティアーシのところですか？」

「いつも腹を立てているあの雄鶏のところじゃ」

「マティアーシのところにですか？」

「上に登って行く前にあそこに集まってましたじゃ」

「神父様、この国では愛のことをどう言うのですか？」

「この国はこの国じゃ。みんな神様がお作りになったのじゃ」

「神父様、私はあまりあなたの国の言葉ができません。とりわけ上品な言葉を知りません。教えて下さい、女の人を好きになったときどう言ったらいいのですか？」

「あれから皆登って行ってあそこで起こったんじゃ。ああ、これ以上ないほどの禍《わざわ》いじゃ」

ジェロニモは既に門のところでこの言葉を聞いていたが、その言葉は今度も彼の耳の側を通り過ぎて消えてしまった。

「神父様、あのひとは美しくて金髪なんです。あの晩は星が一杯で、香りが漂っていました。葡萄の花が咲いていたんです」

「液体は断食の障りにはなりませんぞ」

「神父様、まじめに話してください」

「わしの言っているのは、断食の時でも心ゆくまで飲んで構わぬということじゃ。じゃがある者はあの濠が窓から二十六尺あると言い、別の者は六〇尺あるといいますじゃ。[*29] だがのう、これがもとで国中に恐怖と死が起こりますぞ。アーメン」

「神父様、分かるように話して下さい。どうしたらチェコ語で巧く言えるのか、教えて下さい。あのひとは私を愛しています。分かって下さい。そこらの男がそこらの女について言うのとは違います。普通の人間が身分のある婦人に向かって言う場合なのです」

「わしらは皆、主の御足の下の塵なんじゃよ」

「神父様、あなたはイスパニアにおいでになったことがおありでしょう。指を二本挙げて本当のことを話していると誓って下さい」

「汝誓うなかれ、と主は言われましたじゃ」

「イスパニア語を話すでしょう？」

「少しはな。だがあちらで人に愛について話したことはありませんじゃ」

「あなたの言葉で私はあなたが好きになった《ヨ・ラ・カイゴ・エン・グラーシア》はどう言うのですか？」

「聖母マリアの恩寵が私にくだされました、じゃ」

「冗談はよして下さい。人の悪い神父様だ。私は機嫌が悪いのです。殴りますよ。言って下さい」

「今日聖母マリアは、尊い信仰を試される人々をきっとお助けになりますじゃ。その人々に恩寵をくださりますすじゃ」

「乞食坊主め。あんたは気違いか、それともペテン師か」

「私は神の従順な僕《しもべ》のプロコプですじゃ」

「プロコプ神父さま。さあ知っていることを言ってください」

「知っているのは怖ろしい日だということじゃ」

「あんたは今日が素晴らしかった夜の、次の日だということを知らないのです」

「わしは夜には聖ハシタル教会[*30]の庭の中でワラにくるまって寝ていて、虻《あぶ》に悩まされましたじゃ。近くに厩《うまや》があっての。それから広場に四百頭の馬と、それに乗った騎士や一般の人たちに語りかけている、殿様方を見ましたのじゃ。職人は仕事に行け、日雇いは仕事に戻れ！　となｌ。起こったことの責めを神様の前で負わなくてはならんのは私たちじゃ。ああ、怖ろしい日じゃ！」

「私の訊ねることに答えて下さい。もう一つ金貨を差し上げますから話して下さい」

「それでは言ってあげよう。あんたのいう身分のある女には、あなたのご好意を期待しています、とでも言うのじゃ」

「それですよ、あなた、そうです、それが聞きたかったんですよ。有り難う、髭面さん。神様のお恵みがありますように。あなたのご好意を期待しています……ご好意を……期待して……」

「あんたは少しおかしいのじゃないかな。今日ワインを飲み過ぎたのでは」

「馬鹿な、私は飲んでいませんよ。あなたのご好意を期待しています、か！　カテジナという名なんです。あなたは私の聴聞僧です。あなたに懺悔して打ち明けます。カテジナを愛していて、彼女の好意を期待しています。ほらこの言葉でなかったら雷に打たれてもいい、白髪のペテン師さん！」

「お待ちなされ、あんた。金貨二枚くらいで私に悪口を浴びせるのかの。もうよい、行きますぞ。すぐに暗くなりますでの」

「神父様、ここに机があってここには椅子になるものがあります。机に書いて下さい、あなたの筆跡で。綺麗に。ミサ書に書くように」

「何を書けと？」

「あなたのご好意を期待していますと書いて下さい」

「私はどんな好意も期待していませんぞ」

「私の水差しの酒を飲んで、書いて下さい」

「それは悪いことではないわい」と僧は頭を振って書いた。

ジェロニモは食い入るように僧の重たく年老いた手を眺めた。僧は書いた。ジェロニモの眼は貪るように髭文字の尖ったところの一つ一つ、曲がった箇所の一つ一つに見入っていた。

「もういいのですか？」とジェロニモが聞いた。

「まだ何か書いてほしいのかな。あなたのご好意を期待しています、じゃ」

ジェロニモは机の上を眺めて老人に言った。

「もしこの世に罪しかなかったのなら、私はそれを犯しました。もしも喜びもあったのならば、私は今晩最大の喜びを得ました。私は一年の間待ちました。一年間彼女の家の周りを回っていました。一年の間、私は彼女の住まいを取り囲んでいる壁を眺めていました。神が私の目と手に授けて下さった私の愛するもの、私が師匠たちのもとで学んだものをすべて絵にしました。その中で私が愛している、その時にはとても悲しそうな、彼女の顔を描いたのです。それは一年前のことでした。一年間、私は待ちました。昨日のこの時間に私は言づてをもらい、夏の城の門を入った葡萄畑に来るようにということでした。そして私は来たのです。彼女の名はカテジナです」

「カテジナは偉いキプロスの殉教者で、王であり皇帝だったカレル四世が自分と自分の国の保護者として選んだお方じゃ。カテジナといいましたな。よい名じゃ。それから？」

「それ以上は何も。カテジナは寡婦《やもめ》です。たった一日だけの結婚生活でした」

「年老いた婦人は母として、若い婦人は姉妹として清廉に敬うべし。寡婦は行い正しい寡婦ならば敬うように。ところでこれは告解なのかの、この居酒屋で？」

「そうではありませんが、ご老人、黙っていて下さい。さもないとイスパニア流の怒りがどんなものか知ることになりますよ」

「石に話している《ラピディ・シト・ディクトゥム》と思いなさい。まだ何か心に溜まっているのかな、お若いの」

「神父様、笑わないで下さい」

「智慧のないものだけが気の狂ったものを笑うのじゃ。主はまだ私の心を奪ってはおられぬ。笑ったりはせん。あんたの魂のために祈って欲しいのかの？」

ジェロニモは起ちあがり、返事をしないで酒場の主人に銭を投げ与えると、帽子をとって通りに走り出た。プロコプ僧は十字を切った。

「ああ神様、人の愛というものは見えない毒のようなものじゃ、心を蝕み、息を詰まらせる。薬などない。聖母マリア、私たちを護り給え」と彼は呟いた。

彼は水差し一杯のワインを注文すると、ジェロニモからもらった金貨を楽しげに机の上に置いた。

六

イタリアの商人たちは宝石や果物の小店をヴラシスケー広場に集めていた。夕方が近づいてきた。聖ミクラーシの尖った塔はまだ陽の光を浴びていたが、下の広場の丸い聖ヴァーツラフ教会はもう蔭に隠れていた。この小さい教会の甲高い鐘はもう鳴り終わった。肉屋の店では二人の肉屋が喧嘩をして、殺すぞと互いに脅し合っていた。彼らの周りには見物の人だかりができていて、激しい言い方をする方に肩入れをしていた。

ジェロニモは立ち止まって耳を傾けたが聞いてはいなかった。

一人の肉屋が叫んだ。

「この大馬鹿野郎、異教徒《ムスリム》め。見ていろ、ぶっ飛ばしてやる」

見物はどっと笑った。

ジェロニモは立ったままヒューと口笛を吹いた。

彼はストラホフスカー通りを門と城に向かってゆっくりと登って行った。今日は人々が家に籠もっていて、ほとんどの大きな邸の前には公の従士たちが武器を持って立っていること、往来する人影がほとんどないことに彼は気付きもしなかった。時たま通り過ぎるものも皆大急ぎで通り過ぎていった。

ジェロニモはカテジナ・スクリプトロヴァーのことを考えていたのである。はじめて二人が会ってようやく、正確に一日と一時間前に彼が受け取った彼女の言づての謎を、彼女の一日限りだった夫婦生活を覆っている謎を、ジェロニモがあれほど丁重に扱い、あれほど永く忍耐強く辛抱したあと、稲妻のような早さで彼女が決心したその理由を。

「あなたのご好意を期待しています」
それから彼は疑いはじめた。あれはある五月の一日の気分に過ぎなかったのか？　突然気が弱くなったためなのか？　それとも彼の熱望が誘い起こしたものだったのだろうか？　彼は頭を垂れ足を引きずるようにして歩いていった。誰かがカエタン修道院[*31]から急いでやってきてジェロニモに突き当たったので、彼はよろめいた。彼は門を通りすぎ、茂みと崖の間にあって城に通じるオウヴォスの小径を登って行った。

途中で彼は二人の従僕に出会った。彼らはこの昼下がりにワインをしこたま飲み、そのせいで大声で喋り散らしていた。城の広場を埋め尽くし、青空の下で箱や机をひっくり返したならず者や雑多な連中のこと、気分が昂ぶってどうしていいか分からなくなった人間が思いつくようなことを。代官たちは石橋[*32]を塞ぐことも、門にお巡りを立てることもできなかった腰抜けだ。こんな生活は悪魔にでも食われろ、こんな陰謀は犬にでも食われてしまえ、フェルディナンド[*33]は赤毛の卑劣漢で、マティアーシ[*34]は枢機卿たちののろまな手代だ、などと。

ジェロニモは城の階段[*35]のところに立ち止まって町を眺めた。それは冷たい夕暮れの中に溶け込みながら、靄《もや》のヴェールに覆われつつあった。煙突から灰色の煙が立ち上り、屋根は濡れて光っていた。遠く島の向こう、ヴィシェハラド[*36]の方向と左手リベン[*37]の野原の方向に、この地方で最も好ましい、幅が広くて流れの速い川が見えた。

荷の重さで今にも沈みそうな荷船が、聖ペテロ教会[*38]の近くの水車小屋からブルスニツェの河口へ向かっていた。そこには暗い木々の間にいくつかの新しい屋根が赤く見えていた。

ジェロニモは眼で城壁とトゥルンの屋敷を探したが、みな靄の中に隠れているのでジェロニモは悲しくなった。

彼は最初の濠の撥ね上げ橋を渡って城門に入った。*39 有力なルドルフ官房長官の嗣子である小ミセローニ卿のところに毎日通って来るこのイスパニア人に、哨戒していた五十人隊の指揮官たちが笑いかけた。

次の撥ね上げ橋に通じる通路のアーチを通り過ぎてもう一つの撥ね上げ橋を過ぎ、彼は若いミセローニ卿が住んでいる官房の庁舎の前で立ち止まった。風雨にさらされた粘板岩の白塔*40が病人のように蒼ざめて、暮れなずむ夕闇に包まれた官房の上に光っていた。

彼は官房の庁舎の廊下で、心配そうな顔の人々と一団の外国人に出会った。ミセローニ卿は城下のマラー・ストラナの友人のところに泊まりに行ったということだった。ジェロニモは一人ぼっちでこの世の中に放り出されたようで、死んでしまいたいような気分になった。どこにも、誰にも、彼のやり場のない悲しみを打ち明けられるものがいないと思ったのである。

夕闇が迫ってきた。ジェロニモは更に先に進んだ。自分でもどこへ行こうというのか分からなかった。彼の足は何かに導かれるように、城の向かい側の翼に向かった。

この夜その廊下には灯りがなかった。ジェロニモはこの夕方、城壁が恐怖でやつれたような顔になっていたことに気付かなかった。どこかの僧か説教師が彼の側を小声で話しながら通り過ぎた。

ジェロニモは窓に灯りがついている大聖堂の建物の周りを回った。庭先にちょっとたたずみ、空を見上げて一番星を探した。城と教会をつなぐ急な廊下の下の黒い噴水から、小さな水音が聞こえてきた。

この音が彼を夢から引き戻した。彼は聖ヴィート大聖堂の舞台と聖イジー教会*41の間の広場を眺めた。

時には夜遅くまでにぎわうこの場所も、この夜はひっそりとしていた。地面には、昨日の温かなにわか雨でできた泥の中に、蹄の跡が見えた。いつもはイタリアの絵や像、東方の宝石、ヴェネチアのガラス、フランドルの布やアントワープのレースなどの売り手たちのいる、昔のヴラディスラフ宮殿[*42]の前は、今日は無人のまま店が閉められて、木の台が布で覆われていた。

ジェロニモと仲のよい友達がここにいたのだったが、今はそこには誰一人いなかった。ジェロニモが宮殿に入ったとき、目の中にごみが入った。強くアーチのかかった広間を通ると、遠くの隅々から足音が谺《こだま》になって返ってきた。そこには何もなかった。彼は時たまここに来たことがあった。彼の足を運ばせた力は外ならぬここを目指していたのであって、他所ではなかった。彼には分かった。何処に行くべきかを彼に命じる力は、せめて遠くからでも、城の壁の向こうの葡萄畑だけでも見たいという、彼の願いだったのだ。窓のところに行って昨日の今頃、カテジナに呼ばれて歩いていた所を見るために。

彼は走り出し、遠い光が円天井を照らしている回廊に足を踏み入れ、広々として三方の広くて高い窓から差し込む光に照らされている広間に走り込んだ。そのうちの東南に向いている真ん中の窓が開いていた。椅子が倒され、机や貴重品の箱が壁際に押しつけられているのが見えた。広間はヴラディスラフ宮殿よりも明るく[*43]、空に上弦の月が懸かっていた。

ジェロニモは開いた窓に近づいて町を眺めた。月が町の屋根を照らし、その姿を遠くヴィシェハラドの下の川面に映していた。ジェロニモは城壁をみた。城壁とその向こうにうねっている葡萄畑が見えた。

静かで喜ばしい幸福が彼の心を満たした。そして夜明けにトゥルンの夏の城と、城での遅咲きでしかも幼い彼の恋と、カテジナ・スクリプトロヴァーとを後にした朝からのことが、ついさきほどのことのように思われた。

彼は昼過ぎにマラー・ストラナ広場の店で借に貸した赤い画筆のかけらをポケットから取り出し、意味も形も記憶から決して消えることのないほど深く刻み込まれた異国の言葉を、月が広い窓を通して青く照らしている壁の左手に書付けた。それは発音するのも書くのも難しい異国の言葉だったが、甘く幸福な言葉だった。

「アナタノゴコウイヲキタイシテイマス」と。

彼はイスパニアの子守歌を鼻で歌いながら、上手にまた入念に一つ一つの文字を描いていった。好意という言葉を書いたときには、好ましい彼女のイニシャルKの凝った文字の真ん中に、翻るリボンを添えながら、心の奥底で殻竿《からさお》の音がするのを聞いていた。

彼は去年の八月、ウーエズドのトゥルンの屋敷の裏の門のところに立っていたときの光景を思い出していた。納屋は戸が大きく開け放たれていて、その中に昼の太陽が差し込んでいた。納屋の中ではライ麦の束が屋根裏から投げ下ろされていた。大きな顔をした娘たちが、素手で束ね、紐を解き、ばらけた束を脱穀場に並べていた。脱穀場では毛むくじゃらで日に焼けた二人の下僕が、腰まで着物で覆って背筋に流れる汗を光らせ、束を並べていた。あとの四人は脱穀していた。

殻竿の音は魅力的だ。それは太鼓の響きのように人を惹きつけ、安らかな幸せのように人を酔わせる。太鼓の音は血の匂いがするが、殻竿の音には穀物の匂いがする。

囀《さえず》ったりコッコと鳴いたりする鳥たちに囲まれてカテジナがやってくる。赤い着物をつけ端折ったスカートを穿いてそこに立つ。ジェロニモを見るが、まだ彼には声をかけない。手近にいる娘の手から熊手を取り、娘が脱穀した束を持ち上げると、茎の穀粒をふるい落とす。皆は歌を歌い始めるが、舞い上がる埃に息を詰まらせる。カテジナはジェロニモに手を振って仕事の手助けをしてくれるように頼む。ジェロニモは帽子を取り、上着《ジャケツ》を脱いで、いつかアリカンテの村でしたように働きはじめる。しかしそれは頂上の白樺の茂みの中の遊びのような子どもの遊びだ。ジェロニモは幸せだ。水差しのワインが持ってこられ、ジェロニモはカテジナや召使いたちと同じ椀で飲む。

そして彼には思われた、自分が仕事を助けようと人々の中にやって来て人々をからかい、彼らと共に笑い合い、ワインを飲み、雷のような野生のうなりを上げて森の中に逃げていく野生の山羊、牧羊神《パーン》のようだと。

ジェロニモは文字とイニシャルに殼竿と熊手の絵を描き加え、自分の作品を眺めて微笑んだ。

遠くから殼竿の音が聞こえてきた。

月がヴルタヴァとプラハの上に高く懸かっていた。ジェロニモは窓に近寄ってあの葡萄畑の方を眺めた。

彼には後ろに足音が響き、こんな時間に王の官房で何をしているかと鋭い声で尋ねたのが聞こえなかった。もう一人の声が叫んだのも聞こえていなかった。

「そいつを打て……そいつは人間じゃない、そいつは物の怪《け》だ。どうするか見てみろ」

ジェロニモは窓に倚《よ》って月が照らす夜景を眺めていた。

次に彼は背中を殴られ、昏《くら》い眼の中で沢山の火花が花輪のように散ったのを感じた。目が眩み倒れて起ちあがることもできないしまたもう起ちあがれないことも分かった。

「こいつは人間だぜ、顔を見てみろ」

「こいつは新しい宮殿で絵をかいているイスパニア人だ。どうしよう」

二人の見張りの男は相談した。

「ここで何してやがったんだ。よりによって今日。おまけにこの窓のところでさ！」

「どおってことはないさ、そんなこと。持っていかなきゃ」

「どうして？」

「一年は食らい込むぞ。ミセローニはまだ貴族だし、トゥルンもやっぱり貴族だ。奴らとなんか関係があるだろ。俺が思うにこれは前兆だぞ」

「さあ、これをもっていけ。この前兆をさ」

「どこへ？」

「背中に背負え。俺が先に行くから」

彼らはヴラディスラフ宮殿を通り、聖イジー教会の側の人気のない広場にジェロニモを運んでいった。それから彼らはヴラディスラフ宮殿の丁度反対側にある邸の暗い廊下に入ったが、誰にも会うことはなかった。[*44]

「あの下にいる獣たちがこいつをすっかり食ってしまうと思うか？[*45]」

「心配するな」

「でも誰かに彼のことを聞かれたら？」

「こいつのことか？　こいつは消えてしまったんだよ。今日みたいな日にはどこに消えてもおかしくないだろうよ」

ジェロニモを背中に背負っている男はにやりと笑った。

彼らは廊下の突き当たりにあって、王の猟場に通じている窓までやって来た。そして狭い窓に頭からジェロニモを突っ込んで彼の身体を濠に投げ落とした。

彼らは溜息を吐いて両手を揉むと喉の渇きを感じた。真夜中が近づき、一六一八年五月二十三日、プラハの窓外投擲《デフェネストラツェ》[*46]の日が過ぎて行った。

ティーン下通りの想い

　あの冬の夕べ、ティーンの塔の裸の壁は怖ろしかった。[*1]それは空に向かって黒く毅然として聳え立ち、その下の通りには昼も夜も暗闇が漂っていた。靄と黒雲の中から太陽がまれにしか顔を出さないからである。

　人々が朝早くからミサに通い、物乞いが薄闇に向かって恥知らずな不平を呟き、夜の間は、汚らしい街角で武器を持たない通行者を待ちかまえている追い剝ぎを、王の官吏たちが追い払っていた。武器はだれも持ってはいなかった。この頃武器を持つことができたのは、兵士たちとユダヤ人バッセヴィ[*2]の護衛兵だけだった。それはよく分からない収入によって肥え太った成り上がり者である。

　プラハ郊外の戦い[*3]の後、すぐに雪が降って溶け、クリスマスには雨がちで道がぬかっていた。一月には雪が降ったり凍えたりする夜は少なかった。略奪はしばしばで突然に行われた。追い剝ぎたちは恐れおののいている家々に押し入り、門柱を引き抜いて窓を打ち破った。[*4]この押し入りのあとでは、家は盗掘にあった墓のようだった。この近くのスクレトフスキーの家も略奪されたし、ここ、ティーン下通りの一番大きな邸[*5]にも、あざ笑うかのように平和な人々に危害を加え、許可状[*6]を屍体の首に貼り付けて、使っている家具も使っていないものも打ち壊す者達がいた。それは一時プラハを離れて外国に逃避するという、悲しい旅に出るヴァルテンベルクのアンナ夫人、息子のアダム卿、その夫人ホデヨフのマルガリータ、孫のベドジフと孫娘のマグダレンカを、老いた主人が送っていった時のことだった。[*7] アダム卿は悲しみながらベドジフ（フリードリヒ）国王陛下[*8]の許に行き、マルガリータ夫人も涙に暮れながら、ヴァーツラフ夫人の許に去ったのである。

帰ってきたのは嫁のマルガリータ夫人と幼いマグダレンカ、及び上告審総裁だけだった。かつて司政官《ディレクトル》で宗教会議とアカデミーの擁護官《デフェンソル》で、かつチェコ王国の守護官《ストラーシツェ》であるブドフのヴァーツラフ・ブドヴェッツ[*9]その人である。

彼の家にはいくつかの壊れた机とワインで汚れた椅子二脚、持っていくには重すぎる鉄で覆われた箱五個、散らかされたベッドと燃えさしの蠟燭の一本だけが残されていた。ヴァーツラフ卿は邸へ通じる狭い通路に足を踏み入れてお気に入りの二階を取り巻く回廊を眺めると、帰ってこられたことを感謝するかのように頭を下げた。水を一杯に湛えた明るい庭の小さな池が青空を映していて、豚小屋では豚が一匹鼻を鳴らしていた。通りにさまよいでて泥棒たちの目を逃れたのである。年老いた召使いがマルガリータ夫人の手に口づけしながら、絶えず溜息をついていた。

「私たちは思っておりましたじゃ、思っておりましたじゃ……」

しかし彼はヴァーツラフ卿とマルガリータ夫人がもう帰ってこないだろうと思っていたとは、口にしなかった。

階段を登って二階に足を踏み入れ、荒らされた我が家を目にしたとき、ヴァーツラフ卿は静かに自分の山羊髭に触れ、疎《まば》らな頭髪を左手の指で掻いた。熟れたサクランボに似ていつも少し眼窩から飛び出た目は、この瞬間、今にも飛び出るのではないかと思われるほど怖ろしく見開かれたが、顔にも目つきにもすぐに穏やかさが戻った。

ヴァーツラフ卿は深くうなだれているマルガリータ夫人の手を取って、黙ったままその髪を撫で、日曜の集まりで説教するように、穏やかではあるが荘重な調子で「主が与え給い、主が奪い給うたのだ……」と言った。

そう言うと彼は、あたかも罪もないのに罰を受けねばならぬかのように傍らで泣いているマグダレンカに笑いかけると、そこを立ち去ってティーンに向いた窓のある自分の部屋に入り、家中で一つだけ残された蠟燭を灯すように命じた……

ほどなく戻ってきた古い召使いたちで家は活気づいた。マグダレンカはもう一度綺麗に磨かれた部屋部屋を走り回り、がらんとした広間に自分の不思議な声が響くのを楽しんでいた。下僕たちは迫ってくる長い冬に備えて庭で薪を割っていたが、寒さはやって来なかった。降臨節《アドヴェント》*10にもクリスマスにも、一月にも二月にも。娘たちは鎧戸を下ろした中で歌った。謝肉祭がやってきたが、楽しくはなかった。ダンスなど誰がしようか？　老いたヴァーツラフ卿の一人息子で、愛すべき人物だが少し当惑したようなアダム卿が結婚した（一六）一〇年は、今と全く違っていた。あの時には、ヴァーツラフ卿は堂々と宴会の人々の間を歩き回り、親しく出席の人々の杯を満たしたのだった！

ところで、アダム卿に息子が生まれたときほど、この老人が楽しげだったことがあろうか。選帝侯で福音書信仰の擁護者ベドジフという名*11がこの子に与えられたのであるから！

ところで今日はどうなるだろう？　昨日は、そしてプラハ郊外で短く怖ろしい戦いのあったまさにその日*12のあとは？　空しく悲しみにくれている。ヴァーツラフ卿は帰って来られた。それは確かなことだ！

今、彼は考えている、ともあれチェコ王国の守護官はこの国の町にのみ居住すべきだ。[*13] 皇帝であり王であるルドルフの友人である七十四歳の男に、誰かあえて危害を加えるものがいようか？

私はこの身を守るために申し出のあった道や方法をとる意思を捨てて、結果は神にお任せしてある。「わが力は神にあり《イン・デオー・フォルティトゥードー・メア》」。私の頭から髪の毛を奪うことができるものがあろうか。

十一月、十二月、一月、二月が過ぎ、三月も終わりに近い。暗い冬の月日、私の周りは沈黙し、今も沈黙している。皇帝の命令によるものだろうか？ 私の白髪頭に触れることを好まないためだろうか、それとも誰も思ってもみないようなことがなされようとしているのだろうか？ 窓の下で近所の女が二人おしゃべりをしていて、ティーン大聖堂の塔の鐘が鳴っている。それとも通りを風が吹いているのだろうか。女たちは何を話しているのだろう。夫の不貞のことだ。大反乱の後に冬がなかったかのようで、すべてはいつもと同じであるかのようだ。

しかしすべてが以前と同じではない！ アダム卿がハーグから手紙をよこした。息子の身体は安全だ！ あとはこの私が魂を救うだけだ！ 妻の身体も護られた。そして嫁の財産も安全だ！ 奇妙な夜だ！ 人を呼んでベッドを作らせよう。新しい灯りも持って来させよう。本が読みたい！ 何か騎士の生涯か歩兵《ランズクネヒト》の物語を！

生まれついての貴族はそれぞれの家で寝静まった。商人たちも寝静まっている。バッセヴィは寝ているだろうか？

どうして家の者たちは私を見ると涙ぐむのだろう？ 馬鹿げた考えだ！

だがこのような反乱は最近五十年間に沢山あったではないか。若いフェルディナンド[*14]にそんな勇気があるだろうか？ ベトレン・ガーボル[*15]、彼の兵士たちが真っ先に逃げ出したのだが、彼は死に絶えたチェコの国に宛てて手紙を書いた、「忠誠を護り、援軍を待て！」と。そして一方では皇帝の使者たちと取引していたのだ。

フレデリクス・エレクトル・パラティヌス[*16]はどこか国境の彼方で、次の息子か娘の生まれるのを待っていたのだ。この一族は王座などなくても繁栄することだろう！

パンとミルクを持ってきてくれ！　私は老人だ。どうして夜中に食べてはいけないのか？　あとどれだけ食べることができよう？　おまけに砂糖菓子の鉢があって一杯になっている。最後の歯が欠けてもよいではないか。年寄りのこの私に歯などどうして要るのだ？

窓の下で太鼓の音がする。私が整列を知らないとでもいうのか？

私は何でも知っていて、これ以上知ることもない。だから怖くもあり怖くもないのだ。恐怖は肉体的なものだ！　精神はすこやかであの世に憧れているのだ！

どうしてあの世に憧れないことがあろう。この世がこのような苦痛と恐怖の谷間だというのに！

ニュースがここまで聞こえてきた。ヴァルドシュテインのアダム卿[*17]が官房長官ロプコヴィッツのヴィレーム[*18]にスレヴィッツのカプリーシ[*19]の所領のことを頼んだこと、彼がマルティニッツのヤロスラフ[*20]の反乱のために蒙った損害に金貨四万の補償を要求したこと、トルチェク卿は六ヶ月も前にはフリードリヒ国王陛下に犬のようにじゃれついていたくせに、今はロプコヴィッツに手紙を書いて自分が忠誠心の最も篤い男であると言っていること、領地を増やそうとしている数知れぬ貴族や市民たちのこと。

ここのトランクにはまだフリードリヒの肖像の入ったダカット金貨がある。クリスマス以降これでは腐ったリンゴも買えない。ミフナ卿[*21]は新しい貨幣を鋳造して古いものを廃棄した。人々は新しい貨幣も古い貨幣も持って逃げ出し、その代わりにかつて窓から立ち去ったスラヴァタ卿[*22]が帰ってきた。

旧教派《イエズイート》とユダヤ人たちは反乱者が彼らの許に残していった品物のリストを提出した。ユダヤ人たちは泣くだろう！　バッセヴィはプラハの家毎に財産を集めた。金貨三十万枚だった。そのうち二十万枚はブコワが受け取り、十万枚はウィーンのフェルディナンドが受け取った。ブドヴェッツ家の財産もその中に入っている。

バッセヴィはチェコの国中を旅行してリストを作り、没収をしている。この国の新しい富豪になったミフナ卿は、上告に際して家に儀式用の金細工かそれに類したものがないかどうか上告審総裁に尋問するよう命じた。カルヴァン派の異端者には必要のないものだからというのである。まるでヴァーツラフ卿がカルヴァン派であるといわんばかりであった！　ズノイモ[*23]からプラハまでの道は軍隊に占拠されていた。安全のためというのである。バッセヴィはこの道を通って行った。

心は脱出を望んでいた。夜警は何時と叫んだのだろう？　三月も終わりになると五時前にはもう明るくなる。青黒い夜明けの光。イスタンブールの海のようだ。サラセン人たちにどうして惹かれるのだろう？　私には一度だけ信仰の揺らいだことがあった。私がコーランの説明を受けたときだ。彼らと会うときはいつも私の心は揺らいだ[*24]。年老いてもそうだ。七年間の生活が魂に深い傷跡を残した。一六二〇年の七月、プラハから大使節団が強大なトルコ皇帝の許に遣わされたとき、私は老年だからといって、イスタンブールの魅惑的な海をもう一度見なくてもすむように断った。

私は再度呼び出され、フリードリヒ国王陛下の名代として、トルコの使節団を迎えにシピタール平野[*25]まで行った。

旗を持った三騎が私の馬車に随い、トルコの連隊が駐屯していたマラー・ストラナのエゼルシュナイデロヴァーの邸に至るまで、三つの地区の歩兵隊が整列していた。異教徒ではあるが思慮深く、コーランを誠実に信じていて、戦いにおいてわれわれの同盟者となるこれらの人々を見たとき、私の胸はいっぱいになった。魂はあの世に憧れている！　強いワインを飲む幸福なリンハルト・コロナ[*26]、陽気な農夫で歩兵のヴィヒニツのオルドジフ、彼らは勇敢な男として死んだ。心残りもなく。陣地で、戦場で。だが猛々しいマティアシ・トゥルンはどうだ？　彼はどこか外国で演説し、顔を真っ赤にしてものを書き、飲み、軍隊を集めている。いつも動いていていつも落ち着かない。白山であの時彼は言ったものだ。「君たちチェコ人は一体どうしてイギリス人を信じたり信用したりできるのだろうか？」と。

　私たちは信じていた。チェコ人を信じないのはチェコ人だけだ。だが若いトゥルン[*27]は？　軽薄で恥知らずにもブコワの前に跪《ひざまず》き、連隊に武器を引き渡すよう命じたのだ。若いアンハルト[*28]はどうだ？　捕虜になって専属の理髪師と、わざわざノヴェー・ザームキから連れてきた様子の良いジプシー女をもらったではないか。今彼はウィーンの新市にある狩り場で楽しそうに大きな獲物の猟をしている。

　われわれも囚われているのに楽しくはない。悪魔が我々に悪いカードを切ったのだ。負けたのだから払わなければならない……

　聖書はドイツ、イタリア、フランス、イギリス、トルコの国への、私の旅の手引きだった。今はどうやら旅の終わりのようだ。プラハからハイデルベルクへ、バーゼルへ、緑のライン川へ。あの橋、あの時あそこで若い魔女が川に投げこまれた。美しい娘だった。それは折りとられた桜の枝のように水に落ちた。バーゼル、あそこの流れは激しかった。皆はその女が生きたまま向こう岸の崖に流れ着くかどうか見守っていた。生きたまま流れ着いたのだった！　彼女は無実だったのか、それとも彼女の愛する悪魔が手助けしたのか。我々学生がその後で見たのは、血まみれになった彼女を誇らしげに岸に引き揚げているところだった。ヘルヴェティアの牧師たちはそこに立ち会って詩篇を唱えていた。

一方我々はその晩、ひっくり返るまでワインを飲んだ。このときのバーゼルは少し母国に似ていた。我々はほとんど故郷にいるようだった。大プロコプはまだあそこの壊されてはいない聖堂にいて、学識のある高位の聖職者たちの目を恭《うやうや》しく見ていた。彼らは彼に約束したのだった……

誰かがドアを叩いた。誰かが開けに行けばよい、私の知ったことか！

ハンス・ホルバインだ！[*29] 彼の描く薔薇のような女たちときたら！ 彼女らは南風の中で育ったに違いない、サヴォアから吹く風の中で。ハンス・ホルバイン！ あいつは歩兵と女の子が好きだった、それとワインの杯を持ったやせこけた死が。死ぬとき自分の私生児のことは頭にあったが、自分の清楚な妻のことは忘れていやがった……

「皆それぞれ主を讃えよ」

誰かが階段を上がってきた。神よ、あなたはどうして私たちを見捨てられたのですか！ 今日ではない、今日あなたは私たちと共におられた。だが今は！ 私たちの罪は大きい。私たちは軍隊の給料を抑えました。貴族たちの怠惰に慣れてしまいました。先祖伝来の風習はないがしろにされてしまいました。こんなにも永く無秩序が支配する王国は禍いです！

ああ、心よ、どうしてお前は意気阻喪してしまったのだ？ 自由になったからか……一つの堅固な城《アイン・フェステ・ブルグ》から……あの時どのような歌がジャテツ[*30]から私に送られてきたことか。もう読むこともなかろう。

「ガウデーボー・エト・エクスルターボー。クワム・フェーリクス・エト・ファウストゥス・ヒク・エスト・ヴィゲシムス・アンヌス（私は喜び、心を昂ぶらせるだろう。この二〇年[*31]がどれほど幸福で幸多いことか）」

幸福な二〇年！　だが今日は二一年の三月二十九日だ。

「エアハルト・ウンス、ヘル、バイ・ダイネム・ヴォルト・ウント・ヒルフ・デム・スピノラ・ダップファー・フォルト……（主よ、あなたの言葉によって私たちを護り、スピノラ*32を揺るぎなく進めるように助け給え）」

この歌をどこで聴いたのだったろう。「鷲と獅子が戦った《アドラー・ウント・レーデン・シュトライデン》」。*33 獅子が鷲の羽を引っ掻いている。今私は七十四歳*34の老いた身でここに立っている。獅子の王冠の護り手として。だが痛みは感じない……

「どうかお入り下さい！」

「ヴァーツラフ・ブドヴェッツ・ズ・ブドヴァ卿のお邸でしょうか？」

上告審の書記パヴェル・アレティン卿*35が絹のような声をしたラテン語で尋ねた。それから彼はまるで上司である上告審総裁のご機嫌伺いに来たように、イルストリス・ドミネ・バロー、コンパーテル・オブセルヴァンディッシメ、ドクティッシメ、レヴェレンディッシメ（最もすぐれた男爵閣下、最も思慮深い同僚の師父、最も学識のある、最も敬うべき）のような長ったらしい称号を添えて言った。

「そうです」と老人はイタリア人に答えて急いで坐った。客に坐れとは声をかけなかったが、客はことわりもせず、坐って言った。

「あなたはまだ生きておいでですね、すぐれた尊敬すべき男爵？　あなたが苦悩のあまり亡くなったと噂されています。あなたが皇帝にして王である陛下に対して犯した行いを悔い、あなたが生きておられてお会いできたことを嬉しく思います」

「あなたの早朝からのご訪問で丁度物思いから目覚めたところです。最も学識のあるお方、すぐれた博士、あなたが何故おみえになったかは存じませんが、あなたのご質問にお答えしましょう。私は今のような喜びを受けたことはこれまであまりありません。私にとって地上の楽園はこの書物、聖書です。これを読むことを若いあなたにお勧めします。私は神が望まれるだけの長さを生きてきましたし、これからも生きていくでしょう」

突然、老人からすべての悲しみが消えた。確実に死が近づいている今、彼は朗らかで健康で、力強かった。ハイデルベルク時代のように、自分の壮年時代の時のように、友人であり庇護者だった栄光の記憶に留められるルドルフ二世の治世の時のように。

「いいえ。真実の通りに、『ブドヴェッツは苦悩のあまり死んだ』などと言うものが誰も居ないようにと望みます」

イタリア人はほとんど優し気に微笑んだ。

「それではあなたは後悔なさっていないのですね……」

「後悔していません」

「あなたはお判りではありません。私は、立ち去って既に自由の身だったのにプラハに帰ってこられたことをあなたは後悔なさらないのか、お訊ねしているのです。ひどい危険に身を曝しておいでなのに後悔なさらないのですか?」

「良心が私に帰れと言ったのです」

「それじゃ後悔なさっているのではありませんか」

「また驚かれましたな、学識あるお方。良心が私に語りかけていました。おのれの国と私どもの係争から逃げてはならないと。分かりませんが、私の考えでは、神はこの裁判を血をもって終わらせようとお望みです」

イタリア人は粛然とした。

「男爵、残念ながら何も申し上げることができません。皇帝陛下の慈悲の心は広大ですが、あなたはやがてすべてをお知りになるでしょう。今日にも皇帝陛下の決定について判決が降りるでしょう。それでは私とおいで下さい、ひとに知られないように通りは閉鎖してあります。そして馬車が待っています」

ヴァーツラフ・ブドヴェッツは立ち上がった。

「息子の嫁と孫娘と使用人たちに別れを言いましょう」

「大丈夫ですよ、判決の朗読の後、お帰りになれるでしょう」

「帰れませんよ、あなた」

「お別れには充分の時間があります」とイタリア人は鋭く言った。

階段の上には毛皮外套と帽子を持って恐怖に震えている下男のペトルが立っていた。マルガリータ夫人は跪いて祈っていた。ヴァーツラフ卿が振り返ってみるとマグダレンカはいなかった。眠っていたのだ。

「それでは」とブドヴェッツは言って嫁の髪の毛に口づけした。

騎士の下役たちが階下の中庭と通路にひしめいていた。

邸の前に馬車が待っていた。

ヴァーツラフ卿はしっかりした足取りで歩いていった。彼は微笑み、自分の邸、下僕たち、愛らしいアーケード、中庭の朝の影、そして舗道の黒い石を目で祝福した。

突然ティーン大聖堂が彼らの前に立ち現われた。明るく美しい石造りの英雄である。その屋根は射しはじめた日の光で銀色に光っていた。

ヴァーツラフ・ブドヴェッツ卿は空を眺めた。そしてほとんど独り言のように、小さな声で次のような言葉を洩らした。

「我が神よ、私はここにおります。私はあなたの僕《しもべ》です。あなたが望まれるように、あなたの目の前で私を扱って下さい。私は充分年月を重ねました。私の魂を私からお受け取り下さい……」

通りは人気がなかった。馬車は動き出した。ブドヴェッツ卿は口髭を撫でた。

「あなた、私はある明け方の道行きを思い起こします。私はまだ若かった。私たちは一晩中難解な議論をしていました。カルヴァン派の信仰とルターの信仰、反三位一体説とアルミニウス説について。それから朝になってチーズを食べ、ワインを飲もうと出掛けました。それは南の国の夏のことでした。チーズとワイン！　それはとても魅惑的な朝でした。遠くに山々が光っていました。薔薇色の雪。そして私たちは神によって世界を護るよう定められているのだと考えていました。だが私たちは世界を護らず、みずからの大義を失い、みずからの国を失いました。若い人々は生きて行くでしょう。しかし我々老人は死んで天の王国に入るでしょう。これはあなたのお考えに反しているかも知れませんが、天の王国はスイスの地平線の上に見える明るい朝の山々、あるいはイスタンブール近くの海のようだと思っているのです……」

馬車はプラハ広場で曲がって細い小路に入り、ヴラディスラフ門を通ってカレル橋に出た。向こう岸の右手にはまだ見えないが心の中にははっきり白　塔《ビーラー・ヴェシ》*36が聳えている。

ヴァーツラフ卿は微睡《まどろ》みはじめた。

プラハ夜想曲

一

一七四一年十一月二十六日の月の明るい夜半、ザクセンのモリッツ伯爵[*1]は、彼らが六日間いたフフレ[*2]とズブラスラフ[*3]の近くで、ヴルタヴァ川沿いにある陣営から、彼の手にある一団のフランス兵を率いて小舟と渡し筏で川の右岸に渡り、谷間を伝って昔のヴィシェハラド[*4]の砦を迂回した。茂みが擲弾《てきだん》兵《へい》の重い足音を消した。

彼らはもう冬が迫って来た土地を注意深く行進し、葉を落としたポプラの切り株が空に向かってそびえ立つ、黒く耕された畑の小径を伝って、新門[*5]のそばの城壁に辿り着いた。行進を妨げる者はなかった。銃は小さな音を立て、月の光が金属に当たってそこここで光るばかりだった。

彼らは時々短い言葉を交わすだけだった、完全な沈黙を命令されていたのだ。前に立つ兵士のグループはヴィシェハラドと新市街《ノヴェー・ムニェスト》の城壁の間の村で集めたはしごを携えていた。

新門からさほど遠くないところに石とごみの大きな塊が青く光って見えた。ごみは城壁の高さまでうずたかく積まれていた。シュヴェール中佐[*6]はこのごみの上に登るように擲弾兵《てきだんへい》に命じた。足下が崩れそうで崩れない丘に、兵士たちは笑いながらよじ登った。

別の一隊は城の濠に降りて壁にはしごを立てかけた。最初の試みではしごが壊れたので中佐みずから壁によじ登り、彼に続いて皆が登った。この瞬間、彼らは歩哨に見つかった。めくらめっぽうな射撃のお蔭で、フランス軍は二手に分かれてプラハに侵入することができた。彼らは城壁沿いに城門に達した。門は短い戦闘によって他のフランス軍に開放された。彼らはザクセンのルトウスキ将軍[*7]がストラホフ門[*8]を攻撃した時と同じように素早く、こちら側からの攻撃に成功したのである。ザクセンの別の隊はポジーチー[*9]の水車小屋から、バヴァリア隊はオウエズド[*10]から侵入した。

石橋[*11]の上でシュヴェールのフランス軍はザクセン軍と合流したが、一時間後にはプラハの司令官だった野戦砲兵隊指揮官オギルヴィ伯爵[*12]がザクセンのモリッツ将軍に降伏した。それはかつて百年ほど前に同じくプラハを占領した、かのスウェーデン軍ケーニヒスマルク将軍[*13]の後裔だった。

学生義勇軍のカシパル・ペトル中尉が新門の戦いで重傷を負った。フランス軍のサーベルが彼の鼻をそぎ、左のこめかみから顎にかけて深い傷を負わせたのである。傷ついた中尉は聖インドジフ教会のそばの墓地で介抱された。彼はこの奇妙な戦闘で傷ついた少数の者の一人だったが、この戦いによって、よく防備を施したはずの巨大な都市が、数時間のうちに失われてしまった。

二

こういうわけで、プラハ随一の美男子学生でイエズス同胞団員であり、カール・フェルディナンド大学総長イジー・ペトル師の快活で生きのいい甥であったカシパル・ペトルは、ほとんど二ヶ月の間、汚い病院に入院していた。凍えた窓を通して月の光が射し込む夜の間中、彼は目を開けたまま泣いていた。失った青春と失った美貌を嘆いていたのである。

伯父である神学教授の庇護の下で、ラコヴニーク[*14]の町の給費生として法律を学ぼうとやって来たこの田舎の子は、自分の美しい肢体を愛していた。波打つ金髪が魅力的な顔を飾り、二つの大きな青い眼が耀き、貴族的で誇らしげな鼻と、若者らしい小さな口が、それを輝かしいものにしていた。口の上には赤みがかった、挑発的で機知に富んだ口髭が生えていた。

背が高く、ほっそりしていたカシパル・ペトルは、ほとんど貴族のように優雅な衣服をまとい薄い絹のズボンを穿いていて、白いストッキングをつけたその美しい足は、踊るような足取りでプラハの広場を歩き回った。そして彼の腰に付けた剣は、最も華やかな宮廷の官吏よりもよく似合っていた。

伯父は愛らしく快活なこの若者を眺めるのを好み、彼の度重なる頼みを聞いては、彼がしばしば訪れてくれるという歓びを失いたくないばかりに、喜んで財布を開くのだった。それは、この僧が二十年前に永遠の別れを告げた別の世界からの声が、クレメンティーヌム[*15]の灰色の僧房にもたらす歓びだった。

カシパル・ペトルはフランスの風習や衣服や身のこなしをまね、パスカルやアルノーを読む友人との交わりを好んだが、最も好きだったのは、プラハの風雲児スポルク伯爵[*16]のこと、彼のオペラや議論、恋や裁判のやりとりの話が聞けるような交わりだった。

こうした若者たちにとっては夜会におけるヤンセン主義*17的な自由思想が朝のミサや情熱的な説教という禁欲的気分と、土曜日の奔放な宴会が敬虔な日曜日の朝と交錯していた。その時になると、目の据わったイエズス同胞団の熱烈な信者たちは、翻る旗を先頭に悔い改めの列を作ってプラハの橋の新しい彫像の間を歩き、群衆を跪《ひざまず》かせてすべてを悔い改めるように強いていたのである。

カシパル・ペトルは朝の懺悔と夜のオペラの間、宣教師の戒めの右手と、胸をはだけてふんわり広がるスカートをはいた女たちの媚びるような眼差しの間で、屈託のない青春を浪費していた。

彼は一つの文化が黄昏《たそがれ》つつあり、別の文化がやって来ようとしているのを知らずに暮らしていた。遠く離れた世界にあるプラハは、他所《よそ》ではすでにゆっくりと忘れられつつあるものを重い足音を立てて追いかけていた。若い貴族たちの外国への旅だけが窓を開き、イエズス会の目敏く狂信的な目にとまらない書物だけが、遠くの空をいつも覆っている黒雲の間に耀いている場所があることを、教えてくれていたのである。

卓抜した踊り手だったカシパル・ペトルは、有頂天になって外国人たちがその魅力と豪華さについて書いていた家々のダンスや夜会に招待された。この優雅な法科の学生は、ワインや愛についての恋愛詩《マドリガル》を創ることができただけでなく、客のテーブルにところ狭しと並べられた白孔雀、香りのよいやまうずら、美味な鱒や蟹、柔らかな野菜と豪華な菓子を大げさに褒めそやすすべも、心得ていた。彼がクシヴォクラートに近い、半分飢えた村の出身だと思うものは、誰もいないであろう。機知に富み、罪深いプラハの社会が、それほどまでに彼の心に作用したのである。カシパル・ペトルは人生と自分自身を愛していた。人生の美しさとおのが肢体の美しさを。

しかし今や彼は、自ら望んだ短くてわけの分からない戦争の生け贄としてここに横たわっていた。カレル大学の寄宿舎の友達に後れを取りたくないばかりに、単なる見栄で銃を手に取っただけなのに、見捨てられて醜い不具になり鼻をなくしてしまった。男爵たちがプラハの色々な邸の夜会、あるいはムニェルニーク[*18]での葡萄狩りの折りに、自分が忠誠を誓う必要のない皇妃を笑いものにしていたこと、最近しばしばパリの栄光と富について語り、戦争に備えてさまざまな形で派遣されて来たくだらないフランス人たちが、酒席に現われることを彼は思い出した。彼は自分の若い美しさ、自分の歓びと幸福をその戦争のために捧げてしまったのだが。

彼は平民の見えない本能に導かれて学生の集まりに行ったが、彼がそこに行ったのは、ポール・ロワイヤール修道院の学説[*19]についての密かな、あるいは公然たる議論の中で熱烈に共感した思想から得られる喜びよりも、後悔を告白する心の方が強かったからなのだろうか？　彼には解らなかった。

彼は一緒にこの病院の広間に運ばれてきた負傷者の最後の一人として、ただ粗末なベッドに横たわっているばかりだった。遠くにあって見たこともない、プラハの守護者であるのに勝手に降伏した皇妃の慈悲によって不具になり、見捨てられて顔を包帯で包まれ、愛していたすべてを失って悲しみながら。

三

彼はクリスマスの祭日に清潔な下着をもらい、身分の高いフランス人がやって来ると告げられた。

陽の照っている朝だった。凍った窓を通して陽差しが入ってきた。太陽はまだペトシーン側に移って来てはいなかったが、すでに強い陽差しが、病院の屋根や、窓の外の白く雪で覆われた崖に聳えている木々を照らしていた。これらの木々は、もう包帯は取れたがすっかり憔悴して横たわっている不具者と同じように、温かさを求めていた。

陽が高くなり、その最初の光が病院に届いて今日は綺麗に掃除されている煉瓦の床を照らし出したとき、女が軍医と看護人を伴って病室に入ってきた。

カシパル・ペトルがこれまで見たこともないほど美しいこの三十路の女は、その高価な着物から社会的地位の高いことが知れた。彼はベッドの端に腰をかけて微笑もうとしたが、その時大きな赤い傷跡があって鼻が欠けていることを思い出し、目を閉じて待った。

彼は女がフランス語で医師に話しかけるのを聞いた。

「この顔の潰れた男は誰ですか?」

看護人が何か医師に囁き、医師がフランス語で答えた。

「法科の学生です。プラハの城壁の戦いで負傷しました。かつてはプラハで最も美しい若者でした」

「お気の毒に」と女は言い、そしてカシパルは、とても魅力的な茶色い眼が彼を見ているのを感じた。彼は彼女を見ようとしたが、女はもう立ち去ろうとしていた。ベッドの上に白く細長いパンが置いてあった。明らかに看護人が持ってきた籠から彼女が取り出したものだった。カシパル・ペトルの目に涙がほとばしった。その瞬間女は振り返り、立ち止まって言った。

「ご覧なさいドクター、あの人は泣いていますよ。まあ怖いこと!」

女はそう言うと、赤い生地に金の留め金のついた堅い胴着の匂いを、広間に残して立ち去った。レースに覆われた彼女の大きなスカートが、狭いドアをやっと通り抜けることができた。従僕がドアの向こうに立っていて、女にビーバーのコートを着せ掛けた。

カシパル・ペトルは泣いていた。理髪医《ランホイチ》[20]が祭日のご馳走を持って入ってきたときにも、彼はまだ泣いていて食べようとはしなかった。理髪医が皿を取りに来たときに病人の顔が熱を帯びているのを見て、加減が悪くなったのではないかと尋ねた。カシパル・ペトルは、あのフランスの夫人が、プラハ全体の総監であるフランス軍総監アントワヌ・モロー・ド・セシェルの副官、主計将校ヴォワザンの妻だということ、フランスの有名な元帥ヴィヤール将軍の姪で、ベルタ・ド・ヴォワザン・ヴィヤールという名だということ、貧しいものを援助し、ハラッチャニ広場にあるトスカーンスキー宮殿[21]の舞踏会の華だということを知った。

四

カシパル・ペトルは元旦の夜まで熱を出して寝ていた。医師は、もう直ってしまっている怪我人がどうして熱をぶり返したのか分からずに、彼に湿布や蛭《ひる》に血を吸わせる療法を行った。元日の夜に病状は軽くなったが、彼は眠らずに、広間に灯りをつけないようにと頼んだ。暗闇の中でベルタ・ド・ヴォワザンに会い、彼女を愛したいと思ったのである。

彼の心を限りない悲しみが満たした。怪我をした後の生活は彼にとって重荷だった。彼は決して触れることがないと分かっている女を愛したのだ。彼が嫌悪と恐怖しか引き起こさないだろうからである。彼は死んでしまいたかった。自殺するという考えは、このような時には彼にとって親しく好ましいものだった。数日したら退院しよう。そしてヴルタヴァに身を投げよう。そうすればすべては巧くいく。もう決して彼が愛する人に会うことはなく、もう決して彼女の口から「まあ怖いこと」というため息を聞くこともないだろう。その方がよいのだ。不具になってこの世で何をしろというのか？狩人でさえ無力な相手を避けるものなのに。

一月二日の朝早く、さいなまれた彼の心に悪魔のことが浮かんだ。好きになった女を手に入れることができるのは、悪魔の助けだけだ。悪魔だけが彼に人並みの顔を取り戻してくれる。それ以外のことはみな意味がない。永遠の呪いだろうと地獄の拷問だろうと、終わりのない苦しみだろうと耐えたいと思う。胴着の香りと「ご覧なさいドクター、あの人は泣いていますよ。まあ怖いこと！」という言葉を残してこの病院の広間を去っていった、あの女と引き替えになら。

この考えを振り払おうとしたのもほんの束の間だった。彼はお祈りをしたが、その考えはまた入り込んできた。彼は一日中広間を歩き回って考えをめぐらせた。

一方ではあの女、他方では地獄の拷問。一方では不具になったあわれな男の一生、他方ではあの女との一瞬の愛の後にすぐにやって来る死……彼はこの病院に悪魔を呼び寄せる夜を静かに待った。

彼は地獄の責め苦を描いた書物や、悪魔が人々に対して持つ力を描いた書物を思い浮かべた。

どうしたら悪魔が呼び寄せられるのか彼には分からなかった。人が跪《ひざまず》き、両手を合わせて悪魔に祈ればよいのか、それとも呪文で悪魔を呼べばよいのだろうか？

冬の夕方、そして夜が足早にやってきた。悪魔に会いたくなる夜である。あの女のいたこの広間で。時間がゆっくりと過ぎて行く。悪魔は呼ぶだけで来るのだろうか、それとも何か儀式がいるのだろうか、彼には分からなかった。もう一度彼の心の中で警告する声が聞こえた。

「カシパル・ペトルよ、おまえは迷っている。悪いことをして魂を失おうとしている！」……

彼はかつて鼻のあったところに手をやった。手に触れたのは口を開けた裂け目と、その周りの瘢痕《はんこん》化した軟骨の名残だった。彼は前にペッと唾を吐いた。彼は説教壇に立つ伯父のように背を伸ばし突然顔を上げると、廊下からの光がドアの下の隙間からさえも入って来ない暗い広間に向かって、神をけなす「主の祈り」を、思い浮かぶままに大きな声で朗誦した。

「地獄にましますわれらの継父よ。御名はサタン、マモン[*22]の来たらんことを。汝の意志が地獄と同じく、地上にもあらんことを。我らの常なる罪を今日も与え給え。罪なき者に我らが行う罪を許さぬごとく、我らの罪を許さざらんことを。アーメン」

そして田舎の祖母から聞いたとおり、悪魔の作法に則って髭から額に手を挙げ、十字を切った。

すると暗い広間に羽ばたきが聞こえ、何か湿ったものが彼の手に触った。手探りをしたが手は空を切った。その代わりドアが静かに開いて、髪が黒く青白い顔をしたフランス士官がそこに現われた。三角帽子を被って髭を付け、拍車の付いた騎馬用の長靴《ブーツ》を履いていた。その士官は左手に剣を持っていて、帽子を脱ぎ、上体を折って挨拶をすると、カシパル・ペトルに冷たい右手を差し出した。カシパルが握ると客の小指に長い爪があるのを感じた。

客は言った。

「カシパル・ペトルさん。あなたの祈りを嬉しく聞きました。どうやらあなたは霊的な才能に恵まれておられるようですな。こういう方々にお会いするのは格別な喜びです。あなたの願いをもう一度私に聞かせて下さいますかな？」

そう言うと客は椅子に坐って、布団の敷いてあるベッドをカシパル・ペトルに指さした。

「どうかここにちょっとの間私と坐って下さい」

カシパル・ペトルは震えはしなかった。彼と話しているのが、自分の呼び出したものだと分かったからである。

「どうやらあなたは私の祈りを聞き届けてくださったようですね。私の願いについて訊ねておられるのですね。願いは三つあります。ここに私を訪ねてきたベルタ・ド・ヴォワザン・ヴィヤールを妻にしたいのです。彼女を手に入れるために私の以前の美しさと健康が欲しいのです。三つ目に彼女と同じ境遇で安心して暮らせるだけのお金が欲しいのです」

「あなたの願いは決して慎ましいものではありませんな」と悪魔は答えた。「創造主の仕事に干渉して奇跡を起こさねばなりません。以前の顔をあなたに取り戻させねばなりませんから。いいでしょう。あなたはその顔に傷を負って、誇りという重い罪を捨てたわけですから、もっと美しい顔を持つことになるでしょう。あなたは今のプラハで一番美しい女性をお望みです。あなたが関心をお持ちのご婦人はフランス人で、フランス軍の高官であり、現在最も人気の高い夫でもある人の妻です。何とかしてその夫を取り除かなければなりません。彼は自分の妻の行動を一つ一つ注意深く見守っていますから。それは『汝殺すなかれ』という戒めに反するほどの罪です。『汝姦淫するなかれ』という戒めにも、また私が間違っていなければ、隣人の妻についての戒めにも反することになります。それから『汝盗むなかれ』という戒めや、財産についての金銭上の問題がいくつかあります。あなたの忠実な召使いである私に祈ることによって、すでにあなたはただ一つの神を否認しました。もうあなたにとって彼の名前も意味がありません。

あなたは善い心をお持ちのようだ。罪を犯し始めたものは皆そうです。だからとにかく覚えていて下さい。どうやらあなたは自分の国も裏切ろうとしておられる、ちょうど母を裏切るように。それは四番目の戒めにも反することになるでしょう。そんなことは私にはどうでもよいことです。私にはどんな裏切りも最高に快いものです。だが覚えておいて下さい。今あなたは十の戒めのほとんどすべてを、死すべきあらゆる罪と、あの世でもこの世でも罰せられるその他の罪を犯していることを。あなたの望みを叶えたら何をくれますか?」

「私の魂を!」

「私もそれに見合うほどのものを差しあげましょう、それで期限は?」

「一年」

「一年と言いましたね。つまり今日、人の姿をしてこの世を歩き回っていた者たちの中でただ一人、私の誘惑に打ち勝ったあの男が生まれてから一七四三年目の一月二日の一年後に、あなたのもとにやってきますぞ」

「今日から一年後に!」

「これで決まった。騎士の慣わし通り握手をしましょう」

カシパル・ペトルは立ち上がってフランス士官に右手を差し出した。

彼は手のひらがぬるぬるしているのを感じた。目の中が暗くなり、ぐるぐるとめまいがしだしてベッドの上に倒れ込んだ。何か翼のようなものが頭をつかんで頭が空に舞い上がった。頭の後に身体が引っ張られていた。頭と身体は灰色の雲の中を飛んでいたが、やがて雪が降り出した。吹雪は氷のようになったり火のようになったりした。雲の中のざわめきは無数の蝙蝠《こうもり》の羽音のようだった。それからカシパル・ペトルは明るい部屋に立った。ガラスのシャンデリアが沢山の灯りをつけて明るく耀き、広間の真ん中には覆いのかかった机があって、周りには金色の肘掛椅子が置かれていた。花模様の絹のソファには、青白い顔をして髪の黒いフランス士官が坐っていて、左手の指を伸ばして金色の鋲で飾られた肘掛けに触っていた。

「ああ、何と嬉しいことでしょう、カシパル・ペトル・ズ・ラチツ？ プラハに帰ってこられたのですね。もちろんですとも、外のどこに行かれることもないんですよね。私の間違いでなければ、白山《ビーラー・ホラ》のあとであなたのおじいさんやご先祖が立ち去られた愛する土地ですものね。今またここに来ることができて嬉しいでしょう。ここはお気に入りましたかね？ メンシー・ムニェスト[*23]の小さな邸、ほら、あそこの窓の前に聖ミクラーシの新しい塔があります[*24]、フランス軍司令部の近くです。オウヴォス通りを登っていけばトスカーンスキー宮殿に行けます。あそこでちょうど今、ベル・イル将軍[*25]が、ヴェルサイユ風の素晴らしい舞踏会を準備していますよ。ラ・フレーシュというモリエール風の名前のボーイがあなたの側をせかせかと行き来していて、馬車が階下であなたを待っています。ほら、あのトランクの中に本物の純金が入っています。我々が当座のために持ってきたのです。暖炉は気持ちよく暖められていて、ベルタ夫人がいないだけです。あそこに行って見つけるといいでしょう、難しいことではありません、私の助けがあればね。私はある程度全能なんですからね。カシパル・ペトル・ズ・ラチツさんよ」

「悪魔くん、何をブツブツ言ってるんだね？」とカシパル・ペトルが突っかかった。

「あんたは早く貴族の作法を身につけねば、学生くん。私がブツブツ言うなんて思わないで欲しい。私は今あんたに何が起こったかを、あんたのために説明しているのだよ。この瞬間からあんたはカシパル・ペトル・ズ・ラチツ卿なのです、私がすでに言ったことはすべてもう繰り返しませんぞ。私は行きますよ。できることをやりなさい、私が必要になれば呼びなさい。今日から一年後にもう一度あなたを訪ねに来ます。さあ鏡を見なさい。振り向いてごらん」

　客は消えた。

　カシパル・ペトルが鏡を見ると、彼は美しくなっていた。しかも前よりも美しかった。彼がここしばらく忘れていた前の顔は、以前よりもっと魅力的でもっと貴族的になっていた。彼には以前よりもっと姿勢が良く、背が伸びたように思われた。彼はフランス仕立ての貴族の衣服をまとい、髪の毛が長く波打ってレースのカラーの上にかかっていた。白く透き通ったレースが胸と手首を飾り、手入れの良い手が魅惑的な様子で口髭に触れていた。彼の前の鏡の中に立つカシパル・ペトルは、まさにカシパル・ペトル・ズ・ラチツ卿だった。灯りに照らされて白く、赤く、黄色い広間の中の豪華なテーブルを前にして、生活は突然言いようもなく軽やかで快いものになった。

　カシパル・ペトル・ズ・ラチツ卿は何度かホールを通った。彼の歩みはしっかりして自信に満ちていた。サーベルは王の剣のように彼に似合っていた。それを引き抜いてその刃を眺めると、彼はそれが気に入った。得物を横に置いて食卓につくと、ドアのところにボーイが現われ、給仕をはじめた。カシパル・ペトルは食事をしてワインを飲んだ。

「馬車の支度はできているかね？」

　ボーイはお辞儀をすると、卿のためにドアを開けて外套を手渡し、ズ・ラチツ卿は出口に向かった。馬車は軽やかに揺れ、二頭の馬がゆっくりとオウヴォス通りを進んでいった。馬車は鉄の籠の中で松明《たいまつ》が燃えているトスカーンスキー宮殿の建物の前で止まった。

沢山の馬車が出入りしていた。入口のところにフランス軍士官の姿をした悪魔が立っていて、ラチツ卿を案内して階段を登った。

白っぽくて金色をした大きなホールは、石膏の天井の下で鏡と蠟燭の熱気に満ちていた。軍服と絹のシャツを着て金の飾りを付けた男たちや、金襴の着物にブリュッセルのレースをつけた女たちが群れていて、静かな音楽と会話のざわめきが聞こえた。ズ・ラチツ卿が召使いたちの間を通り抜けると、士官は真っ直ぐに彼を将軍のところに案内した。紹介は極めて儀礼的なものだった。アルマンの話は礼儀正しいものだったが、将軍は士官を「親愛なるアルマン」と呼んで彼と長い握手をした。アルマンの話は礼儀正しいものだったが、彼はその中でカシパル・ペトル・ズ・ラチツ卿を将軍閣下に紹介した。

「ズ・ラチツ卿はカール二世陛下[*26]に仕え、この国の王様がフランスの王様と結んでおられる友情のために尽くしたいと思っておられます。そう決心されてチェコの最高の貴族の例に倣おうとしておられるのです」

昨日司令官になったベル・イル将軍はこの美しい若者に笑いかけ、二言三言とても愛想の良い言葉を掛けた。彼は風邪を引いていて痩せた顔が熱で赤くなっていたが、急いでフランクフルトに出立しようとして少し興奮していた。彼は宴会のために調えられていたテーブルの一つに近寄ってワインの杯を一息に飲み干した。ズ・ラチツ卿はモリッツたちとか、シュテンベルクたちとかブコワたちとかに紹介された。彼はあるグループの中にノスティッツ伯爵[*27]がいるのを見かけた。学生時代によく呼ばれたことがあったのである。太った伯爵はちょうど額から汗をぬぐっているところで、ぬぐいながら遠くからズ・ラチツ卿を見かけて何かを思いだ出そうとしているように見えたが、アルマン氏がカシパル・ペトル・ズ・ラチツを紹介したときに、彼だと分からなかったことは明らかだった。

シュヴェール大佐が勇ましく頭に鉢巻きをして広間の真ん中に立ち、総監ド・セシェルが彼と話をしていた。彼らの近くにいたフランス将官のグループに交じって、ベルタ・ド・ヴォワザン・ヴィヤール夫人がソファに坐っていた。

「見たかい、悪魔くん?」とカシパル・ペトルが訊ねた。

「あんたより前にね、ズ・ラヂツ卿。静かにしたまえ、近くにド・ヴォワザン卿が立っていますよ」

そう言うとアルマンは、カシパル・ペトルをベルタ夫人が楽しそうに大きな声で笑っているグループのところに連れて行った。彼女はこの夜、白と金色の衣服を着ていて、そのあらわな胸に大きな金色の十字架が耀いていた。褐色の髪の毛は額の上に高く結い上げられていて、百合の形をした髪飾りがあしらわれていた。このフランス元帥の孫はいつでもどこでもブルボン王朝の花[*28]に敬意を表していたのである。

カシパル・ペトルは血の気を失って震えはじめた。

紹介は手短に終わった。ベルタ夫人は口づけをするようにと、カシパル・ペトルに手を差しだした。彼女はそれから長い足で立ち上がり、突然踊るような足取りで広間の隅の月桂樹の前に彼を連れて行った。月桂樹は真冬なのに、春のような雰囲気を運んで来ていた。彼女はヴェールで顔を覆ったまま、ロアール川のほとりにある城の美しさや、この素晴らしい町の魅力について彼に話しかけた。どうしてここの人々が主に聖体拝受台や聖人の遺物を自慢にしているのか分からないが、それでも陽がパリとほとんど同じように差し、男たちがたくましく背が高いこの町にいるととても幸せだ、と彼女は言った。

このとき彼女は広間の中を見た。茶色のヴェルヴェットを着てサーベルを着けた太った男が、年寄りのような足取りで彼らの方に近づいてきた。

「カシパル・ペトル・ズ・ラチツ卿、私の夫のド・ヴォワザン卿です」

ド・ヴォワザン卿は上の空でカシパル・ペトルと握手し、彼に断って、階下で馬車が待っているから暇《いとま》を告げるようにとベルタ夫人に言った。ベルタ夫人は微笑みながら、良いお隣りさんとしてヴラシスキー・リンク[*29]の私の家に来て下さるように、と誘った。

「あなたがたのプラハの奇跡、聖ミクラーシの塔がお宅と同じように私たちの家の窓からも見えますわよ、ムッシュー・ド・ラチツ」

まさにこの瞬間カシパル・ペトルのところに悪魔が近づいた。

「巧くいってるぞ、夫人が熱くなって夫が嫉妬している。明後日にはあんたの愛人になるだろう」

「家に帰る！」とカシパル・ペトルは答えた。

そしてトスカーンスキー宮殿のこの新しい客は、アルマン氏に伴われて出口に向かった。

悪魔も一緒に馬車に乗り込んだ。

「この恋愛を誰も邪魔しないようにしなければ。総監ド・セシェルの副官に別の者を手配しなければならないと思うのだが。あのヴォワザンというのは太りすぎている、それに年中息切れしている」

カシパル・ペトルは返事をしなかった。アルマンは、彼の家の前で馬車を降りると、暗い灰色の空から降り始めた淡雪の中に消えた。

その晩カシパル・ペトルは、絹の天蓋に覆われた柔らかいベッドで安らかにぐっすりと眠った。最初の出会いから二日目に、彼はベルタ夫人の愛人になった。

それから一週間して、ホルスカー門[*30]から城壁に入ったところに建っていた倉庫の扉の前で、フランス軍の主計将校ド・ヴォワザン卿が腹を刺されて死んでいるのが見つかった。彼が倉庫の見回りから帰る途中の薄闇の中で二人の男に襲われ、そのうちの一人がフランス士官の服装をしていたことを見たものがあった。二人の男は大声で笑うとヴォワザン卿と争い、王の主計将校が地面に倒れて既に死んでしまってから、積みあげてあった凍った雪で武器を拭い、消えてしまった。彼らのうちの一人は愛《いと》しそうにサーベルの切っ先をしばらく眺めていた。

ベルタ夫人は寡婦になった。カシパル・ペトルはヴォワザン卿の盛大な軍葬に参列し、葬式のあとでこの美しい夫人を訪ねた。彼女はこの町に留まり、あえてチェコからパリまでの危険な旅をしないことに決めた。戦火はあらゆるところで燃え上がっていて、道中がテロリストたちによって危険に晒されていたのである。

トスカーンスキー宮殿では舞踏会が続いていた。ベルタ・ド・ヴォワザン・ヴィヤール夫人の悲しみはちょっとの間だけだった。この年の春はいつもより早く、雪は一月の初旬に溶けてしまい、その後はいつも数時間降るだけだった。夜会の後、ベルタ夫人は軽い馬車でカシパル・ペトルと一緒にプラハの暗い街路を通りながら、彼の美しい口に美しく口づけをするのだった。

五

カシパル・ペトルは愛の牧歌《パストラーレ》のうちに日を送っていた。

その間にも多数の傷ついたフランス兵やバヴァリア兵が村の荷車に載せられて、チェコ東南部の戦場からプラハに運び込まれていた。彼らはロプコヴィッツ将軍の軍と戦わなければならなかったのだった。[31] 一方ド・ベル・イル司令官に代わってプラハの支配権を握ったのは、輝かしい騎士ではあったが、少々陰気で性格の頑くなな、ド・ブログリー司令官[32]だった。

皇帝の選挙を祝って大きな花火[33]がヴラシスケー広場のハルティグ男爵邸[34]の前で打ち上げられるのを、カシパル・ペトルは、自宅の窓から見ていた。一月二十九日のことだった。そして彼のそばにはベルタ・ド・ヴォワザン・ヴィヤール夫人が微笑みながら立っていて、フランスの城の上に打ち上げられた同じように豪華な花火の想い出に浸っていた。その時には色褪せて行く星さえも、木立の中でもう鶯《うぐいす》の囀《さえず》る朝の田園劇のエピローグに一役買っていたのだった。

チェコでもモラヴィアでも戦いは続いていた。オーストリアはプロシアと、フランスはオーストリアと戦っていた。ピーセクの血みどろの戦い[35]の噂はプラハにも聞こえてきた。逃走するフランス軍が不平不満を鳴らしながら逃げて来ると、その後すぐにマリア・テレジア軍が四分の三の弧を描いて町を包囲したからである。ド・ブログリー将軍はバヴァリアの戦いに出ていて、再びプラハを支配していたのはド・ベル・イル司令官だった。

カシパル・ペトルは恋の時間を安閑と過ごしていたが、その間にも町は武装した城塞と化した。狼穴[36]が掘られ、城壁がかさ上げされ、濠が広げられた。すべてはヴォーバン将軍の書物[37]に従ったものだった。スミホフ[38]の向こうに絶壁が川から聳え立っていたが、その川に臨む岸の上に、フフレに至る広い道が作られた。市民たちがこの仕事に狩り出されたが、カシパル・ペトルは絹の天蓋の下で眠っていた。

ベルタ夫人にとって包囲の中での恋は魅惑的だった。戦いに備えているこの町を眺めることは、彼女にとって特別な悦びだった。彼女の血脈の中には、偉大な元帥ド・ヴィヤール家の血が生きていた。それに死の瀬戸際での恋の悦びは、最高のものだったのである。

一七四二年というこの年に、メンシー・ムニェストの庭園では早くもツグミの初音が聞こえ始めた。そしてそれから間もなく、この窮屈な町に蒸し暑い夏がやってきた。ベルタ夫人とその友人にとっては、現在の持ち主の祖先が育てた外国産や国産の木々が、包囲軍がその先に布陣しているオヴェネツカー庭園《オボラ》[39]やド・ベル・イル元帥の軍が集結しているレテンスカー広野[40]に遠出する代わりになった。

マリア・テレジアの軍はイノニツェの断崖の上から斜面を登って白山《ビーラー・ホラ》まで布陣し、百人隊でストジェショヴィツェ[41]を抑えて、ストラホフ門に圧力を加え、ホレショヴィツェ[42]に至るまで城の周囲をアーチ状に包囲していた。

この包囲軍の司令部はここでリベン[43]のオーストリア軍とつながり、そこから大きな半円を描いて新市街とヴィシェハラドを抑えていた。葡萄の花の咲いていたヴィートコフの丘[44]は、戦闘の後もフランス軍の手に残った。

プラハの城壁の真向かいに包囲軍の土塁が築かれていた。

その間もベルタ夫人は彼女の美しいお友だちに、夫がこんなに突然亡くなってどんなに幸せかと言っていた。その男が彼らの背後に立っていて、そのせわしない息づかいが絶えず背中に感じられるときに、人と人とがひしめき合っているこの包囲された町で、彼らの恋がどんなものであり得たろうか！

「ド・ヴォワザン卿は私たちの世界の人ではありませんでした。あの人は感覚も考え方も、まだアンリ四世の時代の人だったのです。騎兵隊に交じって馬に乗るのが好きだったのです。神様のお蔭で私は彼と二年しか暮らしませんでした。あの人はフランス軍元帥の孫娘と結婚するのが嬉しかったのです。ヴォワザン卿はお金持ちでした。けれど元帥の孫娘が持っていたのは名誉ある名前だけでしたのよ」

「それとあなたのキスもね」とカシパル・ペトルはお世辞を言った。

「まあ、あなたったらそればっかり。私の美しいお友達」

しかしカシパル・ペトルはこの女が本当は何を言ったのか、それ以上は考えなかった。ただ彼女を見てうっとりとし、彼女の気に入ることを言い、微笑んで自分の白い歯並みを見せるだけだった。一緒にいないときにだけちょっと彼女のことを考え、彼女が人の輪の中にいるときだけ、彼女を眺めるのだった。しかしやがて人々はベルタ・ド・ヴォワザン夫人に新しい恋人ができたことを知るようになった。二年のあいだ操を守ったのだからと。少なくともルーアンでヴォワザン卿と結婚した瞬間から恋人がいたのだとは、おそらく誰も知らなかったろう。過ぎたことはもう誰も言わなかった。美しい羊飼いの娘が自分の羊飼いを見つけたのだ。

カシパル・ペトルは新しい顔を得たけれども、身体には重苦しい百姓の血が流れていた。この血を薄めることは友人のアルマンにもできなかった。呼ばれたら現われ、町が飢えていても悪魔の饗宴を変えることもせずに彼を助けていたのだが。この血はベルタ夫人の昔の恋の物語を受けつけなかった。ベルタ夫人はかつての恋人たちの美しさや長所について話すのが、とても巧かったのである。

カシパル・ペトルは初めのうちはそういう話を聞きたがったが、後になると恋人のしたアヴァンチュールを考えただけで、身体が震え出すようになった。それでもベルタ・ド・ヴォワザン夫人があんなに嬉しそうに話しさえしなかったら、これが至福の時を邪魔することはなかったろう。彼はベルタ夫人が心の中で昔の恋人たちと較べ、彼にキスしながら誰か別の男とキスしているように思ったのである。こうして彼は嫉妬し始めた。

彼は悪魔を呼び出した。

悪魔は彼の不平を聞いて答えた。

「君は私が君のためにベルタ・ド・ヴォワザン・ヴィヤールという名の女を見張れというのかね、いいだろう。だが悪魔だって起こってしまったことを変えることはできないよ。悪魔だってその女を生娘にすることはできない。生娘が欲しいなら言うべきだった。もし古い処方箋通りに恋をしたいというなら、悪魔など要らなかったはずじゃないか。君が欲しかったものは手に入れたはずだ。

私は言い訳などしない、自分の約束を守るつもりだ。君は司令官閣下その人よりも沢山の飲み物と食べ物を持っているじゃないか。私の配下の悪魔が何ヶ月か、君の部屋のボーイとして世話を見ていたんだよ。ケルベルス[*45]が私の冥界を守る以上に、私は君の牧歌的な生活を守ってきている。それに君が思うよりずっとお金がかかっているんだよ。君は剣の先をヴォワザン卿に当てたろう。嘘を言うなよ、あれは君だった。私は君の手が震えたときにそれを突いただけだ。そして安心したじゃないか。それなのに君は嫉妬し始めた。つい昨日のことだ。君、そりゃあ馬鹿げたことだよ。

君たち人間は始終態度を変える。変えないのは神だけだ。我々悪魔も君と同じくらい変わる。デフール伯爵やド・サン・シュルピス卿を愛した女が、君がわくわくしながら陰鬱なプラハを一緒に散歩した女と同じとは思えない。彼女は美しい。そして君はそれで充分なのだ。私にはもっと大きな心配事が沢山あるのだ、余計な時間はないのだよ。君もそうだよ、束の間の友達よ」

この年の春はカシパル・ペトルにとって、このように悦びと苦悩のうちに過ぎていった。約束の一年が過ぎないうちに和平が講じられて、ベルタ・ド・ヴォワザン・ヴィヤール夫人が故郷に帰るのではないかと、彼は怖れていた。しかし忠実で皮肉屋の助っ人アルマンは、カシパル・ペトルがそのことに触れると微笑むだけだった。

「コモジャニ[*46]の一番居心地のよい城だって、司令官閣下側の一番腕の良い仲介人だって、私が渡した以上は君から愛人を奪うことはないだろう。悪魔の善意もその力も、疑ってはならないよ」

それはベル・イル元帥がコモジャニ村にある小さい城でオーストリアのケーニグセッグ元帥[*47]と会い、和平と、フランス軍が包囲が行われたばかりのプラハから実際に名誉ある撤退をすることについて折衝していた時のことだった。七月の会談は、カシパル・ペトルに悪魔が約束した期限のちょうど半分のときに行われたが、彼にとって嬉しいことにそれは成功しなかった。フランス王の大臣であるフルーリ枢機卿[*48]がベル・イルを密かに召喚して、それを元帥のせいにするように命令したのである。枢機卿たちの上に立ちキリスト教の信仰が最も篤い王は、チェコのアヴァンチュールの終わりが近づいていることを感じていたのである。そのためベル・イルは会談し、約束をした。しかし戦闘は避けられなくなっていた。プラハは自分たちの軍ではないにしても、外国の軍隊によって自国の軍隊から守られるという[*49]、不思議な運命に向かっていた。

オーストリア軍はこの町を火のような拳で締め上げた。蒸し暑い一七四二年八月五日[*50]が、外の世界と接触する最後の日と定められた。このときフランス軍は、緊急の際には聖ヴィート教会を爆破すると宣言した。プラハ市民の多くはこの怖ろしい考えを聞いて泣いた。

カシパル・ペトルは泣かなかった。カシパル・ペトルはベルタ・ド・ヴォワザンと楽しい日々を送っていたのである。彼は彼女の邸に腰を据えていたが、得体の知れない召使いが彼についていていて、野禽の肉、柔らかな子牛の肉、脂ののった豚肉、香りの良い野菜や甘い砂糖菓子で貯蔵庫を一杯にしていた。ズ・ラチツ氏の許で宴会が催されたが、その時にはもうフランスの士官たちも、馬肉の小切れをワインに添えて食べるようになっていた。駐在費の取り立てで町が貧乏になり、飢えのために声も出ないようになっているときに、カシパル・ペトルは大宴会のための費用を有り余るほど持っていたのである。

　九月のある日、ベルタ・ド・ヴォワザン夫人は琥珀織《こはくお》りのマントを着て家を出ると、男のように馬に乗り、はしたない叫び声を上げた。この女は市民の間に大きなセンセーションを引き起こした。ある人々には迫りくる悪疫の幻影であると思われ、他の人々には本当は妾のフランス女だと思われた。この邸では連日薄暗い明け方まで明かりが灯り、耳を聾するような音楽がメンシー・ムニェストに響き渡っていたのである。一方八月十三日以降はオーストリア軍の大砲の射撃が続いていた。その朝、カール・フォン・ロートリンゲン公[*51]が親しくオジェホフカ[*52]にあった第三砲兵隊を訪れて、自分の女王の町の砲撃を命じた。

　砲撃の後の最初の夜に、ベルタ夫人はカシパル・ペトルと共に友人たちのために夏の舞踏会を催したが、それは激しい踊りで締めくくられた。酔っぱらって汗だくの客の中にアルマン氏が死人の面を着けて現われ、お返しにベルタ夫人のキスを求めたが、彼女は愛想良くこの献身的な腹心の友の求めに応じた。この瞬間、客間の窓が割れた。オーストリア軍の大砲の弾が突然ストラホフ門のそばに着弾したのだったが、それはまさしくフランス軍がしばらく包囲軍を偵察していた場所だった。

　廃馬処理場と化したプラハでは馬や犬や猫を食べていたが、ベルタ夫人の邸では宴会が行われていたのである。

そのころベルタ夫人はカシパル・ペトルに新しい友人を紹介した。シュヴェール大佐の副官ド・ムースヌである。カシパル・ペトルがベルタを見ると、ベルタは常になく顔を赤らめ、額も指の先も赤くなっていた。悪魔との一年の間に多くのことを学んだカシパル・ペトルは合点した。信じたくはなくても理解したのである。

その時からド・ムースヌ氏は毎日ベルタ夫人の客になり、食事のときもダンスのときも彼女の寵愛を受けたのだった。

カシパル・ペトルはよく邸を出て川岸をぶらついた。彼の満ち足りた顔つきと豪華な身なりを横目で見る漁夫たちの視線は、悪意に満ちていた。帰ってくるとベルタ夫人の熱烈な抱擁に迎えられた。彼女はひとしきり新しい友人の魅力や彼の城壁での雄々しさ、南フランス特有の冗談、ワインを一つ一つ嗅ぐだけで見分ける腕前、子どもみたいに余計な嫉妬を知らない彼の理知的な心、ベルタ夫人だけでなく彼女の麗しのガスパール・ピエール*53をも虜《とりこ》にする、彼の心からの友情について話すのだった。

「君はド・ムースヌ氏が好きなのか」とカシパル・ペトルは訊ねた。

「ド・ヴィヤール将軍の孫娘が愛するのは、殿方ではなく恋ですのよ」とベルタ夫人は答えて百姓の息子カシパルに笑いかけた。

六

八月はプラハの町にとって嵐のような、そして陰鬱な月だった。和平への希望はコモジャニの小城の屋根の下で萎み、オーストリア軍は聞いたこともないように猛り狂った砲撃によって、ストラホフの丘やポホジェレツ、ハラッチャニの城壁[*54]や邸、教会を破壊していった。今やペトシーンの葡萄畑に何千という砲弾が落ちたばかりではなく、フランス軍も防御のためにプラハの宮殿を危険にさらして、カプチーンスキー教会[*55]の近くにあるチェルニーンスキー邸を打ち壊して、その廃墟の上に砲台を築こうとさえした。

レテンスカー平地ではヴァルドシュタイン[*56]の小城ベルヴェデレが倒れ、木々はなぎ倒され、裕福なプラハ市民の夏の別邸が破壊された。こうしてホレショヴィツェの平地もシピタール窪地[*57]も荒れ野と化したのである。

プラハに引きこもったフランス軍は息苦しく感じ、絶望したようにまわりと諍《いさかい》をしていた。この月、ド・セシェル卿はプラハに残ったわずかな金額を徴発した。兵たちは鉛と錫《すず》を探しているといって店や教会や修道院を打ち壊し、大きな損害を与えたのである。住民がこれらの金属をマラー・ストラナにある兵器敞に運んだ。

一方、九月の初めに籠城軍に思いもかけない嬉しい報せがあり、このことで住民たちも気持ちが軽くなった。ラインから大軍が援軍としてやって来るという報せを元帥閣下が得たのである。食べ物のない時には節約と訓練に明け暮れていた元帥の邸でも、その晩は再び宴会が催された。

士官たちが再び町中で昂《たか》ぶった叫び声を挙げた。この週にはプラハの教会のあちこちで、いくつかの破廉恥な振る舞いが起こった。困ったときしか神のことを思い出さないフランス軍が告解室に入り込み、祭壇の階段にさえ土足で踏み込んで、聖堂にいる男女にキスをしたり、彼らの脇腹や編んだ髪に触ったりして困らせたのである。彼らはこのような勝手な振る舞いをしながら皇妃の名を口にして、皇妃はお上品な統治者で、直ぐにでもフランス王妃になれそうな性格だと言うのだった。

つまりフランス軍は憂さ晴らしをしたのである。特にロートリンゲン公カールが九月十四日の前に包囲陣からの激しい砲撃を止めさせ、チェコ国境に近づきつつあったメイエボワ将軍[*58]を迎え撃つためにた九月十五日に砲兵隊を振り向けたときはそうだった。それは不思議な日だった。草の上に朝靄と霜が降りていたのに、昼頃にはかんかん照りになった。包囲していたオーストリア軍の大部分はプラハから撤退し、城壁の前には若干のハンガリー軍とクロアチア軍の部隊を残すだけになった。歩兵部隊は村人たちを家畜や家禽と共にプラハ近郊から遠くに追い払い、解放後プラハに食料がなくなるようにしたのである。

しかしプラハにいたフランス軍は笑っていた。もうここには二〇ポンドの弾丸も、三〇ポンド、六〇ポンドの弾丸も飛んでくることはなかった。彼らはまた前のように楽しげに通りを歩き回り、軍司令官閣下も特に激しいストラホフからの砲撃からいくらか隠されている、ヴェルコプシェヴォルスケー広場[*59]に隠れる必要がなくなった。

物価は忽ち下がり、沢山の村人がパンやバターや雌鶏、ベーコンなどをプラハに運んできた。年寄りや女たちが色鮮やかな服装をしてプラハにやって来たが、フランス軍の兵士たちは彼らの丁寧なお辞儀や控えめな話し方を物笑いの種にした。彼らがやって来たのは、祖父たちから言い伝えられてきた、悪い記憶を残したスウェーデン軍と同じように、フランス軍がやって来て勝手に馬に飼い葉をやったり、頭上の屋根に突然火を付けたりすることを怖れたからである。実際にこのときにはズブラスラフ、ロストキ[*60]、及びリベンの領地が略奪を受け、騎馬隊はブランディース[*61]まで攻撃した。彼らは土地を焼き払い、そこからプラハまで家畜を追いたてて来たのである。ブジェヴノフ修道院[*62]も同じように略奪を受けた。

その間にプラハの通りは納屋と脱穀場に化した。殻棹《からさお》が舗道にぶつかって音を立て、冷たい秋の朝が小麦の匂いに満ちた。軍隊は脱穀した穀物を人々に売った。それは一度に仕事が増えた水車小屋に運び込まれた。

この頃、カシパル・ペトルはベルタ夫人と何度も宴会を開き、ド・ヴォワザン夫人がそれまでに知り合いになったプラハの貴族たちもそこにやって来た。カシパル・ペトルは両手にもてるだけの金貨を貧しい人々に分け与えていた。友人のアルマンはこの行いを見て微笑むだけだった。

「良い行いが意味を持つのは悪魔と約束していない者にとってだけだよ。ムッシュー・ド・ラチッツ、私にはそれでは罪が重くなるばかりに思えるがね。私が君の従僕であるというだけでなく、主人でもあることは分かっているだろうね」

「君の考えを聞いている訳ではないよ」と美しいド・ラチッツ氏は言い、プラハの通りを回ってこようと馬に乗った。騎乗の途中で彼はドミニカン派の行列に出会った。奇跡をもたらす聖母マリアの像を捧げもつ花嫁に兵士たちがまとわりついていた。ド・ラチッツ氏は荒っぽいフランス語の罵声によって彼らを止めさせた。プラハの市民たちははじめて親しみを込めた目付きで彼の顔を見た。しかし友人のアルマンは前の晩の食事のとき、カシパル・ペトルの耳たぶを引っ張って囁いた。

「どうやら君は神の信仰の懐に戻りたいと思っているようだな。それは私に対する罪なのだよ。カシパル・ペトルさんよ。あの下の世界での我々の決まりを君が知っているなら、このことはかなり長い地獄の楽しみを君に与えることになるのだよ」

ベルタ夫人は丁度このとき、いつも隣にいるド・ムースヌ氏に微笑みかけていた。彼はある王の雉《きじ》園のことを話していた。丁度一年前に、彼が名前は言えない女性の、夏の宮殿ですごした素晴らしい休暇のことである。カシパル・ペトルは黙り込んだが、彼の額には青い血管が浮き出していた。

フランス軍の楽しみは長くは続かなかった。メイエボワ将軍の軍隊、プラハという「トルコ」を救うはずの「メトゥル軍団」は、チェコでクロアチアとハンガリーのテロリスト集団を打ち負かすことができずに、ドイツに引き返してしまった。ド・ブログリー元帥はプラハを出てテプリツェ*[63]に辿り着くと、メイエボワと合流してチェコを後にした。

ベル・イルはプラハの守備隊に残って、間もなく来るであろう終わりを待っていた。もうプラハという「トルコ」の幽閉から自由になれないだろうということは分かっていた。しかし再びロートリンゲン公の軍隊に包囲されたプラハでは、新たな災難と新たな苦しみが始まった。事態は前よりもっと悪くなったのである。

もう馬肉も充分にはなく、母親たちは通りに立ち、門の前にひざまずいてロザリオに祈り、そばを通る人々に子どものための一切れのパンを乞うのだった。市場では売り子たちが怒声と拳を振るってフランス軍の泥棒たちと渡り合った。元帥が最大の厳罰をもって自分の守備隊を罰したにもかかわらず、軍紀の乱れは激しくなるばかりだった。もうプラハの貧民ばかりかフランス軍の擲弾兵さえも木立に吊るされるようになった。

こうした災難に加えて猛烈な寒気がやって来た。まだ十月というのに、それが霧と風を伴って町を襲ったので、兵舎の軍隊は凍え、兵士たちはプラハ中の家を回って薪を探し、雪の通りを家具を引きずったまま兵営に持ち帰った。そこで打ち壊して薪にしたのである。兵士たちは歩哨の間にも、病院でも、寒さのために次々に死んでいった。

カシパル・ペトルは不自由を感じなかった。悪魔はカシパル・ペトルと彼の美しい女友達に恭しく仕えていた。彼女の魅力はそのあいだにもますます官能的になってきた。彼は彼女がこのように魅力的になったのは、彼が恋をした最初の日々だけだったと思った。

そこで彼はアルマン氏を誘って暗いプラハの辻へ冬の散歩に出た。そこには雪の上に人の足跡がなく、朝になると死体置き場に運ばれる屍が、街角や扉の階段に横たわっていた。

カシパル・ペトルは言った。

「悪魔くん、私は君に魂を登録したんだが、言ってくれ給え、魂は貴重なものなのかね」

「否定はしないよ。私にとっては確かにそうだ、君にとっても。何か不平があるのかな」

「私の邸からド・ムースヌ卿を追い出してくれ給え」

「でもどうして?」

「だって君がベルタ・ド・ヴォワザン夫人をくれると言ったのは私にで、ド・ムースヌ卿にではないじゃないか」

悪魔は寒さで身を震わせた。

「愛する友よ、暖かいところから人を冬の散歩に呼び出すのは、ものすごく趣味の悪いことだよ。分かるだろう。けれど君のためなら、どんな苦しみも喜んで受けよう、それが私の使命なんだから。しかし今君が言ったことは、私の心を苦しみで満たすことになる。して欲しいのがどんなことか君は分かっていない。それが一番困ることなんだ。君の振る舞いは私の気持ちを逆なでにする。私には君の行いをいくつか観察する機会があった。慈悲の心、敬神の行いの手助けなどだ。いいだろう、それはまだ我慢ができる。うっかりやることもあるだろう、君のようなお偉い紳士がそうすることは認められる。しかし私たちが厳しい約束をしていて、それが間もなく、本当に間もなく終わってしまうということを君は忘れている。だから悪魔としての私の記憶では、もう何年も前から君が耽ってきた行いにベルタ・ド・ヴォワザン夫人が耽っているといって君は腹を立てているんだ。私は君がベルタ・ド・ヴォワザン夫人の愛人になっていたとき、私が君にあらゆる物質的、および――こう言うことを許してもらえれば――精神的な手段をつくして、君の情事に色を添えたのじゃなかったかね。ちゃんとした紳士《シニョール》なら、あらゆる道はあの世に通じていることを確信していなくちゃならない。君に聞きたいのだが、私は約束をまもっているだろう？」

「悪魔さんよ、たしかに。けれど……」

「君のけれどは子どもの言うことだよ。ド・ラチツさんよ、君は嫉妬しているが、それは君の立場からすれば少し無意味な感情だよ」

「ド・ムースヌ卿を消してくれ給え」

「そんなことはしない。そんな気分じゃない。それなら私にも言うことがあるよ、カシパル・ペトル」

「嘘つき」

「君の悪態は滑稽だな。でも言いたいことがある。女が好きになって不貞をさせようとするのなら、悪魔だってそれを止めることはできないんだ。この教訓を慰めにしなさい。私は人がよいから君に本当のことを打ち明けるんだよ、君の最後の日々を無駄にしないためにね。じゃあ、寒いから気をつけて」

そう言うと悪魔は雪の中を立ち去った。彼が歩いた後の雪が溶けて、狭い通りの壁に沿って青白い光が伸びていた。

七

カシパル・ペトルは悲しそうにおびえているプラハの通りをさまよっていた。彼は廃墟になったポホジェレツや大砲の弾で穴のあいたハラッチャニ宮殿の周りを歩き回り、聖ヴィート寺院の下で立ち止まった。それは包囲軍によって対象から外されてはいたが、痛々しい傷跡がないというわけではなかった。だが彼の思いはこのような破壊にではなくベルタ・ド・ヴォワザン夫人の上にあった。

彼は彼女を愛しかつ彼女を憎んでいた。会いたいと思いながら、彼女の許に帰って共に一日を過ごすのが怖かった。彼は夜が怖かった。ベッドの上に自分と並んでいるド・ムースヌ卿の影が見えるからである。ベルタ夫人の側で呼び起こされる胸騒ぎの一つ一つが、今居るか居ないかは別として、そこに居たし、いつも彼と共に居る男のことを彼女が口にするせいだった。

彼には確信がなかった。彼がだまされているのかどうか分からなかった。彼自身はそう信じていたのだったが。彼は真実を知りたいと思いながら真実を怖れていた。その瞬間に絶望に陥ると感じていたからである。彼が彼女の愛のために捧げた、自分の永遠の救いという犠牲は無駄なことだった。彼が得たすべてのことは、大いなる妄想であり、暗い血にまみれた恐怖に過ぎなかったのだ。

彼の心の惑いと悲しみの底から、穀物倉庫の前の城壁の側でのあの瞬間と、雪の中で断末魔にあえぐ男の姿が浮かび上がってきた。

彼は自分の道が確実で避けることのできない呪いに繋がっていることを意識していた。それもすべては空しく人をもてあそび、絶望させる恋のせいなのだ。

カシパル・ペトルは嫉妬に燃え、嫉妬の苦しみが彼の顔つきを変えた。彼は憔悴し、青ざめた顔でベルタ・ド・ヴォワザン夫人の邸に帰り着くのだった。彼女が家にいなかったら帰るまで待っていた。そのようなとき彼は祈った。しかしそれは決して悪魔への祈りでなく、キリストへの祈りだった。口では祈っていたが、慰めは得られなかった。

彼は故郷《ふるさと》を思い出した。父や母、それに何人かのまだ小さい兄弟たちを。彼らは森の近くにある軒の低い田舎の家の前庭をよちよち歩き、彼が祭りの時などにきれいに着飾って、かつて生まれた小屋に帰って来ると、彼に「お兄ちゃん」と呼びかけ、母は彼の手に神父にするようなキスをし、父はきまり悪そうに敬意を示しながら、彼と話をしたものだった。

彼は皆と一緒にパンを切り、母が息子のためにとっておいた去年のリンゴ・サイダーを飲むのだったが、彼はすぐに退屈して皆と別れたのだった。

今、彼は故郷に帰りたくなった。入り込んだ苔で一杯のあの軒の低い小屋へ、そして外の池や森へ。彼には鵞鳥の鳴き声や遠くの牧羊犬の鳴き声が聞こえた。

ベルタ夫人はまた家に帰って来るようになった。彼女の微笑みが彼の苦痛を溶かすのはその一瞬だけだった。彼らがプラハにいるのはもうそう長いことではないこと、彼、カシパル・ペトルと過ごすのがこんなにも楽しかったこの素晴らしい町を去るのは、きっともう直ぐだと言うのだった。きっと彼も彼女と、心の底からその一部となっているフランス軍と一緒に出て行くことになるでしょう。和平が成るでしょう。だってこの町での出来事は信じられないようなことですもの！
兵士たちは死んでいき、連隊の人数は半分ほどになってしまった。シュヴェール隊長と同じように
この町を守ることはできないと士官たちも言っていた。ド・ムースヌ卿も病気になった。彼女はもう
あどけなく楽しそうに、機知に富んだ言葉でド・ムースヌ卿のことを話すようになり、カシパル・ペ
トルはだまり込み、青ざめて憔悴していった。
そんなときにはベルタ夫人はどうしてそんなに悲しそうにしているのか、病気ではないか、と同情
したように彼に訊ね、病気ならフランス軍の医師に診てもらわねば、シャウミエ氏は名医で見立てが
よい、と言うのだった。
カシパル・ペトルが彼女の気楽な話を聞いているとき、突然彼の目に涙が溢れた。ベルタは彼を抱
きしめてキスをした。カシパル・ペトルはさめざめと泣いた。ベルタは優しかった。しかし優しさの
瞬間に彼女は思い出を話し始めた。
「ガスパール・ピエールは泣いているの？　どうして泣くの？　あなたには似合わないわ。でも去年
の冬に病院で会った人のことを思い出すわ。そこには醜い男が伏せっていて、鼻がなくて大きな赤い
傷跡があったわ。それはプラハで一番の美男子だということだったわ。私たちに向かって戦い、負傷
したのよ。あの時私の帰るのを見ていて目に涙をためていたわ。あの眼はあなたの眼に似ていた。怖
ろしい顔をしていたけど私は気に入ったわ。あなたに初めて会ったとき、私はあそこの病院で私に向
かって泣いていた、あの眼を思い出したのよ」
カシパル・ペトルは立ち上がって邸を出た。
かれは二日間通りをうろつき回り、歩哨の野戦用の鍋の食事を食べた。二日間兵たちと共に眠り、

ルイドール金貨[64]を賭けて彼らとカルタ遊びをし、負けては酒を飲んだ。

友人のアルマンは姿を見せなかった。カシパル・ペトルの前から姿を消したのである。あらゆることがゆっくりと終わりに近づいていく、雪に覆われ凍えた十一月のプラハは彼には不愉快だった。人々は何かが起こると感じていた。司令官閣下は撤退の準備をしていた。損失を最小限にしてプラハとチェコから脱出するように、という命令がフランスから来ていた。

カシパル・ペトルはすべてのことを聞いてはいたが、何ひとつ理解できなかった。彼の悩みの種はド・ムースヌ卿だったのである。

彼は真夜中の静寂の中をベルタ・ド・ヴィワザン・ヴィヤール夫人の邸に入って、暗い階段や部屋を通った。寝室のドアの前でかすかな足音が聞こえた。その足音は近づき、彼の側までぼんやりと響いて来ると、階段で高くなった。誰かが逃げているのだ。カシパル・ペトルが足を踏み入れると、脇部屋《アルコーヴ》[65]でベルタ夫人が横になっていた。カシパル・ペトルは蠟燭をつけて彼女に近づき、彼女のベッドが乱れているのを見た。掛布団をめくると眠っているベルタ夫人の身体の側に、別の身体のつけた深い凹みがあった。

カシパル・ペトルは農夫の使う罵りの言葉を叫んだ。ベルタは目を開けるとカシパル・ペトルに笑いかけた。

「あなたは私を二日間ほったらかしにして、ここで心配させたのよ」

カシパル・ペトルが女の上に身をかがめると彼女は青ざめた。彼の目のうちに病院のあの醜い男の眼を見たからである。

カシパル・ペトルは囁いた。

「あの病院にいた人間、それは私だったんだよ。あの小屋の中にいるときからすでに私はお前が好きになった。おまえは『まあ怖いこと！』と言ったね。だけど恐怖は今やっと来たところなんだ。あの鼻をくれたのは悪魔で、あの傷を取ってくれたのも悪魔なんだ。悪魔がお前を私にくれた。飢えの時代に金も、食べ物も、誇りも、お前のためにくれた。アルマンは悪魔なんだ、聞いているかい。おまえは悪魔の力で私に与えられたんだよ。それなのにおまえは私を欺いて裏切ったんだ、殺してやる」

ベルタは黙っていた。両目を大きく見開き恐怖で青ざめながら、彼の両手が自分の喉に近づいてくるのを見ていた。手のひらが開いて指が蹴爪のように見えた。そして蹴爪はゆっくりと強く女の喉に食い込んだ。女は喉を鳴らして叫ぼうとした。

カシパル・ペトルはゆっくりと静かに締め上げた。洗濯女が濡れたシャツを絞るように。女はカシパルの胸を両手で押さえていた。カシパル・ペトルが締めつけると、女は頭を枕につけた。彼には彼女が厭わしかった。かつて彼女が話し、触り、考え、感じたあらゆることが厭わしいように。

彼は顔を背《そむ》け、来たときのように外套を着ると、剣をつけて夜の中に出ていった。風が雪片を運んできた。

八

カシパル・ペトルは雪と風の中をゆっくりとオウエズド門に向かって歩いていった。かつてベルタを見かけ悪魔を呼んだ兵舎の前で、彼は積み上げた雪の中に剣を突き刺した。ベルトも取り、鞘もそこに加え、丸腰のまま人気《ひとけ》のない通りを戻っていった。彼は橋の方へ歩いていった。砦のような鎖の掛けられた聖母マリアの教会*66に通じる通りの角で、彼は友人のアルマンに会った。

悪魔はカシパル・ペトルを引き留めた。

「学生さんよ、私の計算では、あんたにまだ残っているのはたった十四日と半日だけですよ。まだ私にして欲しいことがありますかね。どうやら私がいなくても間に合っているようですな。何か死に価するような罪を重ねることがないように気をつけて下さい。私には単純な罪で充分ですからな」

カシパル・ペトルは悲しげに悪魔の顔をのぞきこんだ。彼は雪に唾を吐くと返事もせずに闇の中に立ち去った。青白い顔をして髭を生やしたフランス軍士官は三角帽子を脱いで微笑み、夜の中に消えた。

一方カシパル・ペトルは寒さの中を彷徨《さまよ》っていた。彼は朝になるまで彷徨っていたのである。朝旧市街のホテルでスープを食べ、ワインを一壜飲んで金貨で支払いをした。机の上に交叉した腕に頭を載せ、昼まで眠って出て行った。

通りで彼はフランス軍の見回りに引き留められ、どこへ行くのかと尋問された。彼が分からないと答えると蹴飛ばされ、見回りと一緒に来るようにと言われた。ヴルタヴァの岸辺に彼が連れて行かれると、そこにはもう群衆が待っていた。彼らはヴィシェハラドの麓でヴルタヴァの氷を割り、包囲軍が凍った川を渡って町に攻めてこないようにしようと集められたのだった。

その日、迫ってくる敵軍を撃退するために、フランス軍がズブラスラフの村に向けて打って出ようとしている、という話が伝わった。

カシパル・ペトルは氷の上で二日間働き、浮浪者や仕事がなくて飢えている職人や捕まった百姓たちと共に寝た。彼らは十月中は門から外に出たことがなかった。

カシパル・ペトルは三日目の朝に皆が泊まっていた崖下の小屋から抜け出して、ヴルタヴァ沿いにプラハまで歩いていった。橋のたもとで通りに入り、クレメンティーヌムに入った。*67 伯父のイジー・ペトルは朝の勤行からちょうど帰って来るところだった。カシパル・ペトルはこの学殖深い教授の書庫でもある、応接室の扉の前に立った。背の高いイエズス会士が長い廊下を歩いてくるのを見て、カシパル・ペトルは跪《ひざまず》いた。

イジー・ペトル学長は跪いている彼に立つようにと言った。

「師よ、私は懺悔しようとやって来ました」

「息子よ」と学長は穏やかで物憂そうに答えた。「どうして告解席に来なかったのかな」

「私はあなたの甥のカシパル・ペトルです」

「我が子よ」と、イジー・ペトルは叫んだ。「私はお前がずっと前に死んだと思っていた。さあお入り。おまえはこの町が怖ろしいことになっているのに、何処をうろついていたのかな」

カシパル・ペトルは見慣れた広間に入った。彼は何ヶ月ぶりかに再び本と聖人の画像に囲まれ、何ヶ月ぶりかに再び十字架上の姿と永遠の灯火を見た。

「カシパル、話してみなさい、どんな暮らしをしていたのか言ってみなさい。お前だとは分からないくらいおまえは変わってしまった。おまえは負傷して死に、お前の死骸が川に投げ込まれたという噂だった。私はお前のために追善のミサをしたんだよ。ところがおまえは生きている」

「伯父さん、私は死んでいるんです。私は永遠に死んでいるのです。私はまだここにあなたと一緒にいますが、もう生きてはいないのです。私は悪魔のものなのです。私は二度人を殺しました。姦通し、追い剝ぎを働き、裏切り、盗み、嘘をつきました」

「息子よ、息子よ、おまえはきっと多くのことを経験したのだろう。だが神は慈悲深いお方だ。おまえはまたすこやかになるだろう。まだ熱に浮かされておるのじゃ。おまえは譫言を言っているのじゃよ、我が子よ。ところで聞くがそのきれいな着物は何処で手に入れたのかな。どうやら破れているようだし手袋も濡れて破れている。だがそのとてもきれいな着物は今どき誰も着ないはずじゃが」

「私は袋一杯の金貨も持っています、伯父さん。何日か経つと私の魂を取りに来ます、友人のアルマンが」

カシパル・ペトルはそう言うと笑い出した。

イエズス会士は広間を出て使丁《してぃ》を呼び、ワイン一杯とパンを持ってくるように命じた。

「私と朝食を食べよう。沢山はないがおまえは力をつけなくては」

「まず、懺悔しなくては」

「息子よ、お前が元気になってからだ、しばらく待ちなさい」

「父と母は生きていますか」

「知らない。カシパル・ペトルよ、一年も音沙汰がないのだよ」

「伯父さん、跪いて懺悔していいですか」

「お前がしたいというなら、拒否はできないな」

使丁が入ってきた。ペトル学長は彼に向かって立ち去るように頷くと、肘掛椅子に坐った。カシパル・ペトルは跪いて十字を切ろうとした。

しかしまだ彼が何も言わないうちに、ドアの外に足音が響いて二人のフランス軍将校が広間に入ってきた。カシパル・ペトルは跳び上がって逃げようとしたが、抜いたサーベルで押し止められた。

「誰をお捜しですか」とイジー・ペトル学長が訊ねた。

「カール・フェルディナンド大学学長[*68]、同教授、イエズス会会員イジー・ペトル博士ですな」

「私がイジー・ペトルです」

「猊下《げいか》、元帥閣下の命令です。私たちと一緒においで下さい」

ペトル学長は甥を見て彼に手を差しだした。

「元気でな、我が子よ」

彼は隣の広間に行き、外套を着て戻って来た。

「諸君、用意ができました。お訊ねしますが、私は何処へ連れて行かれるのですかな」

「私たちとおいで下さい」

イジー・ペトル学長は先頭に立って広間を出て行き、将校たちは僧や弟子たち、およびカシパル・ペトルが黙って立っている廊下を学長の後ろについてこそこそと出て行った。クレメンティーヌムの庭にある天文台の下に一中隊のフランス騎兵隊が待っていた。

それは熱病に罹《かか》ったような一日だった。プラハ中で鼓笛を叩いて行進したり、軍隊が通りの深い雪の中に荷車や大砲と共に立っていたりした。不安そうな住民が、凍えた擲弾兵や、毛皮を着て暖かい帽子を被った彼らの将校を物問いたげに眺めていた。フランス軍の一番大きな流れがストラホフ門とブルスカ[*69]の方へ押し寄せていた。

夜半にベル・イル元帥が最大の守備軍を率いてプラハの町から撤退した。チェコの貴族、司教、聖堂参事会員、判事などが、騎兵の護衛のもとに馬車で彼らの後に続いた。大学学長のイジー・ペトルもその中にいた。皆百姓の馬車に乗っていたのである。

元帥はヘブ[*70]に進むことを決めた。それは恐怖と氷の行軍だった。

雪だまりの中の死人たちが兵たちに祖国を目指す道を教えていた。後にフェヌロン公爵[*71]がハーグで述べたところによれば、この行軍はギリシアのアナバシス[*72]のようだったという。

実際にはこれは自然と運命とを瞞着し、しかも軍紀の名誉を保とうとする、老練な将軍の退却だった。生けるものも死せるものも名誉を得たのである。

プラハに残ったのは、元々プラハを占領したシュヴェール大佐だった。少数の軍人が彼と共に残ったが、彼らは撤退を待ち、ドイツのパンと呼んでいた最後のパン切れを食べ尽くしつつあった。

フランス軍が去ってからシュヴェール大佐が降伏するまでの八日間は、苦痛に満ちた待機と陰鬱なクリスマスの八日間だった。シュヴェールはもしロプコヴィッツが名誉をまもり通そうとしないのなら、王城を打ち壊してプラハを灰にすると脅迫した。プラハはこのような考えを聞いて震撼したのである。

カシパル・ペトルはこれらの日々を貧民窟で過ごし、彼らにお金をばらまき、からからになったパンの耳を彼らと共に食べていた。日中は眠り、夜になると通りをうろついた。誰を捜すでもなく、彼を引き留めるものもいなかった。これらの日々、皆自分の事だけを心配し、フランス軍の衛兵も通りには出ることなく、衛兵所で暖を取っていた。

カシパル・ペトルはあちこちの教会に行った。祝祭日の前夜には、夜半になる前に人でいっぱいの聖ヤコブ寺院に行き、明け方には寺院から半分凍えたまま連れ出された。そこの床で眠り込んでいたのである。

プラハの三つの公会堂のラッパの音によって、シュヴェール大佐とロプコヴィッツ卿との会談が十二月二十八日に行われることが人々に知らされた。それによれば、五千人のフランス駐留軍は一七四三年一月二日に武器と軍旗を持ってプラハを去るということだった。

群衆が酷寒の中、氷の上をヴィシェハラドに向かった。プラハ進駐のためにそこに駐留していたピッコロミーニ伯爵*73の軍を見ようとしたのである。

カシパル・ペトルは嬉しくはなかった。最後の日が近づいてきていた。彼は友人のアルマンに会いたいと思ったが、彼は現われなかった。その時カシパル・ペトルは橋の上に立って下の氷を見ていた。彼の疲れてぼんやりした脳裏に残されていたただ一つの思い出は、いつだったか醜くなった顔に絶望して身を投げて死のうとしたことだった。だが、今は橋の手すりを越えて跳び込む力もなかった。彼は悪魔を待っていた。彼の悲しみを取り除く手助けをしてもらうために。

九

一七四三年一月二日の夜半が近づきつつあった。

プラハが待ち望んだ長い十四ヶ月が終わった。ストラホフ門を通って町から出てきたのは、かつて最初にプラハの城壁を越えたあの中佐の兵士たちだった。オーストリア軍の兵站《へいたん》将校たちの前を行進する彼らの顔からは、喜びが見て取れた。彼らにとっても、どちらの側にも栄光をもたらさない奇妙な戦いが終ったのである。

プラハの占領は軍事的な秩序に則って行われた。王の軍隊が主な哨兵所にやって来ると、フランス軍の哨兵は定められた手順に従って回れ右をして去るのだった。彼らにとって代わったのはマリア・テレジアの兵士たちだった。

そうこうしている間に、ロプコヴィッツ将軍の兵士たちが晴れやかに入ってきた。ロプコヴィッツを讃えるパンフレットが印刷されて出回った。それによればロプコヴィッツ一族はネクラン公[*74]の血筋だというものだった。

既に十二月二十八日、ロプコヴィッツは胴鎧をつけた連隊とこの土地を代表するホラ・ズ・オツェロヴィッツ卿[*75]と共に、ピッコロミーニ将軍が占領していたヴィシェハラドの城門に入った。その後に擲弾兵六隊、騎馬二連隊、歩兵三連隊が続いた。行軍は家畜市場、ヴォヂチコヴァー通り、馬市場、プシーコプ[*76]とプラシナー門を目指し、ティーン大聖堂をすぎて狭いツェレトナー通りを進むと、そこに再びかつてカシパル・ペトルを惹きつけた服装をした一隊が現れた。軍隊は旧市街の公会堂とイエズイート通り[*77]を通って、群衆の歓声の中を進んでいった。群衆は雪と寒さの中を通りの両側に立ち並び、橋の上、マラー・ストラナ広場を過ぎて、ロプコヴィッツ公が滞在するトゥノフスキー宮殿にまで達していた。彼らはそこで解散したのである。

プラハの通り、特にマラー・ストラナの区長アルノルド・ズ・ドブロスラヴェの邸の前では、一日中音楽が鳴り響いていた。早い夜の訪れも群衆が喜びを表すのを妨げることはなかった。雪を被ったこの町に、八時になっても無数の灯火が耀いていた。

人々は思い思いの列をつくって通りをねり歩き、笑ったり歌ったりした。この群衆の中を騎馬用の赤い皮の胴衣を着たロプコヴィッツ連隊の兵士たちが、佩剣《はいけん》をがちゃつかせながら通り過ぎていった。町中が川の堰のように音を立て、夜は明るく喜びに満ちていた。それは明るい光と鐘の音に満ちた、一足遅れのクリスマス・イブだった。

石橋を歩いて、僧が階段の上から語りかけている十字架の前で松明《たいまつ》と旗を掲げた人の群れが立ち止まったとき、この喜びに満ちた日の真夜中が近づきつつあった。この瞬間一人の男が橋の欄干の上に跳び上がった。外套も帽子もなく、その顔は汚れ、髪の毛はくしゃくしゃだった。彼はおぼつかない両足で身体を支えながら、欄干の上から群衆に呼びかけた。

「皆さん、祈って下さい。誘惑するものがやってこないように祈って下さい。それは女の姿で私の許にやって来ました。私はカシパル・ペトルです。二度も人を殺した悪魔の使用人です。十の命令を全部やり遂げて、女と食べ物と金を得ました。この両の手で私は二人殺しました。この両の手で悪魔の美味を食しました。この両の手で私は悪魔の金を受け取りました。ほらこれが最後の残りです」

そう言ってカシパル・ペトルは金貨の入った財布を人混みの中に投げ込んだ。金貨をめぐって取っ組み合いが始まった。カシパル・ペトルはじっと見ていた。一人の僧が十字架を切って何か言おうとしたが、その時、もう一つの人影が旧市街の橋塔からロープを渡る綱渡りのように欄干を伝って近づいて来た。

カシパル・ペトルはその影に気付いた。

彼は人とは思えないような声で叫んだ。

「神さま、神さま……もうやって来ます！」

影は近づいてきて両手を差し伸べた。

カシパル・ペトルは目を閉じた。身体を水の上に乗り出したが持ちこたえた。彼には小屋の中の暖炉の側にいる母が見えた。傷ついて落ちた城壁が見えた。あのクリスマスの夜に寝ていた病院が、彼の許を訪れた女が、そして今まさに期限の来た約束のために彼と握手した悪魔が。群衆は手のひらで目を覆っている男と、その男に両手を差し伸べている影を眺めながら震えていた。だがカシパル・ペトルはベルタ・ド・ヴォワザンを眺め、彼女が唇にキスしているのを感じていた。湿った暖かさが彼の心を浸した。彼は胸に触れ、平衡を失い、後ろ向きになって深みに転げ落ちた。

人々は叫び声を挙げ、多くの人が旧市街の岸辺に走って行き、下に降りて男を助けようとした。その時までカシパル・ペトルに向かって手を伸ばしていた影は、靄《もや》の中に溶けてしまった。群衆は灰色の氷に覆われた川を見下ろした。男たちが松明を掲げて橋の下の氷の上にある黒い点に近づいて行った。

それは死骸だった。彼の容貌は欄干を飛び越えた男とは異なっていた。鼻が欠け、深く赤い傷跡が額から顎まで走っていたのである。

盲《めし》いの治癒

巡礼者の皆さん、信じて下さるかどうか分かりませんが、フランス王が自分の国を逃げ出し[*1]、二世となられる私たちのレオポルド王[*2]が妹のフランス王妃の命をとても案じておられるこの年[*3]、クロコティ[*4]の森の泉で素晴らしい奇跡が起りました。

ヨセフの厳しい時代[*5]が過ぎると人は再び楽しげに巡礼に歩き回るようになり、クロコティの教会も新たな栄光の中に息を吹き返した。そしてマリアの月の五月[*6]一杯、六月も七月も人々がここにいたので歌いながら進む人々の行列の中で迷子になるほどだった。

食べ物や飲み物を求める人々のためには旅籠《はたご》も足りなくて、菩提樹の並木の中は人々でぎっしりと埋まっていた。並木道はコトノフの城[*7]から急峻を谷間に降りると、再び蜜が香り蜜蜂がぶんぶんと飛んでいる愛する教会へと登っていった。

山の旅籠の独り娘が辛い仕事をこなしていた。アネシカという娘で両親を熱心に助けていたのである。微笑みを絶やさない美しい娘で、両手に皿と水差しに入ったビールを持って巡礼たちに食べ物や飲み物を運び、可愛い声で挨拶をするので、彼女の行くところはどこでも皆が心楽しくなるのだった。それは人並みはずれて慎ましく敬虔な娘で、魅力に溢れ、見たこともないほど清楚だった。彼女は全身耀き、香り立っていて、顔は赤みを帯び、背にはブロンドのお下げ髪が跳ねていた。ほっそりとした足は広場や庭で踊るダンスのように軽やかだった。

それにもかかわらず近くでじっと彼女の目を見たものは、そこに悲しみと何か人を寄せつけないものがあるのを見てとるのだった。

アネシカは寺男の息子で盲《めし》いたヴァイオリン弾きのヤンを愛していた。この若者はアネシカと同じくらい常ならざる人物だったから、彼女の心に恋が芽生えたのも不思議ではなかった。

背が高くがっしりしていて整った顔立ち、いつも清潔で整った身なりのこの盲人は、生まれてからこの方、人の心にも、物言わぬ生き物にも、囀《さえず》る小鳥たちにも不思議な力を及ぼすあの神聖な太陽を見たことがなかった。彼がヴァイオリンを弾くと心が高鳴って泣きたくなるか、限りない喜びにときめくのだった。ビールの樽を荷車に載せてクロコティの旅籠に運んでくるビール工場の大きな馬は、彼の演奏を聴くと立ち止まって楽しげに蹄を掻き鳴らし、牧場の牛は滑稽なしぐさで踊り、羊は鈴を鳴らしながら跳ねた。鳥たちは集まってきてヤンの肩に止まると、彼と一緒に歌った。ウソや鶯やツグミ、燕たちは、ヴァイオリン弾きの周りを地面すれすれに飛び回って彼の演奏に酔うのだった。また彼が好んで行った泉のある森にいるときには、森全体が彼に応えて枝を頷かせ、ミサのオルガンのように唸り声を上げるのだった。

アネシカが恋していたのはこのヤンだったが、ヤンは彼女の恋のことを知らなかった。ああ、希望のない悲しい恋、ああ、空しい献身のひめやかな涙。

ある時アネシカは森の泉にある聖母マリアの小さな像に向かって祈っていた。それは素晴らしい光と音に満ちた六月の夕べだった。巣に帰るのが遅れた蜜蜂や黄金虫《こがねむし》が草の上や木の上でぶんぶん音を立て、森には緑がかった銀色の蛍が宝石のように鏤《ちりば》められていた。深い谷間からルジニツェ川の水車小屋の堰の音が聞こえ、やがて実る小麦の香りが畑から漂ってきた。跪《ひざまず》いている娘のちょうど頭上に、静かな美しい月が空高く懸かってはいたが、それでもそれは空に立ち昇る光背《こうはい》のように身近に感じられた。

彼女は祈った。

「聖母マリア様、慈悲深いお方、聖母様。罪深い私をお見守り下さい。あなたは人の心が何によって病むのかすべてご存じです。あなたはこの世が私には厭わしく思われることをご存じです。でもあなたは青春を司り、慈悲深い手で女たちの心をお導きになります。あの人が私を見ることのできるようにして下さいまし。こう申し上げてはなんですが、あなたは私に美しさをお恵み下さいました。何故そうなさったかはご存じのはずです。けれどあの人は私が美しいことも知らず、私が女であることも知りません。声では分かるのでしょうが目で見たことはないのです。マリア様、私の祈りは罪深いものかもしれませんが、私の罪をお憐れみになり、子どもの頃の安らぎをお返しくださいまし。そうでなければ、私があの人を愛するようになさったのはあなただと、ヤンに分からせて下さいまし。あなたの御心なくして私の心に愛は生まれなかったでしょう。後生ですからあの人がお日様を見ることができますように、この世を、男と女を、そしてすべての女たちの中であの人をこんなにも強く、こんなにも美しく、こんなにも空しく、見返りもなく愛している女を、あの人が見ることができるようにして下さいまし……あなたの御子イエス・キリストにかけて」

巡礼者の皆さん、彼女の祈りが敬虔な祈りではなかったのでアネシカは今にも叫び声を挙げそうになり、自分の言葉が怖ろしく思われました。頭上の月が黒雲の中に隠れて森が急に暗くなり、突然の悲しみで叫んでいた喉が詰まりそうになって、彼女は森から野原へ、そして家へと逃げ帰ったのです。

嵐がヨルダンの池からやって来てゆっくりと大雨に変わり、音を立てて窓を流れ落ちるようになったとき、アネシカは涙にくれながら安らかな眠りについた。

彼女は朝から懺悔をし、三週間というものひたすら悔い改めに身を委ねた。祭壇の前に跣足《はだし》の両膝をついたり、娘らしいスカートを穿き、バーで給仕をして、ヤンを見ることもなく、思い出すたびにアヴェ・マリアを三度唱えてその思いを追い払うのだった。聖母マリアの訪れの祝日の前夜になって、彼女はやっと罪を贖《あがな》い終わったと感じると、再び晴れ着を着て微笑みながら人前に出た。教会の前にはヴァイオリンを持ったヤンが立っていて、再び素晴らしい演奏をしていた。誘惑者!

それは最も年老いた長老が覚えている中で、最も晴れやかな祭りだった。長い行列が朝早くから歌を歌い、祈りを捧げながら、ターボル[*8]の町を進んでいった。先導者たちが声をからし、花嫁役の女たちが汗をかいて顔を赤くしながら、彼女たちのそばに押し寄せてくる付き人の列のために急いで道を空けようとしていた。チェコのあらゆる地方から聖母マリアの像がこれほど多く、リボンや紙でこしらえた薔薇をつけた白い着物の娘たちによって持ってこられたのは、永らくなかったことだった。これほどの旗がクロコティの教会の席に立ったことも、歌を歌うこれほどの群衆の上に鐘の音が響いたこともかつてなかった。ここにはトシェボン[*9]の漁師たち、フンポレッツ[*10]の服地製造業者、ピルゼンのビール業者、そして最後に緑の小さな帽子を被り、嗅ぎたばこの小箱を握りしめたバヴァリア人たちがいた。

シュマヴァからきた膝小僧の大きな森の若者、花嫁に付き添っている、麦わらのような色をして疎らな髪の毛の山岳民の女、インドジフーフ・ハラデッツ[11]からきた背の高い農夫、ターボルとソベスラフ[12]の全住人、それにあらゆる地方の乞食たちが集まってきた。

手のない者や足のない者たちが、菩提樹の並木の下でそれぞれに物乞いをして叫び声を上げていた。大頭の者が細い首を回し、口のきけない者が甲高い声でお恵みをと叫び、びっこが松葉杖をついて跳び回り、ロマ（ジプシー）の男女は菩提樹の根元で寝ころんでたばこを吸い、異国の言葉を喋っていた。

出店の主人は教会の正面や村の共有地にテントを張って、耳を聾せんばかりの声を張り上げながら自分たちの品物を褒め上げ、番人は群衆の間を歩き回って次々にやって来る列のために道の整理をしていた。

教会の中からはオルガンの音と歌声がとぎれとぎれに響いてきた。

アネシカは「愛するお妃様、あなたを呼ばわる者をお見捨てにならなかったことをお忘れにならないで」と合唱隊の中で歌い、恥ずかしさに顔を赤らめていた。「あなたの助けを呼ばわる者で聞き届けられないことがあったでしょうか。あなたの前に涙を流した者で慰められなかった者がいたでしょうか」

歌うことで泉のほとりのあの夕べの思い出を追い払いながら、アネシカは目を細くして誰も見えないようにと願った。今誰も彼女を見る者がいないことを願うかのように。

彼女が目を細めているとまた盲目のヤンのことが思われてきた。彼女は隣の娘の耳に身を寄せて気分が悪いのでここを離れなければと囁いた。彼女はやっとのことで群衆の中を通り抜けたが、家には帰らなかった……

墓地から野原に沿って森に通じている小径には巡礼たちが坐ったり横になったりしていた。午後の陽差しを避けてエゾマツや白樺の蔭に眠たげな列が靴を脱ぎ、脱いだ上着やペチコートの下着の上に身体を休めていた。既に彼らは教会の最初のミサに出たので、今は帰途に備えてパンやベーコンや水を摂《と》り、体力を養っていたのである。泉の聖像の下に一番多くの巡礼がいた。ヤンがその中に立ってヴァイオリンを弾いていた。このときは宗教的な歌だった。それはアネシカが合唱団から逃げ出す前に歌っていたのと同じ歌だった。

「愛するお妃様、あなたを呼ばわる者をお見捨てにならなかったことをお忘れにならないで」と。

ヤンが演奏すると道に坐っている人々が歌い始めた。アネシカは木々の間をつま先立ちで通り抜けてヤンの傍に立った。この地方の人々の中で一番美しいこのペアが、泉のそばの聖像の下に立ったのである。この若者とこの娘を眺める以上に魅力的で好ましいことはなかった。しかし歌っている人々は彼らを見ていたのではなかった。ヴァイオリンの音色と歌詞が人々の魂を魅了し、あたかも天国の扉の前にいるように思えたのだった。

この瞬間、森の木の間を白い長衣《ローブ》を着た男が近づいてきた。この男は周りに坐って歌っている皆とは異なっていたが、それでも彼らの中の一人には違いなかった。彼はヤンとアネシカの傍で立ち止まり、一瞬静かに二人を眺めた。巡礼たちには彼らの許に主キリストが来られたのだと分かった。人々は何も不思議に思わなかった。ただキリストが頷いてヤンのヴァイオリンが沈黙したとき、歌うのを止めただけだった。

主キリストはアネシカに言った。

「泉の水を汲みなさい」

アネシカが水を汲むと、主キリストはアネシカの手のひらの水に右手の指を浸してヤンの両目に触った。

主キリストは言われた。

「息子よ、見なさい。ここにあなたの妻がいます。娘よ、これがあなたの夫です」

そう言うとヤンの目からヴェールが落ち、その目が光耀いて見えた。ヤンは初めて神の世界を見たのである。しかしヤンは周りの人々も木や苔も、主キリストさえも見ないで、とても吃驚《びっくり》したようにアネシカを見つめていた。それから彼女に近づくと彼女の唇にキスをした。

主キリストは言われた。

「さあ、世の中に出ていって神を讃えなさい」

そこでこのすべてのことに対して人々は二人と共に恐怖に駆られ、跪いた。何人かの若者が我に返り、叫び声を挙げながら教会に駆け込んで司祭を呼んだ。

一方キリストはヤンとアネシカに言われた。

「ヤンよ、ヴァイオリンを取りなさい、娘よ、立ちなさい。あなたの祈りは聞き届けられたのです」

彼が手を振ると木々が両側に開いて夫と妻のための道を作り、二人は命じられたように遠ざかっていった。彼らの頭上には白樺、トウヒ、樅の木の枝が天蓋を作った。二人はその大きな緑の門を遠ざかっていったのである。ヤンはヴァイオリンを弾き、アネシカは右手を彼の腰に回していた。彼女は一度だけ振り返ったがもうキリストは見えなかった。キリストは何歩か歩いて跪いている人々を祝福すると、木々の間に斜めの柱のように落ちていた光の中に消えたのである。

司祭は手提げ香炉を持ってホサナ[*13]を厳かに歌い始め、驚嘆した何千という巡礼が集まった。しかしこのクロコティの森で奇跡が起こったことを証明するものは何もない。ただ生まれつき盲《めし》いたヴァイオリン弾きのヤンもアネシカもここにはいなかった。緑の門が彼らの後ろで閉じてしまったのである。彼らは広い世界へ旅立ち、二度と帰っては来なかった。ただ何年も経ってローマからやって来た神学生が、ヤンは聖ペテロ寺院の有名なヴァイオリン弾きで、アネシカが沢山の子供を産んだ、と語っただけだった。

奇跡の起こった場所には教会が建てられ、善き水のほとり教会と呼ばれている。

ロマンチックな恋

一

一八一二年六月十九日にヤロスラフ・ズ・クレノヴェーホ卿が到着した。彼はポーランドで作戦中のシュヴァルツェンベルク軍[*1]の司令官の一人であるヘルベルト・ズ・クレノヴェーホ将軍の甥の息子であり、二日前ネマン川[*2]左岸のナウガライド村にある空き家になった貴族の城に落ち着いたナポレオンの本営の、副官に任じられたのである。

その日は晴れていて黄金色だった。広い川が砂の岸の間を滔々《とうとう》と流れ、蜻蛉《とんぼ》が草原の上を飛び回り、鴎《かもめ》が川の灰色がかった波の上を旋回しながら、貪欲な嘴《くちばし》で銀色の小魚を飲み込んでいた。

ズ・クレノヴェーホ卿には、この日もいつもどおりの面白い冒険の日だった。これは初めての外国旅行で、しかもそれは軽くはない使命を持った旅だった。彼はロシアに向かって遠征するナポレオン軍にあってオーストリア同盟軍の代表者となり、フランス軍とシュヴァルツェンベルクの部隊との間の連絡を取り次ぐという任務の、指揮を執ることになっていたからである。
ヤロスラフ・ズ・クレノヴェーホ・ア・ナ・ブジェジネは古い家系の最後の子孫だった。[*3] この家系はフスの時代に有名な戦士たちを輩出した。[*4] その一人のズデネク・ズ・クレノヴェーホ[*5]はジシカと共にリトアニア遠征をしたが、そのずっと後の代の親戚がそこに帰った。また子孫の中のもう一人であるヤン・ズ・クレノヴェーホは一六〇八年、ハプスブルクと同胞教団との争いにおいて重要な任務を任されたのである。[*6]

一方ヤロスラフの大伯父ヘルベルト・ズ・クレノヴェーホ将軍が属しているこの家系の別の系統は、フェルディナンド一世の時代から「ズ・クレノヴェーホ・ア・ヤノヴィッツ」と呼ばれ、数も多く比較的裕福な子孫に恵まれていたが、ヤロスラフの系統は二世紀の間、いつもたった一人の息子によって継承されていた。この家系の子どもは兄弟も姉妹も、伯父も叔母も持ってはいなかったのである。

ズ・クレノヴェーホ家の公たちは、レオポルド二世の御代の大トルコ戦争の時から軍務に携わり、数知れない戦闘や出征でハプスブルク家に仕えてきていたので、物覚えの一番確かな人々でも、ズ・クレノヴェーホ家の者たちがかつて白山《ビーラー・ホラ》[*7]以前の反乱に加わっていたことを知るものはいなかった。ヤロスラフの曾祖父はハンガリーで戦死し、祖父はプロシア戦争のとき大佐だったが、プラハ近郊の戦いで左足を失った。ヤロスラフの父フーベルト[*8]はポリーネで戦死し、後に残されたのは全く身寄りのない孤児だった。ヤロスラフの母はハリチ出身のポーランド人だったが、最初でただ一人の子どもを産みおとすと亡くなった。

ヤロスラフ・ズ・クレノヴェーホは今二十八歳だった。彼は戦闘能力だけでなく、世俗的な教養においても際だっていた。ウィーンの社交界でのいくつかのちょっとした冒険によって、ウィーランド[*9]

の小説に書かれているような魅惑的な愛人の物語が彼に捧げられた。

ヤロスラフ・ズ・クレノヴェーホは変革と嵐の時代に育った。彼がまだ小さい子どもで、チェコのかなり貧しかった父の領地でキルトを穿いて歩道をよちよち歩きしていたときに、フランス革命が起こり、オーストリア帝室の王女であったマリー・アントワネット王妃が断頭台で死に、その間に彼が孤児になったあの怖ろしい戦争が始まったのである。

ヤロスラフはボナパルトとの最初の戦争の時に兵士の訓練を受けた。マリア・テレジア・アカデミー時代[*10]に既に「アクチウムの戦い[*11]の政治的背景について」という論文で示した外交的才能によって、この若い中尉は司令部の任務につけられ、それからわずか数ヶ月で、チェコ守備軍において直接に軍務につくことになった。

ズ・クレノヴェーホ卿は口の端に小馬鹿にしたような微笑みを浮かべ、到る所に出没した。彼は粋な騎士で憂鬱そうに話し、生きることを強いられたので仕方なく生きているといった、退屈した男を演じていた。

ナポレオンの本陣に行くようにとの命令を受けたとき、彼は無関心な顔つきをしてはいたが、若くて決して退屈してはいないその心は、快い高なりを覚えた。もちろんそこには遠征を伴う戦争や戦役、危険だが栄光に満ちた戦闘があり、生とおそらくは死も身近にあった。

彼はナウガライド城で最高位の元帥[*12]であるコレンクール公爵[*13]に迎えられた。公爵はヴィサンスの司令官、皇帝の本陣に属する外交文書の急使と連絡将校の長官であり、かつてのペトログラード駐在大使であった。彼は皇帝の最も高位の司令官であり、イェナ[*14]、イーロフ[*15]、フリードランド[*16]以来の戦友としてナポレオンと一つ屋根の下に暮らしていた。

ド・ヴィサンス司令官がすぐさま行った最初の質問は、ムッシュー・ド・クルヌーという名を与えられたズ・クレノヴェーホ卿が、良い馬を持っているかどうかということだった。ヤロスラフ・ズ・クレノヴェーホ卿が急使の馬車でやって来たので、コレンクールは直ちに皇帝の厩舎にいた強壮な牡馬を彼に分け与えたのである。会話は短かったが気の置けないものだった。コレンクールは非常に注意深い話し方をしたが、彼がロシア皇帝を尊敬していて、ロシアへの遠征が正しいことだと確信しているわけではないとズ・クレノヴェーホ卿は感じた。

彼はペトログラードの宮廷に滞在していたときのことを想いだし、ロシア兵士の忍耐強さについていくつか賞讃の言葉を述べた。指揮官についてはこれという意見はなかったが、彼はイスパニアの時のような破壊的な戦争[17]がロシアで起こるのではないかと予想し、そのことを危惧していた。

司令官は会話の終わりに楽しげに微笑んで言った。

「皇帝の計画は完全で、私たちもどんな困難も克服できる準備ができています。考えてもみて下さい、ライン川とドネープル川の間のヨーロッパは、今や私たちの同盟軍であるバヴァリア、プロシア、ポーランド、リトアニアの軍隊が取り囲んでいます。我が方はライン川、エルベ川に防衛線を敷いていますし、ヴィスラ川とネマン川にも防衛線を作りつつあります。スモレンスクまでは味方しかいません。ではスモレンスクから向こうのモスクワまではどうでしょう。一跳びですよ。軍の兵站と病院と武器庫をスモレンスクに作りましょう。軍の大部分はヴィスラ川とドネープル川の間に駐留することになるでしょう。そして十五万ほどの兵だけを率いてモスクワを訪問することになるでしょう。

しかしそのうちの三分の一はヴァジマとモジャイスク[18]に残しておきましょう。アレキサンドル[19]からモスクワを奪い、かつての友人を和平に応じさせるには残りで充分です。露帝《ツァー》がナポレオンに対するのに提督を任命したの[20]はおかしなことです。彼に戦術的な賢明さは期待できないでしょう。ロシアの人々が私たちを味方だと考えるのは当然です」

コレンクールはもの問いた気にズ・クレノヴェーホ卿を見た。彼の思慮深い顔は善意に満ちてはいたが、大きな目の中には自信のなさが見えていた。それともイスパニアとその消耗戦に触れる話が与えた印象を、よそ者に隠したかったのだろうか？

「ロシアの農奴たちは私たちを味方だと考えています。私たちは専制政治を打ち倒して農奴たちを解放します。彼らは私たちと共に歩むでしょう。古い貴族や地主を追い出し、我が国や到る所で既に行われていることをロシア平原にも導入します。それが我が皇帝の使命なのです。アレキサンドルはそのことを知っています。だからナポレオンや彼の側に立つ人々を怖れているのです。あなたもそのお一人です。実のところ皇帝陛下の同盟者の中ではあなた方だけが頼みなのです。私の友人のシュヴァルツェンベルク公爵はお元気ですかな」

ヤロスラフ・ズ・クレノヴェーホは言葉少なに、当り障りのない返事をした。彼は会話を軍事に向けようとして、彼の仕事がどのようなものになろうかと訊ねた。

「いやあなた、あなたはここでは客人です、大切な客人ですからな。たいした仕事はないでしょう。私たちのやることを見ていて下さい。間違いなくそれがお国の最高司令官の願いでありましょう。そして第二には私たちの尊敬する友人メッテルニヒ外相[21]の希望でもあります。つい最近、ドレスデンでたまたま彼の勇気に感嘆したことがあります。見ていて下さい。もちろんあなたも戦って下さい、本営が攻撃された時には。そうでなければ第一線に出るのはいつも戦闘のあとで一時間ほど経ってからにして下さい。よろしいですかな。

連絡将校と急使の任務は、比較的軽いものになるでしょう。私たちの部隊とあなたの勇敢な軍隊の間の右側には、イタリア兵、バヴァリア兵、及びフランス軍を率いるイタリアの副王《ヴィスロア》が陣取っています。更に南にかけては、ウェストファリア王がポーランド兵とザクセン兵を率いています。パリ攻撃の時の我が軍のように、完全に連携が取られています。まあ想像して下さい、この途方もない遠征とそれに加えて味方の連携の完全なことを。ナポレオンの時代から戦争は天才のすることになったのです。第一線の偵察隊から最も後方の武器庫に至るまで。我が軍をご覧になれば間違いなく我が軍がお好きになりますて」

ズ・クレノヴェーホ卿は慇懃に言った。

「勿論ですとも、そう確信致しております」

彼は皇帝陛下に拝謁できるかと訊ねたかったが、黙っていた。その点についてもメッテルニヒは彼にはっきりとした命令を与えていた。「冷静にしかも微笑みを絶やさず、誠意をもってかつ控えめに！」と。

ド・コレンクール公爵は、とても美しい乗馬服を着て机の傍に立っていた。喉は高いカラーで締め上げられ、額には汗の粒が浮かんでいた。窓の外を蜜蜂がぶんぶん飛んでいた。入場ラッパの練習をしている調子はずれの音が、遠くに聞こえていた。髪が亜麻色であまり背が高くなく、肢体の美しいほっそりとしたズ・クレノヴェーホ卿は、礼装用の高い士官帽を右手にもち、左手で曲がった騎馬用のサーベルを脇に引きつけていた。

彼はこの巨漢のフランス人の前で、会話の間中身じろぎもせずに気を付けの姿勢をとっていた。話を聞いている間は彼はド・ヴィサンス司令官に興味があった。沈黙すると、彼はこの異国の見知らぬ城で異国の軍服を着た外国人の傍にいるのが、急に退屈になった。この国で見るべきものはせいぜい灰色の川の上の食いしん坊の白鳥だけだった。彼は退出したくなった。

ド・ヴィサンス司令官は眉間に皺を寄せ、やや長めの鷲鼻を顰《しか》めていた。それはアカデミー時代に宗教学の先生だったシャヴェリー神父の鼻をズ・クレノヴェーホ卿に思い出させた。

「きっとこの最高司令官は政治ほどには馬や戦争のことを知らないな」と、この若い男は心の中で言った。同時代の者たちの前で小説を読み聞かせることに慣れていたからである。

黙っているのは苦痛だった。恐らくそれは数秒続いただけだったのだろうが、コレンクールは相手が何か言ってくれるのを、やきもきしながら待っているように思えた。

客は「皇帝陛下と行軍できるのは私の生涯の喜ばしい運命です」と言うと、軍隊式のお辞儀をした。こうして会話は終わった。

その夜はリトアニアの教区司祭の家に泊まった。司祭は熱狂して彼に語った。私のこの目で馬に乗ったナポレオンを見たのです、皇帝は顔色がものすごく蒼くて、顔や顎鬚まで青く見えるほどでした。口髭が非常に濃いので毎日二回髭を剃らせる程でした。目はとても美しく、おまけに噂よりもずっと小柄でした。短くて太い足でした。馬に乗っているところはまるで――神様お許し下さいまし――戦《いくさ》の天使のようでした……

ズ・クレノヴェーホ卿はナポレオンに紹介されたことはなかったが、三日目に彼を見かけた。一人だけで馬に乗り、北東にある川への視界を遮っている松林の方に行くところだった。村の前の草原にさまざまな群れを作っていた兵士たちが立ち上がり、将軍に向かって大声で挨拶をした。

ナポレオン軍は六月二十三日（露暦六月十一日）にロシア遠征に出発した。*22 三隊に分かれて三つの橋を通り、川を渡った。武器が陽に照らされて光り、砂がまぶしく耀き、鷗が驚いて隊列の上を舞った。皇帝の陣営がはるか遠く見えた。ナポレオンは昼前にそこを出発して橋の途中にさしかかった。灼け付くような熱気で彼の顔は赤く、目は血走っていた。軍隊は敵地に通じる橋にさしかかって歓呼の声を上げた。何千もの兵士たちが「皇帝万歳」と叫んだのである。

ある者にはそれが遠くの大砲の響きを聞いているように思えた。ナポレオンは前進する軍隊の中央にあって馬に乗り、橋を渡った。ロシアの土地に足を踏み入れると、彼は一瞬立ち止まって振り返り、後ろに続く隊列を見ると、一人の供も連れずたった一人で馬腹を蹴って敵地に足を踏み入れた。彼は一瞬のうちに街道の分かれ道のそばにある林の中に消えた。

彼は一刻ほどして帰ってきたが、その間に軍隊は川を渡り終えた。それは三つの流れをなしていた。騎兵、歩兵、砲兵、輜重、軍旗、鼓笛隊、年長の護衛隊、フランス全土からやってきた若者たち、指揮官たち、ナポリ王[*23]、エクミュール公[*24]、ダンツィヒの司令官[*25]、レッジオの司令官[*26]とエルヒンゲンの司令官[*27]。ズ・クレノヴェーホ卿はミュラーの部隊に加わって進んだ。

彼は昨日ナポリ王に紹介されて短い会話を交わしたが、その時王のフランス語に民衆的な色合いのあること、目つきの落ち着かないこと、両手が忙しく動くことに気付いた。

しかし轟いたのは大砲ではなかった。それは遠くの嵐で、午後にやって来ると行軍している軍隊の上に際限なく滝のように雨を注いだので、黄色い泥に変わった砂の中に荷車の車輪がめり込み始めた。ナポレオンは、街道からさほど遠くない丘の上にある教会で嵐をやり過ごした。ミュラーとその幕僚たちが皇帝の許に立ち寄った。ズ・クレノヴェーホ卿はワインの杯を挙げて、多くの人々と知り合いになった。リトアニアのカウナス[*28]に向かう軍隊がうろついている地方の例に洩れず、この地方全体には人の気配がなくて、雨と雷鳴の中をポーランド兵たちが庭で歌を歌っていた。

この嵐の一日、ナポレオン軍は二千頭の馬を失った。多くの兵士たちが沼で溺れたのである。他人の国に足を踏み入れた途端のこの嵐を、迷信深い者たちは悪い予兆だと感じていた。

軍隊は進軍しつつあった。絶えず三つの流れをなして、真っ直ぐにモスクワへ。

敵はどこにもいなかった。優勢なコサックの集団がいるという噂は正しくなかったのだ。いくつかの小さい集団が何度か軍の後ろについている荷車に近づいては銃を射かけて来ただけだった。皇帝は無人の境に足を踏み入れたのだった。

平野、草原、点在する畑、広い砂の道、流失した箇所、境界、松林、あちこちに泥水が溜まり葦が生えている池、毎朝白っぽい靄《もや》の中から赤い太陽が立ち昇ってくる、果てしない大地。夏は真っ盛りで大地は麦の匂いに満ちていたが、刈るものもないまま打ち捨てられた畑。軍隊は進んでいった。三つの流れをなしてヴィルニウス*29へ。ナポレオンはそこでロシア軍の抵抗を捕捉できると期待していたのである。しかしヴィルニウスは略奪され飢えていて、既に軍隊が見捨てていた。

ナポレオンはロシア軍を逃がしてしまったといってモンブラン将軍に食ってかかった。モンブランは東に向かって手を振ると言った。

「彼らはあそこにいます。みんなあそこです。どこかと言われるのですか？　それを知っているのは彼らの神で、私たちの神ではありません」

ナポレオンは途方に暮れた将軍に笑いかけて、彼の耳たぶを引っ張った。

「見てみようじゃないか、とにかく彼らを見つけるぞ」

皇帝はヴィルニウスでリトアニア人たちの歓迎を受けた。彼に向かって歓声を上げる外国人がやっと現われたのである。[30]

ナウガライド[31]からヴィルニウスまでの五日間の行程が、この遠征全体の予兆となった。それは果てしない進軍であった。人が泥沼の中に沈んでいくように、軍隊がはるかな遠みへと消えていくのだった。誰に気付かれることもなく、重々しく、再び帰ることもなく。もしこの泥沼の中にたった一つの足がかり、足を乗せるただ一つの石でもあったならば、希望がよみがえり、人はそこから抜け出すことができたであろうに。[32]

しかし足がかりはなかった。空間が、騎兵隊や歩兵や鷲[33]や軍旗、大砲や荷車、幕僚たち、秣《まぐさ》係を呑み込んでいった。ナポレオンは気むずかしそうで、衛兵たちの歓呼に応えようとはしなかった。松林を過ぎると樅の林に入った。暑い六月の後に、嵐のような七月[34]と冷たく雨の多い八月が来る。戦ってもいないのに消耗は激しかった。ヴィルニウスとヴィテブスクの間の道には、七月の暑さと突然の寒気で息を引き取った軍馬の死骸が散らばっていた。若い兵士たちは隊列から消えて森の中に逃げ込んだ。ヴィルニウスの近辺には軍隊の半数が残っていた。前進すると同時に後退している、攻撃しながら同時に防御している、と皇帝は感じていた。

ヤロスラフ・ズ・クレノヴェーホ卿は、よく観察できるだろうと言われて配置された軍の後尾に付いて、この見知らぬ不思議な土地に入っていった。彼がここにいるのは余計で、軍事的に意味のないことだと分かっていた。彼のオーストリアの軍服は、数知れないフランス軍や同盟国の将校たちの制服の中では目立つものではなかったが、彼の挙動はいちいち監視されていて、彼を訪ねてくる者は皆あらためられ、手紙はすべて押さえられていた。南方のシュヴァルツェンベルク軍の許から、ひとかたまりの手紙と情報を持った急使が八月の終わりにヴィテブスクにやって来たが、それが彼の本隊との最後の連絡になった。

ド・ヴィサンス司令官の副官でポーランド人のスミルニツキ公爵は、手を振って言っただけだった。

「皇帝の前、後ろ、脇への連絡は完全なので何も心配することはありません。私たちと進んでくださればよいのです。モスクワに進軍するのは素晴らしい冒険ではありませんか。こめかみの辺りに不死の気配を感じませんか？」

そこでヤロスラフ・ズ・クレノヴェーホ卿は、彼に割り当てられた通りに自分の役目をこなすことにした。波に身を任せて、赴くまま、軍隊の気分のままに身を委ねたのである。

彼はナウガライドを出てからナポレオンには会わなかった。彼はヴィテブスクの手前でコサックの偵察隊との小競り合いを体験した。彼らはポーランド軍の数個大隊に後尾を護られたミュラーの本隊の北を迂回していたのである。これはヤロスラフ・ズ・クレノヴェーホ卿の初めての実戦経験で、そのあと彼はしこたま飲んだ後のような気分になった。炉の煙が天井の裂け目から出て行くまでいつまでも屋根の梁の下に漂っている幕舎、つまり炉のある百姓小屋の中で、彼はナポレオンの敵シャトーブリアン[35]の本を読んでいた。ウィーンからその小さな本を持ってきていたのである。

ヤロスラフ・ズ・クレノヴェーホ卿は、皇帝や王の軍を打ち破り、昔の玉座を転覆してそこに自分の弟を据え、野蛮なテロリストを将軍にし、世界を限りない不安で満たしたこのジャコバン党の占領者に対する憎悪を永年吹き込まれてはいたが、ナポレオンには会いたいと思っていた。ズ・クレノヴェーホ卿は、哲学や信仰、人々や愛について語られていたウィーンのドロテーア・シュレーゲル[36]のサロンでは、中世の王たちの神聖な玉座に坐している僭主ナポレオンについて怒りの言葉しか聞いたことがなく、かつてフランス軍がプロシアの首都の通りを行進していたときに、フィヒテ[37]がベルリンの学生たちに向かって述べた「ドイツ国民に告ぐ」の一部を講義した折りの、彼女の深みのある声を覚えていた。

今や彼はナポレオンの軍の中にいて、同盟者としてナポレオンと共にモスクワに向かって進んでいる。ぼっちゃりとした顔、太くて短い足をもち、フランス軍の上着をつけた小男が今、ヨーロッパのほとんど全土を占領した兵隊たちの歓呼を浴びながら馬に乗っているのが見えた。ヤロスラフ・ズ・クレノヴェーホ卿は冷静に考え行動しようと思ったが、できなかった。この大きな軍隊の訳の分からない精神に圧倒されたのである。ナポレオンがロシアへ行けと命じ、軍隊が進んだ。それを退けることも、それとは違った考えをもつこともなかった。目に見えない不思議な力が進むことを命じたのだ。この軍隊には厳格な服従も過酷な罰もなかった。戦うことができないものは後に残された。若い者、怖れる者たちはカウナス、ヴィルニウス、ヴィテブスクに留まった。モスクワまで進軍したのは飢えや苦しみや死ぬことを望んだものだけだった。なぜなら彼らの皇帝が勝利を望んでいたからである。

そういうわけでヤロスラフ・ズ・クレノヴェーホ卿はこの軍隊と合流することになった。

この軍隊にはさしあたり戦闘や勝利の機会がなかった。軍は進んだ。三つの、二つの、一つの流れをなして。両脇は竜騎兵連隊、歩兵部隊、軽砲によって援護されていた。中央は不敗の護衛兵を核にした国際軍である。大胆で攻撃的な指揮官で、王の称号をもつ一兵卒であったミュラー*[38]がドヴィナ河畔*[39]でロシア軍の後尾を攻撃しようとしたが、オストロヴノ*[40]からの撤兵を予定通りに行わなかったロシアの将軍の誤りによって起こったこの短い戦闘も、前進する軍隊の気休めにはならなかった。真夜中の一時過ぎになると、最初の鶯《うぐいす》の囀《さえず》りとともに彼方から太陽が昇ってくる、茫漠として何もない空間への前進。

ズ・クレノヴェーホ卿はこの戦いで、ジラルダン将軍[*41]の連隊の前の森を攻撃して手に軽く負傷した。彼は救護車に運ばれ、熱を出してスモレンスクに着くまで眠っていた。

軍隊が占領され火をかけられたスモレンスクを堂々と行進して通り過ぎ、更に前進しつつあったとき、ヤロスラフ・ズ・クレノヴェーホ卿には、この戦いが学校で学んだような戦いではなく、また彼が今負傷したその人の栄光のための戦いでもないことが分かって来た。

この戦争は無限へと続く道だった。ここで指揮しているのはナポレオン、ミュラー、ネイ、ポニャトウスキ[*42]ではなく、反対側にいるのもチチャーゴフ提督[*43]あるいはフランスの名前をもった将軍[*44]ではない。ここで得体の知れない敵を率いているのは、百姓のクトゥーゾフ[*45]でもテロリストのコサック、プラートフ[*46]でもない。ここで人に命令しているのは、モスクワに向かって進軍しなければならないという必要性なのだ。運命的な悲劇の第一幕が上がろうとしているのだ。

軍隊は列をなして辛抱強く、時には楽しげに進んでいた。ナポレオンは全軍の傍を通り、古顔の兵士たちを認め、すべてがきちんと整っているか、隊長がよく世話を見てくれているかと若い兵士に声をかけていた。彼はザクセンやバヴァリア出身の兵士たちのところに注意深く近づいては、ゲーテのヴェルテルの話をしたりした。しかし注意深い目には彼が病んでいることは明らかだった。ちょうど川の流れの中を小舟に乗って激流に向かいつつある人間のように、彼が熱病のような意志に駆りたてられているのが。

ヤロスラフ・ズ・クレノヴェーホはキリスト教の守護神について論じた本[*47]を読むのを止めた。それは異教の運命の神と一人の巨人が命じたこの行軍に相応しいものではなかった。彼は挨拶をすると左手に配置されたポーランドの騎兵と共に再びヴャジマの方に向かって進んでいった。「我々はスモレンスクを陥落させた、モスクワも陥落させよう。奴らは臆病者だ。素手でも捕らえられるぞ！」とナポレオンは将軍たちとの会議で叫んだ。

しかし武装した両手でも誰ひとりとして捕らえられはしなかった。敵は指の間からこぼれ落ちる砂のように消えてしまい、時間は怠け者の雌馬のようにいたずらに過ぎていった。ズ・クレノヴェーホ卿も自分の運命を神に託した。来るものは来るだろう。この土地では人間は主人ではない。土地が自ら支配しているのだ。その空漠とした広さと遠さ、その厳しい空が。

その厳しい空が！

二

一八一二年十二月八日（露暦十一月二十六日）の朝早く、スモルゴニの北にあるヴィレイカ村[*48]の病人のところにカトリックの僧が深い雪の中をやってきて、外国の着物をきて両足を汚い襤褸《ぼろ》で縛った男が吹きさらしの壕の中にいるのを見つけた。男は僧の外套にくるまってじっと横たわっていた。

僧と一緒に走っていた犬が吼えて、近くの小屋のリトアニア人の農夫を呼んだ。僧は男がまだ生きているのを見ると、農夫の助けを借りてその男を近くのヴィレイカの城に運んでいった。瀕死のヤロスラフ・ズ・クレノヴェーホ卿はしばらく城の階段の上に横たえられ、それから暖かい寝室に運ばれた。彼はその日の夕方に目を覚ましたが、ひどい熱だった。彼の寝ている家では人々がよくなるだろうと囁き合っていた。その家はリトアニアの古い家系の最後の一人だった女性のものだった。この女主人はポーランド、ロシア、リトアニアの領土に何千という農奴を所有していたビルタ・スヴィドリゲロ・スヴィドゥルジツカーだった。彼女は皇帝《ツァーリ》の将軍ルボミルスキーの夫人だった七十歳の寡婦を連れて、プスコフの近くの領地からここへ逃げて来たのだった。

これがモスクワ遠征の終わりだった。その怖ろしい事件は世界史の中に細部にわたってとどめられている。ナポレオンの大軍団《グランド・アルメ》は飢え、半死半生で、狂い、絶望した者たちの群れに変じた。ロシアの過酷な空がフランスの鷲の栄光の息の根を止めたのである。ナポレオンの兵士たちは十人、二十人と群れをなして雪原や森の小径、凍った池や焼けた村々をさまよっていた。屍体がモスクワからベレジナ川[49]へ、そしてベレジナ川からモロデチノ[50]へ、スモルゴニへという軍の受難の歩みを表していた。

十月十九日（露暦[51]十月七日）、ナポレオンは炎上するモスクワを去った。十月二十八日（露暦十月十六日）に寒気が、寒気と暴風雪が襲った。ヴャジマ[52]近くの雪の下でロシアの冬に打ち負かされた最初の死者が出た。最初の千人が雪の下で倒れたのである。死者は間もなく一万になり、やがて二万、三万、五万になった。

大きな氷の柱が頭上の灰色の空を支えていた。それは凍った靄の巨大な帯と空気がぶつかっているのだった。それは地面と曇った空の間の乳白色をした寒気の柱廊となって、軸の周りを回転しながら遠くの空に立ち昇っているのだった。

雪原が遠く広く広がり、静寂と無数の大鴉《おおがらす》の群れと寒さがあった。雪と寒さ、鴉、大量の雪に埋もれた人のむくろと馬の屍体。

三百露里[53]ほど進むといつも野営の跡があった。ばらばらになった小屋の焼けた梁、飢えた歯で齧った馬の骨の残骸、壊れた柩《ひつぎ》と、夜に寝入ったまま朝にはもう目覚めなかった者たちの亡骸《なきがら》。これらの亡骸は跣足《はだし》で外套が脱がされていた。生きて更に二〇露里、三〇露里も先を進んで行った者たちが、それらを奪ったのだ。これらの宿営地には狼や大鴉、小鴉が遊弋《ゆうよく》していて、ここは短い一日の間中活気があって騒がしかった。その後これら大軍団退却の記念碑の上にも雪が降りしきった。

ベレジナ川を前にしたとき、十月十九日にモスクワを後にした十万人のうちで残っていたのは、飢えと凍えで呆《ほう》けたようになり、奇想天外な衣服を身につけた三万六千の兵士たちだけだった。ほとんどのものが既に武器を持っていなかった。農夫の毛皮外套、女物のスカート、ぼろぼろの布袋を身につけ、鼻と耳を縛った奇妙きてれつな帽子を被り、口髭からは氷柱《つらら》が下がっていて地面に向かって深く頭をかがめ、両手はポケットに入れるか大きな手袋をはめたりしていた。巨大な足は歩くたびに地面に根を下ろすかのようだった。

ズ・クレノヴェーホ卿はナポレオンを見かけた。彼は親衛兵の一団に囲まれて橇に乗っていた。親衛兵たちは努めて笑ったり、栄光や愛について大声で叫んだりしていた。彼は毛皮の外套にくるまって熊皮の帽子を目深に被り、沈んだ様子で進んでいた。それから彼は橇を停めるように命じると、杖をついて歩きながら兵士たちと話をしていた。彼は暖かな衣服や食べ物、宿舎やブランデーと勝利を兵士たちに約束した。ヴィルニウスにおいて。どこで新たに決定的な戦闘が起こるか、どこでポーランド軍が援軍にやってくるか、同盟軍のシュヴァルツェンベルクがロシアの南の翼に対して加える圧力をどこで感じることになるかも。またフランスから援軍がやってくるだろう。すごい奴らだ。親衛軍のやったことに驚くがいい！　寒さと氷と雪と飢えに打ち勝つだろう、これまでの中で最も栄光ある戦士たちよ！

兵士たちは微笑みながら皇帝と共に進んでいった。彼らは私語をはじめ、ナポレオンがロシアから帰ってくるときに包まれていた黒雲のような湯気がこの一団の上に漂っていた。

彼らがベレジナまでやって来て、割れはじめた氷の上の渡河が始まった。[*54] 一八一三年の四月、水が雪が解けて溺れた者を岸に打ち上げたとき、ミンスクのロシア総督は四万二千の死体を焼かせたという。たとえナポレオンが期待していたのとは違ったところで渡河をしたにしても、ヒステリックな提督[*55]が戦いに勝利したのである。

この戦いの後で若い兵士たちのあるものが屍体を食べ、またあるものが最後の力を振り絞って己が喉を掻き切るという事件が起こった。親衛軍は行進を続け、ナポレオンもその中心にいた。彼は温かな衣類と食べ物、熱い暖炉の傍での宿営、馬の秣《まぐさ》、兵士たちにはブランデーと皆の勝利を約束し続けていた。

コサックやロシア正規軍、馬上の一団や徒歩のゲリラが、ばらばらになった集団を攻撃した。これらの手にかかった者は、凍死するよりもひどい死に方をするのだった。

将軍たちは黙ったまままみずから反撃を指揮していた。ミュラーは温かなヴェズヴィオ山麓の王国を思い出しては不平を言い、親衛軍は鷲の舞う下で冗談を言っていた。広大な氷の斜面が頭上の灰色の空を支えていた。敗残の軍隊はこの斜面の間をさまよいながら、冬将軍の前に顔を埋めて倒れ伏したのである。[*56]

十二月五日（露暦十一月二十三日）にナポレオンは軍を離れた。コレンクールが彼に随った。夜の十時だった。皇帝は将軍たちに別れを告げ、最高位の将軍と橇に乗り込んだ。馬に乗って橇に付き随ったのはポーランド人ヴォンソヴィチ[*57]だった。ナポレオンの軍事奴隷《マムルーク》ルスタム[*58]が先導した。

皇帝が出発したことは軍隊にも世間にも秘密にされた。皇帝はオシミヤヌィ[*59]においてすんでの所でコサック部隊の手に落ちるところだった。この時フランス人たちは小屋で眠っており、見張りは暗闇の中で見張りをするのに充分な体力を持っていなかった。これはナポレオンの旅程の中で最も危険な夜だった。

ヤロスラフ・ズ・クレノヴェーホ卿は皇帝の出発を三日後に聞いた。ミュラーが軍の指揮官になっていて、皇帝が出発したことをみずからこの同盟軍の士官に報せたのである。この報せを告げるとき、彼は狡猾でおもねるような顔をした。

「ところでムッシュー・ド・クルヌー、君はもう少し私たちと一緒にいてくれますね。君がいなくなってほしくないのです。さもないと神様のお陰でほとんど損害を受けていない君の栄光ある軍隊のことが、すっかり忘れられてしまうだろうからね」

ズ・クレノヴェーホ卿は何も訊ねなかった。言いたいことが分かったからである。

「取り敢えず私の部下たちとヴィルニウスに出発しましょう」

彼がそう言うと、ナポリ王は再びにっこり微笑んだ。ヤロスラフ・ズ・クレノヴェーホ卿も微笑んだ。この朝、後尾の軍の指揮官が服従を拒否したという噂を聞いたからである。これまで少数の兵士たちと共に皇帝の後を一途に慕ってついてきた将軍や部隊長が次々と拒否したように、彼もミュラーに対する服従を拒否したのである。

十二月八日の夜、一団のコサックが、村の教会の傍にある空き家になっていた僧の宿舎を襲った。ヤロスラフ・ズ・クレノヴェーホ卿は二人のポーランドの志願兵と共にそこで眠っていた。寝ていた者は射撃の音で目を覚まし、凍った窓を力任せに破って積もった雪の中に飛び降り、庭と覚《おぼ》しいところを通って逃げた。若いストンチェヴィは大声をあげると、仰向けになって雪の上にひっくり返った。

ズ・クレノヴェーホ卿はヤツェクというもう一人のポーランド人と、夜の闇の中に逃げ込んだ。その後雪が呑み込んでしまったかのように、ヤツェクもいなくなった。

空には大きな星が無情に耀いていた。ズ・クレノヴェーホ卿は道を探したが道はなく、あるのは青白い雪原ばかりだった。遠くで銃声が聞こえた。

ズ・クレノヴェーホ卿は銃をなくした。銃が重かったのだ。それから帽子もなくした。逃げるときに窓からヤツェクが投げてよこした僧服が、にわかに歩く邪魔になった。これまでは彼は手でたくし上げていたのである。彼はのろのろと歩いていった。百歩、二百歩と彼は数えた。すでに三百歩になった。もう休まなくてはならなかった。身体が熱くなってきた。彼は雪の中に横たわって微睡《まどろ》みはじめた……

こうして彼は人に発見された。その後のことは皆夢の中のようだった。

ヨナスという名の老人が熱いお茶を運んできて深いお辞儀をした。老人は乾涸《ひか》らびた額をしていて、宮廷人が拝謁の間から出て行くように、部屋から後ずさりして出て行くのだった。時計が短いメヌエットを奏で、見事に彫られた箱の上では、陶器の羊飼いの娘がレースをまとい、白い手で手招きをしていた。

その後、ロココ風の着物を着て、髪粉《パウダー》を振りかけた鬘《かつら》をつけた老婦人がベッドに近づいてきて、自分はなんとか公爵夫人であり、彼が大切なお客で、主御自らが彼に僧衣を着せるという考えを起こさせられたのだと言った。さもなければ彼はきっとコサックに殺されていただろうというのである。音楽を奏でる時計が同じメヌエットをギーギーと奏でると、髪粉を振りかけた鬘を被った公爵夫人は重々しく身をかがめ、つま先立ちで立ち去った。

それから彼は部屋の中に美しい品物が沢山あることに気付いた。ほっそりとした黄金の竪琴、壁には羊飼いのいる情景を描いた彫り絵がかかっていた。そのうちに彼は立ってみたらと言われて立ち上がり、ベッドの傍《かたわら》に用意されていた着物を着た。

「故スヴィドリゲロ伯爵*60は、私どものビルタさまが三歳の時に亡くなられたのですが、お客様とそっくりの背丈でした」とヨナスは重々しく彼に言った。――一方ヤロスラフ・ズ・クレノヴェーホ卿はエカテリーナ二世（大カテジナ）時代の騎士に変身してしまった。

彼は食堂に降りた。食堂もまたチェコの領地の邸にあったもののようだった。金銀の糸で細工された椅子、慇懃に曲がった机の脚、卓上の古い銀器とボヘミアガラス、そして壁の鏡と彫刻。

「お客様にまず孫娘をご紹介致しますわ」と老婦人は言った。

彼女が身体を揺すりながら軽い足取りで客の方へ近づく前に、ヨナスがドアを大きく開けた。客は二階からの旅で疲れてしまって、彼女が入ってきたときには立ち上がることもできなかった。

ヤロスラフ・ズ・クレノヴェーホ卿は自分の名前と身分を告げた。

婦人は大層愛想よく微笑んだ。

「あなたは高いご身分の方だと思っておりましたわ。あなたはリトアニア大公の子孫の住んでいる家にいらっしゃるのですよ。この怖ろしい時代にお客様をお迎えできて嬉しゅう存じます。また全能の神様が、壊されていない家にあなたをお迎えするようにして下さったことも」

その後でヨナスに先導されて老婦人の孫娘のビルタが、ずっと開いたままのドアから入ってきた。彼女は十六歳でその美しさは六月の昼のようだった。ヤロスラフは立ち上がろうとしたが立ち上がれずに、一言二言フランス語で話しかけた。娘は大きな青い眼でヤロスラフを見つめながら言った。

「あなたのことをとても知りたかったのです。あなたは私どもの家にもう五日もおいでなのですが、あなたに会ってはいけないというんですもの。それでもとってもお会いしたかったのです。どこかからおいでになって邸の門の前で死んだようになっておいでだったものですから」

そう言って彼女が手を差し伸べたので、老婦人が初めて入ってきたときのように、ヤロスラフはその手に口づけをした。それからお茶とお菓子、それに砂糖と苺の煮たのも運ばれてきた。

その夜、寝ているヤロスラフの顔を月が照らしていた。目を覚ますと白い姿が彼のうえに身をかがめて熟《じ》っと顔を見ているような気がした。しかしその姿は直ぐに消えてしまった。

「セレーネーとエンデュミオンだ！」[*61]とヤロスラフ・ズ・クレノヴェーホは小声で言った。夢を見ていると思ったのである。

それからの日々は元気を回復したズ・クレノヴェーホ卿と年老いたルボミルスカー公爵夫人と、それから孫娘のビルタ・スヴィドリゲロ・スヴィドゥルジツカーとの間の長い会話が続いた。

彼は自分の一族のこと、少年時代のこと、軍務のこと、ウィーンのこと、モスクワ遠征のこと、モスクワの大火のことを物語った。また彼らもペトログラードからプスコフへ、そしてプスコフからここまでの逃避行のこと、そして命も、老婦人が一族の最後の一人となった孫娘のために残しておいた財産も、すべてがここまで無事だった幸せを物語った。お客人の場合と同じように……

ビルタは、この偶然の一致が特別な喜びででもあるかのように手をたたいた。老婦人はパシヤンス[*62]をしながらうとうとして間もなく寝室に退いた。

一方ズ・クレノヴェーホ卿はこの金髪で青い眼をしたロココ風のお人形に世の中のことを話していた。ヨーロッパのこと、ウィーンのこと、鬘《かつら》を投げ捨て自由人の心を持って素晴らしい生き方をしている新しい人々のこと、人の心はどんな掟よりも強いということについて。

人々は愛のために死ぬことができます。今日は既に昨日とは異なっている祖国への愛のために。祖国というのは決して王のことではなく、私たちが生き、私たちを生んだ民族、私たちが話している言葉、古い言葉、古い歴史、古い寺院、古い宗教、遥か昔の歌を生んだ土地のことなのです。

けれど人は女性に対する愛のためにも死ぬことができます。女性は今では男性の考えを支配しています。自分の心を押し隠すという過去の世紀の習慣から自由になった女性は、男性のなぐさみものではなく、男性の崇拝の的となって男性と共に歩んでいるのです。

「あなたのおっしゃっているのはあの怖ろしいパリの革命のことですか？」

「そうです。ゲーテも、オシアン[*63]も、シャトーブリアンやシュレーゲルも、シェークスピアもそうです！」

ヤロスラフ・ズ・クレノヴェーホ卿はそう言うと、彼がウィーンの新市街《ノイシュタット》で覚えた箇所を、滑らかなフランス語に訳しながら暗誦した。

「それでナポレオンは？」

「ここロシアでやっとナポレオンのことが分かりました。彼は最も偉大なロマン主義者の一人です。世界を理性で支配できるとうそぶく民族の出身ではありますが。ただ自分の考えを推し進めるためにだけ人類の全体と戦う決心をしたナポレオンが一人の巨人として身を投じた、自然と永遠と神ご自身との戦いほどに、大きな戦いを見たものがありましょうか。何という巨大さ、何という挑発でしょう」

「今はもう世界全体が変わってしまいました。ここでまだ眠っている私たちをのぞいては……」

ビルタ嬢は全世界の運命が自分の心にかかっているかのように溜息をついた。その溜息はヤロスラフには微笑ましくも滑稽にも思われた。

「何もしなくてもいいのですよ、ビルタさま。人間の感情の恐ろしい流れがここにも押し寄せたのです。あなた方は月や星や、深い湖の畔の暗い森を愛《め》でていらしたらいいのです」

ビルタ嬢はヤロスラフをじっと視ていた。彼がこの月の明るい夜のことを何か知っているのだろうかと。

しかしヤロスラフは、ヨナスがベッドが調《ととの》ったとこの娘に言いに来るまで、更に話を続けた。

次の日、かねてヤロスラフが不思議に思っていた自分の名前について、ビルタは次のように説明した。

「ビルタというのは、ジムディ公キエイスタト[*64]が連れ去ったジムディ公ヴィディムンド[*65]の娘でした。彼女は神に身を捧げることを誓っていました。彼女は巫女《みこ》[*66]であり、予言者であり、尼僧であり、神に身を捧げた女性でした。キエイスタトは十字軍の遠征から帰って来る途中でした。それは十四世紀の最後の数年のことでした。この尼僧は彼の妻となり、彼の子どもたちの母となりました。しかし程なくキエイスタトが罪を問われ、死刑になって亡くなったので、ビルタは神への奉仕に戻ってリトアニアの母となりました。彼女は最高位の巫女となり、未来を見通して善も悪も知ることができました。海に臨むポロンザの山で亡くなってそこに埋葬されると、人々は巡礼としてビルタの墓を訪れるようになりました。巡礼は今でも続いています。そういうわけで私は公妃であり、妻であり、母であり、また女神であった人の名を持っているのです」

「ビルタは十字軍の遠征から帰る途中の男に連れ去られたのですね」とヤロスラフは小声で言うと、

リトアニア人らしい容貌をしたビルタの顔に見入った。透き通るように白く薔薇色に染まった肌、赤く照り返すようなような金髪、青い眼、しっかりと結んだ口、そして高い頬骨を。

「あなたは十八世紀の衣装をつけたロマンチックな王女様なのですね」

ビルタは感謝するようにヤロスラフを見て黙っていた。

「あなたは新しい生活に入る才能をすべてお持ちです」と、この誘惑者は言った。「新しい生活を説く哲学者シュライエルマッハー[*67]は言っています。『女よ、汝は男の教育と芸術と名誉を願うことができる！』とね。私はウィーンで詩人のフリードリヒ・シュレーゲル[*68]の妻であるドロテーア・シュレーゲル夫人や、この哲学者の命令を言葉通りに実行した、彼のすばらしい兄を夫にもつ、カロリーネ夫人に会ったことがあります。あの人たちの心は偉大で、心みずからが書く掟以外のものは知らないのです。女性は共に新世紀の創造者になったのです」

ヤロスラフ・ズ・クレノヴェーホはどうしてこんなことをこの娘に話しているのか分からなかった。ともあれ感謝に満ちた聞き手でひめやかな雰囲気をもち、そして何よりも夢見るようなおそれに満ちた目が彼を見ていたのである。彼はナポレオンのロシア遠征の英雄であり、信じられないほど遠くから来た、信じられないような社会の、信じられないような考えをもった人なのだ。

ヤロスラフ・ズ・クレノヴェーホ卿は回復に向かっていた。彼は冒険をしたくなった。それとも日頃彼が心のうちにもっている、あの媚薬を人の心に少し植え付けたかっただけなのだろうか？　二人の会話は毎日毎晩続いた。

ある時、別れる前にビルタが言った。

「私はあなたが怖い、どうしてか分からないのですが。あなたはファウストの話をなさいました。あなたはそのお話によって、私にきらきらする宝石を下さろうとなさっているのでしょうか。私たちはあなたにお会いできてとてもうれしく思っております。祖母も私も。この人里離れたところで、大戦争のさなかに。でもあなたとご一緒だと私は落ち着かなくなるのです。あなたはとても神秘的なお方で、神を信じておられないように私には思えるのです」

ズ・クレノヴェーホ卿はビルタの両手が震えているのを見た。それはお祈りをするように組み合わされていた。

「私たちの世界は多くのものを壊してしまいました」と彼は学者のように、思慮深そうに言った。「しかし私が思いますのに、もう故郷へ旅立つ潮時です。思えば私の役目はもうずっと前に終わっていたのです。だから私にもあなた方とお別れする時がもう間もなくやってくるでしょう。人生というものは結局のところ、永遠の別れなのです。ルボミルスカー公爵夫人にお願いいたします。昨日ヴィルニウスから帰ってきたあなた方の領地の支配人に、私に橇と馬とをお貸し下さるようお命じ下さい。私はナポレオンの後を追ってワルシャワまで参ります」

ビルタは溜息をついた。

「私たちはお別れなのですね。私には分かっていました。けれどあなたがお貸し下さった宝石はどうしましょう。あなたにお返しすることができないのです」

「心の中にお持ち下さい」とズ・クレノヴェーホ卿は軽く言った。「あなたがご結婚なさったらお子様をお持ちになるでしょう。宝石のいくらかはお子様がたにさし上げて下さい」

ビルタ嬢は立ち上がるとドアから走り出ていった。ズ・クレノヴェーホ卿が首をめぐらすと、彼女は裸になって彼の上に覆い被さった。

別れは大層儀式張ったものだった。老婦人はお辞儀をして丁重な挨拶を述べ、最後には泣き出してしまった。ビルタはヤロスラフと共に何度も長い夕べを過ごした部屋のなかに、黙って佇んでいた。彼女は黙ったまま手を与えた。彼が彼女に「さようなら、この世ではなく、あの世で」と言うと、彼女は小声で「さようなら」と答え、その後で「ファウストがどんなふうにして立ち去ったか、お話し下さらなかったことが残念ですわ」と言った。

「ゲーテはそのシーンを書いていないのですよ」とヤロスラフ・ズ・クレノヴェーホ卿は言って微笑んだ。

もしヤロスラフ・ズ・クレノヴェーホ卿がもう一日留まっていたならば、橇ではなく馬車で出発することができただろう。太陽が勝ち誇ったように荒々しく黒雲を破り、暖かい風が南から吹いてきて、急速に雪解けが始まったからである。それは何ヶ月か前、思いもかけず急速に寒気が到来した時のようだった。そのためヤロスラフ卿の橇は御者と共にカウナスから引き返してきた。男たちは彼が陽気に挨拶をしたと語った。ズ・クレノヴェーホ卿はワルシャワでシュヴァルツェンベルク軍の部隊に出会った。彼はフランス・オーストリア同盟が事実上終わったことを知った。

しかしビルタ嬢はその時熱を出しベッドに伏していて、ヤロスラフ・ズ・クレノヴェーホ卿の陽気な気分についての噂は、彼女の許には届かなかった。

ビルタは熱に浮かされながらヤロスラフの名を呼んでいた。ルボミルスカー夫人は絶望的な気分に落ち込んだ。ヴィルニウスからロシアの軍医がやってきて、二週間この城に滞在し、執事とお茶を飲んだりカルタ遊びをしたりはしたが、病人をどうしたらよいのか分からなかった。三週間たつとこの娘は病気になったときと同じように、突然正気を取り戻した。一日中歌を歌い一番美しい着物を着たりしたので、皆はすばらしい春が、喜びと平穏がおとずれたように思った。まだ寒気は厳しかったが、城の前の庭園ではツグミが鳴いていた。

ビルタはかつてヤロスラフ卿が半死の状態で横たわっていた階段に外套もなく走り出て、裸になった菩提樹の頂きにいる臆病なシジュウカラに呼びかけたりした。

国中が泥沼になり、雪の島と、ヴィリヤ川*69の急流の南岸の険しい崖の所々に冬を越した緑のあるばかりの二月、ビルタはワルシャワで最も有名な仕立屋を二人呼びよせて、彼らに最新流行の着物を縫わせると言い出した。公爵夫人はこの頃には、重い病気から回復した孫娘のどんなわがままでも聞くようになっていたので、これを聞き入れた。

城での仕立ては五週間かかった。ビルタは襟ぐりが深くて袖が短く腰の高い、新しい古代風のローブを着て現れた。彼女のロココ風の髪型も、同じく細いリボンで束ねられた金髪の長い房に変わっていた。

三月の終わりに、ビルタはルボミルスカー公爵夫人にヨーロッパに行こうと言った。治療をしなければならないし、治療にはチェコの水のほとりがよいというのである。かつて彼女の父や祖父がしばしばそこに行き、公爵夫人の祖先たちがそこで治療し、彼女自身も祖父の将軍と何度か行ったことがあったのである。

チェコの水辺は戦争に巻き込まれていないし、そうでなくてもじきに和平が到来するのだから、カルロヴィ・ヴァリ*70への旅はこの陰鬱な北の眠りからのすばらしい目覚めになる。しかし老婆は反対だった。自分が年老いていること、旅が大変なこと、義務としてプスコフの領地を見回らなければならないこと、ペトログラードに立ち寄り、ロシアの領地の執事と話をしなければならないこと、長旅の準備をしなければならないこと、そして彼女は恐らくもうその旅から帰ってはこられないだろうことなどを言い立てて、涙ぐんだ。

ビルタは彼女を熱く抱擁し、キスをして頼み始めた。彼女は一週間の間頼み続けてとうとう願いを聞いてもらった。

旅は五月まで延期することが条件だった。一八一三年の五月、老いた公爵夫人は、若い娘とスヴィドリゲロ・スヴィドゥルジツキー家の紋章をつけた馬車に乗って出立した。馬車は四頭立てで、お仕着せを着た従者二人に付き添われていた。御者台には御者と並んでヨナスが坐り、何か起こりそうな険悪な顔をしていた。未熟な若い娘たちが年老いた分別のある人々を支配する時代が始まったのである。だがどうしようがあろう、金を持つものが命令するのだから。それにビルタ・スヴィドリゲロ・スヴィドゥルジツカーはスヴィドゥルジツキー家の全ての領地の相続者で、ルボミルスカー老公爵夫人は実際にはここに身を寄せているだけなのだから。

一方ヨナスは亡くなった主人のことを悲しみを込めて思い出していた。英雄の中の英雄、もしあれほど激しい血をお持ちでなかったらまだここに生きておられたろうに。どうして旦那方は侮辱されたとき、拳《こぶし》だけでは満足できないのだろう。

天候は悪かった。プロシア回りの道は乾いてはいるが人気《ひとけ》のない地方を通っていて、バルト海から吹き寄せる風は冷たく激しかった。二人の婦人は車中で毛皮外套にくるまって坐っていたが、ルボミルスカー夫人は旅の大部分を寝ていた。

ビルタは全く眠らなかった。幻でも見ているように両眼を大きく見開いて前方を見据え、謎めいた微笑みを浮かべるばかりだった。彼女は何処へ行こうとしているのかを知っていた。神様によって彼女の家に死んだようになって運ばれ、彼女の信じているところでは彼女が健康を取り戻させたのだが、その後で物語の中のファウストのように楽しげに去っていったあの人が彼女にそう言ったのだった。

老婦人はビルタにまた具合が悪くなったのではないかと訊ねた。

「悪くはありません。おばあさま。水のほとりで完全に元気になりました。あなたも私とお飲みになりませんこと？」

彼女がそう言うと大声で笑ったので、御者台のヨナスが不機嫌そうに振り返った。

ザクセン軍の新しい戦場を避けて道をヴラチスラフに向け、そこから新たな回り道によって南ザクセンに入ると、ビルタは母が帰ってきた子どものように大はしゃぎをした。道の両側の桜の花と咲きはじめた林檎の花の中に、清楚で愛らしく、美しくて微笑ましい風景が広がっていた。大きな川が緑の谷間を滔々《とうとう》と流れ下り、川の上に船が行き交っているのが見えた。右手の平野から不思議な形をした崖や城のようなテーブル形の山々、ギザギザの崖、石の握り拳《こぶし》がそそり立っていた。多くの崖の頂きには廃墟が立っていて、その崩れた塔から花をつけた幹の細い木々が生えていた。

道は谷間に下っていった。北に流れる川がその谷の地底から湧き出るかのように思われた。崖と峡谷は大通りに出るまで狭まっていき、その上や谷間にはもじゃもじゃの楡《にれ》や松が生えていて、夜になると月が川に映ったが、その月影はヴィリヤ川やネヴァ川やナルヴァ川[*71]の満月とは全く違っていた。夕方になると兵士や負傷兵も混じえた多くの人々が美しい煉瓦の家の前に坐り、キタラと呼ばれる新しい種類の弦楽器に合わせて歌うのだった。これがヤロスラフ・ズ・クレノヴェーホ卿の語っていた世界だった。「あなたは月や星、深い湖のほとりの暗い森が好きになるでしょう……」と。

二人の外国人女性は、五月の終わりにチェコ王国の国境を越えた。そしていくらかくたびれはしたが堂々たるスヴィドリゲロ・スヴィドゥルジツキー家の馬車が、六月の初旬にカルロヴィ・ヴァリに着いた。ヨナスが荘重なリトアニアの歌を長く吹き鳴らした。ビルタは熱を出していた。温泉に近くて最も大きな別荘の一つに入ると直ぐ横になり、丸三日の間誰も寄せ付けなかった。

彼女は三日目に外に出る決心をした。彼女は薔薇色をした健康な姿で公爵夫人をお供に、朝の美しい顔色をみせながら、かつてピョートル大帝が散歩したという庭園と崖の間を流れる小川の細い谷間を行き交う客の群れの中に、足を踏み入れた。群衆の中には多くの負傷した士官がいた。

この温泉の町に到着して四日目に、彼女は士官のグループの中にいるヤロスラフ・ズ・クレノヴェーホ卿に出会った。当時としてはこれは秘めやかな快楽を求める人々のために人生自らが用意する、あのめぐりあいの一つだった。

ヤロスラフ・ズ・クレノヴェーホ卿はやっとのことで恐れを抑えた。数ヶ月経った今、彼の前に立っていたのは既におとぎ話と思われていた世界からやって来た、魅力的な娘の姿だった。彼は友人の群れから離れてビルタとルボミルスキー将軍の未亡人に挨拶をすると、チェコの温泉にようこそと彼女ら二人に歓迎の意を表した。あのときロシア遠征で悪くして親切なご主人方に手厚く看取って戴いた健康を、彼自身もここで取り戻そうとしているのだと言った。それからヨナスに向かってあなたもこの穏やかですばらしい温泉に来ているのかと訊ねた。

この若者はいつもよりも早口で饒舌だった。突然の心の不安を隠していたのである。というのも、この地の貴婦人たちにも見劣りのしない、新しい着物と髪型をしたビルタに会ったからである。しかも彼女は異国の姿かたちを残していた。そしてその顔はヤロスラフ・ズ・クレノヴェーホを見て蒼くなった。ビルタ嬢はヤロスラフに手を与え、黙ってただ彼の目をじっと見つめていた。長旅の後そうだったように、そしてそれよりもっと前、ヴィレイカ[*72]の城の嵐にも似た春のときのように、彼女はただ彼の目にじっと見入っていたが、それは彼にとって避けようもない運命が待ちかまえている、どこか遙かな遠くを見ているようだった。

「リトアニア神話のヴァイダロトカ[*73]が私たちの許に現われたのですね。マダム、どうか私に温泉巡りの案内をさせて頂けませんか」と彼はルボミルスカー公爵夫人に向かって言った。

当時のカルロヴィ・ヴァリはさまざまな国の人々で満員だった。さまざまな武器を持った軍人たち、いくつかの国の外交官たち、フランスの王党派の人々、ロハン連隊[*74]の隊員たち、ザハーンスカー司令官夫人[*75]、プロシアからの亡命者、詩人、哲学者、フォン・シュタインの信奉者たち[*76]、長い行軍と短い戦闘で傷つき疲弊したプロシア軍団の志願兵たちなどである。ここにはメッテルニヒ公爵もしばしばやってきた。彼は廷臣ともに、やがて来たるべき戦場に近いプラハに移ってきたのである。ここには決戦となる戦いの司令官に予定されていたシュヴァルツェンベルク公爵と彼の若い幕僚のラデツキー・ズ・ラチツもいた。彼は尖った額でずんぐりした背格好の、口数が少なく思慮深い男で、無造作に歩兵の制服を着ていた。

ここには国際的に美しさで評判となる一団の女性もいた。プロシア亡命者サークルの女性たち、演劇や文学関係の女性たち、財界人や哲学者や詩人の女ともだち、フランスから亡命したプラハ出身の貴族の女性ド・スタール夫人[*77]を崇拝する女性たち、コロヴラト・リプシュテインスキー卿[*78]とヴラチスラフ・ズ・ミトロヴィチ卿を取り巻く婦人たち、ヘッセン司令官の女性親衛隊、オーストリア、プロシア、ロシアの外交官や軍人の妻たちである。最後の打撃を加えるべき反ナポレオン同盟ができつつあったのだ。

ビルタ・スヴィドリゲロ・スヴィドゥルジッカーは社交的な才能をあらわし、日ならずして讃美される「リトアニアの美人」になったのである。彼女の初々しい魅力と自然でまじめな率直さが、朝、泉へ行く時にも、夕方ラインのワインを飲む時にも、噂になった。ヤロスラフ・ズ・クレノヴェーホ卿は、春の野辺に馬車で長い散策をするあいだ二人の婦人に付き添い、これまでの友人たちを完全にすっぽぬかした。ついこの間のスモルゴニの冬の城の客間からカルロヴィ・ヴァリへの牧歌的な変化は、彼にとって初めから新しい冒険だった。

しかしほどなくビルタの目の狂おしい約束が彼にもたらすものが、彼がこれまで経験したことのない強いものであることを知った。彼は慎ましくひたむきな女性にめぐり逢ったのであって、それをもてあそぶことはできなかった。カルロヴィ・ヴァリの庭園を散歩するとき、二人の間に芽ばえたのはかつての軽い会話ではなく、秘められた抑えがたい願望による沈黙だった。

恭しい初めての口づけから、互いの恋の告白が生まれた。初めて優しく身体に触れたことで、心の複雑な動きによる緊張がとけた。マルガレータがファウストに勝利したのである。そして彼らは人々が愛し合うように愛し合った……

初めての身体の喜びに、ビルタは涙で答えた。このような瞬間に女たちはすべて泣くものである。しかし彼の目にも涙があった。彼は初めて会った時から彼女が好きだったと言い、その瞬間にこの告白を信じたのである。しかしこうも言った。自分の青春の最後の日に彼女を愛することになったと。二人は宇宙の中で避けようのない必然性によって出会い、そのめぐりあいによって滅びるよう運命づけられた天体なのだと。この恋は絶望的なほど大きなものなのだ。古い家柄の最後の子どもとして愛し合い、お互いとその愛以外にはこの地上に何ももたない二人が愛し合っているのだと。最後の瞬間まで二人は愛し合うのだと……

ビルタは、微笑みながらヤロスラフの悲劇的な予言を聞いても、その言葉によって不安になることはなかった。新しい口づけで絶望した男を慰めたのである。自分の終焉のために恋をするには、彼女はあまりにも健康過ぎた。彼女は恋が限りない緑の夏の野原を楽しく旅することであるかのように思っていた。川がせせらぎ、雲雀《ひばり》がさえずり、農夫の小鈴が聞こえ、右手にも左手にも緑の大地の広がる自分たちのリトアニアとロシアの国の野原を。

「死も終わりもありません……生命と永遠ですわ！……私は神を信じるように永遠の愛を信じています……」

こういう訳でヤロスラフとビルタは、彼らのロマンチックな愛の物語の第二部を生きることになった——

その間にも歴史は重い車輪を更に転がしていった。フランス軍が再びドイツの国に入った。ナポレオンがリュッツェン近傍のヴァルドシュタインの戦場[*79]で勝利し、ブディシン[*80]の近傍でも勝利したのである。

再びグランド・アルメ[*81]がベルリンの前に立った。メッテルニヒはプラハとカルロヴィ・ヴァリを離れ、一八一三年の五月の初めにナポレオンとドレスデンで会談した。その後人々は、会談の後で公爵が「彼はもう終わりだ！　間もなく手負いを打ち負かすことができる」とナポレオンの義父である皇帝[*82]に言ったと、温泉の中で噂した。

打ち負かすためにはまずプラハに会議を招集する必要がある。今まで見たこともないような人の行き来がプラハとカルロヴィ・ヴァリの間に始まった。急使が次々に送られ馬車が次々と続いた。住民たちは気のなさそうにホップ畑の傍に立って、騎士や四輪馬車を眺めていた。

ズ・クレノヴェーホ卿は三週間の予定でプラハに呼ばれた。彼はプラハ会議におけるナポレオン側の代表であったコレンクール公爵[*83]の名誉秘書になったのである。彼はコレンクールに、古くからの友人であるかのように温かく迎えられた——

会議はとりとめのない会話と宴のうちに過ぎていった。東からはロシアが「殺せ、打て、踏みつけよ、蛇の頭を！」と命令していた。メッテルニヒはもっとゆったりした死の宣告を考えていた。「フランスを元のフランスにして、全ての侵略行為を止めなさい」と。

ナポレオンが譲歩すると約束した返事を持ってドレスデンからプラハにド・ブブナ伯爵がきたのは、休戦の期限が過ぎた数時間後であった。皇帝フランツは自分の婿に対する戦争を宣言し、同盟に踏み切った。

ズ・クレノヴェーホ卿がカルロヴィ・ヴァリに帰ってきた。彼は二人の婦人を呼んで、この地が戦場になるかも知れないから王国の奥深くに去るようにと言って、二人をプラハまで送っていった。ルボミルスカー公爵夫人は孫娘と共に、メンシー・ムニェストにある勝利の聖母マリア教会[*84]の向かいの、クロンスキー司令官邸に身を落ち着けた。

八月になると、ナポレオンがドレスデンの近くで勝利したという報せがドイツから届いた。

九月一日にヤロスラフ・ズ・クレノヴェーホ卿はチェコ北部の軍隊の許に向けて出発した。彼の大伯父のヘルベルト・ズ・クレノヴェーホ・ア・ズ・ヤノヴィッツ司令官が指揮していた部隊を任されていたからである。

その前の日、彼はビルタのたった一人の肉親であるルボミルスカー公爵夫人に、孫娘との結婚を申し込んだ。ヤロスラフがヴィレイカを立ち去ったときから不幸を予感していた夫人は、年寄りらしく軽い溜息をついてこれを受け入れた。ビルタは快活で落ち着いていた。彼女のファウストは目に涙を浮かべ、いつまでも彼女一人に心から身を捧げると言って去っていった。

彼女はコロヴラト家の家族とオペラに行って帰ってくると、長い手紙を書き、それを急使が隔週に軍の司令部に運んでいくのだった。

プラハにはさまざまな面白いものがあった。ビルタはいつぞやヤロスラフが話していた人々に出会った。ブレンターノ、[*85]シェークスピアを訳したティーク、[*86]神秘的な説教師で詩人のザハリアーシュ・ヴェルネル、[*87]チェコの伯爵であり学者であって、ズ・クレノヴェーホ一族の遠い親戚に当たるシュテルンベルク、[*88]「ロマン主義の女」と言われる有名な作家ゲンツェ・ラヘル[*89]の情熱的な愛人であるロベルトヴァーなどを、彼女は劇場で教えてもらった。

丁度その時、リベンの劇場支配人リービッヒの家で当時ドン・ファンを指揮していた浪漫主義的オペラの作曲家、カール・マリア・ウェーバー[*90]が彼女に紹介された。町ではチェコ語が話されていたし、またリービッヒのところにも、ヤロスラフの母国語として彼女にとって身近で親しく感じられる言葉で話す、小さなグループがあった。

チェコの俳優が、偉い学者のドブロフスキー師に紹介すると約束した。彼は彼女のプラハの住まいに近いノスティッツ家の宮殿[*91]に住んでいるというのである。

しかし彼女は彼に会わなかった。毎日天気が悪くいつも嵐のようだったからである。聖ミクラーシ教会の近くにあるマラー・ストラナの通りで、秋雨の中にドレスデンの戦いで捕らえられた者たちの長い列が佇んでいた。傷ついた者はミフヌーフ宮殿[*92]の庭、病院や兵営の中に横たえられていた。婦人たちが集まって包帯や布やシャツを用意してプラハ中の汚れた広場をまわり、飢えた人々に金属のポットに入れたスープを配っていた。彼らの視線に構う者は誰もいなかった。産婆たちは怪我をした者に包帯をして回った。医師が足りなかったからである。

ヤロスラフがザクセンから手紙をよこし、ビルタに許嫁《いいなずけ》と呼びかけていた。ビルタは一日中歌を歌い、召使いの前でしてはいけないことだったのだが、年老いたルボミルスカー公爵夫人にキスを浴びせた。老いた夫人は不平を言い、しきりにリトアニアに帰りたいと言った。

彼女は孫娘の世話を他の者たちに任せ、自分は宮殿の前庭の隅にあるロココ風の部屋に籠もった。動きと光があまり多すぎて目が疲れたというのである。

十月十八日に雨が降り、クロンスキー宮殿の庭木の葉が散った。午後の九時近くにビルタが失神して地面に倒れているのが見付かった。その前に彼女の叫び声が聞こえたように思われた。彼女は直ぐに気付いたが、ヤロスラフが自分の名前を呼び、ヤロスラフと彼女にとって何か悪いことが起こったことだけは分かった。この日彼女は外出することなく、老いた公爵夫人と一週間を愛情細やかに過ごした。

プラハ中の鐘が鳴っていた。ライプツィヒで大勝利[*93]を博したので、若い男たちはグループを作ってプラハ中を歩き回り、皇帝《カイザー》フランツ、皇帝《ツァーリ》アレキサンドルその他全ての同盟者や、同盟軍の側に移ることによって戦いを決したザクセン軍に対しても万歳を叫び、国歌や軍歌を歌った。

第一城伯であるコロヴラト・リプシュテインスキー伯爵が勝利を祝い、王国の行政官として自分の宮殿で催す勝利の祝賀会への招待状が二人の婦人に届いた。祝典に先立ってこの最高執行官に黄金毛皮勲章[*94]を授与する儀式が執り行なわれた。彼は戦場の隣にあるこの地を賢明に統治することによって、また六万人の国土防衛隊を募ることによってこの勝利に寄与したのである。——

その日の朝、ビルタは傷ついた士官の手からヘルベルト・ズ・クレノヴェーホ将軍がライプツィヒから送った包みを受け取った。ビルタは包みを受け取って手紙を読むと、ダンスの衣装に着替える手伝いをよこすようにと命じた。彼女は一日がかりで着替えをし、歌を歌いながら小間使いに小言を言った。

夕方、ビルタは舞踏会の最も美しい人となった。嵐のようなプラハでルボミルスキー将軍の未亡人が幸福だったのはこの日が初めてだった。ビルタがこんなにも彼女を喜ばせたことはかつてなかった。皆は明らかな驚嘆とともに彼女を眺め、皆が彼女の清らかで飾らない美しさに身を屈した。皆は彼女の名誉ある名前とその祖母の名前を囁き合った。プラハとチェコ中で家柄、知識、芸術的、軍事的名声あるいは美貌において優れていると思う全ての者が、既に黄金毛皮勲章を胸につけて客を迎えていた第一城伯のもとに群がっていた。老婦人は初めのメヌエットのあとは新しいダンスのワルツばかりだったのでパスをした。というのは誰に習ったのか知らないが彼女の孫娘は踊りが最もすばらしかったからである。第一城伯自身が彼女に踊りを申し込むほどだった。

夜半近く、老婦人は彼女の馬車がもうすぐ帰ってきますと知らされた。彼女はびっくりした。馬車を何処にもやってはいなかったからである。スヴィドリゲロ・スヴィドゥルジツカー伯爵令嬢がお帰りになったのですと説明された。

公爵夫人は直ぐに別れを告げた。彼女が家に戻った時、ビルタの寝室の扉には鍵がかかっていて、彼女が戸をたたいても何の返事もなかった。あたりが静まりかえっていたので彼女は門番を起こし、力ずくでドアを開けてもらった。ビルタはベッドの中に血まみれになって横たわっていて、両手の血管が切られ血が流れ出していた。まだ息があった。老婦人は必要な手当をした。手首の動脈を縛り医師が呼ばれた。宮殿に人々の足音が響いた。老婦人はこの事件を誰にも知られないように彼らに誓わせた。明け方になって医師のヴルビッキーは娘が助かるだろうと言った。彼は有名なドクトル・ヘルドの弟子でかつ友人であり、ザハーンスカー司令官夫人の個人的医師でもあった。

このときになってやっと老婦人は横になり、泣きはじめた……彼女が包帯をしているときに、かつてヤロスラフ・ズ・クレノヴェーホがはめていた指輪がビルタの右の中指にはまっているのを見たのである。

次の日彼女はビルタのベッドに近づいた。ビルタは恨みを込めた声で彼女に問うた。

「どうして死なせては下さらなかったの？」

老婆は何も答えず娘の額にキスをした。それからまた沈黙と熱に浮かされた眠りと期待の一日が続いた。二日目も、そして三日目も。

夜もまたビルタは夢を見て叫び声を上げた、丁度ヴィレイカ城の時のように。

十四日目にビルタは堅い声で言った。

「おなかに子どもがいます。でも彼は十月十八日午前十時にライプツィヒの近くで戦死しました。この子には父がいません。私は死ななくてはならないのです」

だがこのとき、ルボミルスカー公爵夫人は失神して倒れてしまった。

数日間彼女はビルタの寝室に入らなかったが、いつも見張らせていた。老いたヨナスは、かつてビルタの揺り籠の傍に坐っていたように、そしてほとんど一年前にヴィレイカの城でヤロスラフ・ズ・クレノヴェーホのベッドの傍に坐っていたように、揺り籠の傍に坐っていた。ビルタが包帯をほどかないように見張っていたのである。

ビルタは包帯をとらなかった。そして彼女は死ななかった。彼女の命名の元になった偉大なリトアニア女性が傷ついた時にも死ななかったように[*95]──

老いた夫人には女性が若者の狂気によって汚されたとき、一族の尊厳と名誉を護るべきあらゆる経験を身に付けていた。その盟約の判断をするのは第一城伯その人だった。

「世の中はどんどん進みますよ、あなた。ただ強すぎる情熱には慎重さと抑制が必要ですじゃ。ですがこの理性の世紀にそれをどう育てるか、またそれがどうなっていくか、神様のみぞ知るですじゃ──」


一八一四年、プラハ城の城壁の外側にある浅緑で柔らかな葡萄畑がちょうど花咲く頃、クトノホルスカー大通りの南側の丘の上にある公の葡萄園の車輪圧搾場で、子だくさんの園丁の家族としてまた一人男の子が生まれた。その子は聖ハインリヒ（インドジフ）教会の司祭館で洗礼を受けて、ヤロスラフという名を授かった──

年老いたルボミルスカー公爵夫人の尽力で、ロマンチックなアイロニーがロシア軍の雄々しい中尉の姿をとって、一八一四年の秋、公爵夫人とビルタ・スヴィドリゲロ・スヴィドゥルジツカーをプラハからヴィレイカまで送って行った。

彼はもう退役していて、馬の早乗りの愛好者として頭角を現わした。一八一五年、彼はリトアニア、プスコフ及びペトログラードの巨大な領地を相続した娘と賑やかな結婚式を挙げた。さほど身分の高くはない彼の一族は三人の男子の相続人をもうけたが、その中にはリトアニア司令官の血も混じっていた。そして事実ズ・クレノヴェーホ家の一族もスヴィドリゲロの一族も死に絶えはしなかったのである。

ヨーロッパの上を神聖同盟の静寂が覆い、ルボミルスカー公爵夫人も、孫に囲まれながら九十年の生涯を閉じた。

日々は再び美しく黄金色に耀いていた。広い川が砂の岸の間を流れ、ヤンマが草原の上を飛び、鷗《かもめ》が灰色の波の上を飛んで、貪欲な嘴《くちばし》で銀色の魚を飲み込む。丁度別の鷗たちが同じように貪欲に、同じようにやかましく、遠いセント・ヘレナ島[*96]の乾いた崖の回りを飛び回っていたように。

見知らぬ者の日記

拝啓

私たちの有名なボジェナ・ニェムツォヴァー[*1]がプラハで亡くなったことを、新聞でお読みになったことでしょう。あなたにお渡しする紙の束は、一八四二年から一八四四年までの私の日記です。どうか私が死ぬまで秘密の告白として持っていて下さい。その後は、もしそうすることが良いとお思いでしたら、とっておいて下さい。他ならぬあなたにお願いするのはあなたを人間として、僧として敬っているからです。この年月あなたは私の友人でもあり支えでもありました。あなたは私が自ら回りに作った砂漠の中のオアシスでした。ボジェナ・ニェムツォヴァー女史は、お読みになれば分かりますが……どうかこの書類を注意して読んで下さい、お願いです！……私を非芸術的な男と呼んだのは全く正しくありません。しかし彼女は自分については全く正しいことを言いました。詩人は自分の魂を最もよく知っているというのです。神が彼女に永遠の安らぎをお与え下さいますように。そしてこの国において彼女の栄光が永遠でありますように。

衷心よりあなたにお願いいたします。

敬具

一八六二年一月二十四日

ヒネク

一八四二年五月

私はプラハ城の直ぐ下の宮殿に通じる庭園に住んでいる。刈り取られた草の香りが朝のうちから巨大な花束のように窓から入って来る。私のいる屋根裏部屋には陽が一杯差し込んで、ここなら楽しく幸福に働けるように思われる。私の家は菩提樹と棕櫚《しゅろ》に囲まれていて険しい螺旋階段が私の部屋に通じている。もし誰かが階段を上ってくればまだずっと下にいても足音が聞こえてくる。私の窓の上ではアトリがさえずり、窓の下ではツグミが歌っている。ツグミがトネリコの木にとまっている。この木はやっと五月になった今、去年の凍って枯れた葉を落として、おずおずと淡い緑を身に纏いつつある。私は目を伏せて狭い額をした聖母マリアを描く。私は今、自分が古代ローマの坂の片隅に坐って蟬の声を聞いていると想像する。しかしそれは古い暖炉の中のひょうきんなコオロギなのだ。昨日私は一瞬彼の年取った不機嫌な顔を見た。それが愉快な音楽家だとは誰も言うまい――

　母が今日手紙をくれて、そちら、プラハには食べ物があるかと聞いてきた。飢えてはいません、お母さん。またもし飢えていてもあなたにそれを認めることは決してしません。きっとあなたは泣いて家に帰れと言うでしょう。しかし私がここを立ち去ることはありません、偉くなるまでは。せめて少なくともローマで有名だったし今でも彼自身の先生バーグラー[*2]よりも有名な、あのヘリヒ氏[*3]のように。

昨日、私は彼の人物と芸術に頭を下げた。彼は美しく曲がった鼻をしてフランス風に刈った口髭を蓄えていた。芸術家というよりむしろフェンシングの先生みたいだ。

彼は私くらいの年格好の若者を相手にしないとしても、気持ちの良い会話をする。私は彼の許に十分間いた。何か教会の絵の下絵を描いていた。その絵は何処に納めるのか言わなかった。彼は私をスタニェク[4]博士のところに連れて行くと約束した。それは皆があらゆる芸術とあらゆる芸術家に興味を持っている家族だと言うことだ。とても若くてまだ認められていない芸術家についてもだ。私に手紙をくれるということだ。

五月三十日

ヘリヒ氏の手紙を待っている。差し当たり町を見に行こう。旧市街《スタレー・ムニェスト》[5]の二つのカフェに通っているが、名前はまだ覚えていない。そこには煙草の煙と賑やかな会話がある。そこでは皆、薄暗い中で声を聞けば誰かはわかるが、顔は見えない。しかしそれ以外はプラハは素敵だ、どこもかしこも。新しいジェテェゾヴィー橋[6]、島々、カナールスカー庭園[7]、城壁の向こうにあるヴィンメロヴェー庭園[8]、古い樫の木の下のフヴェズダ[9]も、石橋《カメニー・モスト》[10]に通じる通りも。

そこでは皆いつも祈りを上げたくなるだろう。聖者の像にではなく、ヴルタヴァから天涯に立ち上るその美しさに対して。石と大気からなるこんな景色は世界中で他のどんな町にも見られないものだ！

私がアカデミーの生徒の誰かと出会うことはほとんどない。彼らはずっと若く、世の中が分かってはいない。私がなぜこんなに水をのぞき込むのが好きなのか、そしてなぜ私が水はもう一つの空だというのか、彼らには理解できないのだ。池の端に坐って水の中に消えていくお日様を、彼らが子どもの頃に見たことなぞないからなのだ。彼らは石膏の像の前に坐ってその影を楽しんでいる。しかし私は何よりも、ブルスカ*11の傍《そば》のどこかの艀《はしけ》の上からヴルタヴァを描きたいと思う。水面に浮かぶまさにあの銀色がかった暗い緑や紫色の波の影を。

六月二日

私はスタニェク家につれていってもらった。スタニェク博士は薄い唇で私に微笑みかけ、ずっと以前から知っていたかのように、ほっそりした医師らしい手で心を込めて私と握手し、大きな声で私を客たちに紹介した。それから彼は薄暗い隅に坐って、背の高い肘掛椅子に身を沈めた。彼は身じろぎもせずに坐っていて、黒い長髪を戴いた蒼白くて長い顔は、大理石のライオンのマスクに似ていた。妻のロチンカ夫人は美貌ではドクトル・スタニェクに遠く及ばなかった。彼女は口が大きくて高い頬骨をしていた。しかしほかの点で彼女は魅力的だった。静かで愛らしい、夢見る心を持っていたのである。身体は母としての雄々しさを持っていたが、心は乙女そのものだった。

彼女の回りには子どもたちがいた。息子のラディスラフと娘のボジェナである。角張った顔でませて思慮深そうな口をしていた。極めてまじめで熱心な話だけに耳を傾け、子どもらしからぬ遊びをしていた。スタンコヴァー（スタニェク）夫人の妹のアントニエもちょっとだけ姿を見せた。彼女は姉と同じように大きな眼と大きな口をしていた。その顔には同じように夢見るような憧れの表情があった。まるで世界を救いたがっているかのようだった。

そこにはアメルリング氏*12もいた。とてつもなく大きな額をした学者である。それから名前を忘れた数人の人々、詩人のネベスキー[*13]もいた。

ドクトル・スタニェクは彼とヘーゲルについて話をしていた。若い人々は坐っていた部屋を出て、煙草を吸っていた。スタンコヴァー夫人は緑色のグラスに赤ワインを注いでいた。彼女はラインランド出身の貴族だという話だった。ネベスキーは、彼特有の意地の悪そうなすね者の笑みを浮かべて、私をからかった。それでも彼は健全な若者だったのだ。ちょっと近視だったようだ。私はあまりものを言わなかった。今日私と同席していた人々はとても変わっていた。私が今まで聞き慣れていたのとは話が全く違っていた。それに私は哲学に弱かった。我が同胞団員《ピュアリスト》たちはそれで満足はしなかった。それにトシェボン[*14]の池は夢想を教えはしたが、三段論法は教えなかった。

そういうわけで私はスタンコヴァー夫人の傍に坐り、彼女がプラハに来る前にいたというロジミタール[*15]のことをいろいろ訊ねた。彼女の父は交代監督《シフトミストル》[*16]だった、それがどんなものか分からないが。スタンコヴァー夫人にはもう一人、ハニンカという姉がいた。彼女のチェコ語の先生だった法律家のフリッチ博士が彼女を妻にしたが、二人とも今日はここに来ていなかった。間もなくヘリヒが私を連れて辞去した。途中で私はヘリヒ夫人にスタニェク家のこと、アメルリング氏のこと、そしてとりわけ詩人のネベスキーのことを訊ねたいと思った。けれどヘリヒが、いない人のことは話してはいけないと言いたげに私を横目で見たので、私は黙り込んだ。

家に帰って私はアメルリング氏の風変わりな横顔を描こうとした。結果は細い首の上に巨大な顔が乗っていて額に二重の瘤のある、お化けのようなカリカチュアだった。レオナルド・ダ・ヴィンチもこんなお化けを描いていた。ヘーゲルならこれは美のアンチテーゼだと言っただろう。しかしそれでもどうやら私はスタニェク家で何かを学んだようだ。テーゼ、アンチテーゼなどなど。まあいいだろう。

　今日、ツグミとアトリが私の窓に止まって、樋の溝に撒いておいたパンくずを食べていた。トネリコはもうすっかり緑になって花をつけていた。それは春の嵐のようにやってきた。きれいだ。だからそれは短い命なのだ。上の方にあるロプコヴィッツ宮殿[*17]の窓が燃えているようだった。屋根は今しがた通り過ぎた激しい雨で濡れていた。菩提樹からは重たいしずくが道の黄色い砂の中に滴り落ちている。三十年前には、亡命したブルボン王家の女たちの小さな足がそこを通り、パリのおしろいやオーデコロンや絹の胴衣の匂いが漂っていた。侯爵が羊飼いの女に向かってマンドリンを弾き、ボナパルトを呪っていた。

　カフェでは、かつての大臣や将軍たちが世界の行く末について議論をしていた。今そこに住んでいるのは眠そうな園丁である。そして私は赤い手をした田舎の息子だ。スタニェク家でスタンコヴァー夫人が私の手を見た時、私はその手が恥ずかしかった。私は急いで絵を描くことや彩色について話し始めた。この赤い手が何でも問題なくできると、彼女が分かってくれるように。

六月五日

　ホドコヴァ大通り[*18]でアメルリングに出会った。頭を垂れ、緊張してびくびくしていた。雄牛のように。私が挨拶するとアメルリングは立ち止まり、心ここにあらずといった少しはれぼったい目で私を見た。全身打ちのめされているようだった。しかし私だと分かると彼は話し始めた。教育についての自分の計画について、形式的な教養という枷からの人間の解放について、美の自由な鑑賞について、解放された女性への愛について。

彼の雄弁は誘惑的ではあったが、同時に我慢ならないものだった。彼は聞いてくれる人がいるのが嬉しいようだった。彼は突然、ロチンカ夫人とハニンカ夫人の姉妹であるライス家のトニンカ[*19]のことを話し始めた。彼は彼女がフォン・シュタイン夫人のように美しく元気の良い人だと言った。私はフォン・シュタイン夫人が誰か知らなかったが、彼はそれが大ゲーテの恋人だと説明した。ロチンカは、『若きヴェルテルの悩み』のロッテの原型になったゲーテのもう一人の恋人、シャルロッテ・ブフ[*20]のような人だというのである。じゃあハニンカは？　彼によればハニンカはフリーデリケ・ブリオン[*21]だという。これを聞いて私は笑ってしまった。三人姉妹でゲーテの三人の恋人とは！　アメルリング氏は何でも絵や体系や三角形に変えてしまうので、彼にとってはすべてが明確なのだ。田舎者の私の理性は彼が明らかに現実を枉《ま》げていると私にひそかに告げるが、彼はあらゆることが自分の思うとおりなのが嬉しいのだ。彼は突然坂を下ったブルスカのところで鍔広《つばひろ》の帽子を低く振って挨拶をすると、暑い六月の今も着ている外套にくるまって、ヴルタヴァの方に走り去った。

　私は人気のないヴァルドシュテイン宮殿[*22]の傍を回ってトネリコの下の我が家に帰りながら、これまで頭が明晰であることを嬉しく思った。まだどれぐらい続くのだろう？　とても驚くような考えが私の中でふつふつとたぎっていた。私はトニンカのことを思い出していた。アメルリングは彼女の名をボフスラヴァと言っていた。そして直ぐに付け加えて、この名は宗教的なものではなく、トニンカは天才的な頭脳と感情によってみずからを示された、かの神の婢《はしため》なのだと、ボフスラヴァは新しい宗教学の修道女なのだと。私はこれにはどう答えたらよいか分からなかった。私が見たのはただ、目のうちに永遠の情熱を秘めた若い黒髪の娘に過ぎなかった。あまり健康そうには見えなかった。アメルリング氏が健康ではないように。

今日は私の庭からそそり立っている城を窓から眺めた素晴しい情景を描くことができた。切り立った城壁、重なり合う屋根、灰色の影に入っている窓外投擲《デフェネストラツェ》[*23]の窓、屋根の上にそびえる聖ヴィート教会[*24]の塔。それは低くうずくまり、未完成のゴシック様式の教会をバロック様式で完成させたものである。しかしそれでもこの塔はこうでなくてはならず違ったものであってはならない。それが我々の歴史なのだ。いつも何かしら未完成なもの、不足なものがある……哲学をして頭が痛くなって来た。寝るのは止めにして、ワインを飲みに行こう。

六月十二日

ネベスキー氏が私を訪ねて来た。私がネベスキー氏を呼んだ訳ではなかったが、彼はやってきた。私の屋根裏部屋と私の絵に興味があるというのである。私の小さな部屋を眺めて、私が書物を持っていないのに生きていけることに驚いていた。それから窓を覗いて、絶対にその通り繰り返すことができないほど見事なおしゃべりをした。白状するが、彼が何を話したのか分からない。思うに、カレル・ヒネク・マーハ[*25]のことや、廃墟に懸かる月の魅力についてだったのだろう。彼はココジーン[*26]のどこかで生まれたというようなことも言った。そして自分のことをカレル四世のようにワイン好きだと言った。若い時のカレル四世のように。それから立ち去るときに友達にならないかと私に訊ねた。私は手を差し出した。私は彼の大きくて夢見るような近視の目を長いこと覗き込んだ。ネベスキー氏は法律、医学、美学、それからなんやかやを研究している。どうして私が彼の友達になどなれるというのか。ただ彼に感服するばかりだ。

六月十三日

スタニェク家に呼ばれた。ボフスラヴァがトニンカの名の日のお祝いをしたのである。蜜を入れたコーヒーとケーキが出された。トニンカが歌うか朗詠するかした。どちらなのか分からないがイタリアにあこがれるミニョンの歌だった。名前を知らない若者が何人かいて拍手していたが、一人は涙ぐんでいた……アメルリングがトニンカに近づき、褐色の口髭を撫でながら、彼女の額にキスしたいと言った。それから儀式が始まった。その後やはり医学博士のチェイカ氏*[27]とかいう人が、ジョルジュ・サンド*[28]のことを話し始めた。それは女性で、詩人で、フランス人である。彼女は男の着物を着て胸には勇敢な心を持っていたという。彼女は世の中をひっくり返すことができた。特に男の心を。詩人アルフレッド・ミュッセ*[29]が彼女を愛したという。

チェイカ博士はこの女性の本を全て読み、一段落を丸々引用することができた。彼は自由な人々の自由な恋愛についてのいくつかの文章を朗読して咳をした。私はチェイカ博士がとても気に入った。ネベスキーやアメルリングよりずっと良かった。ずっと純朴だ。プラハにはちょっとやって来ただけで、ウィーンのロキタンスキー*[30]の許で学んでいる。しかしあと数ヶ月だ。その後プラハに帰ってくることになっている。チェイカは良いラテン語の先生らしい。古代の世界を理解していて、それを全然教授みたいでなく、大層魅力的に物語ることができる。好むと好まざるとにかかわらず私には教養がつく。私のように文化的に無知な人々の中にいたらこれは理解できなかっただろう。プラハでの交遊が私を全くだめにしただろう。もう私はインクが紙の上に落ちても悪態をつくことはないだろう。

六月の終わり

ニェムツォヴァー夫人に紹介してもらった。

七月十日

数日書かなかった。ニェムツォヴァー夫人がスタニェク家にやってきた。チェイカ博士が私を紹介してくれた。このときからニェムツォヴァー夫人のこと以外は何も考えなくなった。私は彼女を訪問することになった。彼女はポジーチー[31]に住んでいる。彼女の家に行くのに、広い二階建ての家を通り抜けた。一階には汚らしい店があり、庭からも窓を通しても壁が見えた。

ニェムツォヴァー夫人には、ヒネク、カレル、ドラという三人の子どもたちがいた。子どもたちは美男美女ではなかった。特にヒネクはそうだった。彼女の夫は変わり者だった。背が高く、太り気味でニェムツォヴァー夫人よりも遙かに年をとっていた。愛国的な事柄に興味を持ち、教養をひけらかす、時々大声で妻や子に対して叫び立てる、他人が居ても頓着しない。この貧しい住まいにこのような連中がたくさんやってくる。プラハ特有の人物である。スタニェクの仲間の男や女たちだ。ヨゼフ・ニエメツが属している民族博物館出版部《チェスカー・マティツェ》[32]の紳士たち。彼らは時に極めて荒っぽい言葉を使う。

ボフスラヴァはニェムツォヴァー夫人を抱きしめ、彼女にしょっちゅうキスをしては泣く。隠れた恋をしているのだ。ニェムツォヴァー夫人は彼女を撫でて慰める。ニェムツォヴァー夫人はお腹が大きかった。四人目の子どもが生まれるのだ。十八歳位に見えるが四番目の子どもが生まれる。神様、何という幸いだろう。彼女は美しい。そうでなかったなら、今まで表現することも、姿を描くこともできなかったろう。家で試みても巧くいかなかったろう。私は二度、彼女に薔薇の花束を持って行った。私たちの庭にあったものだ。園丁のキースリング氏は私が庭を散歩することを許してくれた。夕方私は城壁の直ぐそばの庭園にある四阿《グロリエット》に坐ってニェムツォヴァー夫人のことを考えていた。彼女の名前はボジェナだった。そして彼女は二十二歳だ。どこか山の中で生まれた。少なくともナーホドカのラチボジツェ[*33]のことをしばしば話していた。

十七歳のとき彼女は税関吏のヨゼフ・ニェメツの許にお嫁に行った。彼女が私に言ったところでは、彼女の名は本当はバルボラで、ボジェナというのはペンネームだそうだ。子どもがもう少し大きくなったらまたちゃんとした書き物ができるだろうということも。そういっても沢山の仕事があるのに。引っ越しまで！　彼女は既に夫と一緒にいろいろなところに行った。それぞれの場所で彼女に子どもができた。チェイカ博士が彼女の主治医だ。彼は私を家に送る途中、私と同じくらい熱心に彼女が美しいこと、彼女の物語の才能のすばらしいことを語った。我が国のジョルジュ・サンドになるだろう、と彼は言った。我らがジョルジュ・サンドは差し当たり子どもを産んで乳をやり、洗濯をし、夫の靴下をつくろい、暗い小部屋に住んでいつも病気しているというわけだ。

私はマラー・ストラナをチェイカと一緒に散歩して、夕方に緑の鷲《ウ・ゼレーホ・オルラ》[*34]亭に立ち寄った。それは時には彼女も夫と来ることのあるカフェで、民族博物館出版部《チェスカー・マティツェ》の会合がある場所だった。

ボジェナ・ニェムツォヴァーはかわいらしい眼をしていた。その眼の色は未だによく分からない。それは夕方太陽が沈んだ後の池の水だった。髪の毛は黒く丁寧に櫛が当てられていた。顔は小さくて丸く、真ん中に小さな凹みがある柔らかいあごから丸い頬が突き出ていた。彼女の口といったら……神様、私には形容できない。口はまれにしか微笑まない、態度は堂々としている、これは奇跡だ！

ザウアクラウト[35]と下水の匂いのするポジーチーの家に妖精《ルサルカ》[36]が住んでいるなんて！

私には昼も夜も彼女が見える、そして起きていても寝ていても私には目の前に彼女が見える、私には見える……病んだ薔薇のような、新鮮で、苦く、甘く、悲しい彼女の唇に私はキスをする。

しかし私が何を欲しがっているのか、なぜ欲しいと思うのか、私には分からない。そしてアメルリング、ヨゼフ・ニェメツ、スタニェク、チェイカ、ボフスラヴァ、ロチンカのようなすべての手合いを憎む。だからプラハを出て行って彼女のことを考えるのはやめにしよう。

七月の終わり

私は故郷の母のところに行ってきた。池に通い、蚊の喰うのに任せて野生の鴨に石を投げたりした。葦の中に蜻蛉《とんぼ》がとまっていた。それは彼女のようにほっそりとしていた。私の回りでダンスを踊り、アメルリングのような大きな眼で私に笑いかけた。その後、最初の夜と二日目の夜、そして十日目の夜、私はプラハに妖精《ルサルカ》が住んでいることを忘れていた。私は朝日が覚めると彼女の口を思った。そして自分の指に次々と口づけして彼女の指に口づけをしているつもりになった。とてもほっそりとしてとても痩せていてとても哀れな美しさだった。誰もそれらを理解できないだろう。まだ真新しいダゲレオタイプ[37]に写った若い髭面の顔を彼女が見せてくれた、あのチェルヴェニー・コステレッツ[38]の画家ヴァツェク[39]には、それが理解できるというのだろうか？　彼女の姿を描いたのは結婚式から数週間後のことだという。私は彼女が一瞬のうちに彼を好きになったと確信している。私は彼女が生きていて出会ったすべての男たちに嫉妬を覚える。とりわけ私の知らない男たちに。だからヴァツェクにも。

もう三日間雨が降っている。私は窓から空を眺めて、黒雲の中に彼女の横顔を見て取る。それは頭を垂れていて、梳《す》いた髪が耳に懸かっている、病人のように小さな白いローブを着ている、そしてその上に柔らかな髪の毛が。イヤリングはしていない。
またプラハに行くが、もう決して彼女のところには行くまい。

八月の初め

ずっと家にいる。お腹がすいた。沢山食べ、夕方には農夫や漁師の親方たちとビールを飲む。収穫や霰《あられ》の害について蘊蓄《うんちく》を傾ける。私はちょっとした嵐が来るのが好きで、林に走っていって苺を探す。私が彼女に苺をやると彼女はそれを私の手から直接口で受け取って食べる。苺の汁がひとしずく彼女の顎につく。そこで私はその汁を吸いとる。もう絶対プラハには行かない、プラハに行ってもポジーチーが私を見ることはないだろう。繕った靴を妖精《ルサルカ》が履いているなんてどうしても変だ、歩いたら折れそうなあんなに細い足首なのに。眼は子鹿のようで足首は逃げていく子鹿のよう。もう絶対……

私は今日ここから彼女に手紙を書いた。その手紙は後で引き裂いて焼いてしまった。何を書けというのだろう。身重だから注意しろとでも？　あのヒネクというのは嫌な子で、ドラは間抜けな眼をしている。あいつ、あのヨゼフ・ニェメツの眼と同じだ。きっとニェメツは飲んでいるだろう。兵隊たちが外国から悪い習慣を持ち込んだのだ。彼は長いことイタリアにいたからな。あっちで何をやっていたことやら。それから帰ってきて妖精《ルサルカ》と結婚したんだ！

八月十五日

午前中に彼女を訪ねた。子どもたちが地べたに坐って泥で玉を作って遊んでいた。ヒネクはカレルともつれ合っていた。だが彼らは私にとってはどうでもよい。

あのひとは昼食を作っていて、私を皮肉っぽく不機嫌そうに見た。それから突然言い出した。「ヒネクさん、どうかここにおいでにならないで下さい。これからは、つまり九月中は。私は今では美しくはありませんから」と。私は立ち去った、あのひとの粉だらけの手に口づけして。もう決してあのひとのところには行かない。しかし私の目にあのひとが美しく見えるということが、あの人にとってどうして問題なのだろう。ということは今の私が見るよりもずっと彼女が美しかった頃をヴァツェクは知っていて、大胆にもそれを描いたということになる。私はもう行く勇気がない。もうこれ以上！あのひとが子どもに乳をやる頃は。だがその時はこのルサルカの家はもっと手狭になるだろう。

　チェイカは行くことができる。医者だから当然だ。彼はプラハに引っ越してくる前に彼女を診ていたのだ。大きな青い眼をしたドラがまだ生まれるより前に。耀《かがや》きのないあの眼は誰のだろう。あのひとは夫と一緒にポルナー*40からチェイカの許にやってきた。あの町々もあのひとを見たことがあるのだ。神様、ポルナーだって！　そしてプラハでは通りで見ることができない。また私は気違いの哲学者たちに混じって緑の鷹亭《ウ・ゼレネーホ・オルラ》に坐ることになるだろう。彼らはヘーゲルを論じながら彼女のヒップのことを考える。彼らは偽善者だ。実のところ誰なのだ？　チェイカがそうでないことは確かだ。じゃアメルリングは？　あの男はボフスラヴァが好きで、それ以外は目じゃない。

　で、ネベスキーは？　あの男はあのひとを知らない。あのひとの話になった時、あの男は興味を示しはしたが、それはチェコの詩壇《パルナス》の新しい希望についての興味だ。ネベスキーは既に自分が第二のカレル・ヒネク・マーハだと感じている。そしてチェコ国民の未来はかかって彼個人にあるかのような顔をしている。彼がいなかったら我々が破滅するかのように。あの男は嫌いだ。それでも彼はとても愛すべきとてもいい若者だ。

ある時私は彼と一緒にシャールカ[*41]に行ったことがある。このすばらしい景観が私は好きだ。ここを歩くとここから一時間のところに大都市があるなど考えることもできないだろう。あそこには煙突や橋や宿屋、美しい店があって、釣り鐘のようなスカートをはいて絹の鳥の巣を頭に乗せた女たちや、やたらに長いレースの靴下をはいた娘たち、腰まであるフロックを着て胸を張り、高い襟に黒いリボンを巻いて、カールした髪にシルクハットを被り頬髯を生やした伊達男がいるのだ。だがここには牧人がいて牛や羊と話をしている。

ヴァーツラフ・ボレミール・ネベスキーが自作の詩の一つを私に聞かせてくれた。私はボジェナ夫人のことを考えていて、自作のメロディアスな詩を歌うように囁くネベスキー氏ではなく、あのひととここにいたかった。

まだ八月

何を書いたらよかろうか？　あの人には手紙は書けない。だが私はそれ以外の何事にも興味がない。せめてポジーチーを散歩しよう。あの人の家の前で通りの反対側に立って窓を眺めよう。それは意味がない、あの人の窓は通りに面していないのだ。私はギムナジウムの生徒のような振る舞いをしていて、自分に腹を立てている。しかしどうにもしようがない。昨日私はチェイカを見た。彼はあの人を訪問したのだ。速く軽やかな足取りだった。頬に赤く角張った痣《あざ》があった。彼が咳をするのが聞こえた。だが私は見られないように隠れた。

九月二十日

ネベスキーとムニェルニーク*42に行き、ワインを飲んでおしゃべりをした。ネベスキーとおしゃべり以外にすることがあろうか？　この男は話し好きでおまけに感傷的だった。これは特別な才能だ。物書きはふつう話すのが下手だ。どうしてそうなったのか分からないが、私は酔ってネベスキーに無礼なことをした。ネベスキーはわけが分からず私を眺め、恋をしているのではないかと訊ね、ずばりと「ニェムツォヴァー夫人に」と言った。「……だって君はあのひとを知らないだろう」「……だけど君は知っている。女性や恋や幸福について話すのを聞いて、ニェムツォヴァー夫人のことなのだと分かる。チェイカも同じようなことをよく話す。そしてチェイカが彼女に恋していることは分かっている……」そう言うと彼は私をじっと観察した。患者を診る医者のようだった。ネベスキーも少しは医者の心得がある。私は話すのを止めた。この男に私の痛みが分かるものか。

秋はまだやってこない、ダリヤがもう花を咲かせているのに。ある時あの人は私に例のヨゼフ・ニェメッツと結婚した日に行われたイジーンカ祭り*43のことを話したことがある。結婚式の日は一晩中踊って明け方に泣いたそうな。*44どうしてあの人がこんな男を夫にしたのだろう、どうして独身でいなかったのだろう。ライス家の娘たちはあんなに上手に選んだのに。みんなちゃんとした人物だ、スタニェク、フリチは。それでも彼女とは比べものにならない。それなのにあのヨゼフ・ニェメッツを取るなんて。あいつはふつうの人間ではない、それは確かだ。だが彼には奇妙に相反したところがある。半ば教養があって兵隊のような粗野なところと、発作的な神経過敏さ、姿は美しいのに無気力な眼。いつも何かに腹を立て、いつも人を猜疑し、いつも誰かに傷つけられ、誰かに跡をつけられているかのように絶えずきょろきょろして、そいつの頭をたたこうと構えている。あの男はこの女性の側にいるとつまらない価値しかないと感じている。だから彼女を愛しているのだ、彼流に。高慢に、自己中心的に、ただひたすらに。

だが彼はどんな人を妻にしているのか分かっていない。そしてそれを彼に教える者もいない。しかし彼女だってどんな男と結婚したのか、またどうして結婚したのか分かってはいない。彼は肉体的に惹きつけることができない。道徳的にもそうだ。精神的にはもっとできない。あの人は何も考えずに結婚したのだ、結婚するためにだけ。両親の言うことと、取り返しのつかない刹那的な気分に従ったのだ。結婚式が済んだら直ぐ殴ったと私は確信している。同じように彼女が彼を裏切っていると私は確信している。初めからだ。彼に忠実であることを誓ったまさにそのスカリツェの教会のなかで、きっと彼女は誰か別の人のことを思っていたに違いない。それ以外にはあり得ない。

ムニェルニークの庭園にダリヤの花が咲いていた。引き抜かれた葡萄の畑が午後の暖かい日差しを浴びていた。今年は秋が遅い。ネベスキーと私は二人で葡萄畑と二つの川を見下ろすところに坐り、火山と花崗岩、果物と葡萄の国を眺めていた。アルプスの北で最も興味深い地方だ。この地方はまるで劇場で見るように美しい。杯を上げて飲み干したくなる。私はすぐさまコップを上げて大きい声で言った。「ニェムツォヴァー夫人に良きお産の時が来ますように」ネベスキーは私に合わせてコップに口を付けて飲み、「そうなるとも」と、思慮深そうに言った。

その夕べにはそれ以上なにも話をしなかった。私はニェムツォヴァー夫人のことをいろいろと考えた。あのひとがウィーンの出身でたまたまそこで生まれたこと、彼女が子ども時代を過ごした山国に自分の根っこを持っていること、チェスケー・スカリツェの学校と、あのひとが聖母マリアの昇天を見守る天使たちの絵のある祭壇の前で結婚した、あの教会のこと。若い夫婦がチェコの町々を遍歴したこと。あのひとが私に言ったこと、チェイカが彼女について知っていること、彼女の姿を補うために私が思いついたことなどを。あのひとは結婚の時、きっといつものように丹念に髪を梳いて薄青い着物を着ていた。教会で被っていた白いヴェールはダンスの時には脱いだ。右の肩には赤と白の大きなダリヤの花をつけていた。ニェムツォヴァー夫人は、この婚礼の後にやってきた時代について話すことが好きではなかった。一緒の時に一度無理にあの人に訊ねたことがある。あの人が一番好んだのは故郷ラチボジツェのこととお婆さんのことだった。あのひとは父親のことも好きだった。母親については話さなかった、そんな人はいなかったかのように。どうしてそんなことをしたのか分からないが、私はニェムツォヴァー夫人についていくつかの詳しい話をネベスキーにした。女流詩人のことを詩人に。間違いなく彼はこういう事に興味をもっている。彼、女性解放のスポークスマンは。

十月十五日

ニェムツォヴァー夫人に四番目の子どもが生まれた。男の子だ。もう十四日ほど前のことだ。そしてやっと今日、彼女から手紙が届いた。「どうか十一月に私どもにおいで下さいますように。男の子ができました、名前はヤロスラフです」……あそこに行こう、今日にでも。

十月十六日

あのひとは安楽椅子に坐り、羽布団にくるまれた子どもを抱いていた。子どもは泣いていないで寝ていた。かわいい男の子だった。私が思うにはニェメツ家の子どもの中で一番かわいい。私はあの人の手にキスしてお祝いを言った。あのひとは耐えているような微笑みを見せた。美しかった、これまでにもまして美しかった。顔色は象牙のようだった。以前よりも毅然とした姿で、髪は無造作に、唇は前よりふっくらしていた。眼には苦い幸福を湛え、両の手は透き通るようだった。私は何も言うことができなかった。部屋は人で一杯だった。ノヴィー・ビジョフ[*45]からニェメッツが手助けのために母と妹を呼んだからである。子ども三人、女三人、夫と赤ん坊、それに極く狭い住居！　まだましなのはニェメッツが家にいるのが稀だということだった。彼の大声があれば、六週目の子どもはもっと落ち着かなくなるだろう。あのひとは助けは欲しくなかったのだが、ニェメッツが押し通した。きっと彼は別の助けも欲しかったのだろう。彼が奴隷女のように愛しているものに反対すること。理解できないのは、自分に足りないところがあると知りながら――酔うと時々認めるのだが――どうして容赦なく自分の妻を支配しているのかということだ。それは決して人格によってではなく、状況によって生じる権威である。というのはここに四人の子どもがいるからだ、たとえまだ何も出版してはいなくても詩人である二十二歳の妻[*46]の四人の子が。ボジェナ・ニェムツォヴァー夫人が自分の子どもにおとぎ話を話していると思うものは国中に誰もいない。それはおとぎ話などではなく、美や真実や公正さ、幸福、喜びを求めている人間の夢なのだ。それにしても何という話だろう！　それは我々別のものが語るような言葉ではなく、森の泉の清らかな水なのだ。人を癒《いや》し、真摯で響き高く、黄金を含む水なのだ！ボジェナ・ニェムツォヴァーの語る言葉が好きだ！　あのひとは私がもっと繁《しげ》く訪ねることを許してくれた。だが彼女は私にそんな妙な目つきで見ないようにと頼み、それはあなたらしくはないと言って、私にさよならを告げた。

十月二十日
ボジェナ・ニェムツォヴァー夫人を訪ねた。

十月二十二日
ボジェナ夫人を訪ね、お菓子を一箱持って行ったが、彼女にはそれだけでは足りなかった。産後六週間なのに充分な食事をしているのかどうか分からなかった。チェイカに知らせなければ。

十月二十五日
私は訪問を断られた。ボジェナ夫人は熱を出してベッドに横になっていた。病気だ。チェイカが彼女を診て姑と義妹が世話をしている。子どもたちが台所で泣いていて、夫は不機嫌で、彼女がいつまでも病気なのをなじっていた。子どもたちが生まれてばかりいるのはならないのだ。ニェムツォヴァー夫人は呼ぶまで待ってくれるようにと頼んでよこした。治ったらお話ししましょうと。今は大変具合が悪い。ヤロスラフも痩せてきた。大きくなっていない。母乳をすごく欲しがっている。チェイカは不機嫌で、ニェムツォヴァー夫人に何が足りないのか私に言おうとしない。医師の守秘義務に隠れている。彼女が危ないのではないかと訊ねた。チェイカは頭を振ったが、何も言わない。思うに彼は泣きたいのではないだろうか。お産の後こんなに経ってから病気になったというのはおかしい。もうすぐ産後六週間の半ばなのだから。私は自分も賢くなったものだと笑ってしまった。結婚していない画家がいつから産後六週間だとか、授乳だとか、産褥熱などに興味を持つようになったのだろう。

しかしこれはありふれたことではない、病人がボジェナ・ニェムツォヴァー夫人なのだから。

十月三十日

私は仕事に出かけた。幻想的な景色を描いている。油絵だ。ちょっとシャールカを。崖、険しい丘、谷底の流れ、前方にある小さな草原の羊の群れ、羊飼いとタンポポ。流れは見えない。しかし岸辺は勿忘草《わすれなぐさ》で青く見える。それは私が描きたいと思うものではなかったが、時機がこのような風景と田園を必要としている。外は寂しい。風が木々の樹冠を揺らし、私のトネリコの木の葉を落とす。雨が降り、朝には霧が城の屋根を覆う。それから風がその霧を私の庭に運び、木々が涙で光る。

ボジェナ夫人が病気だ！ そして私は至極健康で頭がはっきりしている。私はアメルリングのように少し気がおかしくなりたい。ボジェナ夫人が病気だ！

十一月二日

万霊祭。*47 絵を完成させる。絵の勿忘草が鮮やかな青色を失い、崖は褐色になって空は灰色になった。これは秋のシャールカだ。私の魂の悲しい景色だ。ボジェナ夫人が病気だ……

十一月十六日

またスタニェク家に通う。せめて彼女のことを何か聞きたい。チェイカがやってきて情報をくれた。これらの人々がここにいて、彼女が病気だというのに友人のふりをしながら喋り、笑い、歌を歌うことができるなんて不思議だ。だがあのひとはずーっと病気で、構ってもらえずに落ち込んでいる。私はこの息苦しい住まいにいる彼女のことを想像してみる。子どもたちは汚い地面の上をよちよちと歩き、夫は大声を上げて朝のうちに出て行き、よその誰かが買い物に行く……。義母とその娘はもうずっと前に去った。間違いなくその方がいい。彼らは病人を苦しめ、いろいろと邪魔をするだけだったから……その後で病人が起きて暖炉のところに行き、粗末な昼飯を作る。

ちっちゃなヤロスラフは揺り籠の中で寝ているか泣いていて、病人は再び布団の敷かれたことのないベッドに横になる。外は霧と雨。壁の上の雑草は枯れて、夕方でもそこを通るものは誰もいない。広場に重い荷車が入ってきたり、御者たちが叫び、馬が嘶《いなな》き、凸凹の敷石の上で鎖ががちゃがちゃ鳴る。隣人たちは夕方になると広場に集まってきて大きな声を上げて話し合い、煙草を吸う。昼食の前にハーモニカ吹きのイタリア人がやってきて、いつも同じ小曲を三つ奏でる。ニェメツはこの歌を知っていて、それに合わせて歌う。

彼は日曜日にはいつもより元気になって台所で何かを叩き、妻をベッドから追い出す。昼が近づくと彼は叫び立て、不機嫌そうに昼食を食べると、食事のあと直ぐにカフェに出かける。彼はたとえ呼ばれてもスタニェクの家には行かない。チェイカは一週間に三度、午後に来ては子どもたちにお菓子をやる。ニェムツォヴァー夫人と話をして仲間のニュースを彼女に伝える。スタニェクの詩のこと、学者のこと、感じやすい女性たちのサークルにセンセーションを起こしたボフスラヴァに対するアメルリングの恋のこと、ジョルジュ・サンドのことなど。

スタニェク家はいつも賑やかだった。スタニェクは唄がうまく、ロチンカも一番好きな楽器のギターに合わせて上手に歌った。時に若い人たちがワルツを踊っていると、ボフスラヴァはアメルリングに手を取られて彼と暗い隅っこで坐っていた。アメルリングは飽きもせず燃えていた。いつも何かを改革し、組織し、直し、壊す。美学、衛生学、自然諸科学、文学、若者の教育、あらゆる事についていつも有頂天になって、教訓を垂れるように独特の考えを語るのだった。シェリング、バーダー、オケン[*48]、これらがいつも繰り返し出てくる名前だった。彼はカシパル・フォン・シュテルンベルク氏の秘書として世界のあちこちを旅行し、ヘブライ語、サンスクリットなどのあらゆる言葉を学んだが、それらはすべて頭の中にちゃんと整頓されていて混乱しないようになっていた。私なら気が狂っていただろうが、彼は棚を次々引き出して中身を取り出し、それをまた彼の恐るべき脳の中にしまい込むのだ。この引っ張り出された中身は実際これらの棚の中に入っているのだ。しかも増えているのだ。

アメルリングは話しながら考え、概念、言葉を作り出しているのだ。時にはちっとも分からないことを話す。ボフスラヴァは目で彼の言葉を飲み込んでいる。ボフスラヴァをアメルリングに惹きつけているものを愛と呼んでいいのかどうか知らない。むしろそれは彼の頭脳を神様のように思っているのだ。アメルリングのような手合いは稀である。しかしボフスラヴァにも何かしら変わったところがある。この娘にはたいした才能がある。今のところこの才能が何か定まった方向を持っているわけではないが。

アメルリングは彼女が教育学に進むようけしかけている。彼女を若い娘たちの教育者にしたがっているのだ。彼は娘たちの教育には独特の考えを持っている。彼はルソーとシェリングの自然哲学の諸原理をこれに応用しようとしているのだ。アメルリングはまた何か秘密の結社を作った。ドイツの道徳同盟《トゥーゲントブント》[*49]を模範としたものである。私も誘われた。私は結社に意味があるとは思わないし、秘密というものには向いていない。それに道徳については私自身の考えがある。

ボジェナ夫人は病気で、もう何週間も彼女に会っていない。それが最も重要なことだ。あの人に手紙を書こう。そして手紙をチェイカに託して送ろう。そうしたらチェイカはなんと言うだろう。見てみよう。何を書くか考えなくては。一番彼女に書いてやりたいのは、あの人が生きている不自然で恐ろしい事柄の全てから逃げ出すように、ということだ。きっぱりと終わりにすることだ。そして新しい生活を始めること。だって彼女ほどの美しさと才能があれば、二十二歳の女にとって遅すぎることはない。彼女が天才だということはアメルリングみずからが言っていることだ。ロマン主義者の言う意味で天才的なのだ。身体においても、精神においても、意志においても。それに天才には許されることがある。たとえば日常性からの逃避は？

十一月十七日

あの人に手紙を書いた。あの人に挨拶し、完全な休息を願っているということを。それ以外のことは何も書かなかった。どうしてだというのか？　それからチェイカに、次の訪問の時この手紙をニェムツォヴァー夫人に持って行ってくれるよう頼もう。

十一月二十日

チェイカが初めて私を罵った。自分を郵便配達と思っているのかと。医者は病気の夫人のところに行くのであって手紙の配達に行くわけではないと。しかし私が見知らない若者で、既婚の婦人に手紙を書き、おまけに医者の仕事を利用するようなことをすると思っているのだろうか。ニェムツォヴァー夫人には四人の子どもと偉大な愛国主義者で誠実な夫[*50]がいるなどと。このようなことを彼はうんざりするほど熱に浮かされたように私に言い立てた。私は言い訳したが、彼が言うのを止めたとき、彼がニェムツォヴァー夫人に恋しているとみんな言っているよと私が言うと、彼は私に背を向けて立ち去ろうとした。だが彼は戻って来て言った。

「なあ君、分かってくれ給え、私は病気でとても疲れているんだ。ウィーンのロキタンスキーとシコダ[*51]の許で遊ぶ暇もなかったのだよ、毎日伝染病院にいて特に休息したことはなかったんだ。今私はプラハで患者だけでなく、しっかりした学問的及び物質的地位を得ようとしているのだよ。驚かないでくれ給え、私はひとかどのものになりたいのだ。ニェムツォヴァー夫人もひとかどのものになりたいと思っている。だが周りには罠や落とし穴や障害物があちこちにあるので、私たちの生活が気が狂うほど退屈で、そのために私たちみんなが半分気が狂ってしまっているのに、何処にも出口がないのだ。一人でセンチメンタルな小唄を唄い、ワルツを優雅に踊り、ブラックコーヒーを飲んでいる時ですらそうなのだ。それはそうとしてあなたとあなたの手紙などくそ食らえ、こちらによこしなさい……」

そう言って彼は去っていった。

十二月二日

今日再びニェムツォヴァー夫人の許に行った。それは本当に最初の冬の日だったがびっくりしてしまった。彼女は見る影もなくやつれて青い顔をしていた。私は招待してもらった礼を言い、彼女の細くて荒れた手にキスをした。あのひとは一人で小さなヤロスラフと家にいた。ヤロスラフは顔色が良く元気だった。あのひとはもう微笑んでいて、昼までは手が空いていると言った。子どもたちは午前中だけ雇った乳母に連れられて散歩に行っているということだった。今日の昼食は宿屋から取ったという。だから客と応対することができる。長いことおみえでなかったが、その間中、私が何をしていたかという。私はあなたのことを思っていましたと言った。あのひとはまじめな顔をして、それはしてはならないことです。もっとましなもっと面白いことを考えなければと言った。私にとってこれよりよくて興味のあることはこの世にはないと言ったので、会話が気まずくなってしまった。私は言い過ぎたと思い、身辺のことについて話を続けた。学校の試験のこと、教授たちのこと、シャールカのことを。私はあの人に絵を描かせて欲しいと言った。色を付けずに鉛筆だけで、嘘ではありませんと。あのひとは独特の魅力的な微笑みで私に笑いかけた。歯が美しかった。あの人の口は顔のどの部分よりも生き生きとしていて、健康そうだった。それからあのひとはあまり長く生きられそうもないと言った。水の上のあの蜻蛉《とんぼ》のように。彼女は子どもの時から蜻蛉が好きだった。ラチボジツェの川の畔で蜻蛉を追って走り回り、よく沼に落っこちたが一匹も捕まらなかった。蜻蛉は幸福のように頭の周りを飛び回って、私たちが捕まえるように誘うけれど捕まることはない。しかし捕まえても手の中でもみくちゃにしてしまうものだ。羽がとても薄いのだから。

　あの人は言った。「私には本当のところあなたが健康なのが恐ろしいのですよ、ヒネクさん。あなたはとても頑丈で重々しく、現実的でいらっしゃる。両足が地についておいでになる。全てのことをそれが真実かどうか見て、どんな幻想も抱かず、何かを求めていらっしゃる。ですから私のことを考えないで理性的になって下さい。男の子たちが私のために水に飛び込んでくれても、私にはもうずっと前から何の役にも立たないのです。城の階段《ザーメツケー・スホディ》[52]の上でイタリアの公爵の子どもたちが行きずりのキスをしようと私を誘うことはないでしょう。私はチェイカが考えているようなジョルジュ・サンドにはなりません。そしてもし私がいつか故郷で聞いたおとぎ話を書くことができたら嬉しいと思います」

そう言うと彼女の目は涙で濡れた。私は彼女の足もとに身を投げて彼女に恋を打ち明けなければと思った。しかし私は自分を抑えて気を落ち着かせるよう頼み、完全に治ったらまたもっと健康になり、もっと機嫌が良くなるでしょうと言って、南の国、アルプスか海へ行かねばならないと勧めた。

「私が？　海へ？　神様、私の健康なヒネクも気がおかしくなったのでしょうか！」――彼女はそう言うとヤロスラフ《ヤロウシェク》の着物の着替えを手伝って欲しいと言った。私が手伝ったあと彼女はヤロウシェクもお昼にしますから帰って食事をして下さいと言った。――この子は彼女の生涯を食い尽くすだろうと私は独り言を言った。しかし私はまた今度呼んでくれるという約束をもらって帰った。

十二月十日

粉雪。光っている屋根に太陽が耀いていて、朝の雪が屋根から消えてしまった。私のトネリコは凍った葉で覆われている。私のあのおとぎ話の主人公はとても優しい肌をしている。今は冬で私は休みだ。ボジェナ夫人を訪問できるのが嬉しい。あそこに行くのは他の人と一緒かあるいはニェメツが家にいる時だけにしようと決めた。彼女のところにチェイカと一緒に行った。チェイカに対する彼女の態度は私に対するのと全く違っていた。彼らの間には何というか親密な友情があるようだが、私の考えではそれは実際には友情だけだ。全てを彼に話し、全てのことを彼に答え、そして彼も彼女に答える。だが私は思う、すべては表面的なことなのだと。間違いなくそこには少し媚態が混じっている。あのボジェナ夫人が媚態を示すなんて私は泣きたい！　しかしそれは彼女の性格なのだ。彼女は私にも媚態を示す。だがそれも他の人に対するのとは違っている。あの眼はそうに違いない。それは喜びであり、美しさだ――ニェメツは役所の仕事やそのやり方に腹を立てている。イタリアの問題に興味を持ち、新聞を読んで時には至極理性的に、時には激して語る。このようなときボジェナ夫人はうっとりして彼を見ている。ボジェナ夫人は自分の四人の子どもの父親であるこの男を愛しているのだろうか？　それは分からないが、あのひとにもどちらなのか私に答えることはできないだろうと思う。ただ確実なことは、あのひとが心の奥深くではどちらとも決めかね、不安で落ち着かないので何かを求め、何かを求めてはいるが、それが何なのかが分からないのだ――

チェイカは彼女に自分の子どもたちに語って聞かせるおとぎ話を書くように勧めている。それは彼女には容易なことではない。ただ坐って書けばよい、話すのと同じくらい簡単なことじゃないか、そうしたらこの国の文学にまだないようなおとぎ話が生まれるよ、とチェイカは言う。そして彼はグリム兄弟のこと、インドのおとぎ話のこと、おとぎ話が浪漫主義文学の最高のジャンルだということ、ノヴァーリスのことなどについて語る。私にはチェイカの言っていることがおとぎ話のように聞こえる。

それでもあのひとはそのことを理解して、書くと約束する。その時あのひとは燃えて薔薇色になり、顔つきがふくよかに、美しく、快活に、十七歳の時のようになる。「残念だけどチェコ語がまだ良くできないの……」と彼女が言う。そしてチェイカはただ微笑む。「書けるように書きなさい。そうしたら君はチェコ語による最大の女流作家になるよ」――「あなたは私を信じている？」とボジェナ夫人はチェイカに訊ねる。そこでチェイカはミュッセ風に大仰に手を心臓の上に当てる。「あなたも？」とボジェナ夫人が私に聞く。小娘みたいな聞き方だ。私は何と答えたらよいか分からない。私は「私はあなたを愛しています」と言いたかったのだが、「お書きなさい、きっとすばらしいものができますよ」としか言えなかった。ボジェナ夫人がテーブルの上にグラスとワインのボトルを持ってきて、チェイカと私、ボジェナ夫人と小さなヤロスラフ《ヤロウシ》、歯がなく太ってぼんやりと突っ立っているヒネク、絶えず甘いものを何か食べて笑っているドラ、それにたまたま泣いていなかった、ぽっちゃりしたカレルも、みんなで笑い合った。カレルは水の入った水差しを台所でひっくり返したのだったが。

十二月二十六日

私は少し安心した。実を言うとあの人の前から去ったことが嬉しかったのだ。クリスマスに故郷に帰った。それは限りなく魅力的な女性だ。思わず惹きつけられる。あの人を欲しいと思ったら災難だ。災難だとも！　まっしぐらに死を求めるのと同じだ！　雪だ。池が凍って巨大な白いテーブルのようだ。鴉《からす》がくちばしに鼠をくわえて飛んできて、白いテーブルクロスの上で宴を開いている。それはドラマチックな光景だ。凍った白い池のテーブルクロスの上の黒い大鴉の饗宴。そこに行けば雪の上に血痕が見られるだろう。

雪は深く、堅く、凍てついている。大きな路を風に向かって歩き、顔や額や目に風が打ち付けるに任せる。気にならなくなるまで。それらは全て意味を持たない。母は私に甲斐甲斐しくミルクを与え、私が風邪を引かないよう外の空気にさらさないようにする。彼女は私がどうしてプラハから帰ってこないのか、私の絵が何の役に立つのかと訊ねる。もし私が故郷に留まって家や畑や水を受け継いだなら、全て満ち足りて安らげるだろうにと。どこかの相応《ふさわ》しい嫁が間違いなく見付かるだろう。母には私に相応しいとひそかに考えている女が一人いる。私は断って、全てを売り払い、イタリアに行きたいと宣言する。あそこではひとかどのものは画家になるのだ。そして才能を持っているものはたとえ伝手《つて》がなくてもイタリアで画を習うのだ。母はこのことが理解できないで、ただ溜息ばかりつきながら、暖かな暖炉の周りを走り回っている。それから椅子に坐り、手を膝に置いた。きっと心の中で神様が正気にさせて下さるようにと、私のために祈っているのだろう。なにもかも二つの目の媚態？のせいだ。プラハに行かないのが一番いい。

一八四三年一月二十一日

丸一ヶ月私は一言も書かなかった。私はもう新年からプラハにいる。スタニェク家には主顕節祭[*53]の日に行った。夫人たちはゲームや手品、占いなどをしていた。そこには沢山の人がいて、煙草やワイン、コーヒーや音楽、そしていつも変わらない愛想の良さでボフスラヴァが周りに醸し出す、あいあいとした雰囲気があった。彼女のフロボンという名のスロヴァキア人は坐って溜息をついていた。アメルリングは腹を立てて全てに悪口を言っていた。彼には全てが気に入らず、何にも満足できなくて、全てをひっくり返し外に放り出したそうな様子だった。彼が落ち着いているのは稀だった。それはボフスラヴァが彼のコップにワインを注いでやり、その際に口を大きく開けて笑いかけた時だけだった。彼女はあたかも坐っている人々に親密にささやきかけるように、頭を少し傾けて歩き回っていた。スタニェク家の子どもたちはとてもかわいらしくて、その子たちと遊んでいた。

ボジェナ夫人が到着した。背が高く生き生きとして燃えるような眼をして、髪は光り、新しいグレーの服を着て腰までの胴衣、白いレースで縁取りをした低い襟をつけ、両手にグレーの手袋をはめて、グレーのシルクの紐が付いた黒く光る小さなシルクのバッグを持っていた。彼女は手袋を取って皆に手を差し出し、集まった人々を見回して皆に微笑みかけた。あたりは静かになった。その前では粗野に考えもなく話してはならない人物がやってきたのだ。それで皆は愛想良く、興味深げに、慎み深く振る舞うように努めた。ニェムツォヴァー夫人は素朴で誠意を持った、愛想の良いやり方で皆に手助けをしてくれる。彼女は微笑み、快活で、彼女が病気の間みんなはどうしていたかと訊ねた。

ロチンカ夫人はどうしていましたか、ハニンカはどうですか、トニンカは何といい顔色をしていることでしょう、チェラコフスキー教授[54]はヴラチスラフの亡命先からプラハを見には来なかったのでしょうか、私たちの偉大な哲学者アメルリング《スラヴォイ》が何か新しいことを考え出しましたか、チェコの学問の守護者、聖ルドミラ[55]の後継者にトニンカがなるはずの、昔のブデチ[56]は本当に新しく建て直されたのですか、ユンゲス・ドイッチェランド[57]の人々について何か聞こえていますか、ヨゼフ・カエターン・テイル[58]と彼の新しい仕事について何か情報がありますか。

皆が堰を切ったように話し始めた。ボジェナ夫人は意識させずに、戦闘の司令官のように会話を仕切っていた。その間中彼女は微笑んでいた。一度は私にも微笑みかけた。それは全く特別な微笑みだった、丁度私たちが何か互いに分かり合ってでもいるかのように。ここにいるものはみんな彼女と恋に落ちたようだった。男も女も。そして皆は彼女が健康になりあんなに綺麗になったのだから、これからもまた出てきてくれるだろうと喜び合った。家族のこと、夫のこと、彼女の計画のことについてあえて聞こうとするものは、誰もいなかった。

質問するのは当然彼女だけで、みんなにはそれに答えることだけが許されていると思っていたからである。――そこに新しい客が入ってきた、ネベスキー氏である。私の友人だ。何週間もの長い間会っていなかった友人である。彼はスマートな服を着て長い髪をしていた。口髭が短く、端の細くなった小さくて黒い髭を生やして、男らしく勝ち誇っているように見えた。彼はまっすぐニェムツォヴァー夫人のところに行き、スタニェクを見ると命令するように紹介を頼んでニェムツォヴァー夫人の心を捕らえた。私のニェムツォヴァー夫人の心を……

一月二十三日

今日は夕方フリチ家を訪れた。フリチ[*59]はしっかりした奴だ。ライス家[*60]のもう一人の姉妹の亭主はロマンチックな主人公のスタニェクに比べると素っ気なく頑固だったが、ちょっとした会話の場合でも、彼の雄弁さには人を惹きつけるものがあった。彼は洗練され、芸術にはまり込んでしまっている彼の義理の兄弟や、スタニェクのサークルの人々よりも訥々《とつとつ》としていた。

フリチは法律家で政治家だった。彼はいつかきっと偉大な人物になるだろう。私が彼のサークルの中に坐っていたのは、ニェムツォヴァー夫人とネベスキーが来た一瞬だけだった。二人は打ち合わせていたかのように一緒に入ってきた。本当に打ち合わせていたのかも知れない。ニェムツォヴァー夫人はスタニェク家の場合と同じく、心から歓迎された。これは長い病気の後の彼女の初めての訪問だった。ネベスキーは彼女の傍に坐り、彼女を独占していた。私は直ぐに退出した。

私は歩いてコンスキー・トルフ[*61]に行き、路を折れてコロヴラトスカー・アレイに入った。そこで私はニェムツォヴァー夫人とネベスキーに会った。彼はポジーチーへ送っていくところだった。私はずっと遠くからついていった。彼らは一度も振り返らずに話をしていた。彼女が興味を持ったのだろう、絶えず左のネベスキーを、彼の横顔と動いている口元を見ていたから。二人はとても綺麗だった。非の打ち所のない冬の外套を着ていて、彼女が女王で彼がロマンチックな騎士のようだった。ネベスキーはポジーチーの家の前で別れた。グレーの手袋をした彼女の手に長いことキスをしていたが、一瞬も一緒に佇んでいることはなく、彼女がまだ通路に入らないうちに直ぐに身を返して川に通じる小さな通りを去っていった。

一月二十四日

私はニェムツォヴァー夫人を見に行こうとした。彼女がどうしているか、それが私の知りたいことだった。日曜日の午後の訪問には慣れていなかったが、彼女は在宅していた。ニェメッツもいた。彼らは機嫌が良くて、ニェメッツは子どもたちと遊んでいた。私はコーヒーを飲み、彼女は手製のパンを食べた。私たちはありふれたことを何やかや話した。天気のこと、これまで話したことのなかった私の冬休みのこと、その他同じようにこまごましたことを。その後でチェイカが来た。当惑したような顔をして疲れた目をしていた。夜遅くまで長い間本を読んでいたというのである。彼はプラハの刑務所の医師になると言った。既にウィーンで伝染病の専門家になっていた。実際に役に立てるという。刑務所では壊血病の伝染の恐れがあるらしい、そう言って彼は伝染病の話をし始めた。誰も聞きたくなかったのでニェムツォヴァー夫人は手仕事を始めた。私たちは辞去した。ニェメッツは私たちと一緒だった。彼はカフェに行った。チェイカが私の腕を取ったので、私には彼が私に哀れんでもらい、同時に私を憐れみたいと思ったように見えた。

一月二十五日

私は心の中であの女性に対するあらゆる感情を押し殺そうとしている。彼女のところにはもう行かない。

一月二十六日

私はポジーチーの彼女の家の前で待っていた。出てくるだろうと思ったからだ。私は彼女が軽率で罪深いから憎んでいると彼女に言いたかった。あれはうわべばかりで人を見下すような女だ、彼女の美しさは……

一月三十一日

何を書けばいいのか？　雪が降っていて滑りやすく、人々がヴルタヴァの上で滑っている。娘たちは首に毛皮を巻いて白いウサギ皮の帽子を被っている。睫毛が凍っている。この冬彼女らはとても綺麗だ。私は石橋《カメニー・モスト》の下の氷の上を、こちらの岸から向こう岸まで歩いて行った。美しい夕方だった。星がとても近くにあった。私は真夜中に緑の鷺《ウ・ゼレネーホ・オルラ》亭に坐っていた。アメルリングが入ってきた。私は立ち上がると家に帰った。あの気違いサークルの誰とも会いたくはなかった。

二月二日

聖燭祭[*62]だ。母が私のためにケーキを沢山焼いてくれた。なぜか知らないが突然、まさにこの日に私に送ってよこしたのだ。まるでお祭りであるかのように。私は子どものように空腹だったので、それをみんな食べてしまった。ボジェナ・ニェムツォヴァーは人ではない生き物で、酒飲みだ。チェイカがやってきてジョフィン島[*63]のチェコ舞踏会[*64]に行かないかと訊ねた。思ってもみなかった、と私は言った。私はダンスの名手でもないし舞踏会に行ったことがないのでと言った、着るものがないとも。「私に燕尾服を縫わせて下さい、行きましょう」とチェイカが言った。――行かない、行かない、何処にも。特に彼女が来るかも知れないところには。

二月十日

新しい燕尾服ができた。私にとても似合う。袖が私の大きな手を隠せないのが残念だ。少し熱があるようだ。病気になったら一番良いのかも知れない。少なくともなぜチェコ舞踏会に行かないか、チェイカに言い訳できるだろう。

二月十三日

チェイカはダンスをせずに広間の壁のそばに立って彼女を眺めていた。私はといえば、踊らずにチェイカと立って彼女を眺めていた。彼女の連れはネベスキーだった。彼女を眺めていた。彼女は自分の夫とは一度も踊らなかった。薄青色の服を着て胸に大きな赤い薔薇の花をつけていた。もう会うことはないだろうと考えて出て行くのでなければ、気が狂って彼女と彼女と一緒にいるあの人間を打ち殺すだろう。彼女はどうしたいのだろう？　この夕べずっと彼といた。上気していた。顔も、眼も。私は二言彼女と話をした。彼女は私に言った。「この燕尾服はあなたにとても似合ってますよ、ヒネクさん。真夜中の後の二番目のワルツはあなたの番ですよ！」——「私は気分が悪いので今日は踊りません。熱があるのです。もうすぐ帰ります。私たちの舞踏会でなかったら来なかったのですが」と、私は答えた。——「私も熱があるのですよ……」と、あの女は全く恥知らずにも私に言って、大きな眼で私に笑いかけた。

私はビールを飲みに行った。私が音楽と衣擦れの音のする広間に帰ってきた時、彼女はチェイカと踊っていた。彼女は頭を後ろに反らしウェストを折ってうっとりとしていた。丁度運んでもらっているように、漂っているように。きっとチェイカも感じていたのだろう、彼と踊っているときにもネベスキーのことを思っているのだと。彼は不機嫌になって、緊張を要する重要で困難な任務を果たしているかのように踊っていた。彼は彼女に一言も話しかけなかった。彼女は心ここにあらずというように微笑んでいた。ワルツというのは呪われたダンスだ、ふしだらな――

私は朝まで残っていた。彼女も。青白い寄木細工の床の上にはもういくつかの組しかいなかったが、彼女は最後のダンスをネベスキーと踊った。ニェメッツは広間に降りていく階段の上に立ち、欠伸《あくび》しながら彼女の冬の外套とショールを手に持って待っていて、彼女にもう家に帰るよう促そうと考えていた。彼女は待っているものに気を配ることもなく、世の中の誰にも気を配ってはいなかった。チェイカはもう広間にいなかった。彼女が馬車に乗り込もうとしていた時まだ明るくはなっていなかった。ネベスキーはステップのところに立ち、馬車に乗り込もうとする彼女に騎士らしく手を差し伸べようとしていた。彼が帽子をちょっと挙げ、馬車は去った……

ネベスキーは私がガス灯の下に立っているのを見た。彼はシルクハットの縁に二本の指を挙げると、伊達男らしく挨拶をした。「君、私とブラックコーヒーを飲みに行こう」。私は彼についていった。冷え冷えとした北風がヴルタヴァからまっすぐ顔に向かって吹き上げて来た。ネベスキーの外套が芝居の中の巨大な黒い翼のように波打った。マーハやバイロンやスウォヴァツキ[*65]のようだった……それは彼女の崇拝に値するものだった。私たちはがらんとしたカフェの窓のそばに坐った。まだ最初の客がやってきてはいなかった。ネベスキーは私を見て突然小声でゆっくりと、何か美しい秘密を打ち明けるかのように詩を暗唱した。

君の姿の周りに、なにか、
誇り高く、内気な魅力が揺らめく
子鹿の足、子鹿の目、
全身稚《いとけな》い子鹿のよう……

私は彼の口を見ていた。彼女にキスした口だ。私は泣きたくなった、負けたのだ。私はコップに二杯分入ったアブサンを注文した。丁度それが私の気分に合っていた。トカゲの溶液のような緑の解毒薬《ドリャーク》だった。私はそれを飲み干した。そうしたら気分が良くなり、ネベスキーに帰って寝ると言った。ネベスキーはよく分からないといった風に私を眺めていた。彼はやっと今になって自分のそばに誰かいることに気が付いたようだった。「私はペトシーン*66に散歩に行きます。ほら、この風が好きなんです。寝るなんて思いもしませんでした。朝寝たいと思うものがいますか？　こんな夜の後で！」と彼は言った。

どうしようもない利己主義者だ。私には彼のあからさまな幸福への欲求が憎らしかった。彼は詩人だ！　彼はそれを求めることができる！　あなたたちみんなはお祭り騒ぎをするがいい。私は自分の衣服をつけて離れている方がよい。悪魔のような詩人殿！「こんな夜の後で」と彼は言った。まるで私にはそういう夜を過ごす権利がないかのように。まるで私が仲間はずれで貧乏な乞食であるかのように！

彼女の夫が彼女をいじめていても不思議ではない。私ならとっくに彼女のその厭わしい、その嫌な、その香りの良い、甘い、愛すべき心の息が絶えるまで締め付けてやるのだが、「子鹿の足、子鹿の目を……」。

二月十四日

私はネベスキーが彼女を支配していると固く信じている、固く信じている、固く固く。

二月二十日

ネベスキーが私を親友にしてくれた。感謝する。それはまさに私が欲しないことだ。彼は自分のことしか見ていないので、他のものの心が痛むとは思ってもみないのだ。ネベスキー氏の信頼は当然N夫人にも及ぶ。彼は私に言った、彼女を愛していると。希望もなく、絶望的に、死にたいほど、などなど。私もそうだ。けれど私は彼には言わない。この詩人ほど恥知らずではないからだ。芸術家というものは本性恥知らずだということが分かった。感情を表すのが彼らの職業的習慣なのだ。私は自分を芸術家ではないと思う……

三月十九日

丸一月私は日記に一言も書かなかった。嬉しくない事柄が独りでに心に入り込む。空疎な言葉の形でそれを保存する必要はない。それは深い傷でその後は傷跡になって残る。私はもう既にそういう傷を沢山持っている。戦いの後のようだ――うわべは無頓着にしているが。ネベスキーが私にボジェナ夫人との会話を語った。彼はそれを対話と言っていた。彼の言うには彼女は偉大な女性で女流詩人だ。

今のところ慎ましくしているが、やがてチェコ語の達人になるだろうと。彼が彼女に詩を書くように強いていると。私は信じる、ネベスキーは全てのことを彼女に強制しているのだ、たとえ目的は達しなくても。皆は私に一緒にシャールカへ遠足に行かないかと言っている、丸一日かけて。行くのはニェムツォヴァー夫人、ニェメツ、フロボン、チェイカ、ヘリヒ、トニンカ、ネベスキーだ。どうしたらいいのだろう？　彼女に会いたい。どんなに美しいか。

三月二十一日

暖かい春の一週間だった。木々はやっと芽を吹き、流れは崖に沿って若々しい音を立てる。大空の下でサロンに坐っていると太陽が私たちを暖めてくれる。私たちは子どものように笑い楽しんだ。トニンカとボジェナ夫人は藪を探して菫《すみれ》を見つけた。ニェメツとチェイカはチェスカー・マティツェの状況について話していた。午後にニェメツは別れを告げて先に町に去っていった。カフェで会合があったのだ。フロボンはトニンカを熟《じ》っと視てスロヴァキアの唄を歌っていた。私は彼らが小道を歩いているのを見てとてもお似合いだと思った。不機嫌なヘリヒはニェメツと一緒に帰った。ヘリヒは一年前よりももっと寡黙になった。残ったのは私、チェイカ、フロボン、ネベスキーと二人の女性だけだった。夕方近くに私たちもプラハへの帰途についた。

私たちはリボツ[*67]でまた少し休んだ。フヴェズダ[*68]に入りたかったが公園はもう閉まっていた。ブジェヴノフ[*69]へ向かう大通りを若い人々の集団が歩いていた。幾人かは歌を歌っていた。沢山の四輪馬車が大通りを帰っていくところだった。もう寒かった。ボジェナ夫人は腰のところが細くなった、丈の短い黒い外套を着ていた。彼女がネベスキーとフリチのところから帰ってくるあの時に、ポジーチーで見かけたあの外套だ。
我々は四人、チェイカ、ネベスキー、ニェムツォヴァー夫人と私だった。フロボンはトニンカ・ライソヴァーと後に残った。私たちはゆっくり進んだ。ネベスキーとニェムツォヴァーは全く話をしなかった。言葉は彼らにとってよけいなのだと我々は思った。彼は目で彼女に口づけしていた。ブジェヴノフの並木道にはまだ花が咲いてはいなかったが、暗闇の中でそれが白いように思われた。修道院で鐘が鳴った。ネベスキーがこの場所の歴史についてニェムツォヴァー夫人に話し始めた。たまたま私は彼女の眼を見た。それは広く見開かれ深く黒い色に耀いていた。睫毛が上瞼にヴェールのような影を投げていた。彼女は少しふるえていた。寒さのせいかそれとも興奮してなのか。ネベスキーが彼女に手をかした。彼女はそれを断らなかった。私とチェイカは少し後ろにいた。二十二歳と二十二歳の若い二人が小声で囁いているのが聞こえた。城の前の広場に着いた時突然チェイカが私にさよならを言った。夕食を食べにヴィカールカ[*70]に行き、夜には患者のところに行かなければならないというのである。私独りが残った。

遠くに彼らの影が見えた。彼らはペトシーンに向かって立ち、プラハを見ていた、マラー・ストラナの家並みと城とを分かつ城壁の上にある聖ヴァーツラフ像の傍で。完全に暗くなる前の薄闇だった。城の広場にいくつかのガス灯がともっていた。空に星が見え始めた。私は二人を見ていた。彼は口と両手と体全体を使って彼女に話しかけていた。彼はプラハを彼女に見せていた。丁度悪魔が山の上から地上の王国の全てをキリストに見せ、もし跪《ひざまず》いて彼に祈るなら全てを与えようと約束しているかのように。ボジェナ夫人は石の手すりにもたれて聞いていた。二つの耳と眼、全身を使って。私に分かっているのは一瞬彼が彼女の上に身をかがめ、ボジェナ夫人が両手で彼の頭を抱いて長いあいだキスをしていたことだけだ。キスの邪魔をしたのはマラー・ストラナから城に登ってきた歩行者だった。彼女は渋々両手を離すと慌てて急に歩き始めた。ネベスキーが彼女を追った。私は城の階段を下り、その晩は家に留まっていろいろと考えた。そもそも生きることに意味があるのか……。全ては昨日の日曜日に起こったのだ。そして今日は見ての通り生きている意味があるかどうか結論が出ないでいる。

五月七日

ボジェナ・ニェムツォヴァーの署名のある詩が『詞華集《クヴェティ》』[71]に発表された。これが愛の果実だ。「チェコの女性たちに」だと。ネベスキーは「チェコの女性たちに」という詩が出版されるまで長いこと話していた。表題を「チェコの詩人に」とすべきだったのだ。だがたとえこの全体が単語の韻律を合わせ念入りに作られたものにすぎなくても、悪魔の懐に由来するこの詩の素性が一箇所に表われている。ボジェナ夫人は鋭い剣と腕と力を持つ男を嫉んでいるのだ。

「しかし繊細でか弱い女は
ただ自分の心と、そして――自分の子どもしか
持っていないのだ……」

ボジェナよ、君は大きな心と四人の子どもを持っているではないか。

五月十日

ネベスキーがボジェナ・ニェムツォヴァーの詩の載った『詞華集《クヴェティ》』を一冊私に持ってきた。私は自分の赤ん坊をあやす父親のように装った。彼は自分がそこかしこ少々手直しをしたと言った。私はもうこの詩をカフェで読んだこと、そしてその中に彼の言葉遣いが見て取れることを指摘した。彼はちょっと笑っただけだった。詩人というものは恥知らずだ。ちょっとお世辞を言えば直ぐ有頂天になる。彼はちょっと黙って私に話し始めた。彼らがピクニックでクンドラチツェ[*72]に行ったこと、私が一緒でなかったことが残念だということ（誰も私を呼ばなかった）、ヴァーツラフ四世が死んだ城の廃墟のことを。

　ネベスキーは廃墟に関しては専門家だから、ニェムツォヴァー夫人はいっそう楽しんだろうと私は言った。私はチェイカも一緒に行ったかと聞いた。行かなかったという。それではニェムツォヴァー夫人の亭主は？　彼も行かなかった。私はそれ以上訊ねなかった。ネベスキー氏と税関吏のヨゼフ・ニェメツ氏の夫人の私的なピクニックが、私に何の関わりがあるというのだ？　このことの結果としてチェコ語について、祖国について、偉大な歴史などなどの詩ができることだろう。それはむしろ驚くべきことだ。以前は率直にああだとかこうだとか言っていたのだが、今はそのことに愛国的なヴェールが被されている。差し当たりはある感情の表白に言及しているだけだが。ジョルジュ・サンドもこんな風に偽善的なのだろうか？　だが彼女にそれを教えたのは、他ならぬ私の友達のネベスキーなのだ。これを見ていてもう私の恋は癒《いや》されていると思う。私は何者でもなく何もできない。画を描くこともだめだ。私の手は赤く頭は角張っている。スコラピアス修道会では私はゲーテのことについて何か聞いたが、ヘーゲルについては何も聞かなかった。私はアメルリングが嫌いだ、ギターを聞いても無駄な涙を流さないぞ。彼ら、社会の改革に携わり、しかも醜い夫をもつ美しい女性を不安にさせる使徒たちが、私の何だというのか。私は自分の無意味さを身に纏《まと》い、暖炉の傍で寝ることにしよう。

五月十一日

神様、私がつまらない祈りによってあなたにお縋りすることをお許し下さい。神様、私の苦しみから私をお救い下さい。彼女を愛しているからです。せめて彼女が優しく私を見てくれるようにして下さい。私を退けないように。神様、私はなんて不幸で、どうして助けをもらえないのでしょう。どうしたらよいかお教え下さい！

六月十二日

実家に帰って野原や池に行こう。全ては虚しいことだと分かった。みんな失ってしまった。ここに留まっていると何か無分別なことをしでかしそうだ。

六月十四日

一年前私はもっと幸せだった。今日また彼女に会った。彼女は夫が心も感情もない粗野な人間だと涙ぐんでこぼしていた。彼女は前置きもなく私に言った。「私を好いて下さっていることは分かっています。だからあなたに打ち明けるのですが、私はとても不仕合わせです。はじめっからです。夫を惹き付けるのは私の外見だけなのです。私の身体が頑丈なこともそうです。それなのに暴君みたいな、主人みたいな態度を取るのです。私の心は愛されたいと願い、花が露を欲しいと思うように愛を求めているのです。だけど彼はそんな風に愛することはできないのです。愛など知りもしないのです。私は直ぐに無視して反抗し始めました。けれど私には子どもたちがいてすがりついています……」

　私はどう答えてよいか分からなかった。私は彼女の手に口づけして彼女の詩「チェコの女性たちに」をほめた。しかしBは続けて言った。「彼はもう私の人生の中で全く関係のないものなのです。もちろん一生続くのですからとても危険なことですが。

　私が教育を受け、私がベティ嬢となったフヴァルコヴィツェ[*73]の支配人はホフでした。年配の博識な人でした。この人もひどく厳しく私を見て同じように私につらく当たりました。私の手を取っては撫でるのです。彼の手は肉食獣のようでした、毛むくじゃらで。いつも私は自分が燕で手のひらの中で羽をもがれているかのように思いました。彼が私を好いていることは分かっていました、夫が私を好いているように。だけどそれは愛ではありません、ヒネクさん！」

　私たちはこの会話を人混みの中でした。カフェで。返事の代わりに私は溜息をつくばかりだった。後になってチェイカが私に言うには、ニェメツは家事に充分気を配っていないと非難し、ネベスキーとのつきあいを責め、嫉妬してボジェナ夫人をいじめているそうな。ニェメツの嫉妬が根拠のないものだとチェイカが思っているかどうかは、分からない。しかしあんなに哀れな顔をしているとすれば何も知らないという可能性もある。それとも知りたくないのかも－

「ニェメツ家は地獄だ」と私は言った。

「だけどこの地獄の中でこそ、彼女の詩の花が咲いたのに違いない……でもせめて健康でさえあれば！　この全てのことは一時の騒ぎ、一時の熱病に過ぎない。子どもたちは蜻蛉《とんぼ》のように、カゲロウのように生きている。才能のある子どもはそういうものだし、そういう運命なのだ！　ましになることはないだろう、決して。私に彼女の世話をさせてくれたまえ、今までそうしたことがなかったのだから」とチェイカは言って私を優しく指で脅した。私はそれから彼と握手した。――人はこういう人々と交わると、悲劇的な言葉や身振りやその他、私には常に無縁なことを学ぶものだ。

七月二日

ネベスキーとB夫人とがムニェルニークに行ったことを知っている。丸二日二晩だ。全ては無駄だ。

七月三十日

私は実家にいて菩提樹の下を歩き回り、その遅咲きの花の香りを愛でている。蜂たちのうなり声が、遠くの川の堰の音のようにぶんぶんと聞こえる。暑くて私の頭が少し痛くなる。疲れた。太陽が木々の樹冠を通して、砂の上に丸く金色の斑点をまき散らす。私はぼんやりしている。何も欲しいとは思わないし憧れるものもない。辺りには実をつけた麦が波打っている。もうすぐ収穫だ。辺りには麦の匂いが漂っている。つがいの蝶が酔ったように中空に輪を描き、草の上に降りる。何時間も私は蟻の巣を眺める。一月、二月、三月、好きなだけここにいよう。時間はある、あらゆることに。生きるにも死ぬにも。私の上の空は何と深く澄み切っているのだろう！

八月十七日

私はびっくりするような手紙を受け取った。ニェムツォヴァー夫人のペン書きの手紙だ。「プラハから逃げ出したあなたのことを想っています。あなたは私たちにもお別れをしませんでしたね。お友達のネベスキーとヴィンメロヴェー庭園にいます。彼も逃げ出そうとしています。プラハの人々はうんざりです……」手紙にはネベスキーが追い書きをしていた。「挨拶を送ります、愛する友よ。V・B・N」――私はこの手紙を池に放り込んだ。かすかな流れが手紙を運んでいった。遠くの水の上でそれは睡蓮のように白く見えた。全ては無駄なことだ！

八月三十一日

やっぱりプラハに帰ろう。あと一学年勉強しよう。恐らく私は画家になるだろうが。今年私は熱心に花や木を画いてみて、私には独特のスタイルがあると思う。N夫人に返事を書いた。ただ二言だけ。彼女が好きなように私に書いてよこすように。私は一行だけの手紙を受け取った。「時代はもの悲しいけれど日々は美しく、詩想《ポエジー》に満ちています」と。

九月三日、再びプラハにて

プラハではネベスキーとニェムツォヴァー夫人のことばかりが噂になっている。恐らくそれは人間の嫉みなのだろう。皆ショックを受けて、夫と子どもたちのことを気の毒がった。ボジェナ夫人の友人たちもショックを受けていた。スタニェクとフリチも。皆遙かに重要な事柄について話しているのだが、これらの人々も嫉みや偏見なしに主として彼女を非難しているように思われた。ネベスキーは

「焼いた鉄によって打撃をのりこえよう」*74と決心して立ち去った。彼はウィーンで医学を学ぶことになるだろう。ボジェナ夫人は同意した。プラハはこの大いなる愛にとって狭すぎるのだ。

九月四日

ネベスキーは自分の将来について長いこと私に話をした。彼は医師になりたがっていて、恐らくもうプラハにもチェコにも帰ってこないだろう。彼は眼鏡を掛けている。彼の眼がかすんだので彼はレンズを外した。限りなく悲しげで苦しそうな顔をしていた。B夫人に対する関係については一言も言わなかった。一度だけ「ボジェナとしばしば君のことを思い出していたよ」と言った。彼は「ボジェナと」とだけ言った。私は長いこと彼とジョフィン島を歩き回った。一回り歩いて、葬式から帰る途中で足にまだ悲しみのリズムが残っている人々のように、重い足どりを地面に印していった。私はこの日記を書くことを止めようと思う。これは少年時代の産物で、私はそこから抜け出している。皆が私をそこから解放してくれたのだ。

十月の終わり

ネベスキーとの訣《わか》れ。この晩のことは決して忘れないだろう。私たちはニェムツォヴァー夫人に呼ばれて彼らの家に行った。ネベスキー、チェイカ、フロボン、トニンカと私である。その間ネベスキーはずっと笑い、話をしていた。フロボンはトニンカのそばに坐って許婚者《いいなずけ》のような顔をしていた。テーブルの上には黒っぽく、赤いというかむしろ紫色のシオンの花束が生けられていた。ネベスキーがそれを持ってきたのだ。「降臨節の色をしている。その後にはもう救世主は現われない」彼はそう言ってまじめな顔をした。

彼は眼鏡をかけずにやって来た。身なりを整え、散髪し、優雅で若かった。ニェメツは楽しそうな顔をしていた。チェイカもそうだ。私たちはワインを沢山のんで愉快だったので、女主人がその間中給仕ばかりして黙っているのに気が付かなかった。そのうちに彼女はテーブルのそばからいなくなった。私たちは夜の一時過ぎに帰ろうとした。子どもたちはもうずっと前から寝ていた。ネベスキーが立ち上がってニェメツ夫妻のために、忘れることのない真の友人たちのために、乾杯の音頭を取った。乾杯の時にニェムツォヴァー夫人の手はそれと知れるほど震えていた。チェイカは私かに微《ひそ》笑んでいた。フロボンとトニンカが互いに相手を見ていた。彼らは媚薬を飲んでいたのだ。

それからネベスキーは立ち去ろうとした。我々は彼と一緒だった。ニェメツ夫妻が廊下まで見送り、ニェメツは明かりを手に持って階段の下まで降りた。ボジェナ夫人はずっと私たちを見送っていた。ネベスキーは彼女の方に振り返った。私たちは家から出ようとした。いつもニェメツがドアを鍵で開けて私たちを迎えていたところである。その鍵の「どでかさ」をネベスキーがいつも笑っていたのだが。その時私たちは階上から叫び声を聞いた。それはボジェナの声だった。ニェメツは身を翻《ひるがえ》し、私たちの後ろで扉をばたんと閉めて鍵を掛けた。私たちには彼が廊下を走るのが聞こえた。

私たちは帰路についた。フロボンはトニンカを送って行き、チェイカは私と歩いた。ネベスキーは無言のまま私たちと握手して町の闇の中に去っていった。帽子を被らず頭を垂れて。

チェイカは黙っていた。プラシナー・ブラーナ*75の辺りで立ち止まると私の手を取って言った。「ヒネクさん、あの叫び声を聞きましたか？　私は予期していました、彼女が気を失ったのです」と。彼はそれ以上何も言わず私も訊ねようとはしなかった。

一八四三年十二月

音楽会でニェムツォヴァー夫人に会うことがある。ニェメツとチェイカ博士が彼女と一緒だ。夫妻は仲直りしたのだ。ニェムツォヴァー夫人は再び元気になったが言いようもなく悲しげだった。スタニェク家では、彼女は八週間の間、気が狂うほど神経を病んでいたという話を聞いた。チェイカが彼女を看護し、ロチンカ夫人が言うには、その間チェイカはほとんど絶望しているようだった。アメルリングはもうスタニェク家を訪れることはなかった。彼はトニンカの許婚者だと宣言したフロボンに嫉妬しているのだ。自分の勉強が終わるまでだが。

一八四四年一月十五日

私はボジェナ夫人を苦しみから解放してやろうと決心した。自分も解放するのだ。今までのようにこれからも生きていくことはできない。決着をつけるのだ。私は自分にそう誓った。

一月二十日

彼女が私のところに来た。キースリング氏の温室は今日は一杯だ。私の屋根裏部屋は冬を越すことのできたありとあらゆる花で飾られた。私には彼女の軽やかな足音が下から上がってくるのが聞こえた。彼女は入ってきて外套（ネベスキーと一緒の時見たあの外套）と、短くて青いヴェールのついた小さな帽子を脱いだ。私は一言も言わずに彼女に飛びついて口づけをしはじめた。彼女は私の抱擁をふりほどいて長いこと私を見た。私の椅子に坐って雪に覆われた庭をちょっと見た。「ここは暖かいわね」

と彼女は言って、母親のように私に笑いかけた――

私は彼女の前に跪いて話し始めた。もう何年も彼女に恋していること、彼女を思って苦しんでいること、彼女を自分のものにしたいことを、永遠に。あなたを外国に連れて行きたい。アメリカに。領地を売ります。母は妹のところに行くでしょう。この世で欲しいものは何もありません。あなただけ、ただあなただけを。ただ一つの真実はあなたを愛しているということです。あなたは夫の許に留まっていてはなりません。子どもたちはあなたの子どもでもありますが彼の子どもでもあります。だからあなたの子どもではありません。全てから離れましょう。私と一緒に。幸せになれますよ。私たちだって幸せになる権利があります！――そう言って再び私は彼女の両手、額、口にキスした。私が彼女にキスしていると――私は自制心を失ってはいなかったのだが――涙が出てきた。ボジェナ夫人は身動きもせず坐ってなすがままに任せていた。私は彼女の足下に坐っていた。私は全てが失われたと感じていた。「何か言って下さい！」

ボジェナ夫人は私の手を取ってそれを撫でた。「ヒネクさん、有り難う。あなたはよい人です。理性のある若者です。だから私は、あなただからこそ、いいえと言うのです。私はあなたをとても尊敬しているからこそ、できないことを約束することはできないのです。ヒネクさん、あなたには私とは違った生涯が定められています。あなたはあらゆることをあまりに即物的に考えています。あなたを、あなただけを愛してくれる女性が欲しいと思い求めておいでですが、もうそういうことは私にはできません。確かに私の心の中には美に対し、善に対し、真実に対し、人に対する憧れがあります。それは埃の中から立ち昇ってくるものではありますが、ゴルゴタの丘に通じてもいるのです。私はあなたをゴルゴタの丘に連れて行きたくはありません。

あなたはとても純粋な方なので、私は世間でふつう愛と呼ばれるもので、あなたを汚したくはないのです。それにあなたにはゴルゴタの丘までの道に耐える力はありません。それがネベスキーをも挫折させたのです、恐らくご存じでしょうが。そのことで私も打ちのめされました。何処にもあなたと共に行きません。私はただ一つの人々の集団の中にいるように永遠に運命づけられているのです。私をめとり、そのことによって、たとえあなたが私のではないとお考えだとしても、私の子どもといえる子どもたちを与えてくれたのは、私の夫です。だから私は生きなければなりません。世界中で一番すばらしいこの国で私はなんとかやっていきます。あなたは私を重荷に思わないで下さい。私はあなたの鉄の足かせになれたらと思います。あなたは頭も身体も健康です。私はそうではありません。理性でも身体においても。あなたが病んでいると言われる人々が私を惹きつけます。きっとそれは何らかの意味で天才なのでしょう。私は彼らと話をし、彼らを愛することができます。彼らの罪や弱さを許します。あなたには何も許したくありません。自分の夫に何も許さないように。ヒネクさん、私に腹を立てないで欲しいのですが、人間としてさまよいなさい！　一人の男としてさまよいなさい、あなたは芸術家ではありません！　一人の男としてさまよいなさい。私に対する関係について。私はあなたの素朴な理想を満たすことができる女ではありません。

あなたは間違っています、出て行って下さい。だけどあなたに最も親しいこの国からではありません。プラハから出て行って下さい。私を放っておいて下さい。あなたに無縁な人々を放っておいて下さい。そして罪深い女であり罪深い母であるボジェナのことを忘れて下さい」――私は飛び上がった。彼女を熟《じ》っと見て叫んだ。

「あなたはそのために私のところに来たのですか？」――「そのために来たのです。ヒネクさん」彼女が穏やかに熱っぽくこう言ったので、私は安心した。私は部屋の中を歩き回った。彼女が私を見ていた。私はそれを感じた。それから彼女は言った。「どうして神様は私にこんな運命を下されたのでしょう。不幸ばかりを撒き散らすなどと？」――彼女の目から涙が溢れ出た。そして彼女は言った。「できることならヒネクさん、あなたを愛したいのです、ひとときだけ、私が夫をひとときを愛したように。あなたはもっと優しく、もっとすばらしく、もっと気高くなれるでしょうが、やはり私のことを理解できないでしょう。あなたは女を欲しいと思うでしょうが、私は単なる女ではありません。私が何になるかまだ分かりません。けれど私の一生はありふれたものにはならないでしょう。これまでもそうでしたし決してそうはならないでしょう。私が早死するまで。――ヒネクさん、もう帰ります。四人の子どもが待っていて、もうすぐ夫が帰ってきます。彼は私がまずい夕食を作ると言って小言を言うでしょう。それは本当です。そして子どもたちがたとえまだ理解できなくても、私を求めていることも本当です。直ぐに書きものを始めます。まだ何か分かりませんが。それでも書きます。少しのお金を得るために。そしてまた幸せになるためにも。それがずっと私の運命なのです。さあお別れです。しかも永遠に、本当に」彼女は私のそばに寄って来ると私の頭を手のひらで挟んで唇にキスした。そして「さよなら」と言った。

彼女は外套と帽子を身につけて立ち去った。彼女の足音が深みの中に落ち、消えていった……

二月一日

明日プラハを発つことにした。自分の画を持っていく。《シャールカの谷間》は破り捨てた。

二月五日

家にいる。私がもう決して出て行かないし画家にもならないと、これからは父や祖父や曾祖父のように畑に出て働き、いつかまともな若者になりたいと言うと、母は喜びに震えた。——私は畑や池に行った。深い雪に埋もれていた。もうすぐ雪解けだ。そうすれば春が襲ってきて、到るところが水と音とで一杯になるだろう。そしてホシムクドリや燕《つばめ》が飛んできて、池には小さな鷗《かもめ》の群れが見られるだろう——けれど私は彼女を愛しているし、これからも絶えることなく愛するだろう……

スキタイの騎士

私は私の生涯の記録のこの部分を、これが祖国に帰って異国における同胞の運命、あるいは一般に人の運命について興味を持つ人々に読まれるように、信頼できる者の手に委ねようと思う。

私のような場合は、さまざまな違いはあっても、恐らく思う以上にしばしば繰り返されているに違いない。人は祖国の土と若い時から育ってきた環境を離れ、広い世間を彷徨《さまよ》い、職業を変え、多くのことに成功し、若干のことには失敗しながら尊敬を得るか、あるいは異国で家族も親戚も居ない人々の運命となる、あの忘却に陥るものである。

私が強い種類の者であるかどうかは知らないが、今、老年の門前に立って言うことができるのは、恐らく私が無慈悲にも私を連れ去った運命の波と戦い、また同じように押し寄せて来る運命の波とも勇敢に戦ったということである。しかしこのような事情ではなく、私の運命の特異さと面白さは何かもっと別のところにある。私は一人の人間の生涯の中で二つの生涯を体験したのだ。互いに正反対の二つの生涯を。そしてその両方とも同じように充実して力強く。

私のような種類の人間にはしばしば私と似た運命が予定されている、などと言うつもりはない。しかし我が国や世界の同胞たちで同じように衒学的でも冒険的でもある才能をもち、ほんのわずかな刺激からその存在のいずれかの面が発現するということは多く見られる。アメリカ、ロシアのチェコ移民の歴史に、中世に、三十年戦争の時代、ナポレオンの時代に、一八四八年の革命の時期に、更に後の世界のほとんど全ての地域において内陸のチェコ人が初めて叙事詩的な運命を体験する可能性を与えられた世界大戦の時に、その例が見られる。

神が私と同じようにアジアを見て、それを体験させるようにと計らい給うたマルコ・ポーロがその著作を終えようとした時のように、私も「だがもう止めよう」と言おう。そしてチェコのピーセク[*1]で始まり恐らくザバイカルの町イルクーツクで終わった生涯の間に、毛皮を求める他にもさまざまなことをしてきた一人のラテン語教師の冒険についてあなた方に物語ろうと思う。私は人物の名前を変えている。現在、一九三九年には、その中にまだ生きている者がいるからである。

私は一八八〇年、オタヴァ川[*2]に二つの窓が面しているピーセクの家の一つで生まれた。私の父は貧しい靴屋で母は近くの村の貧農の娘だった。私は十二人の子どもの十番目で、私が生まれた時、父は四十五歳だった。私は父の黒い眼と、短く刈り上げた丸い頭をまだ覚えている。それは後になってモンゴルのラマ僧の頭を私に思い起こさせた。子どもの時は誰でもそうであるように、私の子ども時代も楽しいものだった。子どもというものは生活の複雑さや困難さを理解しないし、また理解することもできないからである。恐らくそもそもの初めから精神的に不具なのだろう。だから子どもたちには沢山の小さな喜びがあり、だから彼らの目には、貧しい住まいの飢えた片隅にある悲しい影が見えないのだ。時に悲しみや涙を見ても、彼らは直ぐに忘れてしまう。子どもの時の太陽は眩しく楽しげだ。それは灰さえも金色に染めるのである。

父の仕事場でもある、母のいる台所の小さな窓から石の橋が見える。小舟に乗った漁師や水浴びしている子どもたちも。私は彼らに呼びかけ、彼らのところに行って水に入りたいと思う。その橋は大きくてどっしりしている。そのアーチの天井はどでかい。川は広く、対岸が見通せない。それは私の海だ。そして漁船は私にとっては大商船だった。その舳《みよし》には不思議な銀色の生き物や、聖書物語で予言者ヨナを飲み込んだ鯨のように、空飛ぶ巨大な魚を狩る狩人たちが立っていた。

後になると私は独りで水浴びをし、小舟に乗って魚を捕った。魚の寸法は小さくなったが、神秘さは残っていた。何年も経って私がバイカルの辺りをさまよっていた時、魚を捕る時にはいつも冒険しているような気分になったものだ。輝き、震えている物言わぬ存在を、魔法使いの杖が深い水の中から招き寄せる。それを殺すのは我々にとっては命である空気なのだ。

直ぐに私はピーセクの森に着いた。長兄と姉の一人に連れられて茸を探しに行ったのだ。私は初めて鳥の合唱を聞き、初めて樅《もみ》の木の枝にいるリスを、森の端で鼠とモグラの死体を見た。荒地《ヒース》の藪の上を蝶が飛び回り、草の茎で青いカブトムシが眠っていた。コケモモの草むらの下の見えない巣から若いウサギが走り出てきて、子どものような声で鳴いた。頭上には午後の金色の太陽が、眠りを誘うかのようにかかっていた。

その後覚えているのは学校と若い教師のことだった。彼は金髪の口髭の下の大きな歯を見せて私に笑いかけていた。ある日、子どもたちみんなが母親と一緒になって泣いていた。私が死んだ父を見たかどうか分からない。私は葬式に出て、男たちが肩に担いだ黒い柩《ひつぎ》が軋んで奇妙な音を立てていたのを覚えている。私にはそれが落ちるのではないかと心配だった。

それからどういう風にまた何をして暮らしていたのか私は知らない。兄たちは故郷《ふるさと》を去り、二人の姉たちも去った。その後のある時、死んだ父の兄にあたる司祭のヤクベツが私たちのところにやって来た。彼は私の頭を撫で、長いこと母と話をしていたが、私が勉強をしなければと言った。私が才能のある子どもで、家族のうちの誰かが教育を身につけねばと言うのである。

私は普通学校の狭い長椅子から、伝統のある古典ギムナジウムのまだ新しい校舎に移った。貧しい家族の子どもの大部分の成績が良いように、私も良い成績だった。既に私は自分が靴屋の倅《せがれ》で人生と戦わねばならぬことを知っていた。家では大事にされたが、間もなく私は家族全部が私のために我慢をしていることに気付いた。それで私は自分で収入の道を見つけた。十四歳の時から私は家庭教師で生活をした。伯父の司祭は月々の援助を送ってきた。私はしっかりして賢くなった。もう悩みのない子どもではなかった。友達は少なかった。皆は私を友達というよりむしろ教師のように見ていた。古典語に秀で、他人を教えることで知識を広げた。私は教授たちと同じくらい完全にラテン語とギリシア語の文法ができると言われた。子どもたちは誇張していたのだ。

私が十八歳になった時、私は完全に孤児になった。私が成年に達する前に母が死んだのである。もはや私が晴れて中等学校を卒業するのを母に喜んでもらうことはできなくなった。校長は伯父にお祝いを述べ、もし私が大学に進んだら優れた教師になるだろうと言った。伯父は感動して私の肩をたたき、額に口づけして言った。

「神様のお助けを得て頑張ろう、頑張ろうよ！」

伯父は本当にその通りに努力をした。

古典文献学には抗しがたい魅力がある。私はこのすばらしい学問に全身全霊をかけて暮らしていた。私はカフェや、パブでビールをしこたま飲み、煙草を吸い、政治について議論するという、当時ボヘミアンたちが夢中になっていた学生のパーティなどは、とりたてて好きではなかった。それはそう楽しい雰囲気でもなく、喜びといっても疑わしい価値しかなかった。私たちは当時の学生に典型的な多くの道徳的、哲学的、性的、社会的な問題を文学によって知っている。私は独りで読書にふけっていた。私は専門家に育った。当時の著名な古典文献学の教授たちの名前や、ドイツ、フランス、イタリア、及び我が国におけるこの学問の繁栄をご存じであろう。論理実証主義は方法だけでなくものの考え方をも、もたらした。それは精神の革命であり、チェコにいる我々にとっても清めの嵐だった。私の中学校の知識と主として広範な読書が、講義やゼミナールや図書館への道を準備した。私は熱心に聴講し、多くの本を読み、体系的に勉強してその深奥を極めようとした。特に私が興味を持ちはじめたのは考古学だった。おそらくそれは、ケルト民族の遺跡のあるピーセク地方と私が内的な関係をもっていたせいであったろう。私は古典考古学から更に考古学一般へと進んだ。私は博物館の収集品では分からないことを文献によって知った。私は英国の著名な著者たちの文献を読めるように英語を学び、ドイツ語とフランス語に磨きをかけた。

学問に完全に没頭している二十二歳の男を思い浮かべて欲しい。自分のうわべに頓着せず――それが当時の学者や芸術家の流行《はや》りだった――心も空に通りを歩き回って許される限り長く図書館に居坐り、家に帰ると夜中まで本を読んで学問が進んでいるのを感じて幸せに思う人間を。この間中、私の生活に女性が入り込むことはなく、私がそれに憧れることもなかった。遙かな昔の装飾を眺めることが私の喜びであり、ペトロニウス[*3]のあらゆる喜びであろうとも、それと引き替えにはできなかったろう。同僚たちは少し私を怖がっていて、時々私のことを笑っていたが、私は気にかけなかった。小さな部屋の石油ランプの側で孤独な私が過ごすすばらしい夕べを、彼らは分かっていただろうか？　不浄な読者たちによって汚されていない全く特殊な書物の塊が不安定に積み上げられてはいないような場所は、その部屋にはもうなかったのだが。学問的な発見によっていつか世の中を驚嘆させ、その名を永遠に残すことを夢見ている若い男の気違いのような憧れが、彼らに分かっていただろうか？

一九〇三年、私は古典文献学の国家試験に合格し、同時に博士に昇進した。私の博士論文は考古学に関するもので、次のような表題を持っていた。「クリミアのペレコップ[*4]の北にあるスキタイの墳墓から出土した、軍用馬具のギリシア風装飾について」。もちろん私はヘロドトス[*5]から始めた。私の資料は英語、ドイツ語、ロシア語だった。スキタイ文化におけるギリシアの芸術家たちの痕跡を認識するという私の博士論文の学問的寄与は、決して画期的なものではなかった。しかし私はスミルナ[*6]及び小アジア派の影響を疑いないものと確認し、そのことによって芸術の職人が小アジア、ヘレスポント、黒海北岸を往来していたことを確認したのである。

私はこの論文を公表しなかった。そのうちスキタイの資料を直接に研究し、それを広げて完全なものにしたいと願っていたからである。しかし私の論文はそれなりの関連付けの新しさと大胆さと、彼らの言うところの一定の心の高ぶりによって、差し当たりは大学の教師に影響を与えるものになった。論理実証主義者というものは、たとえ批判によって意識的に押し殺してはいても、心は詩人だったのだと。

私は昇進の後で伯父に呼ばれた。伯父が青い星亭《モドラー・フヴェズダ》で昼食を取ろうと、既に引退していた村からプラハにやって来たのである。それは博士になった祝宴だった、テーブルに坐っているのは二人だけだったが。生まれて初めてのすばらしい食事だった。ワインもあった。ブラックコーヒーの後で伯父はパイプに火をつけ、私とラテン語で話をした。私は彼にとても良い評価を与えることができる。彼のラテン語には教会の要素が満ちていたが、正確だというだけでなく気持ちが良く、言い回しが豊かだった。

「ところでこれからどうする？」と伯父が訊ねた。

私はずっと学者でいたいと認めた。しかし同時に勉強したいとも。それじゃ大学の教授かね？　結構だ。けれどいつになったらなれるのだ？　何年も経って。じゃそれまでは？　中学校にでもいるのかな？　プラハには残らない。田舎でも勉強はできる。本はプラハの本屋から取り寄せなければならないぞ！　きっと差し障りが起こるぞ。助教授の職をもらうのは楽じゃないぞ。そのためには何やかやが必要になる。分かったかな？　できる限り努力しなけりゃならないぞ。もっともっとエネルギーが要る。頭が知識で一杯だというだけでは足りないのだ。誰でも僧正になれるわけではない。我々はみんなただの人なのだから。

伯父は歯のなくなった歯茎でパイプをしゃぶりながら考えていた。それから私たちは別れた。私は彼にお礼を言い、私の最初の本を彼に捧げると約束した。

「我が伯父の記憶に、となるかも知れないぞ……」と彼は微笑んで少し涙ぐんだ。彼は人生を愛していた。彼の故人となった弟、私の父のように。二人とも人生を愛していた。そしてそのうちの一人だけが悼《いた》まれることになった。

私は結局その本を書かなかった。伯父は私の昇進の二ヶ月後に亡くなった。もう私には誰もいなくなった。兄弟姉妹はみんな世界中に散らばってしまった。

昇進の後の休みには、私は新しい目で故郷の町を見て回った。子どもの時巨大に見えた古い橋、城とゴシック様式の教会、中世や人文主義者たちの足跡、スウェーデンの遺跡[*7]を。全ては私の中で、諸民族の十字路であるケルト的なカリフォルニアの巨大な金の選別場の情景と一つに溶けあう。そこは東ヨーロッパの河川に似た大きな川の沖積層で、世界中の山師が黄金の魅惑的な耀きと富とを採っているのだ。考古学者はオタヴァ川の岸辺を通って、野原や森の中に不思議な土壌を見つける。その下には間違いなく、芸術的な才能に恵まれた大昔の民族の住居があるのを感じとる。この民族の女たちは豪華な装飾と流れるように美しい曲線を持った首飾りやブローチ、櫛やブレスレットを愛していたのである。

休日の後で私はチェスケー・ブデヨヴィツエ[*8]のギムナジウム代理教員のポストに任命された。その時の特別な想い出はない。教育は私にとって知らない事柄ではなく、学生たちとも同僚たちともうまくつきあい、専門の文献はプラハから取り寄せた。本当の意味でこれが私の教師としての最初の年だったが、私にはもうずっと前からこの南チェコの町に生徒たちと共にいるように思え、プラハを懐かしむことはなかった。書物や学問的な望みは新しい活動舞台に移して、直ぐに毎日を調整し、義務を果たすだけでなく、途切れることなく学問的な仕事を続けるようにした。私は本を書きたかった。学位論文を敷衍《ふえん》して助教授資格論文を準備したかったのだ。

一九〇四年のいつだったか、私は学部長から呼び出された。私の将来の発展を決定できるようなことについて、折り入って私と話をしたいというのである。

「あなたはいくらかロシア語ができますか?」と彼は私に尋ねた。私は頷いた。私は理論的にロシア語を知っていて、特に文学や学術の用語を習得していた。

「オリョール[*9]という町がどこにあるか知っていますか?」

私は我がスキタイの国を思い出した。たしか今のオリョールの近くのどこかに、ヘロドトスのいう民族の居住地が散在していた。

「私の友人がオリョールにいます、大学時代の同僚です。あなたや私と同じく古典文献学者です。彼はオリョール中学校の視学官です。またクルスク、タンボフも彼の管轄下にあります。ウクライナとの境にありますが、今言ったのは皆典型的なロシアの町です。この情報はみな友人から得たものです。彼はロシアのあらゆるものが好きなのです。極めて美しいトゥルゲーネフの長篇や短篇小説は、皆オリョール県から出たものです。分かりませんがレスコフ[10]もまた、この地方となんらかの関係があるそうです。しかしこれはこの場合関係ありません。ただ私の問題にしているのがロシア語の読み書きという最も個人的な事情に関係しているということを、あなたに知って頂きたかっただけです。

私はオリョールから手紙をもらいました。チェコ人の優れた古典文献学者でロシアに来たいと思っている人を知らないか、と友人が訊ねてきたのです。ご存知のように、ストラコニツェ[11]の私の同郷人である我らの偉大なチェラコフスキー[12]はロシアに憧れていましたが行けませんでした。ところが今や人々を求め、呼びかけ、大金を与え、立派な住居と調った別荘、さらには制服や何やかやを与えようとしています。でも我が国の人々は欲しいと思わないのです！　実のところを言えば、もし私が十歳若ければ行ったでしょうに。ところであなたはどうですか？　ロシアに行きたいですか？」

私は少々無遠慮に訊ねた。

「ご質問はどこへ行けということですか。でもいわゆる草深い田舎に隠れ住むことはできません」

「どうやらあなたの身体には大都市が染みついているようですね。それはプラハで勉強されたせいです。慣れてしまいますよ。ご心配には及びません。モスクワへ、真っ直ぐにモスクワへ行くのです！

およそ八十人のチェコの文献学者を探しています。恐らく二十人は見付かるでしょう。あなたさえよければあなたにモスクワに行って頂くようにしましょう。学者として働けるように。あなたを失いたくはないのですが、あなたほど熱意のある候補者がいないのです。あなたはとてもきちんとした方です。ロシアの環境ではそれが私たちによい結果をもたらすのです。皆があなたを大切にしてくれるでしょう。学問はモスクワですることができます。なによりも物質的な心配をしなくて済みます。あなたの報酬は高額になるでしょう。ほとんどここにいる私と同じくらいに。でも私は三十歳も年上なのですよ！」

私は即座に「行きます」と言った。私は家に帰ってやっと気が付いたのだが、ロシアのことを聴いて直ぐに私が思ったのは、スキタイ人のことだった。私は彼らを追いかけていた。古典文献学者や若者の教育者としてではなく、考古学者として。

一九〇四年八月、私はまずキエフに行った。そこには長く留まらず、そこからオリョールに行った。とても快適な町で美しい庭園があり、川のそばにあって、遊歩道《プロムナード》には多くの士官がいた。周辺には林が多かった。白樺や樅の木が生え、そこかしこに何らかの湿地があって野生の鴨がいる。畦道のヤマウズラの群れ、湿地になった野原。森と水と鳥と獣の国。「ここで『猟人日記』*13が生まれたのです」とチェスケー・ブデヨヴィツェの校長の友人で、私の接待役《ホスト》のフランツ・フランツェヴィチ・クラールが言った。

「モスクワには九月までには行けるでしょう」とみすぼらしい店のボトルを前にした長い食事の後で、彼が言った。「辞令はもう持っておられる。給料も三ヶ月分前払いで、旅費は既にプラハでロシア領事が支払っています。どうして急ぐことがありましょう。ここにいる時間はあります」

私は最初に見た時からここの全てが気に入っていた。これは何よりもすばらしい休暇なのだ！　馬車に乗って郊外に行き、クラールの知人を全て訪問した。彼らは数十人いて、客が夕方に帰って疲れることのないようにと言われて、到る所で泊まった。皆は笑い、声高なさんざめきがあった。ロシアの娘たちは開けっぴろげに私の眼を覗き込み、私がオシプ・イヴァノヴィチと呼ばれる初めての日になった。それからずっと私はオシプ・イヴァノヴィチだった。すぐさま彼女たちは、ダンスを覚えなければならない、書物は休ませてやらなければ、あなたの言うスキタイ人などいなくても世の中はやっていけると言った。

「昔いたのに今いないなんて可哀想」

私は接待役の娘たちと笑い合い、彼女らと目隠し鬼ごっこをして遊んだり、トランプ占いをしたり、砂糖漬けを食べて煙草を吸ったりした。

それは私には慣れない生活だったが、私はそれに従っていた。私が社会的な付き合いの重苦しさを忘れ、人々と考古学や古典語以外のことを話すことに慣れるまでは、ほんのわずかの時間しかかからなかった。

私は新しい生活が気に入ったことを否定はしない。私は笑い、徹夜し、政治や社会的な諸問題について議論し、議論のための議論に耽《ふけ》ることを覚えた。私は直ぐにロシア語が上手になった。アクセントだけが身に付かないでいた。それとある種のチェコ語の単語も。しかしそれは新しい友人たちの熱い共感を妨げるものではなかった。文献学者や司祭たちは、ある種のチェコ語の形を聞きつけると互いに喜び合った。それが教会スラヴ語を思い起こさせたからである。そして小さいお嬢ちゃんたちはなんて古くさい大昔の言葉を話すんだろうと不思議がった。

「私たちのところにいると若返りますよ、言葉だって」と、文献学のアマチュアでロシアの宗教文献に通じ、中世の文献を愛している年老いた将軍が言った。

ロシアで私は若返った。言葉だけでなく生理的にも。私は顔つきまで変わった。私が環境に順応したのだ。私は小さな髭を蓄え、学者らしい髪型もロシア風に刈ってもらった。だんだん私はこの界隈の田舎娘たちみんなが好きになった。オリガやタチャーナたち。エカテリーナたち。金髪も黒髪も、ほっそりしたのもぶよぶよなのも、士官の娘たち、地主の娘、教授の娘、司祭の娘、役人の娘たちが私の夢の中に現れるようになった。恐らく私の青春の目覚めが最も燃え上がるのは、田舎の女たちのダンスを日曜の午後の燃えるような太陽の下で見る時だ。その時、熟れた穂と暖かいパンの酔うような香りで、太陽が地面も空も満たすのである。それはちょっとした無邪気な冒険で、それが血を騒がせ、心臓が音を立てて打って喉にまで昇ってくるのである。

一九〇四年のオリョールの森、野原、村々における休日の何と幸せなことよ！　それは革命が始まりかけた年だった。プレーヴェ[*14]とボブリコフ[*15]の死んだ年。日本の旅順攻撃の年。一九〇三年の露帝《ツァーリ》の宣言は実現しない約束のままにとどまっていた[*16]。秘密でもあり公然でもある解放同盟が作られつつあった。そこではロシアの急進的インテリゲンチアが、憲法を求めて活動していた。私の友人の多くのものがこの組織のメンバーだと私に打ち明けた。将校たちも微笑みながら新しい時代が来ると約束し、そうすれば正しく若いロシアが見られるだろうと言った。

私は友人たちの政治的な願望やひそかな希望のことは、あまり気にかけなかった。私は誰の意見にも頷いた。私が政治的な素養のない人間で、私の答えが賑やかな楽しみへの誘いだったからである。考古学者でかつ古典文献学者であるものが、最も現実的な人々の中にたまたま入り込んだのだ！　皆は私の前で気にすることなく話をし、不平を鳴らし、密議をした。私はそれを上の空で聴いていた。私が魅惑されたのは、議論している娘たちだったのだ。

一九〇四年の九月、私はモスクワの第三男子ギムナジウムの教授事務室に足を踏み入れた。大学での一年の始まりは極めて騒然としたものだった。若者は労働者と一緒になってデモをしていた。ラテン語の授業を始めるには、静かになるまで大分かかった。だがそれでも私は生徒が気に入っていた。大きくてうっとりしたような眼が私を見つめる。しかしそれが一番燃えるのはいつでも、私が教科書をおいて、古代ローマの偉大さや、社会的な矛盾に満ちていた文化の爛熟期についての説明を始める時だった。私にはそれが類似点を探しているように思えた。そうして私は知らず知らずのうちに、彼らが望んでいることへの裏付けを与えていたのだ。

私は自分のモムゼン[*17]を持っていて、一週間に一時間、帝国の没落に関する彼の書物の朗読にあてた。子どもたちはテキストをドイツ語から訳し、個々の箇所について説明を求めた。そこでちょっとしたゼミナールが開かれ、私はこれらの小さな聴講生の精神的な成熟にびっくりしたものだった。

極東では戦いが行われ、負けそうになっていた。政府に対する社会の信頼は、プレーヴェの後継者スヴャトポルク・ミルスキー公爵[*18]が求めていたほど充分ではなかった。ポベドノスツェフ[*19]は学生運動を弾圧していた。私は自分が学校でどんなに危険なことをしているか、全く気付かなかった。偶然と私の上司たちの不注意が私を破滅から救ったのだ。後になって初めて私は理解した。丸一年の間、私は実際にいつ割れるかも知れない薄氷の上を歩いていたのだと。そのことが分かって私の頭はくらくらした。

私の夢遊状態は一九〇四年から〇五年にかけての冬中続き、長引いてその年の春になった。このときペトログラードの僧ガポン[*20]が労働者の行列を率いて皇帝の玉座の階段に近づいた。冬宮の前の射撃に対する反響が、モスクワの私の学校でも起こった。学生たちがストライキを始め、教授会は途方に暮れた。

学長が外国人の私に、子どもたちを静めるように命じた。子どもたちがオシプ・イヴァノヴィチを信頼しているというのである。そこでオシプ・イヴァノヴィチは子どもたちに命じて、君たちの役目はただただ学校で熱心に勉強することであって、それが教養への道を開き、将来人々に影響を与えることが出来るのだと言った。彼らは暫くは言うことを聞いた。

一方春になると、皇帝の勅令によって呼び覚まされたブルィギン[*21]政府の短い自由の薄明の後、ロシア中に革命が勃発した。極東の軍隊が敗北したということ、前線で柩を持ち歩くような陰気な将軍たちの指揮では勝てない、ということが周知された。旅順が陥落した。ロシアの暗い日々は、瀋陽[*22]近傍のヤラ川畔での遼陽の戦い[*23]の空焼けに照らし出された。レストランではバンドがワルツ「満州の火山の上で」を演奏し、皆がこれ見よがしに拍手をした。それは軍隊の敗北と同時に専制君主の敗北への待望でもあった。一九〇五年の十月、東方との講和が結ばれた後、ゼネラル・ストライキが勃発して皇帝が憲法発布の約束をした。

私はラテン語文法を教え、子どもたちとオヴィディウス、ヴェルギリウス、リヴィウス、タキトゥスを読んでいた。保身という自然な本能によって、再び本棚に逃避したのである。私はずっと学者でいたかったが別の場所に引き抜かれた。私は、モスクワ大学付属の考古学専門学校の校長をしているポノマリョフ教授と知り合いになった。私は誠心誠意誘われて、直ぐに小さな専門家のグループのところに連れて行かれた。嵐の時も図書室に閉じこもって、学問的熱意という純粋な炎を消すことのない専門家を彼らが求めていたのである。私は招集された専門家たちに、スキタイの遺物について講演をした。

ポノマリョフ教授は、大学の学生にもう一度その講演をして欲しいと私に依頼した。これは成功だった。会場は超満員で、講演の終わった時の拍手はまさに劇場のようだった。講演の後ポノマリョフ教授が登壇して私に感謝の言葉を述べ、——ロシア人というのは生まれつきの説教師で雄弁家だ！——いくつかのエレガントな表現で歴史的・哲学的な考察に移った。教授は後に皇帝になった皇太子ニコライの一八九〇／九一年のアジア旅行についてのウフトムスキー公爵[*24]の書物に言及し、そこでウフトムスキーがロシアのアジアにおける使命という考えを展開していることを述べた。スキタイ王家の後裔がロシアであり、ヨーロッパ的西欧と東洋の要素を総合したのが、ビザンツ文化のロシアである。ロシアは他のヨーロッパとは本質的に異なっている。曠野《ステップ》の、農民《ムジーク》の、正教の、社会的平等のロシアの国なのだ。スキタイ人はアジアからやって来た。彼らの骨がロシアの根本にあるのだ、と。

大学での講演は、私の運命に決定的な結果をもたらした。私がポノマリョフの家庭に招かれたのである。レフ・アンドレーエヴィチはモスクワの近くに領地を持っていた。私は彼の娘と一緒にその領地に行った。タマーラ・リヴォヴナは二十歳で東洋的な黒い髪の美人だった。彼女の母はチフリスの実業家の娘でグルジア人だった。彼女は父親と一緒に暮らしてはいなかった。その時、私はポノマリョフが離婚していることを知らなかった。グルジア人の母のことは家族の間で話題にはされなかった。彼女は再びチフリスで暮らしていた。

モスクワ郊外の別荘で過ごしたこの短い秋のことを書かねばならないのは、私にとって苦痛である。私はタマーラ・リヴォヴナに激しい恋をしてしまったのだ。人生の経験のなさによって私はこの熱狂的な恋に落ち、それから逃れられなくなってしまった。不思議なことに、同じく最初の日にこの浅黒い肌の麗人が私に示した愛の告白も、動物的ともいえる激しさだった。洗練され、同時に隣人同士のように愛すべきポノマリョフの友人たちに囲まれて、私の人生のドラマの導入部が展開していった。

私はアンドレーエフ、[25]ロザーノフ、[26]シェストフ、[27]何人かのロシアの作曲家、完全にロシア化したチェコの指揮者、教養ある僧侶のグループ、モスクワの教授たちと知り合いになった。私は別荘に住み、教授の図書室で研究し、馬に乗ってタマーラの長く気まぐれな遠出に付き合った。地平線は遠く、世界は大気に満ちて燦々と耀いていた。私の精神的な環境には、満ち足りた生活による心の善良さ、手厚いもてなし、思想的なゆとりが保証された人々のもつ教養や言い回しの巧みさ、魅惑的な優雅さが充ち満ちていた。理論の魔力が私をも惹き付けた。私はフェンシングのような軽やかさで論争し、懐疑的なタマーラさえも幻惑できたように思えた。彼女が目で私に火をつけたのである。彼女は私にヴァイオリンを弾いたりロマ（ジプシー）の端唄を歌って聞かせたりした。私たちは夜遅くまで家の前の公園に一緒に坐っていたものだった。それから蒼い月明かりを浴びながら、アンピール様式の城のスロープにある階段を登り、別れに際してもう一度顔を私の方に真っ直ぐに向ける。私は星々の妹であるコーカサスの神秘的な公女の美しさに、敬意を表して跪《ひざまず》かねばならないと思ったものだった。彼女はギリシアの器に描かれた女性たちの姿さながらに、軀《からだ》の線が歌を奏でていた。

十二月に私たちは結婚式を挙げた。三日間にわたる厳かで質素な大宴会。モスクワ最高の知識層の楽しげな客たち。

一九〇六年の夏休みに私はペトログラードの教育省考古学委員会に呼ばれ、ドネープルの早瀬への調査隊に参加するように要請された。遠征の目的は紀元前六世紀のスキタイの古代墳墓《クルガン》と、墓の上の古墳のいくつかの調査だった。遠征はテントに泊まって次々と移動しなければならなかった。それには労務者とコック、従者及びそれを率いる二人のコサックがいて、総勢およそ百人だった。妻は私と一緒だった。ポノマリョフ教授は一週間すると考古学者の会合が催されていたモスクワに帰り、二人の助手も彼に同行した。私は遠征隊の指揮官になり、そのことを喜んでいた。私は実地の発掘経験を自分の手で得ようとしたのである。

スキタイの墳墓をロシアでは「クルガン」という。それらは民謡で歌われ、ステップの墓はしばしば画の題材となった。学術的研究が確認したところによれば、これらの墳墓は——そのためには私が研究している時には知られていなかった最近の文献を参照しなければならないが——紀元前四世紀から三世紀にまで遡る。

スキタイ人は木製の玄室を地下に作っている。身分の高い故人の屍体は香油でミイラにするが、種族の長が愛人、給仕、料理人、馬匹《ばひつ》係、召使い及び馬と共に埋葬されている墓もある。彼らは主人に従って闇の国へ供をしなければならなかったのだ。最も豪華な墓はドネープルとドンの間の地域から出土する。そこはスキタイの王たち、征服者たち、及びスキタイの遊牧民と農耕民の支配者たちの居住地であった。

紀元前およそ七世紀頃に南ロシアの地域に侵攻してきたこのイラン民族の文化を世界が知るのは、まずヘロドトスによってである。彼はスキタイ人の住む場所、彼らの習慣や風習、ヒュパニス・ブグとタナイス・ドン*28の下流の間の種族の分布について、極めて正確な情報を伝えている。これらのギリシア化した名前はラテン化した形で西欧中世の意識するところとなったが、ロシア語そのものについてはギリシア、ローマ、ゴート、スラヴ、タタールの層の下で失われてしまった。

十九世紀になってスキタイの墳墓や遺跡の学術的な調査が行われるようになり、ロシア人ばかりでなく西欧の学者たちも研究を行った。現在ではスキタイ人はアジアの山地からブグ、ドネストル、ドネープル及びドンの間の地域にやって来たと考えられている。ヒポクラテスによれば、彼らは小柄で、肥っていて足が細く、髪が黒くて髭を生やし、鷹揚《おうよう》な人々だという。彼らは典型的な遊牧民でステップを移動していた。男たちは小さく脚の短い馬に乗り、女たちは角のない雄牛や驢馬を繋いだ荷車に乗っていた。遊牧のスキタイ人が農耕のスキタイ人を支配していたが、彼らがイラン系だというのは疑わしい。遊牧民も後には農耕民になるのである。

スキタイには町も砦もなかった。スキタイの遊牧民は家畜や馬を養い、その肉と乳で生きていた。一夫多妻だった。子どもは父の召使い女を受け継いだ。スキタイの女は男と同じように湯浴みをしなかったが、一種の蒸し風呂、高価な化粧クリームや香料を知っていた。

スキタイ人の武具は騎士用のものだった。短い刀、羽のついた弓、敵を刺すための短剣とナイフである。男も女も柔らかい履物を履いていて、女は長いスカートとヴェールで身体を覆っていた。黄金がスキタイの金属だった。女たちは金の櫛で髪を梳《す》き、金の腕輪とブローチで身を飾り、男たちは金の杯で酒を飲んでいた。スキタイ人のために杯、ブローチ、剣や壺を作っていたのは、初期にはアッシリア人とペルシア人、後にはギリシア人だった。その場合にも彼らは獣の図柄、空想的なスタイルや恍惚状態における身体の動きを好む、遊牧民族の嗜好を失ってはいなかった。

スキタイの遺物は装飾においてもモチーフにおいてもユーラシアのシベリア・極北地方の芸術と近縁だった。氷のアジアから黒海の暖かい国への民族移動の波が、スキタイの遺物においてヘレニズム芸術と結びついた。何と不思議なことか。ポノマリョフ教授の詩的な感性が、ビザンツ・スラヴ的かつアジア的なロシアの文化と、アジア・ギリシア的な王政スキタイ人の文化との間の相似性を見いだしたのである！

私は文化的征服者の喜びをもってザポロージエ・コサックの国、ボリステニウス・ドネープルの早瀬[30]に着いた。ここは大エカテリーナ[31]の、ポーランドとの栄光の戦いの、そして緑のステップの奔放な自由の想い出によって神聖なものとなっている。[32]コサックはスキタイ人のようにたてがみの長い小さな馬に乗って、このステップからウクライナへ、またペレコップ[33]やケルチのタタールの居住地へと攻めて行ったのだ。

ドネープルは我々の過ごす夜の静寂《しじま》の中を音を立てて流れていた。草の香りが更に苦かった。仕事を終えると夕方にはあたり一面の星が見え、遠くで宿営していた兵士たちの長く尾を引く歌声が聞こえていた。私たち、タマーラとコサックの士官カジ・ハーンが私と一緒に夕べを過ごした。彼は生粋の正教徒のタタール人で、まだ若くて様子のよい馬の乗り手であり、歌が巧く、遊び好きでしょっちゅう酒を飲んでいた。粘土と石の中を引っ掻き回している学者など彼にとっては全く無縁の存在なのだが、彼はのんびりした休暇をゆっくりと飲んで過ごす人間の楽しみと同時に、警護部隊の指揮官という自分の仕事を遂行していたのだ。カジ・ハーンにとってステップや古代墳墓《クルガン》の下の野営の焚き火の側で過ごすのは、死地から帰ってきた人間のとる休息に外ならなかった。彼は瀋陽関頭の地獄から聖ゲオルギー勲章の十字架と共に帰還したのだから。

私が労務者と地下で働いている間に、彼は私の妻とステップに出て行くのだった。彼女は熱烈な乗り手になっていた。彼は私たちと食事を共にし、ワインのボトル、キャビアやウォッカをエカテリノスラフ[34]からもってきて、我々と夜を過ごし、ギターを弾きながら歌い、コサックに我々のためにダンスして彼の歌に合わせて合唱するようにと命じた。直ぐに私の仕事に興味を失ってしまった妻の退屈を彼が晴らしてくれるので、私は感謝していた。テントに滞在して三週間が過ぎると、もう私は自分の学問的な熱狂によって彼女の顔に微笑みを呼び起こすことができなくなった。それは我々が共に暮らした長い月日の間私の喜びでも幸せでもあったのだが。彼女は広いステップに憧れていた。男のように鞍のない低い馬に乗って白い絹のコサック服に似た服を着ていた。それは日露戦争の後にヨーロッパ・ロシアでも流行したものだった。騎兵旗手のカジ・ハーンは短い間にいくつかの勇ましい技を彼女に教え込んだ。立ち上がって馬に乗ること、身体を横に曲げ、頭を地に着くほど低くしてギャロップで走ること、その他の不思議なコサックのテクニックを。私は彼女のこのような荒々しい喜びを見て楽しみ、そのなびく髪と、太陽に祝福され、意気揚々としていて、しかも子どものように魅力的な顔つきを驚嘆して眺めるのだった。

ある日の午後私は最初の大きな発見をした。ドネープルの早瀬に近い塚の奥深くにスキタイの騎士の骸骨を見つけたのである。骸骨の上に私が見つけたのは、アザミの飾りのある王衣の金のブローチ、黄金の鞘に卍《まんじ》模様で飾られた短剣の金の柄、金の杯や櫛だった。その櫛は二千四百年前に騎士と共に埋葬された彼の愛人の髪の毛から遺されたものだ。防腐処置を施されなかった彼女の肉体は塵になった。――しかし不思議な偶然によってスキタイの騎士の軍用馬の屍体は塵に変わらなかった。彼の骸骨の近くにこれと較べると極めて小さい、恐らく死ぬ時には若かったであろう馬の骨があった。それはそれ以外には知られていない姿勢で土の中に埋まっていた。

この骨を見れば、前足を頭の上に挙げ、跳ぼうとして後足で立ち上がった姿で馬をここに埋めようとしたという、ここに置いた者たちの意図が窺われる。骨の姿勢によって、人を乗せて勝利の戦いに疾走するステップの獣の荒々しさが永遠にとどめられているのである。金の縁取りと金の前輪で飾られた革の鞍の遺物が奇跡のように骨の上に残されていた。馬の骨の上には鐙《あぶみ》が無く、騎士の骨の側には拍車もなかった。スキタイ人が拍車なしで馬に乗っていたことを私は文献で既に知っていた。

人夫を外に出して私は独り穴の底に残った。その平らな底にスキタイの騎士と彼の乗馬が横たわっていた。私は幸福だった。私の初めての、しかも幸運な発見だ。アザミの飾り！　ギリシアのコリント派の作品だ！　二千四百年！　明らかに王か貴族だ。黄金を纏《まと》っている。

太陽が私の頭上をじりじりと照らし、ステップが薫り、コオロギの歌声が昼を告げていた。

私は騎士の骨を眺めていた。それは背が低く、アジア的な丸い頭蓋骨を持っていて頬骨が高かった。スキタイ人について私が知っている通りに恐らくすこし肥っていたのであろう。脛骨《けいこつ》は非常に弱いものだった。その骨は騎士らしく、軽く引いた弓のように心持ち曲がっていた。指が長く、優しく小さい手をしていたに違いない。恐らくアッシリア風に刈った黒い口髭を持っていたのだろう。そして頑丈で肉食獣のような歯をもった口髭の下の大きな口。その歯は深い歯槽から抜け出てそこにあった。スキタイ人がそうであったように、小さく、健康で、きっと陽気な男だったのだろう。現在のコサック、カジ・ハーンに似ていた。

「ここにスキタイのカジ・ハーンがいる！」——そう言って笑うと、寒気が私の全身を走り、私の頭は熱くなった。この発掘した塚の底にカジ・ハーンがいる！　二千四百年の間死んでいたのに。コオロギが私に挽歌を歌っている。馬鹿げた滑稽な歌だ。だがどうであれ彼らは私に歌っているのだ。私は再び笑った。用心深く曲がった板を伝って私は穴から出ようとした。上半身が地上に出ると、私は太陽に目が眩んで涙を流した。

涙が乾いた時、半露里くらい向こうにこんなシーンが見えた。妻のタマーラとカジ・ハーンが並んで跑足《だくあし》の馬に乗っていた。突然二人とも鞍から飛び上がり、馬の背中に立ち、立ったまま波打っているステップの上を恐ろしい早さで走っていった。「スキタイの騎士とそのスキタイの愛人だ」と私は独り言を言った。私が言葉にした考えがどんな意味を持っているか意識もせずに。

丁度二人の乗り手がステップの波の一番深いところに達した時、カジ・ハーンは突然手綱を離して両手を広げ、すとんと鞍に身体を落とした。しかし私の妻は怖さと甘美さのこもった叫びをあげて自分の鞍から騎士の腕の中に飛び込んだ。カジ・ハーンは彼女を鞍の自分の前に乗せた。タマーラの馬はまだ暫く走っていたが、やがて立ち止まって草を食べ始めた。カジ・ハーンが馬の速度をゆるめると、乗り手の膝の閉め方に従順な馬は、後足で立ち上がり、それからゆっくりとした足取りに移った。一方カジ・ハーンは私の妻の口に頭を傾けた。私の妻の両手がタタール人の首を抱いて自分の方に近づけた。

二人の乗り手は一つの馬に乗ってステップの新たな波の向こうへ消えていった。

何時どうして私が地上に出てテントに戻ったのか覚えていない。私は横になって、誰も起こさないようにと警備のコサックに命令した……

私はこのときの計り知れない悲しみを述べたいとは思わない。

私は私の生涯で大きな、最も大きな苦痛を思い出したくはない。それは私のあの女に対する愛と同じくらい、大きなものだった。私はあの日の出来事をありのままに描くことにしよう。

夕方、私は馬に乗ってエカテリノスラフに行き、商人のクラブに泊まった。朝、私は私のところに来るようにと妻とカジ・ハーンを呼びにやった。彼らは直ぐにやってくると、少し青ざめて私の部屋に入ってきた。私は三人には狭すぎるこのホテルの部屋を覚えている。私は坐るようにとは言わずこう言った。

「私は全てを知っている。全てを見た。私は黙って見ているためにここに来たのではない。我々のどちらかが消えなければならないのだ！」

私は私の前に立っているコサックの騎兵旗手を眺めた。彼はちっぽけで滑稽なくらい足が細く、胸に聖ゲオルギー勲章を着けた正装をして俯いていた。

「君か私か、騎兵旗手くんよ！　タマーラに選ばせよう」

その時、私はタマーラが、熱情に満ちた眼でカジ・ハーンに笑いかけるのを見た。

私は一瞬黙り込んだ。カジ・ハーンは気を付けをした。このスキタイの騎兵の軍人らしい挙動がなんと馬鹿げたものに見えたことか！——そして彼はとぎれとぎれに言った。

「あなたのよろしいように、オシプ・イヴァノヴィチ。私のところに証人を寄越して下さい」

「事はもう終わった。タマーラ・リヴォヴナが選んだのだ。ろくでなしと喧嘩する気はない！」

「あなたのお好きなように」とタタール人はとぎれとぎれに答えた。

私は彼ら二人に背を向けた。そして私の妻とよその男はものも言わずに出て行った。

一時間後には私はエカテリノスラフの停車場にいた。私はモスクワに去ったが、モスクワにはとどまらなかった。着の身着のまま荷物もなく、発掘を指揮していた衣服のままで東に向かった。私が最初に留まることになったのはエカテリンブルク[*35]だった。

九月だった。私は二十六歳になっていた。

私は消えた。私の唯一の救いは、多くの喜びと癒しがたい苦痛を与えたこの世界から立ち去ることだった。私の逃亡は本能的なものだった。本能が私に進むべき道も教えてくれた。炎に包まれた獣が洞窟の一番奥の隅に逃げ込むように。私は祖国には帰らなかった。私が泣いて訴える人がそこには誰もいなかったからだ。そして私は祖国で泣くに違いないと予感していた。――しかし妻の不貞は、ロシアで多くの愛すべき日々を送った境遇との外的な関係をも私から奪ってしまった。私には話をする人も訣《わか》れる人もいなかった。私は消えねばならなかったのだ、自分自身から。何よりもまず自分自身から。――

ただ私は私の逃げるところなどないと感じていた。チェコの学者、古典文献学者で考古学者のヨゼフ・ヤクベツは存在することを止めた。私はエカテリンブルクで私の論文を全てどぶに捨てた。その時にはそれは安全なことだった。私は名前も職業もない人間になったのだ。退路は断たれた。

私は東に進んで行った。私の後ろにはウラルが、そして前には西シベリアの限りない緑の曠野があった。汽車が進む一露里毎に、私は深く深く忘却の中に沈んでいった。私は初めて民衆と同じようにロシア風に旅をしたのだ。貧しい人々を運ぶために用意された貨物列車に乗って。私は悪臭のする二枚の山羊皮の間に挟まって寝ていた。これは暑い夏の夜の間、リャザンの辺りからチェレムホヴォ[*36]の谷に働きに行く若い夫と妻の二人、田舎の子どもが被っていたものだ。

私の周りでは、兵士やシベリアの浮浪者やかつての流刑者の子孫たち、目つきの険しい腕っ節の強そうなものなど、気楽な貧乏人たちが歌ったり遊んだりしていた。しばしば小さな窓に鉄格子のはまった囚人輸送列車とすれ違った。全てを拒否している無気力な顔がそこから覗いていた。しかしそれらの車内からも歌声は聞こえていた。線路に弾薬の入った箱が大量に捨てられ、斜面には脱線した機関車が錆びついていた。ついこの間の破局でそこに転覆させられたのだ。誰もそれを見ることもなく、不思議に思うものもいなかった。ここでは何事も自然で、何でもあり得るのだ。ここでは生と死の間に深淵は存在しなかった。全ては溶け合い、全てが一つになっていた。ステップと樹林《タイガ》。人で一杯のプラットホームをぶらついている、黒っぽい顔をした鉄道員の群れ。極東からヨーロッパの兵営に帰る少数の軍人たち。敗けて取り残され、クロパトキン[*37]やリネヴィチ[*38]によって運命のままに任せられた傷つき足や手のない物乞いの群れ。その全てが、貧しさと動物的な快楽と経験したことのない何か神秘的な運命へのメランコリックな献身という、冷酷な神によって導かれる一つの悲劇的でかつグロテスクなシンフォニーに融け込んでいった。

私には彼らに混じっていることが気持ちよかった。地図を見れば私がどこへ向かっているのか分かるだろう。私は進んで行った。白パンと干魚《ほしうお》を食べ、駅で茶を飲み、同じようにどこかに行く隣人たちと壜のままウォッカを飲んだ。彼らの喧嘩を側で聞いていたり、大声を上げたり、彼らと歌を歌ったりした。私がどうして東に行こうとしているのか、聞いたものは誰もいなかった。私がなぜちゃんとしたロシア語もその方言も話さないかを不思議に思う者もいなかった。私は彼らと同じ人間だった。ちょっと身なりはよかったが、それも問題にはならなかった。

私は一九〇六年の冬には既にバイカル湖の岸辺で髭を蓄えて山羊皮のコートを纏い、深い長靴《ブーツ》と山羊皮の帽子を身につけていた。私はセレンガ川の凍ったデルタ[*39]の近くにある、ポソーリスコエ[*40]の宿場で冬をやり過ごしていたのである。私はそこで越冬する人々とトランプ遊びをしていた。遠くに置いてきた妻や子どもたちのために鉄道のトンネルの建設で数ルーブルを稼ぐ百姓《ムジーク》たちや、鮭や鱒の漁師や、監獄の監督官、なぜか知らない理由によってダラスン川の鉱脈[*41]が気に入らない金の採掘夫、チェルノフスコエ[*42]の密林《タイガ》からここに暖まりに来た炭坑夫たちである。

人々は、アルコールで陽気にやり、ハーモニカを奏で、自分たちと同じような人々ばかりが満ちあふれている、木造バラックの巨大な集積の中に隠れるために、金を産出する工業都市で流刑地だったネルチンスク地方[*43]から凍ったバイカルにやってくる。

私は春を待っていた。私は既に猟銃と弾薬を持っていた。森が私を招いていた。一九〇七年を私は原始林の中で過ごした。私はバイカルの氷を渡り、オリホン島[*44]のブリャートの遊牧民の中で嵐のような雪解けを待った。私は彼らの言葉が話せるようになってきた。私はブリャートの漁師に伴われて、レナ川のいくつかの水源[*45]までバイカルの山並みを辿る遠征に出発した。五月に霧の下でバイカルの氷が割れた。南東からサルマ[*46]の風が吹いてきて大地が震えた。

私は森で暮らし、そこから岸辺に降りて行った。ブリャート人が私のためにゴロウストノ[*47]の毛皮商人と取引の連絡を取ってくれた。私は質のよい金貨を受け取って栗鼠《りす》、貂《てん》、川獺《かわうそ》、マーモットの毛皮を売っていた。一九〇七年の秋に私は初めて熊を仕留めた。

私は金持ちの毛皮猟師として、モロカン教徒[*48]の流刑者たちと共に冬を過ごしていた。私が誰なのかどこから来たのかを知らないのと同じように、私もその名を知らないブリャート人の友が、レナ川の森、ヤクーツクの近辺、北のツンドラに狩りの大きな可能性があると私に語った。私はヤクート人と犯罪者の住んでいるこれらの地域で二年の間狩りをした。川には鷺や野生の雁《かり》や鵜《う》が、ツンドラには鹿や猪、狼や大雷鳥《おおらいちょう》や狐がいた。

馬に乗った商人たちがヤクーツクからレナ川とアルダン川[*49]の合流点にある私の小屋にやって来て、私一人だけの遠征の戦利品を、ヤクート人のポーターが南に運んでいくのだった。何ヶ月も私は白人に会わなかったし、まともな言葉を発することもなかった。ヤクート人の天幕《ユルタ》で雌馬の乳と緑茶を飲むのだった。金と銀の入った私の財布は、私が働いているかぶらぶらしているかによって、一杯になったり空になったりした。何ヶ月かは食べて寝るだけだったのである。

また何週間も屋根の下に足を踏み入れないこともあった。風が私の顔を刺し、私の両手は赤黒く硬くなった。私が図書館や学校の広間に縁のある男だとは思えなかったろう。私はかつての人間の衣を脱ぎ捨てたが、頭の中も生まれ変わった。こうして私は自分の住んでいた昨日の世界から完全に消え去り、消え去ったことすら私の記憶から消えてしまった。断言するが、原始林の中で、極北の国で、カムチャツカやゴビの砂漠の入口で過ごした年月の間、私の学者としての生活のいかなることがらも、夢の中でさえ心に浮かぶことはなかった。表象が意識の閾下《いきか》に後退するという心理学者の月並みな表現が、私の場合その通りに起こったのだ。その時何かラテン語かギリシア語の単語や作家からの引用、何か学問的な書物について思い出したかどうかは分からない。

私の想い出は遙か遠く子どもの日々に遡る。原始林の荒々しい栄光は、愛らしく魅力的なピーセクの森を、海は穏やかなオタヴァの小川を私に思い出させる。バイカルの岸辺でオタヴァの猟師が坐っているのをしばしば見たし、アンガラ川河口*50の荒野の上の鷗《かもめ》たちの姿は、この鳥が私の故郷の草原の上を鳴きながら飛んでいる姿を、私の心に思い起こさせる。

私の老いた母、伯父の教会司祭、金色の口髭と幅広で脂じみた大きな黒いタイを締めていた先生を、私は夢の中でも想い出の中でもしばしば見ていた。だが私の人生を変えてしまったあの女、私の妻を見たことはなかった。

私の存在の中に既に二つの相反する運命へと導く要素があったのか、それとも重い打撃が一つの人生の層の上に別の層を重ねさせたのか、私には分からない。あの時にはそういうことは考えずに、まともにかつ誠実に新たな人生を生きていた。かつて私がまともにかつ誠実に第一の人生を生きてきたように。私は一晩で学者から森の住人になってしまったのだ。

私はレナ川の岸辺に沿い、ツンドラや沼地を通って極北の国にたどり着いた。私はそこで白熊や馴鹿《トナカイ》、北極狐、人間の狡猾さを知らず、白っぽく、人なつっこい北極の鳥たちに出会った。人跡稀な北氷洋の岸辺を通る私のロビンソン・クルーソーのような旅に、ブリャート人のパーテクが同行した。コルィマ川*51の河口の猟師の宿営地で極北の一夜を私と過ごし、私と共に凍結した海まで雪の平原を橇で狩猟に行くという、冒険旅行の準備をした。そして私があまりにもなれなれしげな態度をとってサモエード人たちの不信を買った時に、彼は私の守護神となった。私が弱くて臆病な人間ではなく、熊や大山猫の偉大な狩人であり、森の小屋に山のような金を忘れてきたが、取りに戻らなくてもよいほどの金持ちなのだ、と彼らに説明したのである。それどころか反対に私は強く善良な心を持っていて、言葉で黄色い人を傷つけることを許さない心を持っているのだと。

私は週や月を数えるのを止めた。後には年を数えるのも止めてしまった。極地の夜が昼と夜が交代するという最後の考えを、私から奪ってしまった。私は雪と、夜と、静寂と共に溶け合ったのである。何年のことだったか、私がカレンダーを気にとめないことを知っている神のみが知ることだが、私は北西シベリアを通ってチュクチ半島に行き、凍った海に沿ってカムチャツカに入った。ヨーロッパで戦争が始まり、ロシアもそれに参加したというのを私はペトロパヴロフスク*52の波止場で聞いた。私にとってはこのことはカムチャダール人やコリャーク人やチュクチ人のことよりもずっと興味がなかった。我がブリャート君が私の名前で彼らと交渉し取引をしていたのだ。私は練達したロシアの商人の跡を辿っていく毛皮猟師に過ぎなかった。私が彼らと違うのは、市民の世界に戻って家を建て、妻をめとり、子どもを作り、親戚と茶を飲んで狡猾さと高利のための激しい戦いに明け暮れ、肥っていくというようなことはしない点だけだった。

私がそれぞれの地方の美しさや興味深いことがらに酔い、人々の心と習慣の中に入り込もうとしたとはいえない。私は冒険的な生活の波に流され、その底にあるものを見ようとはしなかった。私の裡には詩的なものは全くなかった。だから私は自分の冒険的な生活の中に、自然の生活が詩的な心にとってそうであるような、陶酔というよりは、むしろ涅槃《ニルヴァーナ》を見ていたのだった。

私も時には少し詩人になることがあった。しかしそれは愛が私の裡に詩を作ったのだった。そのような時代は遙か昔になってしまった。今、私の興味はオホーツク海の大流氷の上のアザラシであり、明日は灰色の靄《もや》がかかり深い雪の積もったカムチャツカの渓谷の落葉松《からまつ》や白樺、柳や西洋杉や楡《にれ》の下をさまよい歩いて、貂《てん》や狐や熊、あるいは川獺《かわうそ》を撃つことであり、明後日は雪を被った火山の崖を愛《め》でることだった。目を凝らせば貂の素早い足運びや白兎の小心な跳躍がその上に見られるからである。シベリアのツンドラと同じように、カムチャツカの森でも野生の白い家鴨《あひる》、白い大雷鳥《おおらいちょう》、白狐に出会った。かつてバイカルのほとりで金色の巨大な百合、黄色いパンジー、金色の菖蒲の咲いていた短い夏の湿原をさまよい歩いていた時のように。

私は船乗りになったコサックの息子たちとペトロパヴロフスクから鯨を捕りに行った。その死骸はカナダの商人が買っていった。カムチャツカの火山は、私の初めての避難所になった我が愛するバイカルを思い起こさせた。白い奔流となって森から湧いてくる熱泉がバイカル地方の泉を私に思い起こさせたのだ。

ある日、我がブリャート君はグシーノエ湖の近くのセレンガ川とヒロク川の合流点[*53]の近くにある、かの聖なる谷を懐かしんでいた。丁度その時私もバイカルの山々を懐かしんでいたのである。

一九一六年の八月、私たちはサハリンの漁民の密輸船に乗ってペトロパヴロフスクから日本海を通り、アムール川河口のニコラエフスク[*54]に渡った。人の住む地方を避けて――戦時中であったし、私が身分証明書のない人間だったので――私はアムール渓谷を通る長く苦しい徒歩旅行によって、我がブリャート君と共に西を目指した。森の中、木こりや漁師の掘っ立て小屋で夜を過ごし、狩りをしたりして、私の金で買うことのできるものは何でも食べた。原始林の中でも戦争を感じ取ることができた。戦争をさけてそこに隠れ住む森の住人たちの顔からもそれが窺い知れた。髭もじゃの旧教徒の眼差しはおどおどしていたし、独り者の猟師は私たちがポーランド訛りのロシア語で欲しいものがあるかどうか訊ねると、鼻先で扉を固く閉じるのだった。

大戦からの逃亡者、密輸業者、中国から密入国してゴムのホースに入れた密造酒を上着の下に巻き付けた密造酒の売人たちが、森の中をうろついていた。ツンドラと万年氷の中で何年も孤独な生活をした後、寡黙な羊飼いかあるいは琥珀《こはく》の軽い荷物を運ぶ犬のキャラバンとしか出会うことのないカムチャツカの花崗岩の峡谷での幾年もの隠遁の旅の後に、私は十年前にポソーリスコエ[*55]の宿営地の前のバラックで知り合った、あの逃亡者の群れの中にいた。

一九一七年の革命の秋に、私はバイカル湖の北端に着いた。私はレナ川上流の岸辺の森に逃げ込むことによって、革命や革命と共にシベリアやロシアにやって来た全てのことから逃れた。ヴェルホレンスク[*56]の監獄は空になっていて、追放された人々はイルクーツクやヤクーツクの辺りの村から去り、ペトログラードやモスクワの宮殿に行った。我がブリャート君はダバン山地の下の砂の中に消えてしまい、私はまた一人になった。

一九一八年が過ぎた。ヨーロッパでも世界でも戦争が終わった。一九一九年の六月、私は捕らえられてチェレムホヴォ[*57]に連れて行かれた。私は逃げ出して再び漁師としてバルグジン川[*58]河口にあるバイカル湖の葦の中で生活した。一九二〇年の春、私は船でクルツク[59]に行き、地元のソヴエトに職業登録をした。時代が世の中から隠れていることを許さなかったのである。だから私はポケットに書類を入れ肩に許可証をつけた銃を担いで、合法的に消えたいと思ったのだ。

私は判を押した書類をもらった。私は毛皮営団の最初の猟師になった。営団は少なくともシベリア的規模におけるノヴゴロド市場の名声を復活し、世界との商業的接触、当面は南のウルガ[60]、カルガン[61]及び北京との商業的接触を持とうとしたのだ。中国在留ヨーロッパ人の夫人たちは、フランス女性がいたく愛する貂《てん》や、富裕なアメリカ人の夫人たちになくてはならない白兎やミンクを、革命で首からはぎ取られるといって嘆く必要がなくなった。

シベリアでの十二年を猟師として過ごして、私は毛皮についてのあらゆる知識を身につけていた。ノヴゴロドやライプツィヒの市場の秘密、アラスカの国営農場の巧みなトリック、北洋の氷の上からイギリスの貴族女性たちの肩に乗った銀狐のすばらしい旅を私は知っていた。商業用の手紙を外国語で書くことをやっと覚え始めたイルクーツク地方政府の新しい営団に、私の専門知識が役立つことになったのだ。

私は喜んで再び森の中に消えた。私はイルクーツクで多くのことを聞いた。戦争のこと、革命のこと、内戦のこと。そしてまたその時、私と言葉と血を同じくする人々が戦っていたことも。きっとそのうちの多くのものが学校や大学で私を知っていただろう。あるいは彼らの中には私の生徒も幾人かいたかも知れない。私の心はその時少し痛んだ。再びもとの生活に戻ったような気がしたのである。そしてそうなってはならないことも。だから私は、「いつでも仕事の結果について義務的な報告においでになれます！」という大仰な感謝とともに営団が贈ってくれた、たてがみが長く背の低い小馬を受け取り、大通りや小道を辿って森に去ったのだった。突然私はバルグジンからキャフタまでの、働く猟師グループ全体の監督になったのである。

森の中針葉樹林《タイガ》の中、水の上でまた一年が過ぎた。私は小さいセレンガ川をヴェルフニー・ウヂンスク*62からセレンギンスクまで何度か船で行き、何度か中国・モンゴル国境の町マイマチェンに立ち寄った。私はそこで加工前の状態の毛皮の輸送について、アメリカのエージェントと取引した。かつてスキタイの墓に至る道を切り開いてくれた私の英語が再び役に立った。異なった目的と異なった雰囲気の中で。しかしそれは——たとえそれが弁解だったとしても——元に戻ったわけではない！　失った想い出も戻ってきつつあった。ラテンやギリシアの詩人たちのこと、モスクワのこと、私の妻のこと、考古学のこと。痛みのない想い出である。しかしグシーノエ湖の寺のラマ教の勤行で鳴らされた極めて強烈な鐘の音も、スリュヂャンカ*63の玄武岩の崖に谺《こだま》した私の銃の激しい発射音も、いつもここにあって決して追い払うことができないのだ。

　いつの朝だったか、焼けたキャフタから立ち去る時に、たまたまセレンガ川の葦の中からでてきた男に出会った。ぼろぼろの騎兵ズボンを穿き、足はオーストリア人捕虜の破れた長靴《ブーツ》からはみ出ていて、古いシャツ《ルバシカ》が上体を覆っていた。髭を生やし、黒ずみ、髪がぼうぼうに伸びていた。蒼い額の横には切られた長い傷跡があった。目は野獣のようだった。それを私は十年、十二年、十四年の間忘れることがなかった。

　私は馬を止めた。男は用心深く近づき、両手を合わせた。

「神のお慈悲です。どうか私を助けて下さい、あなた！」

「きみに何が起こったのかね？」

「牢屋から逃げ出したのです」

「きみは誰だね？」

「私を引き渡さないで下さい」

「おまえは誰だと聞いているのだ。答えるなら引き渡しはしない」

彼は私の顔を眺めた。私の鞍の高さから見れば、この男は恐らく実際よりもずっと小さく弱々しいように思われた。細く、キセルのように丸い足がかすかに震えていた。しかも何かしら絶望的な力が細かい砂に突き刺さっていて、男は身じろぎもせず立っていようとしていた。ちょっとした私の大声を聞いてもきっと倒れただろう。私は大声を出すことなく囁いた。

「きみは以前には士官だったのかね？」

「私をあいつらに引き渡しますか？」

「おまえが誰か言いなさい。どこへ逃げるつもりかね？」

「南へ、中国に行きたいのです」そう言って彼はちょっと微笑んだ。「あなたに自分の秘密を打ち明けましょう。助けを呼ぶなら私は破滅です」

「どういう助けかね？　私は武器を持っているんだよ。おまえに向かってかね？　おまえは誰なんだね？」

男は目を落とした。彼が頭を垂れてそこに立っている間、私はエカテリノスラフのホテルの部屋を思い浮かべた。この私の下にいる男が、胸に聖ゲオルギー勲章の十字架をつけ、軍服を着て私の妻と誇らしげに立っているのを。

「あなたはカジ・ハーンだね！」

「どうして分かったのですか？　あなたは私を知っているのですか？」

「知っている」と私は短く言った。

「それじゃ私を引き渡しますか？」

「判らない」

男は黙っていた。朝露の中でコオロギが鳴いていた。いつだったかザポロージエのステップの時のように。男が再び言った。

「私を殺したかったら殺しなさい！　私を助けたいと思うなら助けて下さい！　時間がないのです」

「カジ・ハーン君、タマーラ・リヴォヴナはどこにいるんだね？」

「誰のことです？」と男が不思議な平静さで訊ねた。

「タマーラ・リヴォヴナだよ」と、私は繰り返した。

「それはどういう人でした？」男は放心したような笑いを浮かべて言った。「私がその人を知っていると？」

「きみは知っているはずだ。君の愛人だったのだから」

「あなた」と、その男は手を振って言った。「人生には沢山の女がいて、覚えていないのもいます」

「きみはエカテリノスラフのステップで彼女と知り合ったのだ。彼女は私の妻だった！」

「あなたの妻ですって？　神かけて私は覚えていません」

「スキタイの墓とオシプ・イヴァノヴィチを覚えていないのかね？」

男が青ざめたので、その眼の下に黄色い輪が現われた。

「私を哀れと思って下さい。判りました、全て判りました。でもタマーラ・リヴォヴナがどこか知りません。どこかモスクワに行きました。あなたが出発されてから直ぐに。そして私はコーカサスに送られました。あれは皆短い間のこと、恐ろしく短い間のことでした」

「だが私にとっては人生のうちの十四年が失われた」

「覚えておられませんか、オシプ・イヴァノヴィチ。私もやっとのことでここまで生きてきたのです。戦争、革命、投獄を。今は死から逃れようとしているのです」

「きみ頭目《アタマン》セミョーノフ[64]の軍隊にいたのかね？」

「そうです。隊長でした。ダウリヤ[65]の守備隊の指揮官でした」

「原始林の奥まで噂が聞こえてきた、例の流血の祭りのあったところかね？　きみは彼が雇った敵の一人だったのか？」

「そうです！」

私はここで説明しておきたい。アタマン・セミョーノフは最も凶暴な反革命主義者だった。日本人に買収されていた。腐敗した士官の暴徒と一緒になってダウリヤで何千という労働者を殺したのだ——

「それじゃ議論はお仕舞いにしたい」と私は言った。「たとえばここで決闘をしよう、証人なしでだ。どうだね？」

「武器を持ってますか？」

「言ったろう、私が武装していると。武器と場所は私が選ぶ。行こう。きみは私の馬の傍に付きなさい。走ったり逃げだそうとしたら撃つぞ」

私たちは道を進みはじめた。私は馬に乗り、男は私の右側に付いた。私はキャフタの手前の埃だらけのキャラバンの道にたどり着いた。私たちはキャフタを通り過ぎた。民警たちに出会った。彼らは立ち止まると、馬に乗った身なりの良い男とその傍らの襤褸《ぼろ》を着た汚い徒歩の男という、釣り合いのとれていない二人連れを不可解そうな顔をして眺めたが、我々を止めようとはしなかった。また茶を積んだ駱駝のキャラバンの傍も通った。彼らはゴビ砂漠を通ってカルガンからやって来たのだ。赤や黄色の着物を着て頭のてっぺんに尖った飾りを被ったモンゴルの騎士たち、男や女たちが、私たちの前を進んでいった。バラックの宿営地、人気のない兵舎、かつての士官の宿舎の傍を通って、私たちは埃にまみれながら南へ南へと進んで行った。

砂漠の前にある陰気な丘陵が見えてきた。斜面に菫色《すみれいろ》の花の咲いている円錐形の砂の沖積層、満々たるセレンガ川、ステップの草。遠く私たちの前に四角形のマイマチェンの城の灰色の壁があった。あそこがカジ・ハーンが逃げて行きたがっている中国だった。チンギス・ハーンの軍隊がかつてそこから西に攻めていった土地、モンゴルである。

私は街道を曲がって横道の一つに入った。堆積物の崖に痩せた草がわずかに生えていた。私たちはモンゴル人の墓にいた。十字路に松の三角柱が立っていてその根元には石が小さく積まれていた。枝にかけられた紐には犬の毛玉が数珠のように吊るされていた。英語の上書きのある古ぼけた箱の中に、死んだ人々の骨が入っていた。それらは雨や風、それに鼠によって損なわれたのだ。私たちの頭上を飢えた鴉《からす》が舞っていた。

私は立ち止まった。男は待っていた。私はもの言わぬ死者たちの谷を振り返って見て馬を降りた。

「カジ・ハーン、もちろん私が最初に撃つ！」

「いいでしょう」とカジ・ハーンが言った。

「私はモーゼル拳銃を二つ持っている。両方とも弾が込めてある。見なさい」

カジ・ハーンは気のなさそうに銃を調べた。私は一つを彼に渡した。

「歩数を数えなさい。十歩でよかろう。これが私の条件だ」

カジ・ハーンが十歩数えて立ち止まった。

「始めてもいいですよ」と彼は静かに言った。

私はピストルを挙げて狙いを定めた。私はカジ・ハーンの眼の中に死んで行く者の安らぎを見た。

もう彼は震えてはいなかった。

私は手を高く挙げ、空に向けて発砲した。カジ・ハーンは眼を丸く見張った。信じられなかったのだ。私が何をしようとしているか、彼は訊ねることをしなかった。しかし彼はピストルを挙げず、再び震えはじめた。私は言った。

「きみの番だ。もし撃ちたくなければ行ってもよろしい。ここから一露里で国境だ」

カジ・ハーンはピストルを手から離した。

私は馬に乗った。

カジ・ハーンも再び私の横を歩いていた。しかし彼の足取りはずっとしっかりしたものになっていた。

　私たちは街道に戻った。

「マイマチェンは避けなければならないよ」

　私たちは墓場の谷から砂の波の頂上に登って辺りを見た。月の火山《クレーター》や海の天体写真のようだった。

私は「闇の海《マーレ・テネブラールム》*66」を思い起こした。

私は馬から降りた。

「私の馬に乗って行きなさい」

カジ・ハーンは黙っていた。ひらりと馬に乗るともう一度最後に私の目を見つめた。私は言った。

「私たちの一人が消えなければならない。今度はきみの番だ、カジ・ハーン」

タタール人は返事をせず、急に馬の向きを変えると鞍の上に身をかがめ、野蛮人のような身のこなしで坂を下り、ステップと砂の中へと馬を駆って行った。菫色がかった蒼い筋が一筋、消えていく影のように地面を縫って行った。乗り手と馬は溝を跳び越え、一瞬舞い上がった土煙の中に消えたりした。私は砂の波のてっぺんに立ってその後を追っていた。彼と彼の乗った馬はますます小さくなり、馬の足取りはますます早くなっていった。それは禿げて先の尖った緑の丘の向こうに、隠れては再び浮かび上がった。

鴉の群れが蹄の音に驚き、叫び声を挙げて飛び立った。

もうそれは銀砂の上の小さい点になった。そしてスキタイの騎士とその馬は永遠に目の前から消えてしまった。

私は向きを変え、キャフタに向かって徒歩で歩いていった。

私はキャフタで長く激しい熱病に罹《かか》り、一月間軍の病院に入っていた。その後私はセレンガ川を汽船でヴェルフニー・ウヂンスクへ行き、汽車でイルクーツクに行った。私は馬が足を折ったので射殺しなければならなかったと言った。私は営団の職を辞することを申し出た。

私はイルクーツクを歩き回っていたが、ある時新しい大学の建物に足を踏み入れた。私はサポジニコフ教授を訪れ、自分がかつてモスクワの中学校の教師であり、考古学者でポノマリョフの弟子であると自己紹介した。

そういうわけで私は、かつて私がこの生活から去った時のように、突然、移行期間もなく元に戻ったのである。私は四十歳だった。

現在私は五十五歳である。私はイルクーツク大学考古学部門の主任で、未来の法律学者たちにラテン語を教えている。

私は町から遠く離れて暮らしている。窓からはバイカル湖の西岸の山並みが見える。休みの日には学生たちと湖に行き、彼らに考古学について語る。思うに私が地方政府の興味を引くことができたのは、ザバイカル地方とモンゴルとの国境にあるモンゴルの公たちの墓の研究だったのだろう。私はブリャート人の学生を多く持っていて、彼らはソヴエト政府保護下の共和国になった、かつての汗国の遊牧民の子弟で、快活で積極的な子どもたちである。

私は孤独な学者で私の時間は一時間毎に正確に計られている。妻も子どももいない。多分いつかはモスクワに行くだろうが、いつになるかは判らない。恐らく命令を受けて学会に行くだけだろう。恐らくもう決して祖国には帰らないだろう。そこで何を求めたらよいというのか？　だが祖国のことはしばしば考える。バイカル湖がユーラシア大陸の真ん中にあるようにそれはヨーロッパの真ん中にある。イルクーツクはアジアの首都になるべきだろう。

私がちょっとしたこの私の経歴を書いたのは、一つの比較的短い人生にどうして二つの人生を入れることができたのか、人は忘れることができるのにどうして忘れることができないのか、また一つの心に二つの心が鼓動できるのか……

それだけでなく、私の中のこれら二つの人間のどちらがダウリヤの墓穴から犯罪者の命を助けるなどという邪悪なことをしでかしたのだろうか。彼にとっては死の方がずっと軽い罰だったであろうに——

私は自分の罪を償おうと努力している、真摯な学問研究によって。私がブリャート人たちと他の全てのシベリア住民たちに普及させようとしている考古学と古典文献学をもって——

この文章を読むであろう人は、昨日から今日に移る間には、人の心がどんなに複雑なものであるかということを教訓として知るであろう。

訳註

オイール王の物語

＊1　オイール Ogier the Dane。伝説によれば彼はクロンボルグの城に住み、そこで眠りに就いた。彼の髭は床に達するほどであったといわれ、デンマークに危機が迫ると国を救うために目覚めるといわれた。

＊2　ヴァーツラフ一世、聖公（九〇七―三五）。没年を九二九年とするものもある。九二一年頃チェコ公となる。彼は従士団と教会に支持されて独立した初期封建制の国家経営を行ったが、弟ボレスラフによって殺され、その後ボレスラフは一世としてチェコを支配した。ヴァーツラフの生涯とその死はすでに十世紀のうちに宗教的な崇拝の対象となった。

＊3　フランス名シャルルマーニュ（七四二―八一四）。フランク王国の王で、後に神聖ローマ帝国のカール一世となった。

＊4　ロンバルド人ともいう。六世紀北イタリアにランゴバルド（ロンバルド）王国を建てた。

＊5　セルビア人の北方に住むスラヴ民族の一つ。

＊6　ドイツのライン・ウェストファリアにある町。カール大帝がここの城を好み、七六八年以降第二の首都としたと伝えられる。

＊7　カール大帝の側近の騎士。『ローランの歌』にあげられている十二人の騎士はカール大帝の甥で騎士団の筆頭であったローランのほか、その友オリヴィエ、ジェラン、ジェリエ、ベランジエ、オットン、サムソン、アンジェリエ、イヴォン、イヴォアル、アンセイス、ジラールで、これに僧正チュルパン、デーン人オイエルが加えられるのが常であったという。しかし本文ではこれとはいくらか異なっている。

＊8　オランダ南部からベルギー北部にかけてあった古い公領。

＊9　南フランスの地方。ローマ時代のガリア・ナルボネンシスに属する。

＊10　南フランスのトゥールーズの北。

＊11　ピレネー山脈の西部にある天嶮で、イスパニアとフランスの国境をなす。『ローランの歌』の主人公ローランの終焉の地として名高い。

＊12　イスパニア北部の地名。九世紀に建国されたバスク人の王国（のちのナヴァラ王国）及びその首都。

＊13　イスパニアのマドリードの北東の町。八世紀より王国《カリファート》の支配下に入り、対キリスト教諸国の前哨となった。

＊14　北東イタリア。六世紀にランゴバルド人に征服され、フリウリを都とする大公国が作られた。八世紀の終りにカール大帝が攻略しフリウリ辺境伯領を創設。

＊15　カリンティア（チェコ名コルタン）の国。オーストリア南部、イタリアと旧ユーゴスラヴィアの国境の地。

＊16　アペニン山脈に発し南へ、更に南東へ、その後西に流れ

る川。
＊17　中世フランスの武勲詩《シャンソン・ド・ジェスト》に「カール大帝のエルサレムとコンスタンチノポリスへの遍歴」という架空の話があるという。
＊18　イスパニアの北東沿岸の湾。十字架の岬がある。
＊19　マホメットの後継者「教主」の意味。元々はトルコ王のスルタンの称号であったが、のち各地の回教国の王の称号となった。
＊20　ギリシア神話によれば、ゼウスとアルクメネの子ヘラクレスが、大洋オケアノスの果てに浮かぶ島エリュティアに遠征し、帰る途中ジブラルタル海峡の両側にヘラクレスの柱を残したという。
＊21　チグリス・ユーフラテスの下流域にあった国。
＊22　三人の王はマタイ伝には書かれていないが、黄金・王権の象徴であり、青年の姿をしたメルキオール、乳香・神性を象徴する壮年の姿をしたバルタザール、没薬・将来の受難である死を象徴する老人の姿をしたカシパルの名が当てられているという。
＊23　インドとアフガニスタンに隣接するパキスタンの一地方。
＊24　またはハラ山脈。ベルジスタンとシンドの間の連山。
＊25　フリードリヒ一世赤髭公（バルバロッサ一一二二－九〇）のこと。一一五五年神聖ローマ帝国皇帝。
＊26　カルロマン（七五一－七一）。フランク王国の王。ピピン三世の末子。七五四年兄のカール大帝と共に戴冠した。
＊27　アウタリ。五八四年ランゴバルド王。ビザンツと戦い、フランク王国と同盟を結んだと伝えられる。
＊28　ジョン・マンデヴィル。オランダ語で書かれた *Jehan de Mandeville*（『マンデヴィル卿』という書名）から英語に翻訳されたという形を取った *The Travels of Sir John Mandeville* という架空の旅行記で、最初に現れたのは一三五七年から七一年の間だという。邦訳『東方旅行記』（大場正志訳、東洋文庫第十九巻）。
＊29　インド西海岸のグジャラッティー州の西部にある半島。南と西はアラビア海に面す。
＊30　コンカン山脈はインド西部のマハーラシトラ州の沿岸部にあり、貿易風が強く良港に恵まれず、砂漠の多い土地といわれる。プーナ国は同州にある。
＊31　インド南部デカン平原の国。
＊32　南インドのカルナータカ州の州都。マドラスの西に位置する。
＊33　不詳。インドのグジャラッティー州にこの地名があるともいわれる。
＊34　使徒トマスはキリストの十二弟子の一人。はじめキリストの復活を信じなかったので、キリストは復活した身体に触らせて、これを信じさせたといわれる。
＊35　インド南部の東岸、セイロン島の北にあったといわれ、マルコ・ポーロに記述がある。

＊36　双子の聖人は原文ではVarriaとなっている。ヨハネ伝第二十章第二十四節の邦訳では、「デドモと呼ばれているトマスは」となっている。didomosという語は「二股になった」という意味で七十人訳聖書にあり、辞書では「双子の？」となっている。

＊37　インド南・中部ハイデラバードの西、現ゴルコンダの廃墟のあるところとされる。当時のヨーロッパ世界に唯一知られたダイアモンドの産地。

＊38　未詳。インドのヒンドスタン半島の南端にある岬の名か。

＊39　アフリカ大陸の東端アシル岬の東北東、インド洋に浮ぶ島。現イエメン領。

＊40　本文にアデンから四マイルにあるというから、やはり同じ現イエメンの近傍にあったのであろう。アデンはアラビア半島の南端にある。アバシ王国は時代から見てアッバース朝（七五〇－一二五八）のことを指しているのであろう。

＊41　西フランク王国のシャルル三世単純公（在位八九八－九二二）のこと。

＊42　ザクセン家を創立したハインリヒ一世狩猟王（八七六－九三六）のこと。

＊43　南フランス、地中海に近いトゥールーズの南一三五キロ。

＊44　一二一五年聖ドミニクスが創設した修道会。説教を主な任務とする。

＊45　オド王（八六〇？－九八）であろう。彼は八八八年西フランク王となった。

＊46　現マルセイユ。

＊47　アレラートはジュラ山脈と地中海の間にあった国、アルル王国。

＊48　ロンバルディア州。現ミラノを州都とするイタリア北部の地方。

＊49　バヴァリアのアルヌルフであると思われる。ルイトポルドの子で九〇七年から九三七年の没年までバヴァリア公であった。邪悪公。

＊50　十一世紀以前マジャール（ハンガリー人）は軽騎兵隊による襲撃をこととしていたといわれる。

＊51　フランス東部のブルゴーニュにある修道院。

＊52　バヴァリアの首都でドナウ沿岸の町。長い間神聖ローマ帝国最大の司教区であり、聖ステファヌス教会がある。

＊53　「より大きな栄光」とはチェコ語によるヴァーツラフ（一世、一二〇五－五三）の本来の意味。

＊54　ドイツ、ザクセン・アンハルトの町で大司教アダルベルトゥスによって創設された司教区。

＊55　十世紀初めにヴァーツラフがプラハ城内の教会を創建するために招いたのがクヴェドリンブルグ司教区の司教だったイムラムであった。当時プラハはクヴェドリンブルグ司教区の管轄下にあった。

＊56　ヴァーツラフの父ヴラチスラフ一世によって九二〇年に

定礎されたという。

＊57　ヴィートはシチリアの裕福な家に生まれ、四世紀にローマで殉教した。ヴァーツラフが、その遺物を求め、九二五年頃にプラハ城内に教会を作った。

＊58　ポヂヴェン。聖ヴァーツラフの宗教的な事績を献身的に導き助けた人物。聖ヴァーツラフが老ボレスラフのもとに赴くという運命的な旅に随い、ヴァーツラフが殺されたので、ポヂヴェンも逃れようとしたが殺されたという。

＊59　聖イムラムはバヴァリアで福音を説き、六五二年にミュンヘンの近くで殉教した。

＊60　ザクセン公のハインリヒ狩猟王（在位九一二－九三六）であろう。

＊61　ラテン語では Castra Regina（女王の砦）の町。

＊62　中世ドイツの叙事詩「ヒルデブラントの歌」「ニーベルンゲンの歌」の中のディートリヒ・フォン・ベルンの原形「ベルンのテオドリスク」。ただしこの「ベルン」はスイスの都市ではなく、イタリアのヴェローナのことである。

＊63　ゲオルギウスはカッパドキアの貴族で高位の軍司令官。ローマ皇帝ディオクレチアヌスに随って戦ったが、皇帝がキリスト教徒を迫害したときに軍を辞め、キリスト教の信仰告白をした。そのため激しい拷問の末に首を刎ねられたと伝えられる。

＊64　プシェミスル王家が最初に作った砦。彼の名を冠した教会（イジー教会）がプラハ城の中にある。

＊65　アハスヴェル。彼はユダヤ人でキリストを鉄の手袋で打ち、そのために地下の柱の周りを回る罰を受けた。その後永遠の放浪者として世界中を絶望の旅をして回ることになったという。

ノルマンの公女

＊1　ハシシュテインスキー（一四五〇－一五一七）。ロプコヴィッツ家の流れをくむ家柄で、一四九三年パレスチナに巡礼をして、一五〇五年頃に『主の年一四九三年神の墓へ果たした巡礼』を書いた。

＊2　ヘンリー・ザ・ヤング（一一五五－八三）であろう。

＊3　ノルマンディー王ヘンリー二世（一一三三－八九）、プランタジネット王朝の創設者。

＊4　聖女カタリーナは実在しなかったという説もあるが、キプロス王コストゥスの娘で、ディオクレチアヌス帝の時代の二八七年頃に生まれたという。

＊5　ローヌ川の古名。

＊6　現ジェノヴァを州都とするイタリア北西部の州。沿海部リヴィエラは国際的な保養地。

＊7　聖マルコはヴェネチアの守護神とされていた。

＊8　ミッソの町が「この神秘な島の西岸にあった」とあるが、他の箇所では「港町ミッソを後にすると直ぐにピディオ川の渓谷に入った」と記され、さらに「彼女は受難者カタリーナが生

まれ、廃墟となった生地コンスタンツァにミッソから直接詣でたいと思った」と記されているので、この町が島の西岸にあるとは考えにくい。
＊9　ビザンツのコムネノス家はイサキオス一世から始まるが、ここで述べられているイサキオスはビザンツ皇帝アレクシオス一世の第三子のイサキオス二世であろうか。しかし彼の生涯は本文の叙述と必ずしも一致しない。一一九一年英国の獅子心王リチャードの許婚と妹の乗った船が難破してイサキオスに捕らえられた。報復のためリチャードはキプロスを攻め、イサキオスを捕虜にした。彼が釈放されたのは一一九四年、彼の死の一年ないし二年前であったという。したがってこの物語はフィクションだということになる。
＊10　キプロス島で最も長いこの川は、トロードス山脈に発し、北上してニコシアを囲繞し、東に流れて古戦場サラミスの近辺で島の東ファーマグスタ湾に海に注ぐ。そうとすればこの川の河口は島の東岸にあるということになる。
＊11　二重十字架には二種類あり、十字架の交点と上端の間に短い横線が入っているもの、および二つの十字架を四五度傾けて重ね合わせたものがある。ここでは後者。
＊12　獅子心王（一一五七‐九九）。一一八九年即位。
＊13　カペー王朝ルイ七世敬虔王の子フィリップ二世尊厳王《オーギュスト》（在位一一八〇‐一二二三）。
＊14　ヘースティングスは英国東サッセクスの港町。ドーヴァー、サンドウィッチ、ハイズはともにケント州東部の港町。ロムニーはハンプシャーの港町。以上が五港と呼ばれている港である。後に二港が追加されて諸種の特権が与えられたという。
＊15　フランス名サン・ジャン・ダクル。地中海東岸の港町。しばしば十字軍の基地になった。
＊16　ナヴァラは南フランスと北イスパニアにまたがるバスク人の居住する地域。九〇五年以降王国となり、大王サンチョ三世の時に最も栄えたという。ベレンガリア（一一六五頃‐一二三〇）はサンチョ六世の長女。
＊17　ベルトラン・ド・ボルン（一一四〇年代‐一二一五）。フランスのリムジン出身の男爵で中世のオック語の最大の吟遊詩人《トルバドール》の一人。
＊18　タンクレーディ（一一三八‐九四）。アプリア家出身のシチリア王（在位一一八九‐九四）。
＊19　キプロス島の南岸、現ラルナカの近くにある港町、フェニキアの九都市の一つ。これは第三次十字軍の話である。
＊20　ベルトラン・ド・ボルンのこと。
＊21　原文ではヤン・ズラトウストとなっている。ロシアではイオアン・ズラトウスト、ギリシア語ではヨアンネス・クリュソストモス（三四七頃‐四〇七）と呼ばれ、ギリシアの教父たちの中で最も尊崇を受けている聖者。コンスタンチノポリス大主教。アンチオキアで生まれた。

マルコ・ポーロの死

＊1　マルコ・ポーロ（一二五四？―一三二四、享年六十九歳）。
＊2　パオロ・ヴェッキオ（一三七〇―一四四四）。イタリアの人文主義教育学者。
＊3　カンバルクは大都大興府。今の北京。キンサイは杭州の臨安府。ヤンチューは揚州。ミエン（緬・蒲甘）は今のビルマ。ケスマトルはケスマコラン王国（木倶蘭国）か。
＊4　ピエトロ・グラデニーゴがヴェネチア総督だったのは一二八九―一三一一年。したがってマルコが祖国に帰ったのはグラデニーゴの在任中ということになる。
＊5　フビライ（忽必烈）。モンゴル大汗一二六〇―七一、元帝一二七一―九四。
＊6　古代国家ウラルトゥ、現在アルメニアにあるアララット山。ノアの方舟《はこぶね》が洪水の後漂着したといわれる。
＊7　ピサのルスチアーノは十三世紀のイタリア作家で、一二七〇年頃中世フランス語でアーサー王の円卓の騎士の物語を長大な散文で編纂したといわれる。また獄中の聞書きによるマルコ・ポーロの旅行記を、同じく中世フランス語で出版した。
＊8　ゲオルギス（闊里吉思）。『東方見聞録』ではテンドゥク王となっているが、その北側にある浄州路を本拠としていた。
＊9　イラン東アゼルバイジャン州の州都タブリーズ、現テブリース。
＊10　タングートはチベット族の一派、随唐時代から党項の名で知られる。カムルは漢の伊伍廬、唐の伊州で、現今の哈密地方に相当する。
＊11　チンギス・ハーン（成吉思汗）。モンゴル大汗在位一二〇六―二七。
＊12　僧ジョン。『東方見聞録』にウンク・カンとして触れられている人物はワン・カンの訛りであって、家例と部族長のトゴリールを指している。
＊13　トマスはキリストの十二弟子の一人。カエサレアのエウセビウスがトマスはパルチアへ派遣されたとしているが、西紀二百年頃エデッサで成立した聖書外伝『トマス行伝』にしたがって、彼がインドに派遣されたという考えが広く信じられていたという。
＊14　涙の島とはセイロン島（現スリランカ）のこと。アラブの伝説の一つにアダムとイブが晩年は離れて暮らしていて、アダムがセイロン島で死んだというものがあるらしい。
＊15　ルスチアーノはマルコ・ポーロからの聞書きの表題を『ミリオン』とした。世間の口の端にのぼると「嘘八百」のような効果を持つことになった。
＊16　ラテン語訳はボローニャのドミニカン派の僧フランチェスコ・ピピーノによって、十四世紀のうちになされたという。
＊17　ナヤン（乃顔、―一二八七）はチンギス・ハーンの末弟のテムゲ・オトチギン（帖木哥斡赤斤）の孫の子、すなわち玄孫に当たる。

＊18　アバガ（一二六五–八一）、またアバカ（伯父）ともいう。チンギス・ハーンの子トルイ（祁雷、後の「睿宗」、在位一二二七–二九）の子で初めてイル汗国をひらいたフラグ（旭烈兀、在位一二五六–六五）。汗王朝の二番目の汗である。
＊19　小アジア南東部の沿岸地帯。
＊20　この小説ではマルコ・ポーロが一三二四年の九月二十四日に没したとしてあるが、これがフィクションであることは疑いない。現在では彼の死は一三二四年一月八／九日とされている。

王妃

＊1　エリシカ（エリーザベト）・プシェミスロヴナ（一二九二–一三三〇）。チェコのプシェミスル王朝最後の一人。プシェミスル王家の滅亡を避けるために、ルクセンブルグ伯から神聖ローマ帝国皇帝になったハインリヒ七世（在位一三〇八–一三）の子ルクセンブルグのジャンと結婚して、一三一一年チェコの王妃となる。これによってプシェミスル王家の血統は神聖ローマ帝国の血統と融合し、実質的に廃絶を免れた。やがて二人の間に生まれたカレル（幼名ヴァーツラフ）がカレル四世として神聖ローマ帝国皇帝となる。
＊2　ベアルン伯爵。ベアルンはフランス南部にあり、一二九〇–一四七一年ド・フォワ・ベアルン伯爵の領地。夫人のジャンヌについては不明。
＊3　残っている記録でこれに最も近いものは一三〇三年プラハ城内の火事で、かなり激しいものだったという。
＊4　ドイツのラインランド・プファルツにある町。結婚は一三一〇年。
＊5　ライン川上流にある町。現在フランス領。
＊6　ハインリヒ（アンリ）七世。ルクセンブルグ伯ジャンの父。マルガリータはハインリヒ七世の妻。ブラバント公ヨハン一世の娘。
＊7　エリシカが生まれたのは一二九二年一月二十日、ジャンは一二九六年九月十日で、二人が結婚した一三一〇年九月一日にはエリシカ十八歳、ジャンは十四歳十一ヶ月だった。それから六年後の一月にはエリシカ二十四歳でジャンは十九、二十歳である。後で出てくるようにこの時エリシカはヴァーツラフ、後のカレル四世を身ごもっている。
＊8　リペはチェコ北部の町、現チェスカー・リパ。ヴァーツラフ三世が一三〇六年ポーランドを攻めようとした際にオロモウツで何者かに殺されてプシェミスル家の血筋が絶えたとき、王位をめぐる争いで、リペのインドジフこと、ハインリヒが貴族の首領となった。この抗争は、教皇の側、ドイツのハプスブルグ家とフランスのルクセンブルグ家、およびチェコの土着の貴族の間でさまざまな形をとった。ジャンはこの物語の後で生まれることになる世継ぎのカレル（四世）が自分に反抗するのを怖れてエリシカから引き離し、フランスの宮廷で養育させた。

いずれにしてもカール（チェコ名カレル）四世（一三一六-七八）は神聖ローマ帝国の皇帝ではあったが、幼名はヴァーツラフであり、チェコの人々にとってはチェコのプシェミスル王家を継ぐ王であった。彼は一三四六年父ジャンの死後皇帝に選ばれたが、これに先立つ一三四四年彼の尽力によりローマ教皇によってプラハに大司教区を置かれ、更に彼はプラハを帝国の首都とした。また学問芸術にも力を致し、一三四八年カレル大学を設置、マラー・ストラナを作り、石造のカレル橋、聖ヴィート大聖堂等を造営した。一六一二年マティアス（一五五七-一六一九）が皇帝になって居城をウィーンに移すまで、二百六十八年間、プラハは帝国の首都であった。

＊9　プラハ最南端の地区で、一二九七年にヴァーツラフ二世によって、シトー修道会の修道院が建てられた。プシェミスル王朝の最後の王たちの墓所。僧正というのは三代目の僧正ペトル・ジタフスキー（一二六〇頃-一三三九）である。

＊10　王である父はルクセンブルグ家の系統である神聖ローマ帝国のハインリヒ七世で、盲目王ジャンはその子。

＊11　プシェミスル・オラーチ。伝説によればチェコの司令官の有力な一人にクロクという者がおり、チェコの大部分を支配していた。彼には三人の娘がいて、資質に優れた末のリブシェが父の跡を継ぐことになり、民衆に諮《はか》って、夫として、また支配者としてプシェミスルという男に白羽の矢を立てた。これが伝説によるプシェミスル王家の起源である。

＊12　この子が幼名ヴァーツラフ、後の神聖ローマ帝国の皇帝カレル四世である。

蔦の小径

＊1　ルクセンブルグ伯ヨハン（チェコ名ヤン、フランス名ジャン）。カレル四世の父。

＊2　ギヨーム・ド・マショー（一三〇〇?-七七）。十四世紀最大のフランスの作曲家といわれ、作品に『ボヘミア王の審決』などがある。

＊3　フロアサール師（一三三七頃-一四〇五頃）。詩人で年代記者。カレル四世の異母弟、ルクセンブルグ公ヴェンツェルに仕え、彼の生きた一三二五-一四〇〇年の「歴史」を書いた。

＊4　ギヨーム・ド・ナンジス。十三世紀の中頃に生まれ、一三〇〇年七月に没したとされる。

＊5　ジェフロア・ド・パリ（一三二〇頃没）。十四世紀フランスの年代記者。

＊6　ヴァロアのブランシュ（一三一六-四八）。本名マルグリット（チェコ名マルケータ）。本文にあるように、金髪だったので、「白い」を意味するブランシュ（ブランカ）と呼ばれた。カレル四世の最初の妃。ヴァロア王朝最初のヴァロア・アンジュー伯シャルル一世の娘。

＊7　ダンテ・アリギエーリ。彼は『神曲』の中に、ハインリヒ七世のための名誉ある場所を用意していたといわれる。

＊8　カレル四世の母エリシカ・プシェミスロヴナがルクセンブルグ伯のジャンと結婚することによってプシェミスルの血を残そうとした。これと密接に絡む形でジャンに繋がる神聖ローマ帝国側の勢力と、エリシカを擁するチェコの貴族たちとの二派の抗争が起こった。エリシカは一三一九年ヤン・ヴォレクと共にプラハを包囲したが、ジャンの軍に破れ、ムニェルニークに去ったといわれ、その後この親子は再び相まみえることはなかったという。

＊9　クシヴォクラートはチェコの地名。山上に城があり、そこに通じる「鷲の小径」があった。ムニェルニークはモルダウ（ヴルタヴァ）川とエルベ（ラベ）川の合流点にある町。一二七四年王の直轄領。十世紀からワイン用の葡萄が栽培され、十四世紀にはブルグンド産の葡萄がカレル四世によって導入され、この町の収入は王妃のものとなった。

＊10　ヴィエンヌはフランスのリヨンから二〇キロ、ローヌ川左岸にある。中世には大司教が支配していたが、大司教と世俗的な権力との争いの地となり、最終的に世俗の権力が勝利した。

＊11　カレル四世の幼名。

＊12　シャルル四世端麗王（在位一三二二―二八）。カペー王朝の最後の王。

＊13　フランス王はシャルル端麗王であるから、後にカレル四世となるヴァーツラフは王の名を取って堅身礼を受けた。フランス語ではシャルル、ドイツ語ではカール、チェコ語ではカレルと呼ばれる。

＊14　フィリップ六世（在位一三二八―五〇）。シャルル端麗王の父であるフリップ四世の弟ヴァロア伯シャルル一世の子で、端麗王の従兄弟、ヴァロア王朝の最初の王となる。カレルの妻ブランカの兄。

＊15　北フランス、英仏海峡沿岸ルーアンの北西にある港町。ベネディクト派の修道院があり、そこでワインが作られたという。

＊16　ピエール・ロジェ（一二九一―一三五〇）。後にアヴィニョン期の教皇クレメンス六世となり、カレルが神聖ローマ帝国皇帝となるに当たって政治的な支持を与えたといわれる。

＊17　ルクセンブルグのマリア（一三〇五頃―二四）。父はルクセンブルグ伯ハインリヒ七世、後の神聖ローマ帝国皇帝。チェコ王ジャンの妹。

＊18　ディートリヒ。東ゴート王テオドリク（在位四九三―五二九）を題材にしたと思われる古ゲルマンのサガ（北欧中世の英雄伝説）の中で、ディートリヒ・フォン・ベルンと呼ばれている人物。

＊19　十三世紀に栄えたアレゴリーによる教化文学の代表作とされる。はじめギヨーム・ド・ロリスが一二三〇年頃に書き、その続篇をジャン・ド・マンが一二七五年から八〇年の間に書いたとされる。

＊20　ギヨーム・ド・マショーは『アレキサンドリア占領』、

『獅子の物語』のほか『ボヘミア王の審決』などを書いている。審決ないし裁判はこれを指しているのであろう。

＊21 エリシカがプシェミスル王朝の血を引き民衆に人気があったのに対して、ジャンは内政に不熱心でイタリア遠征などに資金を費やし、チェコを宝の山としか思っていなかったことから民心を失い、夫婦間に大きな亀裂が入った。彼は挽回しようとルクセンブルグに赴いていろいろ画策したが、皆失敗に終わり、一三一九年プラハで大きな馬上槍試合《トゥルノワ》を行ったが、誰も参加しないという惨めな結果に終わった。一三二一年再び行ったプラハでの馬上槍試合《トゥルノワ》で落馬して怪我をしたという。

＊22 一三二二年バヴァリアのルードヴィヒ（四世。神聖ローマ皇帝、在位一三二八–四七）が上部バヴァリアの町ミュールドルフにおいてオーストリアのフリードリヒ三世と戦った際、チェコ王ジャンがルードヴィヒを助け、勝利したという。

＊23 フランス南西部にある村で聖母マリアの教会があり、中世には多くの巡礼が訪れたという。

＊24 『ローランの歌』の主人公でカール大帝の十二人の親衛《パラ》騎士《ディン》の一人。

＊25 誤って媚薬を飲んで互いに恋するようになったマルケ王の妻金髪のイズー（ドイツ語ではイゾルデ）とトリスタンの恋の物語『トリスタンとイゾルデ』の主人公。この話の中にはトリスタンの妻となった「白い手のイズー」も登場するので、「金髪の」という形容詞が付いているのだと思われる。

＊26 チェコ中部の山。銀の産出で知られ、十三世紀にはヨーロッパの銀の三分の一がここで採掘されたという。

＊27 マルケ王は『トリスタンとイゾルデ』の登場人物の一人で、コーンウォール王。註25参照。

＊28 目の病気はルクセンブルグ家の遺伝だったようで、ジャンは一三三七年に右目を、一三三九年には左目も失明した。それ以後「盲目王ジャン（ヨハン）」と呼ばれるようになった。

＊29 現ベルギーの町。十二世紀から十三世紀にかけてルクセンブルグ伯の所領。カレルの父、ルクセンブルグ伯のジャンが、あらゆる手を尽くしてこの町の防御を固めた。

＊30 道しるべの道標。既に十四世紀以前にあったといわれ、主として丘の上、分かれ道あるいは誰かの遭難の地に立てられたという。

＊31 カレル四世は父のジャンによって六歳の時にパリの宮廷に連れて行かれ、堅信礼の時に教父となったカペー王朝最後の王シャルル四世にあやかってヴァーツラフからカレル（ドイツ語ではカール）と名を変えた。

＊32 ブジェチスラフ（一〇〇二／五–五五）。プシェミスル家の王。彼はオルドジフ公の庶子だったので、その出自から後継者として妃を得るのが難しい状況だった。そこで一〇二一年スヴィニブロドの修道院からバヴァリアの貴族の娘イトカ（またはユディタ、グタ）を連れ去り、これと結婚した。ルリークはカレルに「男らしく振る舞う」ことを促したのである。

＊33　チェコ名メーティ。神聖ローマ帝国西北部、現フランス東北部国境の町、ライン川とセーヌ川の中間にある。
＊34　現在の北西イタリア、ミラノの西方の都市。
＊35　パリにおけるカレル四世とブランシュの結婚式。
＊36　マルケータ（一三三五－四九）。後にハンガリー王ラヨス（ルイ）一世の妃となる。母親のブランシュは一三四二年頃に妹のカテジナを生み、一三四八年八月一日に没したという。

二人のムーア人

＊1　スイス南部アルガウ県のアーラ川右岸にあるアールブルグのことか。一六六〇－六五年に拡張されベルンの知事の居城となったという。
＊2　ジクムンド。神聖ローマ帝国皇帝カレル四世の子。一三八七年ハンガリー王、一四一四年ローマ王、一四二〇年チェコ王。ルクセンブルク家最後の神聖ローマ帝国皇帝（在位一四三三－三七）。
＊3　フス教徒はチェコ宗教改革の先駆者ヤン・フス（一三六九－一四一五）の教えに従う人々。フスはプラハ大学の学長にまでなった人物だったが、オックスフォード大学教授ウィクリフの思想に触れて、特にカトリック教会の支配層を批判するようになった。カトリック教会は一四一四年コンスタンツの公会議にフスを召喚し、異端思想の取り消しを求めたが拒絶。コンスタンツ市郊外で火あぶりの刑に処せられた。一四一五年七月六日のことだった。これを契機にコンスタンツ公会議は本拠地のボヘミアにおける弾圧を開始し、チェコ民族主義と合体したフス派の抵抗を生んだ。
＊4　ドイツ名アウシヒ・アン・デア・エルベ。中世以来チェコとザクセンの交通の要衝で、十世紀に創立されたドミニカン派の修道院があった。一四二六年六月十六日フス教徒がザクセン軍を打ち破り、町が灰燼に帰したという。
＊5　ライン川左岸の支流。チューリッヒの西を流れ、ライン川に入る。
＊6　ヌシャーテル湖はスイス西部、フランスと接するヌシャーテル県にある湖。イーヴェルドンはヌシャーテル湖の南端に位置する町。
＊7　禿のプロコプあるいは大プロコプといわれる（一三八〇頃－一四三四）。プラハ穏健派のフス教徒の僧として活動していたが、やがてフス教徒はチェコ南部のターボルに本拠を移し、一四二一年ヤン・ジシカを総指揮官として第一次十字軍を破り、翌二二年に第二次十字軍も撤退した。ジシカはローマ王ジクムンドを打つべくモラヴィアとハンガリーに遠征したが、一四二四年十月十一日に死亡、その後プロコプが一四二六年からターボルの総司令官となってフス教徒の連合軍を指揮し、エルベ河畔の町ウースチー近郊の戦いで第三次十字軍を打ち破った。翌一四二七年、第四次十字軍が混乱のうちに敗走した。一四二九年プロコプはブラチスラヴァでジクムンドと会談したが停戦な

らず、一四三一年ドマジリツェ近郊で第五次十字軍も敗退した。このような状況の中でカトリック側は一四三三年ターボル側をバーゼルに呼んで不利な情勢の打開を図ったが、合意に達することはなかった。二人のムーア人の話は、このバーゼルでの会談が舞台となっている。

＊8　戦闘馬車は四～六頭の馬に曳かせた車で八両を単位とする。防御の時には車両を八台横に並べ、鎖で車輪を結んで動かないようにして両側を鉄板で囲い、車の下の隙間から伏射できるようになっていた。動く砦としてフス教徒が完成した戦法だといわれる。

＊9　オーストリアの城塞都市。一四二五年ジクムンド・コリブトヴィッチが攻めて陥落させた。コリブトヴィッチはリトアニアの公であるが、フス軍に迎えられて指揮を執った。

＊10　ドナウ沿岸の町、ハンガリーの首都にもなった。現ブラチスラヴァ。

＊11　かつてのシュレジアに属していたオーデル川の支流。現ポーランド領。

＊12　一四二二年頃からターボルに集結したフス教徒が、急進的なターボル派と穏健なプラハ市民派（カリクス派）、並びにその中間に位置して、指導者ジシカの死後現れたみなし児《シロトキ》派と称する貴族を中核とするグループに分かれた。

＊13　チェザリーニ枢機卿（一三九八－一四四四）はフス教徒に対する十字軍を組織することに熱心だったが、一四三一年八月十四日、聖プロコプの率いるフス教徒が向かって来る報せを聞いて、十字軍が大混乱に陥ってしまった。彼は軍団を組織して迎え撃とうとしたが、彼らは敗戦の責任をチェザリーニのせいにしたので、彼は危険を感じ脱出したという。

＊14　ヤン・ロキツァナ（一三九六頃－一四七一）。フス教徒の神学者。

＊15　ドイツの都市。コンスタンツの宗教会議が行われた町。一四一五年ここでヤン・フスが火あぶりに処せられた。

プラハの幼子イエス像の作者

＊1　イスパニアのサンチアゴ・デ・コンポステラ。言い伝えによれば、イベリア半島で布教していた使徒ヤコブの屍がここに運ばれ葬られたという。やがて大寺院が建立され、多くの巡礼が訪れるようになった。サンチアゴというのは元々「聖ヤコブ」という意味。中世を通じてローマに次ぐ巡礼地だった。ゼベダイの子ヤコブの祝日は七月二十五日であるが、一五三五年七月二十五日は疑いもなく日曜日に当たっていた。

＊2　スペイン東南部大西洋岸のカディス湾に臨む町。

＊3　ディエゴ・ヘルミーレス（一〇六九頃－一一四九頃）。一一二〇年ガリシアのコンポステラ大司教。ガリシアの歴史に大きな影響を与え、彼自身も当時のイスパニアに関する優れた歴史家であったといわれる。

＊4　キリストの十二弟子の一人ゼベダイの子ヤコブ。パレス

チナでヘロデ王に斧で首を切られて殉教したが、弟子たちがイスパニア北西部のガリシア地方に船で遺体を運び、埋葬したという伝説がある。
＊5　サンチアゴの中心に近い公園カルバレイラ・デ・サンタ・スサナの中にある道。
＊6　チェコ語で「暗い星」という意味。イスパニア語でこれと同じ意味を持つ村の名であろうが、現在のところ確認できない。
＊7　聖ヴィンセント岬は、リスボンの南一八七キロの岬。プトレマイオスなどの古代の地理学者がヨーロッパの西の果てとしたところ。
＊8　幼子イエスは聖アタナシウスや聖ヒエロニムスのような教父たちによって信仰され、アッシジの聖フランチェスコなどにも受け継がれ、バロック時代になって幼子イエスの崇拝はイスパニアにおいて盛んになった。ここで問題になっている幼子イエスの像の作者は不明であるが、一説によればホセという職人の手になるものともいわれ、コルドヴァとセヴィリアの間にある女子修道院にあったものともいわれる。これがドナ・イサベラ・マンリケ・デ・ララ・イ・メンドサという貴婦人の手に入った。彼女は娘のマリア・マンリケ・デ・ララ・イ・メンドサ（一五三八頃－一六〇八）がチェコの最も有力な騎士の一人ペルンシュテインのヴラチスラフ二世（一五六六－八二）と結婚する際の贈り物としてこれを与えた。さらにその娘のポリクセニアがロジンベルクのヴィレームと結婚する際の引き出物として与えられたという。このようなさまざまな運命の変転を経て、この像はプラハのマラー・ストラナにある聖母マリア聖堂に納められている。なおマリアの生年を一五三五年頃とするものもある。

ズザナ・ヴォイージョヴァーの物語

＊1　フス教徒の中心都市ターボルの南およそ一五キロ、ルジニツェ川の河畔にある町。クルムロフからおよそ五八キロ。十三世紀後半からチェコの貴族ロジンベルク家の居城のある町として知られていた。ルジニツェ川はヴルタヴァ川の支流で、下流からベヒニェ、ターボル、ソベスラフの順に町がある。一五六九年からロジンベルク家の所有になったという。
＊2　一コパは六十個から成る単位。したがって卵八十コパは四千八百個。
＊3　一ストリフは容量約九〇リットル。
＊4　ペトル・ヴォク卿（一五三九－一六一一）。一五九二年兄ヴィレームが没した後、後継者となり、一五五八－六三年西ヨーロッパを旅した。一六〇二年トシェボンの支配者となり、ヨーロッパ最大といわれる図書館を作った。その生涯は波乱に満ちたもので、一五六二年カトリックからルター派に改宗した。一五八〇年ルダニツェのカテジナと結婚、やがてフス教徒の側に身を投じた。なおルダニツェ家はモラヴィア南部のフス派の

貴族の家柄だったが、男系は一五七一年に絶えた。
＊5　ルダニツェのカテジナ（一五六五頃−一六〇一）。パンナというのは身分の高い大貴族の未婚の娘に対する敬称。カチェンカはカテジナ（カテリーナ）の愛称。一五八〇年二月十四日ベヒニェ城にて結婚、新婦は十四歳あるいは十五歳、ペトル・ヴォク卿は四十一歳だったという。カテジナの育ったのはモラヴィアのヘルフシュテイン城（ドイツ語ヘルフェンシュタイン城）だった。享年三十五歳。
＊6　フス教徒の中の穏健派で、正餐式のときに聖血としてワインが注がれた聖杯《カリクス》を、僧だけでなく一般の信徒も受けるべきだとする人々。聖と俗とのヒエラルキーをなくすことを主張した。
＊7　セバスチャン・アエリカルクス（一五一五頃−一五五）。数学者かつ天文学者だったといわれる。彼はギリシア語の教育を学校に導入した。一五五一−五三年カレル大学の総長。
＊8　ロジンベルクは南チェコ、ヴルタヴァ川の上流にある村。ドイツ名はローゼンベルク（薔薇の城）である。ヴォク一門が分家によって色は異なるものの、皆紋章として五弁の薔薇を採用しているのはこのためである。
＊9　ヴィンペルクはヴルタヴァ川の上流にある南チェコの町。十四世紀から存在していたが一四七九年に町になった。インドジフーフ・ハラデツはプラハの東南南およそ一一二キロ。クルムロフは通常チェスキー・クルムロフと呼ばれ、モラヴィアのクルムロフと区別される。プラハの南約一四二キロ、ヴルタヴァ河畔にある町。十四世紀にロジンベルク家の所領になった。
＊10　クージー・フールは元々ロジンベルク家が所有していたものを一四三三年にヴィシェブロド修道院に売却したという。領主のビール醸造所と水車小屋一つ、それに小さな教会のあるごく小さな寒村であった。ヴラスチボジツェはチェスケー・ドゥブロヴィツェの近くにある町。教会と水車小屋があり、一九〇〇年現在で二百人余りの住民がいたという。ブラータという地名はいくつかあるが、地理的にクルムロフの公領にあるものと思われる。少数の住民はほとんどドイツ人だったようである。
＊11　ミクラーシ・ズリンスキー（一五〇八−六六）。十一歳の時、トルコ軍がウィーンを包囲、この時彼は勇敢に戦い、ために当時の神聖ローマ帝国皇帝カール五世が彼に乗馬と金の鎖を授けたという。
＊12　インドジフーフ・ハラデツの南西およそ二五キロ、ズラター・ストカ川の河畔にある町。
＊13　十世紀からハンガリー、スロヴァキア、ウクライナのカルパチア地方などにまたがる国があった。この話の舞台となったヴィンペルクなどは、南チェコとの国境に近くにあるので、地理的にウゴルからそう遠くはなかった。
＊14　『アエネーアース』はローマの詩人ウェルギリウスの代表的な叙事詩。カルタゴの滅亡を逃れてアエネーイスが海を漂流し、イタリアの海岸に漂着してやがてカエサル家の祖となる

という、雄大な物語。
＊15　ヴルタヴァ川の上流、オーストリアとの国境近くにある町。その側に、一二五九年ペトル・ヴォクがシトー修道会の修道院を建立した。
＊16　ジェレチはターボル山地に、ヴィンペルクはヴィンペルル高地にあっておよそ七〇キロ離れている。
＊17　ルドルフ二世（一五五二―一六一二）。ハプスブルグ家出身の神聖ローマ帝国皇帝マクシミリアン二世の長子で、一五七二年ハンガリー王となった。一五七五年チェコ王、神聖ローマ帝国皇帝。プラハに滞在していた天文学者ケプラーが有名な「ルドルフ表」を捧げたことでよく知られている。
＊18　ペルンシュテインのヴラチスラフ（二世、一五三〇―八二）。チェコの貴族で一五六七年から貴族の筆頭となり、ハプスブルグに近い立場を取った。イスパニアの貴族の娘マリア・マンリケ・デ・ララの夫。
＊19　シュテパン・バートリ（一五三三―八六）はセドミハラドの軍司令官で、ルドルフ二世がチェコ王になった翌年の一五七六年ポーランド王になった。セドミハラドは十一世紀から十二世紀にハンガリー王の支配下に入ったが、その中で広範な自治権を持っていた。若干の公たちはトルコの支援を得てハンガリー王の地位を求め、反ハプスブルグの先頭に立った。「ハプスブルグの鷲」はハプスブルグ家の紋章である「双頭の鷲」のこと。
＊20　マクシミリアン二世（一五二七―七六）。ルドルフ二世の父。一五六二年ドイツ及びチェコ王、一五六四年神聖ローマ帝国皇帝。
＊21　一五七七年から翌年にかけて数ヶ月の間明るい彗星が現われたという記録が、世界の各地に残っている。当時プラハの宮廷にいた天文学者チコ・ブラーエによれば、一五七七年の十一月から翌七八年の一月まで、金星の軌道上に観察されたという。
＊22　ルドルフ二世は晩年しばしば正気を失い、やがて狂気のうちに死ぬ。一説によれば脳梅毒であったという。これは弟のマティアスと共にイスパニア宮廷で養育されていた若い頃のものではないかといわれている。マティアスも同じ症状に苦しんでいた。
＊23　ドイツのマルティン・ルターに始まる宗教改革は各地に広がり、フランスではカトリック教徒とユグノーと呼ばれた改革派との、フランスを二分した内乱状態が起こった。融和を図るため、改革派であったナヴァラ王アンリとヴァロア家のマルグリットとの婚礼が一五七二年八月十八日挙行され多くの改革派の貴族がパリに集まったが、同月二十二日に結婚式に出席した改革派の貴族コリニーが襲われて負傷した。改革派はこれを憤り、国王に事件の真相解明を迫った。そして二日後の一五七二年八月二十四日の聖バルテルミの祝日に、カトリック側が改革派およそ四～五千人を虐殺した。これが世に「聖バルテルミ

の虐殺」といわれているものである。
＊24　アンリ四世（一五五三―一六一〇）は改革派に属していたが、聖バルテルミの虐殺の折りに捕らえられ、カトリックへの改宗を余儀なくされた。しかし彼は一五九八年「ナントの勅令」を発して改革派にもカトリックと同じく信仰の自由を認めた。これによってユグノー戦争は沈静化した。
＊25　ヴィルヘルムはチェコ語ではヴィレーム。弟とはペトル・ヴォク自身のこと。
＊26　プラハ城内の緑の調度で統一された迎賓用の部屋。
＊27　ルダニツェのカテジナ夫人（一五六五頃―一六〇一）。十五世紀にウゴルからモラヴィアに移り住んだ古い家柄の貴族の出身。一五八〇年ロジンベルクのペトル・ヴォクの許に嫁ぎ、一六〇一年六月二十二日に没したと伝えられる。
＊28　ロジンベルクの雪女伝説と結びつけられるのはロジンベルクのペルフタ（一四二九頃―七六）という女性で、ウィーンで没したと伝えられる。十七世紀頃から彼女がロジンベルクの城にしばしば現われる雪女だと考えられるようになったという。
＊29　盲《めしい》の王様はカレル四世の父ルクセンブルグのジャンのこと。没したのは一三四六年であるから、その時からおよそ二百年ということになる。
＊30　四旬節の日曜日に誦されるミサの最初の句。レミニスケレというのは詩篇第二十五篇の六にある、「主よ、貴方のあわれみと、いつくしみとを思い出して下さい」の冒頭の語で四旬節の第二日曜に当たる。一五八〇年の復活祭は四月三日であったから、レミニスケレの日曜日は三月六日となる。
＊31　ウィーンの西約一五六キロ、ドナウ川に臨むオーストリア北部の商工業都市。
＊32　チェコとバヴァリアを結ぶ商業ならびに戦略的に重要な道路。その存在は十一世紀と十二世紀の間の文書によって知られ、パッサウからプラハまで通じ、さまざまな物資、特に塩が送られた。
＊33　ペトル・ヴォクの祖先はチェコのプシェミスル王朝の公ヴラヂスラフ二世に仕えた円卓の騎士プルチツェのヴィーテクで、初めて五弁の薔薇を紋章とした。彼は五人の息子にそれぞれ色違いの五弁の薔薇を印として与えた。ペトル・ヴォクはその最後の領主で、一六〇一年神聖ローマ帝国皇帝ルドルフ二世に領地を明け渡した。
＊34　すべてロジンベルク家の領地にある町。
＊35　世界的に有名なチェコ西部の温泉保養地。この地の温泉についての最初の記述は一五二一年に遡るという。
＊36　『チェコ古代年代記』には、「水が髭男の口髭に届いたならば、水はプラハ市民の首まで達し、髭男の唇に届いたならば水は市民たちを家から追い出す」と書かれているという。一八四八年にカレル橋の東側のたもとにある旧市街のクシショヴニツェ広場の下に移されたという。
＊37　ペトルはいうまでもなく使徒ペテロに因んでいるが、ペ

トラあるいはペトロスはギリシア語で岩を意味する。チェコ語の原文には「大きな岩、崖」を表すスカーラも使われているが、これは「丈夫な男の子」の意味にも使われる。

＊38　フス教団の反乱の流れを汲み、あくまでカトリックと袂を分かつ人々で構成された教団を同胞教団という。ペトル・ヴォクは兄ヴィレームの最初の妻でフス教徒だったブルンシュヴィクのカテジナの影響を受けて、代々のカトリックの教えを捨てたといわれる。このことによってルドルフ二世の不興を蒙り、さまざまな圧迫を受けることになる。

＊39　ペトル・ヴォクは負債を抱えていたためにトルコに対する戦いを再開した。一五九四年彼はチェコ諸階層の司令官に任命され、数も補給も充分ではない兵を率いてコマールノに迫ったが、トルコ軍は冬が近づいたので撤退し、ペトル・ヴォクは戦わずしてこれを占領した。しかし実質的な成果はあまりなかったとされる。

＊40　コマールノはハンガリーの町でオスマン帝国によって一五九四年及び一六六三年に包囲されたが撃退されたという。当時ハンガリーは神聖ローマ帝国の重要な一部をなしていた。

＊41　チコ・ブラーエ（一五四六－一六〇一）。デンマークの著名な天文学者。ルドルフ二世の宮廷で、皇帝の天文学及び占星術の研究を助けた。

＊42　神聖ローマ帝国の帝国議会を指す。

＊43　カールの王座の「カール」は神聖ローマ帝国の開祖カール一世（大帝）を指す。

＊44　ルドルフ二世は二度にわたって狂気に陥った。

＊45　現ルーマニアの南部。

＊46　ルドルフの弟マティアスのこと。彼は一六一一年皇帝に対するプロテスタントの抵抗を利用して兄を皇帝の座から追い落として皇帝になったが、その治世中に新教徒の反乱が起こった。ルドルフ二世以降神聖ローマ帝国は衰退の道を辿ることになる。

＊47　パッサウはドナウ川、イン川、イルツ川の合流点にあるバヴァリアの町。パッサウの司教だったハプスブルグ家のレオポルドが、一六一一年二月十五日傭兵を率いてチェコに侵入し、プラハ城、ハラッチャニと城下のマラー・ストラナ地区を占拠した。これによってルドルフ二世はカトリックの司祭たちと謀って新教を抑えると同時に、帝位を狙う弟マティアスを抑え込もうとしたが、民衆が抵抗して新教徒が軍隊を編成したために、彼自身がプラハから退くことを余儀なくされた。この敗北の結果、ルドルフ二世がマティアスに帝位を譲ることになる。

＊48　シヴァンベルク家は十三世紀以降チェコ西部最大の領地を持つ貴族の一つで、ロジンベルク家と長く友好関係にあった。

＊49　ペトル・ヴォクはズザナを可愛い子羊《オヴェチカ》と呼んでいた。

＊50　スウェーデン戦争はヨーロッパ最後の宗教戦争といわれる三十年戦争（一六一八－四八）の第四期をなし、一六三〇年から三五年まで続いた。三十年戦争はヨーロッパの多くの国々

を巻き込んで、絶対主義体制の崩壊をもたらすもとになった、カトリックを支持するハプスブルグ家と新教を奉ずる民衆との戦いだった。スウェーデン戦争は国王グスタフ・アドルフの率いる軍隊がドイツに上陸することによって口火が切られた。

水の精の舟歌

＊1　ルドルフ二世（一五五二－一六一二）。神聖ローマ帝国皇帝・チェコ王（在位一五七六－一六一一）。

＊2　ルドルフは当時著名だったデンマークの天文学者チコ・ブラーエ、ケプラーを王城の隣のハラッチャニ地区に住まわせて天文学の研究や暦の研究に当たらせ、ルドルフ表という改良暦を作らせた。

＊3　「鹿の谷」という意味の名を持つこの場所はプラハ城の北壁の下に位置し、源はブルスニツェという川の流れる谷で、十八世紀まで鹿の繁殖に利用されていた。一五八一－八三年動物園に当たる獅子と熊の庭園、ルヴィー・チ・メドヴェヂー庭園が造られた。

＊4　アルブレヒト・デューラー《茨の冠の祝祭》一五〇六年、プラハ国立博物館所蔵。

＊5　一五五六年に創設されたイエズス派のクレメンティーヌムと新教的色彩の強い従来のカロリーヌム。

＊6　ルドルフが神聖ローマ帝国皇帝であった時期のハレー彗星は一六〇七年か一五七七年のものに限られる。「彗星が空で交わる」というのは見かけ上他の星を突ききっていく情景を表したのかも知れない。

＊7　今のプラハのマラー・ストラナ地区。

＊8　オッタヴィオ・ミセローニ（一五六七頃－一六二四）。一五八八年皇帝ルドルフ二世に招かれてプラハを舞台に宝石の研磨師として活動したミラノ人で、宝石のカメオを制作、浮き彫りのモザイクを発明した。一六二四年五十七歳で没した。

＊9　vodník また hastrman ともいう。チェコで最もよく知られた想像上の生物。総じて小振りな百姓のような姿をしていて、川や湖に棲み、髪の毛や口髭は緑色で口は二つの耳に届くほど裂けていて、手足の指の間には水かきを持っているという。時には禿げた老人の姿をしているともいわれる。

＊10　カレル橋のすぐ上手の左岸から別れ、再びヴルタヴァ川に合流する細い分流チェルトフカによってマラー・ストラナ地区から隔てられたカンパ島にある。カンパ島は古くから水力による粉挽き小屋が多くあった。

＊11　リブシェ。中世の伝説では太古の法官クロクの三人の娘の一人で予言者。クロクの死後チェコの国の女王となると伝えられる。農夫オラーチ（耕す人の意）とチェコの最古の王朝プシェミスル王朝を開いたという。

＊12　プラハのマラー・ストラナ地区の南にあった村。

＊13　イジーク王とはポデブラディのイジー王（一四二〇－七一）で、一四五八年にチェコ王に選ばれ、没するまでその地位

にあった。ヨーロッパ最初の非カトリック君主、ウトラキスト、カリクス派に属する穏健派のフス教徒だった。
＊14　カレル橋が造られたのはカレル四世の指示によるもので、一三五七年に始まり、十五世紀初頭に完成したといわれる。橋の着工とともに両端に塔が作られた。したがって「橋の塔が作られた時代」というのは十四世紀後半、すなわちこの物語の時期からおよそ二百年前のことになる。
＊15　ハプスブルグのフェルディナンド一世であろう。彼は神聖ローマ帝国皇帝マクシミリアン一世（一四五九－一五一九）の孫、オーストリア大公フィリップ美麗公の子フェルディナンド（一五〇三－六四）で、一五二六年にチェコ・ハンガリー王になった。
＊16　現ウーエズド通り。ヴルタヴァ川のカレル橋を西に渡ったマラー・ストラナ広場からヴルタヴァ川に沿って南に走るカルメリツカー通りに接続し、現キンスキー広場に至る道。
＊17　旧市街堰といわれているもので、ヴルタヴァ川の水位を高めてソヴァの水車小屋に水を供給すること、及びカンパ島を形成するための左岸の川チェルトフカに水を流すことが目的だった。十三世紀に作られたといわれる。
＊18　ブルンツヴィークは大昔チェコを治めていたという伝説的な王。彼の魔力を持った剣はカレル橋の柱に塗り込められたと伝えられ、その傍のカンパ島の上にブルンツヴィークと獅子の像が建てられている。
＊19　またはラウレンティウスまたはローレンス教会。この名の教会はプラハ城の南西にある望楼ペトジンスカー・ロズフレドナの近く、城壁内側のペトシーンの森に包まれてある。
＊20　ルドルフ二世は弟マティアスに不信を抱き、帝位を譲ろうとしなかった。カトリック教会はルドルフを支持していたので、マティアスは権力を得るためにプロテスタントの主張を入れるような素振りをしていた。ルドルフは追いつめられ、パッサウの司教レオポルドが募兵し、一六一一年二月十五日パッサウ軍を引き入れた。パッサウ軍はプラハ城を包囲し、インドジフ・マティアーシ・トゥルン将軍の率いるプロテスタントの騎兵が彼らと戦った。パッサウ軍は旧市街を攻めようとするも失敗。三月十一日パッサウ軍はプラハを引き揚げた。ルドルフはマティアスに帝位を譲り、翌年没した。マティアスがその後を襲って皇帝になり、首都をウィーンに移した。したがって水の精が忙しかったのは二月十五日以降の話である。
＊21　プラハ城の対岸の上流、新市街の南に位置する古城。十世紀後半からプシェミスル王朝の城塞であったという。年代記者コスマスによれば、ここは伝説的な女王リブシェの居城だったという。
＊22　ヴェネチアの国家元首は総督《ドージェ》と呼ばれていた。
＊23　ルドルフ二世は一六一二年に没した。彼の治世からさまざまな宗教問題がくすぶっていたが、彼の死を契機として一六一八－四八年チェコのみならずヨーロッパの多くの国を巻き込

んだ、最後の宗教戦争といわれる三十年戦争が起こったのである。

五月の夜

＊1　ヴルタヴァ川の左岸、プラハ城の南のマラー・ストラナ地区にある丘陵。スミホフはそこから更に南にある。主人公はペトシーンの南の斜面を下っていくことになっている。するとこ城壁に近いところを通っていなければならない。これはプラハ左岸のストラホフからウーエズド門に下ってくる比較的広いストラホフスカー通りではなく、城壁の直ぐ北側に細く続く道を指しているのでなければならないと思われる。

＊2　トゥルンのインドジフ・マティアーシ卿（一五六七—一六四〇）。トゥルン家はチェコの貴族（伯爵）。一六〇九年最も急進的なフス教徒に属し、司令官になった。

＊3　プラハ南西の村。現ウーエズド地区。

＊4　オウエズド（ウーエズド）門であろう。

＊5　ウーエズド門から北にさほど遠くないところ、ウーエズド通りの右手にある。現在カンパ島に正面を向けたティルシの邸と呼ばれているもので、十六世紀末にヤン・フヒンスキーによって建てられ、それをマティアーシが買い取ったものであるという。

＊6　コレッジオ（一四八九—一五三四）。イタリアの画家。ティツィアーノなどに影響を受けたといわれるバロック的な幻想主義の画家。

＊7　ホセ・リベラ（一五九一—一六五二）。スペイン生まれの画家。主としてナポリで宮廷画家として名をあげたという。

＊8　ヨリス・フーフナーゲル（一五四二—一六〇一）。フランドルの画家で版画家、ミニアチュール画家。彫刻家、地図制作者。バヴァリア選帝公の後援を受けて一五七七年バヴァリア及びチロルの宮廷画家になり、一五九一年以降ウィーンとプラハで皇帝ルドルフ二世のために働いたという。

＊9　トゥルンは新教（ルター派）で、イスパニア人はカトリックである。

＊10　イスパニア南西部の地方。

＊11　ジャコモ・ダ・ポンテ（一五一〇頃—九二）。通常ジャコポ・バッサーノ。フレーデマン・ド・フリースと共に、ルドルフ二世のコレクションにその作品があったといわれる。一六一一年パッサウ軍によってプラハ右岸の旧市街が占領されたとき収蔵品が奪われ、散逸。したがってルドルフの収蔵品の全容は正確には知られていない。

＊12　フレデマン・ド・フリース（一五二七—一六〇七?）。オランダ・ルネサンスの建築家、画家。息子のパオロも画家。

＊13　イタリア人オッタヴィオ・ミセローニ（一五六七頃—一六二四）。一五八八年以降プラハで活動した宝石研磨師。マニエリスム風の塑像を制作し、モザイクの浮き彫り技法を発明した。

＊14　プラハ城の南に続くペトシーンの丘にある。したがってここではペトシーンの丘を指している。
＊15　ヴェローナのパオロ（一五二八－八八）。ティツィアーノやティントレットと共にヴェネチアの後期ルネサンスの代表的なフレスコ画家。
＊16　ソヴァの水車（粉挽き）小屋はカンパ島にあった。
＊17　プラハ城の西南にあるプレモントレ派の修道院で、反宗教改革の時期にヨーロッパで最も重きをなした修道院の一つ。
＊18　プラハの南西三〇キロのベロウン地方にある。カレル四世によって定礎された。『カールシュタイン城夜話』参照。
＊19　本来クレメンティーヌムといわれ、ヴルタヴァ川の右岸カレル橋を渡ってすぐにあるクシジョヴニツェ広場にある建物。一二二七年ドミニカン派が聖クリメント教会に付属して修道院を建立したが、皇帝フェルディナンド一世がプラハにカトリックの勢力を取り戻そうとして一五五六年ここにイエズス会をおいた。彼らは一六一八年すなわちこの物語の時に新教派によってここから追い出されたが、一六二〇年旧教派が勝利を収めると再びここに戻って来た。この二年間が新教側の主たる会議場になっていた。現国立図書館。
＊20　カレル橋のマラー・ストラナ側の門。
＊21　この日、すなわち一六一八年五月二十二日の夕方、マラー・ストラナ広場にあるスミジツキー邸でインドジフ・マティアーシ・トゥルンを始めとする少数の指導者たちの秘密の会合があったといわれる。これは翌日の執政官たちとの面会の件であったろうが、トゥルンは思い切った措置を取る必要があると考えていたらしいことから、翌日の行動についても打ち合わせがなされたであろう。警戒も厳重だったにちがいない。
＊22　プラハ城の中のその名も聖イジー広場にある。元々この地方の二つめのキリスト教会として九二〇年に定礎されたという。
＊23　ヴルタヴァ川左岸のカレル橋の塔の門を過ぎるとマラー・ストラナ広場に至る。
＊24　聖トマーシ（トマス）教会はマラー・ストラナ広場の東北の隅にある。
＊25　スミジツェのスミジツキー家はこの頃チェコ最大の地所と勢力を持った貴族で、プラハの邸はマラー・ストラナ広場にあった。一六一八年というこの時期はアルブレヒト・ヤン・スミジツキーが家長で、インドジフ・トゥルンと共に急進的な新教派の貴族だった。
＊26　イスパニア、地中海沿岸の港湾都市。
＊27　フェルスのリンハルト・コロナ（一五六五－一六二〇）。ドイツのコロナ・フェルス家出身のチェコの貴族、元帥。新教軍元帥として戦いで倒れ、死後一六二一年に名誉と財産を剝奪された。
＊28　ロプコヴィッツェ家はチェコの大貴族で多くはカトリックの信者であり宮廷で重きをなしていたが、この大ヴィレームは

後に述べる「窓外投擲」の首謀者の一人である。
＊29　これはいわゆる「窓外投擲」について言っているもの。
＊30　聖ハシタル教会は旧市街広場から北北東の方向に位置するハシタル広場にある。ハシタルは聖人カストゥルスのこと。ディオクレチアヌス帝の時、激しい迫害と拷問の後、生きながら地中に埋められたという。
＊31　かつてのストラホフ街道、今のネルダ街道の突き当たりでウーヴォス通りとの交わる所にかつてストラホフ門があったが、その後ろにカエタン修道院とマリア教会があったという。
＊32　カメニー・モスト。カレル橋のこと。
＊33　フェルディナンド（二世、一五七八－一六三七）。ハプスブルグ家の出身。一六一七年にチェコ王、一六一八年ハンガリー王、一六一九年からマティアスの後を継いで神聖ローマ帝国皇帝となる。
＊34　ルドルフ二世の弟マティアスは、兄に対するフス教徒の反抗を利用してオーストリア及びハンガリーを手に入れ、一六一一年にルドルフが退位した後、チェコ王、神聖ローマ帝国皇帝の座を手にした。
＊35　南東から城に通じるトゥノフスカー通りの終わりにあって城の門に出る階段。登ってきた経路から、立ち止まった地点は階段を登り切った地点と思われる。
＊36　ヴィシェハラドはプラハ城からほとんど真南の川向こうに見える地域。
＊37　プラハ城から見て東、ヴルタヴァ川の川向こうにある。したがって「幅が広く流れの速い川」はヴルタヴァ川である。
＊38　プラハ城の東南の方角、ヴルタヴァ川の対岸ヴィシェハラドの岸にある。
＊39　現ハラッチャニ広場と城との間にはかつて壕があり、木造の橋が架かっていたといわれる。この城はプシェミスル二世の時に行われた大改造で大小二つの壕が新たに作られ、その一つとは壁で区切られていたという。撥ね上げ橋がすべての濠に架かっていたとすれば、橋も三つになり、城には三つの濠を渡って入ることになる。
＊40　白塔はもともと城の北側の聖ヴィート大聖堂の裏にある塔を指していたようである。黄金小路の西側の辺りにあるものを白塔という説が一般的だが、オットーの百科事典はこれは誤りだとしている。
＊41　聖ヴィート大聖堂の東に聖イジー（ゲオルギウス）教会があり、その間に大きな広場がある。聖イジー広場である。官房はこの広場の北側にある。
＊42　聖ヴィート大聖堂のある広場の南側にあり、ここからプラハの町が展望できる。
＊43　ヴラディスラフ宮殿に続く建物の二階が窓外投擲事件の起こった部屋であるが、主人公はここに入ったと思われる。この建物は城壁の崖に最も近く、城外にものを投げ捨てるのに適している。

＊44　イジー広場のヴラディスラフ宮殿の反対側にイジー教会の側の広場の建物があるとすれば、これは城の北側の崖に面していて「鹿の谷」と呼ばれる峡谷を見下ろす建物である。この谷は元来は攻撃に対する備えだったが、ルドルフ二世の時から鹿などのほか、大型の猛獣が飼育されていたといわれる。

＊45　「鹿の谷」で飼われていた猛獣など。

＊46　「窓外投擲」と訳したのはデフェネストラツェ defenestrace である。これはラテン語の de「〜から」と fenestra「窓」を組み合わせた defenestratio を語源とするチェコ語である。マティアーシ・トゥルン、コロナ・フェルスを先頭とする新教の代表たちが一六一八年五月二十三日朝八時過ぎに武装して城に登り、執政官マルティニツとスラヴァタなどに面会を求めた。その結果、彼らは前日マラー・ストラナ広場にあるスミジツキー家の邸で殺害を謀議した手順通りに、マルティニツとスラヴァタを窓から放り投げた。秘書官のフィリプ・ファブリツィウスは捕まりそうになるのを振り払って飛び降りたという。彼らは一七メートルの高さから城外の濠に落ちたが、普段窓から投げ捨てていた大量の塵芥の上であったために、スラヴァタが怪我をした外は無事であったという。これが引き金となってヨーロッパ最後の宗教戦争といわれる三十年戦争が始まる。この「窓外投擲」は第二回ということになっていて、第一回は、一四一九年六月三十日ヤン・ジェリフスキーに率いられた急進派フス教徒によるものである。新市街《ノヴェー・ムニェスト》にあった市庁舎の窓から二十名の評議員が投擲されたという。この外大統領ヤン・マサリクが一九四八年三月十日外務省の窓の下で屍体となっているのが発見された。これについては死因に疑いがあるとされていたが、二〇〇四年に至って警察が自殺だという結論を出したという。第三回窓外投擲の可能性があったためであろう。

ティーン下通りの思い

＊1　ティーン大聖堂は、プラハ城に対してヴルタヴァ川の右岸にある旧市街《スタレー・ムニェスト》の旧市街広場にある。新教派はここを中心に活動していたといわれ、現在広場にはヤン・フスの像が建っている。

＊2　ヤコブ・バッセヴィ（一五七〇？―一六三四）。ルドルフ二世、マティアス、フェルディナンド二世の三代の皇帝の金庫役を果たしたという財務官。ユダヤ人としては神聖ローマ帝国で最初の貴族になった人物といわれる。

＊3　プラハ郊外の戦いというのは、一六二〇年十一月八日のいわゆる「白山《ビーラー・ホラ》」の戦いに新教派（フス教徒）の軍隊二万が、カトリック教徒連合軍二万八千に敗れた戦いのことである。「白山」はプラハ城から真西より少し南にある丘陵。これに先立つ一六一九年八月十九日のチェコ諸侯会議においてフェルディナンド二世（一五七八―一六三七）はチェコ王を罷免され、選帝侯で新教同盟に属するプファルツのフリードリヒがチェコ王に選出された。一方フェルディナンド二世は同年八月二十六

日にフランクフルトにおいて神聖ローマ帝国皇帝に選ばれた。フリードリヒは十一月四日にプラハの聖ヴィート大寺院で戴冠式を行った。白山の敗北の後、九日にはフリードリヒはシュレジアに逃げ、翌十日にプラハは無条件でカトリック教徒側に引き渡された。更に十三日にはここに登場するアダムの父ブドフのヴァーツラフを含む二百一人の貴族たちが、皇帝フェルディナンドに慈悲を求める請願書を出した。モラヴィアの新教徒たちも自分たちの自由と特権を認めてくれれば皇帝に従うと申し入れたが、フェルディナンドはこれを拒否し、兵をもってモラヴィアを包囲したという。このような情勢がこの作品の背景になっている。

＊4　一六一七年六月フェルディナンド二世がマティアスの後継者となるように選ばれたが、翌年ルドルフ二世の時に布告された勅書《マエスタート》の履行をマティアスが拒否するに及んで、いわゆる「窓外放擲」事件が起こった。一六一七年から二〇年まで、ブドフのヴァーツラフ・ブドヴェツは新教側のイデオローグとして「山羊髭」とあだ名され、皇帝側の憎悪の対象になった。「追い剝ぎ」と「略奪」は白山の戦いが新教側の敗北に終わったときからの皇帝の配下の兵によるものだった。

＊5　ブドフのブドヴェツのもので、夫人のヴァルテンベルクのアンナが一六一七年に購入したといわれる。ティーン大聖堂の北側の門の向かいにあった。

＊6　許可状 patent というのは恐らく新教側の貴族たちがフェルディナンドに慈悲の許しを乞うたときに与えられたものであろう。

＊7　ブドヴェツはこのような物理的暴力に対抗する手段を持たなかったので、家族を外国に避難させることにし、彼自身が家族を送っていったという。

＊8　ベドジフはドイツ名のフリードリヒに当たる。新教側が頼みとしていたプファルツ選帝侯フリードリヒのこと。

＊9　ヴァーツラフ・ブドヴェツ・ズ・ブドヴァ（一五五一－一六二一）。執政官会議の議員であったこともある大貴族であるが、白山《ビーラー・ホラ》の戦いでフス教徒が最終的に鎮圧された後、一六二一年六月二十一日プラハの旧市街広場で首を刎ねられカレル橋の橋塔に晒された。

＊10　降臨節はクリスマス前の四つの日曜日を含む期間。西方教会では十一月三十日に最も近い日曜日、すなわち十一月二十七日から十二月三日までの間の日曜日からクリスマス・イブまでの四週間ということになる。一六二〇年の場合は十一月二十六日が日曜日なので、次の日曜日は十二月三日になる。

＊11　選帝侯フリードリヒに対応する（チェコ語の）名前が与えられたということ。

＊12　一六二〇年十一月八日、白山の戦いの敗北の日。

＊13　ルドルフ二世の後継者となったマティアスは神聖ローマ帝国の首都をウィーンに移し、プラハには数人の執政官をおいた。そのことに対する批判である。

＊14　フェルディナンド二世（一五七八－一六三七）。彼は一六二〇年には四十二歳であった。
＊15　ベトレン・ガーボル（一五八〇－一六二九）。セドミハラドの貴族。一六〇四－〇六年反ハプスブルグの反乱に参加。一六二一－二二年ハンガリー王になった。
＊16　選帝侯フリードリヒのこと。
＊17　白山《ビーラー・ホラ》の勝利によって新教派の主要な実力者がいなくなったことで統制がきかなくなり、収奪の分け前にありつこうとする貴族たちがひしめいた。その筆頭がオーストリアの貴族で、熱烈なカトリック信奉者でハプスブルク家の支持者リヒテンシュタインのカルルであり、皇帝の代理人としてチェコの財産の収奪に力を持ち広大な領地を獲得した。新しく収奪に参加した貴族たちの中で頭角を現わしたのが、ほとんど無名であったヴァルドシュテインのアルブレヒト、ヴァツィーノフのパヴェル・ミフナ、ヴァルドシュテインのアダムなどであった。
＊18　ロプコヴィツのヴィレーム（一六二六没）。チェコ新教同盟による反乱の指導者の一人。一六一八年の窓外投擲に個人的に加担、プファルツのフリードリヒの治世には宰相。白山《ビーラー・ホラ》の戦いの後財産没収と死刑を宣告されたが、親戚の仲裁で終身刑に減刑された。
＊19　カシパル・カプリーシ（一五三五頃－一六二一）のことか。チェコ新教同盟による反乱の指導者の一員で、トゥルンの指揮下に砲兵隊司令官として一六一八年ウィーン包囲に参加、プファルツのフリードリヒの治世には最高評議会書記。一六二一年六月処刑、その首は旧市街の橋塔に吊るされたという。
＊20　マルティニツのヤロスラフ・ボジタ（一五八二－一六四九）。イタリアのイエズス会の学校で学んだ反改革派の貴族。第二回窓外投擲でスラヴァタのヴィレームや秘書のファブリツィウスとともに窓から放り出された。
＊21　ミフナ卿はハプスブルク家の宮廷に勤めていた市民上がりの貴族で、白山《ビーラー・ホラ》の戦いの前には皇帝の執政官に仕える書記官だった。新教徒に反対して皇帝を支持し、白山の戦いの後で卿の身分を得た。
＊22　スラヴァタ卿は皇帝の執政官の一人で、「窓外投擲」事件で窓から放り出された人物。
＊23　モラヴィア地方南部の町。
＊24　ヴァーツラフ・ブドヴェツはチェコの下級貴族の家に生まれたが、ドイツのヴィッテンベルグ大学に留学、後に皇帝の大使ヨアヒム・シンゼンドルフの官房長としてイスタンブールに派遣された。このときトルコ語とアラビア語を習得し、コーラン及びオスマン・トルコの歴史を集中的に学んだといわれる。
＊25　ヴルタヴァ川を挟んでプラハ城と反対のカルリーン地区にあった野原。中世ここに十字軍の病院があったと伝えられる。シピタールは病院のこと。
＊26　フェルスのリンハルト・コロナ（一五六五頃－一六二〇）。ドイツのコロナ・フェルス家出身の男爵で将軍。新教派連合

軍の元帥として戦いに参加し、死後一六二一年に名誉と財産を剝奪された。

＊27　トゥルンは元々チェコ人ではなかった。

＊28　アンハルト・ベルンブルク公クリスチアン二世（一五九九－一六五六）。父の大アンハルト（クリスチアン一世）とともに白山《ビーラー・ホラ》で戦いに捕えられたが、勝者のフェルディナンド二世の知遇を得て、一六二一年無事ベルンブルクにもどった。

＊29　ハンス・ホルバイン。父と子がこの名前を持つ。大ホルバインは（一四六五？－一五二四）、小ホルバインは（一四九七／九八－一五四三）。

＊30　チェコ北部の城市。一四二〇年フス派の運動の初期にロウニおよびスラニーの城市と政治的軍事的同盟を結び、プラハ防衛戦に参加した。翌一四二一年には第一次十字軍の攻撃を撃退した。

＊31　一四二〇年のこと。

＊32　アンブロジオ・スピノラ（一五六九－一六三〇）。ジェノヴァの名門の出身で、イスパニアの将軍。三十年戦争の初期、プファルツ地方のプロテスタント同盟を攻め、一六二五年ブレダを攻略したことで有名。その融和的な政策によってイスパニア王フェリペ四世の不興を買った。ブドヴァは彼の融和的な政策に一縷の望みをかけていたのであろう。

＊33　獅子と鷲は共にチェコ、モラヴィア、シュレジアを包含するチェコ王国のシンボルであったが、両者の関係はあまりはっきりしていない。公により、地方により、あるいは都市によってそのどちらかが用いられてきたようである。

＊34　「今私は七十四歳」ブドヴァのブドヴェツの生没年は一五五一－一六二一年となっている。この話のようにパヴェル・アレティン卿がブドヴェツを訪問したのが一六二一年三月二十九日であるとすれば、八月二十八日生まれの彼はあと二ヶ月ほどすれば七十歳というときである。したがって七十四歳というのは理解できない。

＊35　パヴェル・アレティン卿（一五七〇頃－一六四〇頃）。プラハ市民で書記官。一六一九年刊行の「チェコの地図」を作った。

＊36　白塔はプラハ城の北側にある。この「白塔」には囚人の牢獄があり、囚人のためのチャペルも備えられているということから、ヴァーツラフ卿が心に思い描いた「白塔」はやがて彼自身が収容されることになる塔であろう。白山《ビーラー・ホラ》の戦いの結果、新教派の貴族ならびに主だった市民のうち二十七人が一六二一年六月二十一日旧市街広場において処刑された。十二名の首は見せしめのために長い鉄棒で繋がれた針金の籠に入れられ、カレル橋の旧市街側の塔の上の回廊から吊るされたという。この中にブドヴェツの首もあったと伝えられる。

プラハ夜想曲

【「プラハ夜想曲」の背景について】

この小説の背景にはいわゆるオーストリア継承戦争といわれているものがある。当時オーストリアはカール大帝の作り上げた神聖ローマ帝国の中心となっていて、ヨーロッパの多くの国々が直接・間接にその支配ないし影響を被っていた。当時の皇帝はハプスブルグ家のカール六世（一六八五―一七四〇、即位一七一一）だった。彼には後継者となる男子がいないことに悩んでいたが、娘のマリア・テレジア（一七一七―一七八〇）を、既に結婚しているにも拘わらず後継者としたいと考えるようになった。皇帝は一七一三年に、直系の男子の相続人がいない場合には女子の相続を認め、傍系の即位の順序も規定した国事勅書 Sanctio Pragmatica（Pragmatische Sanktion）を発布し、いくらかの政治的な譲歩を行って、フランスをはじめとする実質的な支配下にある大部分の欧州諸国にこれを承認してもらった。また彼はハプスブルグ家が伝統的に神聖ローマ皇帝に就任することになっていたので、娘のマリア・テレジアの夫であるトスカナ大公フランツ・シュテファンを神聖ローマ皇帝に就任させようと謀った。

これに対してルイ十五世を王とするフランスは、一七四〇年に皇帝カール六世が没すると、ハプスブルグの勢力をそぐ絶好の機会だとして背後で画策し、ついに両者の抗争に発展した。これがいわゆる「オーストリア継承戦争」の発端である。フランス側に立ったのはプロイセン（プロシア）、スペイン、バイエルンなどであり、オーストリアを支援したのはフランスと対立するイギリスとオランダであって、後になってザクセンとサルディニアもこれに加わった。

即位した若い女帝マリア・テレジアに対してプロイセン王フリードリヒ二世（一七一二―一七八六）はシュレジアその他チェコ北部の領土を要求し、ザクセンはシュレジア、モラヴィアを要求、フランスはボヘミア（チェコ）の全領土、高地オーストリア並びにチロル地方を取得するという、バヴァリアの要求を支持した。そしてその最初の対象となったのがチェコだったのである。

この一連の戦争は一七四八年のアーヘンの和約と称されるエクス・ラ・シャペル条約によって終結するが、オーストリアはシュレジアや北イタリアの一部の領土を失いはしたものの、とりあえずは上部オーストリア、ボヘミアなどを取り戻してハプスブルグ領の一体性を保持することに成功した。

ここで取り上げられた作品の内容はこの一連の継承戦争の発端になったものである。

さてプラハの近傍に最初に現われたのはプラハの西にある白山《ビーラー・ホラ》のフランス騎兵隊で、一七四一年十一月十四日のことだった。このときプラハの守備隊はその六日前に本隊の補強に四千の兵力を割いたために極めて弱体化しており、兵三千、民兵千二百、学生によって編成された大隊五千を擁するのみであった。したがってこのとき守備隊の兵力は病人をも含めて僅かに五千だったということになる。したがって三箇所の城門はおそらくは防御のために壁で塗り潰されたという。フランス軍は砲兵隊の援護の下に城の西南のストラホフ門から市内に侵入した。またザクセン軍は城の北にあるブルスカー門（またはカレル門またはピーセツカー門）から侵入してマラー・ストラナを占拠し始めた。更にモリッツの率いるザクセン軍は東の新門から騎兵隊を先頭にして侵入したといわれる。

この冒頭に現われるザクセンのモリッツ伯爵（一六九六ー一七五〇）はザクセン選帝侯でかつポーランド王であったヘルマン・モリッツ・フォン・ザクセンの三百五十四人に及ぶ彼自身が認知した私生児の最年長者で、十二歳で少尉となりその翌年に初陣、十七歳の時に騎兵連隊を率いてフランドルで戦い、十八歳で貴族の娘と結婚する。二十一歳でベオグラード包囲戦に参加、フランス政府に乞われて一七二〇年にフランス軍に入隊する。その後戦いに従軍して功績をたて、ルイ十五世の愛妾マダム・ド・ポンパドゥールの尊敬を受けたことを契機に皆に認められるようになり、一七四五年には元帥になったという。その一つのきっかけがこのプラハ攻撃の鮮やかさだったといわれる。

＊1　ザクセンのモリッツ伯爵（一六九六ー一七五〇）。

＊2　フフレはプラハの南、ヴルタヴァ川の左岸に位置する地名。小フフレと大フフレがある。

＊3　プラハのずっと南部、ベロウンカ川との合流点にある峡谷の村。

＊4　ヴィシェハラドはヴルタヴァの右岸、マラー・ストラナの南に隣接するスミホフの対岸にある古い城趾で、伝説の女王リブシェの居城であったと伝えられる。周囲には深い濠がめぐらされていた。

＊5　プラハ旧市街の東にある城門にはカレル橋から旧市街広場を越えると現在の枯草広場《セノヴァージネー》の東に一番北の「ウィーン門もしくは新門」があり、そこから南、西北から東南に向かった馬市場《コンスキー・トゥルフ》（現ヴァーツラフ広場）の南端に第二の城門があって、「馬門《コンスカー・ブラーナ》」といわれた

＊6　フランソワ・ド・シュヴェール中佐（一六九五ー一七六九）。トゥールの連隊において一七〇六年に少佐、一七三九年中佐。一七四四年に少将。

＊7　フリードリヒ・アウグスト・ルトウスキ伯爵（一七〇二ー六四）。ザクセンの元帥であり、ポーランドのアウグストゥス二世強健王が認知した子で、トルコ人ファーチマを母とする。ボヘミア派遣軍を指揮して一七四一年十一月二十六日のプラハ攻撃に参加した。

＊8　ストラホフ門はもともと「深い道」と呼ばれていた現在のネルダ通りの真ん中のカエタン修道院の前にあった。十三世

紀頃のプシェミスル王朝時代の城壁の門。

＊9　ポジーチーは旧市街《スタレー・ムニェスト》の北の地域。

＊10　オウエズドあるいはウーエズド門は元々はマラー・ストラナ広場のすぐ南にあったらしいが、市街が拡大するにしたがって南に移され、現キンスキー広場の辺りに移されたようである。

＊11　カレル橋のこと。

＊12　オギルヴィ伯爵（一六七九―一七五一）。彼はこの戦いでフランス・ザクセン・バヴァリア連合軍と戦って敗北し、捕らえられた。翌年に皇帝軍がプラハを奪回すると、再び司令官として復職、一七四五年元帥に昇任。

＊13　ケーニヒスマルク将軍、ハンス・クリストフ（一六〇〇―六三）。スウェーデン軍に勤務。三十年戦争では皇帝軍と戦って勝利した。一六四八年夜襲によってプラハ城とマラー・ストラナ地区を占領し、皇帝ルドルフ二世の蒐集品の大部分を略奪した。

＊14　プラハの西五〇キロにある町。

＊15　旧市街にあるドミニカン派の修道院だったが、一五五六年から寄宿舎として使用。白山《ビーラー・ホラ》の戦いの勝利を契機にフェルディナンド三世が一六五四年に勅令を出し、カロリーヌムとクレメンティーヌムを統合してカレル大学の四学部を統合して、カール・フェルディナンド大学を創立させた。

＊16　スポルク伯爵、フランツ・アントン（一六六二―一七三八）。十八世紀初頭中欧における最も著名な文化的知識人。クレメンティーヌムのカレル大学がカール・フェルディナンド大学だったとき、ここで哲学、法律学の講義を受けた。

＊17　オランダ人コルネリウス・ヤンセン（一五八五―一六三八）の著書『アウグスチヌス』に触発されてフランス、オランダにおいて行われた宗教的哲学的運動で、神の恩寵のみが善を行うことを可能にするとする。結果、教会や世俗の権威を軽んじることになった。

＊18　プラハの北およそ三〇キロにある、ヴルタヴァ川とラベ川の合流点にある町。十世紀からワイン用の葡萄が栽培されていた。

＊19　一六六〇年にポール・ロワイヤール修道院の僧だったアルノーとランスローが発表した『ポール・ロワイヤール理性的普遍文法』を指していると思われる。理性の能力あるいは力という立場から言語というものを考えようとした。

＊20　大学で学んだ医師は貴族しか相手にしなかったので、平民並びに兵隊などの傷の手当は彼らが行っていた。

＊21　プラハ城すぐ南のウーヴォス（オウヴォス）通りを西に上っていったところにあり、現チェコ外務省の庁舎。

＊22　悪の源泉としての富を司る神ないし悪霊。マモン神（マタイ伝六・二四「あなた方は神と富mammonとに兼ね仕えることはできない」）。

＊23　現マラー・ストラナ。

＊24　聖ミクラーシ寺院はマラー・ストラナ広場にある。したがってこの寺院が窓から見える屋敷はこの広場に面している。

＊25　ルイ十五世時代の五十一人の将軍の一人シャルル・フケ（一六八四―一七六二）。ド・ベル・イル伯爵、のち公爵。オーストリア継承戦争のプラハ占領のとき、一七四二年に一万四千の兵を率いてプラハからの撤退に成功した。

＊26　神聖ローマ帝国皇帝カール六世（在位一七一一―四〇）のこと。チェコ王カール二世として戴冠した。

＊27　ノスティッツ家はラウジッツを出自として十六世紀にチェコに移住したといわれる。この時期に該当するのはフランティシェク・アントニーン・ノスティッツ・リーネク伯爵（一七二五―九四）と思われる。

＊28　百合の花は歴史的にブルボン王朝の紋章としてフランス、及び特にイスパニアにおいて用いられた。

＊29　ヴラシスケー広場の古い呼び名。

＊30　ホルスカー門（現火薬門《ブラシナー》）は旧市街広場からツェレトナー通りを東に行って突き当たった市民会館《オベツニー・ドゥム》に隣接する共和国広場辺りにあった。

＊31　オーストリア継承戦争のさなかマリア・テレジアはロートリンゲン公カールに命じて大軍を集めさせ、プラハの東にあるホトゥシツェにおいて一七四二年五月十七日プロシア軍と戦わせたが、敗北。二日後の五月十九日ベル・イル将軍に率いられるフランス軍がザハーイーの戦いでオーストリアの将軍ロプコヴィッツの軍を破った。ヨハン・クリスチアン・フォン・ロプコヴィッツ将軍（一六八六―一七五五）は、オーストリアの軍人、一七四二年にボヘミアで陸軍元帥に任命された。

＊32　ブログリー（一七一八―一八〇四）。一七三四年に大佐の階級を得た。この小説の背景となっているオーストリア継承戦争で、一七四二年のプラハ攻撃に参加して少将となり、戦争の終わるころには中将。

＊33　フランス軍と共同してプラハを攻略したヴィッテルスバッハ家のバヴァリア公で選帝侯であるカール・アルベルト七世はオーストリアの国事勅書を認めず、一七四一年十二月十九日にプラハでチェコ王としての戴冠式をあげて七世を名乗った。翌年にチェコの支配権を失い、バヴァリアを繞《めぐ》るオーストリアとの戦いにおいて死亡した。「皇帝の選挙を祝って」というのは十二月十九日のチェコ王としての戴冠を祝ったという意味であろう。

＊34　ハルティグ家は十八世紀にルザシア（ラウジッツ）から移住した家で、一七一九年に伯爵にあげられたという。

＊35　ピーセクは南チェコのオタヴァ河畔にある町。一七四二年六月八日ナーダスディ将軍が、アラス中佐率いるフランス軍が守るピーセクを攻め、一兵の損失もなく町を占拠、四十人の将校と兵五百人を捕虜とした。結局フランス軍はほとんど五千人の兵力を失ったといわれる。

＊36　「狼穴」というのは深い穴の底に先の尖った杭を植えた

もの。
＊37　セバスチャン・ル・プレストル・ド・ヴォーバン（一六三三－一七〇七）。フランスの元帥で、城の攻撃及び防御の最も有名な技術者。
＊38　スミホフはマラー・ストラナの南にあり、ヴルタヴァ川を挟んだ崖の上に古城ヴィシェハラドがあった。フフレはスミホフから更に南に五キロほど離れたヴルタヴァの左岸。
＊39　オヴォネツカー・オボラのこと。プラハ城の北東すぐのところにある森林。
＊40　プラハ城のすぐ東に接する夏の宮殿がある広大な広野を指していると思われる。
＊41　イノニツェはヴルタヴァ川の左岸プラハ南西部の丘陵、ストジェショヴィツェはプラハ城の西側にある地区。
＊42　プラハ城の北東、レテンスカー広野より更に北東にある地区。ヴルタヴァ川が大きく湾曲しプラハ城を含む土地が岬のように東に突き出ている、先の部分を指す。
＊43　プラハ城の東にあるホレショヴィツェの更に東、ヴルタヴァ川の対岸の地区。
＊44　ヴルタヴァ川の右岸旧市街広場の真東にある小高い丘。一四二〇年ヤン・ジシカ率いるフス軍が十字軍を破った古戦場。
＊45　ギリシア神話で地獄の門を守っている、三つの頭をもつ犬。
＊46　プラハの上流のヴルタヴァ川の右岸、ベロウンカ川がヴルタヴァに合流する辺りにある村。十二世紀頃に建てられた古城があった。一七四二年六月にここにマリア・テレジアの全権ケーニグセッグ卿及びエステルハース卿とフランス代表ベル・イル将軍、バヴァリアの軍司令官が集まって、和平の条件並びにフランス軍のプラハからの平和的撤退について話し合われたが、合意には達しなかった。
＊47　ケーニグセッグ将軍（一六七三－一七五一）。オーストリアの将軍。
＊48　アンドレ・エルキュール・ド・フルーリ枢機卿（一六五三－一七四三）。フランス王ルイ十五世の首相。
＊49　プラハを占領していたフランス軍は外国の軍隊であり、チェコは当時独立した国ではなかったが、オーストリア帝国の一部であって、プラハを攻撃している軍は少なくとも名目的には自国の軍隊ということになる。
＊50　プラハ城内の最も目立つ建造物の一つ。一三四四年まだモラヴィア大公だったカレル四世が、永年の友であるパルドゥビツェのアルノシトが父のチェコ王ルクセンブルグのジャンと共に礎石を置いて建立したと伝えられる。したがってこれはプラハ市民にとっていわば王権の象徴だったということができよう。
＊51　カール・フォン・ロートリンゲン（一七一二－八〇）。レオポルド公爵とオルレアンのエリーザベト・シャルロッテの子であり、彼の兄は皇帝フランツ一世シュテファン、すなわち後

のオーストリア皇帝マリア・テレジアの夫であった。本文中の「親しく」という言葉は、このような背景について述べられたものであろう。

＊52　プラハ城の西に接するハラッチャニ地区の北西にある地区。

＊53　カシパル・ペトルのフランス語読み。

＊54　ストラホフの丘、ポホジェレツやハラッチャニの城壁、プラハ城のある高台にある。

＊55　ハラッチャニ地区の西部、ロレタ寺院の西側にある。

＊56　ヴァルドシュテイン。アルブレヒト……ズ・ヴァルドシュテイナ（一五八三―一六三四）。神聖ローマ帝国の公爵で軍司令官。

＊57　プラハ城からほとんど真東のヴルタヴァの右岸、現在のカルリーン地区の中世期の名前。中世にはここに赤い星をつけた十字軍の病院《シピタール》があったと伝えられる。

＊58　メイエボワ将軍。ジャン・バプティスト・フランソワ・デマレ・ド・メイエボワ公爵（一六八二―一七六二）。一七四一年に元帥になり、翌年プラハに派遣された。

＊59　プラハ城のあるヴルタヴァ川の左岸、マラー・ストラナ地区にある小さな広場。現フランス大使館がある。

＊60　ズブラスラフはプラハのずっと南、ベロウンカ川との合流点にある峡谷の村。ロストキは「分流」という名の通りプラハの北西、ヴルタヴァ川の左岸にあり、プラハの近傍にあるために衛星都市としての性格を持っている。

＊61　プラハの東、ラベ（エルベ）川沿いの町。この物語の時代には未だ近郊の小邑に過ぎなかったと思われる。

＊62　マラー・ストラナ地区の東隣のブジェヴノフにある修道院。チェコ最古のベネディクト派の修道院で、九九三年に定礎されたと伝えられる。

＊63　プラハの北北西のクルシネー山脈にある町。

＊64　一六四〇年にルイ十三世の治世に初めて鋳造された金貨。二〇フランに相当。

＊65　凹室などともいう。部屋の中でベッドや本棚を置くための窓のない窪んだ箇所。

＊66　カレル橋のたもとに近くのヴェルコプシェヴォルスケー広場にある。

＊67　ヴイシェハラドはプラハの右岸（東岸）の南に位置していたので、ヴルタヴァの川添いの道を北上してカレル橋のたもとを右（東）に折れ、旧市街広場に通じる道を少し進むと北側にクレメンティーヌム広場がある。

＊68　カレル大学はカレル四世によって一三四八年に創立されたが、十七世紀のはじめの三十年戦争を契機として宗教上の問題と結びついた反ハプスブルグの機運がチェコ国内の諸階層に強くなり、クレメンティーヌム学舎に拠ったイエズス派と新教的な色彩の強い従来のカロリーヌム学舎が対立するようになった。白山《ビーラー・ホラ》の戦いで新教徒のフリードリヒ五世が破れると、

フェルディナンド三世は新教徒を支持した者たちに徹底した弾圧を加え、この二つの学舎を統合する形でカレル大学をカール・フェルディナンド大学と改名した。この名称は再びカレル大学という名称に戻された一九一八年まで続いた。

＊69　ブルスカ。プラハ城の東北に付随している夏の宮殿ベルヴェデレ宮殿の北側にある門。ピーセツカー門というのが本来の名であろう。フランス軍はプラハ城の東北の門と西のストラホフ門（註8参照）から撤退しようとしたものと思われる。

＊70　ヘブ、ドイツ名エガー。チェコ西部の町でピルゼンの北西約八〇キロにある。ベル・イル将軍が大きな犠牲を払いながら十二月二十六日にヘブに到着。同日シュヴェール麾下のプラハ駐在軍は降伏し、翌一七四三年一月二日にオーストリア軍がプラハに入った。

＊71　フランソワ・ルイ・サリニャック（一七二二-六四）ではないかと思われる。一七四九年に少将、一七六一年に大将。

＊72　アナバシスはギリシアの軍人で歴史家のクセノフォンの、『アナバシス』（邦訳『一万人の退却』）に描かれた事件。

＊73　オーストリアの将軍として名高いのはオッタヴィオ・ピッコロミーニ（一五九九-一六五六）で、チェコ、ハンガリーなどを転戦し、一六四八年には皇帝フェルディナンド三世に命じられて三十年戦争の最後の戦争を指揮した。しかしこの人物は生没年が本文と一致しない。

＊74　ネクランはチェコの伝説的な人物で、戦いを好まない平和な王であったといわれる。ヴラチスラフという王が攻めに来たときも戦おうとせず、彼の案内役だったヴァイキングの戦士のティルが彼の鎧を借りて戦い、これを殺した。その後ネクランは長い間平和にチェコの国を治めたという。

＊75　チェコの騎士階級に属していた人物。

＊76　家畜市場は旧市街のカレル広場のこと。ヴォジチコヴァー通りは旧市街の家畜市場（現カレル広場）から馬市場（現ヴァーツラフ広場）に至る道。ナ・プシーコペ通りはヴァーツラフ広場の北から北東に延びてプラシナー門に至る通り。

＊77　ツェレトナー通りはプラシナー門から西に行って旧市街広場に至る道。ティーン大聖堂が旧市街広場にある。ここから更に西に行けばカレル橋に至る。イエズィート通りは現カレル通り。カレル橋を東に渡ってすぐ、クレメンティーヌムの南側の通り。

盲いの治癒

＊1　一七八九年のフランス革命後、国王ルイ十六世は家族と共に一七九一年フランス東部の町モンメディに逃れようとしたが、途中で捕らえられて一七九三年一月十八日に処刑された。

＊2　レオポルド二世（一七四七-九二）。神聖ローマ帝国皇帝でハンガリー王、ボヘミア王になったのは一七九〇年。父はフランツ一世シュテファン（ロートリンゲン公、一七〇八-六五）、一七四五年神聖ローマ帝国皇帝。母はマリア・テレジア（一七

一七-八〇)、妹にマリア・アントニア(フランス名マリー・アントワネット、一七五五-九三)がいた。
＊3　アントワネットが処刑されたのは夫のルイ十六世の処刑より約十ヶ月後の十月十六日であったから、「この年」というのは一七八九-九三年の間、おそらくは一七九三年を指しているのではないかと思われる。
＊4　プラハの南約七四キロにあるターボルの近郊ルジニツェ河畔にある地名。
＊5　ここでいうヨセフはマリア・テレジアの子ヨーゼフ二世(一七四一-九〇)であろう。彼は一七六五年神聖ローマ帝国皇帝、一七八〇年ボヘミア・ハンガリー王となった。レオポルド二世の兄。啓蒙的絶対君主でありオーストリア中心主義者であって、ゲルマン化によってチェコ民族の生活の発展を阻害したといわれる。
＊6　中世においては聖母マリアは「薔薇の花」や「清らかな百合」等色々な花に象徴化され、色々な花が咲く五月を「マリアの月」と呼ぶようになったという。
＊7　プラハの南およそ八〇キロのターボル山地にある町の城。ターボルはフス教徒の拠った本拠として有名である。
＊8　チェコ南部。フス教徒の中心都市として知られる。
＊9　インドジフーフ・ハラデツの南西、ズラター・ストカ川の河畔にある町。十三世紀に作られ、温泉、釣り堀などがある。
＊10　チェコのプラハとスロヴァキアのブルノの中間、ボヘミア・モラヴィア高地にある町。十三世紀初頭に作られたという。織物、生地類の生産で知られる。
＊11　プラハの東南南およそ一二〇キロ。
＊12　ターボルの南およそ一五キロ、ルジニツェ川の河畔にある町。十三世紀後半からチェコの貴族ロジンベルク家の居城のある町として知られていた。
＊13　ホサナは元々ヘブライ語の「助け給え」という意味。「祝福あれ」、あるいは「栄光あれ」の意味に使われる。

ロマンチックな恋

＊1　カール・シュヴァルツェンベルク(一七七一-一八二〇)はフランス革命の戦争およびナポレオン戦争時代の代表的な軍人・外交官だといわれる。一八〇〇年中将、一八〇一年オーストリア代表としてロシアのアレキサンドル一世のもとに派遣され、一八一二年オーストリア軍を率いてロシアに出征。その後オーストリアとフランスの関係が悪化するとオーストリアに帰り、ボヘミア軍を率いることになった。
＊2　白ロシアに発し、リトアニアとロシアのカリーニングラードの間を北西に流れてバルト海に注ぐ大河。当時プロシアとロシアの国境をなしていた。
＊3　ズ・クレノヴェーホあるいはズ・クレノヴェーは十三世紀から知られた古い貴族の家系で、一六三〇年に侯爵に昇進した。男系は一八四八年に絶えたという。

＊4　プシビーク・ズ・クレノヴェーホという人物が比較的有名であり、恐らくこの家系に属する人物と思われる。一四一九年からフス教徒の隊長、一四三四年皇帝側に付きフス教徒側が決定的な敗北を喫したリピの戦いでフスの野戦軍と戦ったといわれる。

＊5　ズデネクは今のところ未確認。

＊6　恐らく一六二四年に没した州議会書記補だった人物。ハプスブルクの体制派で、カトリックの信奉者だったという。

＊7　この戦いは一六二〇年十一月八日に行われた。したがって「白山《ビーラー・ホラ》の戦い以前」というのはこの時以前ということになる。白山《ビーラー・ホラ》の戦いではクレノヴェーホ家の祖先プシビークは穏健派フス教徒、すなわち新教徒に属し、カトリックの皇帝の軍と共に過激派のフス教徒と戦ったが、それ以前には反カトリックの新教徒と共にさまざまな反乱に参加したといわれる。

＊8　カルパチア山脈の麓にある町。

＊9　クリストフ・マルティン・ウィーランド（一七三三―一八一三）。ドイツの詩人、作家。人間が自由に発展できる理想的な世界を描こうとした。

＊10　マリア・テレジアはその治世（一七四〇―八〇）に政治、経済、法律、教育制度等広範な改革を行ったが、教育制度を定めた一七七四年の法律によって六～十二歳までの子どもに義務教育を課した。

＊11　アクチウムはギリシアの岬。紀元前三一年この海域でローマの将軍マルクス・アントニウスとエジプトの女王クレオパトラの連合軍がローマのアウグストゥス・オクタヴィアヌスの軍と戦い、オクタヴィアヌスが勝利。これによってオクタヴィアヌスはローマ皇帝になった。

＊12　コレンクール公爵は一八〇八年「ヴィサンス公領の太公」の称号を受けた。これは封建時代の称号を受け継ぐという意味でも特異な称号である。この称号は一八一〇年に廃止。

＊13　アルマン・ド・コレンクール公爵（一七七三―一八二七）。ナポレオンに深く信頼されていたが、一八一〇年ロシア遠征を止めるよう強く進言したことで知られる。ナポレオンのロシア遠征において彼は常にナポレオンと共にあり、帝国末期にはほぼすべての外交交渉の責任を負い、後始末をした。

＊14　ナポレオンは一八〇六年十月十四日イェナ・アウエルシュタットの戦いでプロシアを打ち負かした。

＊15　プロシアのイーラウ。現在はロシアの飛び地カリーニングラードの近くにあるバグラチオノフスク。一八〇七年二月七日と八日にナポレオン率いるフランス軍に対してベニングセン将軍率いるロシア・プロシア軍が戦い、互いに多くの死傷者を出したが決定的な勝敗はつかなかった。

＊16　一八〇七年六月十四日ナポレオンはプロシア東部フリードランドで圧倒的多数のフランス軍を率いてロシア軍と戦い、九時間にわたる戦闘でロシア軍を押し返して殺し、捕虜にした。

＊17　一八〇八年二月フランス軍がイスパニアに入ってイスパ

ニア戦争が始まり、イギリスをはじめとするヨーロッパ各国が入り乱れた戦いとなった。民衆は全土でフランス軍にゲリラ戦を挑み、フランス軍は激しい消耗戦を強いられる。この戦いはこの小説のテーマである一八一二年にはまだ終わっていない。最終的な収束は一八一三年、フランスのロシア遠征が失敗に終わった後のことである。

＊18　ヴャジマはスモレンスク地方のヴャジマ川の左岸にあり、古くからヴォルガ川、オカ川、ドネープル川の流域に連なる交通の要衝。モジャイスクはモスクワから一二〇キロ隔たったモスクワ川のほとりにある。この近傍で一八一二年九月七日（露暦八月二十六日）ボロヂノの戦いがあったことで知られる。ミハイル・クトゥーゾフ将軍率いるロシア軍がナポレオンの軍を迎え撃ち、ロシア軍は四万四千の兵を失い、夜蔭に紛れて撤退。フランス軍の損害は三万三千であったが、その後数日の中にモスクワを占領した。したがってこの戦いの勝敗ははっきりしないままであった。

＊19　アレキサンドル・パヴロヴィチ一世（一七七七－一八二五？）。彼の死についてはそれがいつで、どこが埋葬場所なのかなど不明なことが多い。

＊20　パーヴェル・ヴァシリエヴィチ・チチャーゴフ提督（一七六七－一八四九）は一八〇七年ロシア艦隊の提督、一七八八－九〇年ロシア・スウェーデン戦争の時には旗艦を指揮した。一八〇二－一一年海軍大臣。一八一二年ドナウ軍、黒海艦隊の指揮官。

＊21　メッテルニヒはフルネームをクレメンス・ヴェンツェル・ロタール・ネポムク・フォン・メッテルニヒ＝ヴィンネブルク・ツ・バイルシュタイン侯爵（一七七三－一八五九）という。一八〇三年駐独大使に任命されてベルリンに駐在し、フランスの使節団と親しくなり、ナポレオンの希望によって駐仏大使となりパリに駐在。ナポレオンが皇女マリー・ルイーズとの結婚を願っていることを知り、一八一〇年三月彼女をパリに連れて行ってナポレオンから譲歩を引き出すと、直ちにウィーンに引き返して宮廷がロシアと同盟を結ぶことを阻止し、その一方でナポレオンが武力を行使しないように説得した。ロシアとフランスの戦争が近づいてくるとこの政策は難しくなってくるが、メッテルニヒは一八一二年三月にナポレオンと同盟を結びながら、軍事的援助を約束する代わりに戦争を抑止するよう、フランスに譲歩を求めた。この譲歩を得ると、彼は直ちにロシアに対してオーストリア軍が防衛的な行動しか起こさないこと、かつての同盟関係の復活を望んでいることを伝えた。ナポレオンがロシアとの戦いに負けると、メッテルニヒは、フランスとの同盟から身を引いて中立を守り、ヨーロッパの判官の地位を獲得するに至る。コレンクールのこの言葉は一八一二年におけるメッテルニヒのこのような政策を見透かしているものと思われる。

＊22　ナポレオンがネマン川渡河の命令を出したのは一八一二

年六月二十四日（露暦十二日）午前二時。午前六時先遣隊は橋によらず、渡河を強行してネマン川を渡った。本隊の渡河は二十四日から二十七日にかけてカウナス近傍の橋の外にオリット、メレフ、ユルブルグの橋をそれぞれ渡り、ナポレオンの本隊は六月二十三日（露暦十一日）の夕方、カウナスの上流のポニェモニに橋を架けたという。

＊23　ヨアヒム・ミュラー（一七六七－一八一五）。一八〇四年フランスの元帥、一八一八年ナポリ王に任じられる。ロシア侵攻の時は騎兵隊の司令官。

＊24　ルイ・ニコラ・ダヴー（一七七〇－一八二三）。アウエルシュタットの戦いでプロシア軍を打ち破り、アウエルシュタット公爵の称号を得、一八〇九年オーストリア軍を打ち破ったバヴァリアの村の名に因んでエクミュール公の称号を得た。ロシア侵攻の時は第一軍の司令官。

＊25　フランソワ・ジョゼフ・ルフェーヴル（一七五五－一八二〇）。元帥。ダンツィヒ公爵。ロシア侵攻の時は上級親衛隊司令官。

＊26　ニコラ・ウディノー（一七六七－一八四七）。一八〇九年ワグラムの戦いの勝利によって元帥に任ぜられ、ナポリに従属するレッジオ大公領の大公となる。ロシア侵攻の時は第二軍の司令官。

＊27　ミシェル・ネイ将軍（一七六九－一八一五）。ロシア侵攻の時は第三軍の司令官。

＊28　ヴィリヤ（ネリス）川とネマン川の合流点にある町。ロシア名コヴノ。

＊29　リトアニアの商業都市。カウナスの東南東九二キロ。

＊30　フランス軍がヴィルニウスに入ったのは六月二十八日（露暦十六日）であった。ナポレオン軍が到着するわずか一時間前にロシア軍がここを撤退。その際、町に火を放ち、ナポレオンが町に入ったときまだ燃えていたという。

＊31　現ノヴォグルドク、ポーランド名ノヴォグーデク。ネマン川の南、ヴィルニウスの南南東約一九三キロにある都市。

＊32　ロシア軍はナポレオンの侵攻に際して焦土作戦を敷いて退却を続けた。ナポレオン軍は余儀なく土地の農民の略奪を行ったが、農民はひどい衛生状態でフランス軍は飢えと疲れの上にチフス、赤痢に冒されていった。開戦わずか一ヶ月の間にナポレオン軍は八万人を失い、更に八月二十五日までに麾下の中央軍二十六万五千の兵のうち十万五千を失い、その後の二週間でナポレオン軍は十三万人にまで減少したという。悪疫だけでなくコサックや農民のゲリラ的攻撃が間断なく行われ、戦意を失った兵たちは銃を捨てて戦列を離れ、流民化してナポレオン軍につきまとっていたといわれる。

＊33　ナポレオンは軍旗の竿の先に金色の鷲をつけさせたという。

＊34　白ロシアの町。ミンスクの北東約二二五キロ。

＊35　フランソワ・ルネ・ド・シャトーブリアン（一七六八－

一八四八）。作家、外交官。当時の啓蒙主義や革命思想の批判に対してカトリック信仰を擁護する『キリスト教精髄』（一八〇二）を著し、当時の文化・思想に大きな影響を与え、フランスロマン主義の先駆けとなった。

＊36　ドロテーア・シュレーゲル（一七六四―一八三九）。父は作曲家メンデルスゾーンの祖父モーゼス・メンデルスゾーン。十四歳で婚約、五年後に結婚したがヘンリエッテ・ヘルツのサロンで若いフリードリヒ・シュレーゲルと知り合い、後に正式に結婚。その後フリードリヒ・シュレーゲル、彼の兄で初期ドイツロマン派の理論家であったアウグスト・ヴィルヘルム・シュレーゲル及びその妻カロリーネとともにイェナに行き、ノヴァーリス、ティーク、シェリングなどのロマン派の文士たちのサークルに出入りしたと伝えられる。

＊37　フィヒテ（一七六二―一八一四）。ドイツ観念論の創始者の一人。強烈な反ユダヤ主義で知られ、ネオ・ナチの思想に強い影響を与えたといわれる。『ドイツ国民に告ぐ』はナポレオン占領下のベルリンで行った講演集。

＊38　ミュラーはナポリ王の称号を持っていた。

＊39　西ドヴィナ川のこと。ヴァルダイ丘陵に源流を発し、西へ白ロシア北部を横切り、ラトヴィアを通ってリガ湾に注ぐ。

＊40　西ドヴィナ川のヴィテブスク近傍のオストロヴノ湖畔にある。一八一二年七月二十五日（露暦十三日）ロシア前哨軍とミュラー軍との衝突があった。圧倒的優勢なミュラー軍の攻撃をロシア軍は持ちこたえ、バルクライ・デ・トリー司令官が率いる西部第一軍の勝利を導いたという。バルクライ・デ・トリー（一七五七―一八一六）は第一軍司令官として全軍を指揮。しかし戦争初期の八月二十九日（露暦十七日）にクトゥーゾフと交替。この更迭の理由はナポレオン軍の侵攻に対して退却を続けたことが皇帝の怒りにふれたためという。

＊41　ジラルダン将軍（一七七六―一八五五）。一八一二年ロシア遠征で将軍となった。

＊42　ジョゼフ・アントニ・ポニャトウスキ（一七六三―一八一三）。ポーランドの貴族でフランス軍の将軍。ナポレオンのロシア遠征時には第五軍を率い、最後までナポレオンに忠節を捧げた。ナポレオン退却の折りには殿《しんがり》を任され、軍の半数を失いながらライプツィヒを防衛してエルスター川に退却してきたが、フランス軍は混乱して彼が到達しないうちにこの川の橋を爆破、彼は敵に降伏することを肯《がえ》んじず、満身創痍のまま川に身を投げたと伝えられる。

＊43　パーヴェル・ヴァシリエヴィチ・チチャーゴフ提督（一七六七―一八四九）。ドナウ軍と合流した西部第三軍と共にクトゥーゾフ将軍のプランに従い、ヴィトゲンシュタイン将軍の部隊に合流してナポレオンによる主力軍のベレジナ川渡河を妨げ、彼の退路を断つ作戦を行ったが成功せず、ロシア軍はこの誤ちによって長蛇を逸した。

＊44　西部第一軍の司令官バルクライ・デ・トリーのことであ

ろう。

＊45　ミハイル・イラリオノヴィチ・クトゥーゾフ（一七四五ー一八一三）。十四歳で砲兵隊に入ったというたたき上げの軍人でトルコ戦線で戦った。彼はナポレオンと戦った末に一八〇五年十二月二日（露暦十一月二十日）のアウステルリッツの戦いで大敗、皇帝は彼を指揮官から更迭。一八一二年ナポレオンがロシア侵略を開始したとき、皇帝アレキサンドルはまだクトゥーゾフを非難していたが、国民世論の圧力によって彼をロシア軍の司令官とした。クトゥーゾフはモスクワを目指すフランス軍に対して自軍を撤退させながらゲリラ戦を展開。モスクワ占領後、寒さと飢えに苦しみ、多くの犠牲者を出しながら絶望的撤退を続けるナポレオン軍は、このゲリラ戦とコサックの襲撃で犠牲を強いられた。退却するナポレオン軍を現在ポーランド領、当時プロシア領まで追及したが、シュレジアのボレスラヴェツで死去。一八一三年四月二十八日（露暦十六日）のことであった。

＊46　マトヴェイ・イヴァーノヴィチ・プラートフ（一七五一ー一八一八）。伯爵。ドン・コサックの首領《アタマン》で聖ゲオルギー勲章第二級を得た。ナポレオンのモスクワからの退却に際しフランス軍を悩ませ、一八一三年アルテンブルグの戦いでフランス軍に勝利し、その功で伯爵の称号を得た。

＊47　シャトーブリアンの『キリスト教精髄』のこと。

＊48　スモルゴニはモロデチノの北西ヴィリヤ川の畔にある町、ヴィレイカ村はヴィルニウスからスモレンスクの方向すなわち南東へ約一四〇キロにある。

＊49　ドネープル川に注ぐ白ロシアの川。ナポレオン軍がモスクワから退却する途次、ボリソフの近くでこの川を渡ろうとして大きな損害を被った。

＊50　ミンスクの北西およそ六二キロにある町。かつてポーランド領であった。

＊51　ロシアで用いられていたユリウス暦。ロシアでは「旧暦」と呼ばれる。

＊52　モスクワの西南西約二〇一キロにある町。

＊53　一露里《ヴェルスター》＝約一キロ（一・〇六七キロ）。

＊54　ナポレオンは凍った川を渡るつもりだったが、既に氷が割れていてナポレオン軍はロシア軍の追及を受けながら渡河を果たしたものの、総計三万から四万を失うことになった。その大部分はナポレオン軍の脱走兵だったという。

＊55　チチャーゴフのこと。

＊56　十一月二十九日（露暦十七日）ナポレオンはロシア軍の追及を怖れて仮設の舟橋を破壊するよう命じた。このため渡河を援護するヴィクトル将軍の指揮する第九連隊は左岸に取り残された。

＊57　ヴォンソヴィチ。伯爵。ポーランド第一槍騎兵のリトアニア人大尉。一八一二年の時は将官付き副官。

＊58　ルスタム。またはロウスタム・ラザあるいはロウスタン

ともいわれる。グルジアのトビリシ出身のアルメニア人といわれ、ナポレオンの護衛として有名。子どもの時に誘拐され、カイロで奴隷として売られた。一七九八年土地の政府がこの若い奴隷をナポレオンに献上した。

＊59　オシミヤヌィは現在白ロシアに属して、ヴィルニウスとミンスクを結ぶ線上にある町。

＊60　スヴィドリゲロまたはスヴィドリガイロはリトアニア王家の血筋を引く貴族であったが、白ロシア地方に領地を持っていた。

＊61　セレーネーはギリシア神話の月の女神。エンデュミオンは永遠の眠りによって若さを保ち、セレーネーに愛された若者。

＊62　トランプの一人遊び。

＊63　オシアン。三世紀頃の吟遊詩人で英雄。フィンガル王の子。

＊64　ジムディは、リトアニアとラトヴィアを流れるヴェンタ川とネマン川の下流の平地にあったリトアニア人の公国。一四一一年リトアニアに併合されたが自治を認められた。一七九五年にロシアに併合、一九一八年以降リトアニア領。キエイスタトはキエイストゥト（一三〇八／一〇頃、または一二九七－一三八二）のことと思われる。弟のオルギエルドと共にリトアニアを治めた。一三八一－八二年リトアニア大公。彼の二度目の妻が公妃ビルタだったという。

＊65　キエイスタトの義父。

＊66　プロシア・リトアニアでは聖火を護る予言者、聖職に属する人々をヴァイデロトあるいはヴァイダロトと呼んでいた。その役目は神々、特に主神である雷神ペルクナスに生け贄を捧げることであったが、未来を見通すことができ、もの知れる者とも呼ばれたという。

＊67　フリードリヒ・ダニエル・エルンスト・シュライエルマッハー（一七六八－一八三四）。ドイツのプロテスタント哲学者。チェコで学校教育を受け、ベルリンで牧師をしていた。フリードリヒ・シュレーゲルと親交があり、ベルリンの浪漫主義的なサークルに属し、ドイツの古典主義的な神学を時代の要求に合わせようとしたといわれる。

＊68　フリードリヒ・シュレーゲル（一七七二－一八二九）。ドイツの批評家、文献学者、観念論哲学者でロマン派哲学の理論家、ドロテーアは彼の妻。フリードリヒの兄アウグスト・ヴィルヘルム・シュレーゲルは一七九六年イェナでカロリーネと結婚した。

＊69　ネマン川の右岸の支流。リトアニアのカウナスの近傍でネマン川に合流する。

＊70　世界的に有名なチェコ西部の温泉保養地。

＊71　エストニアの同名の町のそばを流れ、フィンランド湾に注ぐ。

＊72　ヴィリヤ川のほとりにある村。ここに主人公が逃げ込んだ城があった。

＊73　ヴァイダロトというのはリトアニア神話で聖火を護る神官で、未来の予言者。ヴァイダロトカは巫女。
＊74　ロハンというのはブルターニュ出身の先祖を持つ貴族で、フランスの最も古い家柄の一つ。ロハン連隊はオーストリアで一七九八年から一八〇一年の間に十一連隊編成された歩兵連隊の一つでオーストリア領ネーデルランドでフランスからの亡命者によって作られた。
＊75　ザハーンスカー司令官夫人（一七八一－一八三九）。この女性はカタリーナ・フリーデリケ・ヴィルヘルミネ・ベニグナ・フォン・クールランドと呼ばれ、現在はラトヴィアに属するクールランドの最後の大公ペーター・フォン・ビロンの三番目の妻の子として生まれた。一七九五年大公領が強制的にロシア帝国に編入されたために、シュレジアのザガンに一家を挙げて移住。美貌と才知に富んだカタリーナはウィーン、プラハ、ラチボジツェ、ザガンを行き来し、ウィーンでサロンを開き、多くの上級貴族と交際したといわれる。数多い男性遍歴の中でオーストリアの外相メッテルニヒとも恋愛関係があったとされる。
＊76　カール・フォン・シュタイン（一七五七－一八三一）。プロシアの政治家。一八〇六年イェナの敗戦で国家機構の大改革の必要を感じ、翌年一月内閣組織の改革を王に進言したが、その怒りを買い辞職。一八〇七年ナポレオンの要求によってハルデンベルグが辞職した後、首相代理になった。それから彼の一連の大改革が行われた。国内の土地貴族《ユンカー》たちの反対によって罷免され、オーストリアに走ったが、後にロシア皇帝アレキサンドルの顧問となり「プロシア委員会」を組織した。理想的な民族主義者であった。
＊77　ド・スタール夫人（一七六六－一八一七）。フランスの批評家、小説家。ジェノヴァの銀行家で、フランス王ルイ十六世の大臣ジャック・ネッカーの娘。彼女は波乱に富んだ生涯を送り、特にスイスのフランス人の作家バンジャマン・コンスタンと狂おしい関係を続けたといわれる。
＊78　コロヴラト・リプシュテインスキー卿、フランティシェク・アントニーン（一七七八－一八六一）。チェコの貴族でオーストリア帝国の政治家。コロヴラト・リプシュテインスキー家最後の男子。ウィーン会議ではメッテルニヒを支持する諸公に対して穏健な改革派の立場をとった。一八四八年オーストリア帝国初代総理大臣。プラハの民族博物館を設立し、チェコの学芸の振興を促した。
＊79　リュッツェンはドイツのライプツィヒの南西にある地で、一六三二年三十年戦争の最大の戦いの一つが行われた。
＊80　現バウツェン。ドレスデンの近傍。一八一三年五月二十－二十一日プロシアとロシアの軍がナポレオンに敗れた。
＊81　ナポレオン軍のこと。
＊82　最後の神聖ローマ皇帝で、ナポレオンの二番目の夫人であったオーストリア皇女マリー・ルイーズの父フランツ二世

（オーストリア＝チェコ皇帝としてはフランツ一世）のこと。フランツ一世は、ナポレオンに対して敵対的であった。

＊83　アルマン・オギュスタン・ルイ・ド・コレンクール（一七七三－一八二七）。フランス革命以前に彼は大佐になっていたが、ナポレオンの下でさまざまな勲功を立てた。ナポレオンの敗色が濃くなって休戦のため一八一四年八月のプラハ会議でフランス代表を務めた。一八一一年彼はロシア侵攻の企てを放棄するようナポレオンに強く求めたという。

＊84　カレル橋を西に渡って突き当たったところにヴルタヴァ川に沿って南北に延びるカルメリツカー通りがあり、それを南に少し下ると西側にある教会。

＊85　クレメンス・ブレンターノ（一七七八－一八四二）ドイツロマン派の代表的作家。民謡集『少年の魔法の角笛』を出版、おとぎ話、詩、小説の他、戯曲『プラハの建設』を書いた。

＊86　ヨハン・ルードヴィヒ・ティーク（一七七三－一八五三）ドイツの作家、詩人、劇作家で翻訳家。シェークスピアやセルバンテスを訳した。

＊87　ザハリアーシュ・ヴェルネル（一七六八－一八二三）。詩人でローマカトリックの救世主会会士。ゲーテと親交のあった教授の父が早逝した後、狂信的な母に育てられた。彼は自分の信ずるままに数奇な運命をたどり、ウィーンにおいて客死した。

＊88　カシパル・シュテルンベルク（一七六一－一八三八）。植物学者、地質学者。政治家。王立チェコアカデミー総裁。彼の集めた膨大で貴重な鉱物、化石、植物標本を収蔵品としてプラハに民族博物館が創設された。

＊89　ヴェンツェ・ラヘル。現在不詳。

＊90　カール・マリア・ウェーバー（一七八六－一八二六）。ドイツの作曲家、指揮者、ヴァイオリン奏者。一八一三－一六年プラハでドイツオペラを指揮。

＊91　ノスティツ家はルザス地方の貴族で、ハプスブルクの宮廷で忠実に仕えた功績で、フス教徒の反乱の後、没収した土地財産を与えられた。その宮殿がカレル橋の西岸の南、チェルトフカの近くにある。ここで大学者ヨゼフ・ドブロフスキーと歴史家フランティシェク・マルチン・ペルツルがノスティツ家の家庭教師として働いていたという。

＊92　カレル橋の西側を走るカルメリツカー通りを南下してウーエズド通りに入ったあたりの東側にある。

＊93　一八一三年十月十六－十九日ナポレオンがライプツィヒで連合軍と戦い、大敗北を蒙った戦争。第一次世界大戦以前で最も大きな戦いだったといわれる。

＊94　イスパニア・オーストリア・ハンガリー帝国の最高位の勲章。

＊95　古代リトアニアの巫女ビルタは、十字軍の遠征から帰って来たキエイスタトに奪われて彼の二番目の妻となった。通常巫女は結婚を禁じられ違反した時は殺されることが多かったと伝えられる。

＊96　いうまでもなくナポレオンの没したところである。

見知らぬ者の日記

＊1　ボジェナ・ニェムツォヴァー（一八二〇－六二）。馭者ヨハン・パンケルを父とし、チェコ人の女中テレジエ・ノヴォトナーを母としてウィーンに生まれる。娘時代の名はバルボラ・ノヴォトナー。教育は殆ど受けていなかったというが、祖母のマグダレーナ・ノヴォトナーに強い影響を受け、後に作家バルボラ・パンクロヴァーとなり、新時代の散文の基礎を作ったといわれる。日本でも小説『おばあさん』（栗栖継訳、岩波文庫、一九七一）によって夙に知られている。税関吏であったヨゼフ・ニェメツと結婚してニェムツォヴァーとなった。ニェムツォヴァーという名にはオーストリアを含めて「ドイツの（女）」という意味がある。

＊2　ヨセフ・ヴォイチェフ・バーグラー（一七五三－一八二九）。ドイツの画家。一八〇〇年に創設されたプラハの造形芸術アカデミーの初代総裁。宗教画、歴史絵画をこととし、古代風の古典主義的な画風を持っていた。なお同名の父大バーグラーは彫刻家。

＊3　ヨゼフ・ヴォイチェフ・ヘリヒ（一八〇七－八〇）。チェコの画家。バーグラーに師事し、その後ドイツ、イタリア、パリ、ロンドンに遊んだ。帰国するとアカデミックな折衷的古典主義の潮流に反対し、チェコ芸術家同盟を組織して一八四八年にその会長になった。

＊4　ヴァーツラフ・スタニェク博士（一八〇四－七一）。医学と哲学を学び、プラハで知られた医師。夫人はロチンカ・スタンコヴァー、サロンの主であった。後にパラツキー通りと呼ばれるようになったパシーシスカー通りの七一九番地にある家の二階に住んでいた。階下にはチェコ民族復興運動《ナーロドニー・オブロゼニー》の理論的指導者フランティシェク・パラツキー（一七九八－一八七六）が住んでいた。童話で名高いカレル・ヤロミール・エルベンもこのサロンの常連だったといわれ、またボジェナ・ニェムツォヴァーも出入りしていた。

＊5　プラハはエルベ川の支流ヴルタヴァ（モルダウ）川の両岸にあり、西側左岸にプラハ城とそれに付随する町《ハラッチャニ》とその城壁の南に直接連なる小市街《マラー・ストラナ》、左岸の旧市街《スタレー・ムニェスト》とその南に連なる新市街《ノヴェー・ムニェスト》から成っている。これらは元々城壁を持ち、独立した町であったが、一七八四年に合併してプラハを構成した。

＊6　ジェテェゾヴィー橋というのは鎖による吊り橋のこと。カレル橋の一つ上流にある現レギエ橋。

＊7　現ヴィノハラド地区にカナル・ド・マラベル伯爵によって開かれた庭園。現ヴァーツラフ広場のほぼ東方に位置する。

＊8　十九世紀初めプラハの右岸のヴィノハラドにヴィンメルが壮麗な庭園を造ったという。詳細は不明。

＊9　プラハの白山《ビーラー・ホラ》の王の狩猟場にある夏宮。

＊10　石造の橋はいくつかあるが、当時マラー・ストラナと旧

市街とを結ぶものは現在のカレル橋しかない。
＊11　ブルスニツェのこと。ブジェヴノフ修道院の近傍に源を発し、プラハ城の北側の鹿の谷を通ってヴルタヴァに注ぐ川。
＊12　カレル・スラヴォイ・アメルリング（一八〇七ー八四）。裕福なパン屋の子。ウィーンで哲学を学び、プラハで医学を学んだ。一方彼は鉱物学、生物学に興味を持ち、一八三六年医学博士の学位を得、後にプラハで医師となった。彼はチェコの教師たちの教育と全ての人々の教養を高めることに力を尽くすようになり、プラハの新市街に学校を創立してブデチと名付けた。一階は教師たちの教育の場と実験室、二階は音楽教育と図書館にあて、三階は病院で、更に天体観測や流星観測の設備も備えた塔があったという。また一八七〇年プラハにある知的障害を持つ児童のための学校の校長にもなったと伝えられる。
＊13　ヴァーツラフ・ネベスキー（一八一八ー八二）。ドイツ人を母とし、ドイツ系ギムナジウムで学び、一八三六年プラハの大学で哲学を学んだ。詩人カレル・サビナ（俳優、劇作家、詩人、文学並びに演劇批評家、童話作家など）、エルベン（童話作家として高名、そのほかスラヴ民族の童話の翻訳など）、ボジェナ・ニェムツォヴァーなどの強い影響の下に活動した。一八四九年プラハ大学助教授、広範な文学活動を行った。
＊14　チェコ南部の町。硫化鉄に富んだ多くの湖沼があり、運動機能障害に効くとされる。日記の主はこの地方の出身なのであろう。
＊15　チェコ中部の町。
＊16　鉱山で鉱夫の交代を司る監督。
＊17　プラハ城の中のイルスカー通りを東に進んだ南側の城壁のところにあり、その城壁の下にこの主人公の住まいがある。
＊18　プラハ城の東北側のホトコヴィ庭園に沿って走る大通り。
＊19　ライス家の三女アントニエ・ライスで、ボフスラヴァ・チェラコフスカー・ライスカーの筆名で活動した。
＊20　シャルロッテ・ヘンリエッテ・ブフ（一七五三ー一八二八）。ゲーテはひと目で彼女を好きになったが彼女にはすでに恋人がいたので、ゲーテの熱烈な求愛を受け入れなかった。『若きヴェルテルの悩み』の主人公。
＊21　フリーデリケ・ブリオン（一七五二ー一八一三）。アルザスの牧師の娘でゲーテと短いが激しい恋をしたといわれる。
＊22　ホトコヴァ大通りを南下すると西に分岐するヴァルドシュテイン通りがあり、これをたどるとマラー・ストラナ地区のヴァルドシュテイン庭園に宮殿がある。
＊23　一六一八年五月二十三日の朝、新教の代表たちが武装してプラハ城に登り、執政官マルティニツとスラヴァタらを城の窓から地面に投げ落とした事件。三十年戦争の発端となった。
＊24　ヴァーツラフが、四世紀にローマで殉教した聖ヴィートの遺物を求め、九二五年頃にプラハ城内に教会を作った。最初はロマネスク様式で、一三四四年カレル四世がゴシック様式に改築し始めたが、なかなか完成しなかった。

＊25　カレル・ヒネク・マーハ（一八一〇―三六）。代表作『五月』で広く知られるチェコの国民詩人。

＊26　チェコ中部の村。元々ここにはゴート人の城があったが、これは二十世紀の初めに再建されたもの。

＊27　チェイカ博士（一八二二―六二）。皮膚学者でプラハ大学教授。シェークスピアの作品の翻訳をしたといわれる。

＊28　ジョルジュ・サンド（一八〇四―七六）。フランスの作家で、男装の麗人。小説「愛の妖精」で知られるが、ショパンとの恋でも有名である。

＊29　アルフレッド・ミュッセ（一八一〇―五七）。フランスの詩人。一八三三―三五年ジョルジュ・サンドとの恋愛が続いたといわれる。

＊30　カレル・ロキタンスキー（一八〇四―七八）。チェコ中部のハラデツ・クラーロヴェーで生まれ、プラハのカレル大学で学び、一八二八年ウィーン大学で医学博士。医学の発展に力を尽くし、医学の第二期ウィーン学派の創設者となった。

＊31　この語は本来河川が湾曲している地域を指し、各地にこの名がある。プラハの場合カレル橋を城の対岸に渡って共和国広場の北のあたりを指すらしい。ニェムツォヴァーはプラハに来てナ・ポジーチー通りの一〇四九番地に居を定めたという。

＊32　チェスカー・マティツェは、チェコ語の書物の出版を目的として、一八三一年にチェコ書籍出版部が創立され、一八四一年に民族博物館《ナーロドニー・ムゼウム》出版部になった。

＊33　チェコ東部のナーホドスカー山地のメトゥエ峡谷にある町。

＊34　カレル橋を東に渡って旧市街広場の南方のミハルスカー通りにあるホテル、ウ・スタレー・パニーがかつてのウ・ゼレネーホ・オルラであるらしい。いずれにしてもカレル橋からさほど遠くはない場所と考えられる。

＊35　塩漬けの刻みキャベツを発酵させて酸っぱくしたもの。

＊36　東スラヴの民話で長い髪と魚の尾を持つ裸の若い女の妖精。水際に住み、若くして水に溺れた女がなるとされる。

＊37　昔の銀板写真。フランス人ルイ・ジャック・マンデ・ダゲールが一八三九年に発明した世界最初の実用的写真技法。

＊38　ナーホドから北西八キロの町。

＊39　グスタフ・ヴァツェク（一八二一―九四）。チェルヴェニー・コステレツ生まれの画家。この地を訪れた若いボジェナ・ニェムツォヴァーは彼に会って強い感銘を受けたといわれる。ヴァツェクが描いたニェムツォヴァーと思われる少女の像が残され、ヴァツェクのダゲレオタイプと思われる写真が現存しているという。

＊40　モラヴィア南部のチェコモラヴィア高地にあり、イフラヴァの東南に位置する町。彼女はポルナーからプラハに来て一八四二―四五年の三年間居住していた。

＊41　プラハ城の西北約二キロ、プラハのはずれにある山。渓谷があり、小さな川と川に沿った道がある。古くからプラハの

人々の行楽地。
＊42　プラハの北およそ三〇キロ、プラハを流れるヴルタヴァ川とラベ川の合流点にある町。
＊43　イジーンカは十八世紀末にメキシコから輸入されたダリヤの一種で、この花の祭りが今でも各地で催される。花の展覧会と結びつけて行われたイジーンカ祭りは一八三四年の十月にチェコ東部のチェスカー・スカリツェにおいて開かれたといわれる。
＊44　若く美しいボジェナ・ニェムツォヴァーはこのイジーンカ祭りのとき行われた舞踏会に出席したという。
＊45　チェコ東部の町、ハラデツ・クラーロヴェーの西およそ二四キロ。
＊46　ボジェナ・ニェムツォヴァーはその名の通り母語はドイツ語であり、チェコ語はチェコに来てから会得したといわれる。プラハに移り住む前年の一八四二年にチェイカの診察を受けるようになり、翌年ネベスキーやエルベンと知り合って触発され、チェコ語で詩を書くようになったといわれる。
＊47　万霊祭は十一月二日、祖先の霊を慰める日。
＊48　フリードリヒ・シェリング（一七七五－一八五四）古典的ドイツ観念論哲学者。フランツ・ハヴェル・バーダー（一七六五－一八四一）はドイツの浪漫派哲学者、医師、自然科学者でミュンヘン大学教授。信仰と科学の矛盾を直感的認識によって解決しようとしたという。ロレンツ・オケン（一七七九－一八五一）は博物学者、医師、自然主義哲学者でシェリングの弟子。
＊49　道徳同盟（一八〇八－〇九）。ケーニヒスベルクで結成された結社。1不幸によって落ち込んだ気分を直すこと。2肉体的精神的な不幸を正すこと。3若者の民族的な教育に心を致すこと。4軍隊の再組織を行うこと、5愛国主義と王家への忠誠を常に涵養すること、などを目的とするとされている。しかしこれにはナポレオンのフランスの支配に抵抗するという、隠された目的があったという。
＊50　ボジェナの夫のヨゼフ・ニェメツ（一八〇五－七九）はボジェナより十五歳年長で税関の官吏だったが、熱烈な愛国者であったために、王国のあらゆる地方に転勤させられ、「しくじりを待たれていた」という。そのためボジェナもさまざまな土地に転居することになった。
＊51　ヨゼフ・シコダ（一八〇五－八一）医学部教授でロキタンスキーと共にウィーン学派の創設者となった。
＊52　プラハ城の正門のハラッチャニ広場からトゥノフスカー通りに通じる長い階段。
＊53　カトリック教会や聖公会、プロテスタント諸派では幼子イエスへの東方の三博士の訪問と礼拝を記念する日。公現祭とも訳される。一月六日。
＊54　フランティシェク・ラディスラフ・チェラコフスキー（一七九九－一八五二）。アウグスチヌス『神の国』を翻訳、カ

トリック僧のための雑誌の編集長となり、一八三四年からプラハ新聞で働いて、その付録の『チェコの蜜蜂』誌を編集、雑誌を有名にした。この雑誌はイギリスやフランス関係の翻訳やチェコの文学と文化に関する情報を伝えた。彼は一八三五年ロシア皇帝ニコライ一世のポーランド政策を批判して職を失った。一八四二年ヴラチスラフ大学教授、一八四九年カレル大学教授。したがって一八四三年というこの日記の時点では、彼はまだヴラチスラフの大学の教授であった。

＊55　ルドミラ（八六〇頃－九二一）。チェコのプシェミスル王朝の初代の王ボジボイ一世の妻でヴァーツラフ聖公の祖母。ヴァーツラフの父ヴラチスラフが九二一年に没した後、八歳のヴァーツラフがその後に擬されたが、ヴァーツラフに対するルドミラの影響に嫉妬した母ドラホミーラによって殺されたという。死後間もなくカトリック教会と東方教会によって列聖。ボヘミアの守護者。

＊56　ブデチはプラハの北西およそ一八キロに位置し、チェコ最初の王朝であるプシェミスル王朝の居住地。この王朝は十世紀後半にプラハに移った。中世になってここに聖ペトロとパウロの円形《ロトゥンダ》の建物が建てられた。伝説によれば聖ヴァーツラフ公が若い頃、ここで学んだという。十九世紀になるとカレル・スラヴォイ・アメルリングがこの名を取った教師の教育のための施設を作り、結果ブデチという名は新しく生まれた教師連盟の名ともなったという。ここではその二つのブデチの名が含意されている。

＊57　ユンゲス・ドイッチェランド。およそ一八三〇年から四八年にかけてのリベラルな反体制的文学運動で、ドイツだけでなくアイルランド、ポーランド、ロシア、スロヴァキアにも波及した。ドイツでは思想及び政治的見解の自由と女性解放を唱え、宗教的、道徳的、政治的なドグマを排除しようとした。

＊58　ヨゼフ・カエターン・ティル（一八〇八－五六）。チェコの散文作家、劇作家、ジャーナリスト。旅の一座に加わってチェコの各地を回り、やがてチェコ演劇の基礎を作った。

＊59　ヴァーツラフ・フリチ（一八二九－九〇）。ラディカルな民主主義的な政治家であり、ジャーナリスト兼作家。一八四八－四九年の革命に参加、一八四八年プラハの六月革命の指導者の一人。日記に見える一八四三年には彼は弱冠十四歳のはずである。

＊60　アントニーン・ミクラーシ・ライス（生没年不詳）。一八〇一年頃にチェコにやって来たといわれる。元は反ナポレオンの結社「道徳同盟」の一員として亡命したという。ライス家には三人の娘がおり、総領ヨハンナ（愛称ハニンカ）、次女はカロリーナ（愛称ロチンカ）、アントニエ（愛称トニンカ）である。ヨハンナはヨゼフ・フリチと結婚、カロリーナは医師のスタニェク博士に嫁いだ。末娘のアントニエはボフスラヴァ・チェラコフスカー・ライスカーの筆名によって、文筆活動を行い、チェコの女子教育によって姉妹の中では最も著名な人物に

なった。アントニエは両親の死後カロリーナの嫁ぎ先であるスタニェク博士の家に寄寓し、ここでボジェナ・ニェムツォヴァー夫人に出会って強い影響を受けたといわれる。その後彼女は妻に先立たれた有名な詩人チェラコフスキーに想いを寄せ、やがて結婚することになる。

＊61　現ヴァーツラフ広場。名の通り昔ここは馬の市場だった。

＊62　聖燭祭は二月二日の聖母マリアお清めの祝日。

＊63　カレル橋と上流のイラーセク橋との間にある三つの島のうち一番右岸に近い、現スロヴァンスキー島。

＊64　謝肉祭には通常舞踏会が催された。民族的な啓蒙の意味を持ったチェコ舞踏会がティルの尽力によってプラハの小市街《マラー・ストラナ》で開催された。第一回の「公開チェコ舞踏会」は一八四〇年二月五日に旧市街のコンヴィクトで行われたという。

＊65　バイロンは英国の詩人、ユリウシュ・スウォヴァツキ（一八〇九－四九）はポーランドの浪漫派詩人、三傑の一人と謳われた。

＊66　プラハ城の南、マラー・ストラナにある丘陵地。

＊67　シャールカの渓谷に沿って南西の方向にある。これはプラハ城の真西に当たる。

＊68　王の夏宮。リボツの南にある。このあたりは白山《ビーラー・ホラ》といわれている地区に属する。

＊69　フヴェズダの東、小市街《マラー・ストラナ》の西隣にある地区。プラハ城の北側に通じる道が東西に走っている。

＊70　プラハ城内の北側、ヴィカールスカー通りのレストラン。

＊71　「花」あるいは「詞華」の意味。ティルが主宰した文芸誌（一八三〇－四七）。ニェムツォヴァーの「チェコの女性たちに」はこの雑誌の一八四三年四月五日付けの号に発表され、これが彼女の処女作となった。

＊72　プラハのヴルタヴァ川右岸にある新市街《ノヴェー・ムニェスト》にあり、現クンラチツェといわれる森林で覆われた地区のようである。

＊73　プラハの東北東のフラデツ・クラーロヴェーから更に北東に位置するチェスカー・スカリツェの近く。ニェムツォヴァーはウィーン生まれのオーストリア人であるが、幼年時代をここで過ごした。彼女の代表作『おばあさん』の舞台となったところであり、そこは「おばあさん谷」と名付けられている。

＊74　焼かれた鉄を握って火傷しなければ不貞をしていない証しとなるという、中世の宗教裁判を意味している。

＊75　文字通りには「粉（火薬）の門」。十八世紀まで火薬の貯蔵場として用いられたという。元々旧市街の城壁に付属した門であった。カレル橋を渡って旧市街広場に至り、ツェレトナー通りを更に東行したところにある。

スキタイの騎士

＊1　プラハの南西およそ八八キロにある町、及び地方。

＊2　ピーセクを通って北上し、プラハを貫流してヴルタヴァの上流に注ぐ川。

＊3　ペトロニウス（?—六六）。ローマ帝政期の作家。当時のローマの生活を風刺的に描いた「サティリコン」によって有名。
＊4　クリミア半島が本土と陸続きの回廊になっているところにあった城市、クリミア半島を扼《やく》して本土から隔てる場所を意味していた。起源は不明であるが、紀元一世紀の文書が残っているという。
＊5　ヘロドトス（紀元前四九〇／八〇—二五頃）。古代ギリシアの歴史家。古代オリエント諸国の歴史や地誌をまじえてペルシア戦争を描いた『歴史』を著した。またスキタイ人の生活と風俗について初めて体系的記述を行った。
＊6　トルコ西部のエーゲ海沿いの町。現イズミール。
＊7　スウェーデンの遺跡。「ズザナ・ヴォイージョヴァー」の物語」の註50参照。
＊8　オタヴァ川とヴルタヴァの合流点より遙か上流でヴルタヴァが貫流している町。
＊9　ウクライナの北の黒土地帯にあるオリョール県の町。モスクワの南およそ三三〇キロ、オカ川の左岸。トゥルゲーネフの『猟人日記』がここで書かれた。
＊10　ニコライ・セミョーノヴィチ・レスコフ（一八三一—九五）。ロシアの作家。彼は三回チェコを訪れている。一回目は一八七五年パリで病気になってプラハを訪れ、フリチと親交を結んだ。二回目は一八三一年、三回目は一八七五年であって、共に湯治場として名高いマリアンスケー・ラーズニェ（ドイツ名マリエンバード）を訪れている。
＊11　プラハの南西およそ一一〇キロのオタヴァ川とヴォリンカ川の合流点にある南チェコ地方の町。
＊12　フランティシェク・ラディスラフ・チェラコフスキー（一七九九—一八五二）。かれは叙事詩についてはロシアの叙事詩から、叙情詩についてはチェコの叙情詩から多くを取り入れようとしたといわれている。
＊13　『猟人日記』はトゥルゲーネフの作品。
＊14　ヴャチェスラフ・コンスタンチノヴィチ・プレーヴェ（一八四六—一九〇四）。ロシア帝国の内相。憲兵を統率し、国内の騒乱を抑えようとした。一九〇四年ペテルブルグのワルシャワ駅の近くでエスエル（社会革命党員）の学生のエゴール・サゾーノフが馬車に投げた爆弾によって、暗殺される。
＊15　ニコライ・イヴァノヴィチ・ボブリコフ（一八三九—一九〇四）。フィンランドの総督でフィンランド軍区の最高司令官。フィンランドの国会や大学、行政府にロシア語を使うことを定めるなどロシア化を推し進め、フィンランド人の憎しみの的となった。一九〇四年フィンランド国会内で狙撃されて致命傷を負って死亡。
＊16　一九〇三年に皇帝の宣言が出され、フィンランドの総督が国家の秩序を保つための非常事態権限を持つことになった。これは一時的なものとされていたが、実際に解除されたのは一九〇五年の十月二十二日、したがってこの時期にはまだ非常事

態が解除されないままになっていた。
＊17　テオドル・モムゼン（一八一七－一九〇三）。ドイツの古典学者、歴史家、考古学者、ジャーナリスト、政治家。彼の主著『ローマ史』は現代の歴史学の基礎を作ったと評価されて一九〇二年ノーベル賞を授与。
＊18　スヴャトポルク・ミルスキー公爵。ピョートル・ドミトリエヴィチ（一八五七－一九一四）。プレーヴェが暗殺された後を承けて内務大臣になった。彼の着任によってプレーヴェの強圧政治は終わったかに見えたが、認められたのは体制内での自由に過ぎなかった。
＊19　コンスタンチン・ペトロヴィチ・ポベドノスツェフ（一八二七－一九〇七）。政治家、法律学者。一八八〇年から一九〇五年まで宗務院総裁としてアレキサンドル三世に対して例外的影響力を持ち、彼を極端な反動政治へと駆り立てた。
＊20　僧ガポン、ゲオルギイ・アポロノヴィチ（一八七〇－一九〇六）。ギリシア正教の司祭。工場労働者の組合を結成して、一九〇五年一月のストライキと嘆願のため冬宮の皇帝に向かって労働者の大行進を主導したが、彼らが銃殺されたことからロシア第一革命が始まった。
＊21　アレキサンドル・グリゴリエヴィッチ・ブルィギン（一八五一－一九一九）。一九〇六年一月二十日に「軟弱な」スヴャトポルク・ミルスキーに代わって内務大臣になった。極めて強硬な保守派で「無秩序」を許さない傾向があった。立法国会を召集するための法案を作ったが、ロシア全土でストライキが発生して失脚。
＊22　旧奉天。満州語ではムクデンという。
＊23　日露戦争において一九〇四年八月二十四日から九月四日まで行われた日本軍とロシア軍との戦い。日本軍としてもロシア軍を追撃する余力を持たず会戦は終了した。日本軍の死傷者およそ二万三千五百、露軍およそ二万余、両軍それぞれに勝利宣言を出す。
＊24　ウフトムスキー公爵、エスペル・エスペロヴィチ（一八六一－一九二一）。一八九三年に『皇太子の東洋への旅、一八九〇－一八九一』を出版している。
＊25　レオニード・ニコラーエヴィチ・アンドレーエフ（一八七一－一九一九）。ロシアの作家、一九〇五年に発表され、一九〇七（明治四十）年に長谷川二葉亭によって初めて訳された『血笑記』（原題「赤い笑い」）などで本邦にもよく知られている。
＊26　ヴァシーリー・ヴァシリエヴィチ・ロザーノフ（一八五六－一九一九）。宗教哲学者、文芸批評家。本邦ではドストエフスキーの評論などで知られている。
＊27　レフ・イサーコヴィチ・シェストフ（一八六六－一九三八）。本名シュヴァルツマン。哲学者、作家。ロシアにおける実存哲学の代表者の一人。本邦でも数多くの翻訳がある。
＊28　ヒュパニスはブグ川、タナイスはドン川のギリシア語並びにラテン語名。

＊29　ドネープル川のこと。この川の名はギリシアのヘロドトス、ローマのプリニウスの作品に既に見える。
＊30　ビザンツのコンスタンチノス紫袍帝（ポルフィロゲンネートス）が『帝国統治論』の第九章でドネープルの六箇所の早瀬について述べている。ロシア語ではこの早瀬をポローグと呼ぶ。ザポロージエとは「ポローグの向こう側」を意味する。
＊31　大エカテリーナ、エカテリーナ二世・アレクセーエヴナ（一七二九－九六）。専制政治を強化し確立した。彼女の治世の一七七五年ザポロージエのコサックの居住地がロシア軍によって占領。またエカテリーナ二世はポーランドを三次にわたって分割、ついにはポーランドは独立国としては存在しなくなった。
＊32　キプチャク汗国から別れて一四四三年クリミアの地に建国し、その後一四七五年トルコの支配下に入ったクリミア汗国は、バフチサライに首都を置き、ロシア、ウクライナ、モルダヴィア、ポーランドなどの地を荒掠していたが、露土戦争でトルコが敗れた結果として一七八三年ロシアに帰属した。
＊33　ペレコップ地峡。これはクリミア半島と大陸がつながる首にあたる場所で、クリミア汗国の時代にはここに城塞があった。ケルチは同じくクリミア半島東部にあり、古代にはボスポラス王国の首都であった。一四七五年オスマン・トルコに帰属したがやがて衰微し、ザポロージエ・コサックによる度重なる攻撃を受けたという。
＊34　現ドネプロペトロフスク。ウクライナのハリコフの南西約二百キロ、ドネープルが大きく右に曲がってヘルソン近傍で黒海に注ぐ、曲がり角の辺り。
＊35　現スヴェルドロフスクの一九二四年までの呼び名。中部ウラル山脈にある町。
＊36　同名の土地は各地にあるが、これはイルクーツクの北西、シベリア鉄道沿線の町であろう。石炭の産地として知られていた。シベリア鉄道は既に一八九九年にイルクーツクまで完成していた。
＊37　アレクセイ・ニコラエヴィッチ・クロパトキン（一八四八－一九二五）。一八九八年に陸軍大臣に任命され、日露戦争の直前にロシア満州軍総司令官に任命された。日本軍に連敗して奉天の会戦で敗れたために罷免され、第一軍司令官に降格。
＊38　ニコライ・ペトロヴィチ・リネヴィチ（一八三九－一九〇八）。一九〇四年満州第一軍の司令官であったが、クロパトキン失脚後の後任として一九〇五年極東司令官になった。
＊39　セレンガ川はイルクーツクの真東、バイカル湖を渡った東岸に大きな三角州《デルタ》を作ってバイカル湖に注いでいる。
＊40　セレンガ川の三角州《デルタ》の少し南のバイカル湖畔にある村。
＊41　ダラスンはバイカル湖の都市チタの東南の町。この町の側をインゴダ川が流れている。ここは温泉の湯治場で、かつては金を産出していたらしい。
＊42　中部ウラル山脈の西側、ペルミ市の南西シヴァ川のほとりにある。

＊43　中国国境に近い、元はシルカ河畔のロシア軍の駐屯地。一六八九年最初のロシアと中国の条約締結の地として知られる（ネルチンスク条約）。

＊44　バイカル湖の南端よりの西岸近くに位置する島。

＊45　レナ川は北東シベリア最大の川で、主な支流はヴィチム、オリョクマ、アルダン、ヴィリュイなどの諸河川である。レナ川の水源はバイカルからおよそ一〇キロにある小さな沼だと信じられている。ここでは複数になっているから、支流の水源も含んでいるのであろう。

＊46　バイカル湖に吹く風の中で最も強く恐ろしい風で、サルマ渓谷から吹き出し、オリホン島と東岸の間にあるマーロエ・モーレ（小さい海）に吹き込む秒速四〇メートルを越す風のこと。

＊47　イルクーツクに近いバイカル湖の西岸南端にある集落ボリショエ・ゴロウストノエ。

＊48　キリスト教の一派で、聖職、教会を認めず、ふつうの家で祈りを捧げた。共同体は長老によって指導された。一八二〇年代からシベリア、後カフカース地方、クリミアなどに移住した。一九〇五年までは政府によって弾圧されていた。

＊49　バイカル湖北東のアルダン山地に源を発し、ヴェルホヤンスク山地の南でレナ川に合流する。

＊50　イルクーツクに近いバイカル湖を水源とし、北上してエニセイ川に注ぐ河川である。

＊51　チュクチ人の住むマガダン地方のオホーツク・コルィム山地を水源とし、北上して東シベリア海に注ぐ。ソルジェニーツィンの『収容所群島』などで知られる最悪といわれる政治犯収容所がこの地にあったことで知られる。

＊52　カムチャツカ半島の南部東岸にあるペトロパヴロフスク・カムチャツキーであろう。一七四〇年町が作られ、ペトロパヴロフスキー・オストローグ（柵などで囲った砦の意味）と名付けられた。一八一二年に市として認められ、ペトロパヴロフスキー・ガヴァニ（ガヴァニは港の意味）となる。ペトロパヴロフスキー・カムチャツキーと名付けられたのは一九二四年であるから、この時期の名称はまだペトロパヴロフスキー・オストローグであったろう。

＊53　セレンガ川は北上してバイカル湖に注ぐが、その途中でヒロク川と合流する。その合流点の南西直ぐのところにグシーノエ湖がある。バイカル湖からは直線距離で約六〇キロ。

＊54　現ニコラエフスク・ナ・アムーレ（アムール川のニコラエフスク）。これはロシア革命干渉のため、日本軍がシベリアに侵攻したことに端を発する、いわゆる尼港事件（一九二〇年三月十一日）のあった場所。

＊55　バイカル湖の東岸の村。バイカルに帰ってきたのである。

＊56　これはレナ川の水源に近いバイカルの傍のレナ河畔の町。ここは政治犯の流刑地として知られる。最初に送られたのはデカブリストたちだといわれる。その後ポーランド蜂起や一九〇

五年の革命の参加者などもここに流されたという。
＊57　イルクーツクの北西およそ百キロ、シベリア鉄道の駅があるチェレムホヴォであろう。多くの炭坑があり、日雇い労働者や流刑者などが流入して村の規模を超え、結果一九一五年に市政が敷かれた。
＊58　バイカル湖北部東岸のマイル山に源を発し、南流してバイカル湖唯一の半島スヴャトイ・ノース（聖なる鼻）の根もとの南側でバイカル湖に注ぐ。
＊59　イルクーツクの近くバイカル湖の南端にある町。クルツクは元々チュルク語で「隅」を意味していたという。
＊60　ウラン・バートルのこと。一九二四年までロシアではこう呼んでいた。
＊61　張家口。グシーノエ湖から南へおよそ三〇キロで中ロ国境に至るが、その傍にキャフタという、かつてのシベリア鉄道の終点となった場所がある。ロシアの外交官や商人はシベリア鉄道によってキャフタに至り、ここから船で張家口に入ったといわれる。一七二九年中ロのキャフタ条約が結ばれ、国境線の再確認が行われた。その後両国の物流の拠点となり、一九〇九年張家口と北京間に鉄道が開通したことによって更にその重要性が高くなったという。
＊62　支流ウダ川がセレンガ川に注ぐところにある町で、現ウラン・ウデ。ウダ川の上流にあるウヂンスクと区別するためにヴェルフニーという名を冠されたという。しかしそうならばニージニー・ウヂンスクとなるはずであるからこの説明はよく分からない。シベリア鉄道の駅がある。
＊63　クルツクと同じくバイカル湖の南端にあり、クルツクの直ぐ南にある町。
＊64　グリゴーリイ・ミハイロヴィチ・セミョーノフ（一八九〇―一九四六）。ザバイカル地方の反革命指導者の一人。陸軍中将。一九一七年反ソヴエト蜂起を組織し、翌年この地に軍事独裁政権を樹立。一九一九年日本軍の支援を得てザバイカル・コサック軍のアタマンと称した。一九四五年満州で捕らえられ、死刑。
＊65　ザバイカル地方とアムール川西岸の地域を十七世紀までロシア語でそう呼んでいた。
＊66　エドガー・アラン・ポー「エレオノーラ」（一八四二）の中の一節、「彼らは敢えて暗黒の海の中に入った、そこに何があるかを探ろうとして」より。

新版への著者のあとがき

『スキタイの騎士その他の小説』という表題で私の作品集の第二巻として出版されたものには元々は二巻あって、その第一巻が『スキタイの騎士』と名付けられていた（第一版一九四一年。増補第二版一九四六年、プラハのフランティシェク・ボロヴィー出版社の「収穫」という叢書）。第二巻は『プラハ夜想曲』である（第一版一九四三年、〈人民新聞〉《リドヴェー・ノヴィニ》文庫。第二版一九四六年、『スキタイの騎士』と同出版社、同叢書で刊行）。

現在の版には『スキタイの騎士』の第二版の十一篇の小説すべて（第一版では小説「ティーン下通りの想い」が検閲によって没にされた）と『プラハ夜想曲』の五篇が収録されている。『プラハ夜想曲』の中の「パレチェクの微笑み」（七章）は入れていない。すでに同じ名前の長篇小説に組み入れられたからである。また小説「火」も入っていない。これがイデオロギー的に誤っていると考えるからである。

この作品集の第二版、場合によっては第三版に若干の文体的および事実関係の訂正を施して出版した伝説や小説は、私が非日常的な条件の下に書いたものである。それは第一に長い創作の中断であった。私は一九三一年に私の短篇集『七つの停滞』を発表して以降、ドイツ語で書いたルポルタージュ『ソヴエト連邦の人間たち』（一九三六）を除いて一冊の本も出版しなかった。

一九三七年まで私はジャーナリストとしての仕事とその後の官界の仕事に専念し、更にミュンヘンの危機も失業も、ゲシュタポの囚人も体験した。ここで私が言いたいのは、新たな創造への機会を私に与えてくれたのはフランティシェク・ボロヴィー出版社だったということである。私は彼に短篇集を書くようにと誘われた。すなわちチン社[*1]や「スフィンクス」社がヨゼフ・コプタの編集で私の小説「スキタイの騎士」と「ロマンチックな恋」を全集の『世界への十二の旅』と『愛のサークル』（一九四一）に収録されたのである。これらの小説は新しい本の中心となるはずだった。私はその本を一九四〇年から四一年にかけて書いたが、それは一九四一年に『スキタイの騎士』という表題で出版された。

このときは戦時で、チェコの国には占領者のテロが荒れ狂っていた。ヒトラーの軍隊がポーランドを打ち負かし、フランスに押し入り、ソヴエト連邦が攻撃された。死刑台で、監獄で、強制収容所で私の友人たちが死んでいきつつあった。不法侵入者や対独協力者《コラボラント》たちが民族の自意識を掘り崩し、祖国の文化的伝統とのあらゆる紐帯を切り離そうとしていた。祖国やその他の世界に鉄壁の戦線が立ち上がりつつあった。ヒトラーはパリにいたが、モスクワの前にも立ち、ヴォルガに近づきつつあった。

私は作家の力が及ぶ限りチェコの過去への窓を、そして同時に閉じられている広い世界への窓を開くことが自分の責務だと考えていた。私は後に大王カレル四世となる子を宿しているエリシカ・プシェミスロヴナについて書いた。フランスの騎士の伝統をふまえた古いチェコ文化のシンボルとしてカレル四世その人についても書いた。大プロコプと一六一八年の蜂起の日々について、ヴァーツラフ・ブドヴェツ・ズ・ブドヴァについて、ペトル・ヴォクの愛人になった平民出身の純朴な娘ズザナ・ヴォイージョヴァーについて、ロシアの冬の平原におけるナポレオンの敗北について、ロシアで嵐のような足かけ五年を生きたチェコの学者について、ボジェナ・ニェムツォヴァーについて書いた。同じときに私は彼女の生涯をドキュメンタリー風に書いて、私はミロスラフ・ノヴォトニーがK・ノイベルト社から出版した『ボジェナ・ニェムツォヴァー』という書物をそれに巧妙に取り入れた。「ノルマンの公女」において私は十字軍の遠征の収奪的な本質に触れた。「オイール王の物語」において征服によって得られる栄光が不確かなものであることを示し、「マルコ・ポーロの死」において間接的ながら東方からの救いというチェコ人の痛ましい夢に触れた。それは何世紀もの間やって来ることはなかったのである。

私は「プラハ夜想曲」において占領されたプラハに於ける生活を描き、「プラハの幼子イエス像の作者」において我が国の反宗教改革運動のシンボルの一つが、神聖なものでなく世俗的な起源を持つものであることを、伝説の形で描こうとした。

戦争と抑圧が『プラハ夜想曲』に反映している。それはラインハルト・ハイドリヒの暗殺未遂の後の、『スキタイの騎士』の中のいくつかの物語におけるよりも激しいテロの時代に書かれた。『スキタイの騎士』の中の物語、すなわち「ロマンチックな恋」、「ズザナ・ヴォイージョヴァーの物語」および「水の精の舟歌」においては、プラハ、チェコの田園や人々の希望に満ちたユーモアはまだ輝いていたが、『プラハ夜想曲』においては空は陰鬱な黒雲に覆われ、オイールやボジェナ・ニェムツォヴァーの無名の崇拝者のような主人公たちは、死や現実からの逃避に憧れる。『スキタイの騎士』の「ズザナ・ヴォイージョヴァーの物語」、「鶯の小径」およびお伽噺的な「盲いの治癒」には健全な若い恋があるが、『プラハ夜想曲』の恋の物語では男と女の関係も薄暗い官能に覆われている。

オイールとヴァーツラフ公に始まり古典語教師のヤクベツに終わるすべての物語の主人公は、文化的時代と経済的な時代との間の移行期の問題点を担っている。

野蛮な封建主義の世界と騎士道によって神秘的に彩られたキリスト教的な世界（オイールとヴァーツラフ、キプロスの公とノルマンの公女、ルクセンブルグのジャンとエリシカ・プシェミスロヴナ）、消え去りつつあるフス革命の世界（二人のムーア人）、褪せゆく大貴族の世界（平民の娘を愛したペトル・ヴォク）、バロック時代の関頭にあるルネサンスの世界（五月の夜）、暗黒の世界（プラハ夜想曲）、ブルジョア革命とナポレオン戦争の打撃によって没落しつつある世襲貴族の世界（ロマンチックな恋）、誤って自分を芸術家だと思っている素朴な田舎の人間のまじめな現実主義と葛藤する、天才女性ボジェナ・ニェムツォヴァーの世界（見知らぬ者の日記）、一晩で冒険家になった学者の二重の世界（スキタイの騎士）……複雑な時代と錯綜した文化的関係に制約された頭と心の混乱が、私の主人公たちの特徴である。唯物論と観念論という二つの哲学が私の作品においても相い戦っている。

このすべてにもかかわらず作品は文献的な裏付けが良くなされ、キリスト教の曙から十月革命にいたる人類の発展という広範な時代を包括しようと試みる心理学的な探求の努力、文体およびテーマの多彩さによって、まさに私の作品に属するものと私は確信している。

一つ一つの物語を書くにあたって資料の詳細な研究を行なった。私にデンマークのオイールに光を当てさせたのはマルコ・ポーロの『百万』および『ジョン・マンデヴィルの旅行記』[*2]を読んだことによる（これは物語「マルコ・ポーロの死」にも反映している）。この書物で私を最も惹きつけたのはインドを占領した僧ジョン（ヤン）の人物像だった。「ノルマンの公女」はヤン・ハシシュテインスキー・ズ・ロプコヴィッツの『主の墓への巡礼』[*3]によって触発された。「王妃」と「鶯の小径」はプシェミスロフ王朝の黄昏と盲目の王[*4]についての論文の印象をもとに書かれた。「ズザナ・ヴォイージョヴァーの物語」は年代記を基に、ペトル・ヴォクと彼の愛人の人形を見ながらソベスラフで描きあげた。「水の精の舟歌」の群像を私が知ったのはオスカー・シューラーの『プラーグ』[5]（一九三〇）という書物によってであった。

また「ティーン下通りの想い」は私の未完の長篇小説『プラハのオイレンシュピーゲル』[6]の中の一章である。私はこの小篇を書く前にグリュックリフの編集にかかるヴァーツラフ・ブドヴェッツの書簡集[7]を読んだ。「ロマンチックな恋」の場合私の役に立ったのはメレシコフスキーの『ナポレオン』[8]および特にコレンクール将軍の回想録[9]およびナポレオン自身の伝記だった。

小説「プラハ夜想曲」の資料を私に提供したのはヨゼフ・スヴァデク（『マリア・テレジアとカール七世』）で、「見知らぬ者の日記」は既に述べたように、ボジェナ・ニェムツォヴァーの生涯と作品およびヴァーツラフ・チレおよびミロスラフ・ノヴォトニーが著した主要な書物についての私の研究を物語にしたものである。

「スキタイの騎士」の運命が私に降りかかったのは既に一九一八年のことだった。その時私はイルクーツクの停車場で一人のチェコ人の同胞と出会った。彼はモンゴル人の妻と子を連れて遠いウルガ[10]から私に会いに来たのだった。彼の言葉によれば、彼は私のかつての文学史の教授、ヨゼフ・ヤクベツの親戚だという。クロコティのドブラー・ヴォダで「盲いの治癒」を私に語って聞かせたのは私の祖父である。「プラハの幼子イエス像の作者」において、私は無原罪のおん宿りという古代オリエントの伝説を、世俗的な形で復活させた。永遠の若さを与えられた者に再び老いと死を取り戻させたヴァーツラフ公の形象は、私がキエフに伝えられていた彼に関する古代スラヴの深く民衆的な説話を読んだ一九二八―二九年頃の時から私にとってよく知られた身近なものであった。

私はこれらの小説において、また文献の研究によって、正しい歴史的な雰囲気を理解しようと努めていたが、十六篇の中の一つだけは歴史的な事件ではなく私の芸術的な創作である。私の作品の刊行については『スキタイの騎士』および『プラハ夜想曲』の方が、戦時中と戦後直ぐの時代の私の文学的発展を示す『カールシュタイン城夜話』と『パレチェクの微笑みと涙』よりも前に発表されたというのが、時間的に正しい順序である。

フランティシェク・クプカ

一九五四年六月

＊1　チン Čin は「行動」。

＊2　原本はブリティッシュ・ライブラリーに所蔵されているといわれるが、一七九七年にプラハで翻訳が出版されたという空想物語。

＊3　ヤン・ハシシュテインスキー・ズ・ロプコヴィツ（一四五〇―一五一七）。ボヘミアの外交官で一四九三年パレスチナに旅して『エルサレムの聖墓への旅』を著した。

＊4　プシェミスル王家の最後の一人エリシカ・プシェミスロヴナと結婚しチェコ王になった、ルクセンブルグのジャンのこと。カレル四世の父。この家系は遺伝的な眼疾を持っていたといわれる。

＊5　Oskar Schürer: *Prag. Kultur-Kunst-Geschichte.* Mit Aufnahmen von Alexander Exax. Wien und Leipzig: Verlag Dr. Hans Epstein 1930.

＊6　ティル・オイレンシュピーゲルは十四世紀の伝説的ないたずら者で、中世に広く流布した民

衆の読み物の主人公。

＊7　グリュックリフ編のブドヴェツの書簡集は二回出版されている。『一五七九－一六一九年のヴァーツラフ・ブドヴェツ・ズ・ブドヴァの書簡集』チェコ科学芸術アカデミー出版、一九〇八年、および『一五八〇－一六一六年のヴァーツラフ・ブドヴェツ・ズ・ブドヴァの新書簡集』チェコ科学芸術アカデミー出版、一九一二年。

＊8　ロシアの作家ドミートリー・セルゲーエヴィチ・メレシコフスキー（一八六六－一九四一）の『ナポレオン』一九二一年。

＊9　アルマン・オガスタン・ルイ・コレンクール、ヴィサンス侯爵（一七七三－一八二七）。フランスの将軍であり、外交官だった彼は一八三七年から四〇年にかけて『ヴィサンス侯爵の回想』を出版。

＊10　ウラン・バートルのこと。

訳者・解説あとがき

本書はフランティシェク・クプカ『スキタイの騎士その他の小説』František Kubka, *Skythský Jezdec a jiné novely* の全訳である。初版はフランティシェク・ボロヴィー出版社によって一九四一年に刊行されたが、ここで底本としたのは末尾に示すように、一九五八年出版のチェコスロヴァキア作家協会ČESKOSLOVENSKÝ SPISOVATEL版である。

前回本邦で初めて翻訳紹介した『カールシュタイン城夜話』に引き続いてクプカの『スキタイの騎士』（風濤社、二〇一三）の翻訳を世に問うことになった。しかし実際には両者の執筆された時間的な関係は逆であり、『スキタイの騎士』が先であった。歴史物語小説三部作は『スキタイの騎士』（一九四一）、『プラハ夜想曲』（一九四三）、『カールシュタイン城夜話』（一九四四）である（少々ややこしいが、本書一九五八年版『スキタイの騎士』は、一九四一年版『スキタイの騎士』〔絶筆を除く十一篇〕と『プラハ夜想曲』を合わせたもの、つまり三部作の一作目、二作目を併録したものである）。

『カールシュタイン城夜話』は神聖ローマ帝国の皇帝カール（チェコ名カレル）四世が病を癒やすために療養する間、彼を支えていた三人の臣下が主君の無聊を慰めようとして語った一連の物語という構成をもっているが、『スキタイの騎士』は全体として後にカール四世自身が皇帝となり、神聖ローマ帝国が最も繁栄していて中世ヨーロッパの中心を占めていた時代の事蹟について記したものが主となっている。そして作品全体を代表する「スキタイの騎士」という表題は内容においてなかば作者の自伝めいた題材に基づく作品に過ぎないともいえる。

重要なことは読者が実際に内容に触れることであり、それに先立って余り細部に立入って論じることはしたくないが、『スキタイの騎士』のばあい、「オイール王の物語」の冒頭で取り扱われるものは、「剣と言葉によって諸々の民をキリスト教に帰依させた」カール大帝に仕える円卓の騎士の一人であるデンマーク王の事蹟である。キリスト教を国教とした神聖ローマ帝国のカール大帝の円卓の騎士に加えられたオイールが、カール大帝の死後、世界中の諸民族をキリスト教の教えに導くための戦いの先頭に立って異教の国々を征服し、「未開の」人々をキリスト教に教化することをその使命としたのはいわば当然であったと思われる。しかしカール大帝の死後異教徒の国々の平定とキリスト教への教化という志は必ずしも意のままにはならなかった。

彼は女神アサリとの恋によって不死の運命を授かり、放浪の旅を重ねるが、不死という運命はやがて彼にとって大きな重荷となってくる。彼は山の彼方のチェコの国を治め、キリスト教の敬神の志し篤いヴァーツラフ聖公の許を訪ね、公の助けによって不死の運命を免れて、放浪のうちに消えていく。彼にとって不死とは苦しみの源でしかなく、神によって与えられる死こそがその救いに他ならなかったのである。

このことがおそらく一見したところいわば付け足しであるようなオイール王についての物語が『スキタイの騎士』の冒頭になぜ配されたのか、という問題を解くかぎとなるであろう。神聖ローマ帝国の皇帝カール大帝を支えた騎士たちに伍してキリスト教の理想を世に知らしめすことを自己の目的としたオイール王が、女神アサリによって誘拐されてその情けに溺れ、別れた後もあてどなく世界を放浪していたところを救ったのが他ならぬ聖公ヴァーツラフ、その人だったのである。

その後ヴァーツラフ聖公は後に弟によって弑逆《しいぎゃく》されるが、彼についての伝説と伝えられる「オリエンテ・イアム・ソーレ（今や日の出ずる時に）」は現在まで伝存していて、いつまでも人々の信仰の基になっていたと言われる。

「マルコ・ポーロの死」は汗国についてのさまざまな知識をヨーロッパに伝えた小品であるが、マルコが伝えようとした東方世界や汗国の事情が、意に反して全く信じられず、彼が持って帰ってきた富や財宝を嫉み、却って彼を奇人のように排除した当時のヴェネチア人についての物語である。

「王妃」以下「ズザナ・ヴォイージョヴァーの物語」までに描かれるているのは、カレル四世とその後継者に関わるチェコを中心とする神聖ローマ帝国の最盛期を時代の背景としている。ただ「水の精の舟歌」になると、この帝国に翳りが現れ、退廃的な気風が如実に感じられるようになってくる。

「ティーン下通りの想い」は、この書物では表立っては語られないが、プロテスタントとカトリックとの抗争において白山《ビーラー・ホラ》の戦いに敗れはしたが、逃れることを潔しとはせず、覚悟して捕らえられたプロテスタント派の重鎮ヴァーツラフ・ブドヴェツの最期がその半生の回想を交えて描かれているが、「プラハ夜想曲」は、一七四一年に始まりプラハを巡って繰り広げられるザクセン、フランス、オーストリアなどの攻防について扱い、これには註で触れたようにフランツ・クルチャクという人物が一八六六年にプラハで出版した『前世紀中葉プラーグの戦いの年月』（*Die Kriegshahre Prags in der Mitte des vorigen Jahrhunderts*）が参考になっていると思われる。

その後更にキリストが現れ、盲目の男の目を癒やすことによって彼をひたむきに愛した娘が男と結ばれるという「盲《めし》いの治癒」の話やナポレオンのロシア侵攻と退却の中で芽生えて消えた儚い恋の物語「ロマンチックな恋」の物語が語られる。日本でも『おばあさん』(ニェムツォヴァー作、来栖継訳、岩波文庫、一九七二)という表題で訳出されたボジェナ・ニェムツォヴァーの生涯についての伝記的な作品、シュテファン・ツヴァイクの「見知らぬものの手紙」を彷彿させる「見知らぬものの日記」、古典文献学の研究からスキタイの遺物の研究を志してモスクワへ赴いたが、やがてさまざまな運命に翻弄されてモスクワ、ドネープル、シベリアを放浪することになったチェコの学者の生涯を描いた「スキタイの騎士」などを描いた作品が後に続いている。

これらの作品を構成する物語はプラハを都としチェコの栄光を築いたカレル四世の神聖ローマ帝国と何らかの意味で密接かつ宿命的な結びつきを持つものとして語られていると言うことができよう。すなわちここで語られる物語は、その時代背景の広がりと登場人物の多彩さにもかかわらず、『カールシュタイン城夜話』において語られている物語の精神とその本質において異なるものではないと思われるのである。『スキタイの騎士』を表題とするこの書はその射程の大きさによって『カールシュタイン城夜話』を暗黙のうちにその一部に組み込むものとなっていると言うことができよう(本書「鶯の小径」は『カールシュタイン城夜話』の「ブランカ」と同じ主題を扱うなどほか、その対比を味わうのも面白いだろう)。ただ後者の場合がもっぱらカレル四世とその妻たちの話に限られているという特徴を持っているに過ぎないのである。

また、「新版への著書のあとがき」にあるように、『カールシュタイン城夜話』同様、本書が書かれたのは、「ヒトラーの軍隊がポーランドを打ち負かし、フランスに押し入り、ソヴエト連邦が攻撃」

され、「死刑台で、監獄で、強制収容所で私の友人たちが死んでいきつつあった」時期であり、「不法侵入者や対独協力者《コラボラント》たちが民族の自意識を掘り崩し、祖国の文化的伝統とのあらゆる紐帯を切り離そうとしていた」。それに対しクプカが、「私は作家の力が及ぶ限りチェコの過去への窓を、そして同時に閉じられている広い世界への窓を開くことが自分の責務だと考えていた」ことは、留意すべきであろう。

さて、著者クプカについては『カールシュタイン城夜話』で少し詳しく説明したので、そちらを参照してもらえると良いが、本書は必ずしも『夜話』を読まれた方々に限るわけではないので、重複を恐れず一応の説明をしておきたいと思う。

クプカは一八九四年三月四日にプラハで生まれ、一九六九年一月七日、七十五歳を迎える二ヶ月ほど前に亡くなった。一九一二年カレル大学に入り哲学部においてスラヴ学とゲルマン学を専攻するも一九一四年、二年生の時に徴用され、カルパチア戦線あるいはウクライナ戦線で戦い、一九一五年ロシア軍の捕虜となった。収容所を転々とするなかで彼はロシア語を身につけ、ロシア現代文学にも通じるようになったという。彼が収容されていた最後の収容所はザバイカル地方のベレゾフカにあったが、チェコ軍によって解放された。このとき彼はチェコ軍団に参加していたが、これらの経験は本書の最後に収録され本書のタイトルにもなった「スキタイの騎士」に遺憾なく示されている。

社会主義革命が起こった翌年一九一八年から二〇年まで彼はロシアのチェコ軍団の一員としてシベリアを通って東に進み、一九二〇年五月からは当時の満州国のハルビンのＹＭＣＡにつとめた。翌年五月に祖国に帰り、哲学部を終えて一九二一年に博士号を取得、一九二二年から二七年までプラハの

ＹＭＣＡ中央委員会の書記として働いた。その後見出されてドイツ語の新聞「プラーグ報知」の編集長、一九四五年からは文部省につとめるなどさまざまな職に就き、ドイツ軍による占領下ではベルリンでゲシュタポによって投獄されたりもした。さらには第二次大戦後の一九四六年から四八年までソフィアのチェコ大使を務めてもいる。

彼はプラハに帰ってから作家になった。ＹＭＣＡの活動家、ジャーナリスト、外交官などとして彼は第一次大戦の間にドイツを、また戦争中にはロシア、シベリア、満州、中国、印度などを訪れ、第一共和国時代にはポーランド、フィンランド、ソヴエト、フランス、スイス、イギリス、イタリアを、一九四五年以降にはブルガリア、ユーゴスラヴィア、ルーマニア、ソヴエト、東ドイツ、ポーランド、オランダを訪ねて新聞や雑誌に文学的な作品を寄稿していった。

本格的な文学活動はナチス占領時代からで、代表作にはたとえば本書『スキタイの騎士』、『カールシュタイン城夜話』のような歴史物のほか、小説『パレチェクの微笑み』、『パレチェクの涙』などがある。これはポデブラドのイジーの事蹟をテーマにしたものであるといわれる。ポデブラドのイジーは聖餐式の際に平信徒もパンと共に聖血も拝受すべきだとするフス教徒と同じ考えをもって行動し、一四五二年から五八年までチェコ王国の総督になり、一四五八年にチェコ王に選ばれた人物である。

またそのほかにも冬王として名高いプファルツ公フリードリヒ五世が神聖ローマ帝国皇帝になるために、一六一九年九月二十六日にプファルツを出発し、ヘブを目指して進む旅の途中から物語の始まる『その名はイェチミーネク』がある。フリードリヒ五世は一六二〇年十一月八日、プラハ城の西にある白山《ビーラー・ホラ》の戦いでカトリック軍に壊滅的な敗北を被り、翌九日には王妃イギリス・スチュアート家のエリザベス（ジェームス一世の娘）と共にシュレジアに逃れたが、イェチミーネクというのは王妃に仕えたとされる従者の名である。この出来事によってフリードリヒは一冬しかもたなかった王として冬王というあだ名をもらった（この作品には後篇『イェチミーネクの帰還』がある）。

総じてクプカの作品は舞台の事件の背景にあるその日の天候や気温のように、何気ないことについても歴史的な事実を綿密に調べ上げてあるという点で歴史を補完するのに大きな役割を果たしていると言えよう。

また話はちょっと違うが、『カールシュタイン城夜話』でも触れたように、これら一連の作品の著者フランティシェク・クプカとそっくりなもう一人の有名なフランティシェク・クプカ（一八七一－一九五七）がいた。このクプカも同じくチェコ人で、活動した時代もほぼ同じ頃、フランスで名の知れた前衛的な画家として活躍していた。この画家は来日したこともあり、日本人にはむしろ画家クプカの方がなじみがあるかもしれない。作家のクプカは František Kubka で画家の方は František Kupka なので、pとbの違いで、また発音は同じなのである。ただ画家のクプカは名前を Frantisek と綴っていたという。詳しいことは専門ではないので省くが、彼は未来派の宣言などに激しく心を動かされていたという。


最後に参考までに、作家フランティシェク・クプカの作品の若干を挙げておこう。

1　ナチス占領時代
①一九四一年『スキタイの騎士』*Skytský jezdec*
②一九四三年『プラハ夜想曲』*Pražské nokturno*

③一九四四年『カールシュタイン城夜話』*Karlštejnské vigilie*

2　戦後にかけて

①一九四六年『パレチェクの微笑み』*Palečkův úsměv*
②一九四八年『パレチェクの涙』*Palečkův pláč*
③一九四九年『黒海夜話』*Černomořské večery*
④一九五七年『その名はイェチミーネク』*Říkali mu Ječmínek*
⑤一九五八年『イェチミーネクの帰還』*Ječmínkův návrat*

＊本書『スキタイの騎士』は一九五八年版であり、一九四一年版『スキタイの騎士』の絶筆にされなかった作品十一篇と一九四三年版『プラハ夜想曲』の作品五篇がここに含まれている。

右に述べたように訳者が先に発表した『カールシュタイン城夜話』と、今回訳出した『スキタイの騎士』によってナチス占領時代に書かれたクプカの主な作品は、およそ終了したことになる。些か大げさかも知れないが、クプカはこれらの作品によってプラハを首都としてカレル四世を戴く神聖ローマ帝国で培われた文化的な水準の反映と、それを背景にしたこの民族の歴史的伝統の偉大さを、国民に知らしめようとしているように思われる。そしてこの流れはたとえ作家が意識しているいないにかかわらず、チェコといういわば狭い境界の中に留まるものではなく、また文学だけに通用するものでもない。これからも世界的な意義を持って様々な学問領域に関してその発展に大きな影響を与え続けるに違いないと期待される所以である。

平成二十五年十二月識

山口　巖

フランティシェク・クプカ
František Kubka
1894-1961

1894年プラハ生まれ。散文作家、詩人、劇作家、文学史家、翻訳家であり、かつチェコで最も才能のある語り手の一人と言われる。1912年カレル大学入学、ドイツ文学を修めるも、第一次大戦勃発で従軍。1915年ロシア軍に捕らえられ捕虜収容所を転々とし、ロシア語ならびに当時の現代ロシア文学を学ぶ。1921年帰還。1929年プラハのドイツ語新聞「プラーグ報知」の主筆。1939-40年ゲシュタポによりベルリンで投獄、1946-49年ブルガリア大使を務めた。その生涯において数多くの作品を書いたが、本邦ではこれまで全く知られてこなかった。主な作品に『パレチェクの微笑み』(1946)、『パレチェクの涙』(1948)、歴史物語三部作『スキタイの騎士』(1941)、『プラハ夜想曲』(1943)、『カールシュタイン城夜話』(1944／邦訳：風濤社、2013)など。本書『スキタイの騎士』1958年版は、1941年版『スキタイの騎士』(絶筆にされなかった作品11篇)と『プラハ夜想曲』を合わせたもの。

山口 巖
やまぐち・いわお

1934年生まれ。専門はロシア言語学。1992年京都大学大学院人間・環境学研究科(文化環境言語基礎論講座)教授、1998年鳥取大学教育学部教授、2003年鳥取環境大学教授。2005年同退職。京都大学、鳥取環境大学各名誉教授。主な著訳書『ロシア原初年代記』(共訳、名古屋大学出版会、1982)、『ロシア中世文法史』(名古屋大学出版会、1991)、『類型学序説——ロシア・ソヴェト言語研究の貢献』(京都大学学術出版会、1995)、『パロールの復権——ロシア・フォルマリズムからプラーグ構造主義美学へ』(ゆまに書房、1999)、クプカ『カールシュタイン城夜話』(風濤社、2013)など。

スキタイの騎士

2014年 3月 5日初版第1刷印刷
2014年 3月 31日初版第1刷発行

著者　フランティシェク・クプカ
訳・解説　山口 巖
発行者　高橋 栄
発行所　風濤社
〒113-0033 東京都文京区本郷 3-17-13 本郷タナベビル 4F
Tel. 03-3813-3421　Fax. 03-3813-3422
印刷所　シナノパブリッシングプレス
製本所　難波製本

ISBN978-4-89219-379-8

カールシュタイン城夜話

フランティシェク・クプカ／山口巖 訳・解説

チェコの英雄――神聖ローマ帝国皇帝カレル四世！1371年中世プラハ。毒を盛られ一命を取り留めた王はカールシュタイン城で養生していた。無聊を慰めるは三人の側近。男集まれば女性のこと、或いは騎士道、聖女、悪魔、黒死病……21の物語が語られる。ナチス占領下に検閲官の裏をかいて刊行。抑圧下の人々に誇りを取り戻させた一書。チェコ版『千夜一夜物語』。

336頁　本体2800円+税　ISBN978-4-89219-363-7

風濤社